本书得到下列资助和立项：

教育部“新世纪优秀人才支持计划”资助（2006−2009）
浙江省社科联省级社会科学学术著作出版资金资助出版（2009年）
中国博士后基金课题（编号2002032202）“文学理论话语研究”
教育部社科规划课题（编号07JA751021）“中西诗学话语比较研究”阶段性成果
浙江省社联社科规划课题重点课题（编号03Z83）“文学理论话语研究”

“话语”视角的文学问题研究

HUAYU SHIJIAO DE WENXUE WENTI YANJIU

高玉◎著

中国社会科学出版社

图书在版编目(CIP)数据

“话语”视角的文学问题研究/高玉著.—北京:中国社会科学出版社,2009.9

ISBN 978-7-5004-7869-0

Ⅰ.话… Ⅱ.高… Ⅲ.文学理论—研究 Ⅳ.I0

中国版本图书馆 CIP 数据核字(2009)第 090256 号

责任编辑 郭晓鸿(guoxiaohong149@163.com)
特邀编辑 郭 馨
责任校对 周 昊
封面设计 格子工作室
技术编辑 戴 宽

出版发行 中国社会科学出版社
社 址 北京鼓楼西大街甲 158 号 邮 编 100720
电 话 010—84029450(邮购)
网 址 http://www.csspw.cn
经 销 新华书店
印 刷 华审印刷厂 装 订 广增装订厂
版 次 2009 年 9 月第 1 版 印 次 2009 年 9 月第 1 次印刷
开 本 710×1000 1/16
印 张 31.5 插 页 2
字 数 483 千字
定 价 50.00 元

总　序

提起五色石，有谁不想到它源自中华民族借一位创世女神之巨手，谱写出的那篇天地大文章？一两千年前的汉晋古籍记载了这个东方民族的族源神话：当诸多部族驰骋开拓、兼并融合而造成天倾地裂，水灾火患不息的危难时刻，站出了一位曾经抟土造人的女娲"炼五色石以补苍天，断鳌足以立四极"（《淮南子·览冥训》），重新恢复和创造天行惟健，地德载物的民族生存发展的空间。在烈火中创造自己色彩的五色石，凝聚了这种天地创生，刚健浑厚的品格，自然也应该内化为以文学—文化学术创新为宗旨的本书系的精神内涵和色彩形态，探索一条有色彩的创新之路。

经由"天缺须补而可补"成为民族精神的象征，其缺者的大与圣，其补者的仁与智，无不可以引发创造精神和神思妙想的大爆发。何况人们又说女娲制作笙簧，希望在创造性的爆发中融入更多美妙动人的音符？李贺诗："女娲炼石补天处，石破天惊逗秋雨。"歌咏的是西域乐器箜篌，朝鲜平民乐曲《箜篌引》，可见精神境界之开放，诚如清人所云："本咏箜篌耳，忽然说到女娲、神妪，惊天入月，变眩百怪，不可方物，真是鬼神于文。"（黄周星《唐诗快》）创造性思维既可以正面立意，又可反向着墨，如司空图《杂言》："乌飞飞，兔蹶蹶（乌与兔是日月之精），朝来暮去驱时节。女娲只解补青天，不解煎胶粘日月。"当然也可以融合多端，开展综合创新，如卢仝的古体诗："神农（应是伏羲）画八卦，凿破天心胸。女娲本是伏羲妇，恐天怒。捣炼五色石，引日月之针，五星之缕把天补。补了三日不肯归婿家，走向日中放老鸦，月里栽桂养虾蟆。"这就把伦常幽默、月宫神话，也交织到炼石补天的神思中了。更杰出的创造，是把炼石补天神话的终点当作新起点的创造。这就是曹雪芹的《红楼梦》，把女娲炼石补天时被弃置的一块顽石当作通灵宝石，带到人间走了阅尽繁华与悲凉的一遭，写成了“无材可去补苍天，枉入红尘若许年”的“天书”与“人书”相融合的精神启示录。由五色石引爆的这些奇正创新、综合创新和跨越式原始创新的丰富思路，应该成为我们书系的向导，引导我们进行根底扎实，又五彩缤纷的学术探索，或如宋朝一位隐居黄山的诗人所云：“我有五色线，补衮衮可新；我有五色石，补天天可春。”（汪莘《野趣亭》）

我们处在改革开放的时代，世界视野空前开阔，创新欲望空前旺盛，学理思维空前活跃。伴随着中华民族的全面复兴，思想学术文化已经以其无比丰厚的成绩走入了一个新的纪元。但我们也迎接着全球化和市场化的扑面而来的机遇中的严峻挑战。高科技对文学生存方式的强势介入，市场机制对文学生产的批量性推动，消费时尚对文学潮流的极端吸引，以及网络、图像参与其间的新媒体文学表达形态，包括林林总总的电视文学、摄影文学、网络文学、手机文学、图说文学等形态的火爆滋生，令人深刻地感受到今日之文学已远非昔日之文学了。对于原有的文学格局、形态和秩序而言，这里所面临的泛化性的消解和创新的包容的挑战，严峻地考验着当今学术界的学理担当能力。如果说在某些领域，在某种程度上，也出现了一些与女娲神话类似的“四极废，九州裂，天不兼覆，地不周载”的危机，大概也不应被看做是危言耸听吧。那么，又从哪里找到补苍天的五色石，立四极的鳌足和止淫水的芦灰呢？若能够由此写出女娲炼石补天的新篇，也是本书系不胜翘首企盼的。

令人满怀信心的是，中华民族的生命力和创造力百摧不磨，往往在艰难的挑战中出现超强度的爆发，在爆发中显示了坚毅的魄力和深厚的文化元气。浩瀚雄厚的多地域多民族的历史文化资源和现实文化实践，成为它层出不穷地为人类提供文化经验和创新智慧的不竭源泉。且不说旷世莫比的少数民族神话，即便中原神话虽未衍化为长篇英雄传奇，却散落为遍地开花的民俗奇观。五色石在历朝志怪和许多地理志中，屡有记载，女娲庙在甘肃秦州有，湖北房州也有。女娲抟土造人处据传在汉武帝《秋风辞》吟咏的汾阴，女娲墓则在九曲黄河最大的弯曲处古潼关附近的风陵渡，因为女娲风姓，风陵也就成了娲皇陵了。中华民族是把自己的母亲河和这位创世女神连在一起的。五色石散落之处有广东产端砚的山溪，《元丰九域志》云："端溪山有五色石，上多香草，俗谓之香山。"明代诗人说："女娲炼馀五色石，藏在端溪成紫霞。天遣六丁神琢砚，梦中一笔夜生花。"（张昱《题端古堂》）既然五色石散落岭南，那么炼石的灶口在哪里？在太行山。明人陆深《河汾燕闲录》说："石炭即煤也……（山西）平定所产尤胜，坚黑而光，极有火力。史称女娲氏炼五色石以补天，今其遗灶在平定之东浮山。予谓此即后世烧煤之始。"五色石通过创世女神之手，成为一种天地交泰的文化生命结晶，它一头联结着赋予人类生存以温暖的"坚黑而光"的能源，另一头联结着文化创造的"梦笔生花"的灵性。在如此浩瀚无垠的天地、人类、历史、文化空间进行新世纪的文学学术创造，尽管阅尽风云变幻的价值重建、形式变换和文学边界模糊，但我们的民族也有足够的底气、智慧和能力，在文学研究中注入充满活力的人类审美本性的精髓，从中焕发出现代大国思想文化的独立品格和创新气象。

明诗有云："五色石堪炼，吾将师女娲。"（周瑛《至广德作东园书室》）是我们全面、系统、深入地调动浩如烟海的文化资源和创新智慧，拓展新视野，提出新命题，给出新阐释，师法女娲炼石补天的原始创新行为，炼造出一个东方现代大国的思想学术的五色石的时候了。

杨义

2008年6月1日

目　录

序

高玉2001年到四川大学世界文学与比较文学学科做博士后，我是他的合作导师。《“话语”视角的文学问题研究》就是在博士后出站报告的基础上修改补充而成。

高玉的博士是在华中师范大学读的，师从黄曼君先生。博士论文《现代汉语与中国现代文学》主要从语言的角度研究中国现代文学，出版以后很有影响。他的博士后出站报告仍然是从语言的角度研究文学，主要是从话语的角度研究文学和文学理论问题，比较文学是一方面，但也涉及到中国现当代文学、文学理论等。他博士后出站报告最初的题目叫《文学理论话语研究》，似乎也是切题的。博士后出站报告得到了老师们一致的肯定，认为具有开拓性，提出了很多重要的观点，比如关于“反懂”这个概念就是作者总结出来的，他把它提升成一个文学理论范畴，能够很好地解决当代文学欣赏中的一些问题，也可以说是对文学中晦涩现象的一种新的言说。

著作在结构和思路上都很有特色。从目录来看，似乎很散，有点“四不像”，很难归属，既不属于纯粹的比较文学与世界文学，也不属于现当代文学或者文学理论等。一会儿古代，一会儿现代，一会儿中国，一会儿外国，比如“个人”与“自由”的这一章，从中国古代讲到中国近现代，从历史、哲学讲到文学，问题很集中，但时间和学科跨度很大。书中的章节绝大多数都已经发表，发表的杂志和“栏目”更是五花八门，有的发表在文学栏，有的发表在哲学栏，有的发表在语言栏，有的发表在历史栏，属于文学的文章有时属于外国文学，有时属于文学理论，有时属于比较文学，有时属于现当代文学，有时还属于古代文学。关于著作的“散”“问题”，记得当时出站座谈时就有老师提出来过，当然表达得很委婉，说这种写法在结构上过于开放。

但这里我要为高玉作些辩护。我觉得，按照传统的学科标准和学术规范，这本书的确很散，但它有内在的统一性，这内在的统一性就是方法或者视角，具体地说就是“话语”的方法和视角，该书实际上就是“话语”研究，既探讨“话语”本身，也探讨文学和文学理论中的一些具体话语以及这些具体的话语对文学发展的制约和影响。有点近于“关键词”研究。我不知道这是否称得上是一种新的学术方式，也许它能够对我们当今的学术“范式”造成一些冲击，至少提醒我们应该反思当代的学术范式。作者在第一章对于“话语”范式与传统的“认识论”范式和“本体论”范式之间的区别有详细的论述，按照这种区别，我的理解，本书具有明确的理论体系性，只是这种理论体系不同于“本体论”和“认识论”范式的理论体系。章与章之间的问题缺乏明显的关联，但具有内在的逻辑性。作者的目标似乎是显示“话语”范式的特点及其意义。

我多年来关注话语问题，我感觉高玉的著作有很多新的东西，既有方法和学术思路上的，也有观念上的，和我们过去的学术在做法上有很大的不同。没有学科界线，他自己称之为“跨文学研究”。我不知道这种做法究竟有多大前景，但我知道，这种研究是非常艰难的，可能会吃力不讨好，对于现代学术体制培养的学者来说，这种研究似乎很难让人接受。所以这种学术方式能否被学术界认可，我真的不敢肯定。我想著作出版之后可能会有些争议，我希望有讨论。但我现在想说的是，我们应该鼓励这种探索和尝试。

高玉是一个非常勤奋的人，把学术看得非常重。这么多年来，他心无旁骛，一心一意做学问，取得了很大的成绩，我很为他感到高兴。祝愿他取得更大的成绩。

曹顺庆

2009年6月27日于四川大学

第一章

语言与话语

第一节　现代语言本质观研究路向及检讨

语言问题是现代学术最关注的问题之一，它对现代哲学、文学、历史等各个学科都有深刻而深远的影响。但现代语言研究也存在着明显的问题，主要是语言学和语言哲学之间的分裂与隔膜。我们看到，当代语言研究明显表现出两种不同的语言本质观以及相应的研究趋向和路径。语言学基本上持语言工具观，所以主要是在形而下的层面上研究语言，而语言哲学则基本上持语言思想本体观，所以主要是在形而上的层面上研究语言。两种研究既没有冲突，也缺乏交流与融合，各在自己的领域内沿着各自的方向展开。不同的问题意识和不同的研究路径以及相应的不同语言本质观，不仅明显地表现在语言学和语言哲学的研究之中，在语言哲学内部，也大略表现出这样两种不同的倾向。

但语言本身并不具有这样一种分裂性，问题出在我们对语言的研究和认识。

那么，语言学关于语言研究的问题意识和研究路径合理性在什么地方？问题又在什么地方？语言哲学关于语言研究的问题意识和研究路径合理性在什么地方？问题又在什么地方？语言本质工具论有什么合理性？又存在什么缺陷？语言本质思想论有什么合理性？它又存在什么缺陷？语言学的语言本质观和研究方法与语言哲学的语言本质观和研究方法能否整合？本节将通过对当今语言本质观研究的现状进行描述和分析来回答这些问题，并提出解决问题的初步设想。

综观当今的语言问题研究，我们看到，实际上存在着三个领域的语言研究。

一、语言学领域的语言研究。这是职业的语言学研究，包括研究文字、语音、语法、词汇等，就中国来说，主要包括现代汉语、古代汉语、普通语言学三个二级学科。其中，现代汉语和古代汉语主要是对语言现象的规则进行总结，包括词义的释训，总体上来说具有技术性。而普通语言学则研究语言规律，既研究语音、语法、构词规律，也研究语言的性质，研究语言与思维、语言与思想文化之间的关系，而这后一点则具有哲学的意味，和语言哲学比较接近。但总体上，在中国的语言学中，语言的起源、语言的本质、语言与思想思维之间的关系、语言与文化之间的关系等这些问题并没有得到深入的追问，这种研究在中国语言学中是另类的，因而是被排挤的，其研究成果也很难在专业的语言学研究刊物中展示出来。语法、语音包括方言的研究则是正宗或者说主流的语言学。

与中国的语言学不同，西方的语言学则明显地表现出重语言技术性与重语言思想性的二分倾向，这两种倾向既表现在不同的语言学家之间，也表现在同一语言学者的不同研究之中。这种分裂具有很深的历史根源，事实上，19 世纪以来，西方语言学研究就明显表现出这两种不同的趋向和路径。比如布龙菲尔德的《语言论》就重语言规则研究，而萨丕尔的《语言论》则重语言规律研究。洪堡特既研究语言的具体问题，也抽象地研究语言的文化思维问题，前者代表性著作如《论某些语言中方位副词与代词的联系》；后者代表性著作如著名的《论人类语言结构的差异及其对人类精神发展的影响》。索绪尔也这样，早期的索绪尔主要讲授哥特语、希腊语、拉丁语、梵语等具体的语言，后来由于偶然的机会才讲授“普通语言学”，其《普通语言学教程》明显具有哲学化的倾向，对后来的结构主义诗学影响巨大。其他如雅柯布森、乔姆斯基等其语言学研究都表现出非常复杂的情况。总体来说，外国语言学基本上是“重语言技术”与“重语言思想”平分秋色，并且在各自的领域发生方向不同的影响。当今西方语言学不过是沿袭了这样一种格局。

二、外语领域的语言研究。外语作为学科，在中国具有特殊性。中国的外语系作为机构最早可以追溯到晚清的“同文馆”和“广方言馆”，其初与工商等专业具有同样的性质，是一门具有实用性和技艺性的学科。实用性和技艺性至今仍然是外语专业的最重要的特征，所以，对外国语言的“听”、“说”、“读”、“写”作为熟练的技能仍然是外语学习的最重要甚至是终极目的。但另一方面，随着外语作为学科的长期建构和积淀，外语的人文性越来越强，从简单的语言学习开始，外语专业越来越走向对外国语言和文学的研究。在这一意义上，外语界对于语言的研究是从对外国语言的“教”和“学”而切入的。

总体来说，外语界对于语言的研究也大致在语言的工具性和语言的思想性这两个层面上展开。从教学的角度对语音、语法、词汇规则的研究，这是典型的语言技术研究，具有形而下性。而从语言的角度研究外国文学、外国文化，研究外国语言与外国思想之间的关系，这是语言哲学研究，具有形而上性。特别是随着对于翻译的深入追问，研究翻译的跨文化性、跨语际性，以及这种跨越性对本土文化、文学和语言思想的影响，这和语言哲学比较接近。所以，外语学界的语言学研究也表现出分裂的状况。

三、哲学领域的语言研究，即语言哲学研究。语言哲学也明显二分，即以分析哲学为主体的语言哲学，和以现象学、解释学、结构主义为主体的语言哲学，前者重具体语言问题分析，具有技术性，后者则更多地抽象地谈论语言与思想思维之间的关系，以及思想和观念问题的语言论基础。与语言学不同，语言哲学是从哲学的角度切入语言问题的研究，或者说追问哲学问题追溯到语言这里，研究语言不是语言哲学的终极目的，其终极目的仍然是哲学问题或者说思想问题。

检讨当今的语言问题研究，我们看到，不论是语言学、语言哲学还是外语教学与研究，它们对语言的研究都存在着片面性，片面的根源在于语言本质观的偏执，它们或者把语言看做是一种工具，只研究语言的技术性而忽略或否定语言的思想性，或者把语言看做是一种思想而忽略或否定语言的工具性。我们看到，语言学越来越成为语言技术学，语言学家越来越成为语言技术家。语言学满足于对语言事实的归纳和总结，而不追求解决思考的问题，不研究概念及意义，不研究语义问题，不研究语境问题，对于词汇缺乏思想层面的反思，这是有疑问的。语言的根本价值就在于它对人有意义有价值，所以，我们应该从意义和价值的角度来研究语言，特别是要从思想的角度来研究词语，要研究思想概念以及这种概念对于人类思想演进的作用，陈嘉映说："概念是研究的向导；如果我们不知道自己要往哪里去，就会立刻迷失在无穷繁多的形态同异之中。我们把含有 ai 音的句子归成一类，这在形态上是相当清楚的，然而没有任何概念内容，没有任何意义。"[①] 但事实上，我们看到，当代语言学中，语言的例子大多都是日常用语，语料都是从日常生活、文学作品、新闻报道中来。对于概念，我们更关注的是物质名词而不是思想名词，对于思想史的"关键词"更是少有研究，完全把它们交给了语言哲学。我认为，语言学拒绝对现代思想词汇进行研究，这是片面的，它只能研究语言在"形而下"层面上的规律，而不能研究语言在"形而上"层面上的规律。我认为，重视思想语言将会给作为学科的语言学带来翻天覆地的变化，将会使语言学向哲学敞开大门，从而使语言学的天地变得更宽广。

事实上，20 世纪语言哲学正是从这里切入，对哲学和思想问题展开语言研究，被称为"语言论转向"。20 世纪哲学"语言论转向"的根本原因是语言本质观发生了颠覆性的变化，这种颠覆被称为"哥白尼式的革命"。

而在语言哲学和思想领域，实际上也存在着两种不同的研究趋向和路径，表现出不同的问题意识。这两种研究路向同样存在着它们各自的优点和缺点，检讨语言哲学主要是西方语言哲学研究关于语言本质的观点，对于我们反思语言研究和认识语言的本质同样是非常重要的。

---

① 陈嘉映：《语言哲学》，北京大学出版社 2003 年版，第 20 页。

对于语言哲学，在名称上向来存在着分歧。在英语中，表示语言哲学的有两个基本词汇："philosophy of language"、"linguistic philosophy"，还有一些变种，比如"philosophy of linguistics"，这里关键的词有两个，一是"language"，二是"linguistics"，前者泛指语言，后者则指具有技术性的语言学，所以，我们通常把"philosophy of language"翻译成"语言哲学"，而把"linguistic philosophy"翻译成"语言学哲学"。linguistic philosophy"对意义、同义词、句法、翻译等语言学共相进行哲学思考，并且对语言学理论的逻辑地位和验证方式进行研究。因此，语言学哲学是科学哲学的特殊分支之一，与物理学哲学、心理学哲学等并列。"而 philosophy of language "可以留下来称呼语言哲学原初领域剩余的那些部分，包括关于语言的本质、语言与现实的关系等内容的或多或少具有哲学性质的论著。沃尔夫的《语言、思想与现实》，也许还有维特根斯坦的《逻辑哲学论》。"[①] 当然，也有相反的约定，比如徐友渔说："大致说来，我们可以作如下区分：语言哲学是哲学的一个分支、一个领域，它研究语言与实在的关系、意义的性质、真理概念、言语行为等问题。语言学哲学（或称为'语言分析'）不是哲学的分支而是一种哲学方法，它对本体论、认识论和伦理学等领域中所用的概念进行分析。"[②]

区分"语言哲学"与"语言学哲学"其实是很重要的，"语言哲学"与"语言学哲学"实际上反映了两种不同的语言哲学研究的路径和倾向。语言哲学上把这种不同称为"英美传统"与"德法传统"[③]，或者称之为"分析哲学传统"与"现象学—解释学传统"[④]。前者以弗雷格、罗素、奥斯汀、蒯因、克里普克等人为代表，后者以胡塞尔、海德格尔、伽达默尔、德里达等人为代表。

两者的研究也根本不同，前者研究语言中的哲学问题，比如指称、真

---

① 万德勒：Liguistics in Philosophy，转引自陈嘉映《语言哲学》，北京大学出版社 2003 年版，第 4 页。

② 徐友渔：《"哥白尼式"的革命》，上海三联书店 1994 年版，"序言"第 3—4 页。

③ 参见徐友渔等著《语言与哲学——当代英美与德法传统比较研究》，生活·读书·新知三联书店 1996 年版，"前言"第 335 页。

④ 陈嘉映：《语言哲学》，北京大学出版社 2003 年版，第 2—3 页。

理、语义、摹状词、言语行为、句子、人工语言等，非常专业，需要系统的学习才能进入。后者则可以说是从语言的角度来研究哲学问题，特别是研究语言与思维、思想之间的关系。胡塞尔从语言的角度研究逻辑，海德格尔从语言的角度研究“存在”。“英美传统”研究的语言既包括哲学语言，也包括日常语言，其中以日常语言为主，有大量的语言实例；而“德法传统”研究的语言主要限于哲学，即具有思想性、抽象性的语言，又因为他们认为语言具有整体性，是一个系统，所以，他们基本上不以具体的语句为例来说明问题，他们只讨论具体的概念、范畴和话语方式。比如海德格尔讨论“是”、福柯讨论“性”、德里达讨论“结构”、利奥塔讨论“合法性”，他们的确是在语言的层面上讨论这些“词”，但海德格尔的“是”已经不同于弗雷格、罗素等人的“是”，前者属于哲学命题，后者属于语言分析的“句法”。

正是因为对于语言研究的不同的问题意识和不同的路向以及不同的选取对象，所以在语言本质问题上，“英美传统”与“德法传统”表现出不同的观点。总体来说，“英美传统”与语言学的观点比较接近，虽然他们也研究语言与现实的关系，认为很多哲学问题从根本上是语言问题，可以通过语义分析终极性地解决，但他们总体上认为语言是对事物和思想的命名，具有工具性。维特根斯坦曾说：“凡是能够说的事情，都能够说清楚，而凡是不能说的事情，就应该沉默。”[①] 维特根斯坦这个判断比较典型地体现了“分析哲学传统”的特点，一方面，他们强调语言对于哲学的绝对意义，但另一方面，他们又强调语言背后有一种“事情”，只是有的“事情”是透明的，有的“事情”是不透明的，因而有的“事情”可以被言说，有的“事情”不能够被言说，说到底，还是“事情”决定语言。这样，“分析哲学传统”的语言观就具有逻辑经验主义的特点。而“德法传统”则是比较鲜明的语言思想本体论，他们认为语言就是思想本身，而不承认语言背后还有思想，或者思想可以脱离语言而赤裸裸地存在。用海德格尔的话说：“语言是存在之家”，“人诗意地栖居在语言之中”。“唯有词语才让一

① 维特根斯坦：《逻辑哲学论》，商务印书馆 1962 年版，第 20 页。

物作为它所是的物显现出来，并因此让它在场。”“‘词语缺失处，无物存在’——指点出词与物的关系，它指明，词语本身就是关系，因为词语把一切物保持并且留存于存在之中。倘没如此这般的词语，那么物之整体，亦即‘世界’，便会沉入一片暗冥之中；包括‘我’，即那个把所遇到的奇迹和梦想带到他的疆域边缘、带向名称之源泉的‘我’，也会沉入一片暗冥之中。”[①] 在海德格尔看来，正是语言构成了我们的这个世界，没有语言，世界包括人本身都会陷入一种混沌之中。这和索绪尔的观点不谋而合，索绪尔曾说：“从心理方面看，思想离开了词的表达，只是一团没有定形、模糊不清的浑然之物。哲学家和语言学家常一致承认，没有符号的帮助，我们就没法清楚地、坚实地区分两个观念。思想本身好像一团星云，其中没有必然划定的界限。预先确定的观念是没有的。在语言出现之前，一切都是模糊不清的。”[②] 从主体的角度来说，没有语言其实就是没有思想。

“语言说”是海德格尔的一个重要命题，它其实就是强调语言对于人及其思想的决定意义，他说：“如果我们一味地把注意力集中在人之说上，如果我们仅仅把人之说当作人类内心的表达，如果我们把如此这般构想出来的说视为语言本身，那么语言之本质就始终只能显现为人的表达和活动。但是，人之说作为终有一死者的说并不是以自身为本根的。终有一死者的说植根于它与语言之说的关系。”[③] “语言说”与“人说”相对应，它们之间的关系是：“人说”植根于“语言说”。语言具有深层性，具有根本性，人说什么受深层的语言的制约和规范，这就是后来广为人知的“不是人说语言而是语言说人”这一命题的由来。海德格尔这里所说的“人”指的是个体而不是“人类”，“终有一死”强调的是人的个体性以及人作为个体的短暂性。这里所说的“语言”指的是语言方式而不是指具体的语言现象，语言作为人的生存方式具有永恒性、超越性。海德格尔认为不能从“人之说”这一角度来定义语言，如果这样，人在语言面前就具有主动性，

---

① 海德格尔：《语言的本质》，《海德格尔选集》下册，上海三联书店 1996 年版，第 1068、1071、1079—1080 页。

② 索绪尔：《普通语言学教程》，商务印书馆 1980 年版，第 157 页。

③ 海德格尔：《语言》，《海德格尔选集》下册，上海三联书店 1996 年版，第 1002 页。

而语言则是由人任意操纵的，这样语言就必然沦为人的工具。但事实上并不是这样，实际上语言从深层上控制人的言说，人说什么以及如何说并不是人本身能把握的，人只能在语言的范围内具有主动性，这就是福柯后来所说的“话语的权力”。所以，应该从语言本身来定义语言，因而语言具有思想本体性。

如果说海德格尔对语言本质的表述还有些令人费解的话，那么，伽达默尔的表述就非常清晰与明白。伽达默尔说：“语言能让某种东西‘显露出来’和涌现出来，而这种东西自此才有存在。”“世界在语言中得到表述。”“语言并非只是一种生活在世界上的人类所适于使用的装备，相反，以语言作为基础，并在语言中得以表现的是，人拥有世界。世界就是对于人而存在的世界，而不是对于其他生物而存在的世界，尽管它们也存在于世界之中。但世界对于人的这个此在却是通过语言来表述的。……如果这个个人是在这种语言中成长起来的，则语言就会把他同时引入一种确定的世界关系和世界之中。”[①] 又说：“语言根本不是一种器械或一种工具，……在所有关于自我的知识和关于外界的知识中我们总是早已被我们自己的语言包围。”“语言越是一种活生生的过程，我们就越不会意识到它。因此，从语言的忘却中引出的结论就是，语言的真实存在就在于用语言所说的东西。语言所说的东西构造了我们生活于其中的日常生活……语言的真实存在即是当我们听到它时我们所接纳的东西——被说出来的东西。”[②] 在伽达默尔看来，我们总是语言地据有我们的世界，人类社会的形态就是语言的形态，我们任何人和任何人的思想都脱离不开这样一种形态。语言不是人的工具，而是人存在本身。洪汉鼎先生对伽达默尔进行解释说：“我们并非先同世界有一种超出语言的接触，然后才把这个世界放入语言的手段之中，而是我们与世界的接触和经验本身从一开始就是在语言中进行的。语言对我们来说，绝不是把握世界的工具，而是构造世界的经验本身。”“语言支配我们对世界的经验，因此我们对特定对象的把握和

① 伽达默尔：《真理与方法——哲学诠释学的基本特征》下卷，上海译文出版社 1999 年版，第 489、566 页。

② 伽达默尔：《哲学解释学》，上海译文出版社 1994 年版，第 62 页、“编者导言”第 22 页。

经验就不是自我创造的，而是预先设定的。语言总是使我们按照它的要求行事。”[①] 这个解释是非常准确的。

现象学—解释学语言哲学关于语言本质的观点的确非常有道理，并且也是事实，但这些道理和事实只限于思想领域，超出了思想领域，它就表现出局限性和片面性。可以说，思想脱离了语言根本就不存在，不能说语言是思想的工具或者思想存在于语言之中，而是二者根本就是一体的。但在日常生活和形而下领域，语言仍然具有工具性，人可以脱离语言对事物进行直观的把握，我们丝毫不能否认这种把握的有效性，以及它优越于语言把握的地方。比如，没有“树”的概念，我们仍然能感觉到树的存在，并且不能说这种感觉是不清晰的。感觉、知觉、表象、概念、判断和推理，这是人类认识的基本过程，应该说，判断和推理作为高级思维活动是纯粹的语言过程，或者说是在语言内部完成的。而感觉、知觉、表象则不完全是语言的过程。我们的思维活动主要是在语言范围内进行的，但我们不能因此否认人类低级认识活动的存在，从感觉、知觉、表象到概念的认识活动任何时候都是存在的，这也就是说，对事物的命名作为人类认识的过程任何时候都是存在的。研究语言的本质，我们必须把人类的认识过程整个地考虑在内。

“德法传统”的语言哲学最大的缺陷就是它实际上把语言局限于哲学的范围内，它所研究的语言是哲学语言或思想语言，而不是人类所有的语言。换句话说，它只看到了语言的哲学性或者说思想性，它关于语言的思想本体论观点只适用于哲学概念，只对哲学概念有效，只限于思想范围。相对于传统语言本质论即工具论来说，现代语言哲学可以说发现了语言的另一面，开辟了语言研究的另一个天地，其贡献是巨大的，它促进了语言学的巨大进步，大大拓展了语言研究的深度，发现了语言与哲学、与我们的思想和学术之间的内在联系，从而导致20世纪整个哲学研究的“语言论转向”。但语言哲学肯定语言思想本体性的时候，完全否认传统的语言工具性，并把二者完全对立起来，这又失之片面。

① 洪汉鼎：《诠释学——它的历史和当代发展》，人民出版社2001年版，第255—256页。

反思中西方迄今为止的语言学和语言哲学研究，我们发现，对于语言本质，我们在思维方式上也是存在着问题的。什么是“本质”？我们一般的理解是：本质是事物的根本属性，而根本属性只有一个，其他属性都是由根本属性决定的。但“根本属性”是否只有一个，本质是否是单一性的，这是值得怀疑的。就语言来说，“工具性”和“思想本体性”都具有根本性，只是这种根本性表现在不同的语言现象上。

这里涉及另一个更为根本的问题，就是语言的“元”性问题。过去，语言一直是一个“元”概念，即是不可再分的概念或者说最小的概念。语言作为“元”概念，具有内在的统一性，即具有某种纯粹的品质，这种品质存在于所有的语言现象之中，并且这种品质对所有的语言都具有根本性。但现在看来，语言并不具有这样一种统一性，语言的品质也不是单一的。日常语言和哲学语言在形式上相同，但在内在的品质上存在着巨大的差异，我们无法用某种品质对它们进行统一的概括。语言具有“形而下”性和“形而上”性，这是两个不同的层面，在“形而下”的层面上，语言具有工具性；在“形而上”的层面上，语言具有思想本体性。语言的工具性和思想本体性都是语言的本质。

总之，当代语言哲学与语言学虽然都以语言现象作为研究对象，但其研究的方法、观点和目的等都有巨大的差别。为什么存在如此大的差异？我认为语言本质观的偏颇是其根本原因。非常明显，按照不同的语言观，语言研究就会走向不同的路径。那么，如何消弭这种差异？如何弥合语言哲学和语言学之间的裂隙？我认为最重要的就是对两种语言本质观进行新的整合。语言本身具有统一性，语言的工具性和思想本体性，都是语言的本质，二者其实是可以相互补充的，在互补的意义上二者可以整合。

第二节　语言的“工具性”和“思想本体性”及其关系

20世纪哲学的一个重大突破就是对语言思想本体性的发现，这个发现给整个人类思想和思维方式带来了深刻的革命。但是，“思想本体性”就是语言的唯一本性吗？语言的“思想本体性”能否取代或包容传统的语言“工具性”？如果不能，它们之间是一种什么关系？其深层的理论根据又是什么？对于这些问题，哲学和语言学都缺乏深入的研究。笔者将尝试回答这一问题。

哲学史充分表明，很多重大理论基础和思维方式的突破常常是术语、概念的突破。思想上的“元概念”的分裂有如物理中的“原子”的分裂一样力量巨大。“意识”是这样，“时间”是这样，“语言”同样也是这样。20世纪哲学最重要的特色就是所谓“语言论转向”，即注重从语言的角度来研究思想和思维，并对很多重大的传统问题进行新的解决。

语言何以能给哲学思想带来如此大的革命？我认为这与“语言”在概念上的变化有很大的关系，与我们对语言本性的新的理解或发现有很大的关系。20世纪之前，“语言”在哲学中是一个“元概念”。所谓“元概念”，即最小概念或者最基本概念，其特征是在哲学意义上具有不可分性。语言呈现为各种各样的形态，但它都属于符号，是思想的工具，在“符号”和“工具”的层面上，它具有统一性。把语言根据语种区分为汉语、英语等国别语言，根据外形特征区分为象形文字、拼音文字，把词语区分为动词、名词、连词等，这些都不改变语言的“符号”和“工具”的性质，对于哲学思想没有什么特别的意义。但是到了20世纪，语言的“符号”和“工具”性开始遭到哲学的质疑，也即语言作为“元概念”遭到质疑。人们发现，语言具有思想本体性。这一发现，给整个哲学和思想领域带来了一场深刻的革命。

20世纪之前，哲学总体上对语言缺乏“自我意识”，也就是说，哲学整天都在和语言打交道，但却想当然地认为是在和语言背后的思想打交道，缺乏对思想的语言性反思。哲学也使用“语言”这个概念，但是只在日常的层面上使用它，它还只是一个一般性词语而不是哲学术语，换句话说，哲学中只有语言学的“语言”概念而没有自己的“语言”概念。20世纪哲学发现了语言的思想本体性，实际上是发现了或者说建构了一个哲学的“语言”概念，这样，“语言”就和“物质”、“意识”、“主观”、“客观”

等一样成为一个哲学基本概念或关键词，从而改变了哲学研究的内部结构。

人们发现，在哲学的层面上，语言不再是思想载体而是思想本身。对于这一观点，英国电视制作人麦基在70年代的一次哲学访谈中曾经有一个概括，我认为他这个概括非常准确，道出了西方语言哲学对于语言本质的基本观点，既深得现代哲学“语言转向”论的精髓，又非常通俗和简明。他说：“什么是真理?”“什么是美?”“什么是正义?”“这些问题似乎意味着无形抽象物的存在，似乎无论以什么词汇表达，那些东西毕竟是独立存在的。似乎哲学家们一直想穿过问题、穿过语言面达到隐藏在语言背后的某种非语言的现实。针对这种观点，语言哲学诞生了。语言学哲学家认为，这种观点是一种很大的错误，它导致我们思维上的各种严重错误。他们说，这些词后面根本不存在任何独立的实体。语言是人的一种创造，我们发明了词，决定它们的用法。理解一个词恰恰意味着知道怎么用它。以‘真理’这一概念为例，当你充分地理解怎么去正确地使用‘真理’这个词，以及与它有关的‘真正的’、‘真实的’等词的时候，那么你就充分地理解了它的意思。这个意思仅仅是这个词的既有用法，而不是某种存在于某些非语言领域的独立实体。”[①] 就是说，在传统语言学那里，语言具有透明性。在传统语言学那里，语言是一种媒介或者工具，我们可以透过语言达到对语言背后的思想或实在的认识。换一句话，语言从本质上是一种物质外壳，包藏在物质外壳里面的是无形的思想，思想虽然无形，但却是一种客观存在，并且它先于语言而存在，或者说，语言本质上是一种表象，表象的背后是深层的思想。这就是所谓“语言工具论”，可以最简单地表述为：语言是表达情感和交流思想的工具。而现代语言哲学最大的贡献就在于它突破了传统根深蒂固的语言“工具”观。它认为，语言的意义就是语言本身，就在于语言的具体使用。思想就存在于语言之中，而不存在于语言之外。不存在独立于语言之外的实体。所以，思想就是语言本身，并没有脱离于语言的赤裸裸的思想。用洪堡特的话概括就是：“人们可以把

① 麦基编：《思想家》，生活·读书·新知三联书店1987年版，第182页。

语言看做一种世界观，也可以把语言看做一种联系思想的方式。”[①] 这就是语言“思想本体论”。现代哲学的很多重大观点突破就建立在这样一种语言本质观的基础上。

语言“思想本体”论的观念比较早地可以追溯到洪堡特、索绪尔，在语言学的意义上把这种思想完善化的是沃尔夫、雅柯布森等人，在哲学上对它进行充分论证和表述的则是罗素、维特根斯坦、海德格尔、伽达默尔等人。而把这种思想运用在哲学研究上，做得最好、成就最大的是福柯，福柯的话语实践理论及话语分析研究，其深层的哲学基础主要就是语言思想本体论。总结从洪堡特到福柯的语言思想，我们看到，他们基本上都是反“语言工具论”的，比如海德格尔说：“语言之本质并不只是在于成为理解的工具。凭这一规定性全然没有触着语言的真正本质，这一规定无非是语言之本质所导出的一个结果而已。语言不只是人所拥有的许多工具中的一种工具；唯有语言才提供出一种置身于存在者之敞开状态中间的可能性。唯有语言之处，才有世界。”[②] 伽达默尔说：“语言根本不是一种器械或一种工具。因为工具的本性就在于我们能掌握对它的使用，这就是说，当我们要用它时可以把它拿出来，一旦完成它的使命又可以把它放在一边。”[③]

但是，“语言工具论”真的可以简单地被定性为“错误”而予以抛弃吗？语言“思想本体论”就是绝对正确的吗？它能涵盖所有的语言现实吗？语言“思想本体论”可以取代“工具论”吗？这些其实都是值得深入追问的问题。我们承认语言“思想本体论”的合理性，但这种合理性有它的局限和范围；我们承认语言“工具论”的问题和片面，但“工具论”也有它的历史根据和现实依据。

为什么传统的语言学不关注语言的思想问题，这与传统的语言学主要研究语言形式、说话的规则等语言技术问题有很大的关系，从这样一个角度来研究语言，势必对语言的思想性视而不见。相反，现代语言哲学不关

---

① 洪堡特：《论人类语言结构的差异及其对人类精神发展的影响》，商务印书馆 1997 年版，第 47 页。

② 海德格尔：《海德格尔选集》（上），上海三联书店 1996 年版，第 314 页。

③ 伽达默尔：《哲学解释学》，上海译文出版社 1994 年版，第 62 页。

注语言形式问题，不研究语言对于思想情感的表达问题，不研究语言对于客观世界的传达问题，这与现代语言哲学主要关注思想和思维问题有很大的关系。但是，对语言的“工具性”不关注，或者说视而不见，不等于语言的“工具性”不存在。对事物的命名，对情感的表达仍然是语言的根本特性之一，并且这种特性不是派生的，而是本源的。

我认为，不能因为语言“思想本体性”具有合理性，不能因为它在哲学上的适用性以及给哲学带来了深刻的革命，就否定传统的语言本质观。传统的语言工具观同样具有适用性，具有历史和现实根源，同样构成语言的本质。

语言本质最重要的问题是“词”与“物”的关系。传统的语言工具观正是根源于对“词”与“物”关系的一种描述。语言首先是“词”[①]，而“词”起源于对事物（object）的命名，这是中西方对于语言起源比较一致的看法。中国古代的《易经》说：“上古结绳而治，后世圣人易之以书契。”“古者庖牺氏之王天下，仰则观象于天，俯则观法于地，视鸟兽之文与地之宜，近取诸身，远取诸物。”这句话所隐含的语言意义是：文字（即词）起源于对事物的命名，本质上是事物的符号。所以章太炎说：“语言者不冯虚起。呼马而马，呼牛而牛，此必非恣意妄称也。诸语皆有根，先征之有形之物则可睹矣。”[②] 西方也基本上是这样一种语言起源观，德国语言学家赫尔德认为，语言起源于人的“悟性”（Besonnenheit），“第一个被意识到的特征就是心灵的词！与词一道，语言就被发明了。”[③] 他在《论语言的起源》一书的扉页上引了西塞罗的话：“词语是事物的符号”，这显然也是他自己的观点。奥古斯汀说：“我看见大人称谓某个对象，同时转向这个对象，这时我会猜测，他们用这个声音来指称他们所要指出的那个对象。”[④] 早期西方的语言理论就是建立在这样一种普遍而简明的语言现象

① “词”包括声音和文字两部分，通常认为声音先于文字。对于二者谁对词更具有本质性，20世纪语言哲学界存在着争论，这种争论与笔者所要论述的问题关系不大。

② 刘梦溪主编：《中国现代学术经典·章太炎卷》，河北教育出版社1996年版，第28页。

③ 赫尔德：《论语言的起源》，商务印书馆1998年版，第27页。

④ 奥古斯汀：《忏悔录》，商务印书馆1963年版，第11—12页。

之上。

语言不仅仅是起源于对事物的命名，并且这种命名活动在今天的语言现实中仍然在广泛地延续。在现代社会，每年都产生大量的新词语，涉及政治、经济、金融、贸易、商业、文化、科技、教育等。分析这些词语，我们看到，它们绝大多数都是名词，都是对物质及日常生活现象的命名。在这里，语言显然仍然是符号和工具。正是在工具的层面上，各种语言之间能够进行相互翻译和转换而不至于有多少损益。这是简单的道理，也是基本的事实。这种简单的道理和基本的事实对哲学没有太大的意义，但哲学在思考艰深的问题时不能忽视简单的道理和基本的事实。

我们对传统语言本质工具论的独断性提出批评，但语言的工具性本身却并不能完全否定。现代哲学语言本质"思想本体性"有它的合理性，特别是对于纠正传统语言本质观的偏颇有它的积极价值，但现代语言哲学完全否认语言的工具性，否认语言对事物的命名性，否认语言与世界的对应关系，这又走向另一种偏颇从而失当。就语言的现实来说，语言的确具有形而上性，正是在形而上的层面上，语言具有思想本体性。所谓"思想本体性"，即是说，语言不是思想的载体或附属物，语言就是思想本身，思想产生于语言内部，概念的产生就是思想的产生，概念的衍生就是思想的衍生。思想在语言内部自我循环，它指向语言本身而不是通过语言指向某种实在。思想性的语言不具有透明性，思想不是穿越语言达到某种实体。但"思想本体性"只是语言现实的一方面或者说一部分，另一方面，语言又具有形而下性，在形而下的层面上，语言仍然具有工具性。我们不能否认物质实在的存在，而我们对物质实在的把握是通过语言的方式来完成的，也就是说，语言是我们把握物质实在的桥梁和中介，我们的终极目的不是把握语言，而是透过语言把握语言背后的物质实在，得鱼忘筌，得到物质实在以后，我们可以把语言抛开。在这一意义上，语言是事物的符号，具有形式性。

语言之所以既具有思想本体性又具有工具性，是由世界的本性决定的。总体来说，世界实际上可以划分为两个部分，即形而上部分和形而下部分，大略相当于我们日常所说的精神的世界和物质的世界，在形而上即

“道”的层面上，语言具有思想本体性，而在形而下即“器”的层面上，语言具有工具性。或者说，语言本质工具观主要适用于日常生活领域，而语言本质思想本体观主要适用于思想领域。所以，笔者提出语言本质“道”“器”论[①]，认为语言的工具性和思想本体性是语言的两个层面，这两个层面所针对的是不同的语言现象。比如“树”作为概念，它具有工具性，“树”作为语言它的意义不在于“树”作为词本身，而在于“树”作为符号所标示或指称的对象，在这里，“树”作为语言就具有透明性，在我们日常的语言行为中，我们实际上要把握的是“树”的实在而不是“树”的概念，“树”的概念最终是由“树”的实体决定的。而“上帝”作为概念则具有思想本体性，“上帝”作为语言的意义就在“上帝”这个词本身，更准确地说，在于“上帝”作为一种话语方式，“上帝”的意义是由“上帝”这个词以及相关话语决定的，而不是由“上帝”的物质实在决定的。与“树”这种概念不同，“上帝”仅仅是一个词，它指向自身而不是指向词之外的某种实在。在工具性的语言中，先有“树”然后才有指称“树”的概念，但在思想性的语言中则恰恰相反，先有“上帝”的概念，然后才有对“上帝”的作为客观实在的想象。“上帝”在根本上是人的一种思想，而不是一种客观存在。

回到麦基上面对于现代语言哲学关于语言本质的概括，我们看到，现代语言哲学正是在思想的层面上对语言进行追溯从而与传统语言学分道扬镳并且持完全相反的语言观。“什么是真理?”“什么是美?”“什么是正义?”对于概念的思想性追问，这是现代语言哲学的出发点，但对这个出发点进行深入的追问，我们发现，这个提问是有问题的。“真理”、“美”、“正义”有某种共同性，都是形而上性的概念，它们不能涵盖所有的概念类型。正如我们上述所分析的，世界实际上可以划分为形而上和形而下两部分，相应的，在指称上，概念也可以划分为物质实在性名词和思想性名词，这两类名词作为语言现象其品格、功能和运作方式都有很大的不同，把形而下概念完全排斥在语言本质所概括和追问的范围之外，这样的语言

① 参见拙文《语言本质“道器”论》，《四川外语学院学报》2001年第2期。

本质观其片面性就可想而知了。

事实上，作为名词，“金山”、“飞马”、“独角兽”、“圆的方”从根本上不同于“杯子”、“电脑”、“狗”、“天鹅”。前者是思想概念，后者是物质概念；前者的意义指向词本身，而后者则指向物质实在。前者是思维的产物，后者则是实物的抽象符号。前者是表面上的物质名词，实质上的精神性名词，世界上根本就不存在“金山”、“飞马”、“独角兽”、“圆的方”等事物，它们本质上是现实在精神上的一种延伸和想象，在根本上属于人的思想。“杯子”作为词语的意义在于它能够指称实际的杯子，而“圆的方”则没有指称，它作为语词的意义在于它自身，具体地说，在于“方”与“圆”作为概念所构成的关系。把词语区分为物质名词和精神名词对于语法研究来说没有多大意义，但对于哲学研究来说则意义重大。语言学和语言哲学正是在这里分道扬镳，从而走向不同的研究路径。

“什么是真理?”和“什么是石头?”在语法上没有任何不同，但在思想上，这是两个完全不同的问题，对于它们的追问会导致完全不同的研究路径，并会得出不同的语言本质结论。就目前的现状而言，前者基本上是语言哲学的研究路径，其关于语言本质的结论就是语言思想本体论；后者基本上是语言学的研究路径，其关于语言本质的结论就是语言工具论。陈嘉映先生对于语言学与语言哲学的比较是非常深刻的，他说：“语言学家旨在更好地理解语言的内部机制，直到掌握这一机制甚至制造语言，哲学家从理解语言的机制走向理解世界，他不打算制造任何东西，而只是期待一种更深形态的理解生成。语言的哲学分析得出的道理是世界的道理，不是语言的道理。……哲学无法从高度形式化的科学汲取多少营养，语言学越成为一门标准的现代科学，它对哲学的帮助就越少。”[①] 需要补充说明的是，语言哲学也分析语言的道理，但不是语言形式的道理，而是语言与思维、语言与社会之间的关系，以及语言是如何生成思想的，从而研究思想的道理即世界。但这种区分并不为我们大多数的语言哲学家和语言学家所

① 陈嘉映：《语言哲学》，北京大学出版社 2003 年版，第 23 页。

重视，这也是当代语言学和语言哲学在语言本质观上存在着相互对应的致命弱点的重要原因，这是深为可惜的。

所以，语言的“工具性”不是海德格尔所说的是语言“思想本体性”导出的一个结果，而是和“思想本体性”并列的本质，同样是语言的根本属性。

“本质”是西方哲学史上一个古老的范畴，它与“现象”相对。古希腊时所谓“世界是由水构成的”、“世界是由火构成的”、“世界是由数构成的”等，都是一种“本质主义”。所谓“本质”，按照一般意义上的理解：“指事物本身所固有的、决定事物性质、面貌和发展的根本属性。”[①] 所谓“根本属性”，其实可以追溯到亚里士多德。亚里士多德认为，事物有多方面的属性，人们可以从多方面来认识事物，但只有认识事物的本质才是真正的认识，才是最充分的认识。对于“本质”，亚里士多德说：“一个事物的本质是它由于自身而被说成所是的那个东西。”[②] 亚里士多德还提出所谓“四因”说，这“四因”分别是：“质料因”、“形式因”、“动力因”、“目的因”，按照阿奎那的概括，“‘质料’是事物的原料，‘形式’是事物的本质，‘动力’是事物的制造者，‘目的’是事物所要达到的目标。”[③] 这样，事物的本质似乎就只有一个。

但是，事物的本质未必只有一个。列宁在谈到认识问题时曾说，人的认识只能是“从现象到本质、从不甚深刻的本质到更深刻的本质的深化的无限过程。”[④] 这实际上告诉我们，事物的“本质”不只有一个，而且还可以进行层次的区分。而后现代主义则干脆否定“本质”的存在，即所谓“反本质主义”，这当然是一个更复杂的问题。就语言来说，说语言没有本质，这过于极端，也不是事实，不能为大家所接受，但语言显然不只有一个本质，这却有充分的根据。我认为，语言具有工具性、具有思想本体性，还具有“诗性”，这可以说是语言的三个“维度”或“三个层面”（下

① 《现代汉语词典》，商务印书馆 1983 年版，第 52 页。

② 亚里士多德：《形而上学》，商务印书馆 1983 年版，第 129 页。

③ 托马斯·阿奎那：《亚里士多德十讲》，中国言实出版社 2003 年版，第 53 页。

④ 列宁：《哲学笔记》，人民出版社 1974 年版，第 239 页。

一节详细论述），它们都是语言的本质，只不过它们在不同类型的语言中表现出不同的情况：在哲学中，在观念和思维性的词语中，语言主要表现出思想本体性的本质；在日常生活的现象描述和交流中，特别是在物质性名词中，语言主要表现出符号性或工具性的本质；而在文学表现中，特别是在情感和色彩性的形容词中，语言主要表现出它的诗性的本质。关于语言的"诗性"本质，海德格尔曾有所论述，这主要是一个文学理论范畴，目前文学理论对这个问题却研究得非常少，还缺乏充分的论证。因为还缺乏基本的共识，这里将不讨论这一问题。

当今学术界或者说思想界实际上主要是两种"语言"概念，一是语言学的"语言"概念，主要是在"形而下"即日常生活的层面上有意义。二是哲学的"语言"概念，主要是在"形而上"即思想的层面上有意义。但这并不意味着我们有两种不同的语言，而仅仅意味着语言在内涵上的复杂性，就是说，语言在本质上实际上有两个层面，即工具的层面和思想的层面，这就是笔者所说的"二元"本质。但哲学上却对语言的"二元性"缺乏充分的认识，也缺乏理论上必要的整合。

语言"工具论"和语言"思想本体论"都有其合理性，语言"工具论"在日常语言中是合理的，语言"思想本体论"在哲学语言中是合理的，二者又都有其缺陷，它们都不能概括所有的语言现象和思维问题。在这一意义上，二者之间的优缺点恰恰构成互补和对照。思想性和工具性是语言的两个层面，二者针对和适用于不同的语言现象，并且具有不同的品性，语言作为工具具有形而下性（即"器"性），作为思想本体具有形而上性（即"道"性），语言的"道""器"不是矛盾而是相互补充从而在整合的意义上构成语言的本质。传统语言本质观即"工具论"的最大缺陷在于历史主义和经验主义，而现代语言本质观即"思想本体论"的最大缺陷则在于过于形而上学性从而绝对化。

语言的确起源于对事物的命名，并且这种本性至今仍然在延续。语言是由人创造出来的，在语言之初，人的确控制着语言，并且在今天人仍然在一定程度上控制着语言。语言之初，语言始终与社会现实、与物质实在紧密地联结在一起，文明之初的语言从根本上可以归结为词与物的关系问题。但是随着人类社会的发展和语言的积累，语言越来越脱离人的控制而具有自主性，越来越摆脱对客观实在的依附而具有独立性。人类的思想文化主要是通过语言的方式沉积下来的，人类变得越来越依赖于语言，所以，语言一旦成熟就走上独立的发展轨道，就不再被人随心所欲地控制，而是反过来控制人，规范人的思想和行为。语言一旦独立，它就不再是简单的对客观实在的命名和对世界的描摹，而是走向意义的自我生成，即语言不再是附属物而是它自身，其意义不仅来源于外部，同时也来源于内部，也即语言具有思想本体性。现代语言哲学正是从这里开始为我们敞开了一个全新的世界。

所以，完全根据语言起源来确定语言的本质并把它独断化，在思路上和逻辑上都是有问题的，其本质是一种“起源终极论”。其实，对于语言起源问题的意义和价值，西方也是有争议的，1866 年，巴黎语言学会对语言起源问题研究就提出怀疑。“丹麦语言学家威廉·汤姆逊认为：语言起源问题的研究与语言学毫无关系，既无直接联系，又无间接联系。”[①] 这句话当然过于绝对了，但语言起源与语言本质之间不是一一对应关系，我们不能完全根据语言的起源来判定语言的性质，这却是有道理的。

正是因为如此，我对传统语言工具本质观的独断论提出批评，也对现代语言思想本体本质观的独断论提出批评。当然，传统语言本质观其缺陷是多方面的，远不只是如上所述的“起源终极论”，但对传统语言本质观的反思不是这里研究的重点，恰恰相反，我这里更看重的是传统语言本质的合理因素，以及这种合理因素对于现代语言本质观所存在的缺陷的弥补，和对于克服现代语言本质研究困境的作用。

我认为，认识语言本质的“二元性”，特别是把语言的“工具性”与“思想本体性”这两个不同的层面区别开来，具有重要的学术价值。从前，在传统语言学那里，“上帝”、“石头”、“马”、“飞马”、“山”、“金山”都是名词，对它们进行类别的区别对于语言学来说，既没有什么意义，也没

---

① 裴文：《索绪尔：本真状态及其张力》，商务印书馆 2003 年版，第 17 页。

有必要。但是，现在，从语言哲学的角度来说，它们之间存在着根本性的区别，并且这种区别会深刻地导致思想方式和问题的完全改变。在语言学那里，“什么是马?”与“什么是飞马?”作为问题是没有什么差别的，但一旦加入哲学的维度，对“马”和“飞马”作概念性质的区分，那么，在语言本质的“二元性”语境下，我们问：“什么是马?”实际上是在追问“马”的物质，这种追问最终会导致科学，即对马的科学研究。我们问：“什么是飞马?”实际上是对人的思想方式的追问，是在对词语本身进行追问，这种追问最终会导致哲学分析，具体地说，会导致话语分析。因为“马”和“飞马”是两个完全不同性质的概念，前者是语言学的概念，后者是哲学的概念，前者是物质层面上的概念，后者是思想层面上的概念，前者具有工具性，后者具有思想本体性，所以，“什么是马?”与“什么是飞马?”看似只有一字之差，但却是两个完全不同的问题，前者是科学问题，后者是哲学问题。解决这两个问题，用的是两种完全不同的思想方式。

由此我们看到，以语言本质的“二元性”作为思想背景，对概念进行语言学和语言哲学的划分，进行思想层面和物质层面的划分，其哲学意义是非常重大的。这种区分能够使我们清楚地意识到我们所谈论的对象。有时，我们实际上是在通过语言谈论语言背后的物质对象或者事实，这时我们真正关注的是物质或事实，语言不过是我们通向物质或事实的中介。有时，我们似乎是在谈论一个“问题”，但我们不过是在谈论语言本身，因为“问题”就是话语方式，就是语言本身，脱离了特定的术语、概念、范畴，脱离了特定的话语方式，“问题”将不复存在，换一种语言、换一种话语方式，“问题”就会变化，就会是另外一个“问题”。很多问题的解决，并不是事实的“解决”，而仅仅是语言的“解决”。很多所谓“伪问题”其实是语言上的“消解”。历史、哲学、文学、道德、宗教等很多学术问题都是如此。“历史”作为已经消逝的事实，是不能改变的，改变的只是我们对历史的言说。中西方文化的差异，哲学思想、文学理论、宗教观念的差异，在根本上是两种话语方式的差异，从深层上根源于语言体系的不同。

第三节　语言的三个维度与文学语言学研究的三种路向

“文学是语言的艺术”，这是显然的事实，也是文学本质最核心的内容。但过去我们却很不重视从语言的角度来研究文学的艺术性，这应该说与传统的语言工具观有很大的关系。20世纪，语言研究在思想和哲学领域取得了巨大的突破，语言本质观也发生了巨大的变化。90年代之后，随着西方语言哲学以及结构主义、分析哲学、解释学等学说进入中国，中国的文学理论和文学批评也开始了自觉意识的文学语言学研究，取得了巨大的成就。但是，总体上来说，目前的文学语言学研究还存在着很多误解、混乱、缺陷，有很多问题包括很多概念都需要清理。本节试图对文学语言学研究进行总结、归纳，特别是探究这些研究的深层的语言学逻辑理路，以期推动文学研究向纵深发展。

语言具有三个层面，相应的，文学的语言学研究也表现出三种路径和向度。

语言的第一个层面：工具性。在工具的层面上，语言从根本上是对事物的命名，是事物的符号。在这一层面上，事物是第一性的，语言是第二性的；先有事物，然后才有语言；事物是内容因而具有根本性，语言是形式因而具有附属性；事物可以脱离语言而独立存在。因此，在语言的工具性层面上，语言学主要是研究语言的形式，特别是研究语言是如何表达事物的。“语言学是研究语言现象及语言规律的一门社会科学。”[①] 也就是说，语言学只研究语言本身，而不研究语言所牵涉的包括语言与人及其思想之间的复杂关系。传统语言学主要是在工具论的基础上研究语言的语音、语法、词汇、文字、方言、修辞、语言史、语言习得等，这也是我们今天主流语言学的基本内容。从这里也可以看到，语言本质工具观层面上的语言

① 高名凯、石安石主编：《语言学概论》，中华书局1963年版，第1页。

学主要是“形式语言学”或“技术语言学”。

在工具层面上从语言学的角度来研究文学，主要就是研究文学作品的语言形式、风格以及修辞等，当然也研究作家的语言运用技术。在西方，亚里士多德的《诗学》和《修辞学》都有关于文学语言问题的论述，但这些论述都是在文学的语言形式、语言风格和语言技巧上来讨论的。《诗学》第19章开始讨论“诗”（即文学）的“言词”问题，其中提到了“语气”，亚里士多德认为它属于“言词”的内容，但与“诗”没有太大的关系，所以没有展开论述。第20章专门讨论“诗”的“言词”问题，其中包括：“简单音、音缀、连接词、[arthron]、名词、动词、词形变化、语句。”第21章专门讨论名词问题，主要是对词进行分类：“字分普通字、借用字、隐喻字、装饰字、创新字、衍体字、缩体字、变体字。”[①] 并分别举例说明。此外，《诗学》还从语言的角度讨论了文学的风格以及格律等问题。这明显就是我们今天语言学的思路和模式。

《诗学》主要是研究戏剧和诗歌，这是当时“诗”的范围。而《修辞学》则主要研究“演讲的艺术”，也即当时的“散文的艺术”，因为古希腊的演说是当时主要的散文。而《修辞学》的第三卷基本上是讲语言问题的，虽然在“修辞”的意义上，亚里士多德也涉及语言的“诗性”问题，但总体上，亚里士多德在这里还是在工具的层面上讲语言，比如第二章“风格的美——普通字——本义字——隐喻字——附加字——指小字”、第五章“语言的正确性的五个要求”、第九章“连串句——环形句——对立子句——等长句——相似句”[②] 等，从标题我们就可以看出，它们属于语言学的范围，主要是在形式上、技巧上而不是在思想上、诗性上讲文学的语言。事实上，亚里士多德的这些观点和思维方式为西方语言学奠定的深

① 亚理斯多德：《诗学》，罗念生译，人民文学出版社1962年版，第67—68、72页。罗念生先生这里的“字”，苗力田主编的《亚里士多德全集》译为“词”，见《亚里士多德全集》第9卷，崔延强译，中国人民大学出版社1994年版，第673页。这段话的英译为：“every noun is either a word in current use or a foreign loan-word, a metaphor or an ornamental word, a poetic coinage or a word that has been expanded or abbreviated or other wise altered.”见 *On the Art of Poetry*，中国社会科学出版社1999年版，第60页。

② 亚理斯多德：《修辞学》，罗念生译，生活·读书·新知三联书店1991年版，“目录”第3页。

层的理论基础，成为西方语言学的源头和雏形，也确立了西方语言学的基本模式和发展方向。

中国古代总体上也是语言工具观，荀子的话非常具有代表性："名无固宜，约之以命。约定俗成谓之宜，异于约则谓之不宜。名无固实，约之以命实，约定俗成谓之实名。名有固善，径易而不拂，谓之善名。"（《正名篇》）这是非常典型的语言命名观。

在中国古代的文学理论著作中，也有大量关于文学语言的研究，比如刘勰《文心雕龙》中的"练字"、"章句"、"丽辞"、"比兴"、"夸饰"、"物色"以及"声律"等篇目，都有比较集中的关于文学语言问题的讨论。"心既托声于言，言亦寄形于字"（《练字》），正是这种语言观深深限制了刘勰对文学语言的研究。刘勰实际上始终是在工具的层面上来研究文学语言的，包括研究诗赋等文学作品的声律运用问题、对偶等修辞问题、用字问题等，还包括语言操作技巧，有时甚至讨论得非常具体，比如谈到声律，他说："然两韵辄易，则声韵微躁；百句不迁，则唇吻告劳。妙才激扬，虽触思利贞，曷若折之中和，庶保无咎。"（《声律》）谈到练字，他说："是以缀字属篇，必须练择：一避诡异，二省联边，三权重出，四调单复。"（《练字》）谈到对偶，他不仅进行了分类，而且还对每一种类型的优劣进行了评判："故丽辞之体，凡有四对：言对为易，事对为难，反对为优，正对为劣。言对者，双比空辞者也；事对者，并举人验者也；反对者，理殊趣合者也；正对者，事异义同者也。"（《丽辞》）诸如此类的例子很多。由此可见，刘勰实际上是在讨论文学中的语言问题，而不是在语言的层面上讨论文学问题。

以文学作品为例来讨论语言问题这正是中国古代语言学的传统。梁沈约的《四声谱》、隋陆法言的《切韵》、清代的《佩文诗韵》等都是以文学作品为主要语言材料来源，并且其目的也主要是针对文学创作的。20 世纪 60 年代，中华书局出版的《诗韵新编》其实是沿袭了这一传统。启功先生 60 至 70 年代编过一本小书，题为《诗文声律论稿》，专门讨论诗文中的声律问题。这些著作，在当时都是文学工具书，但现在却都是标准的语言学著作，与文学理论无涉，原因从根本上就在于，它们只研究文学作品中的语言形式问题，而不探讨这种语言形式与文学的艺术性之间的关系，更不深层地探讨这种语言形式的“思想性”和“诗性”问题。这可以从启功的话中得到证明，《诗文声律论稿》开篇这样说：“本文所要探索的是古典诗、词、曲、骈文、韵文、散文等文体中的声调特别是律调的法则，所采用的方法，是摊开这些文学形式，分析前代人的成说，从具体的现象中归纳出目前所能得出的一些规律。但如果问这些规律是怎样形成的，或者问古典诗文为什么有这样的规律，则还有待于许多方面的帮助来进一步探索，现在只能摆出它们的‘当然’，还不能讲透它们的所以然。这些初步结果，仅能说是进一步研究阶梯和材料而已。”[①] 可以看到，启功先生主要是从语言形式规律的角度来研究中国古典诗文中的声律问题，属于语言现象学，是对既有语言现象的形式总结和归纳，至于这些现象是如何形成的，为什么要这样，则不予以研究，但这恰恰是文学理论所要探究的问题，恰恰是文学的“文学性”和“审美性”的根源。在这一意义上，启功的《诗文声律论稿》是严格意义上的语言学著作而不是文学理论著作，它研究的是语言问题而不是文学问题。

事实上，当代很多文学和文学作品的语言研究都是属于语言学而不是文艺学，比如《〈诗经〉中的形容词研究》（赵金铭著，见程湘清主编《先秦汉语研究》，山东教育出版社 1992 年版）、《楚辞韵读》（王力著，上海古籍出版社 1980 年版）、《毛诗韵律》（丁惟汾著，齐鲁书社 1984 年版）、《古代文学作品语法集析》（施逵生著，上海社会科学院出版社 1989 年版）、《汉魏六朝诗歌语言论稿》（王云路著，陕西人民教育出版社 1997 年版）、《杜诗修辞艺术》（刘明华著，中州古籍出版社 1991 年版）、《戏剧语言》（马威著，上海文艺出版社 1985 年版）、《诗词格律浅说》（贺巍著，北京出版社 1978 年版）、《〈诗经〉双音词论稿》（朱广祁著，河南人民出版社 1985 年版）、《唐诗语言研究》（蒋绍愚著，中州古籍出版社 1990 年版）、《诗词的语言艺术》（李葆瑞著，吉林人民出版社 1981 年版）、《近体诗特殊语式》（颜景农著，江苏教育出版社 1987 年版）、《〈金瓶梅〉俚语俗谚》

① 启功：《诗文声律论稿》，中华书局 1977 年版，第 1—2 页。

(李布青著，宝文堂书店1988年版）等等都是如此，这些论著虽然研究文学和文学作品，但重心在语言而不在文学，除了少数研究修辞的著作涉及“文学性”以外，其他著作基本上是语言形式或语言工具研究。在这里，文学语言与一般的语言比如日常语言之间并没有实质性的不同，并且把文学语言与其他语言区别开来既没有必要，也没有意义。在我们今天的学科分类中，这些研究从根本上属于语言学而不属于文学理论。今天如果还持这样一种语言观以及相应的思路来研究文学，不管研究者其学科身份如何，他实际上是脱离了文学而进入了语言领域，已经不再是文学研究，而是语言研究。

过去很长一段时间内我们的文学语言学研究主要是在语言工具层面上的研究，比如研究作家的语言风格、文学作品的语言特点、从语言的角度研究文学的民间形式和民族形式等。这些研究本质上是把语言学的研究运用到文学研究中来，所以，于文学来说多是泛泛而论、浅尝辄止，不能深入，因为一旦深入就陷入了语言学，就意味着偏离了文学研究。更重要的是，在工具的层面上研究文学的语言，实际上只是研究了文学作品的语言形式，并没有从语言切入到文学的艺术性，也没有切入到文学的思想内容，其结果正如米勒所说，是“割断了语言与真实的历史世界、与活生生的男人、女人的世界的联系”[1]。所以，我认为，从语言工具性的角度来研究文学对文学来说其意义和价值并不大。

语言的第二个层面：思想性。在思想的层面上，语言即思想本体。在传统的语言工具观中，语言是人对事物的命名，所以人对语言具有主动性，语言作为人的工具，人需要它时可以拿来，不需要它则可以放下，人完全控制着语言。同时，语言既然是对事物的命名，那么事物和语言之间就可以分离，事物可以脱离语言而独立存在。但在语言思想观中，语言和思想是同一的，语言即思想，思想即语言，脱离了语言思想也就不存在。索绪尔说：“假如一个人从思想上去掉了文字，他丧失了这种可以感知的形象，将会面临一堆没有形状的东西而不知所措，好像初学游泳的人被拿

① 米勒：《重申解构主义》，中国社会科学出版社1998年版，第218页。

走了他的救生带一样。”[①] 人没有语言，人的思想就近于空白。语言当然是人创造的，但语言一旦创造出来，就在长期的积累和建构之后形成体系，就会反过来控制人，这个时候就不再是人说语言而是语言规定人的言说。在这一意义上，语言思想观是对传统工具观的破坏和反动。当然，我认为，语言的思想性与工具性并不是对立和冲突的，二者实际上相互补充，和语言的“诗性”共同构成语言的本质。

现代语言思想本体观是从两个方面或路径建构起来的。一是语言学，其中代表性的人物有：洪堡特、索绪尔、萨皮尔、沃尔夫、雅格布森等。二是哲学，更准确地说是语言哲学，其中又分为“德法传统”和“英美传统”[②]，或者“分析哲学传统”与“现象学—解释学传统”[③]，前者以弗雷格、罗素、奥斯汀、蒯因、克里普克等人为代表，后者以胡塞尔、海德格尔、伽达默尔、福柯、德里达等人为代表，当然还应该包括更早的尼采。现代语言学和语言哲学最大的贡献就是发现了语言与思想之间的深层关系，发现了很多所谓思想问题其实从根本上是语言问题。所以，从语言思想本体论的角度来研究哲学、历史、文学、伦理、道德等就构成了整个 20 世纪学术最重要的特色。

应该说，充分借鉴西方现代语言学和语言学哲学的成果，对中国文学和文学理论展开研究，给中国的文学和文学理论研究带来了巨大的冲击，也取得了丰硕的成果。从语言思想本体观来研究文学和文学理论，很多文学史问题和文学理论问题都有了新的看法，甚至于完全相反的看法。很多从前被忽略的文学现象及至文学细节和文学观念都得到了重新的重视，很多从前争论不休、似是而非、悬而未决的问题都有了新的结论，但又更进

---

① 索绪尔：《普通语言学教程》，商务印书馆 1980 年版，第 59 页。这段话的英语是这样表述的：“Whoever consciously deprives himself of the perceptible image of the written word runs the risk of perceiving only a shapeless and unmanageable mass. Taking away the written from is like depriving a beginning swimmer of his belt.” 见 *Course in General Linguistics*，中国社会科学出版社 1999 年版，第 32 页。

② 参见徐友渔等著《语言与哲学——当代英美与德法传统比较研究》，生活·读书·新知三联书店 1996 年版，“前言”第 1 页。

③ 陈嘉映：《语言哲学》，北京大学出版社 2003 年版，第 2—3 页。

一步引出一些新的问题。在语言思想本体论观照下，过去有些问题现在看来是伪问题，有些过去被广泛认同的结论现在看来是错误的，至少是不深刻的，有些结论则因为现代语言观而加强了论证，但更多的则是很多新的结论的产生。在语言思想本体性的层面上研究文学的诸多成果中，我认为，文论失语症和话语重建学说，以及从现代汉语的角度对现代文学进行反思和研究是最具有突破性和引人瞩目的成就。

“失语”之说，早在90年代初就有人提出，比如黄浩1990年在《文学评论》第2期发表《文学失语症》一文，对80年代中国小说中的“语言革命”提出批评。但自觉地运用语言学理论，从语言思想本体性这一角度来研究和反思中国文学理论，系统地提出“中国文论失语症”以及相应的“话语重建”问题，影响最大，成就最大的则是曹顺庆先生。从1995年在《东方丛刊》第三期发表《21世纪中国文化发展战略与重建中国文论话语》到新世纪初在《社会科学研究》第4期发表《在对话中建设中国文学理论的中国话语——论中西文论对话的基本原则及其具体途径》（与支宇合作），曹先生发表了系列专题论文。特别是《文论失语症与文化病态》和《再论重建中国文论话语》两篇文章，经常被人提到、引用和讨论，已经成为90年代中国文论的经典之作。在这些文章中，曹先生认为：“中国现当代文艺理论基本上是借用西方的一整套话语，长期处于文论表达、沟通和解读的‘失语’状态。”表现为：“我们根本没有一套自己的文论话语，一套自己特有的表达、沟通、解读的学术规则。我们一旦离开了西方文论话语，就几乎没办法说话，活生生一个学术‘哑巴’。”[①]“失语”是病症，“医治”这“病症”的办法就是重建中国文论话语，即“返回语言之家”、“返回精神家园”[②]，建立一种“具有中国文化精神特质而又吸收全人类文化成就的新型话语系统”[③]。

曹顺庆先生的“中国文论失语症”以及相应的“话语重建”理论非常复杂，涉及语言、文化以及哲学等方面的诸多问题，有些具体的观点甚至还存在着很大的争议。我认为，“失语症”和“话语重建”最大的成果就

---

① 曹顺庆：《文论失语症与文化病态》，《文艺争鸣》1996年第2期。

② 曹顺庆：《再论重建中国文论话语》，《文学评论》1997年第4期。

③ 曹顺庆等著：《中国古代文论话语》，巴蜀书社2001年版，第1页。

在于他从语言思想本体的角度对中国现代文学理论进行了根本性的追问，它的重要性不仅在于对中国现代文学理论进行了定位，并在定位的基础上指出了中国文论应该努力的方向，更重要的是它开辟了文学理论语言学研究的新方向，深化了文学理论的研究。从话语的角度来重新审视文学理论，我们看到，文学理论没有抽象的观念，观念其实就是语言，就是概念、术语、范畴以及由此组成的言说方式。中西方文论各具有它自己的话语体系，二者的不同，实际上是话语体系的不同。中国现代文论体系的形成实际上是现代文论话语的形成，研究现代文论术语、概念、范畴和言说方式是如何形成的以及它的特殊性，这才是中国现代文论研究的关键。在这一意义上，从话语的角度来研究文学理论以及中西比较诗学具有广阔的前景，许多根本性问题都可以在这种研究中得到解决。

90 年代以来，在语言思想本体性层面上对中国现代文学史进行重新研究，也取得了很大的成果。“文学是语言的艺术”，这是我们对文学最基本的认定，但过去的中国现代文学史并没有从“语言艺术”的角度来写史，我们看到的多是“思想的现代文学史”、“政治的现代文学史”、“社会的现代文学史”、“美学的现代文学史”等，而看不到“语言艺术的现代文学史”。中国现代文学是现代汉语的文学，但在各种现代文学史中，我们却看不到对现代汉语与现代文学之间关系的关注。书写中国现代文学史，当然不能脱离它所反映的思想内容，也不能脱离其审美特性，中国现代文学，不论是思想内容还是艺术形式，都与现代汉语密切相关，都通过现代汉语表现出来，都体现在现代汉语之中，所以，研究中国现代文学，始终不能脱离现代汉语。米勒说：“文学研究虽然同历史、社会、自我有着千丝万缕的联系，但这种联系，不应是语言学之外的力量和事实在文学内部的主题反映，而恰恰应是文学研究所能提供的、认证语言本质的最佳良机的方法。”[①] 具体于中国现代文学来说，这句话非常接近于胡适所说的“国语的文学，文学的国语”[②]，一方面，中国现代文学是现代汉语的文学，现

① 米勒：《重申解构主义》，中国社会科学出版社 1998 年版，第 218 页。

② 胡适：《建设的文学革命论》，《胡适文集》第 2 卷，北京大学出版社 1998 年版。

代文学的文学性与现代汉语密不可分；另一方面，现代文学对于建设现代汉语具有重要的作用，并充分体现现代汉语的特性和品格。在这一意义上，我们过去脱离现代汉语抽象地谈论文学的历史、社会以及个人等问题，其实是不得要领的。

在语言思想本体性的层面上研究中国现代文学，取得了突出成就的是海外的刘禾。1995 年，她的 *Translingual Practice*：*Literature*，*National Culture*，*and Translated Modernity - China*，1900—1937 一书由斯坦福大学出版社出版，2002 年，中译本由三联书店出版。作者以现代西方思想为知识背景，从“翻译”作为“跨语际”的“互译”为切入口，对中国现代文学的发生、现代文学的叙事、民族文学、个人主义、国民性、现实主义等都进行了语言学的重新审视，得出了很多与我们过去的看法迥异的结论。在“序”中作者这样说：“我深深被现代汉语形成过程中发生的一切所吸引，尤其是汉语和英语、现代日语以及其他外国语言发生接触以来，其书面形式的变化。在本书中，我将探讨汉语同欧洲语言和文学之间广泛的接触/冲突……我对语言和文学的强调，并没有预先假定在表述与现实之间存在一种形而上的分裂。”① 作者同样是在谈论中国现代文学的思想问题，但与过去不同，它不是抽象地谈论思想，而是谈论话语从而谈论思想。

另外，在语言的思想本体层面上研究中国现代文学，文贵良先生也具有一定的代表性。在《解构与重建——五四文学话语模式的生成与嬗变》一文中，作者主要对五四白话进行了研究，他认为：“晚清的中心话语是文言话语，文言话语是一种权力话语，它表征了知识者与民众都缺乏自我认识。到了‘五四’，文言话语模式被突破，取而代之的是开放的，自我出场的白话话语模式。”② 后来，他又对三四十年代的“大众语文”进行了考察，并从理论上对文学的语言学研究进行了总结和反思。不过他对语言的层面划分与笔者的划分有很大的不同，他认为，文学研究“语言学转向

① 刘禾：《跨语际实践——文学，民族文化与被译介的现代性（中国，1900—1937）》，生活·读书·新知三联书店 2002 年版，第 3 页。

② 文贵良：《解构与重建——五四文学话语模式的生成与嬗变》，《中国社会科学》1999 年第 3 期。

的视阈”可以分为两个层面：“语言的层面”与“话语的层面”，[①] 而所谓“话语”，他的限定是：“话语模式常常包括三个层面：第一层面是话语的语言层，它由语词、句法、陈述、叙事等元素整合而成。第二层面是话语的话语层，它主要是指话语特征。第三层面是话语的存在层，重在对话语参与者的存在论反思。”[②] 虽然命名不同、划分不同，但从“权力”、“存在”、“参与”这些用词来看，作者强调语言的行动性，显然不同于文学的语言形式和语言诗意研究，从根本上也是属于思想本体性研究。

笔者多年从事现代汉语与中国现代文学关系的研究，也主要是在语言思想层面上来进行的[③]。从语言的思想层面来研究中国现代文学，和过去的现代文学侧重思想研究似乎没有什么根本区别，但其实不然。从语言的思想层面来研究中国现代文学，本质上是综合性地解决问题，特别是避免传统的“形式”和“内容”二元对立思维模式所造成的文学作为整体的分裂。实际上反映了哲学思想、思维方式的不同，也反映了问题意识及解决问题路径的不同和对问题言说的不同。

但是，在语言思想的层面上研究文学也具有片面性。它实际上只是解决了文学的思想性问题，也即解决了文学“语言”与文学“思想”之间的关系，这当然是重要的，但对于文学的本体性问题，即文学“语言”与文学“艺术”之间的关系，它就无能为力也无所作为。而要解决这一问题，还需要深入地研究语言的诗性与文学的关系。

语言的第三个层面：诗性。海德格尔说：“语言是存在之家”[④]，“人是通过他的语言才栖居在存在之要求中”[⑤]，并引用荷尔德林的诗句“人诗意地栖居”[⑥] 来说明人与语言之间的关系。但在西方的语言哲学研究中，对

---

① 文贵良：《语言理论与中国现代文学研究》，《浙江社会科学》2005 年第 3 期。

② 文贵良：《大众话语——对 20 世纪 30、40 年代文艺大众化的论述》，《文艺研究》2003 年第 2 期。

③ 参见拙著《现代汉语与中国现代文学》，中国社会科学出版社 2003 年版。

④ 海德格尔：《语言的本质》，《海德格尔选集》下册，上海三联书店 1996 年版，第 1068 页。

⑤ 海德格尔：《人一次关于语言的对话而来》，《海德格尔选集》下册，上海三联书店 1996 年版，第 1008 页。

⑥ 海德格尔：《……人诗意地栖居……》，《海德格尔选集》上册，上海三联书店 1996 年版，第 463 页。

语言的“存在性”研究得非常充分，而对语言的“诗性”则研究得非常少，少有的研究比如“隐喻”研究[①]，也是在“存在”的层面上来研究的。这当然与哲学的“本性”有关，因为语言的“存在”问题从根本上是思想问题，所以对它的研究属于哲学“本体”研究，而语言的“诗性”问题则是文学问题，超出了哲学的范围。这是西方哲学对语言“诗性”缺乏研究的非常重要的原因。

“诗性”在当代文学理论中，已经是一个使用非常广泛的概念，但究竟什么是“诗性”却缺乏严格的界定。我认为，“诗性”是语言中与“文学性”密切相关的品性，主要涉及情感和想象的内容，既可以是词（字），也可以是句子，特别是修辞，最能够体现出语言的诗性。但语言的“诗性”究竟表现在哪里，这还需要进一步的研究。

黑格尔说：“一种语言，假如它具有丰富的逻辑词汇，即对思维规定本身有专门的和独到的词汇，那就是它的优点；介词和冠词中，已经有许多属于这样的基于思维的关系；中国语言的成就，据说还简直没有，或很少达到这种地步。”[②] 黑格尔在这里是以思想的标准来评价语言。在逻辑和思想性方面，古代汉语的确劣于德语，但在语言的诗性方面，两种语言却很难分出优劣，古代汉语的诗性不同于德语的诗性。不仅如此，古代汉语的诗性也不同于现代汉语的诗性。把西方文学翻译成汉语，其文学性会发生变化，把古代文学翻译成现代汉语，其文学性同样也会发生变化。为什么？我认为，文学性就体现在其特有的语言之中，语言变化了，其文学性就会发生相应的变化。中国古代文学其文学性就寓于古代汉语之中，中国现代文学的文学性就寓于现代汉语之中。

其实，从语言诗性的角度来研究文学在中国的文学研究中并不少见，比如王国维欣赏宋祁的诗句“红杏枝头春意闹”，“著一‘闹’字而境界全出”，欣赏张先的诗句“云破月来花弄影”，“著一‘弄’字而

---

① 比如保罗·得科《活的隐喻》，上海译文出版社，2004年版。安克施密特：《历史与转义：隐喻的兴衰》，北京出版社出版集团、文津出版社2005年版。此外，塞尔、戴维森、约翰森都有对隐喻的研究。

② 黑格尔：《逻辑学》上册，商务印书馆1976年版，第8页。

境界全出”，[①] 就主要是在语言“字”的诗性层面上来谈的。俞平伯称颂《红楼梦》之“好”，说“增之一分则太长”、“减之一分则太短”，并列举第二十一回和第十回中的两段文字进行具体分析[②]，则主要是在语言“语”、“句”的诗性层面上来谈的。同样，《〈红楼梦〉的修辞艺术》[③] 则是比较集中地从修辞的角度来研究《红楼梦》，也属于在语言的诗性层面上研究文学。但是，这些研究还是现象和直观层面上的，还是无意的，当然也是浅显的，缺乏语言学的理论背景和自觉意识。

当代中国，具有自觉的语言诗性意识，并对语言的诗性及其与文学的关系进行系统的研究，代表性的成果主要有以下一些。

一、张隆溪的《道与逻各斯》（*the Tao and the Logos*）。这本书最初是用英文写成的，1992 年由美国杜克大学出版社出版，1997 年由冯川翻译成中文。严格意义上说，这是一本中西比较诗学著作，主要是运用阐释学理论来研究文学的阅读和理解问题，特别强调把中国传统的思想和文学放在西方思想和文学的比较中来理解，从而确认中西文学的“共通”与“共有”特性。而语言则是作者关注的焦点，作者在“序”中说：“本书研究语言的性质及其在文学创作、文学阅读中的复杂内涵。”“我的关注焦点是一种特殊的文学阐释学，它考察诗人们使用的语言，追问这种语言在文学阅读和文学解释中的内涵。”而语言的诗性与文学的关系及其对阅读的影响则是作者研究的重要内容，“我更感兴趣的却是重新思考语言的隐喻性质，思考词作为符号和象征使用时固有的暗示性和不足性，以及所有这些东西对文学写作和文学阅读的微妙意义”。“我所谓‘主题’……即有关语言性质的一些重要的思想和观念如语言的隐喻性、歧义性、暗示性，及其对文学作品的作者和读者所具有的意义等等。”[④] 当然，《道与逻各斯》一书对这些问题在研究和论证上并没有充分地展开，而这些恰恰是文学理

① 王国维：《人间词话》定稿第 7 则，《王国维文集》第 1 卷，中国文史出版社 1997 年版，第 143 页。

② 俞平伯：《读〈红楼梦〉随笔》，《俞平伯全集》第 6 卷，花山文艺出版社 1997 年版，第 67、69 页。

③ 林兴仁：《〈红楼梦〉的修辞艺术》，福建教育出版社 1984 年版。

④ 张隆溪：《道与逻各斯》，四川人民出版社 1998 年版，第 18、19、20、24 页。

论语言诗性研究发展的方向。

二、“字思维”研究。“字思维”是画家石虎先生提出来的：“汉字有道，以道生象，象生音义，象象并置，万物寓于其间。这就是‘字思维’的全部含义。”“汉字不仅是中国文化的基石，亦为汉诗诗意本源。”“当两个字自由并置在一起，就意味着宇宙中类与类之间发生相撞与相姻，潜合出无限妙悟玄机。由汉字自由并置所造成的两山相撞两水相融般的象象比隔和融化所产生的义象升华，是‘字思维’的并置美学原则。”[①]“字思维”问题引起了文学理论界特别是现代诗学界的广泛讨论[②]，其讨论主要沿着两个方向展开：一是汉字及汉语的思维问题，二是汉字及汉语的诗性问题，特别是在第二个方向上，学术界提出了很多重要的命题，引出了很多对于中国文学和文学理论具有根本性的问题。我认为，“字思维”讨论是迄今为止关于汉语诗性问题的一次最重要、最深刻的讨论。可惜的是，参加这次讨论的学者主要限于诗歌学界特别是现代诗学界，讨论的问题也过分集中在诗歌特别是新诗范围，这就大大限制了这一问题的文学理论意义。

三、郑敏、张桃洲的语言学新诗研究。郑敏90年代初开始借鉴西方现代语言学理论特别是后结构主义语言学理论对现代文学进行反思，主要是对新诗进行语言学上的反思。虽然郑敏在语言观上主要认同于海德格尔和德里达等人的语言观，反对语言工具论，主张语言的思想本体性，但她却主要是在语言的诗性层面上反思汉语及汉语诗歌的。比如她认为语言具有“半透明性”[③]，就主要是在语言诗性的层面上谈论问题。对于五四新文学运动中的语言变革，白话文取代文言文，现代汉语取代古代汉语，汉语的

① 石虎：《论字思维》，《诗探索》1996年第2期。

② “字思维”讨论主要以《诗探索》杂志为阵地，1996年《诗探索》杂志开辟“字思维”讨论专栏，专栏一直持续到2003年，2002年以前的重要文章后来结集为《字思维与中国现代诗学》（谢冕、吴思敬主编，天津社会科学院出版社2002年版）。其间以《诗探索》杂志为主还主持召开过两次全国性专题学术研讨会。

③ “语言永远有显露的一部分，又有隐藏着的一部分，这就是它的半透明性。”郑敏：《诗歌与文化——诗歌·文化·语言（下）》，《诗歌与哲学是近邻——结构—解构诗论》，北京大学出版社1999年版，第258页。

西化等，郑敏在总体上是持否定态度的，否定的原因除了明显的民族主义情结以外，在语言理论上，语言的诗性优点是其最主要的理由。郑敏引德里达赞扬汉语为证，认为汉语有三大优点："（一）汉字充满动感，不像西方文字被语法、词类规则框死；（二）汉字的结构保持其与生活真实间的暗喻关系；（三）汉字排除拼音文字的枯燥的无生命的逻辑性，而是充满感性的信息，接近生活，接近自然。"因此，汉语具有诗性，具有丰富的文化蕴涵，能够直接传达文化的感性与智性内容："汉字不是抽象的符号，而是一幅抽象画，它比现实简单，经过提炼，但仍保持现实对象的感性质地，与其所处的境况，及它与它物的关系。因此当汉字传递知识信息时，它所传达的并非一个抽象概念，如拼音文字那样。它所传达的是关于认知对象的感性、智性的全面信息。其优越性可想而知。"[①] 非常明显，郑敏这里评判语言的价值尺度是语言的诗性，正是以此为标准，她认为汉语特别是古汉语在文学方面比西方拼音文字具有优越性。

张桃洲的语言学新诗研究成果集中体现在他的《现代汉语的诗性空间——新诗话语研究》一书中。作者的"话语"系从巴赫金来，"具备三个最基本的要素：言说者，言说行为（媒质及内容）和言说的倾听者"。[②] 仅从研究的对象上来看，作者这里的"新诗话语研究"似乎与一般的"作者"、"作品"、"读者"研究以及三者作为文学活动完整过程的研究没有实质性的差别，但实际不然，这里的"作者"是作为"言说者"的作者，"作品"是作为"语言文本"的作品，"读者"是作为"言说倾听者"的读者，对象相同，但对象的内涵不同，"新诗话语研究"从根本上是新诗语言研究，只不过它不仅研究诗歌作品的语言，同时还从语言的角度来研究诗人和诗歌读者。作者对诗歌话语的研究，非常重视音韵、节奏、旋律、语言速度、组词、结句、建行等具体问题，所以总体上属于在语言的诗性层面上研究新诗。

四、马大康的"诗性语言研究"。围绕"诗性语言"，作者近来发表了

① 郑敏：《语言观念必须革新——重新认识汉语的审美与诗意价值》，《文学评论》1996 年第 4 期。

② 张桃洲：《现代汉语的诗性空间——新诗话语研究》，北京大学出版社 2005 年版，第 5 页。

一系列论文，其中重要的有《从口传到书写：诗歌语言的诗意积淀》（《文艺研究》2003年第1期）、《语境与文学语言的诗意创造》、《语言空白、空位与存在的家园——诗性语言研究之三》、《语言是变色龙——诗性语言研究之一》（《温州师范学院学报》2000年第4期）等，在这些文章中，作者主要从人、语言、世界之间关系的多向性和多变性以及相互作用的复杂性出发来探讨诗性语言问题。作者认为："文学文本解除了对特定现实情境的直接依赖，主要借助于读者重建的经验情境，以此打破语言与现实情境的直接的、现场的、即时、有限的依附关系，而在空间和时间维度上无止境地延展流变。"[①] 正是这些特点促成语言诗意的创生。再比如，作者认为："语言中隐含着具体化倾向，这一倾向在日常运用中受到抑制。在文学语言中，语言空白则以语词、语句的缺席摆脱了语言规则和逻辑束缚，解放了语言与人的具体化潜能，令语言不再停留于概念平面而展露出有待具体化、图式化的空位，从而将人卷入到创造性想象活动之中。"[②] 这是对语言诗性非常具体的研究，也是非常深入的研究。

但总体来说，对于语言的诗性，无论是西方还是中国，其研究都还非常不够。语言具有工具性，对此，语言学已经研究得很充分；语言具有思想本体性，对这一问题，20世纪的语言哲学已经研究得很充分。语言还具有诗性，语言的诗性与文学的文学性具有密切的关系，所以对语言的诗性研究主要属于文学理论范畴。但当今的文学理论却较少关注这一问题，甚至还没有建立有效的言说，还缺乏对语言诗性进行言说的基本术语和概念。我们过去一直抱怨文学研究的"非文学化"，但又无法摆脱这种困境，其实主要原因是没有找到研究的切入点。所以，我认为，从语言的诗性这一角度来研究文学，将会使文学研究走向真正的"本体"研究，将会给文学理论和文学批评带来革命性的变化。

当然，笔者把语言划分为三个层次并相应地分属于不同的学科，把文学的语言学研究归纳为三种不同的路向，这只是就总体而言。事实上，语

---

① 马大康：《语境与文学语言的诗意创造》，《文艺理论研究》2003年第3期。

② 马大康：《语言空白、空位与存在的家园——诗性语言研究之三》，《文艺理论研究》2001年第2期。

言学、哲学和文学对语言的研究是非常复杂的。语言学领域对语言的研究也具有重形式层面和重思想层面的差别，比如，布龙非尔德主要是在形式的层面上研究语言，沃尔夫、萨皮尔主要是在思想的层面上研究语言。在中国语言学界，申小龙非常重视语言的思想层面。在文学语言学研究中，有的重语言工具性，有的重语言思想性，有的重语言诗性，有的则是综合性的研究，比如张卫中就既重视语言的文化性、语言的思维性，又重视语言的诗性以及与文学的叙事性等之间的关系①。但我认为，对语言进行层次性划分，并由此对文学语言学研究进行分类和定位，将有助于我们更深刻地认识语言的本质，更深入地从语言的角度来研究文学，从而开辟文学研究的广阔天地。

第四节 “话语”及“话语研究”的学术范式意义

在西方，自福柯以来，话语（discourse）分析作为一种理论和方法已经广泛地运用于社会科学的各领域。80 年代以来，“话语”也成为中国各学术领域使用最多的术语之一②。但是，究竟什么是“话语”？汉语的“话语”与英语的“discourse”是什么关系？话语与语言、言语、术语、概念、范畴之间是什么关系？再具体一点，什么是诗学话语或文学理论话语？什么是历史话语？什么是哲学话语？为什么要在“诗学”、“历史”、“哲学”

① 参见张卫中《母语的魔障——从中西语言的差异看中西文学的差异》，安徽大学出版社 1998 年版。

② 笔者到“学术期刊镜像网”检索，点击“文史哲专集”、“精确”、“1994 年至 2005 年”、“关键词”，查找相关词条，其结果是：话语 1936 条；现代性 1178 条；现代 9940 条；后现代 1312 条；理性 3001 条；自由 2549 条；个人 1119 条；意识形态 694 条；形而上学 513 条；全球化 895 条；存在 1765 条；民族 6640 条；民族主义 247 条；权力 525 条；知识 3442 条；形象 3494 条；现实主义 1155 条；现代主义 1181 条；叙事 2259 条；意境 1273 条；意象 2582 条；修辞 2504 条；接受 916 条；象征 1637 条。检索的时间是 2005 年 9 月 20 日。以新名词为主，以使用较多为原则，但何谓“新名词”和“使用较多”，则是根据本人的印象。其中“形象”之前的主要是文史哲公共术语，后面主要是文学术语。

这些最基本的概念后面加上词缀“话语”？“历史”和“历史话语”有什么根本性的不同？对于这些问题，学术界和文学理论界其实缺乏深入的追问和研究。本节主要对这些问题进行探讨从而厘清“话语”的内涵。在方法上，本节将采用思想史的方式来追溯话语作为概念的内涵，而不采用语言词语学的方式对话语的使用意义进行总结[①]。

对于“话语”，学术界至今没有一个统一的定义，不同的人实际上在不同的意义上使用它，其意义往往要根据具体的语境来确定。正如诺曼·费尔克拉夫所说：“话语是一个棘手的概念，这在很大程度上是因为存在着如此之多的相互冲突和重叠的定义，它们来自各种理论的和学科的立场。在语言学中，‘话语’有时用来指口头对话的延伸部分，以便与书写‘文本’相对照。”[②] 据曼弗雷德·弗兰克考证：“‘Discourse’（话语）源自拉丁语的 discursus，而 discursus 反过来又源自动词 discurrere，意思是‘夸夸其谈’。一个话语是一种言说，或具有（不确定的）一定长度的一次谈话，其展开或自发的展开并不受到过分严格的意图的阻碍。展开一个话语与召开一次会议并不是一回事。在法语的语境中，‘话语’非常接近于‘聊天’，‘闲聊’，‘自由交谈’，‘即席谈话’，‘陈述’，‘叙述’，‘高谈阔论’，‘语言’（langue），或‘言语’（parole）。”[③] 这里，“夸夸其谈”、“言说”、“谈话”、“意图”、“会议”“聊天”、“闲聊”、“自由交谈”、“即席谈话”、“陈述”、“叙述”、“高谈阔论”，“语言”、“言语”等，其意义相距甚远，有时甚至相互矛盾和冲突，就汉语来说，它们实际上已经包括了语言和表达的很多内容。话语在如此多的意义上使用，在如此差距的意义上使用，可见其作为概念在内涵上的游移性。

而且，上述概括还远没有穷尽话语的内涵。事实上，话语在不同的语言体系中，其内涵各不相同。在同一语言体系内，在不同的学科中，在不

---

① 笔者这里所说的“思想史的方式”，即对“话语”的思想内涵进行“史”（历时）的追溯，并对“话语”的当下意义进行逻辑定位。所谓“语言词语学的方式”，即共时性研究“话语”，也就对“话语”当下的各种使用进行归纳和总结从而确定其内涵。

② 诺曼·费尔克拉夫：《话语与社会变迁》，华夏出版社 2003 年版，第 2—3 页。

③ 曼弗雷德·弗兰克：《论福柯的话语概念》，《福柯的面孔》，文化艺术出版社 2001 年版，第 84 页。

同的人那里，其内涵也有很大的差异。所以，“话语”的内涵不仅总体上是游移的，在不同语言体系之间是游移的，而且在同一语言体系内的不同学科和不同的人之间也具有游移性。

在“话语”史上，福柯是一个举足轻重的人物，正是他创造性地使用“话语”这一术语并赋予“话语”以特殊的思想内涵从而使“话语”成为20世纪思想史上一个重要的概念，并深深地影响了思想史的研究方式。但福柯一开始并不是使用“话语”，而是使用“知识型”（episteme，又译“认识型”或“知识型”）。“知识型”是福柯的名著《词与物》的“关键词”，它“指的是在某个时期存在于不同科学领域之间的所有关系”。“认识型就是西方文化特定时期的思想框架，是‘词’与‘物’借以被组织起来并能决定‘词’如何存在和‘物’为何物的知识空间，是一种先天必然的无意识的思想范型。”[①] 或者说，“是‘词’与‘物’借以被组织起来的那个知识空间，它决定着‘词’如何存在，‘物’为何物，是特殊知识和科学的存在条件的一个关系维度。”[②] 也就是说，“知识型”是某一时期不同学科共同的言说方式，它使词组织起来并规定词的意义。这和福柯后来所使用的“话语”在内涵上非常接近。福柯所说的西方“文艺复兴”、“古典”和“现代”三种知识型，其实也可以看做是三种话语方式。当然，福柯在《词与物》中也使用了“话语”这一概念，“但此‘话语’非彼‘话语’，它指的是起着表象作用的‘古典语言’”。[③]

在《知识考古学》中，福柯基本上不再用“知识型”来言说，而是使用“话语”来言说。当然，二者有很大的差异，可以说是两种不同的言说和表述方式，但也有相似和重叠的地方。有人认为福柯在《知识考古学》中用“档案”取代了《词与物》中的“知识型”[④]，我认为这是不确的。

---

① 莫伟民：《译者引语：人文科学的考古学》，第4页，《词与物——人文科学考古学》，上海三联书店2001年版。

② 莫伟民：《主体的命运——福柯哲学思想研究》，上海三联书店1996年版，第89页。

③ 莫伟民：《译者引语：人文科学的考古学》，第6页，《词与物——人文科学考古学》，上海三联书店2001年版。

④ 参见陈嘉明等《现代性与后现代性》，人民出版社2001年版，第303页。

《知识考古学》虽然仍然关注“知识”问题，但它是通过“话语”来研究的，所以“话语”构成了《知识考古学》的中心内容，“考古学所要确定的不是思维、描述、形象、主题，萦绕在话语中的暗藏或明露的东西，而是话语本身”。[①] 而“陈述”和“档案”则构成了“话语”最基本的内涵。但究竟什么是“话语”，福柯也是非常犹豫的，它“有时用它指所有陈述的一般领域，有时用作可以个体化的一组陈述，有时则作为一种有序的包括一定数量的陈述的实践”[②]。但从《知识考古学》来看，福柯的“话语”内涵远比他自己的这种概括更为复杂和丰富。我认为，福柯的“话语”包括着以下一些最重要的内涵。

首先，话语外在表现为语言形式，但它并不是纯粹的语言问题，而是思想以及相应的历史以一种语言方式的表达。福柯明确表示，他的“话语”不是语言学的概念：“我很清楚地知道这些定义大部分都不符合日常习惯：语言学家们习惯赋予话语以完全不同的意义。”[③] 所以德勒兹说：“考古学的任务，首先是发现真正的表达形式，不论语言学单位如何，这一表达形式都不可与其中任何一个语言学单位如能指、字词、语句、命题、语言行为混同。”[④] 也就是说，同样是“话语”、“能指”、“语言行为”等术语，在福柯那里和在语言学家那里其内涵不同，福柯赋予了这些词语以新的意义，也可以说是福柯对它们进行了新的言说和表达，这就是德勒兹所说的“别一种思考”的含义。

福柯的“话语”概念与语言学的“话语”概念最大的不同在于，福柯的“话语”不是纯粹的语言形式，而始终与话语实践联系在一起，具有人文力量与实践力量的二重性。“话语也许同语言不同，它基本上是历史的，它不是由可拥有的成分构成，而是由人们不能在话语展开的时间范围以外对它进行分析的真实和连续的事件构成。”[⑤] 在福柯这里，“话语”不是一

① 福柯：《知识考古学》，生活·读书·新知三联书店 1998 年版，第 176 页。

② 转引自弗兰克《论福柯的话语概念》，《福柯的面孔》，文化艺术出版社 2001 年版，第 97 页。

③ 福柯：《知识考古学》，生活·读书·新知三联书店 1998 年版，第 136 页。

④ 德勒兹：《福柯、褶子》，湖南文艺出版社 2001 年版，第 57 页。

⑤ 福柯：《知识考古学》，生活·读书·新知三联书店 1998 年版，第 256 页。

个封闭的系统，是由“连续的事件”构成，而不是由封闭的系统所“拥有的成分”构成，因而具有历史性和开放性。一方面，话语是在话语实践中形成的，另一方面，话语又深刻地影响话语实践：“话语实践也反过来改变着它将它们之间建立起关系的那些领域。”[①] 由此我们可以看到，福柯所说的“话语”不是一般意义上的“概念”，它不是单纯的语言，即受制于现实并服务于现实的工具，而是现实本身，它以语言形式表现出来，但本身却具有实践性，始终不脱离具体的实践。所以福柯说：“话语，作为特殊的实践，又将这些规则现时化。”[②] 正是因为实践性，话语在内容上不是终极状况的。也正是因为实践性，话语分析成为福柯思想史研究的根本方式。对于福柯来说，“考古学”就是思想史的话语研究，“话语”在福柯这里，既具有哲学观念上的根本性突破，又具有方法论和思维方式的根本性突破。这和语言学所说的“话语”及其意义具有实质性的差别。

其次，话语具有整体性，“话语这个术语就可以确定为：隶属于同一的形成系统的陈述整体”。[③] “话语不是思考、认识和使用话语的主体庄严进行的展示；相反，它是一个主体的扩散、连同它自身的不连续性在其中可以得到确定的总体。话语是外在性的空间，在这个空间里，展开着一个不同位置的网络。”[④] “话语事件的范围是一个始终有限的，现时仅由已表述出来的语义段所限定的整体；这些语义段可能是无数的，并以其数量超过记录、记忆或者阅读的全部能力；然而，它们却构成一个有限的整体……”[⑤] 比如“精神病”话语，福柯的观点是：“精神病是由这样一个整体构成的，它是由所有那些对精神病进行确定、分割、描述和解释，讲述它的发展，指出它多种多样的对应关系，对它进行判断，并在可能的情况下，替它讲话，同时以它的名义把应该被看做是它的谈话连接起来的话语构成的陈述群中被说出来的东西的整体。”[⑥] 由此可见，话语具有系统性。

① 福柯：《知识考古学》，生活·读书·新知三联书店 1998 年版，第 93 页。
② 同上书，第 95 页。
③ 同上书，第 136 页。
④ 同上书，第 68 页。
⑤ 同上书，第 32 页。
⑥ 同上书，第 38—39 页。

作为系统，话语在单位上可大可小，并且存在着等级差别。大的话语如“临床医学”、“政治政治学”、“博物学”等，小的话语如“精神病”等。

但是，话语又不是主题、话题、领域、理论、文本，也不是学科或学科范围。作家、作品、书籍，主题都是话语的对象，而不能构成话语本身。同样是美学，中国古代美学和西方美学是完全不同的话语，同样是文学理论，西方文论和中国现代文论是两种完全不同的话语。与“文本”等作为客观对象的存在不同，话语具有系统性、历史性、连续性、统一性等，所以话语从根本上是一种聚合、建构。福柯说：话语“不是自然而就，而始终是某种建构的结果”[①]。他经常用“话语事件”这个概念，实际上就表明了话语与一般客观对象之间的不同。“经济学、医学、语法、生物科学这些话语导致某些概念的组织、对象的聚合、陈述类型的出现，它们又根据自身的一致性、严密性和稳定性的程度构成一些主题或理论。”[②]非常明显，概念、陈述、主题、理论等从属于话语，但它们本身又不是话语。在另一个地方，福柯有更为明确的表述：“我们称一种话语形成替代另一种话语形成并不意味着一个对象、陈述、概念完全新颖的理论选择的整体突然地装备完善、组织良好地出现在某一本文中，这个本文对它作出一劳永逸的安置，而是意味着会产生关系的整体转换，但是这种转换不一定更改所有的成分；也就是说陈述服从于一些新的形成规律，并不意味着所有的对象或概念，所有陈述或所有理论选择都消失了。”[③] 话语是一种组织、机制、结构，具有整体性和功能性，不同的话语体系在概念上可以通用，所言说的对象也可以是相同的。

总的来说，福柯不是在语言学上谈论“话语”，而是在思想和哲学的意义上谈论“话语”，或者说，他的“话语”是一个思想史范畴或方法而不是一个语言学概念。福柯明显摒弃了此前把语言依其表面现象视为人所自由支配的透明媒介与随意使用的工具的肤浅观念。这是“话语”后来能在“权力”和“霸权”的意义上进行延伸的根本原因。也正是在这一意义

① 福柯：《知识考古学》，生活·读书·新知三联书店 1998 年版，第 30 页。

② 同上书，第 78—79 页。

③ 同上书，第 223 页。

上，福柯对人类思想史研究在方法论和思维方式上做出了巨大的贡献，他实际上开辟了一种新的思想史研究的方式。

在文学理论话语研究方面，巴赫金是一个重要的人物，他的话语理论被广泛地引用，所以这里有必要对巴赫金的“话语”概念进行详细的梳理。

巴赫金的“话语”在俄语中主要是“слово”，有时也是“высказывание”和“текст”，三者在对象上相同。反过来，“слово”一般翻译成“话语”，有时也翻译成“语言”、“语词”、“言语”、“表述”等。由此也可以看到巴赫金的“话语”概念在内涵上的游移性。事实上，巴赫金的“话语”，“所指意义的跨度很大。譬如，《言语体裁问题》一文中‘слово’几乎都被用于语言学的单词之义，在《马克思主义与语言哲学》中，有的地方用作术语，有的地方取用其他意义”。[①] 但总的来说，我认为巴赫金以下这段话基本上概括了他的“话语”内涵：“我们所清楚的话语的所有特点——就是它的纯符号性、意识形态的普遍适应性、生活交际的参与性、成为内部话语的功能性，以及最终作为任何一种意识形态行为的伴随现象的必然现存性——所有这一切使得话语成为意识形态科学的基本研究客体。”[②]

巴赫金的“话语”（слово）与福柯的“话语”（discourse）是什么关系？有何异同？学术界缺乏充分的研究。巴赫金生于 1895 年，卒于 1975 年；福柯生于 1926 年，卒于 1984 年，两人基本上是同时代，相互影响的可能性是存在的。从巴赫金的著作中，我们看不到巴赫金受福柯影响的印迹。但巴赫金的“话语”与福柯的“话语”却具有惊人的相似性，其中最根本的相同就是强调“话语”的思想实践性。对于巴赫金来说，这是“话语”最基本的内涵，是“话语”与“语言”在内涵上的根本区别，话语的种种特点以及意义都与这一根本特点有关。

---

① 凌建侯：《试析巴赫金的对话主义及其核心概念“话语”（слово）》，《中国俄语教学》1999 年第 1 期。

② 巴赫金：《马克思主义与语言哲学》，《巴赫金全集》第 2 卷，河北教育出版社 1998 年版，第 357 页。

巴赫金说："任何现实的已说出的话语（或者有意写就的词语）而不是在辞典中沉睡的词汇，都是说者（作者）、听众（读者）和被议论者或事件（主角）这三者社会的相互作用的表现和产物。话语是一种社会事件，它不满足于充当某个抽象的语言学的因素，也不可能是孤立地从说话者的主观意识中引出的心理因素。"① 就是说，话语不是纯粹的语言形式，它以语言的方式存在，但涉及很广泛的生活内容，所以是"社会事件"。在巴赫金这里，"语言"不同于"话语"，在词典意义上，语言是纯粹的工具，既没有作者，也没有读者，本身构不成意义，而话语则不同，它近似于"文本"（text），有作者，有意义，还有读者。

在《长篇小说的话语》这篇长文的开头，巴赫金说："本文的主旨，在于克服文学语言研究中抽象的'形式主义'同抽象的'思想派'的脱节。形式和内容在语言中得到统一，而这个语言应理解为是一种社会现象；它所活动的一切方面，它的一切成素，从声音形象直至极为抽象的意义层次，都是社会性的。"② 形式与内容统一的语言其实就是"话语"。在巴赫金这里，"话语"不同于"语言"，两者可以是同一对象，但内涵不同，思想基础不同，"语言"是传统语言学的对象，而"话语"则是社会科学的对象。在传统语言学那里，语言是形式或工具，思想则是内容，可以独立于形式。而"话语"则不同，它是具有思想性的语言，具有社会活动性，即实践性。在"话语"理论中，传统的"内容与形式及其关系"不再具有言说的有效性，也就是说，我们无法把话语的"内容"和"形式"有效地区分开来，话语的"内容"即"形式"，"形式"即"内容"。从这里，我们不仅可以看到巴赫金关于话语的基本观点，还可以看到其话语研究的基本思路。

在《陀思妥耶夫斯基诗学的问题》一书中，他专门用了一章的篇幅来研究"陀思妥耶夫斯基的语言"，在这一章的开头，他首先说明，"陀思妥

---

① 巴赫金：《生活话语与艺术话语》，《巴赫金全集》第2卷，河北教育出版社1998年版，第92页。

② 巴赫金：《长篇小说的话语》，《巴赫金全集》第3卷，河北教育出版社1998年版，第37页。

耶夫斯基的语言”，“指的是活生生的具体的言语整体，而不是作为语言学专门研究对象的语言”。[1] 所谓“言语整体”，也是巴赫金经常使用的一个概念，其实就是“话语”，在《长篇小说的话语》一文中，他特别用括号进行注明[2]。那么，“话语”与“语言”有什么不同呢？不同就在于，“语言”“是把活生生具体语言的某些方面排除之所得的结果”，而这排除的，恰恰是“话语”最重要的内容。巴赫金说他的语言分析不是“严格意义上的语言分析”，其实就是现在所说的“话语分析”，巴赫金把这种话语分析称为“超语言学”（металингвистика），所谓“超语言学”，“研究的是活的语言中超出语言学范围的那些方面”[3]。联系巴赫金的其他论述，所谓“活生生的”、“超出语言学范围”的方面，其实就是语言的思想、意义以及它所表现出的实践力量，这是巴赫金“话语”的最重要的内容，也是它与“语言”之间差异的根本之所在。

对于“话语”和“语言”之间的不同，巴赫金有明确的区别，他说：“话语仿佛是某个事件的‘剧本’。话语完整含义的生动理解应该是‘复现’说话者相互关系的这个事件，仿佛重新‘表演’这个事件，而且理解者在此扮演听众的角色。”而语言则不同，“就语言学的观点而言，既不存在这个事件也不存在这个事件的参与者。语言学只与抽象的、纯净的词语及抽象的成分（语音的、词法的等等）打交道；因此，话语的完整含义及其意识形态价值，认识的、政治的、美学的价值，对于这个观点而言都行不通。正如不可能有语言学的逻辑或语言学的政治一样，也不可能有语言学的诗学。”[4] 在巴赫金看来，语言只是形式、规则，它本身构不成独立的意义，本身不具有逻辑性、政治性和诗学价值，只有在被使用时，它才能具有意义和相关的价值，而“话语”则不同。

---

① 巴赫金：《陀思妥耶夫斯基诗学的问题》，《巴赫金全集》第5卷，河北教育出版社1998年版，第239页。

② 巴赫金：《长篇小说的话语》，《巴赫金全集》第3卷，河北教育出版社1998年版，第42页。

③ 巴赫金：《陀思妥耶夫斯基诗学的问题》，《巴赫金全集》第5卷，河北教育出版社1998年版，第239页。

④ 巴赫金：《生活话语与艺术话语》，《巴赫金全集》第2卷，河北教育出版社1998年版，第93页。

与福柯一样，巴赫金也使用“事件”这个概念来描述“话语”，我认为这对理解巴赫金的话语理论是非常重要的。“话语”作为“事件”，它表明：一方面，话语具有语言性，它不是直观感觉和经验形态的，而是语言形态的，是“文本”（巴赫金用“剧本”这个概念）；另一方面，话语又不是传统的语言形式，而是一个复杂的行为和思维过程，具有完整的含义。“生活话语显然不是自给自足的。它产生于非语言的生活情景中并与它保持着最紧密的联系。而且，话语直接地由生活本身补充并且不失去其自身含义，不可能脱离生活。”又说：“表述的生活含义和意义（无论它们怎样）都与表述的纯词汇构成不相符合。说出的话语都蕴涵着言外之意。所谓对话语的‘理解’和‘评价’（同意或反对），总是在词语之外还包含着生活的情景。因此，生活不是从外部对表述发生作用：生活渗透在表述内部，代表着说话者周围的统一存在和生长于这个存在中的共同的社会评价，离开这些评价，对表述的任何理解都是不可能的。”[①] 就是说，话语不像语言一样是从现实中抽象出来的结果，而是始终与现实生活不可分割地联系在一起。所以，话语的意义不是由词典意义来决定的，而是由生活本身决定的，话语包含着对生活的评价和理解，也即话语具有思想性，具有政治性，这和福柯强调话语与权力之间的关系是一致的。

巴赫金明确地指出：“话语是一种 par excellence（独特的）意识形态的现象。”[②] 巴赫金这里所说的意识形态，指的是观念、意识，是相对于语言的纯粹性、抽象性而言的，就是说，话语不具有语言的那种词典性、抽象性。所以巴赫金主张把话语当作社会符号来进行研究，他认为，不从“社会语言学和语言哲学的角度来研究”话语，根本就是不可能的。正是因为话语与思想、观念和社会生活密切相关，所以，“对话”和“语境”构成了巴赫金“话语理论”的重要内容。关于这两个问题特别是“对话理论”，太复杂，学术界讨论得比较多，这里不展开论述。

---

① 巴赫金：《生活话语与艺术话语》，《巴赫金全集》第2卷，河北教育出版社1998年版，第83、93页。

② 巴赫金：《马克思主义与语言哲学》，《巴赫金全集》第2卷，河北教育出版社1998年版，第354页。

如何评价巴赫金的“话语理论”？我认为，巴赫金的“话语理论”从根本上属于文学理论，属于哲学范畴而不是语言学范畴。这与巴赫金的语言本质观以及所采取的策略有很大的关系。从巴赫金的著作中，我们可以看到，语言与文学以及文学理论之间的关系，显然是巴赫金最为关注的问题和视角之一，对于语言，巴赫金深刻地认识到了它的思想性、观念性、政治性、意识形态性、生活实践性等，但是他又不从根本上否定传统语言学对语言本质的“工具”性定义，于是另觅途径，重新命名，这就是“话语”理论。对于巴赫金来说，他并不反对传统语言学对于语言的研究思路和基本倾向，但另一方面，他又深刻地认识到传统语言学对于文学研究的无效性，特别是从语言形式的角度来研究文学，并不能真正地解释和说明文学的思想性、政治性、意识形态等问题，他采取的办法是撇开（而不是“否定”）传统语言学的观念和研究方式而从思想本体即哲学的角度来研究文学语言及其与“文学性”之间的关系，用“话语”取代传统的“语言”。所以，在巴赫金那里，“话语”外在表现为语言的形式，但内涵则更多的是哲学上的。巴赫金不是在工具的层面上研究语言形式，而是在思想的层面上研究语言的实践意义，他不是采用语言学家的方式研究语言，而是采用哲学家的方式研究语言，研究语言本身并不是他的目标，通过研究语言来研究文学才是他的目标。

在现代哲学领域，哈贝马斯也经常使用“话语”这个概念。对于什么是“话语”，哈贝马斯和福柯、巴赫金在观念上非常接近，思路上也比较一致，都是建立在对传统语言观及其对思想史意义的反思的基础上，他们都发现了传统语言学对于思想问题研究的无效性。不同的是，福柯和巴赫金并不从根本上否定传统的语言学以及语言观，他们只是不按照传统语言学的思路从形式的角度来看视语言，而是另起炉灶、另辟蹊径，从思想和观念的角度来看视语言，重新建立术语、概念和范畴，从而开辟了“话语”思想史的新途径。哈贝马斯则明确反对传统的语言工具观。他的话语概念是建立在现代语言学基础上的，对传统的语言工具观是持排斥态度的。所以，哈贝马斯的话语理论是典型的现代语言哲学的产物，属于“语言学转向”之后的哲学。

所谓“语言学转向”，即从语言学的角度来研究哲学和思想问题，它的基本前提是语言本质观的变革。在这一点上，哈贝马斯的话语理论又是承继索绪尔、海德格尔、伽达默尔、德里达等人的语言学思想而来，虽然在许多观点上哈贝马斯与他们具有明显的不同。哈贝马斯把传统的语言工具观称为“模仿论”，即语言是对“存在”或“对象”的模仿。他描述传统的语言观：“语言被想象为名与物的对应，被理解为外在于思维内容的陈述工具。”[①] 哈贝马斯的观点与此恰恰相反，他实际上接受了海德格尔、伽达默尔的“语言思想本体论”观念，认为：“作为原型的‘真实’、‘本质’、‘真理’、‘典型’等等，未经语言言说是无法被知觉的，并不能直接地、自动地呈现出来，只有经过语言言说才能呈现并被人知觉。”“在语言言说即‘模仿’发生之前，真理、真实、本质、典型等等，并不存在，只是语言言说才使它们‘在起来’的。”[②] 也就是说，不是语言依附于意识和存在，而是存在和意识依附于语言。正是因为如此，对于语言与思想之间的关系，哈贝马斯认为：“语言对于意义而言，有一种‘先在性’和‘生成性’，换言之，意识和语言，意义与语言是不可分的。意识的发生和扩展依赖于语言，只有掌握了语言，才可能有意识。另外，意识的存在方式和运动方式也是语言，没有语言，意识将是一片黑暗，一片混沌，无定形的。”[③] 思想和意识本质上即语言，所以不能脱离语言来谈思想和意识问题。

哈贝马斯的话语理论就是建立在这样一种语言观的基础上。我没有找到哈贝马斯关于“话语”的定义，但联系具体的语境，从其使用中可以看到，哈贝马斯所说的“话语”其实就是以语言形态存在的思想或存在。所谓“现代性话语”[④]，其实就是“现代性言说”或“现代性概念”，在《现

---

① 哈贝马斯：《后形而上的思维的主题》，《作为未来的过去——与著名哲学家哈贝马斯对话》，浙江人民出版社 2001 年版，第 167 页。

② 章国锋：《西方人文科学的新范式——哈贝马斯论“语言学转向”》，《作为未来的过去——与著名哲学家哈贝马斯对话》，浙江人民出版社 2001 年版，第 226 页。

③ 同上书，第 228 页。

④ 参见哈贝马斯《现代性的哲学话语》，译林出版社 2004 年版。

代性的哲学话语》一书中，哈贝马斯考察了从黑格尔到福柯的“现代性”概念在内涵上的变迁。表面上，这和一般的讲“现代性史论”的著作在内容上并没有太大的区别，他同样追溯了黑格尔、尼采、霍克海姆、阿多诺、德里达、巴塔耶、福柯等人是如何界定和论述“现代性”的，但哈贝马斯的“理论背景”和“问题意识”不同，他是把“现代性”作为语言现象来研究的，而不是作为社会性物质存在来研究的，按照马克思的“社会存在”与“社会意识”的划分，哈贝马斯所讲的“现代性”属于“社会意识”而不是“社会存在”，也即属于“思想”的范畴，而不是“经验”的范畴。

在哈贝马斯这里，“现代性”作为语言现象，不是在语言形式上的，而是在语言思想意义上的，也就是说，“现代性”是一种思想或意识，是一个哲学范畴。哈贝马斯认为，不是先有“现代性”的社会事实，然后才有“现代性”这一概念，恰恰相反，是先有“现代性”的概念，即现代性意识或思想，然后才有现代性的社会现实，或者说，现代性的社会现实正是从现代性意识中导引出来，是“现代性”言说的产物和结果，现代性社会是和现代性言说密不可分的。在这一意义上，“现代性”从根本上是话语建构。作为话语建构，它存在着另外的可能性。

历史学领域也使用“话语”这一概念。笔者所见到，最早系统论述“历史话语”问题的是罗兰·巴尔特。在《历史的话语》（1967年）一文中，罗兰·巴尔特对历史语言进行了分析。他没有对“话语”和“历史话语”作明确的界定，但从行文中，我们看到，罗兰·巴尔特所说的“历史话语”其实就是历史著作的语言，主要是历史表述或叙述，既有术语、概念性，也有句法和语法性。比如他说：“历史话语中陈述却只是肯定的……简而言之，历史话语没有否定句。”[①] 历史著作的结构、历史和文学的比较，历史的“事实”等，这些都是“史学理论”或“历史哲学”的传统问题，不同在于，罗兰·巴尔特不再从“本体论”和“认识论”的角度

① 罗兰·巴尔特：《历史的话语》，《现代西方历史哲学译文集》，上海译文出版社1984年版，第90页。

来看这些问题，而是把它们看做是语言现象，即“话语”。

历史学中的“话语理论”显然也与哲学和思维的“语言学转向”有很大的关系。其中，把历史看做是一种“话语现象”从而对历史性质以及特点等进行重新反思，背离传统最远的是美国历史学家海登·怀特。

怀特说：“话语这个词具有‘环形性’以及‘前后移动’等这个术语的印欧词根（kers）及其拉丁形式（dis，‘以不同方向’，＋currere，‘跑’）所暗示的一切内涵。”[①] 又说：“话语在经验的既定编码与一连串的现象之间‘往返’运动。这些现象拒绝融入约定俗成的‘现实’、‘真理’或‘可能性’等概念。……总之，话语从本质上说是一种调节。”[②] 由此可见，在怀特这里，“话语”实际上根据不同语境而具有不同的含义。但从怀特对“话语”的使用来看，他的“话语”主要是一种内容范围或主题范围，它外在表现为语言形式，但从根本上是语言内容，他说：“在现实主义话语如同在想象话语中一样，语言既是形式又是内容，这种语言内容必须被看做与其他的（事实的、概念的、类属的）内容一样，构成了整个话语的总体内容。”[③] 每一种话语都有它自己特定的语言、语法和修辞规则，都有它自己的术语、概念和范畴，都有它自己的言说目的和方向。正是在这一意义上，“话语”构成了怀特谈论问题的“单元”，他提到了很多种“话语”，如“科学话语”、“诗性话语”、“虚构性话语”、“事实性话语”、“叙事话语”、“历史话语”、“文学话语”、“象征话语”等，这里，“话语”其实就是言说，是从思想、观念及言说上对“学科”进行重新分类。作为“言说”，话语具有“交流的、表达的或意指的”“三种功能”[④]。在思想观念和言说的层面上，“话语”就与“实践”具有紧密的联系，“话语行为模式试图说明的正是这种话语的复杂的多层次性以及随之而来的可以对其意义作多种阐释的能力。从这一模式提供的视角看，话语被看做是一种生产

① 海登·怀特：《形式的内容：叙事话语与历史再现》，北京出版社出版集团、文津出版社2005年版，第148页。

② 海登·怀特：《后现代历史叙事学》，中国社会科学出版社2003年版，第5页。

③ 同上书，第296页。

④ 海登·怀特：《形式的内容：叙事话语与历史再现》，北京出版社出版集团、文津出版社2005年版，第56页。

意义的手段，而不仅仅是一种传递有关外部指涉物信息的工具。……改变话语的形式可能不会改变有关其明确指涉物的信息，但肯定会改变它所产生的意义。”① 话语正是和“话语实践”（discourse practice）紧密地联系在一起从而具有意义性。

正是从话语的角度，海登·怀特对“历史”进行了全新的解释和研究。怀特“把历史作品看成是它最为明显地要表现的东西，即以叙事性散文话语为形式的一种言辞结构”②，“每一种历史首先都是一个词语制品，一种特殊语言应用的产物”。③ 他把“事实”看做是“建构之物”，“事实都是在思想中观念地构成的，并且/或者在想像中比喻地构成的，它只存在于思想语言或话语中”，并引巴尔特的话“事实只是一种语言学上的存在”为证。因此，怀特认为，历史编纂从根本上是一种话语，“它特别旨在建立一系列事件的真实叙事，而不是就情势做一番表态的描述”，作为“叙事”，它和文学话语并没有实质性的区别：“就历史写作继续以基于日常经验的言说和写作为首选媒介来传达人们发现的过去而论，它仍然保留了修辞和文学的色彩。只要史学家继续使用基于日常经验的言说和写作，他们对于过去现象的表现以及对这些现象所做的思考就仍然会是‘文学性的’，即‘诗性的’或‘修辞性的’，其方式完全不同于任何公认的明显是‘科学的’话语。”④ “历史（或至少‘正宗历史’）属于‘话语写作’的范畴，这样，当虚构成分——或神话的情节结构——明显地表现出来时，它就完全不再是历史而成为杂交的文类了，成为历史与诗歌结合而成的一种非神圣但却天然的产物了。”⑤ 历史作为话语具有虚构性，从而历史和文学一样具有诗性，具有建构性，这可以说是怀特对历史最大的“发现”。怀特的历史哲学被称为“新历史主义”，而其“新”主要就体现在“话语”视角

① 海登·怀特：《形式的内容：叙事话语与历史再现》，北京出版社出版集团、文津出版社 2005 年版，第 59 页。

② 海登·怀特：《元史学：十九世纪欧洲的历史想像》，译林出版社 2004 年版，第 2 页。

③ 海登·怀特：《后现代历史叙事学》，中国社会科学出版社 2003 年版，第 296 页。

④ 海登·怀特：《元史学：十九世纪欧洲的历史想像》，译林出版社 2004 年版，“中译本前言”第 8、1 页。

⑤ 海登·怀特：《后现代历史叙事学》，中国社会科学出版社 2003 年版，第 175 页。

方面。

历史之所以具有“虚构性”或“诗性”，根本原因就在它的语言的隐喻性。“如果历史学家的目的是让我们熟悉陌生的事件，那他必须使用比喻性而非科学性语言。……历史学家特有的编码工具、交际和交流工具就是一般习得的言语。这说明比喻性语言技巧是历史学家用来赋予数据以意义、变陌生为熟悉、使神秘的过去变得可以理解的唯一工具。任何历史叙事都事先决定了对所要再现和解释的事件的比喻性描述。这就意味着被视为纯粹语言制品的历史叙事可以用比喻性话语模式来描述。”[①] 又说：“一个历史话语是一个扩展的隐喻。”[②] 这可以说是对“历史话语”非常具体而深入的研究。

在“话语理论”和“话语分析”方面，当代英国语言学家诺曼·费尔克拉夫也是一个非常重要的人物。“在近20年的时间里，他相继写下了《批判的语言意识》、《话语与社会变迁》、《媒介话语》、《批判的话语分析》、《语言与权力》、《后现代的话语——反思批判的话语分析》、《新工党、新话语?》、《分析话语：社会研究的文本分析》等等。”[③] 与福柯、巴赫金、哈贝马斯、怀特等人不同，费尔克拉夫主要是语言学家，他的话语理论除了“社会理论”来源以外，还有语言学来源。他认为：“‘话语分析’近年来主要是由语言学家发展起来的。”[④] 所以费尔克拉夫话语理论最大的特点就是把福柯开创的哲学的话语和语言学的话语整合起来。他说：“我试图将语言分析和社会理论结合在一起，这个努力的中心是把两方面的内容连接起来，一方面是这一更加带有社会—理论意义的话语，另一方面是处于以语言学为方向的话语分析中的、具有‘文本和相互作用’意义的话语。这种有关话语和话语分析的思想具有三个向度，即任何话语‘事件’（即任何话语的实例）都被同时看作是一个文本，一个话语实践的实

① 海登·怀特：《后现代历史叙事学》，中国社会科学出版社2003年版，第185页。

② 同上书，第299页。

③ 殷晓蓉：《话语与社会变迁·中译本序》，《话语与社会变迁》，华夏出版社2003年版，第1页。

④ 诺曼·费尔克拉夫：《话语与社会变迁》，华夏出版社2003年版，第1页。

例，以及一个社会实践的实例。”“文本”向度“关注文本的语言分析”；“话语实践”向度“说明了文本生产的过程和解释过程的性质”；“社会实践”向度“倾向于关注社会分析方面的问题，诸如话语事件的机构和组织环境，话语事件如何构成话语实践的本质，如何构成话语的建设性或建构性效果”。[①] 因此，在费尔克拉夫这里，“话语既是一种表现形式，也是一个行为形式”，“不仅是表现世界的实践，而且是在意义方面说明世界、组成世界、建构世界”。[②] 也就是说，话语具有一般的语言的特点，但更具有实践性，具有意识形态性，具有“自我”和“社会现实”的建构性。

此外，笔者所见到，Guy Cook 的 *Discourse and Literature*[③]、Gillian Brown 和 George Yule 合著的 *Discourse Analysis*[④]、James Paul Gee 的 *An Introduction to Discourse Analysis: Theory and Method*[⑤] 等都有对“话语”非常具体的研究和分析。但这三本著作都是在语言学的层面上研究话语，特别强调话语的语言形式，和这里所采取的“思想史”的探讨方式有差距，所以述略。

在中国，虽然“话语”这个术语被广泛地应用于各学科领域，但学术界总体上缺乏对话语理论的深入研究。迄今为止，笔者还未见到有“社会理论”意义上的话语理论专著。除了少量的关于福柯和巴赫金“话语理论”的相关论文以外，也未见到关于“话语”的专题论文。在文学研究领域，对文学理论的话语问题研究得最深入、最系统的是曹顺庆先生。早在80年代末，曹先生就出版了《中西比较诗学》[⑥] 一书，它具有话语研究的倾向性。这本书主要是从概念或范畴的角度来研究中西方文论在整体即体系上的差异性，概念或范畴在这里不再是语言形式，而是观念本身，是文论体系的基本结构和深层基础，它从根本上决定文论的体系，并制约着我

① 诺曼·费尔克拉夫：《话语与社会变迁》，华夏出版社 2003 年版，第 4 页。
② 同上书，第 59、60 页。
③ 《话语与文学》，上海外语教育出版社 1999 年版。
④ 《话语分析》，外语教学与研究出版社、剑桥大学出版社 2000 年版。
⑤ 《话语分析入门：理论与方法》，外语教学与研究出版社、劳特利奇出版社 2000 年版。
⑥ 曹顺庆：《中西比较诗学》，北京出版社 1988 年版。

们对于文学的言说。后来，曹先生明确提出“文论失语症”以及“文论话语重建”的问题，发表了一系列论文[①]，从话语的角度对中国现代文论体系进行了根本性的反思，并提出许多建设性的意见。对于“话语”，曹先生的界定是：“所谓话语，是指在一定文化传统、社会历史和文化背景下所形成的思辨、阐述、论辩、表达等方面的基本法则。”又说：“话语是指在一定文化传统和社会历史中形成的思想、言说的基本范畴和基本法则，是一种文化对自身的意义建构方式的基本设定。”[②] 非常明显，这主要是从思想和观念的角度对话语进行定义。

在中国，“话语”的内涵和使用也是各种各样的。有的是很“专业”地使用，其内涵非常明确，有的则是在意会的意义上使用，其内涵非常模糊，或者是“字面”上的。有的人是在语言学意义上使用，有的人是在哲学意义上使用。有的人对西方的话语理论非常了解，其“话语”概念是以这些了解作为知识基础的，有的人对西方的话语理论并不了解，使用这一概念不过是人云亦云。但不论是哪一种使用，我认为都有合理性。其根本原因就在于，词的意义固然与其来源有关，但更重要的是在使用中生成。

我认为，汉语“话语”虽然来源于英语“discourse”以及相类似的德语、法语、俄语词语，但“discourse”等在转换成“话语”的过程中，由于受汉语语境的影响，明显中国化了。更重要的是，任何词语都会发生意义演变，“discourse”在西方的意义也不是一成不变的，而是处在发展变化之中，在汉语语境中，“话语”的意义发生演变，这可以说是“discourse”意义演变的延续。我认为，最简单地说，“话语”是一种言说，它是通过一定的术语、概念和范畴来言说，所以，术语、概念和范畴是最重要的“话语成分”。思想、意义和价值与言说有关从而与话语有关，所以，话语是文化和思想的具体方式和形态。

---

① 曹顺庆的文章主要有：《文论失语症与文化病态》，《文艺争鸣》1996 年第 2 期。《再论重建中国文论话语》，《文学评论》1997 年第 4 期。《21 世纪中国文化发展战略与重建中国文论话语》，《东方丛刊》1995 年第 3 期。《在对话中建设中国文学理论的中国话语——论中西文论对话的基本原则及其具体途径》，《社会科学研究》2003 年第 4 期。

② 曹顺庆等：《中国古代文论话语》，巴蜀书社 2001 年版，第 8、26 页。

我们可以说“话语”是一个语言学概念，但这必须以改变传统的语言本质观为前提，就是说，只有当我们不再坚持语言仅仅只是工具而同时承认语言的思想本体性的时候，“话语”才是一个语言学概念。所以，当我们把“话语”作为语言问题来研究的时候，这里的“语言”要比福柯、巴赫金所理解的“语言”宽泛得多，实际上是把语言学的“语言”概念和语言哲学的“语言”概念进行了整合。所以，“话语”主要是从语言的权力以及思想层面上对语言的一种新的命名，它是语言形态，但并不遵循语言学家总结的语言规则。语言学家主要是在语言工具的层面上谈论语言，哲学家主要是在语言的思想层面上谈论语言，传统的语言学没有把这两者区别开来，所以不能把话语同一般的语言问题区分开来，很多问题都是由此造成的。

我认为，在“现代性”、“历史”、“哲学”等词语的后面加上词缀“话语”，这实际上反映了一种新的学术意识，即“语言转向”论，虽然对于绝大多数人来说，缺乏这种自觉意识，特别是缺乏系统的语言哲学的理论基础。我认为，“历史”和“历史话语”、“哲学”和“哲学话语”具有根本的不同。就研究对象来说，“现代性话语”研究就是“现代性”研究、“小说话语”研究就是“小说”研究、“历史话语”研究就是“历史”研究、“文学理论话语”研究就是“文学理论”研究、“哲学话语”研究就是“哲学”研究，但在“现代性”、“小说”、“历史”、“文学理论”、“哲学”的后面加上“话语”二字，反映了研究的视角、方法、观念、知识背景等都发生了很大的变化，即不再把“现代性”、“小说”、“历史”、“文学理论”、“哲学”等看做是一种物质形态的“客体”。在“话语”视角中，“现代性”等都是意识形态，都与术语、概念和范畴等语言形态有密切的关系，从根本上是建构的结果。话语理论从根本上以现代语言学作为知识背景，以语言思想本体观作为理论基础，从而体现了一种新的语言观和哲学观。

从“话语”或者说从语言哲学的角度来研究“历史”、“哲学”、“现代性”，实际上是换了一种学术范式。一般认为，西方哲学发展经历了三个大的阶段：“本体论”阶段、“认识论”阶段和“语言论”阶段。这三个阶段实际上也可以说是三种思维方式或三种学术范式，而“话语”研究则是“语言论”最重要的内容，是典型的“语言论”学术范式，与传统的学术范式具有根本性的不同。

在“本体论”学术范式中，我们追问的是对象是由什么构成的，它具有哪些因素和特征，强调对象的客观存在。在“认识论”学术范式中，我们追问的是我们是如何认识对象的，我们知道了对象的什么，强调人作为主体与客体之间的关系。而在“语言论”学术范式中，我们追问的是我们是如何表述对象的，世界是如何在表述中呈现出来的，社会是如何在表述中建构起来的，强调“语言”在人与自然的关系和社会过程中的优先性以及“表述”对于社会和人自身的意义。在“本体论”和“认识论”中，语言只是我们表述世界和表达思想观念的工具，但在“语言论”，语言不再是思想的工具，而是思想本体，对人和社会都具有控制性，人脱离不了语言从而深层地生活在语言之中。所以，与“本体论”和“认识论”透过语言研究物质、社会和思想不同，“语言论”是通过语言来研究社会和思想，在“语言论”中，语言在社会构成中具有结构性，思想不再是依附于语言，而是与语言一体化，思想就是语言表述，就是话语，思想不可能脱离语言而存在，或者说，思想问题从根本上就是语言问题，语言之外没有思想。正如西尔勒所说：“世界是按照我们划分它的方式而划分的，而我们把事物划分开的主要方式是运用语言。我们的现实就是我们的语言范畴。”伯林说：“人是用词语来思维的；词语有时本身就是行动；因而考察语言也便是考察思想，推而广之也便是考察人的整个世界观和生活方式。”[①] 而其中，“话语研究”作为“语言论”范式的核心内容在社会研究和思想研究中尤其具有根本性。

“话语研究”作为一种新的学术范式，关注的不再是对象的客观性，也不再是人对客观对象的认识，而是语言是如何呈现对象的、语言在人的建构和社会建构中的深层作用。所以，术语、概念、范畴和话语方式就构

---

① 麦基编：《思想家》，周穗明、翁寒松译，生活·读书·新知三联书店 1987 年版，第 267、11 页。

成了“话语研究”的基本对象，它主要是探讨各种术语、概念和范畴的价值和意义，它们如何对我们的生活发生作用，如何对我们社会的建构发生作用，我们的生活是如何在言说自然、社会和思想的过程中发生改变的，语言又是如何塑造我们自身、如何塑造历史、如何塑造我们的现实社会，或者说通过语言的想象我们是如何改变我们自身的。和“认识论”非常重视实践性一样，“语言论”也非常重视实践性，但“认识论”所说的实践主要是知识作为人的正确认识在实际生活中的运用，而“语言论”的实践则是“话语实践”，即话语具有力量，与人的思想和行为极为紧密地联系在一起，从而对人对社会特别是对人的行为和社会活动具有制约性，即福柯所说的“权力”。“实践性”是“话语”的重要品性。

事实上，“语言研究”给20世纪的学术带来了深刻的革命。哲学上，语言观念的根本性变革使语言成为哲学关注的焦点，对语言的反思和分析使哲学发生了“语言转向”，整个20世纪哲学最显著的特色就是语言哲学，所以被称为“语言哲学”的时代。“语言转向”对传统哲学从思维方式到学术范式都具有颠覆性，被称为“哥白尼式的革命”。当然，“语言哲学”内涵是丰富的，而“话语研究”则是其最重要的内容之一。特别是福柯的《知识考古学》、《性史》、《词与物》等著作，对20世纪哲学以及其他学科中的话语范式研究，具有重大的影响。可以说，20世纪每一学术领域都有“话语”范式研究的成功范例，比如历史学中的以海登·怀特为代表的“新历史主义”、社会学中的诺曼·费尔克拉夫的“话语分析”等都是典型的“话语”范式研究。文学中的结构主义、解构主义、阐释学以及中国学者所提出的“文论失语症”和“话语重建”也具有一定的“话语”范式的特点。这里，我特别以英国思想家昆廷·斯金纳的政治思想研究来说明“话语”范式研究的特点及其价值和意义。

斯金纳是当代英国著名的思想家，在思想史研究方面做出了杰出的贡献，特别是在研究方法和研究范式上，具有突破和创新，被称为“斯金纳式的革命”。斯金纳在思想史研究方面的贡献当然是多方面的，并且前后具有很大的变化，但我认为他最具有“革命”性的贡献就是实现了思想史研究从“观念史”向“概念史”的转变。在《霍布斯哲学思想中的理性和修辞》一书中，斯金纳认为霍布斯“关于公民哲学的观点，大半是由文艺复兴时期讨论道德科学性质的语言表达形式形成的”[①]，这种观念已经显示了“概念史”的端倪。斯金纳的成名作是《近代政治思想的基础》，这本书的“一个主要目标是论述近代国家概念形成的概念史”[②]，作者特别解释说：“在考虑了引起这种概念变化的历史发展之后，我在结论中搁下了历史，转而对历史语义进行了短暂的讨论——从国家的概念转到了‘国家’一词。我认为，说明一个社会开始自觉地掌握一种新概念的最明确的迹象是：一套新的词汇开始出现，然后据此表现和议论这一概念。”[③] 强调“国家”概念以及相应的词汇系统及它们对人的意识的影响，这明显是“话语研究”方式。而在《自由主义之前的自由》一书中，斯金纳基本是按照福柯的“知识考古学”或者“谱系学”的模式对19世纪之前的“自由”以及相关概念进行了考证，是正统的“话语研究”范式。

追溯概念，通过语言和概念的变化来研究思想史，这在普通的思想史研究中也是通行的，斯金纳的不同就在于，他的语言观发生了根本性变化，语言在斯金纳那里不再是承载思想的工具，而是思想本体，不是透过概念来研究思想，而是研究概念从而研究思想。更重要的是，斯金纳既研究概念从而研究思想，又研究概念、话语对社会建构的作用和对社会进程的影响，即强调语言和概念的实践性，斯金纳接受了奥斯汀的“以言行事”和维特根斯坦的“语言就是行为”的思想，强调语言对于行为特别是思想行为的意义，这就使他的研究不是普通的语言研究和概念追溯，而具有规范的“话语研究”的性质。比如对于现代“国家”概念的形成，斯金纳说：“这次概念革命的直接后果，是要在西欧国家更广泛的政治词汇中建起一系列的反响手段。一旦‘国家’开始被接受为支配政治争论的名词，有关分析主权的许多其他概念和假设就必须加以重组或在某些情况下

① 斯金纳：《霍布斯哲学思想中的理性和修辞》，王加丰、郑崧译，华东师范大学出版社2005年版，第10页。

② 帕罗内：《昆廷·斯金纳思想研究——历史·政治·修辞》，李宏图、胡传胜译，华东师范大学出版社2005年版，第80页。

③ 斯金纳：《近代政治思想的基础》（上卷），奚瑞森、亚方译，商务印书馆2002年版，第3页。

被摒弃。”[1] 就是说，一旦“国家”作为概念建立起来，它就会反过来影响我们的思想观念，进而影响我们对于国家现实形态的建构，我们可以把这称之为“国家话语实践”。

那么，与传统的“本体论”和“认识论”学术范式相比，“话语”范式具有什么特点呢？概括起来，我认为“话语”范式有这样三个最重要的特点：

第一，在“本体论”那里，不论是自然还是社会，以及思想和历史，都具有物质客观性，我们的任务就是通过研究把这种物质客观性呈现出来，所呈现的符合客观存在就是“正确”的，反之就是“错误”的。但在“话语论”中，自然和社会是两种根本不同的对象，对它们的研究也应该区别对待，研究自然主要是科学，研究社会和思想则是“话语论”。在“话语论”中，绝对的客观性、绝对的“真实”都是不重要的，重要的是我们表述了什么样的思想？又是如何表述的？我们叙述了什么样的历史？我们又是如何叙述的？我们的社会在语言表述中是什么样的？我们对社会的言说又是如何影响社会进程的？“正确”与“错误”之分在“话语论”中仍然是有效的，但并不重要，变得边缘化了，或者说在以一种不被言说的方式中被“消解”了。对于现实的思想和历史包括社会现实，我们可以反省，可以进行合理、有效性等评价，但却很难作“正确”与“错误”的判断，也不需要作这种判断。

第二，以“本体论”为前提，“认识论”强调人对客观存在的认识，其认识的最终结果就是关于“规律”的“知识”。而“知识”又反过来帮助我们利用自然，改造自然和社会，从而为人类服务，人类社会就是在这种从认识到实践再到认识的反复过程中向前发展的。“话语论”并不否认“规律”与“知识”，但并不从这一角度言说问题，也不按照这种标准来谈论问题。“话语论”主要关注人类的思想和精神形态，比如哲学、伦理、历史、政治等，它并不把人类迄今为止的精神财富比如哲学、历史、文学

---

① 转引自帕罗内《昆廷·斯金纳思想研究——历史·政治·修辞》，李宏图、胡传胜译，华东师范大学出版社 2005 年版，第 88 页。

理论、政治学等看做是关于自然、社会、思想现象的规律的总结，即“知识”，而把它们看做是人类自身成长和建构的历史。“规律”和“知识”在言说自然现象时是非常有效的，但用它们来言说人文的精神和思想问题，则并不适用，或者说不太适用。自然具有“规律性”，我们可以根据这些“规律”建立自然的“知识”系统，但人类的精神和思想则很难说有“规律”，即使有规律，社会科学中的“规律”也不同于自然科学中的“规律”。

在“话语论”中，哲学、历史、文学理论、政治学等本质上都是人类的一种言说，都是一种“话语体系”，而且，语言体系不同，言说方式就会不同，因而“话语体系”也会不同。当然，哲学、历史、政治学等都与现实包括自然有关系，但如何言说，用什么术语、概念、范畴和话语方式来言说，没有必然性，并不完全是由现实决定的。比如同样是对于文学现象的言说，中国古代和西方在术语、概念、范畴和言说方式上就有巨大的差别。对于同样的现象，在言说上有多种“可能性”，可以这样言说，也可以另外方式的言说，而究竟如何言说，与“语境”有很大的关系。但是，一旦言说发生，它就不再是“可能性”而是“现实”，就构成了历史性的东西，构成了人类文化精神的一个组成部分，就会构成未来言说的基础从而深深地影响未来。自然科学在进程上，如果发现错了，可以从头再来，重新开始，但人类的精神文化发展则不能反复、不能舍弃，不能割断历史，不能重新出发。我们可以对过去进行反思，总结经验教训，但过去的东西不能被抹去，过去的言说就像遗传一样深深地流淌在现实生活的血液中。

第三，正是建立在这种不再追求“正确”和“规律”的基础上，“话语论”主要是在思想和社会实践的意义上讨论语言问题，讨论思想作为话语言说的历史过程，以及这种历史过程与社会过程的关系，“话语论”更关注实践性。在“话语论”中，“现实”、“历史”、“意义”、“价值”、“未来”、“生存”、“发展”等仍然是关注的问题，仍然是问题的归结，但“话语”的建构而不是“真实”、“科学性”、“规律性”、“知识”等构成了“话语论”的核心和关键。今天看来，五四新文化运动和社会变革在理论上是有很多“错误”的，我们对于西方的“科学”、“民主”、“自由”等的言说也存在着“错误”，但这些“错误”不是给中国社会的向前发展带来了灾难，恰恰相反，在中国社会和思想文化的“现代转型”中，这些“错误”起到了积极作用。在“本体论”和“认识论”中，“错误”的理论和知识往往会带来“错误”的后果，但在思想文化领域，情况往往并非如此。“话语论”并不按照“错误的理论必然带来错误的结果”这样一种因果思路模式来研究问题，它主要研究各种“话语”是如何形成的，“话语”是如何通过言说改变人们的观念和思想从而影响历史的进程和现实的进程，一句话，言说是如何改变现实包括改变我们自身的。在这一意义上，“话语论”研究范式与“本体论”和“认识论”研究范式相比，具有更具体、更直接、更现实的意味，更能实际性地解决问题。

第二章

“现代性”作为话语与中国现代文学研究

第一节　论“现代性”作为话语方式的言说性及其特点

在当代中国学术研究中，“现代性”作为言说可以说无处不在，也无所不包，某种意义上说，一部中国现代思想史或者中国现代学术史就是一部中国“现代性”史。在学术领域，回避“现代性”似乎很难开口说话。因此，“现代性”可以说是当代思想学术名副其实的“关键词”，把握了“现代性”就可以说把握了中国现代思想和学术的“关键”，在“现代性”问题上突破就可以说在学术的“关键”问题上突破。

反思当代“现代性”研究，我认为，我们的“现代性”研究在学术范式、学术方法、学术思维和具体观念上都还是非常传统的，基本还是传统的“现象—本质”、“实践—认识”方式。无数人在谈论“现代性”现象和观念，但少有人对它进行哲学原理上的深入追问。本文将充分借鉴和运用“语言论转向”的学术成果，从话语的角度对“现代性”进行重新审视，从而改进中文语境中的“现代性”问题研究，对“现代性”从性质、特点到作用和意义等多方面进行新的探索。

我认为，“现代性”从根本上是一种话语方式，从根本上是对现代社会现象和现代文化现象的一种言说。话语是一种权力，话语言说具有实践性，“现代性”作为一种话语，不仅仅只是社会发展的产物，更重要的是它参与了社会“现代化”的进程，世界正是在这种言说中发生了深刻的变化。

一般认为，西方哲学发展经历了两次“转向”，也可以说经历了三个“阶段”。古希腊时期，哲学的中心问题是“世界的本质”是什么，世界是由什么构成的。而笛卡尔则把哲学的中心问题从“本体论”转变到“认识论”，这时哲学更关注“我们知道世界的什么”、“我们如何认识世界的本质”，这就是所谓“认识论转向”。到了弗雷格、维特根斯坦时期，哲学的中心问题则从“认识论”转向“语言论”，哲学更关注“我们如何表述我们知道的世界的本质”，按照阿佩尔的说法，“‘语言分析’乃是现代哲学的‘第一哲学’范式”①，这就是所谓“语言论转向”②。“语言论转向”被称为“哥白尼式的革命”，对20世纪的思想和学术发生了深刻的影响。但“现代性”研究似乎是一个例外。对于中国20世纪的学术和思想来说尤其如此，我们的学术和思想至今也没有发生这种“语言论转向”，西方学术的“语言论转向”只停留在我们的哲学史著作中，主要是“知识”层面的东西，对我们的学术思维、学术方法并没有发生根本性的影响，对于“现代性”研究尤其如此。

纵观“现代性”研究，我们看到，不论西方还是中国，其学术范式和思维方式仍然是传统的，可以说总体上还停留在上述“第一阶段”或“第二阶段”，即“本体论”阶段和“认识论”阶段。表现为，在我们的谈论中，似乎有一个近似于物质存在的客观的“现代性”存在，而我们的任务就是找出这种“客观存在”并对它进行“本质”归纳，或者说，“现代性”

① 阿佩尔：《哲学的改造》，上海译文出版社1997年版，孙周兴、陆兴华译，“译者的话”第4页。

② 关于两次“转向”或“三个阶段”，中文著述中，可参见以下四本著作的相关部分：陈嘉映：《语言哲学》，北京大学出版社2003年版，第一章第五节；徐友渔：《“哥白尼式”的革命——哲学中的语言转向》，上海三联书店1994年版，第一章第一节；范明生：《西方美学通史》第一卷，上海文艺出版社1999年版，“导论”；朱立元主编：《当代西方文艺理论》，华东师范大学出版社1997年版，“导论”。

是一种历史现象或历史过程，我们的任务就是把这种历史现象或历史过程“呈现”出来。于是我们归纳和总结出了无数的“现代性”：各种形象、各种范围、各种学科、各种品性、各个国家或地域的“现代性”。有英雄形象（即正面形象），有破坏形象（即负面形象）；在时间上，有所谓“早期现代性”、“晚期现代性”，有“完成的现代性”，有“未完成的现代性”，还有“未开始的现代性”；有社会学的“现代性”，有“文学现代性”、“美学现代性”，有历史学的“现代性”，有伦理学的“现代性”，有哲学的“现代性”；有“西方现代性”，有“日本现代性”，有“中国现代性”，有“东亚现代性”。有人认为“现代性”是一种制度；有人认为“现代性”是一种精神；有人认为“现代性”是一种心理范畴；有人认为“现代性”是一种结构……不知凡几。有人从时间上对它进行定义；有人从空间上对它进行定义；有人从特点和性质上对它进行定义。对于“现代性”的品性，更是有无限丰富的概括，有人强调它的理性、启蒙性；有人强调它的个人主义；有人强调它的过程性，变化性；有人强调它的反思性；有人强调它的批判性；有人强调它的矛盾性或悖论；有人强调它的积极性即它对于现代社会的建设意义；有人强调它的消极性或者说缺憾即它对于现代社会的负面影响……不胜枚举。但是，仔细研究这些“现代性”的定义，我们看到，“理性”也好，“结构”也好，“精神”也好，“流动性”也好，“悖论”也好，“矛盾性”也好，“五副面孔”也好，一个共同的特点就是从内部构成即品性的角度来研究现代性，从根本上是把“现代性”当作一种“不以人的意志为转移的客观存在”来进行解剖和分析的。研究“现代性”是由什么组成的，和研究“世界”是由什么组成的，遵循的是同一理路，从根本上都是“本体论”的。

与这种“本体论”思路不同，“现代性”研究的另一基本思路是“认识论”，这可以说是当今“现代性”研究的主流范式。与“本体论”研究不同，在“认识论”研究中，“现代性”不再是物质形态的，不再是社会的属性，而是“知识”。与“本体论”把“现代性”当作一种客观属性不同，“知识论”强调“现代性”的主客观性，因为“知识”从根本上是人的知识，是人对自然、社会包括人自身的认识，所以具有主观性。既然知识是人的认识，具有主观性，它就有“正确”与“错误”之分。由此我们看到，当代“现代性”研究最重要的特点就是寻找“正确”的“现代性”，在我们的观念中，似乎有一个唯一的、绝对正确的“现代性”，我们的任务就是把它找出来。所以，我们的现代性研究总是排他性的，每个人都想寻找和建立作为绝对基础的“现代性”定义，每个人都认为自己认识的“现代性”是正确的，其他的“现代性”定义或者从根本上错误，或者不够准确、片面，或者有所遗漏，需要修正。有各种各样的“现代性”，而且每一种“现代性”都是以“救世主”的形态出现。各种“现代性”之间当然有互相补充、互相印证的，但更多的是相互矛盾、相互冲突甚至于势不两立。如果把这些现代性综合起来，那么可以说，“现代性”是无所不包的，充满着内在的紧张。

我们看到，当今“现代性”研究遵循的基本上是以黑格尔和培根为代表的认识论方式，也即理性主义和经验主义以及二者的有机结合。在“认识论”的思维模式中，“现代性”是一种思想形态，或者说是一种观念，作为一种思想或观念，它来源于现实生活。这样，按照马克思存在决定意识的基本观念，我们的现代性研究首先就是寻找“现代性”的现实基础，其基本结论是：“现代性”作为品性，是现代社会的基本属性，也就是说，“现代性”从根本上来源于现代社会，包括工业化以及由此造成的各种社会现象，来源于现代文学艺术等各种文化以及相应的各种思想，由此我们总结出“两种现代性”：“社会现代性”与“审美现代性”或者“历史现代性”与“艺术现代性”[①]，前者主要是社会经验层面上的，后者主要是思想文化层面上的。所以，当代“现代性”问题研究最大的特点就是围绕上述两方面，采用黑格尔的思想模式来建构逻辑严密的关于“现代性”知识系统，在理性的统摄中，社会、自然和思想高度知识化，也高度形而上学化。不同在于，由于对现实的观察不同、理解不同，对“现代性”的总结和概括也不同，因而就有了不同的“现代性”。在历史的层面上是这样，

① 关于“两种现代性”，有各种各样的表述。参见卡林内斯库《现代性的五副面孔》，顾爱彬、李端华译，商务印书馆 2002 年版；伊夫·瓦岱《文学与现代性》，田庆生译，北京大学出版社 2001 年版；李欧梵《未完成的现代性》，北京大学出版社 2005 年版。

在理论的层面上也是这样。

在笔者阅读的西方现代性研究著作中，哈贝马斯是唯一从话语的角度来研究“现代性”的学者。哈贝马斯在他的名著《现代性的哲学话语》[①]一书中，主要从概念的形成这一角度对西方自康德以来的现代性思想进行了清理和评述，其思维方式上的转变有点近似于英国思想家斯金纳的从“观念史”向“概念史”的转变[②]。联系哈贝马斯关于“语言转向”的基本观点[③]，我认为，哈贝马斯是有意识地从话语的角度来研究“现代性”，在他那里，“话语”其实就是以语言形态存在的思想，所以，“现代性”作为话语，它不是语言形式，不是思想的工具，而是思想本体，具有福柯和巴赫金所说的实践性。但是，哈贝马斯在哲学思维方式上，毕竟不属于“语言哲学”派，也与语言学没有多少渊源，不论是与弗雷格、罗素、奥斯汀、蒯因、克里普克、胡塞尔、海德格尔、伽达默尔、福柯，还是与洪堡特、索绪尔、萨皮尔、沃尔夫、雅格布森等，他都缺乏充分的理论承继。所以，哈贝马斯对“现代性”作为话语的研究在语言学的层面上是不充分的，在《现代性的哲学话语》一书中，他对自己的研究范围具有严格的限定，他所说的“现代性”作为话语，主要是哲学层面上的，即观念上的，而对社会中的现代性问题、美学和艺术上的现代性问题，他则并没有把它们纳入“话语”范畴。而在其他著作中，他对这些问题的研究或谈论，仍然是传统的，即“本体论”的或“认识论”的，而不是“语言论”的。

在汉语著述中，很多人都在“现代性”之后加上词缀“话语”，从而对“现代性”进行了一定程度上的“语言性”限定[④]。但是，笔者从没有

---

① 哈贝马斯：《现代性的哲学话语》，曹卫东译，译林出版社 2004 年版。

② 关于斯金纳的学术方法，参见帕罗内著《昆廷·斯金纳思想研究》，李宏图、胡传胜译，华东师范大学出版社 2005 年版；斯金纳著《近代政治思想的基础》（上下卷），奚瑞森、亚方译，商务印书馆 2002 年版；斯金纳著《霍布斯哲学思想中的理性和修辞》，王加丰、郑崧译，华东师范大学出版社，2005 年版。

③ 参见章国锋《西方人文科学的新范式——哈贝马斯论“语言学转向”》，《作为未来的过去——与著名哲学家哈贝马斯对话》，浙江人民出版社 2001 年版。

④ 比如这样一些论著：沈语冰《透支的想象——现代性哲学引论》，学林出版社 2003 年版；徐岱《现代性话语与美学问题——论当代文化批评的思想语境》，《社会科学战线》2002 年第 1 期。李怡：《现代性：批判的批判——中国现代文学研究的核心问题》，人民文学出版社 2006 年版。

看到有人对加这个词缀进行论述，从没有看到有人认真地解释为什么要加这个词缀。所以，我认为这些“话语”对于“现代性”来说更多的是修饰性的，与笔者所说的“语言论”的现代性话语还有相当的距离。

在“现代性”研究中，从语言的角度来谈论问题，鲍曼的《现代性与矛盾性》一书是非常深刻的，著作开首第一句话就是：“矛盾性，即那种将某一客体或事件归类于一种以上范畴的可能，是一种语言特有的无序，是语言应该发挥的命名（分隔）功能的丧失。”鲍曼所说的“矛盾性”即“现代性”的“矛盾性”，“矛盾性并不是语言或言语病变的产物。确切地说，它是语言实践的一个正常方面。它产生于语言的一个主要功能：命名和分类功能。”命名和分类本质上是追求“秩序”，但“秩序”和“混乱”是孪生兄弟，伴随着“秩序”，必然出现“混乱”，并且“秩序”越多，“混乱”越多。鲍曼的基本结论是：“秩序意识的特征”，“亦即现代性的特征”，“只要存在分为秩序和混乱，它便具有了现代性。只要存在包含了秩序和混乱之抉择，它便具有了现代性”。我不同意鲍曼的这一结论，因为，语言从根本上起源于命名，语言成熟之后就开始了思想上的分类，而语言在文明之初就开始了，语言的成熟也非常早，不能说人类文明之初就有了现代性，或者说在人类语言成熟的时候就有了现代性。鲍曼把“现代性”之前的社会称为“原存在”：“即未遭干涉的存在、未秩序化的存在或秩序化了的存在的边缘。”[①] 按照这种标准，亚里士多德时代显然不属于“原存在”，这样，鲍曼就把“现代性”无限地前移了，把通常所说的“传统”省略掉了，明显有悖于“现代性”的日常言说。

虽然鲍曼的研究很难说是“语言论”的，但是他从语言的角度来研究“现代性”问题是值得充分注意的，他的研究应该得到充分的展开。他的结论如果加以限定，是非常有意义的。不能说“矛盾性”就是“现代性”，从而把语言的命名和分类说成是“现代性”的原因，但是说“现代性”中的矛盾就是由这种命名和分类造成的，却是成立的。对事物进行命名和分类本质上是对事物的一种言说，把“现代性”分为“两种现代性”实际上

① 鲍曼：《现代性与矛盾性》，邵迎生译，商务印书馆2003年版，第1、8、11、12页。

就是一种命名和分类，这种命名和分类实际上是我们对现代社会中社会和文化两种现象从品质上的一种言说。在言说的意义上，不只是“现代性”的“矛盾性”是话语问题，“现代性”的很多问题都是话语问题。

从话语的角度，我对“现代性”的定义是：现代性是我们对现代社会和现代思想的一种言说，一种不同于传统的言说。“现代性”一方面来源于现代社会和现代思想的发展，但另一方面又在言说中深刻地影响现代思想和现代社会的发展，即在“现代性”言说中把社会和思想的进程纳入“现代性”之中。“现代性”既是一种社会和文化的品质或因素，更是思想对社会和文化的预设。“现代性”与其说是思想体系，还不如说是话语体系，在术语、概念、范畴和言说方式上，它是一个“家族相似”[①] 体系。“现代性”作为话语，它不是语言形式即“现代性”作为存在的承载工具，而是一种思想，本身具有力量，积极地参与社会的进程。

从话语的角度来定义“现代性”，本质上属于“语言论”。在学术范式上，“语言论”不同于“本体论”和“认识论”。在“本体论”的视角下，“现代性”是物质形态的社会“存在”，在“认识论”的视角下，“现代性”是我们对现代社会存在的认识的“知识”，而在“语言论”视角下，“现代性”从根本上是“话语”，是我们对现代社会和现代思想的言说，主要是谈论、表述、命名、命题及意义的问题，这样，有关“现代性”的术语、概念和范畴就成了“现代性”最核心的内容，它探讨的中心不再是“现代性”的构成和我们关于“现代性”的知识，而是我们对“现代性”命名的各种术语、概念和范畴的价值和意义，以及它们如何对我们的生活发生作用，如何对我们社会的建构发生作用。它探讨的是我们如何在言说自然、社会和思想的过程中改变社会生活，它探讨语言是如何塑造我们自身、如何塑造历史、如何塑造我们的现实社会，或者说通过语言的想象我们是如何改变我们自身的。在“语言论”中，语言构成了本体，自然、社会、历

① 此概念源于维特根斯坦，周宪用它来描述“现代性”，本文从此说。见周宪《审美现代性批判》，商务印书馆 2005 年版，第 53 页。

史、人的思想以及对未来的设想等都集中体现在语言中，都是经过人的言说而成为人的对象，套用笛卡尔的话：“我说故我在。”世界是什么样的？社会是什么样的？历史是什么样的？未来是什么样的？我们不知道，我们只知道我们所言说的“世界”、“社会”、“历史”和“未来”。所以，语言已经深深地控制住了我们，关注语言实际上就是关注我们自身，关注“现代性”作为话语就是关注“现代性”本身。

“知识就是力量”，这是一个典型的“认识论”命题，其实质是强调“实践”，强调人对客观存在的正确认识对于人自身的意义。其实，“语言论”也非常强调实践，但是，“语言论”的实践性不同于“认识论”的实践性。在福柯、巴赫金的著作中，“话语”始终是和“实践”联系在一起的，“话语”“作为特殊的实践”，它不是由封闭的系统所“拥有的成分”构成，而由“连续的事件”构成。① 所以，“话语”不是纯粹的语言形式，而始终与话语实践联系在一起，具有人文力量与实践力量的二重性。具体于“现代性”来说，“本体论”和“认识论”认为“现代性”是现代社会的本质属性，是社会表象的深层的精神内涵，是客观存在，人类通过理性以及其他各种途径认识了它，发现了它，而人类的这种认识和发现又反过来帮助人类改造社会，社会就是这样向前发展的。在“认识论”这里，“现代性”依附于现代社会而存在，从存在到认识再到实践，这是线性发展的。而“语言论”则认为“现代性”从根本上是一种言说，“现代性”与现代社会有密切的关系，但很难说“现代性”就是我们对现代社会特殊品性的认识，“现代性”又是脱离于现代社会从而在语言和思想上构成自己独立的体系。“现代性”通过言说积极参与了现代社会进程，“现代性”言说在现代社会进程中以“知识”的面目呈现实际上具有“表达”和“宣传”的作用，其目的在于促进或影响社会向现代化的“预设”方向发展。在这一意义上，“现代性”作为话语又对现代社会起了“建构”的作用。我们永远不能把“现代性”言说和现代社会之间的因果关系清楚地划分开

① 福柯：《知识考古学》，谢强、马月译，生活·读书·新知三联书店 1998 年版，第 95、256 页。

来，毋宁说，它们之间任何时候都互为因果，并且因果互动任何时候都处于过程之中。

在“本体论”中，“现代性”作为精神和物质一样是现代社会中的客观性存在，具有“唯一存在性”。在“认识论”中，“现代性”是我们对现代社会精神品性的认识，既然是认识就有“正确”和“错误”之分，所以，在“认识论”中，“现代性”具有“唯一正确性”，只是由于认识能力、认识方法等原因我们现在没有找到这唯一正确的“现代性”。但在“语言论”中，“现代性”则没有“正确”与“错误”之分，作为对未来的社会和思想的言说，它具有实践性，具有预设性；作为对历史和现实的言说，它具有理论性，具有构建性。“现代性”的历史既是社会生产和物质层面上的现代化的历史，也是“现代性”话语的历史，也就是说，在人类社会的现代化进程中，“现代性”言说起了极其重要的作用。

现在看来，我们对“现代性”的言说在历史和理解的层面上，从认识论上来说，是存在着误会或误解的，或者说，是不正确的。但“不正确”的“现代性”话语对现代社会的影响并不一定就是负面的或导致恶果、灾难，“现代性”话语的“正确性”与社会发展的“合理性”之间并不是一定成正比例的，也就是说，理论上“正确”的“现代性”话语不一定导致社会现代性的合理性发展；反过来，理论上不“正确”（诸如片面、偏激）的“现代性”话语不一定导致社会向“反现代性”和“非现代性”方向发展，有时恰恰导致社会向现代性方向巨大的发展，或者导致现代性社会的合理性发展。在这一点上，“现代性”作为社会性因素和思想形态与自然科学中的物质性因素和物理形态具有根本性的不同，在自然科学中，正确的理论必然导致正确的结果，否则就不是科学。但“现代性”作为话语对社会的影响远比这复杂，绝非简单的因果关系。

回顾近代以来中国社会的发展，我们看到，从理论上说，张之洞为代表的调和的晚清“中体西用”思想明显要比陈独秀、胡适为代表的激进的五四新文化运动思想合理，但历史事实却是，就中国社会现代化进程来说，五四新文化运动明显比以“中体西用”为思想基础的“洋务运动”作用更大；同样，就中国的社会体制来说，康有为、梁启超温和的“改良”

思想明显要比孙中山激进的“革命”思想合理，但历史事实却是，戊戌变法失败了，辛亥革命成功了。也许我们要说这是“历史错位”的比较，不能说明问题，但实际上，同一历史时期的直接交锋的“现代性”理论也有这种情况，比如，五四时期，“学衡派”与“新文化派”构成了尖锐的对立，“新文化派”主张破坏旧文化、学习西方文化，其中尤其以胡适的“全盘西化”（或者“充分世界化”）[①] 和吴虞的“打孔家店”为代表，而“学衡派”主张“论究学术，阐求真理，昌明国粹，融化新知。以中正眼光，行批评之职事。无偏无党，不激不随”[②]。就合理性来说，“新文化派”的理论明显偏激、片面，“学衡派”的理论则中正、融合，也切合中国的实际，但事实上，对于中国社会影响巨大而深远的不是“学衡派”的“正确”理论，而是“新文化派”的“错误”理论，而“新文化运动”所造成的社会现实却又恰恰是“学衡派”的理想或预设，即“中西融合”的社会，这似乎是阴差阳错。同样，现在看来，陈独秀对“科学”和“民主”显然存在着很大的误解，但这并没有从根本上限制“科学”、“民主”在中国的推行以及对中国现代社会的巨大影响；胡适提倡白话文的理由在语言学理论上是很有问题的，但这并没有从根本上阻碍“白话文”在现代中国的通行以及对中国现代文学的巨大贡献和成就。

正是因为如此，从“认识论”的“正确”与“错误”的角度来反思历史上的“现代性”理论是没有多大意义的，因为中国社会现代化的历史并不是按照“现代性”理论行进的，中国现代化历史进程中的“成功”并不是因为其理论“正确”，反之，其“失误”也不是因为其理论“错误”。“现代性”理论的“正确”与“错误”对于中国现代性社会发展来说是一个极其无关紧要的因素，所以从这个角度来反思历史也是极其无关紧要的。而“话语论”则不从认识论和本体论的角度来思考和研究“现代性”问题，不从深层的哲学理论的所谓根本问题、本质问题上来研究“现代

① 胡适：《充分世界化与全盘西化》，《胡适文集》第 5 卷，北京大学出版社 1998 年版，第 454 页。

② 《学衡派杂志简章》，孙尚扬、郭兰芳编《国故新知论——学衡派文化论著辑要》，中国广播电视出版社 1995 年版，第 494 页。

性”，而是从话语内涵及其实践的角度来研究“现代性”，不研究它的社会物质根源问题、思想根源问题，而是研究“现代性”话语的历史缘起、建构的过程以及这种建构过程对社会历史的实践性。“现代性”理论上的“正确”与“不正确”不是“话语论”关心的问题，“话语论”更关心的是“现代性”作为话语是如何影响社会的，社会历史是如何在“现代性”话语的言说中向前进行的。

历史当然应该反思，但“话语论”不是笼统地反思历史，不进行那种玄虚的、形而上的、永远充满争议的本体论、认识论的理论反思，而是从话语的角度梳理历史过程，研究人的思想与实践之间的关系以及这种关系是如何促进历史发展的。在“话语论”中，没有抽象的思想，思想的本体即语言，人的活动即有意识的行为则受制于语言或思想。话语具有实践性，就是说，话语具有行动的意义，具有付诸实践的意义，至于这种行动和实践从哲学的角度来讲是否正确，不是话语的提问。所以，从话语的角度，“现代性”始终是具体的问题，比如话语是如何导致和决定人的行动的从而又是如何导致社会发展的。

与上面的不从“正确”与“错误”的角度来谈论“现代性”一样，“话语论”也不从“规律”的角度来谈论“现代性”。“本体论”主要是研究“现代性”的构成，并在“构成论”的基础上从“认识论”的角度研究它的本质，比如，在“现代性”中，哪些成分或因素具有根本性、决定性、永恒性？哪些因素或成分是次要的、派生的、暂时的？“现代性”内部的各因素或成分是如何作用的？特别是它们之间的因果关系。研究的目的是找出“现代性”的本质规律和逻辑预设，发现具有必然性的法则、定律，以便为现实服务并预测未来。“话语论”并不否定“规律”，正如不否定理论的“正确”与“错误”一样，只是不从“规律”的角度来研究“现代性”。它认为“规律”只是理论上存在，深不可测，现有的所谓“规律”都只是我们对过去“现代性”经验的一种言说，本质上仍然是“话语”策略。这些似是而非的、充满争议的、在逻辑上和事实上都不周延的所谓“规律”，比如历史进步观、因果线性发展规律、理性、个人主义、工业化社会、世俗性等，对于我们谈论“现代性”来说，是没有什么意义的。首先，它们都极度抽象，以至抽象得空洞，对于谈论问题来说大而无当；其次，即使极度抽象，但仍然不能笼括一切，仍然充满了事实上的遗漏和逻辑上的不能自圆其说。

所以，“话语论”不再采用这种“本体论”和“认识论”的“形而上”的方式来研究问题。“话语论”只是研究人们是如何言说“现代性”的，研究“现代性”言说对现代化社会进程的意义，并且强调“现代性”言说与现代化社会进程之间的不可分割性。“话语论”非常看重语言在人类和整个社会中的地位，看重语言实际上是看重人的思想，也是看重社会的人文性，因而也就不像自然科学一样相信并寻找“规律”。因而“话语论”不追求关于“现代性”的高度抽象、宏观的结论、准则等，不求为人类制定一个永恒的关于“现代性”的法则，也不追求为人们制定一种可以用之四海皆准的“现代性”运用工具。它只是研究“现代性”在话语的层面上是如何形成，它如何影响过去的社会，如何改变和制约人的思想、社会风尚等，我们现在又是正在如何言说“现代性”，这种言说对未来社会发展会有什么影响。“话语论”更认同“在言说中改变世界”，而不是“社会按照自己的规律向前发展”。

对于历史，“话语论”不强调规律，只是强调话语实践对于历史的意义。在“话语论”看来，“现代性”就是一场话语实践，其话语的形成以及实践结果都具有偶然性。今天，我们仍然用“现代性”来言说，并且赋予“现代性”以特殊的内涵，其实是一种策略，意在推动历史向我们想象的方向发展。这种言说肯定会对历史造成影响，不管未来证明我们的这些言说是否正确，即是否符合客观事实，是否符合历史。“现代性”话语可以说没有规律，有的只是历史的沉积以及在这沉积上的新的发展，新的言说又会作为历史对现实和未来发生深刻的影响。

回顾近现代以来的西方哲学，我们看到，“心”与“物”、“主观”与“客观”的分裂问题一直是哲学在寻求解决的问题。我认为，只要是“本体论”和“认识论”的，主客体之间的矛盾就不可能解决。在这一意义上，“话语论”与其实践性以及不再寻求构成及其主体对构成的认识从而可以说真正解决了主客体之间的二元分裂问题，更准确地说，不如说回避或消解了这一问题。

“现代性”作为话语具有“言说性”。正是在言说中，“现代性”作为话语体系得以建立，正是在言说中，社会发展呈现出一种“现代性”的特征，并向“现代性”逻辑预设方向发展。

“本体论”和“认识论”从根本上都是“单向度”的，即强调“现代性”思想（话语形态）来源于“现代性”存在，虽然也承认“现代性”思想对“现代性”社会发展的反作用，但在认识论的“本质主义”思维中，“现代性”思想从根本上是由“现代性”现实决定的，它始终是“第二性”的，具有附属性。在认识论中，“现代性”始终是我们对现代性社会的总结和归纳。因此，“现代性”作为认识论对象，是唯一的，也就是说，只有一个“正确”的现代性，它来源于现代性社会。虽然“现代性”在内涵上可以是复杂的，在“复杂性”的意义上也可以说是多元的，但作为存在的“现代性”，本质上只有一个。

而“话语论”的“现代性”则完全不同，因为是言说，所以可以是多样或多元的，也就是说，我们可以这样言说，也可以换一种方式言说；我们可以把有些现象和品性纳入“现代性”的范畴，也可以把它们排斥出去。“现代性”言说当然不能脱离现代社会，但现代社会存在并不必然性地规定我们一定要如何言说，对于同样的社会现象，我们可以进行不同的言说，都具有合理性，就像同样是对于人和社会现象，中西方在语言、术语、概念、范畴和思维方式上都存在着巨大的差异一样。作为话语其言说性决定了“现代性”不具有物质存在的“客观性”，而具有“主观建构性”，在“主观建构”的意义上，或者说在没有客观标准的意义上，“现代性”可以是多种多样的，不同的人赋予“现代性”以不同的含义、不同的时间范围和现象范围。

只有在话语的层面上，“现代性”才可能是多元的，也只有在话语的层面上，“现代性”的多元性才能够成立。“本体论”和“认识论”都坚信只有一个正确的“现代性”，目前各种不重复的“现代性”理论只有一种是正确的，或者没有一种是正确的，如果它们有什么合理性的话，那是

“片面的真理”，即它们在某些方面是正确的。但“话语论”则不同，“话语论”承认每一种关于“现代性”的言说都具有合理性，包括“认识论”和“本体论”的高度形而上的言说方式，差别仅在认同的范围和对社会实践影响的大小不同上。各种言说可以是矛盾的、冲突的，但这并不意味着要排斥某种理论，每一种“现代性”理论都有它存在的权利，它的生命与“正确”或“错误”无关，而取决于它的被人接受的状况和实践意义。

综观西方各种关于“现代性”的研究，我们看到，西方“现代性”并没有统一性，在不同的人那里，“现代性”具有不同的内涵甚至完全相反的内涵。反思这些“现代性”内涵，我们看到，西方主要是从三个方面对“现代性”进行定义：时间、空间和品性。

在时间上，笔者所见，把“现代性”追溯得最远的是匈牙利学者赫勒，他把“现代性”区分为两种成分：“现代性动力”和“现代性的社会格局”，他认为，“现代性的动力首先是在一个拥有传统和固定信念的世界里开始动摇传统和信念的”，所以，“现代性的动力首先出现在民主鼎盛时期雅典城邦的欧洲自传里”。[①] 也就是说，“现代性”在苏格拉底和柏拉图那里就开始了。卡林内斯库认为时间观念是衡量“现代性”的一个重要尺度，而时间观念在文艺复兴时发生了很大的变化，“有令人信服的证据表明，西方历史的三个时代划分——古代中世纪和现代——始于文艺复兴早期”。[②] 就是说，现代社会是从文艺复兴初期开始的。但大多数人都认为“现代性”始于16世纪，始于宗教改革和启蒙运动。也有人认为，“现代性”与工业化直接相关，所以应该始于18世纪。

在时间上，研究“现代性”还有一个很重要的途径，就是考证它的词源。据卡林内斯库考证，在拉丁语中，“现代”指的是“在我们时代的、新的、当前的”，“全欧洲在中世纪拉丁语中广泛使用‘现代’一词并非始于六世纪，而是始于五世纪后期”。[③] 在英国，“现代性”这个词在17世纪

① 阿格尼丝·赫勒：《现代性理论》，李瑞华译，商务印书馆2005年版，第65、64页。

② 卡林内斯库：《现代性的五副面孔》，顾爱彬、李瑞华译，商务印书馆2005年版，第25页。

③ 同上书，第19、20页。

就很流行，而法国人19世纪才开始使用这个词。但非常明显，20世纪，世界范围内都广泛地使用“现代性”这一词，并且成为各个思想和学术领域的一个“关键词”。

在空间上，“现代性”主要源于欧美，特别是源于欧美等发达的资本主义国家，英、美、法、德、意，这些国家通常被认为是世界“现代性”的发源地，不仅是现代性社会上的发源地，也是“现代性”理论上的发源地。它们的社会现实，它们对现实的解释，它们关于现代经济、政治、宗教、哲学、文学艺术等的理论，常常被解释成是“现代性”的现实源泉和理论资源，也成为世界其他国家学习模仿的对象和理论的源头。但在这些国家，“现代性”的侧重点也是各不相同的，他们在现代化进程上不一样，在理论上的贡献也不一样。贡巴尼翁说：“在法国，现代是在以波德莱尔和尼采为发端的现代性的意义上来理解的，当然也就包括虚无主义；从一开始，它与现代化，尤其是与历史的关系以及对进步的怀疑都是双重的；在本质上，它是美学的。……而在德国，与之相反，现代是以启蒙运动为发端的，而如今放弃了启蒙，便放弃了启蒙的理想。”[①] 而在美国，“现代性”主要与工业化有关。

在空间上，除了欧美的“现代性”以外，其他国家和地区都存在着各自不同的“现代性”。比如苏联的“现代性”，拉丁美洲的“现代性”、非洲的“现代性”，亚洲的“现代性”。在亚洲，又有“东亚现代性”、印度的“现代性”、日本的“现代性”，中国的“现代性”等，各不相同。

但“现代性”最重要的还是品性上的认证，这也是“现代性”最为复杂的问题。在品性上，西方主要从三个方面来言说“现代性”：一是“现代性”的理论资源。总体上，西方自笛卡尔以来，几乎所有重要的思想文化理论、几乎所有重要的理论家都被纳入了“现代性”的理论资源。从早期的启蒙主义运动，到德国古典哲学，到20世纪的各种现代主义、后现代主义，它们的理论核心都是“现代性”的基本内涵。笛卡尔、卢梭、伏尔泰、狄德罗、斯宾诺莎、莱布尼茨、培根、洛克、休谟、尼采、波德莱

① 安托瓦纳·贡巴尼翁：《现代性的五个悖论》，许钧译，商务印书馆2005年版，第149页。

尔、康德、黑格尔、马克思、韦伯、阿多诺、索绪尔、弗洛伊德、维特根斯坦、胡塞尔、海德格尔、德里达、伽达默尔、萨特、福柯、哈贝马斯、卢曼等，这些人都是“现代性”理论大师，他们的观点经常被认为是“现代性”理论的经典表述。这些人中，有的人曾经明确地谈到“现代性”，有的人则根本就没有用“现代性”这个词。哈贝马斯自己研究“现代性”问题，但他的理论和观点又被看做是“现代性”的一家之言，本身又构成了“现代性”的理论资源。

二是现象和问题范围。总体来看，西方“现代性”在内容上可以说包容了16世纪以来西方社会和思想问题的一切方面，包括政治、军事、经济、文化、宗教等社会生活和学术研究的各方面。而在具体的诸如经济、文化等方面，其内容也是包罗万象的。比如文化方面，哲学、文学艺术、伦理学、历史学、语言学、心理学、政治学、社会学等，都具有“现代性”，又都是“现代性”的理论资源。纵观西方“现代性”研究，给人的感觉是：16世纪以来所有的社会现象、所有的思想问题，不管传统社会延续下来的，还是新产生的，都是“现代性”的现象和问题范畴。

三是精神品格。这同样有各种各样的看法，比如詹姆逊认为：“现代性不是一个概念，无论是哲学的还是其它的，它是一种叙事类型。”[①] 波德莱尔关于“现代性”的定义经常被人引用，他说：“现代性就是过渡、短暂、偶然。”[②] 福柯则认为“现代性”是一种态度，“所谓‘态度’，我指的是与当代现实相联系的模式；一种由特定人民所做的自愿的选择；最后，一种思想和感觉的方式，也是一种行为和举止的方式，在一个相同的时刻，这种方式标志着一种归属的关系并把它表述为一种任务。无疑，它有点像希腊人所称的社会的精神气质”。[③] 归纳起来，西方“现代性”主要有这样一些品性：理性、自由主义、个人主义、人道主义、工业化、主体

---

① 詹姆逊：《单一的现代性》，王丽亚译，王逢振主编：《詹姆逊文集》第四卷，中国人民大学出版社2004年版，第31页。

② 波德莱尔：《现代生活的画家》，《波德莱尔美学论文选》，郭宏安译，人民文学出版社1987年版，第485页。

③ 福柯：《什么是启蒙?》，汪晖、陈燕谷主编：《文化与公共性》，生活·读书·新知三联书店2005年版，第430页。

性、知识、合法性、批判性、反思性、意识形态、逻辑预设、虚无主义、非理性主义、资本主义、矛盾性、结构、解构、本质主义、反本质主义、二元论、多元论、宏大叙事、中心、去中心、元叙事、解元叙事、同一性、非同一性等，不胜枚举。

从内涵上，把西方所有的概括“汇集”起来，“现代性”品质和原则可以说无所不包。西方社会的品性和思想的原则无不是“现代性”的内涵。在16—19世纪，“现代”社会明显与“传统”社会对立，特别是与中世纪相对立，“现代之于传统，很可以一般社会学者所设的双元观念来表明：即‘世俗对神圣’，‘契约对身份’，‘社会对区社’，‘工业对农业’，‘次级团体对原级团体’等等”。[①]“现代性”就是在和“传统性”相对照中确立的，所以，那个时候，“现代性”具有排他性，“理性”是“现代性”的，非理性或反理性就不是“现代性”；自由主义是“现代性”的，专制主义就不是“现代性”的；世俗性是“现代性”的，宗教作为政治就不是“现代性”的，工业化社会模式是“现代性”的，农业社会模式就不是“现代性”的。但是，随着20世纪哲学观念的变化，思维方式的变化，“现代性”的“矛盾性”、“悖论”、“五副面孔”、“流动性”、“两种现代性”以及“反思性”等被认同以后，以反“现代性”或批判“现代性”面目出现的“后现代性”也被纳入了“现代性”，这时，“现代性”就有巨大的包容性，不仅包容“后现代性”，也包容“传统性”。理性是“现代性”，非理性也是“现代性”；自由是“现代性”，专制也是“现代性”；世俗性是“现代性”，宗教生活也是“现代性”。现代主义是“现代性”，后现代主义也是“现代性”，相应的，必然是“现代性”，偶然也是“现代性”；秩序是“现代性”，无序也是“现代性”；理解是“现代性”，误解也是“现代性”；确定性是“现代性”，不确定性也是“现代性”；建构是“现代性”，解构也是“现代性”。现代社会的一切都被说成了是“现代性”，积极的东西是“现代性”，消极的东西也是“现代性”，比如战争是“现代性”、灾难是“现代性”、失业是“现代性”、恐惧也是“现代性”。

---

① 金耀基：《从传统到现代》，中国人民大学出版社1999年版，第93页。

通过上面对西方“现代性”研究的总结，我们可以得出这样的结论：自启蒙主义以来，西方所有社会现象和文化现象都是“现代性”现象，几乎所有重要的思想诸如哲学理论、社会学理论、政治学理论等都是“现代性”理论。似乎现代社会的一切都是“现代性”的，当今似乎除了“现代性”理论以外就没有其他理论。这样一来，“现代性”就变得大而无当。如果承认这种“汇集”起来的西方“现代性”是正确的，那么，“现代性”就是一个毫无意义的概念，因为它统括了一切。在理论上，我们似乎只要“现代性”就够了，其他一切都没有必要，诸如哲学、经济学，都可以取消。

这里，我绝没有否定西方“现代性”研究的意思，恰恰相反，我们必须承认西方不论是在社会发展上，还是在理论研究上，都走在世界的前列。从笛卡尔到康德、黑格尔，到海德格尔、福柯、德里达以及形形色色的后现代主义理论，每一种理论都有它的合理性。我只是想说明，“现代性”实际上是“想象”和“建构”起来的一个理论，是一种对历史的言说和对未来的预设，没有物质客观性，作为话语和言说没有必然性，我们可以用现在的“现代性”话语方式进行言说，也可以用另外一种话语方式进行言说。现在一般认为，“现代性”理论是由康德、黑格尔、马克思等人创立的，他们都被认为是“现代性”的理论大师，但有意思的是，康德、黑格尔包括马克思并不使用“现代性”概念。康德、黑格尔、马克思的理论，并不因为我们的言说而发生改变，但当时不叫“现代性”理论，现在则叫“现代性”理论，这充分说明“现代性”其实是一种命名，一种言说，不是必然的，它具有主观性、话语建构性。

在话语和言说的意义上，我认为，“现代性”是一种认定，它不改变过去，但改变对过去的言说，并通过这种言说影响从而改变未来。这一点从中国的“现代性”言说中看得更清楚。

在中国，“现代性”作为思想文化的一个范畴，作为命名或话语方式，90年代之后才流行起来，这除了深受西方影响以外，也应该与80年代开始的经济现代化有很大的关系。但这并不是说中国的“现代性”90年代才开始有的。现在一般认为，中国的“现代性”早在洋务运动时期就开始了，而五四时期所确立的“科学”、“民主”观念则是中国“现代性”最核心的内容。但那时这些内涵都不叫“现代性”，这很好地说明了中国的“现代性”是一种话语认定。同时，中国的“现代性”缺乏西方的“世俗性”、“非理性主义”、“意识形态性”等内涵，中国的“理性”、“科学”、“民主”、“自由主义”、“个人主义”、“人道主义”、“先锋艺术”、“资本主义”、“工业化”等都明显不同于西方的相关内涵，但我们仍然把这些内容纳入中国的“现代性”范畴，这同样说明了中国“现代性”的命名性、认定性。中国社会现象和理论形态中，哪些是“现代性”的？哪些是非“现代性”的？我们既不以西方的“现代性”为尺度，也不以社会存在作为客观依据，而完全取决于我们的认定，这种认定的合理性不以理论为衡量标准，而取决于接受的程度，大家都认同这种言说并也按照这种话语方式言说，这种言说就是最合理的，也能够对现实和未来造成深刻的影响。

在这一意义上，“现代性”没有客观性，不是某种固有的属性，人言言殊。也正是在这一意义上，世界上不可能有一个统一的、大家均认同的、科学真理式的、可以通过社会实践进行检验的“现代性”。如何定义或者说言说“现代性”取决于两方面：一是个人的生活经验，匈牙利学者赫勒就非常强调个人的生活经验对于“现代性”理论建构的重要性，他明确地说他的“现代性本质的直觉”就是“建立在我自己的生活经验之上”[①]。当然，个人经验是复杂的，与个人所生活的时代、国家、民族以及具体环境有关，话语本身也影响个人的经验。二是个人的知识储备和理论水平，特别是个人的历史知识、学科兴趣深刻地影响个人对于“现代性”的观念。由于个人的经验和知识结构存在着巨大的差异，关于“现代性”的言说也必然存在着巨大的差异，因而世界上具有多种多样的“现代性”话语。在海德格尔和伽达默尔“理解”作为本体的意义上，这些话语都有其合理性，都可以看做是“现代性”的合理内涵。

从话语的角度来研究“现代性”，这是一种全新的研究思路，它与传统的“现代性”研究具有根本性的不同。总之，从“话语论”出发，我们

① 阿格尼丝·赫勒：《现代性理论》，李瑞华译，商务印书馆 2005 年版，第 3 页。

将不再从社会的物质基础上来研究“现代性”，也不再把它当作一种社会现象和我们对这种社会现象的认识。我们将更多地研究与“现代性”相关的术语、概念、范畴，研究它们的形成、演变过程以及这种演变在思想史上的意义，最后归结到实践上来，即“现代性”作为话语方式对物质层面的社会是如何造成影响的。“现代性”作为话语并不取决于社会存在，但这并不是说“现代性”与现实无关，只是我们更关注“现代性”作为思想范畴，它是如何通过语言关注现实，并在这关注的复杂过程中如何形成。言说能够深刻地改变现实，近百年来，不论中国还是外国，很多重大的历史事件的发生，都与言说有很大的关系，换一种言说，也许历史就是另外一种样子。“现代性”作为话语既有现实的品性，即现代社会的品性，又具有思想的品性，即思想性，它是在表述中逐渐形成的。

第二节　“现代性”作为话语方式对中国现代文学研究的意义及其限度

“现代性”作为一种性质或思想范畴，与近现代以来的世界范围的社会进程有关，更与言说有关。在言说即话语的意义上，用“现代性”理论来研究中国现代文学，或者说对中国现代文学进行“现代性”的言说，有它的积极意义及合理性，但也有它的弊端和问题。本节就主要探讨“现代性”作为话语方式对中国现代文学研究的意义、价值以及它的局限性。

我认为，从根本上，“现代性”是一种话语方式，是我们对现代社会现象和文化现象的一种言说。我们既可以这样言说，也可以换一种方式言说，所以，“现代性”是多元的，有各种各样在内涵和范围上都不相同的“现代性”，且这些“现代性”没有“正确”与“错误”之分，只有合理与不合理以及认同的程度不同之分。

“现代性”不是一种物质存在，不具有物质客观性，它从根本上是一种抽象精神，这种抽象精神也不是客观存在的，而是我们的概括、归纳和总结。不论是在西方还是在中国，当初都没有一种以“现代性”为明确目标的现代文化运动和文学运动，社会文化中只有科学、民主、自由、人权、革命、理性等具体的追求。西方“所说的”的“现代性”早在文艺复兴时期就开始了，“所谓‘现代’，按照后现代主义者和哈贝马斯等人的共同理解，从历史时期上讲是从文艺复兴开始，经启蒙运动到20世纪50年代，实际上就是指西方资本主义从产生、发展而走向现代化（modernization）的过程”。[①] 但他们“说”“现代性”则是20世纪中后期才开始的。“19世纪，随着社会学的发展，现代性的观念——虽然不是概念——横空出世，而现代性概念本身，只是到了最近才引人注目。‘现代化’通常是一种与技术导向的经济增长密切相关的社会政治演进方式的概括，但是，现代性——作为那些演进所累积的结果——这个术语在20世纪70年代之前还未被广泛使用。”[②] 在中国也是这样，我们“所说的”的“现代性”早在鸦片战争之后就开始了，但我们“说”“现代性”则是始于20世纪90年代。这说明，“现代性”从根本上是一种话语，是一种命名。

不是先有“现代性”概念或理念然后才有现代性社会和文化，而是先有我们所说的现代社会和文化，然后才有对这种现代社会和文化的总结，“现代性”就是20世纪中期以后西方对自文艺复兴以来西方社会和文化的基本概括和总结，对于中国来说，“现代性”除了西方理念的输入以外，还是90年代以来我们对自鸦片战争以来中国社会和文化的基本概括和总结。人的期待与预设，当然对社会的发展有很大的影响，但总体来说，我们现在所说的“现代性”社会不是按照“现代性”理念设计出来的，而是社会和文化自然发展的结果。现代社会具有物质客观性，但我们所说的“现代性”社会却是主观形态的，是我们从某种视角，根据某种观念对现代社会的抽象概括。由于观念不同，视角不同，对于“现代性”的概括，不论是在时间上还是现象上以及精神品质上，都各不相同。对于具体的人

① 冯俊等著《后现代主义哲学讲演录》，商务印书馆2003年版，第2页。

② 大卫·莱昂：《后现代性》（第二版），吉林人民出版社2004年版，第36页。

来说，“现代性”是明确的，不论是内涵上还是外延上，都具有相对的稳定性，但总体上，“现代性”是一个模糊不清的概念。所以，正如法国著名现代性学者伊夫·瓦岱所说：“起初被视为一个新词的抽象术语，正像它所表示的既复杂又矛盾的现实一样，一直不明不白。……现代性并不属于历史学家在编年史中按照某种规约而划分的某个界线分明的、可以打上相对精确日期的时期。”①

正是因为“现代性”是一个主观概念，是我们对过去社会形态和社会精神的一种言说，所以人言言殊。既有国别、地域和时间的差别，又有学科的差别。文学、历史、哲学、社会学、伦理学、语言学、经济学、心理学，几乎所有的学科都讲“现代性”，但各学科所讲的“现代性”不仅在内容上存在着很大的差异，在精神上也存在着巨大的差异。实际上，在不同的学科、不同的国别、不同的时期、不同的人那里，“现代性”的精神内涵以及现象范围都是不同的。

正是因为“现代性”是一个主观概念，没有客观实在作为衡量的标准和尺度，所以，“现代性”是不确定的。在概念内涵上，“现代性”是流动的、游移的，而且，随着社会的发展特别是思想观念的发展，还会有更多“新的发现”、“新的想象”，还会有更多新的归纳和概括。“现代性”与它相反对的“传统性”和“后现代性”之间并没有决然的分界线，把迄今为止所有我们所言说的“现代性”内容和精神品质综合起来，“现代性”可以说是无所不包的，既包容了传统性，也包容了后现代性。我们现在所说的“现代性”既是多样的、复杂的，也是空洞的、矛盾的，用这个词反映了我们试图把现代以来的社会文化统一起来的形而上学思维模式。我们当然要尊重历史，但历史上并没有“现代性”这样一种社会文化思潮，“现代性”只是我们对历史的一种言说，我们可以这样言说，也可以换一种话语言说，任何人都可以用他自己所理解的“现代性”来言说过去，这是话语的特点和权利，但我们不能把我们的言说说成是历史和事实本身。

对于文学来说，也是这样。文学领域的“现代性”问题是更典型的话

① 伊夫·瓦岱：《文学与现代性》，北京大学出版社 2001 年版，第 2 页。

语，它不过是对现代社会以来的文学的一种言说，更缺乏客观性，如果说社会“现代性”，特别是诸如工业“现代性”还有一定的物质作为参照的话，那么，文学的“现代性”完全是一种定性，一种理论。我们说中国现代文学是“现代性”的文学，完全是我们对中国现代文学的一种谈论、一种言说，也可以说是一种命名。现在我们把“现代性”作为中国现代文学的品性看做是中国现代文学的事实，这其实是误解，“现代性”对于中国现代文学来说，不是历史层面的东西，而是认识层面的东西，也即是我们对中国现代文学品性和特征的总结、归纳甚至于想象和赋予，即话语。

在话语的层面上，中国现代文学中的“现代性”与一般“现代性”既具有相同的一面，也有不同的一面，即既具有普遍性，又具有特殊性。普遍性表现在：首先，中国现代文学的“现代性”是中国“现代性”的一个组成部分，比如科学、民主、自由、救亡、个性解放、人道主义、反封建、反传统等，这既是中国现代文学的特性，也是中国现代社会、文化的特性。其次，中国现代文学的“现代性”是世界“现代性”的一个组成部分，它是世界范围的现代性在中国的合理延伸。比如理性、批判性、反思性、启蒙等，这既是中国现代文学的基本精神品格，同时也是世界“现代性”的基本内涵。

特殊性表现在：首先，时间上的错位造成中西方文学“现代性”在内涵上的差距，西方文学的“现代性”在时间上始于文艺复兴时期，而其中的主要特征比如理性、典型、性格以及非理性、象征、荒诞等都是对19世纪现实主义、浪漫主义以及现代主义文学特征的归纳和总结。中国现代文学的“现代性”不仅晚于中国社会的“现代性”，而且远远晚于西方文学的“现代性”，严格意义上说，中国现代文学的“现代性”是五四时期才开始的。更重要的是，中国现代文学的“现代性”主要是一个相对概念，在我们的使用中，凡是不同于中国传统的，几乎都可以称之为“现代性”，某种程度上说，中国现代文学的“现代性”就等于“西方性”，所以，在中国现代文学这里，不仅现代西方文学是“现代性”的，西方传统文学比如古希腊罗马文学，因为完全不同于中国传统文学，是西方的，对于中国文学来说是新的，因而也具有“现代性”。其次，中国现代文学的“现代性”虽然来源于西方，并且我们也是按照西方文学理论的话语方式来言说它，但中国现代文学的“现代性”事实上不同于西方文学的“现代性”，西方文学以被学习的方式输入中国之后，因为现实针对性、历史语境、语言文化特别是传统文学的影响而发生变异，所以，中国现代文学的“现代性”又具有中国性、民族性。再次，中国现代文学的“现代性”不同于中国现代哲学、历史学、伦理学、教育学、社会学等学科的“现代性”，具有学科差异性。比如“审美现代性”就主要是从文学中派生而出，进而演变成“现代性”的一个重要维度。

正是在普遍性的意义上，中国现代文学与西方现代文学具有共通的地方，我们对中国现代文学的言说与西方对文学的言说具有共通的地方，所以我们说中国现代文学是“现代性”的文学，并把我们对中国现代文学的言说称为“现代性”话语。而正是在特殊性的意义上，中国现代文学的“现代性”不同于西方现代文学的“现代性”，我们对中国现代文学的言说有别于西方对文学的言说，我们说中国现代文学具有“现代性”，实际上是一种约定俗成，具有规定性。我们可把这种言说命名为“现代性”，也可以给予其他的命名，这并不从根本上影响中国现代文学的性质。“现代性”在这里实际上是一种统称，一种言说的框架。

究竟什么是中国现代文学的“现代性”，我们并不能确定。我们只知道中国现代文学是非常复杂的。就因素来说，既有对传统中国文学的沿袭和承继，又有对西方文学的输入和学习。就文学类型来说，既有非常西化的文学比如象征主义诗歌、新感觉派小说，也有非常传统的文学比如旧体诗、通俗小说，而更多的中国现代文学则是中西交融、传统与现代兼容。如果把现代文学中的各种品性都归纳起来统称之为“现代性”，那么，中国现代文学的“现代性”就是一个“大杂烩”，具有巨大的包容性，在品格上甚至互相矛盾和冲突，既有传统性，又有反传统性，或者说，既有现代性，又有反现代性。正如杨洪承所说：“在不同的作家个体及每个个体赖以生存的社会环境、文化背景下同质化的‘文学现代性’并不存在。”[①]

---

① 杨洪承：《全球化语境下中国现代文学研究的焦虑选择》，《学习与探索》2004 年第 3 期。

实际上，在中国现代文学史上，没有被命名为“现代性”的东西，只有具体的“科学”、“民主”、“自由”、“反封建”、“个性解放”、“国民性”等思想内容，只有具体的小说、诗歌、戏剧等文学体裁或文类，只有具体的现实主义、浪漫主义、象征主义等创作方法。它们本身就构成独立的话语，可以进行自足的言说。

所以，中国现代文学研究中的“现代性”实际上是一种言说方式或者说一种话语方式，并且是一个中国式的言说方式，它是从西方而来，但不能还原，“中国现代文学”不能还原为“中国摩登文学”。“现代”二字不能从字面和词源上来理解。中国文学研究的“现代性”话语是逐渐建构起来的，它与历史进程并不同步，而是事后对历史的解释和言说。它具有双重性，既是经验的，又是理论的，既是客观历史层面的，又是主观认识性的，综合起来就是话语的，和实践紧密地联系在一起。但也必须承认，“现代性”话语的确改变了我们对中国现代文学的观念和看法，也的确改变了中国现代文学的研究方式，从而中国现代文学在“现代性”的言说中发生了某种“变化”。

关于“现代性”作为理论对于中国现代文学研究的合理性，已经有学者进行过专门的研究，比如李怡认为：“正是这些新鲜的‘现代性’知识体系极大地更新了我们固有的认识与思维，带给我们分析既往的文学现象以新的视角新的方法以及新的结论。”① 再比如俞兆平先生认为，现代文学研究中引入“现代性”理论具有三方面的作用和意义：“可突破意识形态概念性的框定”，“可消解二元对立的习惯性思维模式”，“可调整旧有的价值判断的标准”。② 这是非常有道理的。但这还是非常具体的，具有具体的针对性，是在具体的操作层面上而言的。在话语的意义上，“现代性”作为理论视角和思维方式以及一种学术背景，它对中国现代文学研究的作用，远非这些，我认为，用“现代性”来言说中国现代文学，还有以下一

① 李怡：《现代性：批判的批判——中国现代文学研究的核心问题》，人民文学出版社 2006 年版，第 14 页。

② 俞兆平：《再论“现代性”与中国现代文学研究》，《南京大学学报》2004 年第 3 期。

些根本性的作用和意义。

首先："现代性"对于中国现代文学来说具有本体性，所以，"现代性"话语的中国现代文学言说对于中国现代文学研究来说也具有本体性。

中国现代文学是一种新的文学类型，它与中国古典文学有深层的联系，但又不同于中国古典文学，深受西方文学的影响，但又不同于西方文学，是一种新的文学类型，这种"新"，我们可以把它概括为"现代性"。具体地讲，这种"现代性"在内容上主要表现为理性、科学、自由、民主、革命等现代思想，在形式上主要表现为现代体裁、现代表现手法、现代创作方法以及现代的阅读和欣赏方式等。或者在更抽象的意义上概括，中国现代文学的"现代性"在言说的层面上，就是"非传统"和"反传统"，而对于这种"非传统性"或"反传统性"，我们不能用传统的方式来进行言说。对于"现代性"现象，"现代性"理论本身是最有效的言说工具，具体地讲，理论最能把握和理解理性、科学方式最能把握和理解科学、自由理论最能有效和准确地解释自由现象。而现代体裁、现代创作方法、现代阅读和欣赏方式都与现代思维和思想方式有最直接的关系，用中国传统的思维和思想方式来言说它，在精神上是错误的，其误解与误读就在所难免。对于中国现代文学的现代精神和现代方式，"现代性"话语是最佳的言说方式，可以说是用"现代性"理论来言说或研究"现代性"现象。在这一意义上，"现代性"话语对于中国现代文学研究来说具有本体性。

其次，用"现代性"来言说和表述中国现代文学，实际上是一种新的问题意识，即我们不再是内视角地看问题，而是把中国现代文学放在世界文化和世界文学的背景之下来研究。所谓"内视角"地看问题，即以中国文化和文学为本位，从本土性、民族性、中国性的角度来研究问题。而"现代性"作为一种视角或背景最大的意义就在于超越中国中心论，使我们既看到中国现代文学中的传统性因素，同时也看到它的世界性因素，既看到传统因素对中国现代文学的制约性，更看到外来因素对于中国现代文学发展的积极作用，特别是在中国文学现代转型中的作用。在"现代性"视角中，我们仍然强调本土性、民族性、中国性等，但这时的"本土性"、"民族性"、"中国性"已经不再是纯粹的传统性，而是传统性与西方性的融合，西方的文学精神和文学形式经过中国化之后，为我们所有，成为我们的血液。与90年代之后的中国文学相比，我们也可以把现代文学的某些突出的品格和特征称作“传统”，但这是一种新的传统，一种不同于古代文学传统的传统。

所以，“现代性”视角实际上反映了现代文学研究的一种开放意识，一种新的、时代的，发展的、改革的、世界而非中国的意识，这种开放意识对于现代文学研究的作用是巨大的，它不仅仅只是使我们的研究回归本位，更重要的是它为现代文学的多重解读提供了理论上的支持，因为“现代性”作为话语本身具有开放性。“现代性”作为一种精神抽象，它没有客观的、对应的对象作为参照，所以作为话语其内涵非常宽泛，正是因为如此，我们不断地赋予它以新的含义。在这一意义上，“现代性”是一个不断更新的、包容的、并向未来开放的概念，所以，相应地，用这种“现代性”理论来研究中国现代文学，中国现代文学研究也具有不断更新的、包容的、并向未来开放的特点。在中国，“现代性”的一个重要品性就是“反思性”，“反思性”作为精神品格，对中国现代文学的研究是非常重要的，正是在不断的反思中，中国现代文学研究取得了长足的进步。

第三，在学术范式上，“现代性”是对中国现代文学的一种新的言说。按照福柯的观点，话语具有实践性，具有权力。“现代性”作为话语也是这样，“现代性”作为话语引入中国现代文学研究之后，实际上是引入了一种新的言说的参照，这种参照最重要的意义就是把很多过去我们忽略、视而不见的文学现象和问题凸显出来了，也使我们从一个更宏观的理论角度来看待我们过去重视的文学现象和问题，这样，“现代性”理论就改变了我们的视野、改变了我们的观念、改变了问题范围、改变了研究的路向，并进而在言说的意义上改变了中国现代文学史。

回顾中国现代文学的过程及其相应的研究历程，我们可以看到，从五四时期到1949年，我们主要是强调中国现代文学的“新文学”性质，我们的参照对象主要是中国古代文学，所以，“中”与“西”构成了我们的基本视角，我们的理论主要是进化论、革命论，特别强调反封建、批判、救亡、启蒙等。1949年以后，由于受“新民主主义”理论的影响，我们把

"新文学"称为中国现代文学，但这里的"现代"主要是一个时间概念，即与"近代"和"当代"相区别，主要是强调中国现代文学作为中国文学从古代向当代发展的一个阶段。在研究上，"近代文学"和"当代文学"始终构成了其重要的参照，这种参照既是时间上的，也是特征上的，也即包含着"现代文学"不同于"当代文学"这样一种基本结论。而在理论上，1949年以后的中国现代文学研究主要是唯物论、反映论、辩证法、革命论、阶级论等，特别强调中国现代文学的政治意识形态性质。

而80年代中期中国现代文学研究开始引入"现代性"这一概念，90年代之后这一概念则被广泛地使用。在"现代性"视角下，中国现代文学的"现代"不仅仅只是一个时间概念，更是一个性质概念，也就是说，在"现代性"视角下，中国现代文学也是"现代性"的文学。而且，不仅五四时期到1949年的"现代文学"是"现代性"的文学，1949年以后的"当代文学"也是"现代性"的文学，现当代文学具有一体性。以"现代性"作为背景或理论的深层基础，我们通常把五四以后的中国文学称为"20世纪中国文学"、"中国现当代文学"或者就叫"中国现代文学"。在"现代性"视角之下，不仅"现代文学"的科学、革命、自由、民主、反帝反封建等是"现代性"的，"当代文学"的革命、阶级斗争、改革、反思、英雄主义、"躲避崇高"、世俗性等同样也是"现代性"的。"现代文学"与"当代文学"虽然政治和意识形态的背景完全不同，但在文学精神上却是一脉相承的，在思维方式、精神原则、思想基础以及文体上都具有共同性，这种共同性就是"现代性"。

正是因为"现代性"上述的理论深层上的作用和意义，"现代性"给中国现代文学研究带来了很多积极的影响，并开辟了中国现代文学研究的新的局面。回顾90年代之后中国现代文学研究，我们可以说，每一次文学现象上新的发现与理论价值上大的突破都与"现代性"有关，对"人"的重视、对审美的重视、对现代意识以及非理性主义的重视，与"现代性"理论有关；钱钟书的发现、沈从文的发现、张爱玲的发现、现代主义的发现、女权主义的发现、叙事的发现等，同样与"现代性"话语有关。

在历史的层面上，在具体内容上，"现代性"观念使中国现代文学研究发生了很大的改变，主要表现在：它突破了旧有的政治模式，而回归到文学本体研究；它让我们以一种更开阔的视野、更包容的态度、更开放的意识来看视中国现代文学，所以“中西比较”研究、“古今演变”研究在90年代之后成为中国现代文学研究的基本方法和基本思路；它使我们从一种新的角度来重新审视过去重视的“人的文学”、“个人主义”，“自由”、“民主”、“科学”、“阶级”、“革命”等，也使我们重新审视过去不被重视的文学现象，比如通俗文学、旧体文学、都市文学、女性文学等。所以，不仅“新月派”、“现代评论派”、“海派”、“京派”等这些过去被意识形态遮蔽的文学现象等得到了重新评价和定位，“学衡派”、“甲寅派”、“鸳鸯蝴蝶派”等这些过去被批判和否定的文学现象也得到了重新研究、重新认识。正是因为“现代性”的介入，文学上的“保守主义”也具“现代性”，这样，中国现代文学史上的“保守主义”就和“自由主义”、“激进主义”一样，具有同等的价值和意义，并且它们构成了中国现代文学的不同侧面和取向。在这一意义上，我们应该充分肯定“现代性”理论对中国现代文学研究的作用和意义。

关于“现代性”理论在中国现代文学研究中的局限性，已经有很多质疑，比如逄增玉认为：“追求现代性是中国现代文学的主流，但在这主流之下还存在着‘质疑现代性’的文学支流。”[①] 杨春时、宋剑华认为：“二十世纪中国文学的本质特征，是完成由古典形态向现代形态的过渡、转型，它属于世界近代文学的范围，而不属于世界现代文学的范围；所以，它只有近代性，而不具有现代性。”[②]“20世纪中国文学并没有获得现代性，它不属于现代文学史范畴，而只是由古典向现代过渡的阶段。”[③] 不能完全否认中国现代文学的“现代性”以及“现代性”话语对于中国现代文学研究的作用和意义，但“现代性”在中国现代文学研究中的确有它的缺陷和局限。从话语的角度来说，我认为“现代性”话语在中国现代文学研究中

① 逄增玉：《论中国现代文学中的质疑现代性主题与叙事》，《江汉论坛》2002年第2期。
② 杨春时、宋剑华：《论二十世纪中国文学的近代性》，《学术月刊》1996年第12期。
③ 杨春时：《文学的现代性与中国现代文学》，《学术月刊》1998年第5期。

的限度主要有这样一些。

第一，中国现代文学在历史的层面上，不论是现象上还是品格上都是丰富的、复杂的，多元、多样、混沌、混杂、矛盾、冲突……充满了内在的张力。“现代性”只是中国现代文学品性的一方面，现在我们用“现代性”来统摄中国现代文学，实际上就把中国现代文学高度“纯化”了，中国现代文学变成了“现代性”单一品格的文学，虽然这里的“现代性”具有很大的包容性。

“现代性”理论的确使中国现代文学研究取得了很大的突破，有很多新的发现，但另一方面，它也遮蔽了很多东西。过分强调“现代性”，就会把“反现代性”、“非现代性”或“现代性”不充分的文学现象排斥在研究的范围之外，就是吴晓东所说的“复杂化的甚至充满矛盾和悖论的文学史的原初景观就轻而易举地被抽象掉、整合掉了”[①]，把中国现代文学高度“形而上学”化，其实就是高度片面化。“现代性”使中国现代文学的某些特征或者因素凸显出来，但同时也意味着排斥、弱化和隐匿了某些特征和因素。“现代性”无论它多么具有包容性，它总是要排斥一些东西的，特别是在不同个体的具体使用中，“现代性”具有相当的排他性。而这排斥的内容对于中国现代文学来说未必就不是重要的，未必就不具有本质性。“中国现代文学的过程就是中国文学的现代化过程”，这是“现代性”理论在中国现代文学研究中的一个基本结论，这里面实际上有一个潜结论，那就是，理论上，中国现代文学史上还存在着大量的非现代性的文学，中国现代文学正是在反抗和改造这种非现代性文学的过程中成长起来的，并最终定型。但在描述或书写上，我们并没有在中国现代文学史中看到这些现象。

“现代性”视角对于中国现代文学研究来说是绝对需要的，但“现代性”理论过于强势又会对其他理论和视角造成压制和扼杀。过去的中国现代文学史可以说是“政治的模式”或者“意识形态的模式”，所有的文学现象都被政治化或者进行了政治的阐释，政治被解释成不仅主宰了文学的进程，也决定了文学的特征和精神，一部中国现代文学史就是一部中国现

① 吴晓东：《中国现代文学中的审美主义与现代性问题》，《文艺理论研究》1999 年第 1 期。

代文学的政治史，政治的伟力无所不在。现在的中国现代文学史则可以说是“现代性”模式，所有的文学现象都被赋予了现代性的含义，或者说进行了现代性的阐释，“现代性”无所不在，也无所不包。过去是“被压抑的现代性”，现在则是现代性压抑其他特性。

文学具有多重本质，也具有多种类型，不同类型的文学其价值标准也不同，不能一概而论。为什么一定要以“现代性”作为评价标准呢？“现代性”作为文学理论尺度其“合法性”在什么地方？这需要进行深入的研究。我同意这样一种观点：“现代性和全球性作为西方话语可以成为中国现代文学研究的思维视野，但不能取代中国现代文学的对象本体和研究主体的独立性和创造性。”[①] 对于中国现代文学来说，“现代性”只是一方面的品性，还有其他的品性，现代文学不只是“现代性”的文学，也有“反现代性”的文学，“非现代性”的文学。对于这些“反现代性”和“非现代性”的文学，“现代性”研究就不一定适合。在理论上，中国现代文学研究除了“现代性”话语以外，还有其他话语或其他理论，它们都有一定的合理性。“现代性”话语没有通行之前，我们的现代文学研究也取得了很大的成就，这充分说明了其他理论话语的合理性。

第二，“现代性”主要是一个西方概念，在西方，“现代性”又大致可以区分为“文化现代性”与“社会现代性”两种类型，并且这两种现代性在品格上恰恰相反。把西方“现代性”理论运用于中国问题研究特别是中国现代文学研究，这是否合适，值得怀疑和反思。

我们看到，中国的“现代性”和西方的“现代性”在时间上是错位的，遵循的并非同一逻辑理路。西方的“现代性”始于社会的现代化实践，而与这种社会现代化实践相对应的文化运动就是思想上的“启蒙现代性”，其深层的哲学基础就是理性。到了19世纪末20世纪初，西方的“现代性”在思想文化上主要是“文化现代性”和“审美现代性”，其基本的特点是“反思”与“批判”，周宪对“审美现代性”的定义是：“就是社会

---

① 王本朝：《从现代性到全球性——中国现代文学研究的学术资源问题》，《福建论坛》（人文社会科学版）2005年第10期。

现代化过程中分化出来的一种独特的自主性表意实践，它不断地反思着社会现代化本身，并不停地为急剧变化的社会生活提供重要的意义。”[①] 单世联说：“至少在西方主要国家，在社会经济领域理性化、现代化的过程中，其精神文化领域却涌动着批判理性、批判现代化的热浪。”[②] 在品性上，“审美现代性”与前此的“启蒙现代性”完全不同，比如，“启蒙现代性”遵循理性，而“审美现代性”则反理性，这种反理性到了20世纪后期的“后现代性”那里则发展到极致。

而中国的“现代性”在思想文化上是从张扬理性开始的，虽然在时间上与西方的“文化现代性”和“审美现代性”同时，但在逻辑理路上更多的则是遵循西方传统的“社会现代性”和“启蒙现代性”。在西方，“社会现代性”和“文化现代性”、“启蒙现代性”和“审美现代性”是冲突的、矛盾的，互为消解，在传统的认识论层面上我们不可能把它们“形而上学”地统一起来。而在中国，“社会现代性”与“文化现代性”是一致的、统一的，互为支持、互为因果，思想文化上的现代性不是反思和批判社会物质现代性，而是为社会物质现代性寻求理论基础，制造舆论和宣传，反过来，社会物质现代化的进程又为思想文化上的现代性提供事实依据，二者是典型的马克思主义“理论与实践”的关系，更具体地说，是典型的马克思所说的社会存在与意识形态的关系。中国现代文学作为中国现代思想文化的一部分，在总体上也是这种关系。在中国现代文学史上，文学从来就不脱离于社会，文学的种种现象和品格都可以从社会那里寻找深层的根源，文学为社会服务甚至为某种具体的政治和任务服务一直是中国现代文学的主流理念。

更重要的是，中国的社会现实、中国所面临的问题、中国的文化传统、中国的话语体系和言说方式等都不同于西方，所以，中国的“现代性”内容不论是在社会实践的层面上还是在理论的层面上都不同于西方。文学更是这样，除了在一些极其抽象的品格上中西方文学在“现代性”上相同以外，在具体的内涵上，中国现代文学的“现代性”和西方文学的

---

① 周宪：《审美现代性批判》，商务印书馆2005年版，第71页。

② 单世联：《反抗现代性：从德国到中国》，广东教育出版社1998年版，第8页。

“现代性”存在着巨大的差异，这种差异不仅仅只是现象上的，更是深层的逻辑理路上的。正是因为如此，西方的“现代性”话语是否适用于对中国“现代性”问题的研究，是否适用于对中国现代文学的“现代性”问题的研究，其言说是否有效就值得怀疑。

事实上，我们看到，中国现代文学“现代性”研究中充满了悖论、矛盾和混乱，而其中最重要的原因就在于中西方在“现代性”内涵上的不一致，我们在定义和概念上无所适从，我们每一位谈论“现代性”的人都有自己的“现代性”。所以，对于中国现代文学的“现代性”问题，我们似乎在谈论共通的问题，但实际上我们谈论的内容和观点都有巨大的差异，表面上相同的观点实际上存在着实质性的不同，表面上分歧的观点实质上具有惊人的一致性，反对“现代性”的实质上可能恰恰是主张“现代性”的，主张“现代性”的实质上可能是反对“现代性”的。哈贝马斯在谈论“未完成的现代性”，中国也在谈论“未完成的现代性”，但两者所谈的根本就不是同一个问题。根本的难题在于，我们不能脱离西方的“现代性”概念来谈论中国现代文学，但这样谈论又与中国现代文学的事实不相符合，我们不可避免地要陷在这种错位与悖论之中。

第三，不论是一般意义上的“现代性”，还是文学和文学理论上的“现代性”，在当代中国都充满了歧义。中国的“现代性”具有不确定性，或者说游移性，把各种“现代性”笼括起来，“现代性”就是一种无所不包的言说方式，具有无边的内涵，比如“反现代性”也是现代性，“古代性”也具有现代性；自由主义、激进主义是现代性的，保守主义也具有现代性；西方性具有现代性，中国性、本土性也具有现代性。当一种现象与主流现象，与我们通常所说的“现代性”不相符合时，我们便称它为“另类的现代性”。这样一来，“现代性”对于中国现代文学研究来说就是空洞的，就是大而无当，并没有针对性，没有实际意义，任何研究似乎都可以冠以“现代性”。所以正如袁国兴所说：“这除了能满足我们对现代性追求的热情而外，能在学理上和智慧上给我们带来什么呢?”[1] 理论的根本是解

---

① 袁国兴：《中国现代文学研究中的“现代性”话语质疑》，《文艺争鸣》2002年第4期。

决具体的问题，能够帮助我们认识事物，更具体地说能够帮助我们把一种事物与另一种事物、一种品格和另一种品格区别开来，但“现代性”对于中国现代文学研究来说似乎很难做到这一点。

总结以往的中国现代文学“现代性”研究，我们看到，“现代性”其实都只有变化的内容，属于变化的范围，似乎只要是“新”的、是变化的，就是“现代性”的。但问题是，中国古代文学也有演变发展，“现在”总是不同于过去，难道说中国古代文学也有“现代性”吗？“审美现代性”最大的特征是批判性、反思性，其实，任何时候的文学都具有反思性和批判性，正如马尔库塞所说，批判性是文学的本性。中国古代文学也有反思性和批判性，但我们不能说中国古代文学也具有“审美现代性”。

中国现代文学具有“现代性”，但不只是“现代性”。“现代性”理论主要适用于研究“现代性”文学，而对于“非现代性”和“反现代性”文学则未必适用或未必完全适用。回顾中国现代文学研究，我们看到，“现代性”理论一方面的确极大地促进和拓展了中国现代文学的研究，给现代文学研究带来了新的局面，特别是对于打破传统的政治学模式起了重要的作用。但另一方面，它也给现代文学研究带来很多问题，比如研究范围的问题、研究方法的问题、观念的问题。我们总是极主观地简单地把中国现代文学和西方文学相比附，并按照西方的“现代性”文学的模式来研究中国现代文学。在“现代性”理论观照之下，中国现代文学似乎早就定好了一个“现代性”的目标，然后就是向这个目标迈进。中国现代文学的发展似乎是高度形而上的，似乎是高度统一的，因此我们总是在寻求高度概括性的“性质”比如“现代性”来把中国现代文学史上的各种现象统括起来，不能统括的文学史现象似乎就是有问题的，就被排斥在中国现代文学史范围之外。我们总是先入为主地对现代文学进行某种性质的认定，进行某种范围的限定，从而极大地妨碍了中国现代文学的研究。中国现代文学史上的很多文学现象，我们的研究还非常薄弱，这与“现代性”的观念局限应该说有很大的关系。

第三章

古代汉语的“诗性”与中国古代文学的“文学性”

第一节 《关雎》为什么不能“今译”

文学是语言的艺术，这是公认的结论，更是事实。海德格尔认为“语言是存在之家”[①]，“语言才是人的主人”[②]，“人诗意地栖居”[③] 在语言之中，就是说，语言对于人来说具有本体性，人不可能脱离语言而社会性地存在，语言已经成了人类社会的深层结构。事实上，不仅文学不能脱离语言，思想文化的各个领域，诸如哲学、历史、伦理学等，以及音乐、绘画等其他艺术，都不可能脱离语言，所谓“思想”本质上就是语言。但我们说“文学是语言的艺术”，并不是在文学不能脱离语言而独立存在这一意义上而言的，而是说，文学的“文学性”就存在于语言之中，文学是一种艺术，其艺术性就体现在语言的表达上，语言具有艺术性，因而构成文学。正是因为如此，我们把那些在语言上富于艺术性的历史著作

① 海德格尔：《语言的本质》，《海德格尔选集》（下），上海三联书店 1996 年版，第 1068 页。这句话在海德格尔的多种著作被说到。

② 同上书，第 1189 页。

③ 海德格尔：《……人诗意地栖居……》，《海德格尔选集》（上），上海三联书店 1996 年版，第 463 页。

(比如司马迁的《史记》)、哲学著作（比如庄子的《逍遥游》）等也视作文学作品。

每一种语言都有它特殊的“诗性”，每一种语言的文学其文学性都与它的“诗性”有着内在的关系。具体地，英语文学其文学性与英语本身具有内在的关系，如果不能真正理解英语及其“诗性”，就不可能真正欣赏英语的文学。中国现代文学的文学性与现代汉语具有内在的关系，不能把握现代汉语“诗性”就不能真正理解中国现代文学的文学性。中国古代文学的文学性与古代汉语有着内在的关系，不能把握古代汉语“诗性”就不可能真正理解中国古代文学的文学性。有些语言中的特殊概念或思想，用其他语言是很难完全理解的，比如日语中的“粹”、“言叶”（Koto ba）用德语就很难完全理解[①]。霍布斯鲍姆也曾举过一个例子：“你很难用威尔士语言来表达政治或科学论述，即使是非常简单平常的论点也不太可能。要是不懂英文的话，即使是再聪明的威尔士读者，光靠威尔士语也无法完全了解其含义。”[②] 思想是这样，文学更是这样。某一种语言的文学其文学性是和这种语言以及相应的“诗性”紧密地联系在一起的，不能感受这种语言的诗性，就很难理解这种语言的文学。语言对于文学来说具有本体性，改变语言方式也就从根本上改变了文学的性质，因而也改变了其文学性。所以，严格意义上来说，文学作品是不能翻译的，迄今为止所有的文学翻译都是不同程度上的“改写”。

语言之间的差异性以及相应的“诗性”之间的差异性远比我们想象的要大。但至今对这一问题却缺乏深入的研究。“语言”已经被我们的语言学所塑造并定格，说到语言，我们总是想到语言学所说的语音、语法、词汇、方言等，文学的语言艺术研究一旦陷入语言学的窠臼，便只有两条路可走，或者走语言学的语言研究的套路并最终走向语言学，或者沉默，即无言或失语。所以我们看到，长期以来，我们的文学研究总是重内容轻形式，而内容又具有抽象性，似乎可以脱离具体的语言而存在。我们总是把

---

① 参见海德格尔《从一次关于语言的对话而来——在一位日本人与一位探问者之间》，《海德格尔选集》(下)，上海三联书店 1996 年版。

② 霍布斯鲍姆：《民族与民族主义》，上海人民出版社 2000 年版，第 65 页。

语言看做是文学的一种形式，而按照传统的马克思或黑格尔的内容与形式的关系，形式是附属性的，是由内容决定并为内容服务的，这样，我们的文学语言研究就从逻辑性上被边缘化。事实上，我们一直是在技术的层面上研究文学语言，一直是在研究文学语言的技术性而不是艺术性。所以，我们今天的文学语言研究总体上是文学语言风格学，而不是文学语言“诗学”，本质上是语言研究而不是艺术研究。

语言学主要研究语言的技术问题，研究语言作为人类交际和表达工具的规则。语言学哲学主要研究语言的思想性或思维性，研究语言与“权力”之间的关系，研究语言与人类文化结构之间的关系。但实际上，语言还有另外一个特征，就是它的“诗性”，笔者把这种研究称为“语言诗学”。文学作品的文学性就与语言的“诗性”有着密切的关系。“文学性”当然包括文学的内容，主要是指文学作品所反映的社会生活内容，所表达的思想、情感、情绪以及所表现的艺术趣味等，但这些内容都只能通过具体的语言表现出来。社会生活内容以及人的思想情感，并不为文学所专有，社会科学对这些问题的反映在表述上更准确、更清楚、更明白，也更简明扼要。而文学与社会科学的不同以及它的优势就在于它是“诗性”地表现生活和表达情感，如果没有这种“诗性”，文学便一钱不值。而文学的文学性始终是和语言的“诗性”联系在一起的，对于有的文学体裁来说，比如诗歌，可以说完全就是语言的艺术，脱离了具体的语言，其文学性就完全变了。比如中国古代的汉大赋、六朝的骈文，脱离了特定的语言它们还能剩下什么呢？它们的文学性主要依赖其华丽的辞藻，假如其语言得不到欣赏，其文学性就很难得到欣赏。

本文主要以《关雎》的“今译”为例来说明古代汉语的“诗性”与中国古代文学的“文学性”之间的关系，从而在一定程度上展开对语言的“诗性”研究。

两千多年来，对《关雎》的注解数不胜数，真可谓汗牛充栋。但“今译”则是在五四之后才开始的，并且在短短的几十年里，已经有了近五十种（笔者所见）。所谓“今译”，即把《关雎》翻译成现代汉语。而现代汉语则是五四之后的事，所以，本质上，“今译”是一个现代问题，也可以说是现代汉语产生的问题。“今”作为时间的“当下性”概念在任何时候都是有的，但历史上从来没有“今译”。《关雎》在语言上是古代汉语，古代汉语是古代人通用的语言，所以对于古代中国人来说，不存在“今译”的问题，因为不存在把古代汉语翻译成古代汉语的问题。中国古代的《关雎》“注”从根本上属于意义阐释和史实考证的范围，即从根本上是对《关雎》进行意义和价值的解释，同时对其字义（词义）、历史背景、历史事实以及所涉及的知识进行考证和研究，我们通常所说的“小学”和“经学”在其中占有极大的比重。而“今译”虽然也仍然具有阐释和考证的成分，但从根本上是翻译，是语言转换。

但问题是，《关雎》的文学性不可能脱离其具体的语言而赤裸裸地存在，《关雎》作为文学作品，其形态和性质都是由它特定的语言决定的，把《关雎》翻译成现代汉语，不仅仅只是改变了其语言形态，而且也从根本上改变了其性质。在传统的文学观中，文学作品可以区分为内容与形式两部分，内容是内涵，主要指作品所反映的社会生活和作者所要表达的思想情感；形式是器具，包括语言、结构、体裁等。内容是独立而客观存在的，它既可以装在这种器具中，也可以装在另外一种器具中。《关雎》“今译”，就是基于这样一种内容与形式关系的理念。但现代语言学已经充分证明，语言根本就不只是一种工具，一种用来装载思想的容器，语言具有思想性，就是思想本身。对于文学来说，不是语言表现了内容而具有文学性，而是语言本身具有内容性而具有文学性，文学性不是在语言“之后”，而是在语言“之中”，语言在文学作品中不是中介，而恰恰就是文学性本身，具有文学的本体性。《关雎》的文学性就在《关雎》的具体的语言表达之中，《关雎》翻译成现代汉语之后，就不再是《关雎》，而是另外一种文学。

鲁迅先生在《门外文谈》中有这样一句话：“就是周朝的什么‘关关雎鸠，在河之洲，窈窕淑女，君子好逑’罢，它是〈诗经〉里的头一篇，所以吓得我们只好磕头佩服，假如先前未曾有过这样的一篇诗，现在的新诗人用这意思做一首白话诗，到无论什么副刊上投稿试试罢，我看十分之九是要被编辑者塞进字纸篓去的。‘漂亮的好小姐呵，是少爷的好一对儿！’什么话呢？”[1] 这段话并不为人们所重视，鲁迅把“窈窕淑女，君子好逑”二句译为“漂亮的好小姐呵，是少爷的好一对儿”也被看做具有调侃性。其实鲁迅这段话含有很深的文学语言学与文学翻译学的意义。《诗经》是中国古代文学的“经”，所谓“经”，在中国古代不仅指具有文学上的创制性、“元典”性，而且还指具有高度的文学价值，并且这种文学价值具有恒常性（“经”的反义词是“权”），是其他文学的源头和楷模，所以有“文章者，原出五经”（颜之推《颜氏家训》）之说。而《诗经》中“国风”被普遍认为是文学价值最高的。《关雎》则是“国风”的代表作，“冠三百篇首”，相当于我们今天所说的“头条”，可见其地位之高。在中国古代文学中，《关雎》具有无穷的文学魅力，具有文学的神圣性，就是鲁迅所说的“吓得我们只好磕头佩服”。但就是这样一首让我们的古人佩服得“磕头”的诗，“意思”不变，换成现代汉语方式，则发表都成了问题。为什么原来是神圣的文学，翻译成现代汉语之后则变得令人好笑？“神圣性”到哪里去了？“神圣”是如何变成“滑稽”的？这都值得深入地追问。鲁迅把“窈窕淑女，君子好逑”二句译为“漂亮的好小姐呵，是少爷的好一对儿”，这具有诙谐性、滑稽性，但鲁迅正是通过这种诙谐和揶揄对翻译本身提出了质疑。滑稽性不是翻译的技术性造成的，而是翻译本身造成的。

五四时，文学开始使用现代白话，北洋政府教育部 1920 年 1 月 12 日正式确立白话文作为国语[2]，这是现代汉语作为现代中国标准语的标志。自从现代汉语作为“国语”确立之后，对《诗经》的“今译”就从来没有间断过。笔者所见到，最早“今译”《诗经》的是郭沫若，他 1922 出版《卷耳集》，其中翻译《诗经》40 首，用的是“新诗体”，但没有《关雎》这一首，其中的原因可能是当时觉得不好翻译，因为他在“序”中曾这样说过：“有些不能译，有些译不好的缘故，所以我便多所割爱了。”[3] 但到了 1928 年，他翻译了这首诗，这是笔者所见到的最早的《关雎》“今译”，

① 鲁迅：《门外文谈》，《鲁迅全集》第 6 卷，人民文学出版社 1981 年版，第 94 页。

② 见《小学改用国语之部咨》，《晨报》1920 年 1 月 14 日。

③ 郭沫若：《卷耳集》“序”，《郭沫若全集》文学编，第 5 卷，人民文学出版社 1984 年版，第 157 页。

其译文如下：

夜怕已经深了吧？深了吧？深了吧？
那凄切的水鸟儿还在河心的沙洲上哀叫。
在那儿我遇见过一位美好的少女呀，
她，她使我无昼无夜地日日为她颠倒。

我遇见她在那沙洲边上采集荇菜，
那青青的荇菜参差不齐地长在洲边。
她或左或右地弓起背儿采了，
她采了，采了那荇菜的嫩巅。

她采了，又把那荇菜来在河水中冲洗，
在那涓洁的河水中她洗得真是如意。
我很想把我的琴和我的瑟为她弹奏呀，
或者是摇我的钟击我的鼓请她跳舞。

我自从遇见她，我便想她，想她，想她呀，
沙洲上我不知道一天要去多少回；
但我遇见她一次后，便再也不能见她了，
我不知道她住在何处，她真是有去无归。

啊！这夜深真是长呀，长呀，长呀，
我翻来覆去地再也不能睡熟。
河中的水鸟哟，你仍然在不断地哀叫，
你是不是也在追求爱人，和我一样地孤独。[①]

① 郭沫若：《〈关睢〉的翻译》，《郭沫若全集》文学编，第1卷，人民文学出版社1984年版，第360—361页。

这与其说是翻译，还不如说是“改写”，或者说是以原诗为基础的生发，是现代人的想象，更是郭沫若个人化的想象。比如“夜深”、“哀叫”、“弓起背”、“嫩巅”、“跳舞”、“孤独”等这都是原诗中所没有的意思。从译诗中我们读不出原诗的思想与意味，原诗在译诗中仅留下了模糊的影子或印记。也许正是这一原因，郭沫若虽然把它标志为“翻译”，其实更看做是自己的创作，所以把它收集在自己的创作集《恢复》中。

之后，对于《诗经》的“今译”便源源不断。具体于《关雎》，笔者收集到各种“今译”约40种。这约40种译文总体上表现出非常复杂的情况，有新诗体（即自由诗体），有散文体，有民歌体，有韵文体。有的译文尽量口语化、通俗化，有的则相对雅化。有的完全整齐并严格押韵，有的则大致整齐并有一定的韵律。译者情况也比较复杂，有文学家，有诗人，有语言学家，有文学理论家，有一般性的古典文学研究者。但不论是哪一种情况，笔者的判断，没有一种译文可以达到鲁迅所说的“发表”的程度。

下面我首先从文体的角度，选录一种或几种有代表性的译文，对它们的翻译实际以及背后的翻译理念进行翻译和语言学的质疑。然后再分析为什么《关雎》不能“今译”，从而从一个特殊的层面切入问题，一定程度上论证古代汉语的“诗性”与中国古代文学的“文学性”之间的内在关系。

一、“新诗体”（即自由诗体）翻译及其问题。

黄惟庸译文：

看啊！那一双双的水鸟，
在那河中的浅渚上关关地和鸣着。
他们多么欢畅呀！
他们多么美满呀！
我那温和可爱的人儿，
她真是我理想中的良伴。

但我何能和她在一处景物幽闲的地方，
此唱彼和；
也如那河中的水鸟一般，
公鸣公处呢？

看啊！那长短不齐的荇菜，
他们随着河中的流水，
左边在流，
右边也在流。
我那温和可爱的人儿，
我迫着我内心的需要，
醒中在求，
梦中也在求。

我知道，我这样的空自求着是求不到的。
可怜我除了一日十二时，
时时不能去怀外，
那有旁的法子呢？
呀！相思无极，
竟令我坐卧难安不能自主了！

那长短不齐的荇菜，
我何必眼看着它流着呢？
我将驾我的小舟，
往河的左边右边去采它，
我那温和可爱的人儿，
我何必只自徒求苦思呢？
她必定喜听音乐，
我将携我的琴瑟去亲近她。

那长短不齐的荇菜，

不定是茎茎都可用的；

我将在河的左边右边，

细细地选它采它。

我那温和可爱的人儿，

她必定喜听音乐；

但我那琴瑟的声音，也许不是她所好的，

我将用我的钟鼓去娱乐她。[①]

笔者所见，在所有的译文中，这篇译文是非常现代性的，很具有“今”的性质，采取的是自由诗的形式，不押韵，不求字句的整齐，是标准的现代汉语。站在现代语言的角度，这是最需要也是最好的翻译。但这最好的翻译却也是最远离文本的翻译，不仅远离《关雎》的外在形态，而且远离《关雎》的表现手法，远离《关雎》的文学精神。两相对照，我们可以看到，对原诗的每一句话，译者都增加了意象，从而增加和改变了原诗的意思，也从根本上改变了原诗的意味、韵味。把“关关雎鸠，在河之洲”翻译成“看啊！那一双双的水鸟，在那河中的浅渚上关关地和鸣着”，在意思上还可以算勉强，而所谓：“他们多么欢畅呀！他们多么美满呀！我那温和可爱的人儿，她真是我理想中的良伴。”则全是“无中生有”。原诗中只有关关叫的雎鸟，何来“双双”呢？也许“雎鸠”在这里只是女性的象征（这样其实也是说得通的），如若是这样，那么凭空加上“双双”就把意思完全弄反了。当然，我们可以作“双双”、“欢畅”、“美满”、“温和可爱”、“良伴”等这样的理解，这在阅读和欣赏中是合理的，但作为翻译，它就把原诗在意义上的丰富可能性给排除了。《关雎》作为中国古代诗歌经典最重要的特点就在于它的语言具有很大的空隙，因而其最重要的价值之一恰恰在于它可以作多种阐释和阅读，翻译之后的《关雎》则大大

① 引自朱自清《诗名著笺》，《朱自清全集》第7卷，江苏教育出版社1992年版，第71—73页。

降低了这种可能性。

上述翻译不仅改变了《关雎》文本的意义，所谓“改变”主要是指一方面增加了一些意义，另一方面又减少了一些意义，一加一减就使翻译文本与原文本之间相距甚远，翻译之后的《关雎》与原文本相比已经变得面目全非。用不着仔细分析，直观上我们就能很明显地判断二者在价值上的巨大差异。文学的欣赏在一定意义上就是感觉，读原作与读译作可以说是两种完全不同的感觉，这种感觉的不同从根本上是由语言或表述的不同造成的。同时，上述翻译还改变了《关雎》文本的艺术性。开头“看啊”一语，同样是凭空加进来的，但这两字一加就完全改变了《关雎》的艺术性质。对于“关关雎鸠，在河之洲”一语究竟使用了什么艺术手法，历来都有争论，有人说是“赋”的手法，有人说是“兴”的手法，有人说是“比”的手法，还有的人认为是“兴起却兼比意”[①]。对于“赋”、“比”、“兴”，历来也有不同的解释，其中最权威的解释是朱熹和刘勰，朱熹的解释是：“直指其名，直叙其事者，赋也；本要言其事，而虚用两句钓起，因而接续去者，兴也；引物为况者，比也。”“兴之为言起也，言兴物而起其意。”[②] 又说：“赋者，敷陈其事而直言之者也。”“比者，以彼物比此物也。”“兴者，先言他物以引起所咏之词也。”[③] 刘勰的解释是：“故比者，附也；兴者，起也。”[④] 程颢、程颐兄弟的解释是：“兴便有一兴喻之意；比则直比之而已……赋则赋陈其事。”[⑤] 按照这样一种观点，“关关雎鸠，在河之洲”一语创作手法上属于“兴”，至少可以作“兴”的理解，和《古诗为焦仲卿妻作》中的“孔雀东南飞，五里一徘徊”一语运用的是同样的手法。但加上“看啊”一语就把“关关雎鸠，在河之洲”一语完全变成了“赋”，变成了铺陈其事，变成了所叙事的内容而不是所叙事的艺术手法，这样就把从“兴”和“比”的角

---

① ［清］方玉润：《诗经原始》（上），中华书局1986年版，第71页。

② 朱熹：《朱子语类》卷八十，“诗一”，中华书局1986年版，第2067、2094页。

③ 朱熹：《诗集传》，岳麓书社1994年版，第3、5、2页。

④ 刘勰：《文心雕龙·比兴》。

⑤ 《河南程氏遗书》卷二上，《二程集》第一册，中华书局1981年版，第40页。

度来阅读和欣赏《关雎》的可能性给排斥了，从而也大大降低了《关雎》的文学性。

由于篇幅的关系，我不能对上面译文中的每一句话都作详细的分析。但事实上，上述译文在翻译的意义上几乎每一个话都是有疑问的。总体上，这种翻译与其说是翻译，还不如说是改写，是创作，《关雎》的原诗不过被当作了创作的题材。作为理解和阐释，作为一种个人化的欣赏这是允许的，但作为翻译，这里面有太多的疑问。

二、"散文体"翻译及其问题。

江阴香译文：

> 一声声啼叫的雄雌雎鸠鸟，在河水中的陆地上，它们也知道互相恋爱的呢！如今有一个幽闲贞静的美女子，那才德兼备的男人，一定愿意去求她做夫妻的。长短不齐的荇草，浮在水面上，忽左忽右的流动着，好比这个幽闲贞静的美女子，合了男人的意，不论醒时睡时都想去寻访她哩！如果寻访她不到，那就醒时睡时心里牵挂着她，想得长久啊！长久啊！身子在床上翻来覆去，再也睡不安稳了！长短不齐的荇草，在那水的左右，有人去采它下来；好比一个幽闲贞静的美女子，男人把她娶到家里来，像琴瑟弹着同样的声调，相亲相爱的住在一处！长短不齐的荇草，已从水的左右取到家里，可以煮做菜吃了；好比一个幽闲贞静的美女子，男人和她做了夫妻，像钟鼓一般的声声相应，过那快乐的日子呢！①

准确地说，这不是翻译而是"注解"，译者称之"白话解"，书名也叫《国语注解诗经》。作者深知"白话解"的局限性，在译"凡例"中说："诗中有音韵，与寻常唱歌相似，故当以叶韵为重，若只读字之本音，除去叶韵，殊失古人音注之精意，而与歌谣不合矣。"《关雎》作为中国古代

① 江阴香：《国语注解诗经》，广益书局1934年版，第3—4页。原文"它"、"他"、"她"不分，这里按照现代规范予以改正。

诗歌经典在文学性上，除了它充分的解读空间以及诗歌意韵以外，还有一个很重要的方面就是它的节奏和韵律美，把《关雎》翻译成散文，其节奏和韵律就完全丧失了，其形式美也就丧失了。可以想见，唐诗和宋词，如果没有了节奏和韵律，还能叫唐诗、宋词吗？还能有那样高的艺术性吗？《关雎》也是如此，没有在形式上的整齐，没有节奏和韵律，没有了在朗读上的悦耳的效果，《关雎》就不再是《关雎》。所以，“白话解”永远只能作为原文的一种阅读和欣赏，而不能作为翻译，即不能作为对应文本。

在意义上，上面的“白话解”也是大有疑问的。理论上，用散文的方式来解释《关雎》，由于不受语言形式的限制特别是音韵上的束缚，更能准确传达其诗的原意。但情况却恰恰相反，笔者所见到的“今注”、“今译”中，上面这段文字是最偏离常义的。作者把“窈窕淑女，琴瑟友之”解释成“好比一个幽闲贞静的美女子，男人把她娶到家里来，像琴瑟弹着同样的声调，相亲相爱的住在一处！”把“窈窕淑女，钟鼓乐之”解释成“好比一个幽闲贞静的美女子，男人和她做了夫妻，像钟鼓一般的声声相应，过那快乐的日子呢！”我认为这是站在现代某种情景上对《关雎》的一种理解，并且是一种很个人化的理解，不仅有违《关雎》的本义，而且大大降低了《关雎》的艺术性。按照一般的理解，《关雎》“第四章”、“第五章”在文学手法上属于“兴”，根据上面“兴者，先言他物以引起所咏之词也”等定义，“参差荇菜，左右采之”属于“他物”，作用在于“起意”，而“窈窕淑女，琴瑟友之”则属于“所咏”，是真正所要表达的意思。同样，“参差荇菜，左右芼之”属于“他物”，作用在于“起意”，而“窈窕淑女，钟鼓乐之”则属于“所咏”，是真正所要表达的意思。也有人认为“第四章”、“第五章”在文学手法上属于“比”，其实也说得通。如果是“比”，那么，按照朱熹的“比者，以彼物比此物也”，“参差荇菜，左右采之”是“彼”，“窈窕淑女，琴瑟友之”是“此”；“参差荇菜，左右芼之”是“彼”，“窈窕淑女，钟鼓乐之”是“此”，原诗真正所要表达的是“此”而不是“彼”，真正要表达的是“求爱”而不是“采荇菜”、“芼荇菜”，“采荇菜”、“芼荇菜”只是一种表现手法，是为爱情的表达服务的。但译者却恰恰把这二者的关系搞颠倒了。当然作为一种理解这样也是可以的，但非常明显，如果这样解释，《关雎》就不再是一篇好作品。

三、“民歌体”翻译及其问题。

倪海曙译文：

河里有块绿洲，
水鸭勒轧朋友；
阿姐身体一扭，
阿哥跟勒后头。

河里长短水草，
顺水左右飘浮；
为仔格位阿姐，
日夜叹气摇头；

实在无法接近，
困勒床浪发愁；
一夜赛过一年，
眼泪好比屋漏。

河里长短水草，
总算用手采到；
心里格位阿姐，
咪哩吗啦上轿。

河里长短水草，
总算用手采到；
今朝伲讨阿姐，

三班吹打洋号。[①]

《诗经》里的“国风”主要采自民间，多属于民间歌谣，这是公认的事实。《关雎》作为民歌，有两点特别应该引起我们的注意，第一，《关雎》在最初应该是很容易理解的，属于通俗易懂、易于朗诵的诗歌。后来之所以变得难懂甚至于晦涩，一方面与诗歌本身的多义性有关，另一方面也与语言的变化、语境的变化有关，所以才有各种各样的“注解”。“注解”主要包括两方面，一是关于意义的注解，主要是针对语言的，二是历史掌故之注，主要是针对语境的。第二，作为民歌，原诗中的一些词语在当时可能是方言。只是后来《诗经》成为经典之后，成为语言典范之后，方言才从地方语言变成全国语言，变成“普通话”。但对于这种方言性，由于语境的原因，不论是古人（《诗经》之后的古人）还是今人，都是很难分辨的，当然更难在文学上有所感觉。在这一意义上，倪海曙用方言来翻译《关雎》一定程度上说是把握了《关雎》精义的。译者解释他这样翻译的原因，一是基于“国风也不过是古代的民歌”，所以尝试用现代民歌体翻译《关雎》。二是基于《关雎》作为民歌的朗诵性，口语流传性，译者称之为“声音的诗歌，即听的诗歌”：“不但使人听得懂，而且使人听得亲切，有味。”[②] 应该说，这是非常有道理的，也是切合《关雎》特点的。

但问题是，民歌具有更加丰富多彩和多变的特点，不论是内容上还是风格上，更具有独特性。用现代民歌体来翻译《关雎》，二者之间更难寻求语言上的对应性。这样，倪海曙的苏州话翻译虽然在民歌这一点上把握了《关雎》，但在内容和文学性上则可以说更远离了《关雎》。笔者所见到的译文中，这篇译文是最远离原文的，不论是意思上还是文学品性上，它都变得面目全非，如果根据译文“回溯”原文，一般人很难想到它是《关雎》的译文。读起来，译文也不失为一首不错的民歌，但与《关雎》相

① 倪海曙：《苏州话诗经》，方言出版社［上海］1949 年版，第 1—3 页。题为《阿姐身体一扭》。

② 同上书，第 179 页（后记）。

比，它完全是另外一种文学。

根据《关雎》民歌体风格以及特点和语篇来推断，“雎鸠”在当时至少在当时的当地可能是一种很普遍的水鸟，是一种大家都很熟悉的水鸟，其普遍的程度相当于今天的水鸭。但“雎鸠”就是“雎鸠”，而不是水鸭，把“雎鸠”翻译成水鸭，某种程度上说就是一种错误，也从根本上改变了原诗的诗意。“雎鸠”在原诗中同时也应该是一种很美的水鸟，具有女性的意味，所以用它作“比”来“起意”，并从而与后面的“窈窕淑女，君子好逑”具有顺承性。如果用水鸭来“起意”，就一点“兴”味也没有，也缺乏诗意。其他如“阿姐身体一扭，阿哥跟勒后头”、“实在无法接近，困勒床浪发愁”、“一夜赛过一年，眼泪好比屋漏”、“心里格位阿姐，咪哩吗啦上轿”、“今朝伲讨阿姐，三班吹打洋号”等作为翻译其实都没有原文根据。

但笔者更关心的是译者为什么要这么翻译。这可能涉及翻译的理念问题。在一般意义上，所谓翻译，即“换言之”，在英语中叫“in other words”，或者在意思不变的情况下，换一种说法或表述。但这是不可能的，因为有些词比如“淑女”根本就无法换成另外一个词，说法和表述变化了，文学性也会发生相应的变化。也许正是意识到这种不可能，所以译者在“比拟”的意义上进行翻译，但这种翻译理念存在着更大的问题。读上面的译诗，我们不感到是对原诗的翻译，而更感觉到是对原诗的“解构”，原诗的经典性、神圣性，在译诗中荡然无存，相反，我们感到有一种搞笑、调侃的意味。

四、“韵文体”翻译及其问题。

李长之译文：

关关叫着大水鹰，
河里小州来停留，
苗条善良小姑娘，
正是人家好配偶。

水里荇菜像飘带，
左边摇来右边摆，
苗条善良小姑娘，
睡里梦里叫人爱。

寻来寻去没寻到，
起来躺下睡不着，
黑夜怎么这么长？
翻来覆去到天亮。

水里荇菜不齐整，
左边揪来右边揪，
苗条善良小姑娘，
弹琴鼓瑟好朋友。

水里荇菜长又短，
左边选了右边选，
苗条善良小姑娘，
钟鼓迎来好喜欢。①

陈子展译文：

关关地唱和的雎鸠，
正在大河的沙洲，
幽闲深居的好闺女，
是君子的好配偶！

① 李长之：《诗经试译》，古典文学出版社 1956 年版，第 1—2 页。

参差不齐的荇丝菜，
或左或右漂流它。
幽闲深居的好闺女，
醒呀睡呀追求她。

追求她不得，
醒呀睡呀相思更切。
老想哟！老想哟！
翻来覆去可睡不得。

参差不齐的荇丝菜，
或左或右采摘它。
幽闲深居的好闺女，
用琴瑟来亲悦她。

参差不齐的荇丝菜，
或左或右拔着它。
幽闲深居的好闺女，
用钟鼓来欢乐她。[1]

金开诚译文：

河边水鸟闹嚷嚷，
双双对对小洲上。
姑娘苗条人又好，
正是哥儿好对象。

① 陈子展：《诗经直解》（上），复旦大学出版社 1983 年版，第 2—4 页。

长短不齐水荇菜，
一把一把左右采。
苗苗条条好姑娘，
梦中也要把她追。

追求不能如我愿，
睁眼闭眼想不断。
漫漫长夜过不完，
翻来覆去把天看。

长长短短水荇菜，
左边采来右边采。
姑娘苗条人又好，
有朝奏乐迎过来。①

在现有的《关雎》“今译”中，这类译文是最多的、最普遍的，所以，我这里引录了三种。

与前面所列举译文不同，这种译文有一个共同的特点：讲求形式上的大致整齐，注意押韵，所以属于“韵文”。但与中国古代格律诗相比，不论是平仄规律上，还是韵脚上，它们都不严格，所以属于“准格律”体。

整齐和韵律是中国古典诗歌的最显著的形式特点，也是文学性的最重要的内容之一，在这一点上，上面译诗再现了《关雎》的某种古代特色。但总体上上面译诗都不免“挂一漏万”。由于篇幅的问题，我不可能对每一篇译文所存在的问题都进行详细的分析。概言之，上面每一种译文，不论是在内容上还是在文学性上，都无法和原诗相吻合，或增益，或减损，在文学价值上根本就没法和原诗相提并论。

翻译各不相同，每一种翻译的背后都有一种翻译理念在支撑着。但这

① 金开诚，《诗经》，中华书局 1963 年版。第 52 页。原文未译完。

每一种翻译理念都值得怀疑。于再春是这样翻译的：

一双鱼鹰叽叽呱呱，
在那河心的绿洲旮旯。
那位幽静的好姑娘，
公子哥儿正好匹配她。

水边的荇菜有长有短，
左边右边顺水像在淌。
那位幽静的好姑娘，
白天黑夜都把她苦想。

追求她好久总是徒劳，
白天黑夜受尽了煎熬，
天长地久可又怎么办，
翻来覆去只是睡不着。

长长短短的大片荇菜，
左边右边采它个新鲜。
幽幽静静的那位好姑娘。
弹琴鼓瑟把她来亲近。

长长短短的大片荇菜，
左边右边忙着拣挑它，
幽幽静静的那位好姑娘，
敲钟打鼓忙着讨好她。[①]

① 于再春：《〈国风〉的普通话翻译》，中州书画社1982年版，第1—2页。

他自己对翻译的要求是："做到原作的思想、艺术的准确再表现，尽可能地使原文文字在译文里全有着落。尽可能使原文艺术匠心也得到适当的传达。"[①] 事实上，这里的每一种设想都没有可能性，最根本的原因是没有赤裸裸的所谓"思想"和"艺术"，文学作品的思想和艺术性就在文学作品的语言之中，脱离原作语言的任何复述和表达都只是一种阅读，一种理解，都不能替代原作。托尔斯泰曾说："如果我想用词句来说出我原想用一部长篇小说去表现的那一切思想，那么，我就应当从头去写我已经写完的那部小说。"[②] 过去我们多从"表现"的角度来理解托尔斯泰这段话，其实这段话也可以从语言的角度进行理解，所谓"表现"（与"反映"相对）就是用语言来进行表现。所以，换一种语言进行表述，对于文学来说，就是写作另外一部作品。"相同"（所谓思想层面上的"相同"，也是一个值得追问的术语，所以，这里打引号）的内容，用不同的语言进行表述和言说，其文学性不同。小说"提要"不等于小说本身，这是谁都知道的。把文学的故事用叙述的方式进行复述，这和小说本身是不同的，根本原因就在于复述改变了语言方式，因而也改变了作品形式。哲学与文学的不同，历史与文学的不同，不在于内容的不同，而在于形式的不同，正是形式把文学与哲学和历史区分开来。脱离了文学形式，文学性就不存在了。翻译其实具有复述的特点，在"复述"的意义上，翻译永远不能和原作相提并论，二者具有不同的文学性。

金启华说："对原诗忠实，应当力求符合原义，不必在原来诗句的意义以外，有所增加或者减少。因为那样会节外生枝，顾此失彼，反而失去原诗的意义。所以我的译诗是力求符合原来诗句的本义，很少补充或减少。"[③] 这和上面于再春所说的"尽可能地使原文文字在译文里全有着落。尽可能使原文艺术匠心也得到适当的传达"，具有相同的意思。但这也只能是一种主观愿望，事实上没有做到，也不可能做到。不妨把译文引录在

① 于再春：《〈国风〉的普通话翻译》，中州书画社 1982 年版，"前言"。

② 托尔斯泰：《致尼·尼·斯特拉霍夫》（1876 年 4 月 23 日），《文艺理论译丛》1957 年第 1 期，第 231 页。

③ 金启华：《国风今译》，江苏人民出版社 1963 年版，"前言"第 11—12 页。

这里：

王雎儿关关地对唱，
在那河中小洲上。
美丽善良的姑娘，
哥儿想和她配成双。

长长短短的荇菜，
这边那边来捞它。
美丽善良的姑娘，
睡梦里都追求她。

追求她呀追不上，
睡梦里都把她想。
想她呀想她呀，
翻来覆去不能忘。

长长短短的荇菜，
这边那边来采它，
美丽善良的姑娘，
弹着琴瑟来亲近她。

长长短短的荇菜，
这边那边来拣它，
美丽善良的姑娘，
敲着钟鼓来欢迎她。[①]

---

① 金启华：《国风今译》，江苏人民出版社 1963 年版，第 3—4 页。

最简单的，“雎鸠”就是“雎鸠”，把“雎鸠”翻译成“鱼鹰”或“水鹰”以及其他，就是失去“本义”。文学作品是一个整体，其“艺术匠心”是通过其整体表现出来的，语言则是这整体的最重要的部分，翻译改变了作品的语言，也就从根本上破坏了作品艺术的整体性，还谈何传达“艺术匠心”。海德格尔说：“词语破碎处，无物存在”，“某物破碎处，就出现了一个裂口，一种损害。对某事物造成损害意味着：从某事物那里取走什么，让某事物缺失什么。破碎即缺失。”[①] 翻译对原语言的改变，就是一种“破碎”，就会造成对原作的损害。词与词之间不可能完全对等，语句与语句之间不可能完全对等，所以，只要是翻译，就会增加或减少意义，就会增加或减少文学性，即“缺失”。“窈窕淑女，君子好逑”和“苗条善良小姑娘，正是人家好配偶”，不论意思上还是文学性上，都不具有对等性，它们之间有重叠的地方，但更多的则是相异。

与上面强调内容“忠实”的翻译理念不同，李长之则强调形式的“忠实”：“为了保存《诗经》的民族形式和民间形式，这里尽量采取了较整齐的形式。”[②] 吕恢文说：“原诗是很整齐的四言句式，就坚持以整齐的七言句译出。若原诗句子的字数少于四言或多于四言，译文就相应地在七言句基础上减少或增加几个字，使之像原诗一样地呈现着长短句。原诗句子特别长或特别短的，译诗句子也特别长或特别短，以保持原作风貌。”[③] 两者的不同在于，前者比较笼统，后者比较具体。但这样一种翻译理念，以及具体的翻译实际，同样存在着问题，而且是更明显的问题。“四言”就是“四言”，改成“七言”就是改变了形式，至于是否按照某种规律（比如按比例扩大字数）改变形式，这无关紧要，只要是改变形式，“七言”的方式和散文的方式并没有实质性的差别。而且，过分追求字数的整齐，还会妨碍思想和艺术性的表达，即“因文害意”。

余冠英是现代著名的《诗经》研究专家，他对《关雎》是这样翻译的：

① 海德格尔：《语言的本质》，《海德格尔选集》（下），上海三联书店 1996 年版，第 1065 页。

② 李长之：《诗经试译》，古典文学出版社 1956 年版，“后记”。

③ 吕恢文：《诗经国风今译》，人民文学出版社 1987 年，“前言”。

关雎鸟关关和唱，
在河心小小洲上。
好姑娘苗苗条条，
哥儿想和她成双。

水荇菜长短不齐，
采荇菜左右东西。
好姑娘苗苗条条，
追求她直到梦里。

追求她成了空想，
睁眼想闭眼也想。
夜长长相思不断，
尽翻身直到天光。

长和短水边荇菜，
采荇人左采右采。
好姑娘苗苗条条，
弹琴瑟迎她过来。

水荇菜长长短短，
采荇人左拣右拣。
好姑娘苗苗条条，
娶它来钟鼓喧喧。①

与前面的翻译一样，余冠英也特别注意翻译的形式问题："对自己的翻译提出几点要求：一、原作如果是格律诗，译文也要是格律诗。二、原

① 余冠英：《诗经选》，人民文学出版社1956年版，第5页。

作如果是歌谣，译文要尽可能保存歌谣的风格。三、逐句扣紧原诗的意思，而不是逐字硬译。四、译文要读得上口，听得顺耳。五、词汇和句法要有口语的根据。这五条规定说明，除了符合自己所理解的原诗的意思这一基本要求而外，我还要求语言流畅可读，并且多少传达一些原诗的风味情调。”[①] 这是一种更严格的要求，但也更不可能实现，因为翻译的实际往往是照顾到这里照顾不到那里，除非碰到极端巧合的情况才可能各方面都照顾到。同时，余冠英的翻译理念也是有疑问的，“原作如果是格律诗，译文也是要是格律诗”。这种翻译实际上是没有意义的，不是“今译”而是“改写”，实际上还是在古代汉语内部打转。所谓“紧扣原诗的意思”，也是一种理想，原诗的意思究竟是什么？这有争论。“诗无达诂”，《关雎》在意义上本来就具有多种可能性，翻译究竟“紧扣”哪一种意思呢？《关雎》最初是歌谣，具有民歌的风格，但随着《诗经》的经典化，以及语言的典范化，《关雎》在漫长的中国古代社会，一直是以一种雅化的方式存在的，历史在《关雎》的文本中具有深厚的沉积，在这一意义上，“雅”也是《关雎》的文类特征。把《关雎》翻译成民歌的风格，这实际上只是把握了《关雎》的某些历史时期的特点，事实上是以牺牲《关雎》的另外一些特点为代价的，同时也忽略了《关雎》作为文本的历史过程。

上面笔者似乎更多地是在找翻译技术问题，找翻译理念问题，但从根本上，造成《关雎》“今译”之后出现鲁迅所说的在今天连发表都成问题这种状况，并不是翻译的技巧问题，也不是翻译的理念问题，而是翻译本身的问题，《关雎》本来不能“今译”，硬性“今译”，所以其文学性就遭到了破坏。上面译者中不乏文学研究的大家和名家，对古代诗词他们都有很好的理解和感悟，在阅读和理解的意义上，他们的翻译也不失为一家之言，但终究也只是一家之言。翻译永远只能抓住原诗的某一方面、某一局部甚至只是皮毛，照顾到了这里照顾不到那里，所以总是“顾此失彼”。就《关雎》的“今译”来说，笔者所见到的任何一种翻译文本以及背后的

---

① 余冠英：《诗经选》，人民文学出版社 1956 年版，“后记”。

翻译“理念”都有这样或那样的问题。当然，对于我的质疑，还可以进一步质疑和反质疑，而这无限的质疑恰恰说明了翻译的不可能。事实上，已经有译者注意到了这一问题，比如葛培岭说：“译诗，颇难。严格地说，诗是不能翻译的。……译诗与译散文的明显不同，是译诗含有更多的再创作成分。只把意思照直译出还远远不行，你还得把它译成诗，译出情味；而要如此，又几乎无法与原文完全契合。”[①] 所以，译文永远只是一种阐释和解读，而不能替代原作。

这里我当然不是想简单地探讨翻译的问题，而是想探讨翻译背后的语言问题。不是探讨古代文学的“今译”问题，不是探讨古代汉语如何转化为现代汉语的问题，而是探讨在文学中，古代汉语能否转化为现代汉语的问题。我认为古代文学是不能翻译成现代汉语的，翻译之后其“文学性”就变了，或者说丧失了。反过来也是这样，现代汉语的文学不能翻译成古代汉语的文学，翻译之后就会发生“文学”性质的变化。徐志摩的诗句“最是那一低头的温柔，像一朵水莲花不胜凉风的娇羞”如何翻译成古代汉语？卞之琳的诗句“明月装饰了你的窗子，你装饰了别人的梦”如何翻译成古代汉语？鲁迅的文句“深蓝的天空中挂着一轮金黄的圆月”如何翻译成古代汉语？勉强翻译之后，其“文学性”必将大大地降低。胡适曾举过一个例子：“例如《水浒传》上石秀说的：你这与奴才做奴才的奴才！我们若把这句话改作古文，‘汝奴之奴！’或他种译法，总不能有原文的力量。”[②] 中国古代文学与中国现代文学是两种完全不同类型的文学，其中构成这种不同的实质性差别的最重要因素就是语言，中国古代文学是古代汉语的文学，中国现代文学是现代汉语的文学。两种语言各有自己的“诗性”特点，所以，就文学性来说，现代文学有现代文学的标准，古代文学有古代文学的标准，古代经典文学作品不能用现代汉语的“诗性”标准来衡量，反过来，现代经典文学作品不能用古代汉语的“诗性”标准来衡量。古典诗词如果在格律上不严格，就很难成为经典，但格律不再是现代

① 葛培岭：《五经全译——诗经》，中州古籍出版社1991年版，“引言”。

② 胡适：《逼上梁山——文学革命的开始》，《胡适文集》第1卷，北京大学出版社1998年版，第146页。

自由诗所遵循的基本原则。

正是在这一意义上，中国古代文学不能翻译成现代汉语，硬性翻译便会造成意义的缺失和意义的增加，就会造成文学“整体性”的“破碎”从而损害其文学性。古代文学不能翻译成现代汉语主要有这样三个基本的理由。

第一，诗经“意旨宏远”，这是无法翻译的。所谓“意旨宏远”，是指其意义和文学性深刻而又深藏，不易发现，而“意旨宏远”主要是由语言的模糊性和不确定性造成的，表现为，词与词之间、语句与语句之间空隙很大，从而给人留下充分的发挥和想象的空间，可以作多种解读。对于《关雎》，《毛亨传》说：“后妃说乐君子之德，无不和谐，又不淫其色；慎固幽深，若雎鸠之有别焉，然后可以风化天下；夫妇有别，则父子亲，则君臣敬，则朝廷正；朝廷正，则王化成。”《朱熹集传》说：“女者，未嫁之称，盖指文王之妃太姒为处子时而言也。君子，指文王也。……周之文王，生有圣德；又得圣女姒氏以为之配。宫中之人，于其始至，见其有幽闲贞静之德，故作是诗。”《列女传》一：“《诗》曰：‘窈窕淑女，君子好逑’，言贤女能为君子和好众妾也。”姚际恒《诗经通论》卷一：“此诗只是当时诗人美世子娶妃初婚之作。以见嘉耦之合，初非偶然，为周家发祥之兆。自此可以正邦国，风天下。”崔述《读风偶识》：“细玩此篇，乃君子自求良配，而他人代写其哀乐之情耳。”历来对于《关雎》的解读，究竟有多少，可以说不胜列举。并且，《关雎》在解读上向未来是无限开放的，因为随着时代和观念的发展变化，对《关雎》不论是在方法上，还是在具体的艺术特点上、思想特点上都会有新的解读。

从阅读的角度来说，对《关雎》的每一种解读都有它的合理性。所以清代方玉润说：“窃谓风者，皆采自民间者也，若君妃，则以颂体为宜。此诗盖周邑之咏初昏者，故以为房中乐，用之乡人，用之邦国，而无不宜焉。然非文王、大姒之德之盛，有以化民成俗，使之咸归于正，则民间歌谣亦何从得此中正和平之音也耶？圣人取之，以冠三百篇首，非独以其为夫妇之始，可以风天下而厚人伦也，盖将见周家发祥之兆，未尝自宫闱始耳。故读是诗者，以为咏文王、大姒也可，即以为文王、大姒之德化及民，而因以成此翔洽之风也，亦无不可。”[1] 但我这里更关心的已不是《关雎》是否可以作多种解读，而是《关雎》为什么可以作多种解读？而且每种解读哪怕是相互矛盾但却都有其合理性。我认为这是由《关雎》本身的不确定性造成的，而这种不确定性，首先源自于词义的不确定性。比如“淑女”一词，现在仍然通行，但此“淑女”恐怕非彼“淑女”。《关雎》中的“淑女”一词意义丰富而复杂，感情色彩也很微妙，既有本义，同时还有历史附着意义，现代“淑女”一词就是从中衍生出来，用“幽闲贞静的美女子”、“幽静的好姑娘”、“苗条善良小姑娘”、“秀美纯洁黄花女”[2]、“温柔美丽好姑娘”[3] 等来翻译它，都不能囊括“淑女”的本义和附着意义。同时，把“淑女”翻译成“秀美纯洁黄花女”等，原诗的意义和情感色彩的丰富性、复杂性、微妙性等都没有了，这样就大大限制了对原诗的多重解读。严格意义上说，《关雎》中“淑女”没法“换言之”，现代汉语词语中，没有能够替代它的相对应的词。所以，“淑女”是不能翻译的，任何翻译都是换一种说法，也就是换一种表现，而换一种表现，原诗的意思和形式都会发生变化，其文学性也自然而然地会发生变化。其他如“悠哉悠哉，辗转反侧”等，都是不能翻译的，不论是从词义上来说，还是从音韵节奏来说，《关雎》最好的表达就是它自己，翻译之后就会大大降低其表现力和文学性。

而有些词语，根本就没有定解。而没有定解，恰恰意味着其意义的多种可能性，这正是《关雎》意义模糊的一个很重要的原因。比如“思服”究竟是什么意思，就很难绝对肯定。为什么《诗经》中的有些词语今天无法准确地理解，王国维曾有很精到的分析，他说：“《诗》、《书》为人人诵习之书，然于六艺中最难读。以弟子之愚暗，于《书》所不能解者殆十之五，于《诗》亦十之一二。此非独弟所不能解也，汉魏以来诸大师未尝不强为之说，然其说终不可通，以是知先儒亦不能解也。其难解之故有三：讹阙一也（此以《尚书》为甚）。古语与今语不同，二也。古人颇用成语，

① 方玉润：《诗经原始》（上），中华书局 1986 年版，第 71—72 页。

② 葛培岭注译：《五经全译——诗经》，中州古籍出版社 1991 年版，第 2 页。

③ 吕恢文：《诗经国风今译》，人民文学出版社 1987 年版，第 1 页。

其成语之意义与其中单语分别之意义又不同，三也。唐宋之成语，吾得由汉魏六朝人书解之。汉魏之成语，吾得由周秦人书解之。至于《诗》《书》，则《书》更无古于是者。其成语之数数见者，得比校之而求其相沿之意义，否则不能赞一辞。若但合其中之单语解之，未有不龃龉者。”[①]“讹阙”我们且不管它，而后两种情况在《诗经》中则是非常普遍的情况。有些词，古代汉语中是常用词，而在现代汉语中则非常生僻，有些词，古今汉语中都常用，但意义和情感色彩不同。而成语具有丰富的文化内涵，是不能完全从字义上来解释的。不论是哪种情况，都说明《诗经》是不能翻译的，“硬性”翻译就会对原作造成损害，就会破坏原作的情感色彩、文化内涵以及艺术表现力。

词语与诗句的“诗意”还与文化语境有关。有些表达作为事实，古今并没有实质性差别，但其意义和文学性则有巨大的差别，甚至完全相反。闻一多曾举过一个例子：“一位公孙是何等的尊严，被比作一条野兽，不嫌亵渎吗？这又是你现代人过虑了。比方我说，有一位女郎，居然美到这样：脖子细长细长的，像一条某种白色的幼虫，或是头发的式样像蝎子尾巴似的往上钩着，这不是把你吓得连汗毛都竖起来？可是，当诗人唱着‘领如蝤蛴’（《卫·硕人》）或‘卷发如虿’（《小雅·都人士》）的时候，你知道，他是在用着他最得意的语言来歌颂他所爱慕的女子。这种隔离式的思维习惯，似乎也是一件遗失了的传统，而为现代人所缺乏的。在‘诗人’看来，以蝎尾比妇人的发，所讲的本只是蝎尾与发的形状，为什么要牵连的问到妇人的德行与蝎的德行有无相似之处呢？同样的，以狼比公孙的步态，也决不会牵涉到狼的德行上头去，而因此发生污蔑公孙的人格的嫌疑。”[②] 由此可见，对于中国古代文学，并不能完全按照我们今天的方式进行解读，也不能用今天的文化标准和文学标准来进行衡量。《诗经》“原始”，不仅包括词义的“原始”，还包括语境的“原始”，对于《诗经》诗义的解读，必须要把握住这两方面的“原始”。

---

① 王国维：《与友人论〈诗〉、〈书〉中成语书》，《王国维文集》第四卷，中国文史出版社 1997 年版，第 143—144 页。

② 闻一多：《匡斋尺牍》，《闻一多全集》第 3 卷，湖北人民出版社 1993 年版，第 218 页。

闻一多主张用两种方法“缩短时间距离”：一是“用语体文将《诗经》移至读者的时代”；二是用考古学、语言学、民俗学的方法“带读者到《诗经》的时代”。[①] 能否“带读者到《诗经》的时代”，这有很大的疑问。但“用语体文将《诗经》移至读者的时代”，则肯定行不通，因为《诗经》的语境是古代汉语以及相应的中国古代文化，我们可以设身处地地去理解《诗经》，但却无法改变历史语境事实，也无法改变现实语境事实，这是历史问题，也是现实问题。翻译的根本问题在于当把古人的表述翻译成现代汉语的时候，同时也把古代人的观点改变成了现代人的观点，在翻译的过程中实际上不自觉地把现代价值判断渗入了文本，这就是所谓“翻译的政治”[②]。“翻译的政治”是由语境和语言本身的思想性决定的。仍然以上面闻一多所举的《都人士》为例，当我们把“卷发如虿”翻译成“鬓发卷上如蝎尾”[③] 时，就加上了道德的评价，因为在现代汉语语境中，“蝎”用来“状人”特别是描述妇女时是有明显道德暗示的。同样，在现代汉语语境中，用“狼”来形容人特别是形容男人也包含着明显的道德评价。这里，翻译之后的文学性大变还暂且不论，问题的关键在于，当《诗经》没有被翻译的时候，它其实还是在古代汉语的语境氛围中，我们感到是古人在说话，感到是在说古代的话，所以我们能理解它的一些特殊的表达，而翻译成现代汉语之后，我们感到是现代人在说话，现代人说这样一些话就难以理解了。具体于《关雎》来说，对于所谓“后妃之德”，以现在的《关雎》“爱情”观来看，似乎很荒谬，但在中国古代的文化背景和语言背景中，它是合理的，所以，在中国古代它被广泛地认同。

《关雎》在意义上的不确定性，其次是由诗义的不确定性决定的。所谓“诗义”的不确定性，主要是指词义的模糊性和诗义的跳跃性从而造成诗句与诗篇意义的不确定性。每个诗句的具体含义是什么？诗句与诗句之间的意思是如何转承的？诗章与诗章之间的意义是如何转承的？从上面的翻译来看，其实都是有争议的。比如“关关雎鸠”究竟是什么意思，“关

① 闻一多：《风诗类钞》，《闻一多全集》第 4 卷，湖北人民出版社 1993 年版，第 457 页。

② 参见斯皮瓦克《翻译的政治》，《语言与翻译的政治》，中央编译出版社 2001 年版。

③ 黄典诚：《诗经通译新诠》，华东师范大学出版社 1992 年版，第 332 页。

关”究竟是“拟声”还是“状貌”，其实并不能绝对肯定。“窈窕淑女”具体含义是什么？“窈窕”指什么？什么样的女性是“淑女”？这其实都很难确定。同时，“关关雎鸠，在河之洲”与“窈窕淑女，君子好逑”在意义上是如何关联的？这也可以有不同的解读。“第四章”和“第五章”的关键诗句是“琴瑟友之”和“钟鼓乐之”，那么，“友”是什么意思？“乐”是什么意思？“琴瑟”在当时有什么文化含义？在诗中又有什么特殊含义？“钟鼓”在当时有什么文化含义？在诗中又有什么特殊的含义？最重要的是“琴瑟友之”和“钟鼓乐之”在意义上是如何顺承的？这些问题其实都非常微妙。每个人都认为自己把握了诗经“原始”，但不同的人的把握是不同的，这种不同正好说明了《关雎》在意义上的复杂性、多重性、多义性以及开放性，说明了《关雎》可以作多种解读。而翻译的问题就在于它实际上消解了这种复杂性、多重性、多义性以及开放性。不确定性是“诗艺”的一个很重要的特征，翻译之后，意义的不确定性就被确定了，这种被确定其实是意义的一种丧失，当然也是诗意的一种丧失。

第二，中国古代文学在语言上的形式美是无法翻译的，而这恰恰是古代文学在艺术上非常重要的特点。启功先生在分析了《关雎》的平仄规律之后总结说：“这里律句的运用和非律句的配搭，都很自然。抑扬转换，收到和谐效果。”[①] 平仄规律以及相应的艺术性是中国古代文学所特有的，是不能用其他语言传达的，所以现代汉语对古典诗词的格律在翻译上无能为力。中国古典诗词的艺术性永远存在于其语言之中，语言不仅仅是其外在形态，同时也是其“文学性”的一个重要组成部分，其中由音韵、节奏所构成的音乐美就是一个很重要的方面。文学作品是一个有机的整体，改变任何一个方面都会破坏其有机性、整体性。把《关雎》翻译成现代汉语，就从根本上改变了《关雎》的文学表现或表达方式，最后不过是留下某种意义的“踪迹”，从翻译那里，我们永远只能知道《关雎》说了什么，而不知道《关雎》是如何说的。而“如何说的”（即表现），对于艺术来说恰恰是更为本质的。试问，没有格律的《关雎》还是《关雎》吗？

① 启功：《诗文声律论稿》，中华书局1977年版，第132页。

第三，中国古代诗歌总体上属于“意境诗”，而“意境”是无法翻译的。对于什么是“意境”，现代一般的解释是，意境包括“意”和“境”两部分，“意”是作者的情感，“境”是指作者所描述的社会生活内容，包括自然景物。对于诗歌来说，二者有机结合，情中有景，景中有情，水乳交融、浑然一体，就是有意境。但实际上，意境是一个庞杂的理论体系，它的内涵非常丰富。所谓“书不尽言，言不尽意”（《周易·系辞》）、所谓“兴象高妙”（方东树《昭昧詹言》）、所谓“不即不离”（刘熙载《艺概》）、所谓“咫尺有万里之势”（王夫之《姜斋诗话》）、所谓“语简意远”（陈岩肖《庚溪诗话》）、所谓“言近而旨远”（刘知几《史通》）、所谓“韵外之致”（司空图《与李生论诗书》）、所谓“气韵生动”（谢赫《古画品录》）、所谓“耐人寻味”（余成教《石园诗话》）、所谓“含蓄不露”（何汶《竹庄诗话》）、所谓“意在言外”（司马光《温公续诗话》）、所谓“言有尽而意无穷”（姜夔《白石道人诗话》）、所谓“诗外有诗，词外有词”（陈廷焯《白雨斋词话》），等等，都属于意境的范围。意境理论主要适用于诗歌，但同时也适用于其他文类，比如小说、散文和戏剧，王国维说：“然元剧之最佳之处，不在其思想结构，而在其文章。其文章之妙，亦一言以蔽之，曰：有意境而已矣。何以谓之有意境？曰：写情则沁人心脾，写景则在人耳目，述事则如其口出是也。古诗词之佳者，无不如是。元曲亦然。”[①] 就是说，戏曲也有意境。

但笔者这里更关心的不是意境的具体内涵和适用范围，而是中国古代文学为什么有意境？和反过来，中国现代文学为什么难以产生意境。我认为，中国古代文学的意境与古代汉语的诗性特点有密切的关系，意境本质上是古代汉语的产物，它特别适宜于在古代汉语语境中生长，也只有在古代汉语语境中才能够被广泛地理解和接受。而现代汉语深受西方语言的影响，具有很强的逻辑性，即具有明晰性或者说科学性，它特别适宜于叙事和说理，这其实也是新诗在文学性上明显不同古典诗词的一个很重要的原因。正是因为意境与古代汉语之间的内在联系，所以意境是不能用现代汉

① 王国维：《宋元戏曲考》，《王国维文集》第一卷，中国文史出版社 1997 年版，第 389 页。

语进行翻译的。中国古典诗词的“韵”、“味”、“意”、“气”、“趣”等都是通过古代汉语的“言”而体现出来的，一定程度上说是因“言”而生，试想想，把古代汉语的“言”改换成现代汉语的“言”，这些所谓“韵”、“味”、“意”、“气”、“趣”等还能存在吗？正是在对原诗从字词句篇章各个方面的感受、品味中我们才感到“耐人寻味”等，试想想，翻译成一览无余的大白话之后，我们还感到“言不尽意”、“不即不离”、“语简意远”、“言近而旨远”、“耐人寻味”、“含蓄不露”、“意在言外”、“言有尽而意无穷”吗？这至少在《关雎》的翻译中没有成功的例子。

从以上对《关雎》“今译”的分析中我们看到，现实的把古代文学翻译成现代汉语，在理论上是经不起深入追问的。现在的翻译实际上是一种建构意义上的翻译，翻译与被翻译之间并不具有对等性，即不“等值”或“等效”。我们把它们“看做”是对等的东西，但事实上它们是两种不同的文学。所以把中国古代文学翻译成现代汉语作为一种文学行为里面包含着很深的对于语言“诗性”的误解。翻译与被翻译之间当然具有联系，但这种联系对于翻译作品的艺术性与被翻译作品的艺术性之间的联系没有多大意义，所以从根本上，这种联系构不成把中国古代文学翻译成现代汉语的理由。

文学是语言的艺术，中国古代文学就是古代汉语的艺术，但对于古代汉语与中国古代文学的“文学性”之间的深层关系，我们今天研究得还非常不够。这当然与我们对于语言的误解有很大的关系。说到语言，我们就想到语言学家们所说的语言，就从这一角度来研究文学的语言，结果便陷入了困境，落入了语言学的窠臼。语言既有技术性的一面，又有思想性的一面，还有诗性的一面。语言学家主要研究语言的技术性问题，哲学家主要研究语言的思想性问题，而文学家则应该强调对语言的诗性的研究。但目前的状况是，语言的技术性问题研究得比较透彻。语言的思想性和思维性研究在20世纪取得了长足的进步，并且导致了哲学思想的巨大突破，这就是所谓的“语言学转向”。而对于语言的诗性研究，则是最为缺乏的，现在还没有这样一种意识，连最基本的话语方式都还没有建立起来。语言的“诗性”是一个非常复杂的问题，有大量的理论问题和具体的实践问题亟待解决。本文从《关雎》的“今译”这一问题切入来探讨古代汉语的“诗性”与中国古代文学的“文学性”之间的内在关系则是这诸多研究中的一种尝试。

第二节　古诗词“今译”作为“翻译”的质疑

上一节笔者主要是对《关雎》的各种“今译”进行细读和分析，以此为例来分析和研究古代汉语的“诗性”与古代文学的“文学性”之间的关系。本节则主要从理论上探讨古诗词“今译”问题，并进而探讨古代汉语的“诗性”与古代文学的“文学性”之间的关系问题。

为什么要“今译”?“今译”的作用和性质是什么?这是我们首先要追问的。学术界对这个问题其实并没有进行深入的研究。

古诗词“今译”实际上是为了缓解或消除文学上的“时间差”，这种“时间差”首先是语言上的，其次是与语言密切相关的文学观念和文学风尚上的。由于时间的变化，物事以及文化的变化，特别是古代汉语作为一种语言体系成为历史语言之后，属于古代汉语体系的中国古代文学对于生活在现代汉语中的人来说，已经有了理解上的障碍，特别是对于一般读者来说，这种语言上的障碍已经构成了古代文学普及、接受和欣赏的一个关键性因素。同时，由于政治、经济和文化等方面的巨大变化，语言体系的变化，特别是西方对中国的影响，文学不论是在内容上还是形式上以及文学观念和审美观念上都有了很大的变化，现代人对古代文学在“文学性”方面也感到很生疏。“今译”首先就是解决语言上的障碍问题，其次是解决文学上的陌生感问题。所以，相应的，古诗词“今译”有两种作用和价值，首先是意思上的注解，其次是文学方式的转换。在前一个层面上，“今译”和“今注”没有实质的区别，只是在形式和完整性上有所不同；在后一层面上，古诗词“今译”和把汉语诗歌译成外语或把外语诗歌译成汉语，也即一般意义上的“翻译”具有同样的性质。

我认为，在“今注”的意义上，古诗词“今译”是必要的，也是合理的。在“今注”的意义上，“今译”实际上是对古诗词的一种解读，是一家之言，可以为我们理解和欣赏古典诗词提供一种参考。在这一点上，它和古代的各种“注”、“解”、“疏”等没有实质性的区别，是“注”、“解”、“疏”在现代的合理延伸。但是，当今的“今译”多表现出一种“翻译”的意向，也是以“翻译”形式存在和通行的。“今译”就是“相当于”、“换一种说法”、“用现代的话说就是”等，就是“语言转换”，就是我们通常对“翻译”的定义：“把一种语言文字的意义用另一种语言文字表达出来（也指方言与民族共同语、方言与方言、古代语与现代语之间一种用另一种表达）。”[①]“把一种语言的话语在保持其内容意义不变的情况下（即等值）改变成另外一种语言的话语的过程。”[②]“文学的翻译是用另一种语言，把原作的艺术意境传达出来，使读者在读译文的时候能够像读原作一样得到启发、感动和美的感受。”[③]由此，在“翻译”的意义上，我认为“今译”是不适宜的，也是不必要的，它并没有解决（事实上也不需要解决）由于语言的变化所造成的母语文学陌生感的问题。它不仅不能达到推广和普及古代诗词的作用，相反还会对古典诗词造成伤害，有损于古诗词的艺术性和形象，招致一些误解。

在西方，有一个很普遍的观点：诗歌是不能翻译的。这个观点对于中国古诗词的“语内翻译”同样适用。我们可以说，古诗词是不能“今译”的。根据茅盾关于文学“翻译”的定义，把古诗词翻译成现代汉语，不可能“把原作的艺术意境传达出来”，也不可能“使读者在读译文的时候能够像读原作一样得到启发、感动和美的感受”。任何“今译”都是解读，都会改变它，都会在意义和文学性上有所增加或减少。古诗词就是它自

① 中国社会科学院语言研究所词典编辑室编：《现代汉语词典》，商务印书馆 1983 年版，第 299 页。

② 廖其一：《当代西方翻译理论探讨》，译林出版社 2000 年版，第 145 页。

③ 茅盾：《为发展文学翻译事业和提高翻译质量而奋斗——1954 年 8 月 19 日在全国文学翻译工作会议上的报告》，《茅盾全集》第 23 卷，人民文学出版社 1996 年版，第 311 页。

己，就是古汉语的，翻译成任何一种语言都不可能保持其意义内容的不变，都不可能“等值”或“等效”。

现在见到的最早把古诗词翻译成现代汉语的是郭沫若先生，早在新文学作为一种文学类型确立还没几年，在新文学还是属于“婴儿”的时期，他就开始“今译”诗经。到1922年时，他“今译”了《诗经·国风》中的40首诗，取名《卷耳集》，并于第二年出版。1953年时，他又出版了《〈屈原赋〉今译》，把中国早期的另一经典文学“楚辞”翻译成现代汉语。从郭沫若翻译《诗经》到现在，已经有80多年的时间了，在这80多年的时间里，究竟有多少古诗词“今译”，多得无法统计。从《诗经》到清诗，都有“今译”，《诗经》、“楚辞”、“汉魏乐府诗”、“汉赋”、“唐诗”、“宋词”、“元曲”“今译”尤其多，笔者所见，《诗经》的“今译”就有40多种。译者中，诗人、学者均有，且不乏名家，诸如，李长之、张光年、余冠英、姜亮夫、陆侃如、金开诚、陈子展、文怀沙、陶文鹏、弘征、杨光治等。但是，我们可以说，在这些“今译”中，没有一首译诗能够达到等同或替代原诗的程度，没有一首译诗能够达到上述茅盾对文学翻译的要求。

对于《诗经》，郭沫若为什么只“今译”了其中40首，他解释道：“《国风》中除了这几十首诗外，还尽有好诗；有些不能译，有些译不好的缘故，所以我便多所割爱了。”[①] 但我要说，岂止是有些诗不能译，所有的诗都“不能译”，所有的诗都“译不好”。郭沫若的这句话有一个弦外之音，似乎这40首就译好了。但事实如何呢？我们且看一首，比如《蒹葭》，郭沫若是这样“今译”的：

我昨晚一夜没有睡觉，
清早往河边上去散步。
水边的芦草依然青青地，
已经凝成霜了，草上的白露。

① 郭沫若：《卷耳集、〈屈原赋〉今译》，人民文学出版社1981年版，“序”。

我的爱人呀，啊，

你明明是住在河那边！

我想从上渡头去赶她，

路难走，又太远了。

我想从下渡头去赶她，

她又好像站在河当中了——

啊！我的爱人呀，

你毕竟只是个幻影吗？①

读完译诗，对于熟悉且能够欣赏原诗②的人来说，这简直是“后现代”，感觉是在恶意地搞笑。没有美可言，只有“小品”的幽默。所谓“我昨晚一夜没有睡觉，清早往河边上去散步”，所谓“渡头”，所谓“幻影”，不知从何而来？

也许是我个人的阅读经验，我认为，《蒹葭》的艺术就在于它特殊的表达、它的意境以及给人语感和想象上的审美快乐。“在水一方”就是“在水一方”，它的艺术韵味就是从它本身生发的，而“你明明是住在河那边”就不可能生发出这种意韵。欣赏古诗词就是在它的字、句中以及字句的组合中品味意境，如果我们老是用现代汉语来思考，那就难得体味其中的真味。外语学到一定程度的人都知道，要把外语真正学好，特别是达到能体味其语言的微妙的程度，必须用外语思考。对于古诗词来说，就要始终不脱离原句来欣赏和品味。老是把外语换成汉语来思考，外语就学不好，老是用现代的语言和思想来理解古诗词，就不能真正进入古诗词，不能真正欣赏它。

对于郭沫若《诗经》的“今译”，也许我们可以说是初期的古诗词

① 郭沫若：《卷耳集、〈屈原赋〉今译》，人民文学出版社 1981 年版，第 41 页。

② 原诗为：蒹葭苍苍/白露为霜/所谓伊人/在水一方/溯洄从之/道阻且长/溯游从之/宛在水中央。

"今译"不成熟，还与他的"今译"不正宗有关系，因为他曾说："我对于各诗的解释是很大胆的。所有一切古代的传统的解释，除略供参考之外，我是纯依我一人的直观，直接在各诗中去追求它的生命。""我译述的方法，不是纯粹逐字逐句的直译。我译得非常自由，我也不相信译诗定要限于直译。"[1] 这和后来的"今译"观有一定的距离。30年之后的郭沫若明显成熟了，"今译"也正统多了，但是否就避免了问题呢？我们且看他"今译"的《离骚》：

> 我本是古帝高阳氏的后裔，
> 号叫伯庸的是我已故的父亲。
> 太岁在寅的那一年的正月，
> 庚寅的那一天便是我的生辰。
>
> 先父看见了我有这样的生日，
> 他便替我取下了相应的美名。
> 替我取下的大名是叫着正则，
> 替我取下的别号是叫着灵均。[2]

在《离骚》中，这四句诗因为是叙述自己的身世、生辰、姓名，所以相对具有客观性和实在性，应该说是最容易"今译"的。但对照原诗与郭沫若的译诗，我们仍然感到译诗未必契合了原诗。"古帝"是秦以后的概念，是相对"皇帝"而言的。"古帝"是今人对"皇帝"之前的"帝"的尊称。屈原时代，还没有"皇帝"的概念，因而也没有"古帝"的概念，所以，把"帝"翻译为"皇帝"是不准确的，翻译成"古帝"，不符合屈原的身份。"帝"就是"帝"。"嘉名"简单地就是"好名"，未必是"美名"，正如今天我们说某人的名字"很好"，但未必意味着此人的名字就

① 郭沫若：《卷耳集、〈屈原赋〉今译》，人民文学出版社1981年版，"序"。
② 同上书，第110页。

"很美"一样。屈原时代，已经有了"美"的概念，而且很通行，用"嘉"而不用"美"，屈原是有他自己的分寸的。作为"皇考"的伯庸未必是父亲[①]。今天我们读这句诗时，感到屈原流露出的是一种高贵和自矜的口气，而"今译"则很难体现出来。译诗第四句用同样的句式，让人感到单调、重复和累赘。更根本的是，"楚辞"最重要的特征就在它的语气词"兮"字，"今译"没有了这个"词"，整个诗的节奏、韵律以及相应的语言上的韵味都没有了。

事实上，楚辞的韵读也是非常讲究的，在王力先生《楚辞韵读》中，这几行诗的韵读是这样的：

帝高阳之苗裔兮，朕皇考曰伯庸（jiong）。
摄提贞于孟陬兮，惟庚寅吾以降（heung）。（东冬合韵）

皇览揆余初度兮，肇锡余以嘉名（mieng）。
名余曰正则兮，字余曰灵均（kiuen）。（耕真合韵）[②]

整个《离骚》是两句一节，每节都符合古韵。每一句中间都用语气词"兮"进行停顿，使诗句在语气上有所舒缓，同时又避免了全诗押韵所造成的语感上的单调。但"今译"之后，这种节奏、韵律和语感上的讲究以及艺术性全没有了，相应的，在书写上，诗句被拆开，诗节也体现不出来。楚辞的特殊的艺术形式都没有了，哪里还能叫楚辞呢？

但这不是郭沫若的过错，这是所有古诗"今译"固有的问题。具体于《离骚》，我们还可以看看其他的"今译"，比如张光年（即光未然，《黄河大合唱》的词作者）的"今译"：

---

① 黄灵庚说："皇考，古来聚讼纷纭，未有确论。"刘向、洪兴祖都认为是先祖或远祖。见黄灵庚：《离骚校诂》，中州古籍出版社1996年版，第24页。本节有关《离骚》词句上的释训来源，多参考此书。

② 王力：《楚辞韵读》，上海古籍出版社1980年版，第1页。

我是颛顼皇帝的后代，
先父是忠贞的伯庸。
我诞生在寅年寅月的庚寅日，
当时北斗星指向东方的天空。

为了我光荣的生日，
先父赞赏我为我命名：
我的名，代表苍天的公正；
我的字，显示大地的丰盈。[①]

作者在“今译”的理念上很复杂，一方面强调“直译”：“经过多次的考虑，我仍然选择了一行对一行的近乎直译的步法。”另一方面，“某些地方，我有我自己大胆的解释和处理”。“我的译文随时随地都想迁就那个在我的理解所能够触到的范围之内的作者当时的创作意欲。”[②] 但这不过是一种主观愿望罢了。从“译诗”来看，事实上也是充满了主观性，与原诗不仅是在形式上差距甚远，内容上也有很大的差距。“高阳”是“颛顼”有天下时的称号，二者可以说是同一对象，但之间具有细微的情感上的差别，“颛顼”比较中性，而“高阳”则具有感情色彩，这正如叫爸爸和叫爸爸的名字，其色彩意味不同一样。“忠贞”则是凭空加上去的。“当时北斗星指向东方的天空”，这有天文学上的根据，但这是后人的演绎和推算，原诗中根本就没有这种内容，也没有这种意味。读这种译文，我们很容易就想到“贵人出，有祥瑞”的中国传统文化逻辑，因而具有封建主义的庸俗气。此外，“光荣”何来？“赞赏”何来？“取名”和“命名”这在今天是两回事，“取名”用于人，“命名”用于“事”与“物”，现代汉语的日常习惯中，如果我们说“鲁迅的父亲给鲁迅命名为周树人”，这可以说是不通的。最有意思的是，屈原的“名”和“字”经过这样“今译”之后，

① 张光年：《〈离骚〉今译》，《张光年文集》第5卷，人民文学出版社2001年版，第195—196页。

② 同上书，第194—195页。

没有了。这与其说是"翻译"，还不如说是创作，因而其"文学性"根本就是另外一种样子的。作为个人化的解读绝对是可以的，但作为"文学翻译"，是严重地违背了文本，它连最基本的"保持内容不变"这一要求都没有达到，更不要说传达原作的艺术意境了。

相比较而言，作为学者的姜亮夫则严肃多了，他是这样"今译"的：

> 咱家是始祖高阳氏的后代子孙，
> 伯庸是我父亲。
> 属寅的那年当着正月的时候呵，
> 我在庚寅的那天降生。
>
> 先父研究审度了我初生的气度，
> 始赐给我一个美名。
> 名我叫正则，
> 后来我成人了，又为我起了一个字——灵均。①

但它同样值得追问，除了上述涉及的一些问题之外，还一些新的疑问，比如，把"帝"译为"始祖"，是否合适，值得商榷，"始祖"是后人对颛顼的尊称，包含很浓的后人的情感色彩，站在今人的角度，我们可以把颛顼称作"始祖"，但屈原未必可以这样称呼，也未必愿意这样称呼。把"初度"译为"初生的气度"，看起来倒蛮像，但未必不是臆测，事实上，姜先生后来订正了这一想法，在《重订屈原赋校注》中，他这样说："初度王逸注：'观我始生年时，度其日月皆合天地之正'云云，此说至确。余旧说从戴震以为初生之器宇，空疏不与上下文义相会，非也。"② 而最后的一句则完全是根据中国文化的一般特征进行的揣度，也许"字"的确是屈原成人之后"又"起的，但从原诗本身我们看不出来。

---

① 姜亮夫：《屈原赋今译》，北京出版社1987年版，第2—3页。

② 姜亮夫：《重订屈原赋校注》，天津古籍出版社1987年版，第7页。

《离骚》的开头两节四句，内容相对客观，经过历代学者的考证和阐释，意思和文脉也大致清楚。从翻译的角度来说，这是相对可译的。但为什么三位名家的“今译”都有很多疑问？经不起追问？我认为，这不是技术的问题，而是“今译”本身的问题。不论是对于新诗还是古诗，郭沫若的感觉和内修都是一般人所难以企及的。作为解读，郭沫若的“今译”具有独特的价值，并且在新诗史上具有特殊的地位，但作为“翻译”，它是失败的，根本原因就在于诗歌翻译属于“不可为”，“不可为而为之”，自然是失败。姜亮夫先生也深切地感受到古诗“今译”的“不讨好”，他译完《屈原赋》之后感叹道：“翻译实在是件极难的事，尤其是译诗歌。”“为了一字一句的翻译，往往成天去搜寻合乎普通语句的标准词汇，至于韵我也想找到人人能读得准的那些。这时遇到的困难真是千千万万，不可言语。这说明，三代到现在，语言的结构习惯与兴废变化是很大的。翻译古籍的确是非常困难的事。”[①] 对于“今译”，姜亮夫先生是潜心地研究过的，对于楚辞今译，他是非常严肃的，花了很多时间和功夫，比如文体、语法、词汇、韵律等，他都有自己的思考。他的楚辞校注非常有影响，但“今译”并不成功，这与学问无关，也与技术无关，根本原因在于古诗词不能“翻译”。“今译”的困难“千千万万”（姜亮夫语），照顾了这里，照顾不到那里，解决了这个问题，又会连带出新的问题，有些根本性问题是无法解决的。在这一意义上，我认为古诗词“今译”作为“翻译”从根本上就是一种错误的理念。

古诗词之所以不能“今译”？这是由文学的特点以及古诗词的特殊性所决定的。文学作品是一种客观存在，但它不具有物质性。语言对物质性的东西只是符号或工具，是附属性的，重新命名或者换一种语言符号不会改变它的客观性和实在性。文学中当然也有工具性的语言，也有物质性的事物，比如物质名词、地名、时间、方位、称谓、亲属关系等，这些内容

① 姜亮夫：《屈原赋今译》，北京出版社 1987 年版，“序例”。作者初译于 30 年代，一直到 1956 年才定稿。

都可以翻译，但文学总体上不是这样。文学本质上是一种主观创造，它既具有内容上的客观性，同时又具有开放性，它的作用、价值和意义都是读者在与文本的对话中完成的，文本实际上给读者实现价值和创造价值提供了基础和平台，读者的想象和创造都是建立在文本的基础上，改变文本，这一切都会发生改变。

中国古典诗词尤其特殊。一定意义上，古诗词是古代汉语的产物，它在文体、节奏、韵律、词法、语法、格式等方面都与古汉语密切相关，古汉语是古诗词深厚的土壤，脱离了这一土壤，它就没法生长。古诗词乃至整个中国古代文学还有广泛的影响，还能得到中国人广泛的喜爱，与古汉语对我们来说还不十分陌生有关，毕竟现代汉语是在古代汉语的基础上发展而来，在语音、词汇、词义乃至语法等方面都有着千丝万缕的联系，如果有一天，古汉语对我们来说完全陌生，那古诗词的接受就到了非常艰难的地步。不懂古汉语，是不能真正理解和欣赏中国古典诗词的。而把古诗词翻译成现代汉语，则是从根本上改变了古诗词。改变语言方式，古诗词的一切，从内容到形式到它的艺术性到它能够给我们提供的想象空间，一切都改变了。

真正创造性的文学都是独一无二的。对于中国古典诗词来说，一首诗就是一个整体，这个整体是由特殊的字、词、句构造而成，特殊的字、词、句不仅表达出一定的思想、情感，构建一定的文体形式和结构，组织出一定的音韵旋律，同时还营造出一种特殊的情绪氛围、意境。好的诗，不仅有诗内的东西，还有诗外的东西，既有可以言说的东西，也有不可以言说的东西，比如有一种“空灵”，这种空灵的东西弥漫在语言的缝隙之间，是无法用语言表达出来的。每首诗就是一个独立的系统，其中每个字、词都发挥着它独特的功能，而且这种功能的东西是不能进行“解剖学”分析的。诗的意义和艺术既表现在内容上，也表现在形式上，“形式”也具有“意味”。绝对精妙的诗一字不移，绝对精妙的句子也是一字不移，“春风又绿江南岸”中的“绿”字，至今还没有人找出一个可以替代它的“字”。现在的“今译”把整个语言“移”掉了，整个形式都变化了，形式的“意味”没有了，“旋律”没有了，诗外不可言说的“空灵”失去了依托，哪里还能有精妙可言呢？一句话：一译就俗。

文学是语言的艺术，其创造性就体现在它语言的独一无二性，也就是说，在语言形式上它是它自己，而不是别的。如果它可以轻易地进行语言置换，那么它的独一无二性就值得怀疑了。古诗词的“文学性”就表现在它的表述之中，换一种语言就是换一种表述，新的表述应该仍然有“文学性”，但那是另外一种“文学性”，已经不属于原诗所有。

纵观当今的各种古诗词“今译”，我感觉到“今译”实际上是从三个方面损害原诗的：一是改变内容，二是增加内容，三是减少内容。比如白居易的名诗《长相思》[①]，我比较随意地挑了两种“今译”。

徐荣街、朱宏恢今译：

汴水奔流，泗水奔流，
流呀，流到长江边上古老的渡口。
南方的远山望去又多又小，
山山岭岭都凝聚着无限哀愁。

想念没个尽头，怨恨没个尽头，
爱人回来心头的烦恼才会罢休。
一轮明月照在高楼，
她含愁远望，倚在窗口。[②]

杨光治今译：

汴水不停地流，泗水不停地流，
流呵，流到这瓜州的古老渡口。
江南的点点山峦都凝聚着哀愁。

---

① 原诗是这样的：汴水流，泗水流，/流到瓜州古渡头。/吴山点点愁。//思悠悠，恨悠悠，/恨到归时方始休。/月明人倚楼。

② 徐荣街、朱宏恢：《唐宋词选译》，江苏人民出版社1980年版，第22页。

思念没有尽头，怨恨没有尽头，

直到爱人回来时烦恼才会罢休。

明月当空照，她独个儿倚高楼。[①]

在中国古代诗歌史上，白居易一向以通俗易懂著称，应该说，这首诗在意思上也没有什么难解的。但从译诗来看，即使是在诗意上也仍然不能说契合了原诗。“词”在中国古代是有严格格式规定的，包括句式、音韵等，所以中国古代词的写作又叫“填词”。但“今译”之后，除了在某些意思上有所保留之外，哪里还有“词”的样子呢？哪里还有“词”的味道呢？一点“词”的语感都没有了。

“流”，也可能是急速地流，也可能是缓慢地流，“奔流”就把“流”的意义缩小了。“汴水流，泗水流”，简洁而流畅，加上的“不停地”完全是废话，难道还停一下再流？“瓜州”是具体的地方，把“瓜州”译成“长江边上”就把范围扩大了。“瓜州”古代属吴国，所以叫“吴山”，叫“吴山”而不叫“南方的山”，属于“用典”，这是中国古典诗词惯用的写作技巧，具有文化和风尚的意味。这里“吴山”可能泛指南方的山，也可能具体指“瓜州”一带的山，把“吴山”译为“江南”的山或者“南方”的山，就把词义的模糊性去掉了。同样，“愁”、“思”、“恨”都是内涵非常丰富的词语，包容了许多与“愁”、“思”、“恨”相关的意思，具有模糊性，现在把它们译为“哀愁”、“思念”、“怨恨”，词义的微妙性就没有了，而微妙性和模糊性恰恰是古代诗词艺术韵味产生的重要来源。

“悠悠”就是“悠悠”，现代汉语中没有相对应的词，无法描述它的状况，也无法对它进行情感范围的限定。在这首诗中，“思悠悠”，“恨悠悠”，这是非常美的诗句，对于它，我们只能想象，不能解释，一解释便没有了味道。“点点”比“又多又小”含义丰富和模糊，它既是修饰“吴山”的，又是修饰“愁”的，“点点愁”绝对不能分开。“远山”这里不通。把“吴山点点愁”译成“南方的远山望去又多又小，山山岭岭都凝聚

① 杨光治：《唐宋词今译》，广西人民出版社 1987 年版，第 8 页。

着无限哀愁”或“江南的点点山峦都凝聚着哀愁”，不仅诗味索然，且完全改变了原诗的诗意。

“月”在古代是一个很特殊的意象，它特别具有“思念”的意味，所以，“月明”在这里既是诗歌中的景象，又具有象征的作用，而这是无法翻译的，因为现代文学中已经不再这样使用“月”的意象。此外，“楼”未必是“高楼”，“倚楼”未必是倚在楼的“窗口”，未必是“独个儿”，而“含愁远望”更是凭空想象。

伏尔泰说：“凡妙语的注解者总是个蠢人。”[1] 我想这特别适用于古诗词的“今译”。如果撇开原诗，单看“今译”，我们可以说，绝大多数“今译”都不能说是好诗，放在古代文学中不是好诗，放在现代文学中也不是好诗。

古诗词中不论是内容还是形式很多都不能“今译”。

首先，格式不能“今译”。比如律诗、绝句、词、曲，它们都有非常严格的形式限定，诗句的长短、音韵都比较固定。“今译”因为换一种语言，必然会改变诗句的长短，改变诗句的音韵，从而改变诗的节奏和韵律。“今译”之后中国古典诗词就不再是律诗、绝句、词、曲等，而是新诗，自由诗，或者“新格律诗”。

其次，意境不能翻译。中国古典诗词特别讲究味、气、韵、境、悟、兴、神、意、妙、趣、道等，这些在现代人看来是非常玄虚的文学观念和审美理想，是古代汉语特殊的产物，非常微妙，用现代汉语很难把它们传达出来。比如“空灵”，即一种空寂虚灵的艺术境界，特别表现在无字处，清刘熙载说：“律诗之妙，全在无字处。每上句与下句转关接缝，皆机窍所在也。”[2]“无字”的情思，“无字”的机巧，古代人都把握不住，我们现在如何翻译？中国古典诗词特别追求“意境”，所谓“意境”，指的是作者所描写的景物与作者所要表达的思想情感完全地融合在一起，“情”和“景”都表现到极致，就是王国维所说的“写情则沁人心脾，写景则在人

---

① 伏尔泰：《哲学通信》，上海世纪出版集团、上海人民出版社 2005 年版，第 118 页。

② 刘熙载：《艺概·诗概》，《中国历代美学文库·近代卷（上）》，高等教育出版社 2003 年版，第 313 页。

耳目，述事则如其口出是也”[1]。比较有代表性的作品就是马致远的《天净沙·秋思》[2]，我们且看一首“今译”：

深秋傍晚枯藤缠绕的老树栖息着乌鸦，
小桥下流水潺潺桥对岸出现一户人家，
荒凉的古道上冒着凛冽西风骑着瘦马。
颠簸中寒冷的夕阳慢慢地向西山落下，
断肠的游子仍漫无目标地流浪在天涯。[3]

在思想上，这首诗并没有什么特色，它表达的不过是传统的“游子思乡”的主题。它最大的特点是写作方式上的，全诗四个画面，十种景物，无一不具有强烈的主观情思色调，即哀愁、凄凉、衰惫、凄婉、沉重，从而有效地表现了思乡的哀婉。[4] 十种景物就是十种意象，每一种意象都具有相同的色调，从而在总体上构成一种特殊的氛围。这种氛围与诗歌的每一个字有关，但又不能在某一个字、词和句子中找到，它是一种组合。“今译”破坏了这种组合，从而也就破坏了诗的氛围。

就诗的形式和技巧来说，这首诗最大的特点就是除了一个“在”字以外，其他都是名词。语法关系，景物与景物之间的关联，动作都是隐含的，且具有模糊性，需要读者去填充，正是因为如此，它给读者留下了充分的想象空间。但“今译”却满是动词、副词，主语、谓语、宾语、状语、定语齐全，原诗的虚空完全被填实了。不妨用括号和字体做一个分析：

（深秋傍晚）**枯藤**（缠绕的）**老树**（栖息着）（乌）［**昏**］**鸦**，

---

① 王国维：《宋元戏曲考》，《王国维文集》第1卷，中国文史出版社1997年版，第389页。

② 原诗是：枯藤老树昏鸦，/小桥流水人家，/古道西风瘦马。/夕阳西下，/断肠人在天涯。

③ 张国荣编著《元曲三百首译解》，中国文联出版公司2000年版，第151页。

④ 参见拙文《化景为情，情景交融——浅析马致远〈秋思〉的意境美》，《名作欣赏》2002年第4期。

小桥（下）**流水**（潺潺）（桥对岸出现一户）**人家**，

（荒凉的）**古道**（上）（冒着凛冽）**西风**（骑着）**瘦马**。

（颠簸中）（寒冷的）**夕阳**（慢慢地）（向）**西**（山）（落）**下**，

断肠（的游子）[**人**]（仍漫无目标地）（流浪）**在天涯**。

可以看到，这里的“今译”基本上是把原诗句进行了扩充，附加了一些语法成分。但这样一扩充，一附加，原诗最精华的表达方式就没有了，精练没有了，“空灵”没有了，语感也没有了，哪里还是“曲”呢？更重要的是，译者所填充的内容不过是一些废话，不仅画蛇添足，且有违原意。“荒凉的”修饰“古道”不妥；“寒冷的”修饰“夕阳”不通；“鸦”是否就是“乌鸦”，尚有争议，“昏”在原诗中非常重要，但翻译却被遗漏了；诗中最需要翻译的是“断肠”二字，因为这个词现代人已经很陌生，但“今译”恰恰没有译这个词。“断肠的游子”在现代汉语语境中，很容易被人坐实为“断了肠子的游子”，而不是“极度悲哀的游子”。“今译”中唯一的翻译是把“人”译为“游子”，但这恰恰是最不需要翻译的，除了“人”这个词古今一样以外，最重要的是“人”在本诗中未必是“游子”，“断肠人”也可以理解为“我极度思念的人”。

诗歌与其他文体最大的不同就在于它往往是选取生活中最富于表现力的片断和景象来表达情感，而舍弃或省略平庸与杂芜，留下精髓。所以，诗歌尤其以简练著称。译诗实际上还原了这些平庸与杂芜，因而原诗语言上的简洁现在变得啰嗦，原诗的意境荡然无存，全篇译诗可以说俗不可耐，不仅不能帮助我们欣赏原诗，反而会妨碍对原诗的欣赏。

再次，古诗词特别具有多义性，而多义性是无法翻译的。

所有的文学作品都有多义性，而诗歌由于思维具有“跳跃性”等特征，多义性尤其突出。而中国古典诗词，由于用词单字化、词义的模糊，再加上用典、修辞、意象等广泛的使用，多义性更是比比皆是。多义性存在着多种情况，有的是整首诗具有多义性，或者意义的多重性；有的是句子多义；有的是词多义。事实上，即使是最清楚明白的诗也有进行其他解释的可能，比如李白的《静夜思》，有人认为“床”应该是“井台”，这其实很有道理。如果这一观点成立，整首诗的情景、意象以及我们想象的方式都要发生很大的变化，那么，这时我们应该如何“今译”呢？选择一种就会使诗的意义失去另外一种可能性。再比如，李商隐的诗一向以晦涩难懂著称，他的许多诗至今仍然歧见重重。对于这样的诗，原诗都没有搞清楚，翻译又何以为据？强行翻译势必会损害原诗的复杂性。双关语是所有翻译中迄今都没有解决的问题，古诗词中的词语很多都有双关性，我们又如何今译？

诗歌的多义性是由诗歌文本决定的，是诗歌文本引发的读者对于诗歌的多重理解，具有合理性。文本具有开放性，任何解释，只要言之成理，就可以看做是诗的本义。向读者开放，向未来开放，这是文学作品的应有之义，所以“理解”对于文学作品来说具有本体性，这有“新批评”理论和“解释学”理论为证。而翻译就把诗歌向读者开放、向未来开放的门给堵住了，把潜文本磨灭了，把其他解读的可能性都给清除了。

此外，有的古诗词根本就不需要翻译，都是一般的词语，语法也不复杂，在意思上既浅显又通俗，清楚明白，妇孺皆知。对于这样的诗，我不知道为什么还要翻译。比如李白的《静夜思》，即使“床”作“井台”解，意思也是清清楚楚的，比我们现在的一些新诗不知好懂到哪里去了。不翻译，意思是清楚的，简洁的，主题集中，但翻译之后反而歧义丛生，旁逸出很多“俗气”来，甚至喧宾夺主。我们不妨选两种“今译”：

耿建华等人译：

> 井栏前洒满皎洁的月光，
> 疑心是地上凝出的寒霜。
> 抬头看见天上那轮明月，
> 低头不禁思念我的故乡。[①]

陶文鹏等人译：

① 耿建华等人译：《唐宋诗词精译（诗卷）》，黄河出版社1996年版，第154—155页。

月光如水静静在床前流淌，
好似铺在地面的皑皑秋霜。
抬首仰望遥远天边的明月，
低头思念我那可爱的故乡。①

“洒满”、“皎洁”、“疑心”、“凝出”、“不禁”等根本就是原诗所没有的意思，但在译诗中，它们却是很醒目的字眼，很容易转移读者的注意力和欣赏点。特别是第二首“今译”，陶先生还是当今知名的古代文学学者，他们的“今译”以及如此“今译”，实在让人费解。鲁迅有诗句“月光如水照缁衣”②，但李白这里显然没有“月光如水”的意思。月光“静静地在床前流淌”，无论从原诗来说，还是从译诗来说，都令人匪夷所思。月光何以能“流淌”?“铺”具有人为性，而地上霜显然不是人为的。“霜”无论有多厚，也不可能达到“皑皑”的地步。“抬首”比“举头”更具有文言性。既然是“举头”望明月，月亮就不应该是在“天边”，而且月亮虽然事实上遥远，但看起来并不遥远。“故乡”未必“可爱”。读这样的“今译”反而让我们如蒙雾水，并疑心李白是否是低能儿。

古诗词是古代汉语的文学，“今译”之后就变成了新诗或自由诗，属于现代汉语的文学，性质发生了根本性的变化，归属也不同了。新诗与旧诗之间存在着巨大的差异，我们应该充分尊重这种差异，充分尊重古诗词的历史文体。对于古诗词，由于文化环境、文学观念特别是语言方式的不同，今人与古人可能有不同的阅读，这是合理的，古诗词正是在不同的阅读中延续生命的。我们为什么一定要把古诗词变成现代的方式呢?

在理解、阐释的意义上，笔者充分承认“今译”的价值和作用。但在“翻译”的意义上，“今译”在理论上不成立，因而不应该提倡。古诗词一旦“翻译”成现代汉语之后，就变成了现代人的作品，就脱离了古人，也脱离了古代语境，它的文学价值虽然与原诗有渊源关系，但主要体现在翻

① 陶文鹏、吴坤定、张厚感：《唐诗三百首新译》，北京出版社 1993 年版，第 489 页。

② 鲁迅：《为了忘却的记念》，《鲁迅全集》第 4 卷，人民文学出版社 1981 年版，第 487 页。

译者的创造上。当然，也有人脱离原诗而仅读翻译的，并且从中读出很多艺术的趣味来，但这与原诗没有直接的关系，它的艺术趣味是由译诗与读者的关系产生的，而不是从原诗与读者的关系中产生的。

“翻译”具有建构性，现在的翻译标准都是在翻译实践中逐渐建构起来的，但实际上未必具有等同性，比如古代汉语中的“社稷”与现代汉语中的“国家”；古代汉语中的“己”与现代汉语中的“个人”；西方的“democracy”与现代汉语中的“民主”；西方的“liberty”与现代汉语中的“自由”等，在内涵上并不相同，但我们在翻译中却把它们当作对等词。同样，现代翻译实践又在建构未来。作为“错误”的古诗词“今译”经过一代一代的阅读和潜移默化的教育，会逐渐被认同，既认同这种“今译”理念，也认同翻译中的内容，慢慢地，翻译中的“不对等”内容在接受的意义上就成了“对等”，这样，古诗词在意义上和文学性上就会发生“衍误”，从而被“异化”。这对古诗词作为一种特殊的诗歌是非常危险的。所以，“今译”作为古诗词的一种教育方式，它的负面作用要大于正面作用。正是在这一意义上，本人反对古诗词“今译”。

第四章

重审文学“翻译”作为话语及其对文学研究的意义

第一节 “忠实”作为文学翻译范畴的伦理性

关于翻译，传统的观点认为，翻译就是把一种语言所具有的内容用另一种语言传达出来。西方比较著名的翻译理论家如泰特勒、费道罗夫、巴尔胡达罗夫、奈达、纽马克等人总体上都是持这样一种观点。比如巴尔胡达罗夫说：“翻译是把一种语言的言语产物在保持内容方面（也就是意义）不变的情况下改变为另外一种语言的言语产物的过程。”[①] 奈达说：“翻译就是在译入语中再现与原语的讯息最切近的自然对等物。”[②] 中国古代以及近代，也基本上是这样一种翻译观，不过表述不同而已，其核心概念就是“信”，最为知名的就是严复的“信”、“达”、“雅”说。对于“信”、“达”、“雅”这三个概念的含义，历来有很大的争论，我认为，“信”和“达”其实是同一意思，只不过强调的侧面不同，是同一问题站在双语立场上的两种意识，前者强调的是对原文理解上的忠实，后者强调的是对译文表达上

① 伽达默尔：《真理与方法——哲学诠释学的基本特征》下卷，上海译文出版社 1999 年版，第 494 页。

② 转引自沈儒苏《论信达雅——严复翻译理论研究》，商务印书馆 1998 年版，第 131 页。

的忠实，本质上都是强调忠实。严复的翻译理论对中国近现代翻译造成了深刻而深远的影响，直到今天，严复的“信”、“达”、“雅”标准仍然是翻译界普遍信守的准则。因此可以说，不论是西方还是中国，“忠实”都是翻译的核心概念，是翻译必须遵守的基本原则。

但事实上，在忠实这一问题上，翻译不具有这样一种形而上的统一性和纯粹性。翻译是复杂的，呈现出纷繁的情况，但大致而言，我认为翻译可以根据语言的性质而划分为两个层面，即技术的层面与文化的层面，与语言的工具性层面相对应，翻译相应地表现为技术性；与语言的思想性相对应，翻译相应地表现为文化性。翻译在技术的层面上，可以等值或等效，是同一内容的语言转换；翻译在文化的层面上，不能等值或等效，是语言转换，但不具有内容的同一性。[①] 在翻译的两个层面上，“忠实”不能构成一个统一的标准，也就是说，在翻译的技术层面上，翻译能够忠实，也应该忠实，忠实是目的，也是最高原则。但是在翻译的文化层面上，翻译不可能忠实，也不应该忠实，忠实是翻译应该追求的目标，但永远只是一种理想。翻译在技术的层面上是语言转换，所以能够忠实，也必须忠实。翻译在文化的层面上本质是两种文化之间的交流、对话，因而无法忠实，也不可能忠实，如果忠实，恰恰有悖于文化之间的交流和对话。所以，对于不同性质的翻译来说，忠实作为范畴，其内涵有很大的不同。

文学翻译本质上属于文化翻译。文学具有日常性，在内容上，它与我们的世界和社会密切相关，涉及日常生活内容，具有物质性，所以，文学翻译当然具有技术性，但从根本上，文学属于意识形态，属于思想范畴，所以文学翻译从根本上归属于文化或者说文化的交流。在文学翻译的文化的层面上，忠实构不成翻译的准则，忠实作为文学翻译的一个范畴，其实是一个虚伪的概念。这里，“虚伪”不是在伦理意义上而言，而是在哲学意义上而言，就是说，从翻译的科学性上来说，忠实对于文学翻译是虚拟的概念，是一个伪概念。忠实在文学翻译中本质上是一个伦理概念，即一

① 参见拙文《翻译本质“二层次”论》，《外语学刊》2002 年第 2 期。

种对翻译作为文化艺术活动的道德规范，是翻译者应该遵循的精神原则而不是科学原则，它更应该看做是翻译者的职业道德而不是职业技能，从概念上说，它只具有伦理性和道德性而不具有科学性和技术性。文学翻译，没有所谓终极的忠实标准。今天文学翻译实践中的一些标准，其实具有约定俗成性，本质上它是历史地建构起来的，它是在中西文化交流过程中逐渐建立起来的一套语言交流和对话的规范，具有人文性。这些所谓标准当然具有客观性，但这种客观性本质上属于语言性质的客观性，它与物质的客观性，与物质实在的自然存在不同，它是社会的客观性，遵循的是社会原则而不是自然原则，也就是说，它是社会规范而不是自然规律。为什么要把英文的“democracy”翻译为汉语的“民主”？“democracy”与“天惟时求民主”（《书·多方》）以及“民主，天子也”（蔡邕注《文选：班固〈典引〉》）中的“民主”有多大的区别？现代语境中“民主”究竟多大程度上传达了“democracy”的意思，这些都是可疑的。把“democracy”翻译为“民主”没有物质反映意义上的必然性，它从根本上是语言的约定俗成，不论是在当时的意义还是在现在的意义，都具有约定性。

把翻译简单地定性为语言转换，这是造成对文学翻译误解的根本原因。而这种误解的深层根源则是对语言的误解。传统的观点认为，语言不过是对现实的命名，是物质和思想的符号，是人们交流思想和感情的工具。但这样一种传统的语言观念是值得怀疑的。语言并不具有形而上的统一性，也就是说，语言不具有一种终极性本质。人的本位性并不是一开始就存在的，它有一个漫长的积极演变和建构的过程，本质上，人的进化表现出一种从物质形态向精神形态即物质的人向意识的人的进化的过程，语言也是这样，它有一个从物质形态向精神形态的进化过程，从起源上说，语言肇始于对物或者存在的命名，在初始意义上，语言的价值和意义存在于词与物的关系之中，即对事物的命名和表征构成了语言的最重要的本质，语言的初始本质从根本上是建立在人的原始性特别是意识的原始性的基础上的。语言的不成熟与意识的不成熟具有一体性或者同步性，就汉语来说，早期的词汇主要是动植物以及农牧等日常生活词汇，这反映了早期中国人在意识和思想上的不发达[1]。从语言的起源上来说，语言本质上是词与物的关系，语言具有工具性。但随着人的意识与语言的一体化发展，语言的本质则超越了词与物的对应关系，也就是说，语言不再是人作为主体与对象之间的中介，语言既是对象，同时又构成人的主体本身。在语言是人或者人类社会的所有物、人对语言具有主动性的意义上，语言是人的对象；在人的意识即是人的语言、人的意识离不开人的语言的意义上，语言是人的主体性的重要组成部分。

所以，语言在初始意义上是工具和符号，并且，工具和符号始终是语言的价值和功能之一，现代语言仍然具有这种功能，不论是从理论上还是从现实上都是不能否定的。在语言的工具的层面上，各种不同的语言只有符号形式的不同，没有实质的不同，是用“树”来命名树还是用“tree”来命名树或者用其他符号来表示树，并没有本质的区别。但另一方面，语言又不仅仅是工具和符号，同时它还是思想本体。也就是说，思想即语言，语言即思想，没有语言以外的思想，思想不能脱离语言而抽象地存在。在语言的思想层面上，各种不同的语言具有实质性的区别，不同的语言即不同的思想、不同的思维方式、不同的文化。也正是在语言的思想层面上，语言不是对存在或者实在的一种命名，语言与现实的关系不单纯是词与物的关系。

传统的语言工具观深层上根源于传统的认知观。这种认知观认为，有某种可以独立于人的知识，这种知识属于物质形态，它可以脱离于人的语言而存在。人的认识活动即发现这种知识并用一定的形式主要是语言形式把它表达出来，所以，语言不过是知识的外壳。但事实上，知识并不纯粹具有这样一种客观性，有关物质的知识是这样，但有关思想的知识并不是这样，语言不只是对现实的再现，人对客观知识的认识是通过语言作为中介完成的，而思想的获得则是通过对语言本身的习得和把握而完成的，思想或者思维的过程也即语言的过程。萨皮尔说：“语言和我们的思路不可

---

① 参见王绍新《甲骨刻辞时代的词汇》，程湘清主编：《先秦汉语研究》，山东教育出版社1992年版，第1—21页。

分解地交织在一起，从某种意义上说，它们是同一回事。……所以语言形式的无限变异，也就是思维的实在过程的无限变异。”[①] 也就是说，语言决定思维，思维相对于语言而存在，语言不同的人，思维也不同。“所有较高层次的思维都依赖于语言。人们习惯使用的语言的结构影响人们理解周围环境的方式。宇宙的图像随着语言的不同而不同。”“未经语言表述的灵感在写作中不会有任何结果。”[②] 在沃尔夫看来，不存在抽象的普遍的人类思维，思维相对于人所掌握的语言而定，语言不同，所看到的宇宙不同，对它的评价也不同。洪堡特、海德格尔、伽达默尔、德里达等都有相类似的观点并有充分的论证。[③] 在这一意义上，也是在深层意义上，语言隐含着人的思想和思维方式，语言是世界观，具有意识性。文化体系的不同最终可以归结为语言体系的不同。

语言的思想本体性观念在翻译理论中并没有得到有效的运用，现代翻译理论仍然是以传统的语言工具观作为语言学理论基础。不论是传统翻译观还是现代翻译观，实际上都把翻译的技术层面和翻译的文化层面混同了，把文化翻译、文学翻译、学术思想翻译等同于科学技术和日常交际翻译，认为语言不过是一种传达思想的符号，在语言之外，有一种客观的无形的思想或现实，语言就是把它们表现出来，使其有形化。世界在物质上具有同一性，在思想上也具有同一性，只不过呈现形式不同而已。所谓“心同理同”，这在中国古代是一种广泛的信念，陆象山说：“东海有圣人出焉，此心同也，此理同也；西海有圣人出焉，此心同也，此理同也；南海、北海有圣人出焉，此心同也，此理同也。千百世之上有圣人出焉，此心同也，此理同也；千百世之下有圣人出焉，此心同也，此理同也。”[④] 世界“心”“理”同一，差别只是“心”“理”的表象和形式，语言就是这种表象和形式的最重要的内容。翻译作为语言之间的对等转换，可以消弭这

---

① 萨丕尔：《语言论》，商务印书馆 1985 年版，第 195 页。

② 斯图尔特·蔡斯：《〈论语言、思维和现实——沃尔夫文集〉序》，《论语言、思维和现实——沃尔夫文集》，湖南教育出版社 2001 年版，第 2、3 页。

③ 关于语言本质的详细论述，可参见拙文《语言本质“道器”论》，《四川外语学院学报》2001 年第 2 期。

④ 杨简：《象山先生行状》，《陆九渊集》卷 33，中华书局 1980 年版，第 388 页。

样一种差异。钱钟书也是持这样一种观点，他说："东海西海，心理攸同；南学北学，道术未裂。"[①] 在钱钟书看来，中西方在思想文化上并没有实质性的差异，有的只是形式上的不同。

以这样一种世界的"心""理"同一观念作为基础，自然地，翻译本质上就是语言形式的转换，本质上属于技术和科学。奈达说："因为任何用语言表达的意义，都取决于它所代表的语言以外的实体、行为、特征和关系，所以言语和释译之间的关系在很大程度上取决于它所涉及的同形原理的程度。"[②] 在奈达看来，意义不取决于语言，而取决于语言之外的实体、行为、特征和关系，而语言之外的实体、行为、特征和关系，中西方以及各民族各地域之间并没有本质的差别，所以，世界的差异和隔绝可以通过翻译进行解决。这同时也从根本上把翻译简化了。

必须承认，人、人类社会有某种共同性，人的心理、生理、社会结构、习俗、文化包括语言有某种共同性，这是世界具有统一性或者说一体性的根本原因。但是，这种共同性只是构成人类各民族、各地域、不同国家之间交流、对话的基础，对于文化、思想、思维的差异性来说，这种共同性是非常不够的。相对于人与动物之间的差异性来说，人与人、种族与种族之间的差异非常小，但这种比较只有生物学的意义，对于人类的思想文化研究来说，并没有多大价值。从思想的角度来说，人与人、种族与种族之间的差异却是巨大的鸿沟，对于人类的思想文化来说，人性和人类社会的共同性实际上只是一个非常遥远的背景。当人类的共同性虚化为一种非常遥远的背景的时候，人类的差异性就凸显出来。事实上，就人类文化而言，人们更看重的是文化之间的差异性而不是共同性，就思想文化而言，世界的本质就在于差异性，正是思想文化的差异构筑了人类社会的丰富与复杂。中西思想文化存在着巨大的差异，这种差异既是思想文化的差异，也是语言的差异。在语言的思想本体的意义上，语言之间的差异具有根本性，而不只是形式的不同。语言积极地介入到意义的创造过程中。语

① 钱钟书：《〈谈艺录〉序》，《谈艺录》，中华书局1984年版，第1页。
② 奈达：《语言文化与翻译》，内蒙古大学出版社1998年版，第117页。

言不单是现实之镜，它还促成现实。洪堡特认为，语言不单是表达手段，同时语言还参与了观念的构成："在观念活动中，语言所起的不只是某种形而上的、限定着概念实体的作用，而是也影响着概念的形成，并且将自身的特征铸入了概念。尽管概念具有种种客观的差异，语言却始终以自身独有的特性对概念产生影响，将一种与观念相维系的、均衡和谐的形态赋予了全部观念。同时，在内在或外在的言语中，语言也起着组织思想的作用，并由此决定着观念的联结方式，而这种联结方式又在所有的方面对人产生着反作用。从中可以看出，不同语言的运作方法是不一样的；此外，采用什么样的运作方法，也远不是无关紧要的，至少在智力活动的领域里关系很大，因为在那里，哪怕是一处极微小的触碰也会引起所有成分的震动。"[①] 正是语言体系的差异性构成了人类思想文化体系的差异性。

在这一意义上，文学翻译从根本上不同于科技翻译和日常交际翻译，它不是简单的语言转换，而是思想文化和文学的交流与对话。并不存在一种脱离特定语言之外的文学的实在，文学翻译并不是把这样一种客观实在用另外一种语言把它表达出来。文学翻译与其说是"翻译"，还不如说是文学引进或者文学再创造。谢天振引用了大量中外译学实践和译学理论证据充分论证了文学翻译的创造性。[②] 文学翻译固有的创造性实际上从另一个角度说明了"忠实"作为文学翻译范畴的虚伪性。韦斯坦因说："在翻译中，创造性叛逆几乎是不可避免的。"[③] 谢莉·西蒙认为，翻译本质上属于写作实践，"翻译的过程与其它种类的写作相似，必须被视为一种意义的流动生产。写作角色的等级制就像性别身份一样，要日益被认为是变动的和述行性的。间隙现在成为研究的焦点，两极化的端点已被废弃了"。[④] 所谓"两极化"，即把原作和译作视为两极，这可以说是一种传统的二元对立翻译观，现代翻译则把翻译视为一项与文化系统充分结合的动态过

---

① 洪堡特：《洪堡特语言哲学文集》，湖南教育出版社 2001 年版，第 235 页。

② 参见谢天振《译介学》，上海外语教育出版社 1999 年版。

③ 韦斯坦因：《比较文学与文学理论》，辽宁人民出版社 1987 年版，第 36 页。

④ 谢莉·西蒙：《翻译理论中的性别》，《语言与翻译的政治》，中央编译出版社 2001 年版，第 323 页。

程，这就是西蒙所说的“两极化的端点已被废弃”的含义。

从根本上说，文学翻译不是技艺，而是一种创造性的艺术活动。中西文学绝不只是形式的不同，而有实质性的不同，这种实质性的不同某种程度上也可以归结为语言的不同。文学翻译作为一种跨文化交际和语言意义上的对话，翻译不可能做到通常意义上的忠实。把一种语言的文学转换为另一种语言的文学而不改变其性质根本就是不可能的。把俄文原著的《战争与和平》等同于中文译文的《战争与和平》，或者把英语原著的《哈姆雷特》等同于中文译文的《哈姆雷特》，这是一种很深的误解，是由于翻译观念的错误而历史地建构起来的误会。从语言、文化和文学的角度来说，文学翻译不可能忠实，也不应该忠实。

文学是语言的艺术，这是公认的事实，其深刻的含义在于，一部文学作品的艺术价值与这部作品特定的语言有密切的关系，某种意义上说，文学作品的语言和文学作品的艺术价值是一体的。文学作品的艺术性就存在于其语言之中，没有语言之外的所谓艺术性。文学的形式存在于它的语言之中，文学的内容同样存在于它的语言之中，文学独特的文学性和艺术性不能脱离其特有的语言，中国文学的价值不能脱离中文，西方文学的价值同样不能脱离其具体的语言。所以，文学翻译就不仅仅是改变其文学的载体，而是同时在文学性质上有根本的改变。正是在这一意义上，我认为原语外国文学和译语外国文学是两种不同的外国文学，它们在性质上具有质的差别，这种质的区别就在于它们是两种不同语言的艺术。具体对于中国来说，它们实际上是英语文学、法语文学、德语文学、俄语文学等和汉语文学的区别，虽然译语外国文学来源于原语外国文学，但文学翻译在语言转换的过程中，由于语言的变化，语言所潜藏的深层的文化也被赋予在文学中，由于语境的变化以及更为深层的文化背景的变化，原语外国文学脱离了具体的语境，脱离了其具体的文化的根而进入了汉语的语境以及更为深层的汉语的文化背景，其意义和价值则与汉语体系和汉文化体系有着紧密的联系，汉语体系和汉文化背景从根本上制约着译语外国文学的艺术价值和社会价值。中国人读翻译外国文学与外国人读原著从审美经验的角度来说是有根本不同的，读外国文学，我们虽然能时时意识到所读作品的外国性，但我们总是感到外国作家好像是在用中文写作。[1] 语言变化了，相应的话语方式、表述方式、相应的修辞以及所表现出来的艺术性都发生了变化，所以，翻译文学的艺术价值与译语密切相关，我们总是用我们自己的文化信念、艺术方式去阅读外国文学作品、去欣赏外国文学作品，所以译语外国文学虽然称之为“外国文学”，其实具有民族性、本土性。

语言差异的背后其实是广阔的文化体系的差异。语言背后隐藏着丰富的民族文化的内涵，民族的思维方式、思想方式从根本上是由民族的语言规定的，有什么样的语言体系就有什么样的相应的文化思想体系，民族的文化不能脱离于民族语言而存在。语言、文化以及二者之间的关系，远比人们想象的要复杂。民族的思想或思维主要体现在术语、概念、范畴和话语方式上，而术语、概念、范畴和话语方式具有整体性，和语言的体系性紧密地联系在一起，其功能即意义和系统联系在一起。脱离了体系，把某一语言体系中的术语、概念、范畴和话语方式移植到另一语言体系中去，其意义就会发生变化，就会和另一体系的术语、概念、范畴和话语方式发生关联，相互影响，生成新的意义。橘生淮南而为枳，语言也是这样，术语、概念、范畴和话语方式不可能原封不动地进入另一种语境而意义不发生变化。所以刘禾说：翻译“形式是借取，选择，合并和重组别一语言里的字眼，范畴及话语，将它们重新创造成本国语言。”“知识从本源语进入译体语言时，不可避免地要在译体语言的历史环境中发生新的意义。译文与原文之间的关系往往只剩下隐喻层面的对应，其余的意义则服从于译体语言使用者的实践需要。”“当概念从一种语言进入另一种语言时，意义与其说发生了‘转型’，不如说在后者的地域环境中得到了（再）创造。在这个意义上，翻译已不是一种中性的，远离政治及意识形态斗争和利益冲突的行为。相反，它成了这场冲突的场所，在这里被译语言不得不与译体语言对面遭逢，为它们之间不可简约之差别决一雌雄，这里有对权威的引用和对权威的挑战，对暧昧性的消解或对暧昧的创造，直到新词或新意义

① 关于两种外国文学的区别，可参见拙文《论两种外国文学》，《外国文学研究》2001 年第 4 期。

在译体语言中出现。”“跨文化的语言实践活动不能不使西方理论失去它原有的意义；而在新的语境中生发出新的意义；这就意味着，西方的文化霸权可能通过某种中介产生出新的知识和权力的关系来。”[①] 由于人们对语言的本质还存在着某些误解，人们对语言的异质性还远没有充分的认识，人们显然过分地夸大了语言的相同性。

正是在语言异质性的基础上，翻译不具有透明性，也就是说，翻译不是清晰明了的，不具有绝对的可操作性，不论是原语还是译语，都不具有一目了然的特征。翻译透明性观点实际上建立在语言透明性的观念基础之上，其深层的理论前提则是认为语言在本质上具有同一性，具体地说，就是语言工具观。在语言工具观看来，人类的语言在内涵上并没有实质性的差别，有的不过是外表或形式上的不同。这一观念的必然性逻辑推论是，既然语言是工具，那么它就具有可塑性，可以表达所有的思想。在这样一种思路之下，语言被简化了，相应地，翻译也被简化了，翻译成了具有透明性的技术问题。但问题在于，语言不是事物的某种本质，而是它本身。在思想的层面上，语言不是用来再现某种本质的透明材料。比如“国民性”问题，我认为它本质是创造出来的一种话语，后来人们普遍地沿用了这个话语，所以它成了一个普遍的问题，并不是说在语言之外有一个所谓的“国民性”问题。国民性作为思想和方法以及武器都在“国民性”这个概念之中，当我们用这个概念来言说问题时，“国民性”不仅体现为一种语言方式，更体现为一种思想和思维方式。

语言具有工具性，但不只是工具，它还具有思想本体性，对于思想文化和意识形态来说，思想本体性尤其具有关键性。相应地，语言具有信号性，但不只是具有信号性，也就是说，语言具有符号性，但某些语言或者说语言的某些方面作为符号本身又具有特定的文化和思想含义。与语言的这种二重性相一致，翻译也具有二重性，一方面，它具有信号性，另一方面，它又不只具有信号性。原文包含着某种信息，译文则通过语言的转换

---

① 刘禾：《语际书写——现代思想史写作批判纲要》，上海三联书店 1999 年版，第 33、81、35—36、16 页。

把这些信息用另一种语言传达出来，但这样一种信号性的翻译并不能包容一切翻译，物质实在、技术、日常生活等翻译具有这样一种信号的特点，但文化、学术和文学等具有意识形态性质的精神存在则不是这种简单的信号。文学在本质上不具有这样一种单纯的信号性，文学翻译作为文化交流和对话活动要比简单的信号传达复杂得多。比如在信号中，“红”即表示危险，红的程度不影响其表达的意义，不是说特别红就表示特别危险，或者淡红就表示有点危险。但文学则不同，不论是从作品本身来说，还是从社会接受来说，它都不具有信号那样的清晰性，它的物理意义和技术意义对于整个文学来说，可以说是微不足道的，对于文学来说，词语的更为根本性的意义是它的文化意义和文学意义，而这是不能和信号一样进行简单传达的。同样以“红”为例，文学中的“红”除了简单地表示颜色以外，它还有更多的文化的意义，不同的文化背景中，“红”的意义是不同的，不同的语境中，“红”的意义是不同的。

文学翻译之所以不能等值或等效，一个重要的原因就在于，原语文学不像信号那样明了清晰，译语文学也不是像信号那样明了清晰。文学本身的含义不明确，读者可以作多种解读。翻译文学同样存在着这些问题。原作在作家本人和原语种的读者中其真正的含义都模糊不定，翻译怎么能忠实呢？“当事关意识的不确定状态时，还能有衡量忠实的标准吗？”“如果没有一种原初的意义有待发现，如果翻译不是受制于一个深远的真实，那么忠实何以为据？”所以“忠实”在文学翻译中具有“虚伪”性。“传统的翻译观设想了一个积极的原作和消极的译本；创作在先，被动的传递在后。但如果承认再现总是一个积极的过程，原作与它的原创意图也有一段距离，话语中根本没有说话主体的完全在场，进而把写作和翻译视为彼此密切相关和相互依赖的话，那又会怎样呢？”[①] 西方把文学翻译称为杂交产品，如果说文学原著创作是“生产”的话，那么翻译原著文学则是“再生产”，“再生产”既包含了原生产的因素，同时又融进了再生产作为二度创

① 谢莉·西蒙：《翻译理论中的性别》，《语言与翻译的政治》，中央编译出版社 2001 年版，第 321、322 页。

造的新的因素，它实际上是两种文学精神以及更深层的两种文化精神的融合，这就是所谓“杂交产品”的含义。正是在文学翻译的“杂交”的意义上，文学翻译不可能做到哲学意义上的忠实。事实上，民族文学因为文学和文化精神的独特性因而是不能翻译的，比如中国古典诗词，任何形式的翻译都会造成其艺术价值的损害，因为中国古典诗词的艺术价值就存在于它的格律、音韵等语言形式之中。奈达主张用给翻译加“注”的方法来弥补翻译在传达原意上的缺陷，但“注”是有限度的，“注”本质上是研究范畴而不属于翻译范畴，戏剧文学因为特有的舞台性就不能加“注”。

语言具有思想性和意识形态性，所以翻译不是简单的知识转换。当英汉或其他双语词典编好之后，翻译似乎变得可以机械化，所以有“快译通”之类的机械性翻译工具。当具有不断丰富详尽完备的词典作为无可置疑的基础之后，翻译的确变成了技术，忠与不忠的确变成了翻译的最基本问题，并且能够具有一种“客观科学”的解决办法。但哲学上，更深入地追根求源，我们发现，词典是历史性的，充满了历史的偶然和机遇，所谓“对等词”，其实是人文规定的或者约定俗成的。“英文中的 self 和中文里的‘己’等词的等同关系只是在近世的翻译过程中才确立的，而后来翻译时选择的词义又是现代中英字典给定的。”[①] 正是这种给定，文本才变得“可译”。现在我们在思维定式上就认为“democracy”是“民主”，但为什么要用“民主”翻译“democracy”，“民主”究竟在多大程度上传达了“democracy”的含义，这样一深入地追问，问题便变得可疑起来。双语词典的假设是，语言是由对等的同义词组成的。但这是一个未经证实的假设。中西语言在词语上具有对等的一面，也有不对等的一面，所谓的“对等”其实是一个历史的生成过程。因此，在深层次上，翻译具有复杂的历史内涵，具有很深厚的历史积淀。这样，当把历史的因素考虑进去之后，翻译就变得模糊、复杂，具有话语权力意义上的政治性、思想性和意识形态性。

---

① 刘禾：《语际书写——现代思想史写作批判纲要》，上海三联书店 1999 年版，第 36—37 页。

文学翻译中的“忠实”本质上不是一个哲学概念，而是一个伦理概念，它更强调的是作者翻译的道德意识，而不是科学意识。“忠与不忠、自由与奴役、忠诚与背叛之间的对立”。“表明的是在关于‘实在’与‘知识’之间摹仿关系的经典思想下所产生的一个‘文本’和‘释义’观。”“从传统上讲，翻译是建立在西方哲学有关实在、再现以及知识的观念之上的。实在被视为是毫无疑问‘存在那里’的东西，知识是关于这实在的再现，而再现则可不经中介，直达透明的实在。”① 但文学作为一种存在它与世界作为存在之间的关系不是“知识”与“实在”之间的关系，文学不是有关世界的“知识”。文学与世界具有紧密的联系，一方面，文学具有自足性，文学的意义和价值就在于它的内容与形式的统一过程中，脱离了具体文学形式的文学内容或者脱离了具体的文学内容的文学形式都不能构成独立的文学作品，改变文学内容或者改变文学的形式都会从根本上改变文学作品的性质。另一方面，文学具有他律性，文学的意义和价值同时又与时代背景、特殊的文化背景以及具体的语境有着密切的关系，具体的文学作品脱离了其具体的语境，置换了文化和时代背景，其价值和意义都会发生变化，就是说，文学作品的意义和价值又不完全在其本身，同时存在于文学作品被接受的过程中，存在于文学作品与它的时代、文化和语言的关系中，存在于文学与读者的交流和对话的过程中，因此，文学没有所谓客观价值或终极价值。在这一意义上，文学不是哲学意义上的知识范畴，它具有一般实在的外在形式，但与一般实在有根本的不同，它不具有一般实在的纯粹客观性，而具有主观性和人文性。

既然文学不具有哲学意义上的知识性，不是哲学意义上的客观存在；既然文学就是其内容与形式的统一体和运动过程；既然文学的价值和意义与它的语境、文化背景等有着密切的关系，那么，文学就是不能翻译的，或者说就是不能等值或等效翻译的，因为，翻译作为语言转换，必然破坏文学的内容与形式的统一性，翻译实际上是把一种语境和文化背景中的文

① 尼南贾纳：《为翻译定位》，《语言与翻译的政治》，中央编译出版社 2001 年版，第 162、117 页。

学移植到另一种语境和文化背景中去，这样必然会改变文学最初的意义和价值。因此，文学翻译不是知识的语言转换，不是用一种语言再现另一种语言的文学，而是文学的再创造。所以，这里就不存在所谓忠实与不忠实的问题，因为本来就不存在纯粹客观的文学实在。因为无忠实的对象，没法忠实，所以“忠实”不是一个哲学概念，而是一个伦理概念，也就是说，当我们要求翻译家在翻译文学作品过程中遵循忠实的原则的时候，我们并不是要求翻译家把一种文学用另一种语言等同性地表达出来，因为如上所说这是根本就不可能的，而是说，翻译家应该讲究职业道德，忠于职责，要求他尽可能多传达出原作的信息，尽最大可能在语境和文化背景不变的情况下寻找相似或相近的语词以传达原作的意味和价值，要求译者严肃地对待他的翻译工作，对他所面对的文本有深入的了解与深刻的理解，并且在翻译中不随心所欲。严复描述他的翻译“一名之立，旬月踟蹰”，这本质上是一种伦理和道德的精神，而不是科学的精神。漫说“旬月”，就是“年余”，也不可能找到对应的词，“新理踵出，名目纷繁，索之中文，渺不可得，即有牵合，终嫌参差”，[①] 因为本来就没有客观存在的“对应词”，这不是能通过努力和探索可以解决的问题。姚小平说：“译事本无止境，惟求放心而已。”[②] 这是翻译家的一种叹喟，其实也深刻说明了“忠实”在翻译中的伦理性。

第二节　论两种外国文学

所谓“两种外国文学”，指的是原语外国文学和译语外国文学。长期以来，我们都把“外国文学”作为一个“元”概念即不可再分的概念，中文学科的外国文学和外语学科的外国文学，我们都笼统称之为“外国文

---

① 严复：《天演论·译例言》，王栻编《严复集》第五册，中华书局 1986 年版，第 1322 页。

② 姚小平：《洪堡特语言哲学文集·序言》，《洪堡特语言哲学文集》，湖南教育出版社 2001 年版。

学”。这明显存在着对“外国文学”作为概念、范畴和学科及其性质的某种误解，并且这种误解是造成外国文学学界某些矛盾和隔阂的一个重要的根源。中文学科的外国文学和外语学科的外国文学长期以来为争夺外国文学研究的“合法性”而矛盾，这可以说是毋庸讳言的事实。造成这种格局的深层原因之一就在于没有把两种外国文学区别开来并从根本上认识它们作为学科的性质，我们过去只看到了它们相同的一面而没有看到它们相异的一面。我认为，原语外国文学和译语外国文学是有根本性差别的，两种外国文学研究都有其“合法性”。本文即从深层的语言思想本体论以及相应的翻译文化性的角度来论述这一问题。

译语外国文学，严格意义上应该称为翻译文学，它之所以不同于原语外国文学，这是由翻译的本质特点和更为深层的语言的本质特点所决定的。在精神的层面上，在语言的思想层面上，由于语言的不对等性以及由此而造成的思想和思维的巨大差异性，翻译不可能等值或等效。在文化的层面上，翻译不具有对等性、透明性，本质上是一种文化交流，具有再生产性质。伽达默尔说：“所有翻译者都是解释者。”[1] 翻译文学本质上是一种西方文学的中文读本而不是西方文学本身。我们读翻译文学时总感觉像是在读中国文学，觉得外国作家就是在用中文写作，就是在用中文进行表述。事实上，翻译文学的思想内容以及艺术性也是通过中文表现出来的。不论是就文本本身来说还是就文本的接受来说，翻译文学都不同于原本文学，很多语言上的机智和奇妙都是来自中文，通过语言和文字，我们看到的更多的是中国文化而不是外国文化。翻译形式“是借取，选择，合并和重组别一语言里的字眼，范畴及话语，将它们重新创造成本国语言”，“知识从本源语进入译体语言时，不可避免地要在译体语言的历史环境中发生新的意义。译文与原文之间的关系往往只剩下隐喻层面的对应，其余的意义则服从于译体语言使用者的实践需要”。[2] 正是由于语言体系以及相应的

① 伽达默尔：《真理与方法——哲学诠释学的基本特征》下卷，上海译文出版社 1999 年版，第 494 页。

② 刘禾：《语际书写——现代思想史写作批判纲要》，上海三联书店 1999 年版，第 33、81 页。

文化背景和接受对象的根本变化，翻译作品的最后性质不再是由原作品以及构成原作品意义的文化知识所决定，而取决于翻译者和翻译接受者的固有文化理念本身的框架。

在西方，历来有“翻译即叛逆”的说法，歌德把翻译家称为“下流的职业媒人”。现在则有更流行的说法，叫“不忠的美人”，“所有的翻译，因为必然都‘有缺陷’，所以‘一般被认为是女性’”。[①] 我们姑且不管这些说法所包含的褒扬和贬损的含义，但翻译与原文之间在性质和内涵上存在着巨大的距离，这却是事实。翻译不是物质性的搬运，而是文化交流。翻译总是有所增益和缺失，这是由语言的本性决定的。语言当然具有一定的信号性，特别是在物质实在的层面上，语言具有指示性，但语言作为人的思想思维方式，它从根本上是符号。从认识论上来说，与信号和符号相对应的是识别和理解，理解显然包括诠释，它与主体的文化知识背景有内在的联系。在这一意义上，翻译是交流、理解、诠释，是文化类型转换，是文学模式更新，如果把原作写作称为生产，翻译则是再生产，它仍然是一种写作实践，充满了创造性。

翻译文学的中国化不仅与翻译的主体性有关，还与翻译接受的主体性有密切的关系。对于翻译来说，原作是出发点，译作是目的地，翻译最后要归结为翻译作品，因此翻译者的语言以及隐含在语言背后的更为宽广的文化知识必然对翻译作品的性质有深刻的影响。翻译作品的阅读对象是汉语读者而不是原语读者，翻译的目的就是为了给中国人看的，所以，翻译始终是站在译语的立场和角度，译语的文化在这里构成了最为基础的东西，翻译处处受制于这样一种文化的制约。而更重要的是，翻译作品的性质并不仅仅取决于译者和翻译文本，同时还在一个更广泛的程度上取决于读者和时代背景。很多外来词语后来的意义发生衍化，内涵或增或减，与原义相去甚远甚至相反，并不是译者有意为之，而是读者本土化的阅读行为造成的。在主观上，译者大多数都企图忠实原义并且也以为忠实了原

① 谢莉·西蒙：《翻译理论中的性别》，《语言与翻译的政治》，中央编译出版社 2001 年版，第 309 页。

义，但读者却并不是按照译者的主观意图阅读的，而是按照自己的方式解读，这样就造成了误读。读者的误读也不是读者有意歪解或曲解，而是读者为所持的语言体系和根深蒂固的文化模式所制约。

翻译者根据原语理解原作，但却是用汉语进行传达。译者总是按照自己所认同和接受的中国文学的方式去比附、翻译外国文学，因此，不论是体式上，还是艺术方法、艺术技巧乃至思想内容上，翻译文学都更像中国文学，即中国化了，也就是鲁迅所说的“归化”了。翻译当然有“异化”的一面，但“异化”是有限度的，对于翻译的这一方来说，“异化”本质上是一种创制，不论是从翻译本身来说，还是从接受来说，它都具有巨大的难度。翻译的对象是中国读者，更具体地说主要是不懂原文的中国读者，还需要限定的是，这些读者是文学读者，而且所接受的文学教育和训练都是中国传统的，所以，为读者和接受计，翻译也必须中国化。因此，“归化”不只是主观愿望的问题，也是客观使然，具有必然性。回顾中国自近代以来的翻译，我们看到，中国翻译文学的性质，似乎与外国文学本身无关，而更关涉于中国文学的类型。中国文学的发展与中国翻译文学的发展具有同步性，站在中国文学的本位立场上来看，中国近代翻译文学具有“古代”性，中国现代翻译文学具有“现代”性，“古代”性和“现代”性不取决外国文学本身的古代性与现代性而更取决于中国文学的古代性与现代性。作为笼统的外国文学本来因时间和国别的不同而丰富多彩，但翻译过来却似乎没有时间和国别的差别。翻译文学的性质似乎更取决于翻译的时间，同一时间同一国家的文学因翻译的时间不同，我们读起来却有天壤之别。因翻译时间的错位，外国现代作品，翻译过来我们读起来更像是外国古代作品，外国古代作品，翻译过来我们读起来更像是外国现代作品。

正是在历史和逻辑这两个层面上，翻译文学作为“外国文学”与原语外国文学在性质上存在着根本差异，它们是两种不同的外国文学。

当我们把法国文学或者英国文学等原语言的文学称为“原语外国文学”的时候，我们其实已经暗含了两个基本原则或者说前提，那就是：

一、对于研究的对象来说，我们是“他者”，原语种的人不会把我们称之为“外国文学”的文学即指称的对象称为外国文学，对他们来说，它恰恰是本土文学。反过来，对于研究的主体来说，我们是站在中国文化的本位立场，对象则是“他者”。这里，“内”“外”关系其实已经表明了我们的研究视角、立场以及一定程度上的方法论。二、“原语”一词表明我们充分尊重和理解原语言的外表形式以及深层的表述、话语方式、思想和思维的特点，表明我们充分尊重和理解原语言的语境以及隐含在语言背后的更为深广的文化传统、知识背景和社会基础，表明我们充分尊重和理解原语言的体系性以及相应的政治经济文化的一体性。这种种尊重与理解说明了原语外国文学研究具有“外国性”。在这一意义上，“原语外国文学”研究本质上是跨语言、跨文化研究，具有双语性。可以说，原语外国文学研究作为学科的性质、特点、内涵、价值和意义都与这种“双语性”有着密切的关系，双语性实际上构成了原语外国文学研究最为深刻的基础。

双语性使原语外国文学研究具有双重性，即既有外国性，又具有中国性。但这里的“外国性”与“中国性”不是二元对立的范畴。所谓“外国性”，是指研究对象的真正的外国性，是在历史和真实的层面上而言的。也就是说，研究者能够进入原语言，能够设身处地地思考、理解原语言及其文学性、艺术性以及相关的文化性、社会性等，在这里，“外国文学”是实在的，具有真实的身份。而所谓“中国性”则更多的是就研究者的立场、视角和观念而言的。也就是说，研究的对象虽然是外国的，但研究的终极目标却是中国本位文化，现代汉语和中国文化构成了研究者的知识背景和立场基础，是“中国人看外国文学”，是用中国的文化和文学观念去审视外国文学，它当然对外国的本国文学研究有启发性，但它的出发点和回归点都是中国或者中国文化与文学，它的意义和价值最终指向中国文化和文学本身。所以，原语外国文学研究本质上是比较文学研究。

“比较”始终是原语外国文学研究潜在的方法。研究者穿行于两种语言之间，始终以一种语言作为另一种语言的背景，一种文化、文学现象和观念始终是另一种文化、文学现象和观念的参照系。术语、概念、范畴和话语方式及其所表现出来的思想与观念在一种有意识和无意识的对比中更加彰显并产生新意义。从语言学上说，现代汉语的许多新词正是在中西语言的比较中产生的。比如“他”、“她”和“它”，从字形上来说，三字都是古已有之，但在词义和相应的思想文化内涵上，它们和今天的三字具有天壤之别。“它”在古汉语中有二训，一是“蛇”的本字，二是“他”的古字。“她”在古汉语中为“姐”的异体字。古汉语中，“他”为常用字，而“她”和“它”都是生僻字。在意义上，它们不是同一个范畴，三者构不成相对应的概念，“她”与“他”可以说风马牛不相及。赋予这三个字以全新的意义并且构成独立的概念，则是五四时期的事，其根源则与中西语言与文化的对比有极大的关系。正是在与英法语言的打交道过程中，在两种语言及其相应的思想思维的交互运作因而所造成的对比过程中，人们发现汉语中没有人称指称的性别区分。刘半农创造性地发明“她”用来指称第三人称单数阴性。同时，用“它”专指人以外的事物，也是这一时期这种比较的产物。这样，五四时期，“他”、“她”和“它”作为三个新词和相互关联且对应的独立的概念就产生了。现代汉语中许多新词作为独立的术语、概念和范畴都是在这种比较中产生的。

新的术语、概念、范畴的产生对现代汉语作为语言体系的形成具有根本性，在语言的思想思维本体的意义上，它对于中国现代文化、现代文学作为类型的形成及其稳定其作用是巨大的。“文化”、“文学”、“小说”、“诗歌”、“哲学”、“美学”、“政治”以及更为深广的“科学”、“民主”、“人权”、“自由”、“平等”、“人道”等都是以一种深层的语言和文化的比较作为基础的。这些概念和范畴当然可以看做是对西方语言中相对应的术语、概念、范畴的翻译，但这种翻译并不是把西方的内容原封不动地搬移到中国来，翻译什么不翻译什么？如何翻译？翻译在多大程度上传递了原词的词义以及隐含在词义背后的深层的文化和思想内涵？古代汉语思想有多少附丽于这些词汇？这些术语、概念、范畴怎样被接受？意义在汉语语境中如何演变？如何生发？如何转移？如何误解与曲解？如何创造？都在深层上受制于译者所操持的语言系统。翻译具有双语性，既具有原语性，又具有译语性，既受制于原语体系，又受制于译语体系，以两种语言系统作为背景，实际上是在两种语言体系之间最大限度地寻找契合。中西语言比较以及在比较基础上的对西方新的术语、概念、范畴的吸收和对中国传统术语、概念、范畴的改造、诠释是五四时期新词语产生的基础和来源。正是在大量新的术语、概念、范畴的基础上，中国语言在五四时期发生了变革，即从古代汉语体系转变为现代汉语体系。现代汉语体系与古代汉语体系有联系但又不是从古代汉语中蜕变而来，与西方语言具有亲和性但又具有差异性，现代汉语是一种新的语言体系，一种既不同于古代汉语又不同于西方语言的新的语言系统，它的现代性、民族性、中国性等都与此有关。中国现代文化和文学的现代性、民族性、中国性等都可以追溯到这里，都可以从现代汉语的角度得到深刻的阐释。

在这一意义上，作为真正比较文学的原语外国文学研究具有它独特的价值。它是一种跨文化、跨语言的研究，不论是在视野上还是在知识背景上，它的优越性都是任何一种单语研究所无法比拟的。它的对象是外在的，但是内视角的，即从本土或者说中国文化和文学本位的立场来审视对象，其意义也主要是指向内部的，即建设本土或民族文化与文学，这从它的语言表达和话语方式就可以看得很清楚，它最终是针对汉语读者的。回顾五四以来新文学的发生与发展，我们看到，原语外国文学通过翻译的中介对中国文学的现代转型其作用是巨大的。它实际上给中国文学提供了一种新的范式参照，一种新的思想思维方式，提供了新的形式借鉴，新的创作方法和表现手法。从语言上说，新的术语、概念、范畴和话语方式对中国现代文学的现代精神和现代言说的确立具有决定性意义，中国文学正是在深受西方文学的影响下发生现代转型的，中国现代文学与西方文学更具有一种亲和性。今天，原语外国文学研究和翻译文学已失去了五四时的显赫与辉煌，但它的作用仍然是巨大的，在防止思想、创作方法、写作技巧的僵化，保持文学的创造性活力方面，它仍然是一种强大的外力。

从研究者的立场和视角以及价值和意义出发，与异域的外国文学研究和本土的翻译文学相比，原语外国文学研究具有其特殊性，正是其特殊性使它作为一门学科具有特殊的功能和作用。它比本土的翻译文学研究具有优越性，它是双语的，它始终不脱离原语，始终不脱离原来的知识背景和文化社会背景，因而能够更好地理解和诠释原文本。它比异域的外国文学研究具有优越性，同样是因为它是双语的。单语研究本质上属于内部研究，语言便是它的界限，单语研究无论怎样超越都不能超越语言所规定的极限，语言是一个网，它只能在网内左冲右突。而双语研究本质上是外部研究，但它包容内部研究，它实际上是站在一种更为宽广的知识范围内，站在一种更为开阔的视野立场上研究外语文学，它突破了单语研究的语言局限，能发现单语研究所不能发现的新内涵和意义。所以，完全外国化的外国文学研究不能称为外国文学研究，因为它缺少比较，缺乏独特的立场基础，它不过是尾随外国人。真正的外国文学研究必须是双语的，真正地理解外国文学，但同时又是内视角的，是以民族立场为出发点和归结点，是从一种新的角度对外国文学的一种新的审视，其价值和意义都具有双重性。外国文学研究与身份或者国籍无关，只与立场有关，深层上是由研究者所持语言决定的。把中国文学和翻译文学作比较不是真正的比较文学，原语外国文学研究才是真正的比较文学。“外”在这里更是对主体身份的标明，具有实质性，它决定这种研究不同于一般的文学研究，也从根本上决定了它的学科性质。

当我们强调原语外国文学作为外国文学其特殊的地位以及研究的特殊价值的时候，我们同样强调译语外国文学在外国文学中的地位以及研究的特殊价值。必须承认翻译文学的二重性，即一方面它由于中国固有文化的“归化”力量而具有中国性，另一方面，它毕竟来源于另一语言和文化传统因而又具有外国性。所以，翻译文学是一种既不同于外国文学又不同于本国传统文学的第三种文学。译语外国文学研究作为外国文学研究具有强烈的现实性。

与原语外国文学研究的比较性质不同，译语外国文学研究更是一种内部研究，具有本土性。原语外国文学研究是双语研究，本质上是跨文化的语际研究，而译语文学研究则是文化体制内的单语研究，是站在中国文化的立场以中国文化作为知识背景和理论基础的研究，所谓“外国文学”其实是汉语语境中的翻译文学。翻译文学研究的作用和意义主要在于，由于中国近现代文学与相应的中国近现代翻译文学之间存在着深层的联系，因此，研究中国近现代翻译文学对研究中国近现代文学具有比附性，也就是说，研究翻译文学与其说是研究外国文学，还不如说是研究中国文学，它的价值和意义更是指向中国文学的。具体地说，主要表现在以下三个方面：

一、通过研究翻译文学研究中国近代文学和中国现代文学的理论根据和知识来源。中国近代文学在总体上属于中国古代文学类型，但与纯正的中国古代文学如唐诗、宋词、明清小说不同，它是一种已有异质成分的中国古代文学，这“异质成分”就是西方文学，包括内容与形式的诸方面。中国近代文学已显示出了中国文学从古代向现代转型的端倪。中国近代文学是受西方文学影响的中国古代文学，它走的是中国近代翻译文学的路子，它所固守的正是中国近代翻译文学中“归化”的内容，它的“异质”成分正是中国近代翻译文学中“异化”的内容，二者同质同构，并且来源于同样一种知识结构和理论依据，都是以中国传统文化为本位，所不同的是，中国近代翻译文学的异质成分多，且是以异域文本的身份存在，而中国近代文学的异质成分少，是以传统本土文本的身份而存在。从认识论上来说，理解了中国近代翻译文学也就在一定程度上理解了中国近代文学，在这一意义上，研究中国近代翻译文学对于我们认识中国近代文学的理论基础、结构模式和知识来源具有参照价值。因此，过去从“忠实”翻译观出发，以现代翻译标准为准则，认为中国近代翻译充满了误读与误译，因而没有什么价值，并进而把它排斥在“外国文学”研究范围之外（当然也排斥在中国文学研究范围之外），从根本上是错误的。

中国现代文学本质上是西化的文学，不论是在文学思想内容上还是在文学形式上它都深受西方的影响，它和中国古代文学是两种不同类型的文学，二者之间是一种断裂的关系，中国现代文学虽然是中国古代文学在时间上的延续，但它不是从中国古代文学中蜕变出来。现代小说不是中国古代“街谈巷语”的“野史”性质的小说，也不是传奇故事和章回小说；现代诗歌即新诗从根本上不同于中国古代的乐府、格律诗等古典诗词；现代戏剧也不同于中国古代的说唱文学和戏曲。但必须承认二者之间千丝万缕的联系，也就是说，传统的文学观念又通过各种途径和方式浸入现代文学从而深层地影响现代文学。在逻辑过程和结构方式上，中国现代文学和中国现代翻译文学有着惊人的相似，中国现代翻译文学一方面是输入的西方文学，另一方面，西方文学在输入的过程中又深受中国古代文学观念的影响，从而有所“归化”即中国化，例如我们一方面从外国输入小说，另一方面，我们又总是根据我们所接受的中国传统小说的观念对外国小说有意或无意地误读、曲解、改造、创新从而赋予其新的意义和形式。中国现代翻译文学的操作过程可以说就是中国现代文学形成过程的一个缩影。和近代文学与近代翻译文学一样，中国现代文学与中国现代翻译文学也是同质同构。在这一意义上，研究中国现代翻译文学对于我们从理论上认识中国现代文学具有重要的参照价值。

二、通过研究翻译文学研究中国近代文学和中国现代文学的心理历程。历史的表象和历史的本质并非必然性地是同一的，目的和结果总是存在着某种错位。自近代以来，翻译家一直坚信不疑地追求“忠实”，但现在看来，从技术和科学的角度来看，这种追求相当虚幻，翻译中的“忠实”本质上不是一个技术概念而是一个伦理概念。翻译家总是自认为他们的翻译是忠实的，但实际上，谁都不可能做到纯粹的忠实，因为翻译中本来就不存在纯粹的忠实，翻译不可能是把一种语言的内容原本地搬移到另一种语言中去，内容即语言本身，不存在语言之外的所谓内容，所谓“互译性”和“对等性”标准和原则不过是历史地建构起来的。创作也是这样，为什么在文学上要学习西方，是中国文学“落后”吗？是中国文学缺乏艺术性和审美性吗？当时把文学与政治、经济和军事生硬地比附起来，其实缺乏足够的学理基础，即使现在看来，仍然缺乏充分的逻辑依据。中国文学的历史就是在这种匆忙选择后而发生了巨大的变化。胡适本来只是在文学语言工具的层面提倡白话文，本来只是想在文学形式上进行“改良”，但它却意外地起到了思想革命的作用。中国文学从近代向现代转型，在认识上充满误解，其中最多的是对西方文学的误解，这些误解在文学翻译中得到了最为鲜明的反映，中国翻译标准的变化实际上反映了文学观念的变化。这样，研究翻译文学的心理过程也就可以在一定程度上是研究中国文学现代转型的心理过程。

三、通过研究翻译文学研究中国近代文学和中国现代文学的生成过程和逻辑进程。劳伦斯·韦努蒂（Lawrence Venuti）认为："翻译项目不仅构建着独特的异域文化的本土再现，而且因为这些项目针对的是特定的文化群体，它们同时也就参与了本土身份的塑造过程。""翻译通过为'映照'或自我认识过程创造条件来塑造本土主体。"[①] 这就是说，翻译一方面总是按照本土的语言和文化再现异域语言和文化，使异域文学本土化，也即以"归化"的方式重新构建异域文学形态，另一方面，这重新构建的异域文学又反过来深刻地影响着本土文学，在"异化"的意义上构建着本土文学的主体。中国现代文学作为类型就是在翻译的"西化"与"归化"的双重作用下建构起来的。把中国现代翻译文学和中国现代文学进行比较，我们可以看到，二者在结构、形态以及品格上具有惊人的一致。现代翻译文学的选择实际上也是现代文学的选择，现代翻译文学的语言实际上也是中国现代文学的语言，现代翻译的矛盾与困惑实际上也是中国现代文学的矛盾与困惑，中国翻译文学从近代向现代的范式转变过程实际上也是中国文学从近代向现代的范式转变过程。二者交互影响，是一种复杂的关系，一方面现代文学影响现代翻译文学，另一方面，现代翻译文学又反过来建构中国现代文学，二者难解难分。在这一意义上，研究中国现代翻译文学的生成过程和逻辑理路实际上也是研究中国现代文学的生成过程和逻辑理路。

综上所述，我们看到，我们今天通常所说的外国文学实际上是一个综合性的概念，它由原语外国文学和译语外国文学两种性质不同的外国文学组成。现实中，相应地表现为外语学科的外国文学和中文学科的外国文学。在西方文学通向中国文学的道路中，它们处于不同的位置。站在中国文化的本位立场上，它们各有其特殊的价值和意义。它们在性质上具有本质的差别，但又紧密联系，难以决然分开，可以说"异质"而"同构"。

---

① 劳伦斯·韦努蒂：《翻译与文化身份的塑造》，《语言与翻译的政治》，中央编译出版社2001年版，第370、373页。

从一种研究的视角来说，它们并存而互补，对于现实它们各有其作用和贡献。在这一意义上，任何轻视或者贬损中文学科的外国研究或者外语学科的外国文学研究都是错误的，任何抬高一方贬低另一方都是偏见，都是知其一不知其二。

第三节　翻译文学在西方文学对中国现代文学影响关系中的中介性

对于20世纪的中国文学来说，中西方关系构成了其深层的背景，中国现代文学深受西方政治、经济、军事、文化和文学的全面影响，这是公认的事实。所以，以一种比较的意识来研究西方文学对中国现代文学的影响，不论是从历史的层面上来说还是从现实的层面上来说，都有着特别的意义，它对于我们认识中国现代文学的历史渊源和现实品格都具有关键性。在这一意义上，我认为从影响的角度研究外国文学与20世纪中国文学之间的关系，这是中国现代文学研究向深度拓展的一种表现。中国现代文学是深受西方从政治到经济到文化到文学全方位影响的文学，从西方输入的科学、民主、自由等精神以及小说、诗歌、戏剧等文体构成了中国现代文学思想资源和艺术资源，中国现代文学的现代性很多方面都必须从中西关系中才能得到深刻的阐释，中与西、传统与现代，这是研究中国现代文学排解不开的困扰，又是必须面对的问题。回避“比较研究”和“影响研究”，中国现代文学研究就存在着某种缺陷。所以，近年来，从比较和影响的角度研究中国现代文学，取得了丰硕的成果，这应该给予充分的肯定。

但同时也必须承认，中国现代文学研究在比较和影响研究方面取得丰硕成果的同时，对比较和影响本身却缺乏向深度的拓展，表现为过分集中在“事实的联系”上，而对“事实的联系”是如何实现的，通过什么方式和途径实现的，却缺乏理论上的探讨。或者说，我们目前对中国现代文学的比较研究主要限于对影响作为历史现象的描述，而缺乏对这种现象作深入的追问。但对于中国现代文学比较研究来说，更重要的不是中国现代文学是否受了西方文学的影响以及受了哪些影响，而是西方文学是如何影响中国文学的？是通过什么方式实现这种影响的？西方文学本身是一个历史的过程，内涵非常丰富而复杂，是一个非常庞杂的体系，并没有内在的统一性。中国文学向西方学习显然是有选择地接受，但为什么要向西方学习？选择的内在逻辑理路是什么？如何接受，通过什么方式和途径接受，接受到什么程度？接受的效果是什么样的？西方文学在输入中国的过程中为什么会发生变异？变异的个人原因以及更为深广的文化原因是什么？这才是中国现代文学比较研究的关键，才是更为深层的问题。我认为，西方文学对中国文学的影响是通过翻译文学作为中介而实现的，中国现代所接受的是翻译文学即中文化的外国文学而不是原生形态的外国文学，翻译的过程其实就反映了影响的过程。梵·第根说："在两个民族文学交流的方式中，'媒介'应给予重要的地位。媒介为外国文学在一个国家中的扩散，为一个民族文学吸收采纳外国文学中的思想、形式提供了便利。"[①] 研究中国近现代翻译文学作为西方文学对中国近现代文学影响的中介，对于我们认识中国近现代文学的品格以及中国文学的现代转型等重大问题都具有重要的意义。

翻译文学作为中介既体现为一种形态，又体现为一种精神的方式。前者指具体的作品，即外国文学进入中文语境之后表现为翻译文学的形态，"中介"的意思是指，西方文学对中国文学的影响不是通过原语外国文学直接实现的，而是通过翻译文学间接实现的。后者指意识，即内在的心理过程，就是说，西方文学在进入中国语境之后，不仅外在形态上发生了变异，而且在精神上也发生了变异，即西方文学精神中国化了，伴随着西方文学的中文化过程即翻译，中文的精神也被赋予在西方文学中。中国现代文学就是在翻译文学这种外在形态与内在精神的双重影响下发生现代转型的。中国现代文学是在中国从政治到经济到文化全面地向西方学习这样一

① 乌尔利希·韦斯坦因：《比较文学与文学理论》，辽宁人民出版社 1987 年版，第 60 页。

个大的背景下发生的，中国现代文学不论是在文学形式上还是在文学精神上都深受西方文学的影响，但中国现代文学不论是在文学形式上还是在文学精神上都与西方文学具有本质的区别，中国现代文学既具有西方性，又具有中国性，既具有世界性；又具有民族性，既具有异质性；又具有本土性，这里，翻译文学在这种变异中显然起了重要的媒介作用。中国现代文学的民族性、本土性、中国性以及现代性等其实都可以从这里找到根源，可以通过翻译文学的品性及其翻译过程得到深刻的阐释。

中国现代文学深受西方文学的影响，主要是指中国向西方学习，从外在形式上和内在精神上借鉴和模仿西方文学。但不论是借鉴还是模仿，直接面对的都不是原语外国文学，而是翻译文学。究竟是原语外国文学对中国现代文学发生影响还是译语外国文学即翻译文学对中国现代文学发生影响，这是有本质性区别的。从根本上，原语外国文学不同于译语外国文学。翻译虽然根源于原语外国文学，没有外国文学就没有翻译文学，译语外国文学依赖于原语外国文学，但翻译文学有新的根，即译语以及深藏或者说积淀在语言中的本土文学传统和文化背景。文学翻译在语言的转换过程中，语言背后所潜藏的艺术精神、文化精神以及文学意味、思想观念、思维方式等也同语言一道潜移到外国文学中去，所以，文学翻译从根本上不同于科技翻译和日常交际翻译[①]，它不是“等值”或“等效”性质的语言转换，而从根本上是两种文化之间的对话，两种艺术之间的对话，是一种创造性活动。

关于翻译，传统的观点认为，翻译就是把一种语言所具有的内容用另一种语言传达出来。现代翻译学已经充分证明，文学翻译不是原封不动地把一种语言的文学内容搬移到另一种语言中去，翻译文学必然有所“归化”即本土化、民族化。具体于中国近现代翻译文学来说，外国文学一经翻译便脱离了原语的语境以及相应的文化背景而进入了汉语语境以及相应的中国文化背景，这样，翻译文学就不再是纯粹的外国文学，不论是在语

① 关于文学翻译与科技翻译之间的本质区别，参见拙文《翻译本质“二层次”论》，《外语学刊》2002年第2期。

言的性质上还是在文学的性质上以及文化的性质上都发生了根本性变化，具有汉语性和中国性或者说民族性。从文本的角度来说，它是汉语形态，从外在形式上来看，翻译文学更像是中国文学而不是外国文学。从文学接受的角度来说，深层的汉语言以及汉文化、汉文学深深地影响我们对翻译文学的理解和欣赏。我们总是用我们的思维方式和文学经验去理解它，阅读它，我们时时都能意识到翻译文学作品是外国文学，但同时我们又感觉到它像中国文学，好像外国人就是在用汉语写作，就是在用汉语进行表达。从阅读的角度来说，我们更多的是接受中文所传达的信息，我们觉得好或者不好常常与中文的表达有着更为密切的关系。

陈平原曾详细地考察了晚清科普读物和科学小说中有关“飞车”的形象和观念。[①] 现在看来，晚清的这些描述和评论简直令人啼笑皆非，但当时，这些介绍和议论却是“一本正经”的，读的人也丝毫不觉得好笑。我们觉得好笑，是因为我们站在今天的科学和文化本位立场来看，这些描述充满了误解，而议论则多为臆测且缺乏应有的文化警惕性。但这些误解和臆测具有它自身的历史和文化根据，“飞车”作为一种全新事物是中国从未有过的，在当时的知识和文化背景下，人们自然会联想到中国古代的“腾云驾雾”、“列子御风而行”、“奇肱国飞车”并作相应的比附。西方的科学传进中国而变成了神话甚至于迷信，是已有的文化从根本上限制了人们的接受能力和理解能力。夏晓虹详细考察了斯托夫人的《黑奴吁天录》在晚清的误读过程，认为：“因误译而造成的误读，得到的却是正解与正果。”[②] 其实，所谓“误译”和“误读”，本质上是文化使然，是观念使然，是有意为之。今天看来是误译与误读，但当时的译者和读者却并不这样认为，支持他们的是另一种翻译观和翻译标准。钱钟书曾谈到林纾翻译小说的“讹误”问题，[③] 分析非常精彩。虽然钱先生百般为林纾辩解，但从我

---

① 参见陈平原《从科普读物到科学小说——以“飞车”为中心的考察》，《文学史的形成与建构》，广西教育出版社 1999 年版。

② 夏晓虹：《斯托夫人与批茶女士——晚清翻译文学误读之一例》，王宏志编《翻译与创作——中国近代翻译小说论》，北京大学出版社 2000 年版，第 245 页。

③ 钱钟书：《林纾的翻译》，《七缀集》，上海古籍出版社 1994 年版。

们有关翻译本质观的反省的立场来看，钱先生对林纾恐怕还是过于苛求了。中国现代翻译是从晚清走过来的，晚清还没有形成统一的翻译标准，翻译呈现出非常复杂的局面，具有丰富的可能性。在中国近现代翻译刚刚起步，翻译向何处去，如何建立起翻译的标准等一切都还未定时，林纾的翻译恐怕更体现了一种对翻译及翻译标准的探索。用现代的翻译观和翻译标准去衡量，林纾的翻译的确“讹误”很多，但问题是现代翻译观和翻译标准本质上也是假设和历史建构，并没有充分的学理根据。换一种翻译观和翻译标准，林纾的“讹误”可能恰恰是“正解”。也许在后人看来，我们今天的翻译标准和“准确”的翻译同样充满了误解与误译。所以，在文化、知识的差异性和翻译的对等性与互译性难以成立的意义上，“讹误”恐怕是翻译的固有特征，是翻译作为概念的题中应有之义。这样，把外国诗歌翻译成中国的唐诗、宋词和汉乐府，把外国的小说翻译成中国古代的说书、传奇和章回小说，就不能看做是不适当。

由于跨时间、跨空间、跨文化、跨语言，对于文学来说，翻译和原文在价值和功能上存在着巨大的差异，这一点，中外翻译实践和翻译理论已经予以充分的证明。从系统论的角度来看，不同的语言体系形成相应的文化系统，整个民族和国家文学作为一个系统构成了文化系统的子系统，其功能和价值与整个文化系统有密切的关系，把某一部作品从其文学系统或者更为宽广的文化系统中独立出来而置于另一文学和文化系统中，其性质和意义都会发生变化。结构主义认为，作品中每一个词都与同一作品中其他语言成分发生共时性联系，又与体现同一文学标准的其他作品中的词发生历时性关系。具体对于中国现代翻译文学来说，把西方文学作品翻译成汉语，实际上是割断了外国语言之间的词与词、词与语篇之间的联系，割断了其语言与其文化之间的内在的联系，打破了具体作品语言和文学的整体性，打破了具体作品的语言和整个民族语言以及具体文学作品和整个民族文学作品之间的统一性。同时，外国文学作品翻译成汉语时，由于语言的变化，它有了新的具体作品中的词与词、词与语篇、具体翻译作品的语言与整个汉语体系、具体翻译文学与整个中国文学类型之间的整体性和统一性。庞德认为思想几乎不能翻译，或者不能照译，因为如果你真正搞清楚了原作者的思想状况，你可能就找不到相应的词语来翻译了。图里认为："没有哪篇译文能完全被目标文化接受，因为译文总会给系统带来新的信息以及陌生的形式；也没有哪篇译文能跟原文完全一致，因为文化准则总会使原文文本结构发生迁移。"① 波波维奇认为："由于两种文化在思维方式、审美价值上的内在差异，翻译过程中意义丢失、增加或变化都是不可避免的。"② 韦斯坦因说："在翻译的过程中，一些重要的（甚至可以说决定性的）因素——我们不妨称之为'真实性'、'气氛'或'情调'——总是几乎要失掉。"③ 所以美国翻译家弗罗斯特说："诗就是在翻译时从散文和韵文中消失的东西。"④ 解构主义则认为，文本是一个开放的、不完整的体系，没有终极意义，对原作也没有一个绝对的理解，所谓把原作完全弄清楚根本就是不可能的。就是在原语内也存在着多重意义，多种解读，翻译之后其意义更加丰富，任何对原文的理解和翻译都不可能穷尽其可能的意义。

在这一意义上，翻译文学与原语文学有质的区别，翻译文学实际上具有双重性，即原语性与译语性，具体对于中国翻译文学来说，它既具有外国文学性，又具有中国文学性。而于"中国性"来说，又由于时间的不同，性质也存在着差别，总体上来说，中国近代翻译文学具有"古代性"，中国现代翻译文学具有"现代性"。⑤ 所以，文学翻译与科技翻译和日常交际翻译具有根本的不同，它不是技术，不能通过技术的方式予以解决，而本质上是跨文化性质的文学交流、文化交流，具有强烈的人文性。翻译文学作为文学，具有一般文学的普遍性，其中一个很重要的特征就是创造性。文学翻译和文学创作一样，也是一种创造，郭沫若说："翻译是一种创造性的工作，好的翻译等于创作，甚至还可能超过创作。这不是一件平庸的工作，有时候翻译比创作还要难。"⑥ 费尔斯蒂纳认为，真正译诗是不

① 廖七一编著：《当代西方翻译理论探索》，译林出版社 2000 年版，第 69 页。
② 同上书，第 53 页。
③ 乌尔利希·韦斯坦因：《比较文学与文学理论》，辽宁人民出版社 1987 年版，第 58 页。
④ 弗罗斯特：《关于诗艺的对话》，《中外诗歌研究》2001 年 3.4 期。
⑤ 参见拙文《论中国近代翻译文学的"古代性"》，《华中师范大学学报》2000 年第 4 期。
⑥ 陈福康：《中国译学理论史稿》，上海外语教育出版社 1992 年版，第 272 页。

可能的，诗歌翻译实际上是用第二种语言创作一首新诗，“诗歌翻译是双重性的活动——既是批评性的，也是创造性的”[①]，斯坦纳说：“所有的理解同时也是误解，所有的思维与情感上的共识也同样只是歧见。”[②] 所谓“误解”、“歧见”，其实是传统翻译工具观的一种观念，从现代翻译文化观的角度来看，所谓“误解”、“歧见”，恰恰是一种创造。谢天振从文化交流学、诠释学、接受学等不同的角度，列举了大量的翻译事实和理论根据，证明文学翻译是一种创造性叛逆。“文学翻译与文学创作已经取得了相同的意义，文学翻译也已显而易见不再是简单的语言文字的转换，而是一种创造性的工作。”“文学翻译家所考虑的问题已经超出了原作文本的语言问题的框框，他所思考的很多问题许多已经进入了作家的创作领域。”“翻译的创造性质还是有所不同，它属于二度创造，即再创造。”[③] 正是在翻译文学的创造性更准确地说是二度创造的性质上，翻译文学在中西文学交流主要是在西方文学对中国现代文学的影响关系中具有中介性的作用。

根据这样一种对于文学翻译的性质以及中国近现代翻译文学的性质的基本认识，我认为，西方文学对中国现代文学的影响是一个非常复杂的过程。从根本上说，所谓西方文学对中国现代文学的影响其实是翻译文学对中国现代文学的影响。翻译文学的复杂性既是西方文学对中国现代文学影响复杂性的原因，又是表征，中国现代文学在特征、品格和性质上都与中国现代翻译文学在“忠实”与“变异”、传达与创造的双重运作中对中国文学的影响有关。所谓中国现代文学受西方文学的影响，根本上是指中国现代文学接受西方文学，但中国人接受的不是原语的西方文学，而是汉语的西方文学即翻译文学，在这里，就接受而言，翻译文学实际上扮演的是中介者的角色，中国文学向西方文学学习，就是通过这种中介而发生了质的变化，从而既西化、现代化，又中国化、民族化。中国文学受西方文学的影响是通过翻译文学作为中介而实现的，是通过接受翻译文学而实现的。正如谢天振说：“在任何国家里都有一个能阅读原文作品的读者群，

---

① 郭建中编著：《当代美国翻译理论》，湖北教育出版社 2000 年版，第 51 页。

② 廖七一等编著：《当代英国翻译理论》，湖北教育出版社 2000 年版，第 81 页。

③ 谢天振：《译介学》，上海外语教育出版社 1999 年版，第 131、135、134 页。

然而，外国文学的影响却不是通过这批读者产生的，也不是通过其本身直接产生的，在大多数情况下它仍然需要借助翻译才能产生。”[①] 翻译文学的影响包括两个方面，即对读者的影响与对作者的影响，也就是说，读者主要是通过翻译文学而了解和接受外国文学，作家主要是通过翻译文学而了解和接受外国文学并在创作中表现出来。

不论是从作家创作的角度来说还是从一般读者接受的角度来说，影响都是一个复杂的过程，涉及文化背景、语言体系等深层次的问题。在读者这一层面，对于中国现代文学来说，影响的复杂性主要表现在读者选择和接受的主动性以及潜藏在这种个体主动性后面的中国文化和中国文学的主动性。读者的阅读是整个文学活动的一个非常重要的环节，文学阅读和接受对文学创作具有很大的制约性，这是现代阅读学的基本理论。具体于中国近现代来说，中国读者对西方文学的接受有一个逐渐适应的过程，也有一个逐渐改造其性质的过程，也就是说，从接受的角度来说，西方文学在中国实际上是在一种“中国化”与“西方化”的双向价值取向中运作的。对于长期浸染在中国文化和中国文学中的中国读者来说，对于完全陌生化的西方文学，大多数人都难以理解，即使能够理解，也难以接受。所以，鲁迅和周作人早年译的《域外小说集》，在今天看来，明显比同时期的文学翻译要准确，更接近西方的文学形式与文学精神，但这部上下两册的翻译短篇小说集最初却只销售了20多册。林纾本人不懂外文，但他却翻译了大量的西方小说，并且红极一时，广受欢迎，影响了整整一个时代，对中国现代文学也具有深远的影响。严复的名译《天演论》现在看来有很多问题，仅从翻译的准确性和科学性来说，远不及他后来翻译的《群学肄言》、《原富》、《群己权界论》等，但就影响来说，《群学肄言》、《原富》、《群己权界论》等根本无法和《天演论》相提并论。这里，我们可以看到，一方面，西方文学是一种与中国传统文学完全不同的文学，即异质的文学，中国读者对西方文化和文学的了解与理解有一个过程，在这种了解与理解的过程中逐渐适应其精神方式和表达方式。另一方面，中国读者由于根深蒂

① 谢天振：《译介学》，上海外语教育出版社1999年版，第18页。

固的中国文化和文学的思维习惯，又总是用中国的方式去选择、理解和欣赏西方文学，西方文学在中国语境中的西方性又不完全由西方文学本身决定，接受的因素在其中也起了同样重要的作用。

中国文学接受西方文学是通过翻译文学作为中介实现的，但这并不是说中国人包括一般读者和作家就不阅读原文，不直接受原语外国文学的影响，恰恰相反，任何时候都有一批能够读原著的读者和作家，并且这种阅读对于外来文学的传播和对本土文学的影响都具有直接性。但问题的关键在于，中国人阅读原语外国文学作品与外国人阅读原语外国文学作品是有本质不同的，不同的根源就在于语言、文化身份、文学意识和知识背景的不同，中国人总是以汉语的思维方式，以中国文化和文学的习惯去理解和解读外国文学，所以，翻译文学始终以一种无形的方式起着潜在的作用。对于一般读者来说，他们阅读原文，以最直接的方式感受和理解外国文学，但在汉语语境中，外国文学作为一种形态，它的接受最终要以有形或无形的中文和中国文学的方式而存在。就创作的现实而言，作家阅读原语外国文学，直接受原语文学的影响，但作家要把他所接受的影响在创作上表达出来，他必须把他所接受的外国文学方式在写作过程中转化为中国文学的方式，作家的接受意识在深层上仍然是中国文学的。所以，直接读原著并不意味着不受翻译的影响，语境以及文化背景等从深层上规定了影响和接受是以翻译作为中介而实现的，接受的中文方式或者表述的中文方式始终是隐在的。

在这一意义上，外国文学是否能对中国文学发生影响以及如何影响，这与本国的文学状况有密切的关系。佐哈尔认为："翻译作品与多元体系的关系不能简单地分为或主或次，而是可变的，这取决于在文学系统内部运作的特定条件"，他认为有三种使翻译处于主要地位的社会条件，"第一，当一种文学还处于'幼稚期'或处于建立过程中时；第二，当一种文学处于'外围'状态或处于'弱小'状态时；第三，当一种文学正经历某种'危机'或转折时"。[①] 相比较而言，当今中国文学在类型和特征上都保

① 廖七一编著：《当代西方翻译理论探索》，译林出版社 2000 年版，第 65—66 页。

持相对的稳定，外国文学对中国文学的影响相对就小些；而近现代，中国社会文化和文学都处于转型时期，外国文学对中国文学的影响相对就大些。事实上，西方文学的影响对中国文学的现代转型起了非常重大的作用。就中国近现代翻译文学史的情况来[1]看，西方文学对中国文学的影响，中国的接受始终具有主动性，在西方影响大的作品在中国不一定就影响大，在西方是经典的作品在中国不一定就是经典；翻译得好不一定就影响大，翻译得不好不一定影响就小，翻译的质量与影响之间往往并不构成比例关系。

这样，接受和影响就表现为一种复杂的关系。过去，我们只重视西方文学对中国文学的影响而忽视中国文学对西方文学的接受，这是相当偏颇的。其实，所谓“影响研究”的“影响”只是一个视角，在“影响”一词的背后潜藏着某种目的和价值取向，但就过程而言，“影响”其实仍然是一个双向的对话活动，一方面是西方文学的输出，一方面是中国文学对西方文学的接受，并且这两个方面是复杂地纠合在一起的，如何输出影响如何接受，如何接受影响如何输出。翻译文学对中国文学的影响具有双重性，即一方面西方文学作为异质文学对中国文学的影响，其结果是造成中国文学的西化或者“异化”；另一方面则是中国文学以一种强大的力量对西方文学在性质上的影响，其结果是造成西方文学的同化或者“归化”。而不论是“异化”还是“归化”，它都是通过翻译文学实现的，也是在翻译的过程中完成的。所以，研究翻译文学，对于研究中国现代文学特别是其形成的过程以及内在的精神品质，具有认识论上的比附性。

就西方文学与中国现代文学之间的关系来说，影响是非常内在的。是否受影响，不能从表面上的相像或者不相像来进行判断。有的中国现代作家的作品在表现形式、创作方法、风格以及艺术精神上和西方的某个作家的作品都非常相似，但实际上二者之间并不存在影响与被影响的关系，或者至少没有明显的影响或被影响的关系；相反，有的中国现代作家的作品

① 参见拙文《“异化”与“归化”——论翻译文学对中国现代文学发生的影响及其限度》，《江汉论坛》2001年第1期。

在表现形式、创作方法、风格以及艺术精神上和西方的某个作家的作品相距很远，但从写作的实际情况来看，直接影响却很深。同时，影响又是非常深层的。西方文学对中国现代文学的影响，既表现在直接的对艺术手法、创作方法以及结构、情节等的模仿、借鉴、学习等方面，又表现在深层的文学精神的影响上。精神的东西很多时候是不露痕迹的，有时连作家本人也未必意识到了。我们常常说某作家受了某作家或某思潮的影响，大多是根据作品的比较而得出的结论，相像就说是受了影响。其实这是非常肤浅的，并且很不准确。只有三流的作家才会在学习和借鉴中留下非常相像的痕迹，大作家的影响常常是无迹可求的。有的非常相像，但并不存在借鉴关系，有的受影响很深，但却一点也不相像。真正研究影响关系，作家受教育的情况、阅读的情况是重要的根据，要利用传记材料才能弄得比较清楚。当今的比较研究在这方面存在着相当大的缺陷。所以，根据作品的表象来研究影响关系，其实是不得要领的，也是困难的，其中有很多假象。在这一意义上，我们非常强调现代文学研究的比较意识，强调从中国近现代文学的角度去研究中国近现代翻译文学，强调“比较研究”、“影响研究”和“中介研究”。

但比较、影响和中介本身并不是目的，“比较研究”、“影响研究”和“中介研究”的目的是为了更深刻地认识中国现代文学。所以，简单地确立中国现代文学与西方文学之间的“事实联系”是远远不够的，还必须研究中国文学受西方文学影响的这一事实的逻辑关系和历史过程。但目前的中西文学关系史研究对中国现代文学的品格认识似乎并没有多大的帮助。所有的影响和比较研究似乎就是在证明一个论题：中国现代文学是深受西方文学影响的文学。这种对于中国现代文学的基本定性当然是重要的，但仅有这种定位却是远远不够的。更重要的不是确定和证明这一事实，而是从深层上研究中国现代文学是如何受西方文学的影响从而形成现代性文学的。并且，从这样一种中国现代文学与西方文学联系的事实中并不能从根本上证明中国现代文学是现代性的文学，至少并不能从深层上证明，因为，这无论如何只是从一个侧面看问题，材料再多也不能说明中国现代文学与中国古代文学之间的关系。中国现代文学与西方文学之间的关系，这是一个复杂的关系，仅依靠事实是不能把问题从根本上论证清楚的。外国文学的影响对中国现代文学作为类型的形成具有决定性作用，这可以说是公论。但外国文学如何影响中国文学？影响到什么程度？影响是通过什么途径和方式实现的？中国现代文学学界对这些问题却缺乏有深度的研究。现代文学研究总是千篇一律地考证中国现代文学的某一文学观念和创作方法以及艺术手法的外国文学来源，总是千篇一律地把中国某一作家的某种文学观点和创作现象与外国某一作家的某种文学观点和创作现象作比较研究，找出他们之间的共同处从而证明二者之间的影响关系，而对过程则缺乏具体的解剖。本质上，不管这种渊源研究和比较研究有多么仔细和具体，对于影响研究来说，它都是粗糙的，都属于外部研究，属于功能研究。外国文学以什么形态和方式进入中国？中外文学如何相遇？是否有冲突？如果有，在什么意义上构成冲突以及冲突的程度和如何冲突？是否有融合？如果有，在什么意义上构成融合以及融合的程度和如何融合？外国文学是否被误译以及如何被误译？是否被误读以及如何被误读？外国文学资源如何被借用？如何被挪用？如何被赋予新的意义？如何转化和生发？现代文学是如何从这种复杂的局面中衍生出来的？这些问题恰恰构成了中国现代文学生成过程中最重要的步骤，也是最重要的课题。但我们却只研究中国现代文学是从哪里来的，而不研究是如何来的，以为从西方借鉴而来的，就是西方的，很少研究转化的过程以及这种转化对中国文学的影响。

而所有这些问题都可以从作为中介性质的翻译文学中部分地找到答案。所以，中介视角或者中介意识的翻译文学研究对于研究中国现代文学具有重大的价值和意义。通过作为西方文学影响中国现代文学的中介的翻译文学，我们可以看到，所谓一种文学对另一种文学的影响，其关系并不是直接的，就是说，原语文学不能直接对本土文学发生影响，而要通过一定的中介来实现。具体于中国近现代来说，翻译文学本质上是中西两种文学和构成文学背景的更为广泛的两种文化知识以及构成文学和文化的更为深层的两种语言体系的交通、互补、契合、融汇的产物，本质上是一种以汉语和中国文学的方式对西方文学的阅读和诠释，是西方文学的中国化或者说中国文化本位化。翻译文学反映了站在中国文学的立场上对西方文学的一种理解，这个理解实际上反映了西方文学对中国文学的影响关系。如何受影响，我们现在没有心理资料，没有直接的过程材料，翻译文学可以作这种资料。通过翻译文学，我们可以看到外国文学是如何传播进来的，如何实现影响的，可以看到其中哪些中国性的因素对这种影响具有关键性。

事实上，从迄今为止的中国近现代文学历史来看，外国文学对中国文学的影响主要是通过翻译的中介来实现的。中国现代文学史上重要的作家中很多人的外语程度都非常好，他们有很多人都有国外留学的经历，很多人同时又是重要的翻译家，还有很多人是双语写作。他们的翻译其实也反映了他们站在汉语和中国文学立场上对外国文学的一种理解，中国文学、外国文学、冲突、矛盾、融合、创造、转化、生发等其实都可以在他们的翻译中找到痕迹。这样，从翻译观、翻译标准、翻译过程和翻译史的角度来研究“外国文学”并进而研究它对中国文学的影响就具有一种症结性和特别的意义。中国现代文学和中国现代文化以及现代政治、经济一样，走的是学习西方的道路，但是，如何学习西方文学？学习什么与不学习什么？如何选择？西方文学如何进入中国？以何种方式和形态进入？西方文学以汉语的方式进入中国以后，在汉语语境中如何再生产和流通？如何评论和阅读以“外国文学”形态存在的翻译文学？这些都深受中国文化和语言的影响。这样，学习西方文学的理论在实践中就要大打折扣。中国现代文学实际上就是在激进的学习西方文学的理论主张与传统文学强大的实践惰性的双重作用下生成的。所以，中国现代文学实际上是在中西文化的激烈冲突和矛盾下的一种文学选择，是中西差异下的一种文学折中，它既不同于西方文学，也不同于中国传统文学即古代文学，而是一种与二者有着千丝万缕联系的新文学类型。

翻译的标准是历史地建构起来的，建构翻译标准的过程在一定程度上也反映了中国现代文学建构的过程，或者至少反映了影响的过程。翻译文学可以说是影响研究在资料上的“活”的证据，在其中保留了很多接受和影响的具体的细节。翻译文学反映了两种不同文化背景，更准确地说是两种语言体系在翻译的过程中其中的文化信息如何失落、变形、扩展、增生等，某种意义上说，一部翻译文学史，同时也是一部文学交流史、文学关系史和一部文学影响史。因此，我们强调翻译文学在西方文学对中国文学影响关系中的中介性，强调从中介的角度对中国现代文学进行研究。

第四节 论翻译文学的“二重性”

目前我们把翻译文学[①]简单地看成是“外国文学”，我认为这是有问题的。翻译文学究竟属于中国文学还是属于外国文学？究竟如何对它进行定位或定性？这是一个值得深入追问的文学理论问题。本文主要通过重新审视翻译文学的“构成”来对这一问题展开论述。我的基本观点是：翻译文学具有“二重性”，既具有外国文学性，又具有中国文学性。

在20世纪之前，文学理论基本上是实证主义和浪漫主义的，强调文学是作家对社会生活的反映和表现，作家是整个文学的中心，所以，作家的生平、心理、个性、天才、想象、激情、灵感等个人因素构成了文学研究的中心问题。文学研究也研究社会、政治、历史、经济等外在因素对文学的影响，但文学研究中对这些因素的重视，仍然是围绕作家展开的，也就是说，主要是研究这些因素是如何影响作家从而又如何表现在作品中的。到了20世纪，俄国形式主义率先把文学研究的重心从作家转移到作品。俄国形式主义认为，文学的研究中心应该是作品本身，包括作品的语言、形式、结构等。这种转变在法国结构主义和英美新批评那里达到高峰。新批评最大的特点就是把文学研究从作者中心转移到作品中心。他们认为作品是自足的，文学批评主要的任务就是客观科学地对作品进行研究，主要是

① 外国也有翻译文学，但本文所说的“翻译文学”均指称中国的翻译文学，行文中不再一一限定。

对作品的文学形式进行研究。

而随着存在主义、现象学和解释学的兴起，西方文学理论开始从作品中心论向读者中心论转移，这种转移在接受美学那里达到完善，而在后现代主义那里被推到极端。伽达默尔认为，“理解”并非方法论解释学所说的那样是一种达到类似于科学认识的方法，而是真理发生的方式。艺术作品不是一个摆在那儿的东西，它存在于意义的显现和理解活动之中。作品所显现的意义并不是作者的意图而是读者所理解到的作品的意义。正是在这一意义上，对于作品的存在来说，更重要的是读者的理解，读者的理解使作品的存在变成现实。姚斯正是以“解释学”为哲学基础创立“接受美学”的，他认为，文学作品就是在理解过程中作为审美对象而存在的，文学作品的存在展示为向未来的理解无限开放的效果史。文学作品的存在方式不仅与作家与作品、作品与一般社会历史相关联，而且也与读者的接受有关。文学作品从根本上就是为读者的阅读而创作的。读者实质性地参与了作品的存在，甚至决定作品的存在。离开了读者的阅读，作品只是文本，还不是作品。在这一意义上，作品不是纯客观，作品的意义也不是绝对客观的，根据读者的接受不同而不同。

由此我们可以说，在构成上，文学作为活动，它不仅仅只是作家写出了作品，它还包括读者的阅读。如何对作品进行定位和定性，不仅要根据作者的写作意图、写作背景和写作过程，根据文本构成诸如语言、结构等，还要充分考虑读者的参与因素。作品作为文本是固定不变的，属于物质形态，但它的精神品格，也即意义、价值等，却是动态的，具有历史性，因读者的不同阅读而“游移”。而把作者、文本和读者联系起来的纽带就是社会生活。所以美国学者艾布拉姆斯认为，“每一件艺术品总要涉及四个要点”，即“作品”、“艺术家”、“世界”和“欣赏者”[1]，它们构成完整的文学活动过程。

根据这四个因素来重新审视翻译文学，我们很难说翻译文学就是“外国文学”。根据这四个构成因素来看翻译文学，我们也可以说翻译文学是

① 艾布拉姆斯：《镜与灯：浪漫主义文论及批评传统》，北京大学出版社1989年版，第5页。

中国文学，或者说更具有中国文学性。

首先，在作者上，翻译文学当然也是外国作家的作品，但它同时也是翻译家的作品。既然也是翻译家的作品，也就是中国人的作品，我们就很难简单地把它归入到外国文学中去。说《Das Schloss》的作者是卡夫卡，这是没有任何疑问的，但说《城堡》的作者是卡夫卡，我们就要犹豫了。翻译文学实际上有两个作者，一是原作者，一是译作者，而且很难笼统地说哪个更重要或者哪个不重要。原著是原作者创作的，没有原作者当然不行，但没有译者，翻译文学就不存在。站在译入语的立场上来说，译者更重要，因为读者面对的是译著，也是根据译著来判断作品的艺术性的。事实上，我们看到，今天规范的翻译文学作品在"图书在版编目（CIP）数据"中，都是两个层面的作者，一是原作者，一是译者。比如上海译文出版社 1997 年版《城堡》，署"卡夫卡著，汤永宽译"；上海译文出版社 2002 年版《卡夫卡文集》第一卷《城堡》署"高年生译"；安徽文艺出版社 1997 年版《卡夫卡文集》第一卷（即《城堡》）署"卡夫卡著，马庆发、计美娟、李小宛译，林骧华校"；译林出版社 2003 年版《城堡》署"卡夫卡著，米尚志译"；河北教育出版社 2001 年《卡夫卡全集》第三卷（即《城堡》）署"赵蓉恒译"。外国文学作品在翻译之前，版权为原著作者所有，但一旦得到翻译授权，一旦翻译成中文之后，翻译作品的版权就为翻译者所有，就是翻译者的作品。

既然翻译文学是双重作者，既然翻译者对翻译作品具有知识产权，那么，我们还把翻译文学称为"外国文学"，并实质性地把它看成是外国作家的作品，是否还合适呢？翻译文学在创作主体上，实际上是由原作者和译作者共同构成的，这时我们仍然把翻译文学称为"外国文学"，本质上就是取消了译者的著作权，等于不承认译者的劳动，这显然是不合适的。进一步来说，文学翻译家也是文学家，如果把翻译文学归属于外国文学，翻译文学家如傅雷包括鲁迅等，岂不也成了外国作家？

对于英国人乃至英语国家的人来说，莎士比亚的作品指的就是莎士比亚的原著，这没有什么异议，尽管英语也有古英语翻译成现代英语的问题，也有"语内"翻译的问题，但翻译的作品不属于莎士比亚的作品。而对于中国人来说，情况就复杂多了，当我们说“莎士比亚戏剧”的时候，其对象不仅指莎士比亚戏剧原著，也可以指莎士比亚戏剧的中译本。而且对于不同的人来说又呈现为不同的情况，对于非常专业的研究人员来说，“莎士比亚戏剧”就是指莎士比亚的戏剧原著，虽然他们也阅读各种翻译本。对于一般读者来说，他们的“莎士比亚戏剧”事实上或者指朱生豪翻译的《莎士比亚全集》，或者指梁实秋翻译的《莎士比亚戏剧全集》，或者指方平翻译的《新莎士比亚全集》，还可以指曹未风的翻译甚至更早的林纾、魏易的翻译，虽然他们也清醒地意识到这些都是翻译。把翻译文学等同于原著，更有甚者，把从翻译作品中读出来的作品的优劣算在原作者的头上，这当然是一种误解，但这种误解也从另一方面说明了我们所说的“外国文学”的复杂性，翻译文学绝不能简单地算作“外国文学”，在版权的意义上，翻译文学既属于外国文学，也属于中国文学。

其次，在文本的性质上，翻译文学是汉语文本，遵循汉语文学的规则，其思想意义和艺术性都与汉语的表达有关，因而具有中国性。

这深刻地涉及文学翻译的性质问题。什么是翻译？传统的基本观点是：把一种文字的意义用另外一种文字表达出来，或者说，在保持意义不变的情况下把一种语言转化成另外一种语言。对于科技翻译来说，这可以说是没有错的。翻译在物质的层面上和日常生活交际的层面上的确可以做到保持意义不变，因为语言在形而下的物质层面和日常生活层面上本质上是命名，是符号，也即工具。而语言在工具的层面上是可以进行等值或等效转换的，比如“树”就是“tree”；“英语”就是“English”；“USA (United States of America)”就是“美国”；“Ship”就是“船”。它们都是符号，它们之间的差别仅仅是形式上的，并没有实质性的差别。它们可以进行反复的“回译”。但文学作为思想意识形态，作为文化，作为艺术，其翻译就没有这么简单。

文学由于其情感和思想的微妙性，由于其表达的特殊性和极度创造性，翻译不可能等值或等效，不可能在语言变化的情况仍然保持文学内涵的不变。在日常交际的意义上，把“中国”翻译成“China”，在指称和习惯上都没有问题。但一旦“中国”变成一个文化、情感表达的词语时，即变成文学词语时，这种翻译就有疑问了。在汉语里，“中国”有“中央之国”的意思，有一种自大、自豪甚至于唯我独尊的情感因素。而在英语里，“中国”不过是盛产陶瓷的国家。再比如说“您好”，日常翻译是没有问题的，但细细地追求表达和微妙的情感时，就经不起推敲了。金隄先生曾举了一个例子：普通英文信开头的“Dear Mr. Wang”应该如何翻译？翻译成“亲爱的王先生”、“王先生台鉴”、“王先生”、“王先生：您好!”等，作为日常交际，这是没有问题的。但如果从文化和文学上来细细追究，那就有问题了。“原文是一种一般性礼貌、客套，可是译文有的太亲热，有的太生疏，有的略嫌突兀，有的又似乎增添了原文没有的成分。”金先生的结论是：“和原文效果完全相同的翻译，即使在简单的文字中也是很难办到的，甚至往往是不可能的。”[①] 对于这一结论，我有保留地赞同。在科技领域、在物质层面上、在日常生活的层面上，等效翻译在理论上是成立的，在实践上也是可行的。但在文学中，等效翻译在理论上难以成立，在实践上也没有成功的范例。在迄今为止的中国文学翻译中，我们还不能找到一部完全等同于原著的翻译文学作品。

文学翻译之所以不可能等效或等值，这是由文学的特点决定的。文学讲求创造性，在表述上特别是在修辞性的表述上，文学是独一无二的，就是它自己，翻译之后，其表述的修辞性就没有了，或者变成了另外一种修辞，其艺术的独一无二性就没有了。文学的情感非常复杂而微妙，并且有很多言外之意，这种言外之意撒播在特殊的字里行间，本国语言都难以表达，何况是外语，硬性翻译之后其意蕴往往消失得无影无踪。茅盾对“文学翻译”的定义是：“用另一种语言，把原作的艺术意境传达出来，使读者在读译文的时候能够像读原作一样得到启发、感动和美的感受。”[②] “原作的艺术意境”是什么样的，我们在理论上都概括不清楚，谈何“传达”？所以我认为茅盾的“文学翻译”不过是一个理想，根本就不可能做到。把一种语言的文学转换为另一种语言的文学而不改变其性质根本就是不可能

① 金隄：《等效翻译探索》，中国对外翻译出版公司 1998 年版，第 43 页。

② 茅盾：《为发展文学翻译事业和提高翻译质量而奋斗——1954 年 8 月 19 日在全国文学翻译工作会议上的报告》，《茅盾全集》第 23 卷，人民文学出版社 1996 年版，第 311 页。

的。文学翻译不可能像科技翻译那样“忠实”，文学翻译中的“忠实”本质上是一个伦理概念[1]。

文学是语言的艺术，文学的“文学性”就表现在它具体的语言之中，脱离了具体的语言，其“文学性”就会发生变化。所以，出于对艺术的尊重，文学是没有必要翻译的，也是不能翻译的。但为什么还有文学翻译，还要文学翻译，原作者允许翻译，读者需要翻译，并且文学翻译的事业今天可以说仍然兴旺发达。奈达说：“翻译工作就是不顾歌德、施莱艾尔巴顿、马赫和奥尔特加-加塞特这样一些名家的反对意见，将不可能做的事情做好。他们虽然认为翻译是不可能的，但却毫不犹豫地让别人把他们的作品翻译出来。”[2] 我认为奈达的话一定程度上对此进行了解释。这里，歌德等人反对和赞成的实际上是两种不同的翻译：在等值、等效和原文“替代物”的意义上，翻译是不可能的，歌德等人反对的是这种意义上的翻译；但在理解、阐释、介绍和原文“辅助物”的意义上，翻译是被允许的，也是需要的和可行的，歌德等人赞成的是这种意义上的翻译。应该说，只要不把翻译看做是对等的，而把它看做是一种“二度创造”，那么，翻译的存在就是合理的。事实上，至今为止的翻译都是属于后一种翻译。

正是在理解、阐释甚至“重写”的意义上，翻译对于原作来说不过是一种权宜之计，我们能够从翻译中得到原作的某些信息，它能一定程度上满足一般不能读原文但又希望读这些作品的读者的需求，但翻译绝不能替代原文。正是在理解、阐释甚至“重写”的意义上，“翻译不可能有定本”[3]，因为理解和阐释是向未来无限开放的。正是在理解、阐释甚至“重写”的意义上，翻译是一种新的创造，具体地说，是在原作基础上的“二度创造”。所以，郭沫若说：“翻译是一种创造性的工作，好的翻译等于创作，甚至还可能超过创作。”[4] 意思是说，翻译和创作一样具有创造性，其

---

① 参见拙文《论“忠实”作为文学翻译范畴的伦理性》，《外国文学》2004 年第 2 期。

② 奈达：《语言文化与翻译》，内蒙古大学出版社 1998 年版，第 2 页。

③ 许钧：《翻译不可能有定本》，《译事探索与译学思考》，外语教学与研究出版社 2002 年版，第 28 页。

④ 郭沫若：《谈文学翻译工作》，《郭沫若论创作》，上海文艺出版社 1983 年版，第 650 页。

创造性甚至超过创作。许渊冲先生认为文学翻译是"1+1=3"，或者"3-2=2"[①]，这多出来的内涵就是翻译的创造。只要翻译，只要进行语言转换，就必然会有所保留，有所增删，有所创造，这不是主观的问题，不是技术的问题，而是语言、文化和文学使然。

就像中国古代文学翻译成现代汉语之后，不能再算作古代文学而只能算是现代文学一样，我们也可以称翻译文学为"外国文学"，但它是不同于原语外国文学的新的外国文学，即具有"中国性"的外国文学。反过来，我们也可以称之为"中国文学"。当然，它又与本土的中国文学有很大的不同，它毕竟不是从本土自然生长出来，而是从外国文学脱胎而来。由此可见，翻译文学虽然源于外国文学，但它是另外一种文本，它具有自己的文学价值，具有自己的文本独立性。它更具有中国本土性，在形式上更接近于汉语文学。

在所有的艺术中，翻译文学最接近于书法。书法不同于绘画，它必须在汉字的框架内进行创作，无论你多么富于想象性，不能超越汉字本身，你不能把"日"写成"月"、把"虎"写成"羊"。翻译也是这样，它不能脱离原作，必须在原作的框架内进行。既然书法是一门独立的艺术，我们可以把它称为创作，那文学翻译为什么不是一门独立的艺术呢？为什么不能是创作或者具有创作的性质呢？

第三，在读者上，翻译文学的阅读对象是本土读者，中国读者隐含性地决定了翻译文学本质上是一种中国性的文学存在。

从根本上来说，我们实际上是把翻译文学当作中国文学、当作汉语文学来阅读和理解的。在功能上，它也是本土化或中国化的，也即对中国现实、中国文学发生作用和意义。所以，在读者的层面上，从阅读到理解到效果，翻译文学都是扮演"中国文学"的角色，并且实质上与"中国文学"无异。王向远曾提到一种现象，"长期以来，中学语文课本中的外国文学的课文，很少注明翻译者，至多是将译者放在小字号的注释中，而不让他与原作家并肩署名，给学生的印象似乎是《海燕》、《套中

① 许渊冲：《文学翻译：1+1=3》，《文学与翻译》，北京大学出版社2003年版，第108页。

人》、《欧也妮·葛朗台》、《警察与赞美诗》等等，都是外国人直接写汉语写成似的”。[①] 岂止是中学语文课本不注重译者，一般选本也很不注重译者；岂止是学生感觉读翻译作品是在读外国作家用汉语写的作品，一般读者也是这种感觉。不重视译者当然是造成“误读”的一个重要原因，但“误读”的根本原因还在于翻译本身，文学翻译本身就是一种“误”，“误读”对于翻译文学的接受来说，可以说是正常的。“误读”于翻译文学的性质来说，具有“本体”性。

外国文学在通向中国的“旅途”中，从选择到翻译到接受，都有“预设”性，即为中国的社会现实服务，为中国的文学发展服务，为中国的读者服务。文学翻译，一方面当然是输入新的文学以便改造中国文学，为中国文学发展提供借鉴，但另一方面更要契合甚至迎合中国读者，因而必然会中国化、本土化。事实上，汉语语境以及本土文学经验对于翻译文学始终具有制约性，或者说，翻译在读者接受的层面上始终是在汉语语境和本土经验的范围内运作，不能超越也不可能超越这一范围。比如，翻译文学在语体风格、叙事方式、故事类型等方面都必须充分照顾中国读者，否则的话就很难为中国读者所接受。纵观自近代以来的中国翻译文学史，我们看到，“外国文学”在中国的影响和地位，并不完全取决于它自身的特点和艺术价值，也与它本身的文学史地位没有必然的关系。很多外国作品在“本国”文学史上非常有地位，艺术价值很高，影响也很大，但在中国却并没有什么影响，评价也不高；相反，有些外国作品在“本国”文学史上地位并不高、艺术性也不强，并不是经典，但在中国却广为人知，并对中国文学发生了深刻的影响。有的外国文学作品，在原文上很难懂，很晦涩，母语读者都难以卒读，但翻译之后中国读者读起来却感到很顺畅，很轻松；相反，有的外国文学作品，原文通俗易懂，但翻译之后却让人觉得佶屈聱牙。这当然与翻译的技术有关，但同样也与中国人的文学习惯和接受心理有关。

正是从接受的角度，文学翻译必须充分考虑读者的阅读习惯和接受能

---

① 王向远：《翻译文学导论》，北京师范大学出版社 2004 年版，第 11 页。

力。在中国近代，林纾那种翻译，即文言的、古雅的、中国古典文学式的翻译，最受欢迎，最能为中国读者所接受，所以，“林译”在当时影响巨大。相反，白话口语方式的翻译比如魏易的翻译，虽然可能更准确，但却是不入流的，难登大雅之堂，连面世的机会都没有。而直译的、高度西方化的、更符合原作艺术形式和艺术精神的翻译，比如鲁迅和周作人合译的《域外小说集》则是不合时宜的，因而不能通行。相反，五四新文化运动以后，文学发生了改朝换代，新文学成为主流文学，林纾那种翻译不仅不能再通行，甚至是否还是翻译都成了问题。站在新文学的本位立场上，林纾的翻译只能算作“编译”或“改写”，或者是“错误”的翻译。

在读翻译文学时，我们虽然意识到它是外国作家的作品，但我们事实上是在读中文作品，我们对作品的感受、体会都是以中文方式进行的，我们所得到的作品的艺术价值也是来自于中文的表达。我们感到外国文学作品是在用中文表达，我们欣赏其表达。我们总是把翻译文学当成中国文学来阅读，我们总是按照我们自己对生活的理解，按照我们自己的生活习惯，按照我们自己的逻辑思维方式，按照我们的社会和个人需求来阅读翻译文学，所以，从阅读的角度来说，翻译文学具有中国文学性。可以说，翻译文学的性质在阅读中悄悄发生了改变。

第四，在社会生活方面，翻译文学是在汉语语境下运作，是在中国社会生活和文学生活中运行，它的意义和价值以及作用方式都深受中国社会和中国文学的制约，从而具有中国性。

人具有共同性，世界具有相通性，人的生活具有相通性，思想文化具有相通性，这就是陆九渊所说的“心同理同”。正是在“通约”的基础上，外国文学能为中国人所理解、所接受、所喜好，并引起共鸣。但另一方面，人也好，生活也好，文化也好，又存在着巨大的差距，这种差距不仅深刻地影响文学翻译，而且深刻地影响翻译文学在中国的运行、作用和意义。外国文学在原语中，受它自己的文化传统、文学传统和现实语境的制约，有它自己的意义体系。但外国文学一旦翻译成中文之后，它就脱离了原来的语境，就被置于汉语语境之下，就被纳入到汉语文学的体制之中，从出版到消费到批评和定位，都是按照中国文学活动的规则来进行。它的意义不仅与翻译文本有关，同时还深深地受制于中国文化和文学传统，中国现实的政治、经济以及具体的时代氛围等因素，它的意义实际上是在翻译文本与中国社会现实的对话中重新生成的。这样，翻译文学就在传播的过程中发生了演变，变成中国文学文本，所谓“橘生淮南则为枳”是也。

以苏联作家奥斯特洛夫斯基的《钢铁是怎样炼成的》为例。以一种更为宏观的眼光来看，在世界文学史上，奥斯特洛夫斯基并不是一位非常突出的作家，其代表作《钢铁是怎样炼成的》也并非世界公认的杰作。但翻译成中文之后，却受到异乎寻常的欢迎，其影响和地位远远超出很多世界经典名著，甚至超越了它在苏联的影响和地位。《钢铁是怎样炼成的》在苏联是 1934 年出版，首次翻译成中文是 1937 年，在至今约 70 年的时间内，翻译加上各种“缩写”、“改写”不少于 30 种，仅 20 世纪 90 年代到 21 世纪初，就有 20 多个版本[①]。发行量更是惊人，我们可摘录一些数据：“以 1994 年漓江出版社出版的《钢铁》为例，在短短的半年时间，就印刷了三次，多达 18 万册。”[②] “仅在我国，1942—1995 年间，共印刷 57 次；发生量 250 万册。”[③] “中华人民共和国成立头五年中，这本书再版了 246 次，发行量超过一千万册。” 60—70 年代，“此书再版了 25 次”，“在改革的 20 年中《钢铁是怎样炼成的》在中国又再版了 32 次，发行量近 150 万册”。[④] 梅益、刘辽逸译本，“1952 年一次就出过 50 万本”，“到 1965 年，该书共印 46 次，印数达 136.9 万册。”[⑤] 当然，这些数据不一定准确，比如新中国头五年，就再版了 246 次，这个数字肯定有误。另外，有些“印刷”的次数显然当成了“出版”的次数。但《钢铁是怎样炼成的》在中国

① 张中锋：《近年来学术界有关〈钢铁是怎样炼成的〉争论述评》，《河南师范大学学报》2002 年第 5 期。

② 同上。

③ 郭莹：《精品的启示——由〈钢铁是怎样炼成的〉热销所想到的》，《中国图书评论》2000 年第 4 期。

④ 奥克萨娜·卡萨特金娜：《保尔·柯察金依然是偶像，但仅仅是中国青年的偶像——难道〈钢铁是怎样炼成的〉将成为外国文化，而不是俄罗斯文化的宝贵财富了？》，《俄语学习》2000 年第 4 期。

⑤ 方长安、卢松芳：《〈钢铁是怎样炼成的〉在新中国“17 年”的传播研究》，《广东社会科学》2006 年第 4 期。

影响巨大、地位崇高，这却是不争的事实。

为什么？这显然与中国的社会现实有关，与政治意识形态特别时代精神有关，更与生活哲理有关。方长安、卢松芳认为："主流意识形态的倡导是该书畅销的重要原因。《钢铁是怎样炼成的》在情节安排上将个人命运与现代革命相结合，以个人成长表现民族历史，歌颂无产阶级思想，这种结构方式与思想主题，与新中国对于民族现代革命历史的表述逻辑、叙事倾向相吻合，有助于生产新的社会主义话语。"[①] 这是很有道理的。正是因为如此，翻译《钢铁是怎样炼成的》充满了政治色彩，比如梅益在1938年翻译它实际上是当时八路军上海办事处负责同志刘少文代表党交给他的一项任务。但中国的革命和政治生活环境显然只是其在中国进行意义重新生成的一个方面，它在中国获得广泛的认同，其深层的原因则是中国人的生活态度和价值追求，追求进步，通过社会贡献达到自我价值的实现，通过"大我"实现"小我"，这是20世纪中国社会的主流观念。正是因为这样，在中国社会现实语境中，《钢铁是怎样炼成的》不仅是一部具有浓厚政治色彩的小说，同时也是一部普通的生活哲理小说。很多人把它当成了个人奋斗、个人成长，实现个人价值的生活教科书。小说主人公的名言："一个人的生命是应当这样度过的：当他回首往事的时候，他不会因为虚度年华而悔恨，也不会因为碌碌无为而羞耻；这样，在临死的时候，他就能够说：'我整个的生命和全部的精力，都已献给世界上最壮丽的事业——为人类的解放而斗争。'"既可以进行政治的解读，也可以作一般生活意义的解读。对于所有不愿意虚度年华的人来说，这句话都有启迪意义。

正是因为社会生活不同，中国的《钢铁是怎样炼成的》不同于苏联的《钢铁是怎样炼成的》，在语境、传播、运作机制的意义上，它的性质发生了变化。它超出了原著在苏联语境中的意义，而有了新的意义、作用和价值。这种新的意义、作用和价值，与其说是文本本身所固有的，还不如说

① 方长安、卢松芳：《〈钢铁是怎样炼成的〉在新中国"17年"的传播研究》，《广东社会科学》2006年第4期。

是中国的社会生活所“赋予”的，我们看到，经过多次的翻译、改写、缩编、改编以及评论，《钢铁是怎样炼成的》附着了太多中国社会的政治内涵和时代精神，附着了太多中国文化和文学品格，积淀了太多中国人的情感和思想。可以说，正是中国社会生活重新塑造了《钢铁是怎样炼成的》，使它变得中国化，具有中国现代文学的特征。

综上所述，我的基本观点是：翻译文学虽然源于外国文学，但它更是译者的作品。与原语外国文学相比，翻译文学是汉语文本，更具有中国文学特性。读者对象也发生了根本性的变化，它不再是给外国人看的，而是给中国人看的。外国文学一旦被翻译成中文之后，就在中文语境中运行，它的意义和价值以及作用，都深受中国社会现实生活的影响，从而变得中国化。所以，翻译文学具有“二重性”，既是外国文学，也是中国文学。站在中国文学的立场上来说，我们可以说，翻译文学也属于中国文学。

第五节　重审中国现代翻译文学的性质和地位

反思文学史，寻找现代文学研究新的“生长点”，一直近20年来中国现代文学研究的热门话题。从理论上来说，现代文学研究的突破主要在两方面：一是观念上的突破、思维方式和方法上的突破、学术范式的突破，这种突破往往导致对中国现代文学现象进行重新研究和定位，对作品进行重新解读和认识。二是材料上的突破，比如发现新的文学史料，发掘出新的文学现象从而拓展研究领域。当然，这两个方面常常是紧密地联系在一起的，扩大研究范围、开掘新的研究领域往往是以新的理论和观念作为基础的。

回顾近20年中国现代文学研究，我们看到，“现代性”，中西文学关系，钱理群等人提出的“20世纪中国文学”，陈思和、王晓明发起的“重写文学史”，陈思和提出的“新文学整体观”等研究，都可以说是反思文学史重要的成果。而近年来，现代文学的研究范围则取得了重要的突破，比如关于旧体文学、通俗文学、文学期刊的研究，成绩突出，突破了中国现代文学研究的旧有思路和格局，大大拓展了中国现代文学的研究范围。正是这些观念和范围的突破，深刻地改变了中国现代文学史的面貌，推动着中国现代文学研究向前发展。

就中国现代文学史的对象和范围来说，我认为还有一个领域被忽略了，这就是翻译文学。这同样深刻地涉及文学观念和文学史观念的问题。翻译文学究竟应不应该入中国现代文学史？这是一个值得深入探讨的问题。我认为，翻译文学虽然有别于创作，但从文学活动构成的“四因素”[①]来看，它具有中国文学性，我们可以称之为“外国文学”，但它与原语和原语境的外国文学有根本的区别。就中国现代文学活动来说，它与创作深深地交融在一起，具有一体性，它是中国现代文学的一种特殊形态，一种不同于创作和批评的形态，所以它应该入中国现代文学史。

在当代，文学翻译已经变成了一种专业，一个“学科”，一个具有相对独立性的学科，不再是纯粹的文学事业，同时也是学术事业。文学翻译或翻译文学已经越来越脱离于中国当代文学创作，人们已经习惯于翻译外国文学，而忘记了最初翻译外国文学的意义和目的。翻译文学对当前的文学现实有多大作用？对当今的文学创作有什么意义？对当代中国社会现实有什么实际价值？怎样翻译才能让中国的读者接受？这些已经不是当代文学翻译重点考虑的问题。当代文学翻译重点考虑的是如何翻译，怎样翻译才更忠实于原著，更多的是考虑被翻译的对象在外国文学史上及至整个世界文学史上的地位，也就是说，更多的是从外国文学学科这一角度来考虑问题的。“纯粹性”、“经典性”可以说成了当代文学翻译选择的最高标准。但中国现代的文学翻译不是这样。

中国现代翻译文学总体上依附于中国现代文学，不具有独立性。在现代时期，文学翻译与文学创作之间的关系要比现在紧密得多，很深地纠缠

---

① 即“作品”、“艺术家”、“世界”和“欣赏者”四因素。参见艾布拉姆斯：《镜与灯：浪漫主义文论及批评传统》，北京大学出版社 1989 年版，第 5 页。

在一起，互相渗透。外国文学始终是推动文学创作的重要动力，而外国文学对中国文学的影响就是通过翻译文学的中介来完成的，并且如何影响、影响的程度以及影响的方式等都与翻译有着直接的关系。在那时，学习外国文学是普遍的风气，学习是革命的象征，是进步、光荣的事情。正是在向西方文学学习的过程中，中国文学发生了现代转型，才有了既与西方文学有着深刻的联系又不乏自己特色的中国现代文学。也正是学习和借鉴这一根本目的决定了中国现代翻译文学不具有主体性，因为翻译外国文学，输入外国文学从根本上是为了现代文学的发展，而不是为外国文学本身。郑振铎曾引日本文艺批评家小泉八云的话："外国文学的研究的唯一价值乃在于他们的对于你用本国文字发表文学的能力的影响。"[①] 这其实也很好地概括了中国现代翻译文学的特点。

一般认为，新文学最早是从新诗开始的，而最早的新诗是胡适的《尝试集》，在《尝试集》中，按照胡适自己所说的，《关不住了》是他"新诗成立的纪元"[②]，但实际上，这首诗本质上是译自"美国 Sara Teasdale 的 Over the Roofs"[③]。作为中国现代诗歌的"纪元"性作品，竟然是翻译作品，作为"事件"这具有象征意义，它深刻地说明了中国现代文学创作与文学翻译之间的渊源关系。实际上，现代文学史上的"译"、"作"不分，胡适并不是个别现象，直到 20 年代的冯至仍然存在这种现象，比如《北游及其他》(1929 年出版) 是冯至的一本诗集，不论是冯至本人编的"选集"还是后人编的"全集"，它都是归类于冯至的创作，但其中却收录了五首译诗。[④] 现代翻译文学虽然不像近代翻译文学一样普遍地"译"、"作"不

① 郑振铎：《翻译与创作》，《郑振铎全集》第 15 卷，花山文艺出版社 1998 年版，第 192 页。

② 胡适：《〈尝试集〉再版自序》，《胡适文集》第 9 卷，北京大学出版社 1998 年版，第 84 页。

③ 胡适：《关不住了》，《胡适文集》第 9 卷，北京大学出版社 1998 年版，第 135 页。关于胡适诗歌翻译及与创作之间的关系，廖七一先生有详尽的研究，参见《胡适诗歌翻译研究》，清华大学出版社 2006 年版。

④ 关于现代文学中作家"创作集"中收入译文的现象，秦弓《论翻译文学在现代文学史上的地位——以五四时期为例》一文的"结论"中有所论述，他引周作人的解释很能说明问题，不妨转引如下："我相信翻译是半创作，也能表示译者的个性，因为真的翻译之制作动机应当完全由于译者与作者之共鸣，所以我就把译文也收入集中。"《文学评论》2007 年第 2 期。

分，但在总体上，创作与翻译深层地纠缠在一起，具有一体性，二者是互动的关系，其影响与渗透难解难分。脱离了创作，我们不能很好地理解翻译文学；反过来也是这样，脱离了翻译文学，我们不能很好地理解和研究现代文学创作。

在中国现代时期，文学创作与外国文学“近”而与中国文学“远”，或者说，在性质和关系上，文学创作更亲近于外国文学而疏离于中国文学，原因很简单：当时的文学创作主要是学习西方文学，不论是从精神上还是艺术形式上，都与西方文学的中国表述——翻译文学——更接近。而当时的“中国文学”主要是指中国古典文学，它恰恰是中国现代文学所反抗和叛逆的，所以，文学创作与它更疏远。有一则逸事：1925 年，李健吾考上清华大学国文系，第一天上课，朱自清点名点到李健吾，问他是不是那位经常在报纸上发表作品的李健吾，李健吾回答是，然后朱自清对他说：“看来你是有志于文学创作喽，那你最好去读西语系，你转系吧。”① 这个故事同样具有象征性，它深刻地说明了中国现代文学创作与外国文学（主要表现为翻译文学）之间的紧密关系：文学创作与文学翻译具有一体性。

中国现代文学创作与文学翻译的一体性突出地表现在作家和翻译家的一体上。我们看到，中国现代文学史上的重要作家，大多同时也是翻译家，鲁迅、郭沫若、茅盾、巴金、冰心、冯至、周作人、梁实秋、戴望舒、穆旦、瞿秋白、卞之琳、萧乾、徐志摩、朱光潜、梁宗岱、夏衍、周扬、周立波等，都可以称得上是翻译大家。很多作家的翻译都可以和创作相提并论甚至在成就和数量上都超过创作，比如鲁迅、卞之琳、萧乾、梁实秋等人的翻译和创作在字数上大致相当，成就上也可以说不相上下。而戴望舒、穆旦等人的翻译在字数上要远远超过创作，在成就上也很高。比如戴望舒的诗歌翻译是他诗歌创作的四倍，小说翻译约有 150 万字，而他自己的小说创作，《戴望舒全集·小说卷》收录的仅三篇，不足五千字。

① 这则材料来自于韩石山：《纵横谁是李健吾》，《韩石山文学批评选》，书海出版社 2004 年版，第 109 页。又见《在外国文学里乞食》一文（第 269 页）。本人没有找到原出处，如有出入或不准，敬请批评指正。

而傅雷、曹靖华、汝龙、罗念生等人在文学史上的地位则主要是因为他们的文学翻译。

而更重要的是，文学翻译对这些作家的文学创作造成了最直接也是最深刻的影响。鲁迅受果戈理的影响、郭沫若受歌德和惠特曼的影响、冰心受泰戈尔的影响、冯至受里尔克的影响，等等，这都是公认的事实。而在这种影响中，翻译具有中介性。翻译可以说是最直接、最实在的影响，也是最深层的影响。作家翻译的过程也可以说是全方位学习和训练的过程，正如卞之琳评论戴望舒的翻译所说："他翻译外国诗，不只是为了开拓艺术欣赏和借鉴的领域，也是为了磨炼自己的诗传导利器。"[①] 蹇先艾说："翻译倒正是一个休养与培养创作力的好机会，不惟可以不至于使自己的写作的技术变得很生疏，而且还能多少学到一些名家的巧妙手法。"[②] 文学翻译，不仅要对原著从内容到形式进行反复的体味、琢磨，体验其文学性，还要仔细斟酌如何用中文进行有效的表达，对于中国现代文学中的许多作家来说，这种文学体验和表达实际上就是创作的模仿和准备，它会对作家的创作从思想观念到思维方式到艺术表现等各方面都发生潜移默化的影响。

纵观中国现代文学史，我们可以看到，很多作家的文学翻译和文学创作是互动的，同步调的。比如戴望舒，对他有相当了解和理解的施蛰存说："戴望舒的译外国诗，和他的创作新诗，几乎是同时开始。""望舒译诗的过程，正是他创作诗的过程。"[③] 其重要的依据就是："初期的戴望舒，从翻译英国颓废派诗人道生和法国浪漫派诗人雨果开始，他的创作也有些道生和雨果的味道。中期的戴望舒，偏爱了法国的象征诗派，他的创作就有些保尔·福尔和耶麦的风格。后期的译诗，以西班牙的反法西斯诗人为主，尤其热爱洛尔迦的谣曲，我们也可以在《灾难的岁月》中，看到某些

---

① 卞之琳：《翻译对于中国现代诗的功过》，《卞之琳文集》中卷，安徽教育出版社 2002 年版，第 551 页。

② 蹇先艾：《翻译的尝试》，《蹇先艾文集》第 3 卷，贵州人民出版社 2004 年版，第 286 页。

③ 施蛰存：《〈戴望舒诗全编〉引言》，梁仁编《戴望舒诗全编》，浙江文艺出版社 1989 年版。

诗篇具有西班牙诗人的情绪和气质。”[①] 卞之琳也表达过大致相同的意见，他更加具体，说法稍有不同：“就成果看，他在诗创作的正与内容相应的形式上的变化过程和他译诗的变化过程确是恰好一致。他用有韵半格律体写他的少作诗，截至《雨巷》为止，正是他用类似的体式译陶孙和魏尔伦的时期，他用圆熟的自由体表现更多的现代感性而写以《望舒草》一集为主的大部分诗，正是他译法国后期象征派果尔蒙、耶麦等人的时候；后来他用多半有韵的半自由体选择西班牙诗人、‘抗战谣曲’、特别是洛尔迦的时候，他自己也就这样写了一些抗战诗。”[②] 有意思的是，卞之琳本人也这样，他自己承认，他的文学创作和他的文学翻译是“同步”[③] 的。

事实上，比较中国现代作家的作品和他们的文学翻译，我们可以找到大量相似性的文本，在很多作家的作品中，我们能够看到他们的翻译作品的影子和痕迹，当然这种影子和痕迹是多方面的，可能是思想观念上的，也可能是结构上的，也可能是意象上的，等等。我们可以找到大量翻译与创作相似的例子。比如冯至的《十四行集》第二首有这样的诗句：

我们安排我们在这时代
像秋日的树木，一棵棵

把树叶和些过迟的花朵
都交给秋风，好舒开树身
伸入严冬；……[④]

而他早些翻译的里尔克的《秋日》中，有这样的诗句：

① 施蛰存：《〈戴望舒译诗集〉序》，《戴望舒译诗集》，湖南人民出版社 1983 年版。

② 卞之琳：《翻译对于中国现代诗的功过》，《卞之琳文集》中卷，安徽教育出版社 2002 年版，第 550—551 页。

③ 卞之琳：《从〈西窗集〉到〈西窗小书〉》，《卞之琳文集》下卷，安徽教育出版社 2002 年版，第 604 页。

④ 冯至：《十四行集》，《冯至全集》第 1 卷，河北教育出版社 1999 年版，第 217 页。

把你的阴影落在日规上，
让秋风刮过田野。

让最后的果实长得丰满，
再给它们两天南方的气候，
迫使它们成熟，
把最后的甘甜酿入浓酒。[①]

把两首诗作一比较，我们看到，冯至的诗在语句、笔法上，在结构立意上，在意象上都与里尔克的诗有某种相似，我们甚至忍不住联想冯至的《什么能从我身上脱落》整首诗就是从里尔克《秋日》脱胎而来，当然，冯至的这首诗比里尔克的《秋日》主题更集中，更精粹，不论是在思想上还是在艺术上都有很大的提升。对于冯至来说，他也许并没有有意识地学习里尔克，但冯至非常推崇里尔克，里尔克的诗对他有很深的影响，从而在创作中潜意识地表现出来，这却是很自然的。

穆旦深受现代英语诗人的影响，这也是公认的事实。江弱水曾详细考察了穆旦诗歌与现代英语诗歌特别是与奥登诗歌的关系，他的结论是："在穆旦的诗集里，触目皆是奥登留下的痕迹，且经常不加掩饰。""穆旦的诗思经常并不享有独立自主的知识产权。好多在我们认为是原创的地方，他却是在移译，或者说，是在'用事'，也就是化用他人的成句。"[②]江弱水并具体对比了穆旦的《饥饿的中国》（三）和穆旦翻译的奥登的《西班牙》两首诗来说明他的观点。30年代末期穆旦在西南联大外语系读书时，对英国现代诗歌产生了强烈的兴趣与爱好，反复研读和揣摩，自然，艾略特、叶芝、奥登等人的诗歌对他产生了潜移默化的影响，这种影响通过中文创作表达出来时就表现出一种翻译的形态，这大概就是江弱水所说的"移译"和"模仿"。事实上，把穆旦40年代写作的诗歌和他70年

---

① 里尔克：《秋日》，冯至译，《冯至全集》第9卷，河北教育出版社1999年版，第431页。

② 江弱水：《中西同步与位移——现代诗人丛论》，安徽教育出版社2003年版，第132、129页。

代翻译的《英国现代诗选》进行对读，我们感觉二者的确有太多的相似性。对于穆旦来说，翻译与创作是相互影响的关系，它们深深地纠缠在一起，具有一体性，很难决然地分别开来。当然，学习和借鉴在中国现代文学史上是非常普遍的，也是很正常的，中国现代文学就是在学习和借鉴西方文学的过程中发展并逐渐成熟起来的，发现了穆旦与现代英语诗歌之间的渊源关系，这丝毫构不成对穆旦的否定。

事实上，鲁迅也是这样。把鲁迅的作品和他翻译的作品进行对读，我们总是感到有很多似曾相识，语句上的、语势上的、意象上的、结构上的，思想和观念上的，等等。当然，这种相似性同样也是相互的，就是说，鲁迅的文学翻译影响了他的文学创作，反过来，他的文学创作又会影响他的文学翻译，二者交互在一起。对于鲁迅来说，他的文学活动从来都是两方面的，一方面是文学创作，一方面是文学翻译，我们今天把这二者区分得很开，鲁迅的翻译甚至连进《鲁迅全集》的资格后来都被“剥夺”了，但对于鲁迅本人来说，分别却并不像今天这样明显，它是有机地融合在一起的，外国文学对于鲁迅来说可能已经变成了潜意识和无意识，他自己恐怕也说不清楚哪些因素是学习和借鉴而来，哪些因素是独创。同样我们也应该为鲁迅的学习和借鉴进行辩护，我们说鲁迅受到了西方文学的影响，比如鲁迅的《狂人日记》借鉴了果戈理《狂人日记》，这丝毫不损鲁迅的伟大。世界上任何一个伟大的作家都要学习和借鉴前人与别人的创作，并且，学习和借鉴与他本人的成就通常是成正比例的。鲁迅的伟大就在于，他一方面大胆地向西方文学学习，这种学习使他站在一个很高的基础上；另一方面他又充分吸收民族文学遗产，在汇通中外文学的基础上创新，从而开一代新风，开辟了中国文学新的道路，即现代文学的道路。

翻译文学在现代时期实际上扮演着新文学的先锋作用，它深刻地影响创作。鲁迅、冯至等人在翻译中学习外国文学，这可以说是直接受外国文学的影响，而直接阅读翻译文学，间接地接受外国文学的影响就更普遍，正如冯至所说：“中国新诗人能够直接读外国诗的只是一部分，有成就的诗人中通过译诗，或通过理论的介绍，间接受到外国诗影响的也不在少数。”[①] 而且，翻译的方式以及翻译的好坏直接影响新诗的方式以及新诗的好坏，卞之琳也说：“‘五四’以来，我们用白话译西方诗，除了把原来的内容、意义，大致传达过来以外，极少能在中文里保持原来面貌。不能读西方诗原文的读者就往往认为西方诗都是自由诗，或者大都是长短不齐，随便押韵或一韵到底的半格律诗，或相反，也就是‘方块诗’，有些写诗的也就依样画葫芦，辗转影响，流弊可知。”[②] 翻译不仅导致新诗的产生，还制约着新诗的发展，卞之琳说：“西方诗，通过模仿与翻译尝试，在‘五四’时期促成了白话新诗的产生。在此以后，译诗，以其选题的倾向性和传导的成功率，在一定程度上，更多地介入了新诗创作发展中的几重转折。”[③] 新诗的发生与译诗有关，新诗的发展与译诗有关，新诗的优长与译诗有关，新诗的弊端同样与译诗有关，由此可见翻译文学与中国现代文学之间的密切关系。西渡详细考察了现代中国诗歌翻译与创作之间的关系，他的判断是：“创作与翻译的关系，翻译是先导性的，对创作起着引领的作用，而创作是被翻译所引导和推动的。”[④] 我认为这是非常有道理的。

中国现代文学翻译与创作深深地纠缠在一起，不仅表现在作家与翻译家的一体性上，还表现在整个文学活动的一体性上。在中国现代时期，文学还不具有现代意义上的分科，文学创作、文学翻译、文学批评、文学研究包括文学史研究和文学理论研究，它们是一体的，其联系是自然性的，是有机的。其中文学创作是核心，其他都可以说是文学创作的衍生，甚至于为创作服务的。正是因为如此，那时候很多文学翻译家、文学批评家以及一部分文学研究学者都是从作家中产生的，或者说具有创作的背景。比

① 冯至：《中国新诗和外国诗的影响》，《冯至全集》第5卷，河北教育出版社1999年版，第182页。

② 卞之琳：《新诗和西方诗》，《卞之琳文集》中卷，安徽教育出版社2002年版，第503页。

③ 卞之琳：《翻译对于中国现代诗的功过》，《卞之琳文集》中卷，安徽教育出版社2002年版，第551页。

④ 西渡：《翻译·创作·民族性》，《文学前沿》第5辑，首都师范大学出版社2002年版，第117页。

如鲁迅、郭沫若、茅盾都可以说是“四位一体”，并且在四个方面都卓有建树。而大多数作家都是身兼三职。不像今天，作家是自然产生的，而学者和翻译家是大学专业训练出来的，并且，文学创作、文学研究和文学翻译，“三权分立”，相互隔绝，互不联系。

中国现代文学活动的一体性尤其表现在期刊上。在中国现代文学史上，期刊是最重要的文学阵地，最能集中地反映当时的文学整体状况，从期刊上可以看到当时文学活动的基本情形。与现在不同，当时文学各学科分工不明显，没有严格的“文学创作界”、文学研究“学术界”、“文学翻译界”、“文学评论界”，只有笼统的“文学界”。就笔者所见到的，没有专门的文学研究杂志[①]，没有专门的文学批评杂志，只有一家专门性的文学翻译杂志，即《译文》，是由鲁迅于1934年创办的。中国现代文学时期，文学期刊多是综合性，既发表文学创作作品，也发表文学翻译作品，还发表文学评论文章和文学理论批评文章，还有各种文学史介绍，比如外国作家、作品和流派的介绍等。综合性期刊也有文学栏目，而文学栏目也多是综合性的。具体于翻译文学与创作，我们不妨通过几种杂志来作一些具体的分析。

笔者统计：《新青年》从第一卷第1号到第八卷第6号共48期，共发表文学作品148篇次，其中翻译文学80篇次，文学创作68篇次。[②] 另外，《新青年》从第二卷第2号开始断断续续连载刘半农的《灵霞馆笔记》，这本著作不论是在当时还是在现在都属于外国文学论著，但其中有大量的外国诗歌的翻译，比如其中就翻译了著名的《马赛曲》。《新青年》对于中国现代文学的影响是毋庸置疑的，这个简单的统计说明，翻译文学在整个新文学产生的过程中具有重要的地位，在当时，它与创作具有“共生”性。它既是新文学的范本，催生着中国新文学的诞生，同时它也是新文学的依托，新文学家们通过以一种新的方式翻译外国文学来培养和建设新文学，也为新文学找到了西方的根据，并扩大了自己的影响，可以说，它们具有

---

① 俞伯平曾计划创办一份《红楼梦》研究杂志，但未实现。详见俞平伯《与顾颉刚讨论〈红楼梦〉的通信》(第15)，《俞平伯全集》第5卷，花山文艺出版社1997年版，第55页。

② 这里按照目录上的一级标题统计，所以用“篇次”计而不用“篇”计。

共通性，并且相互作用，“共生共荣”，共同推动中国新文学的产生和发展。

对于翻译的性质，《新青年》没有特别的说明，但非常明显，在《新青年》那里，翻译文学显然并不就等于“外国文学”，这既表现在文本的巨大差异上，也表现在作品的“版权”形式上。《新青年》第一卷共发表6篇翻译文学作品，其中4篇是双语文本，即“英汉对照”。但这种“英汉对照”显然不同于今天英语学习中的“英汉对照”，它属于两种文本，即英语文本与中文文本，《新青年》把两种文本并置，实际上表明了这是两种不同的文学作品，英语原文属于外国文学，而翻译文学则属于中国文学。这种把翻译文学区别于外国文学的做法还可以从目录“版权”上反映出来，从第一卷第1号直到第五卷第2号，目录上的翻译文学作品的署名，都只有作为作者的译者而没有标“译”字样。比如第一卷第1号，（小说）《春潮》，署名陈嘏；第一卷第2号，《赞歌》，署名陈独秀；第二卷第3号，《欧洲花园》，署名刘半农。不看原文，仅从目录上来看，还以为这些作品都是创作的呢。但实际上，它们都是翻译作品，这在正文处有明确的说明，比如《春潮》，正文处署俄国屠尔格涅甫原著，陈嘏译；《赞歌》，正文处署达噶尔作，陈独秀译；《欧洲花园》，正文处署葡萄牙当代文豪尔洼原著，刘半农译。

目录与正文在著作权上的不统一，在今天看来，这是不规范，但这种不规范隐隐透漏出《新青年》当时对翻译作品在性质上的矛盾心态。在目录上不署“译”字样，似乎表明翻译文学作为汉语文本，它应该属于翻译者所有，属于中国文学。所以，胡适的《尝试集》和《尝试后集》中收录了大量的译诗，比如《关不住了》、《哀希腊歌》、《清晨的分别》等。而一直到第五卷第2号，《新青年》始在目录上标“译”字样。比如，前一期《国民之敌》目录上署名是陶履恭，这一期则改为“易卜生著、陶履恭译”。再比如《tagore 诗二首》，署刘半农译。周作人译了两篇短篇小说，署名为：“瑞典 August Strindberg 著、周作人译”。这似乎又表明《新青年》开始重视翻译文学的独特性，强调它的双作者性。但不管如何署名，这种翻译文学与创作的“共栖”性都说明，翻译文学在新文学的初期与新文学具有一体性，它实际上是新文学运动的一个组成部分，而不是一种脱离新文学的独立的文学活动。

《新青年》上的创作与翻译是并置的，中国现代文学史上大多数期刊也是这样的。综合性的杂志比如《新潮》、《现代评论》、《东方杂志》等是这样，文学期刊比如《新月》、《小说月报》、《现代》、《创造周报》、《幻洲》、《莽原》以及《礼拜六》等也是这样。《东方杂志》"光绪三十年正月"（即1905年）创刊，首期就设有小说栏，所刊小说就是翻译作品，"美国乐林司朗治原著"的侦探小说《毒美人》，连载十多期。这一传统后来一直被承袭，"小说栏"后来改为"文艺栏"，但仍以发表小说为主，包括创作的小说和翻译的小说。

在中国现代文学史上，文学期刊众多，生存的时间或短或长。翻检这些杂志，我们看到，其中大多数杂志都刊载翻译作品。在这些期刊中，除了《译文》专载翻译作品以外，还有不少杂志大量发表翻译文学作品。比如《大众文艺》，第一卷共7期（1928年9月至1929年11月）中，共刊载作品65篇次（即按一级目录统计），其中翻译文学38篇次，约占总数的58%。再比如改版后的《小说月报》，其翻译文学在整个杂志中也占有很大的比重，1921年共12期，其中"译丛"栏发表翻译文学86篇次，而"创作栏"发表的作品只有54篇次。这充分说明，在中国现代文学史上，翻译文学不具有独立性，它完全纳入了中国现代文学的运行机制，文学翻译活动属于整个文学活动的一个有机组成部分，它不同于创作，但也不脱离创作。

中国现代翻译文学与创作始终联结在一起，这与当时学科不成熟有关，但也不完全如此，最根本的原因还在于它们本来就是统一的，本来就是相互联系相互影响的。对于《大众文艺》为什么要刊载大量的翻译文学作品，郁达夫在实际上是"发刊词"的《大众文艺释名》一文中解释说："我国的文艺，还赶不上东西各先进国的文艺远甚，所以介绍翻译，当然也是我们这月刊里的一件重要工作。"[①] 翻译外国文学，不仅是丰富我们的

---

① 郁达夫：《大众文艺释名》，《大众文艺》第1期（1928年9月）。

文学，给读者提供精神食粮，同时更是为我们的创作提供借鉴，提高和发展我们自己的文艺。《小说月报》改版周年时，茅盾写了一篇总结性的文章，在这篇文章中，他用了很多篇幅谈文学翻译的问题，他说："我觉得翻译文学作品和创作一般的重要，而在尚未有成熟的'人的文学'之邦像现在的我国，翻译尤为重要；否则，将以何者疗救灵魂的贫乏、修补人性的缺陷呢?"又说："我又觉得当今之时，翻译的重要实不亚于创作。西洋人研究文学技术所得的成绩，我相信，我们很可以，或者一定要采用。采用别人的方法——技巧——和徒事仿效不同。我们用了别人的方法，加上自己的想象情绪……结果可得自己的好的创作。在这意义上看来，翻译就像是'手段'，由这手段可以达到我们的目的——自己的新文学。"① 在类别上，翻译文学具有独立性，但从意义、价值以及运作上，它不脱离中国现实和中国文学。在思想上，它帮助我们完成"人的文学"的目标，提高中国人的精神素养；在艺术上，它给我们提供技术上的支持，帮助中国文学完成现代转型。所以，翻译文学在存在和运作的深层上渊于我们自己的创作。

正是因为这样，所以，翻译什么，如何翻译等都深刻地受制于我们的创作。正是在这一意义上，也即在一种宽泛的意义上，我们可以把翻译文学看做创作的一个组成部分。正如有人所说："'翻译文学'甚至不仅仅是一个客观的参照系，也可以被看做是能融入中国本土的具有一种扩张与实践意义的生长性文本。"② 我认为这是非常有道理的。对于中国现代文学中的很多作家来说，把翻译和创作分别开来是没有多大意义的，翻译文学与创作之间的差距并不大于小说与诗歌或散文之间的差距，创作并不一定比翻译更有价值或更有创造性，翻译也不比创作更容易，它们同等重要。正是因为翻译与创作之间具有深层的内在联系，所以，在中国现代文学史上，翻译与创作如影随形，在各种文学活动中都是"并置"性地"出场"。

---

① 记者（即茅盾）：《一年来的感想与明年的计划》，《小说月报》第十二卷第12号（1921年12月）。

② 董丽敏：《想像现代性——革新时期的〈小说月报〉研究》，广西师范大学出版社2006年版，第132页。

实际上，对于一般读者来说，特别是五四时期，新文学是一种完全陌生的文学，翻译文学也是一种完全陌生的文学，它们之间并没有什么实质性的不同，它们对读者的意义和价值并没有什么不同。它们之间的差距远小于新文学与旧文学之间的差距。对于作者来说，文学翻译和文学创作在语言、文体、写作技术、表现手法上都具有“同构性”，具有内在的联系，翻译创作“相长”。所以，无论从哪一方面来说，翻译文学都是新文学的“同盟军”。在文学活动上，事实上也是这样，翻译文学不仅是新文学的学习榜样，同时也是新文学反抗传统文学的“武器”，它们之间互相“佐证”。

翻译文学后来越来越具有独立性，并且演变到当今的与创作的隔膜状况，这与外国文学作为学科的发展有关，与翻译文学的发展有关，更与中国现代文学的发展有关，当中国现代文学越来越具有自己的特色，越来越走上独立之路，越来越远离西方文学时，翻译文学便真正地与中国文学分道扬镳，也开始走自己的路，从而成为一种独立于中国文学的学科和文学领域。但翻译文学在现代时期还不是这样，那时，翻译文学的运作始终是围绕着创作展开的，始终不具有独立性。

中国现代翻译文学之所以应该纳入中国现代文学史，重要的原因还在于，中国现代翻译文学从“生产”到“消费”的全过程始终不脱离中国现实语境和中国文学语境，所以具有中国性、本土性。它是外国作家的作品，这是没有疑问的，但它更是中国翻译家的作品，是翻译家的“创作”。它的读者对象是中国现代读者，中国的社会现实和中国读者的文学欣赏习惯以及文学需求始终潜在地影响和制约它的选择和运作，从而深层地决定它的意义和价值。它是中国现代时期的文学作品，主要是现代汉语形态的作品，是在中国现代文学体制下运行，所以本质上属于中国现代文学，应该纳入中国现代文学史的“书写”。

外国文学史作为已经发生的过去，有它的客观性，但面对浩瀚无边的外国文学，翻译什么，如何翻译，就具有很大的主观性。不同在于，不同的历史阶段其选择和翻译的主观性有很大的差异，而中国现代文学翻译其主观性就非常强烈，具有鲜明的时代性。外国文学本身的艺术价值以及它在文学史上的地位等当然也是我们选择它予以翻译的一个重要因素，甚至也不能排除某些偶然的因素，但选择哪些外国作品进行翻译从根本上还是取决于中国的社会现实和文学现实，还是取决于中国现代文学的需要和发展。比如，为什么苏联文学在20年代中期之后被大量地翻译过来，特别是苏联卫国战争题材的作品在40年代的中国非常通行，这显然与中国的革命和战争有关系，李今说："他们介绍苏联文学的最根本的目的是为了中国革命，而不仅仅是文学。"[①] 鲁迅则是一语中的："而对于中国，现在也还是战斗的作品更为紧要。"[②] 中国的革命和战争与苏联的革命和战争有着惊人的相似，所以，他们的同类题材作品特别能引起我们的兴趣，也对我们具有现实意义和借鉴意义。

正是因为如此，在三四十年代，高尔基在中国受到特别的欢迎。在苏俄，优秀的作家很多，为什么唯独高尔基在我们的翻译中具有特殊性乃至高高在上，这与高尔基文学成就本身有关系，但政治的因素则是更重要的。高尔基本来是复杂而丰富的，但翻译过来的高尔基却是单纯的，这当然与苏联把高尔基解释和刻画得单一有关，但更深层的原因则是我们需求的单纯。我们并不是对高尔基及其作品感兴趣，我们真正感兴趣的是我们自己，是我们的社会现实与文学现实。与高尔基形成鲜明对比的是，深受俄罗斯人喜爱的普希金最初不受欢迎，这显然与他的浪漫主义艺术观念与我们的政治文化现实相距甚远有很大的关系。后来普希金被接受，与其说是他的艺术成就被我们认识了，还不如说是我们对他成功地进行了阐释，从"语言"和"人民"这里我们找到了普希金与中国的契合点，普希金被解释成学习民间语言的典范，被解释成"为人民服务"的革命英雄。特别是普希金的文学可以用来解释和印证毛泽东文艺思想时，他便在中国获得了空前的地位。

所以，本土需要和本土经验对于文学翻译来说具有决定性。在中国现

① 李今：《三四十年代苏俄汉译文学论》，人民文学出版社2006年版，第15页。

② 鲁迅：《答国际文学社问》，《鲁迅全集》第6卷，人民文学出版社1981年版，第18页。

代文学史上，说某某作家有地位和影响、艺术成就很高，作为翻译的理由，这是苍白的。我们必须从被翻译的对象中找到某种对我们的社会现实和文学现实非常有用的东西，否则就没有翻译的必要，勉强翻译过来也不会发生什么影响。鲁迅曾说他“敬服”但丁和陀思妥耶夫斯基，但“不能爱”。为什么？根本原因就在于他们的思想对于鲁迅来说太隔，他们所表达的思想和问题，在中国缺乏语境，缺乏文化基础和现实基础，所以接受不了，实际是用不上。比如对于陀思妥耶夫斯基的“忍从”思想，鲁迅说：“不过作为中国的读者的我，却还不能熟悉陀斯妥夫斯基式的忍从——对于横逆之来的真正的忍从。在中国，没有俄国的基督。在中国，君临的是‘礼’，不是神。百分之百的忍从，在未嫁就死了订婚的丈夫，坚苦的一直硬活到八十岁的所谓节妇身上，也许偶然可以发见罢，但在一般的人们，却没有。”[①] 正是因为如此，陀思妥耶夫斯基很难为中国读者所接受，其作品自然要受到翻译家的冷落，即使他“太伟大”（鲁迅语）了，也没有用。

中国现代翻译文学的本土性、中国性，不仅仅是因为它是中国需求和认同的产物，更表现在它的文本上。中国现代翻译文学是现代翻译家翻译的，现代的知识结构、文学制度、文学风尚等深深制约作者及作者的翻译，所以翻译出来的文本具有深刻的时代性、民族性，从而具有中国现代文学性。翻译就是背叛，翻译就是“不忠”，翻译就是阐释，翻译就是“游移”，翻译具有“政治性”，对于中国现代文学翻译来说尤其这样，很多翻译家都承认这一点。比如以翻译托尔斯泰《战争与和平》著名的董秋斯就明确提出“翻译就是创作”的观点，赵景深则认为，“译得顺不顺”比“译得错不错”更重要。[②] 按照现在的观点来看，中国现代文学翻译有很多错误，有很多漏译、误译以及增译等，错误当然是难免的，但很多我们认为的“错误”未必是错误，它可能是有意为之，属于翻译限度内的“创作”。

---

① 鲁迅：《陀斯妥夫斯基的事——为日本三笠书房〈陀斯妥夫斯基全集〉普及本作》，《鲁迅全集》第 6 卷，人民文学出版社 1981 年版，第 412 页。

② 转引自李今《三四十年代苏俄汉译文学论》，人民文学出版社 2006 年版，第 301、325 页。

真错误也好，假错误也好，这都说明，翻译与原著之间存在着很大的差距。我们当然承认翻译文学与原著之间的联系，但翻译文学不等于原语文学。文学作品一经翻译之后，它就变成了译语的文学，就与原作脱离了关系，成为另外一种文学。外国文学一旦被翻译成汉语之后，它就不再是纯粹的外国文学，而同时也是汉语文学，就被置于汉语语境之中，其性质和归属就要根据它特定的语言、体制和时代等综合因素来决定。我认为，中国近代翻译文学在语言上主要是古代汉语的，在体式上主要是古代文学方式的，是在近代社会体制和近代文学体制下运行，所以它总体上属于中国古代文学。而到了现代，翻译文学在语言上主要是现代汉语的，在体式上主要是现代文学方式的，它是在中国现代社会体制和现代文学体制下运行，所以它总体上属于中国现代文学。比如西方诗歌，近代无一例外地都翻译成格律体，或者古体、或者近体，少数还翻译成赋体、词等。而到了现代，绝大多数西方诗歌都被翻译成新诗体即自由体。所以，在文学形式上，中国现代翻译文学更接近中国现代文学文本，而不是外国文学文本。

中国现代翻译文学不仅在作者的层面上、在文本的层面上应该属于中国现代文学，在读者和阅读的层面上，它更应该属于中国现代文学。读者是构成整个文学活动的一个非常重要的环节，文学作品的意义与价值并不完全取决于文本，同时还取决于读者的阅读，在“消费”的意义上，读者潜在性地也是深层地影响作品的性质。伽达默尔说：“理解从来就不是一种对于某个被给定的‘对象’的主观行为，而是属于效果历史，这就是说，理解是属于被理解东西的存在。”[①] 这样，“理解”就不再是一种方法，而是文学的本体，也就是说，理解的意义就是文学本身的意义。翻译文学虽然来源于外国文学，但在读者的层面上，它与外国文学具有完全不同的归属，外国文学其原语就决定了它的读者对象主要是“外国人”，而翻译文学其译语则决定了它的读者对象主要是“本国人”。就中国现代翻译文学来说，它是给中国现代读者看的，它的性质、它的意义和价值同时也取决于现代中国社会和中国文学的语境。事实上，中国现代翻译文学更多地

① 伽达默尔：《真理与方法》（上卷），上海译文出版社 1999 年版，“第二版序言”第 8 页。

是扮演着中国现代文学的角色而不是外国文学的角色，郭沫若在谈到屠格涅夫的《处女地》时说："我们假如把这书里面的人名地名，改成中国的，把雪茄改成鸦片，把弗加酒（即伏特加）改成花雕，把扑克牌改成麻将（其实，这一项不改也不要紧），你看那俄国的官僚不就像我们中国的官僚，俄国的百姓不就像我们中国的百姓吗？这书里面的青年，都是我们周围的朋友，诸君，你们不要以为屠格涅甫这部书是写的俄罗斯的事情，你们尽可以说他是把我们中国的事情去改头换面地做过一遍的呢！"[①] 所谓俄罗斯的事情就是我们自己的事情，俄罗斯的青年就是我们周围的朋友，就是在阅读意义上而言的。也正是在这种阅读的意义上，《处女地》被郭沫若翻译成中文以后，变得中国化了，具有了中国现代文学的功能。

文学作品在阅读中发生改变，这种改变不仅仅表现在内容上，更表现在形式和艺术性上。把读者及其阅读纳入翻译文学的研究视野，中国现代翻译文学就变成了中国文学，变成了汉语文学，变成了中国人所专属的文学，就与原作者没有了关系，就与原语言没有了关系，就脱离了原语境而进入中国语境，就脱离了原运作机制而进入了中国文学的运作机制，一句话，就变成了中国现代文学。

正是因为中国现代翻译文学在完整的文学活动构成上从作者到文本到读者到语境都具有中国性，所以，它与外国文学有根本的区别，更属于中国现代文学。也正是在"作者"、"文本"、"读者"和"现实语境"这四个维度上，中国现代翻译文学具有自己的体系，构成了一种独特的"外国文学史"，一种不同于外国"本国"文学史的"外国"文学史。外国文学经过汉译之后，是否有地位和影响，不仅仅取决于原作的艺术价值，更取决于中国，取决于它对中国社会和文学是否具有针对性，取决于翻译是否能为中国读者所接受。就中国现代翻译文学来说，翻译过来的作品在外国未必就是最优秀、最有影响和在文学史上很有地位的作品，有很多外国经典作品都没有翻译过来，或者翻译过来也没有什么影响和地位。

比较翻译意义上的"外国文学史"和一般意义上的外国文学史（也即

① 郭沫若：《〈新时代〉序》，《新时代》上册，上海商务印书馆1925年版，第4页。

世界文学史）或者原语国的本国文学史，我们看到，二者之间存在着很大的差距。有些作家，在“本国”文学史上和在专业的外国文学史上，地位很高，但在中国现代翻译文学史上，却影响很小甚至于不见踪影，比如英国女作家艾略特，在英国文学史上非常有地位，但在中国，不仅在中国现代文学时期，少有人知道，就是在当代文学界，知道她的人也很少。相反，有些作家，在一般意义的世界文学史上，地位并不高，影响也非常有限，但在中国，却非常有地位，作品不断地被翻译，影响一代又一代的中国人。比如果戈理、莫泊桑、法捷耶夫、庞德、奥斯特洛夫斯基、阿·托尔斯泰、屠格涅夫、高乃依、狄德罗、莱蒙托夫、席勒、萨特等人，他们的作品被大量翻译成中文，深受中国读者的喜爱，在中国人的印象中，他们都是可以位列前50位的世界文学大师。受中国史传传统的影响，中国人一直有一种“排座次”的情结，文学史也是这样，中国人编的“外国文学史”也很深地具有这种“排座次”的特点。但把中国的“排座次”和外国的“排名”进行比较，我们感到这中间存在着巨大的差距。比如在美国学者伯特所编的《世界100位文学大师排行榜》[①]中，“神圣”的高尔基竟然没有进入这个名单，中国人所推崇的巴尔扎克在这个“排行榜”中仅位列第41。为什么会这样？当然有政治的因素，但另一方面也说明，我们的翻译文学有自己的独立性，自成体系，它与外国文学史有共通的一面，也有其特殊性的一面。对于中国现代翻译文学来说，并不是翻译得越准确就越好，就越能得到读者的认同，就越能流行并发挥作用，就越经典。中国现代翻译文学从选择对象，到具体的翻译过程到消费和运作，都有自己的规则，即中国现代文学规则。所以，中国现代翻译文学属于中国现代文学的范畴，更应该纳入中国现代文学史的体系。

当然，如何在中国现代文学史中书写翻译文学这一“章”，这是一个复杂的问题。一方面，我们应该承认中国现代翻译文学的中国性、现代性以及创造性等，承认它是中国现代文学的一个重要组成部分，另一方面，我们又应该把它和本土文学创作区别开来，承认它与外国文学之间的不可

① 伯特：《世界100位文学大师排行榜》，海南出版社、三环出版社2005年版。

割裂的联系，因为它毕竟是从外国输入来的，不论是在作者上，还是内容上，都具有异域性。不能简单地把它等同于中国现代文学。早在80年代初，谢天振先生就提出了中国现代翻译文学是中国现代文学一个组成部分的观念，他认为："既然翻译文学是文学作品的一种独立存在形式，既然它不是外国文学，那么它就应该是民族文学或国别文学的一部分，对我们来说，翻译文学就是中国文学的一个组成部分。"[1] 又说："我们一方面应该承认翻译文学在民族文学或国别文学中的地位，但另一方面，也不应该把它完全混同于民族文学或国别文学。比较妥当的做法是，把翻译文学看作民族文学或国别文学中相对独立的一个组成部分。"[2] 不能否认翻译文学的外国文学性，但翻译文学的确又具有中国文学性。不能把文学翻译等同于文学创作，但文学翻译的确又具有创作性。所以，在"大现代文学"的意义上，中国现代阶段的翻译文学是中国现代文学的一个组成部分，它和文学创作、文学批评、文学流派和社团是并列的，又是一体的。就像我们"书写"中国现代文学不能不"书写"文学思潮、文学流派和社团、文学批评一样，我们也必须"书写"翻译文学。

反省当下的中国现代文学研究，我们看到，中国现代翻译文学在现有的学科分类中是相当尴尬的，它既不属于外国文学，也不属于中国文学，中国现代文学不研究它，外国文学也不研究它，虽然它在中国人的文学生活中占据着极重要的地位，其作用和意义丝毫不在创作之下。我们看到，在目前的中国现代文学史"书写"中，一些二流、三流甚至不入流的作家都会被提到，而对中国现代文学的产生和发展作出了巨大贡献的翻译家，比如傅雷、朱生豪、戈宝权、曹靖华、汝龙、赵景深、罗念生等却连被提到的资格也没有。鲁迅、郭沫若、茅盾、巴金、胡适、陈独秀、徐志摩、冯至、穆旦、卞之琳、戴望舒、萧乾这些作家虽然在文学史上有很高的地位，但他们的文学翻译成就及其文学翻译对中国现代文学的作用却没有得到应有的"书写"。我认为这是不客观的，也是不公平的，没有全面而准

---

① 谢天振：《为"弃儿"寻找归属——论翻译文学在中国现代文学史上的地位》，《上海文化》1989年第6期。

② 谢天振：《译介学》，上海外语教育出版社1999年版，第245页。

确地反映中国现代文学的历史事实。这种状况应该改变，而改变的前提就是我们必须对中国现代翻译文学进行重新认识和定位。当下，中国现代翻译文学已经得到学术界特别是翻译学术界的重视，已经有了一些综合和专题性的研究，但我认为，最重要的是，我们应该从中国现代文学这一角度来重新研究中国现代翻译文学。

第五章

超越与比较——中西文论话语比较研究意识论

第一节 中西比较诗学的“超越”意识

在日常生活中，“比较”是一个基本词语，其词典意义是：把两种或两种以上的同类事物进行比较。其目的是为了更清楚地认识事物，因为比较实际上是为认识事物提供某种参照，从而使事物的特点和性质更加彰显，同时也是使事物的异同以及相关的优劣高下从人的实用的角度予以分明。文学研究中，“比较”也是一个常用术语，但文学研究中“比较”的含义基本上是日常“比较”语义的延伸，比较在一般文学研究中主要是作为一种方法，即通过比较达到对文学问题的一般性认识，通过比较从而达到对所要研究的文学现象和问题进行更为清晰、有效和明确的认识与表述。

而“比较文学”和“比较诗学”特别是“中西比较诗学”中的“比较”，其意义则具有特殊性，即专业性。实际上，“比较”在语义上具有三个层次：日常的、专业的和半专业的。“半”在这里有两层含义：一是文学研究中一般的比较，其内涵和语义主要是从“比较”作为日常术语中衍延而来的，所以其意义具有一般性；二是文学研究中一般的“比较”，它不仅具有一般的语义和指述，同时还有文学研究方法论意义，但“比较”作为方法又不属于文学研究所专有，其他学科比如历史学、哲学、伦理学、经济学、教育学等都广泛地使用比较的方法。而“比较文学”和“比较诗学”中的“比较”则有更为特殊的含义，其语义超出了字面意思，比如翻译、对话、联系、阐发、影响、接受以及平行研究、跨学科研究等都属于比较诗学中“比较”的基本内涵，但它们在词典意义上却很难与“比较”直接关联。当然，对于翻译、对话、影响、阐发等这些概念，比较文学和比较诗学学术界还存着诸多分歧和争议，应该说，这些都是非常复杂的问题，还有待更进一步的深入研究。但我认为，对于中西比较诗学来说，翻译、对话、影响、阐发等内容还是直接和表面的，中西比较诗学更为深层和隐秘的内容则是跨文明的意识，即超越意识。

比较文学和比较诗学作为学科，它的范围和边界如何确定，过去一直存在着争论，“危机”之声不绝于耳，不论是中国还是西方，都有对比较文学和比较诗学作为学科提出质疑的。克罗齐认为，比较的方法并不只是比较文学所独有的，所以“比较”并不能构成一门独立学科的基石，“看不出比较文学有成为一门专业的可能”。韦勒克说：“比较的方法并不是比较文学所特有的，而是普遍应用于一切文学研究、一切社会科学和自然科学。”[①] 把“比较文学”和“比较诗学”的“比较”看做是简单的对比和对比的方法论，这是非常有代表性的观点。这既是目前比较文学和比较诗学泛滥成灾的重要原因，又是很多比较文学和比较诗学研究停留在浅层次上的重要原因，还是很多人对比较文学和比较诗学持否定和怀疑态度的重要原因。

但我这里特别要论证的是，“比较文学”和“中西比较诗学”中的“比较”不是俗常的比较，它具有跨文化、跨文明性，因而具有超越性。简单地把两个作品进行文学形式与内容的异同比较这不是比较文学；简单地用中国古代文论来阐释西方文论或者用西方文论来阐释中国古代文论并

① 转引自曹顺庆《中外比较文论史（上古时期）》，山东教育出版社 1998 年版，第 181 页。

不是中西比较诗学。比较文学本质上是世界文学，1827 年歌德首先提出“世界文学”这一概念：“世界文学的时代已经快来临了。”[①] 二十年后，马克思恩格斯重提“世界文学”这一概念：“民族的片面性和局限性日益成为不可能，于是由许多种民族的和地方的文学形成了一种世界的文学。”[②] 过去我们对“世界”这一词重视不够，其实，“世界”是对“比较”的深刻限定和解释，“世界”即超越国别和具体的文化或文明，所以，“世界”本质上具有全球意识性，具体对于中西方来说，都具有超越性。同样，中西比较诗学是一种跨文明的文论研究，“‘中西比较诗学’正是从理论的高度来辨析中国文艺的不同美学品格并深探其根源的尝试”[③]。它是以全球文明作为本位而不是以某一具体的文明作为本位的，它本质上是一种具有双语背景和双语意识的跨语际文论研究，在这一意义上，德国学者科赫把“翻译”划归到比较文学的范畴是很有道理的，因为翻译本质上是跨语际实践。

中西比较诗学具有一种平等意识。也就是说，它需要我们既不妄自菲薄、崇洋媚外，又不盲目排外与民族自大。但这种平等意识不是国家和民族伦理意识，不是情感性质的，而是学理性的，它是理论和知识达到一定高度和深度之后的一种视界、眼光和学术意识。它表明研究者在知识结构上具有更为宏大的维度，在认识论上具有新的理论和思维，也即世界意识。而这并不是一般人所能够做到的。所以，中西比较诗学对于研究者在知识结构和思维能力上有非常高的要求。在这一意义上，过去我们的中西文论比较研究值得反思的地方很多，特别是西方汉学范畴的中国古代文论研究，更是存在着重大的弊端和缺陷。总体表现为：比较的日常情理化和相应的平面性；视界和立足点的以西方为中心因而表现出理论的局限性。

对于中西文论比较研究来说，同样是“比较”，俗常性的比较、作为方法论的比较与专业性的比较是有本质区别的，前者是平面性的，后者则

① 《歌德谈话录》，人民文学出版社 1978 年版，第 113 页。

② 马克思恩格斯：《共产党宣言》，《马克思恩格斯选集》第 1 卷，人民出版社 1972 年版，第 255 页。

③ 曹顺庆：《中西比较诗学》，北京出版社 1988 年版，第 2 页。

具有深度。把牛和马进行比较与把牛和牛进行比较外表上非常相似，但就意识来说是有很大不同的。把牛和牛进行比较，其比较的平台是牛本身，这种比较可以在“牛”的知识范围内完成。而把牛和马进行比较，其比较的平台则是畜生或者更为宽泛的动物，能够把牛和马统一在同一范畴之内的意识比如动物意识则构成了把二者进行比较的知识和思维的背景，只有“牛”的概念和“马”的概念而缺乏把这二者统一起来的更为深层的理念，牛马比较便会流于形式。中西文论比较研究其实也是这样，只有中国文论的知识和西方文论的知识，而缺乏超越中西方文论的更为宽广的文学理论知识；只是中国意识或者西方意识而缺乏超越中西方意识的全球意识，中西方文论的比较研究最终会流于形式的平面化而没有深度。在这种比较中，中西方文论不过是以交错和相加的方式会集在一起，它和中西方文论的分别研究并没有实质的差别。

15 世纪德国哲学家、神学家尼古拉·库萨有一个非常有趣的认识的层次论观点，对我们这里论述问题具有启发性。他认为：颜色本身并不能识别颜色，“颜色并不是由自身，而是由一个更高的原因，例如视觉，来区分和认识的”。但颜色中没有视觉，视觉隐藏在颜色的背后并构成了其深层的意识背景，视觉制约着我们对颜色的认识，所以视觉是颜色的“国王”。同样，知性本身并不能确证知性，知性的“国王”是理性，“理性置身于一切理性的事物之上，而后者又置身于一切知性的事物之上。知性的事物虽然可以借助理性来把握，但在知性事物的领域里却找不到理性。因为，理性与知性事物的关系就像眼睛与颜色的关系”[①]。理性也是如此，理性不能确证理性本身，理性的“国王”是上帝，而上帝是“绝对的极大”，是不可认识、不可理解、不可言说的，人只能在上帝的光的照耀下生活。尼古拉·库萨最后走入了神秘主义，其具体观点很难令人苟同。但我认为他所提出的认识论的意识背景这一问题却是非常重要的。

从哲学上来说，“比较”具有意识的自动升级性质。当把植物和动物进行比较的时候，背后所隐含的知识论基础是生物学。当我们把人的物质

① 尼古拉·库萨：《论隐秘的上帝》，生活·读书·新知三联书店 1996 年版，第 16、17 页。

和精神进行区分的时候，背后深层的意识则是哲学认识论。美国著名国际政治专家亨廷顿谈到普世文明时曾举了一个例子。一个法国人，一个德国人在一起时，他们会把自己看成是德国人或法国人，但加进一个沙特阿拉伯人和一个埃及人之后，法国人和德国人就会把自己看成是欧洲人，而把沙特人和埃及人看成是阿拉伯人。[①] 亨廷顿的意思当然是说，人总是根据文明来确认自己的身份。但这个例子具有更为深层的哲学认识论意味，那就是“比较”背后的跨越性知识论和认识论背景。当法国人或德国人把他们自己作国别区分的时候，其背后的身份意识是欧洲；当法国人或德国人把他自己确定为欧洲人以示和阿拉伯人区别的时候，其背后的身份意识是全球。当问题范围扩大时，人的知识背景和认识论背景也相应地扩大。比较不仅使双方的特点凸显出来，更重要的是使问题达到某种超越，而使问题超越的前提条件和原因就是知识背景和意识的超越。

纵观当今的中西文论比较研究，我认为最为缺乏的就是超越意识，中西文论比较研究存在的很多问题都与此有关。我们看到，“西方中心主义”或“中国中心论”始终潜在地存在于我们的意识深处，并深深地制约着我们的比较研究。美国学者安哲乐曾把中西方“文化中心主义”作过区分：“中国的种族中心主义并不否认西方文化的存在，而是否认它对中国现实的价值和相关性。中国式的自我文化中心论基本上根植于一种文化自足的认识，即中国不需要西方。而西方的自我文化中心论建立在普适主义的信仰之上。”[②] 对于中国“文化中心论”，安哲尔的看法是很独特的，但我这里更关心的是他对西方“文化中心论”的观点，他认为西方“文化中心论”的本质是“普适主义”，我认为这是学理性质的，非常准确。所谓“普适主义”，即认为西方的文化比如科学、进化论等具有普遍适应性，是“放之四海皆准”的真理，可以涵盖或概括其他文化。所以，应该用西方的文化标准来言说和阐释其他文化。因此，“普适主义”既是西方中心论，同时又是西方优越论，潜藏着对于其他文化的歧视，并预设了对非西方文

① 塞缪尔·亨廷顿：《文明的冲突与世界秩序的重建》，新华出版社 1999 年版，第 58 页。

② 安哲乐：《和而不同：比较哲学与中西会通》，北京大学出版社 2002 年版，第 12 页。

化的话语霸权。

中西文论是两种不同的话语体系，存在着巨大的差异性。如何进行比较研究和综合研究，这是一个非常复杂的问题。但在这诸多的问题中，有一点是非常重要的，那就是，我们既不能用中国文论的标准来衡量西方文论，也不能用西方文论的标准来衡量中国文论，而要超越中西方两种文论视界，达到视阈融合，从而使文学理论总体性升华。正如乐黛云所说："如果第三世界只用这套话语所构成的模式和规则来衡量和诠释本土文化，那么，大量最具本土特色和独创性的活的文化就有可能因不符合这套话语的准则而被摒除在外。况且，若果真如此，则第三世界与发达世界的对话仍然只是同一话语，同一语调，仍然只是一个声音的独白，无非补充了一些异域的资料，而不是能够达致理解和沟通的两种不同的声音。"[①] 曹顺庆先生说："不是将一方理论去阐释另一方，也不是仅仅比较一下异同就了事。""比较文学的基本方法之一应是对话法。"[②] 但事实却是，缺乏对话的平等性、用一方理论去要求和阐释另一方理论，并且比较的缺乏深度流于平面化，这在当今的中西文论比较研究中是相当普遍的现象。我们看到，不论是中国还是西方，都或明显或隐秘地表现出"西方中心主义"的理论偏见，无法摆脱西方文论的文艺理论本位观，总是用西方的术语、概念、范畴和话语方式来言说中国古代文论，脱离了西方文论话语，在言说上中国古代文论似乎就会陷入历史的沉默。

这里我可以举一些具体的例子来说明、分析和论证。比如林理彰（Richard John Lynn）对中国诗学有一段描述："在中国历史中，诗歌本质的界定倾向于自我表述——诗人内心世界的展示，它有时强调其思想、情感，有时强调个性或特性。而有时这种强调又在于明确的，更为细腻的情感——心境、语气和气氛。在这种情况下，就存在着某种与强调宇宙和作家相互作用理论的趋同现象，因而有时很难断定诗人与外在世界作用的意识在这一融合、过滤的过程中应被视为是认知的还是表现的。事实上，一些批评家主张将两种

① 乐黛云：《中西诗学对话中的话语问题》，《跨文化之桥》，北京大学出版社 2002 年版，第 85 页。

② 曹顺庆等：《中国古代文论话语》，巴蜀书社 2001 年版，第 2 页。

过程加以合并，形成‘认知—表现主义理论’。”[①] 今天，我们生活在“翻译体”的现代汉语中，具有西化特征的现代汉语已经构成了我们的民族集体无意识，它从深层次上规定和制约着我们的思维和思想方式。现代汉语是20世纪初受西方影响而形成的新的汉民族语言体系，它当然具有民族性，能够反映和表述我们的生存体验，但它与西方语言以及相应的西方文化精神具有亲和性，所以，西方语言和文化精神已经以一种变形的方式深植于我们的感觉、经验、生活和文化之中，我们已经习惯于用现代汉语方式的西方语言来谈论我们自己的历史与现实。具体对于文艺理论来说，我们已经习惯于用现代汉语方式的西方文论话语来理解、言说、转述、翻译中国古代文论，我们已经习惯于在中西方文论之间进行等式转换，而无意性地抹平了历史的鸿沟，完全忽略了翻译标准的历史性建构过程。

事实上，中西方文论在精神上存在深刻的差异性，林理彰这段文字通篇都是西方话语方式以及相应的西方精神方式，中国古代根本就没有这样一种逻辑性的话语以及二元对立的思维模式。中国古代没有他这里所说的“自我表述”、“内心世界”、“个性”、“宇宙”、“认知”、“表现”等概念，因而也没有这样的文论观念。比如，中国古代只有“己”的概念，而没有“自我（self)”的概念，它们的语义和它们各自的话语体系紧密地联系在一起，除了在物理的指涉层面上有某种共同之处以外，作为精神性词汇，它们的文化含义其实相距甚远，旅美学者刘禾对这一问题有专门的研究，她的结论是：“英文中的self和中文的‘己’等词的等同关系只是在近世的翻译过程中才确立的，而后来翻译时选择的词义又是现代中英文字典给定的。因此，这两个词之间的任何联系都是历史机缘的产物，其意义依跨语际实践的特定因素而定。”[②] 这是非常有道理的。从根本上，双语词典上词的对应性不是自然的过程而是历史的过程。因此我认为，林理彰这段描述

---

① Richard John Lynn. “Chinese Poetics”. in A Preminger and T. Brogan, eds. *The New Princeton Encyclopedia of Poetry and Poetics*. Princeton University Press. 1993. 译文采自王晓路《中西诗学对话——英语世界的中国古代文论研究》，巴蜀书社2000年版，第105页。

② 刘禾：《跨语际实践——文学，民族文化与被译介的现代性（中国，1900—1937)》，生活·读书·新知三联书店2002年版，第116页。

本质上不过是他作为个体和代表站在西方文论立场对中国古代文论的一种解读，中国古代文论在这里其实是虚有其表，从根本上是他用来表达某种文艺思想的一种工具或载体。

再比如美国学者余宝琳（Pauling Yu）评论《诗大序》："《诗大序》在此得以断言，内在的东西（情）可以自然地发现某些外在相应的形式或行为，诗可以反映、影响并达到政治和宇宙秩序。换言之，个人与世界之间天衣无缝的联系使诗歌得以同时揭示情感，提供政权稳定的标准并成为说教的工具。而且，主客体之间或客体之间的联系，这些西方大体归于诗人创作独创性的东西，在中国则被视为是先前业已建立的东西；诗人最基本的成就往往在于超越他自己的个性以及与世界各种因素中的不同之处，而非是对这种个性和差异加以断言。"① 古汉语原文是这样的："……所以风天下而正夫妇也。故用之乡人焉，用之邦国焉。'风'，风也，教也；风以动之，教以化之。诗者，志之所之也，在心为志，发言为诗。情动于中而形于言……" 两相比较，我们可以看到，余宝琳其实是用西方文论的方式来谈论中国古代文论，其术语、概念、范畴和话语方式都是西方的。中国古代文论在这样一种新的谈论和言说中其内涵其实发生了实质性的变化。"内在"、"外在"、"形式"、"反映"、"政治"、"宇宙"、"个人"、"情感"、"主体"、"客体"这些西方的术语、概念和范畴不能完全涵纳"风"、"天下"、"乡人"、"邦国"、"教化"、"志"、"心"、"情"、"形"等这些中国古代的术语、概念和范畴。同时，西方"影响"等概念和范畴其意义又溢出了中国古代的"教"等概念和范畴的意义。

更为根本的是，词语的周围到处都是词语，词的意义是由它与其他词的关系来决定的，任何一个词的意义都是词的系统，"内在"、"外在"这些西方词语的背后是更为深层的理性、科学、逻辑等精神，而"风"、"教化"等中国古代词语的背后则是更为深层的道、气、礼、仁等精神。话语作为一个整体的迥异使中西方文论在整体上存在着根本性差异。所以，当

① Pauling Yu. *The Reading of Imagery in Chinese Poetic Tradition*. Princeton University Press. 1987. pp. 32—33. 译文采自王晓路《中西诗学对话——英语世界的中国古代文论研究》，巴蜀书社 2000 年版，第 85 页。

以西方的术语、概念、范畴和话语方式来转述、言说、翻译和阐释中国古代文论的时候，中国古代文论的意义就在这不经意的一“少”与一“多”的错位中以及体系的巨大差异中发生了质变，并且通过言说的方式把中国古代文论纳入了西方文论体系，从而使中国古代文论成为被认为是具有“普适性”的西方文论的注脚。

这里，我特别强调“言说”，我认为这是一个非常重要的概念。思想即言说，问题即言说，中国古代的儒家思想是通过具体的孔孟程朱的言说体现出来的，上帝的问题就是“上帝”这个概念的问题。中国古代没有“内在”、“外在”、“主体”、“客体”、“内容”、“形式”这样的概念，因此也就没有物质与精神二元分离和矛盾这样的问题。中国古代没有“上帝”这个概念，因此也就没有上帝的问题，“鬼”、“神”、“天”这是不同的概念因而也就是不同的问题。现代语言学已经充分证明，思想和意义并不外在于语言的表述，思想和意义不是某种实在的指称，而是语言本身。上述“内在”、“形式”、“反映”、“政治”、“宇宙”等词语既是一种言说的工具，更是一种思想本身，中国古代没有这些概念，也就相应地没有这些思想。《诗大序》的文论思想就是它自己的言说。因为话语具有体系性，词的意义互相关联，所以《诗大序》的思想在中国古代可能会以另外的方式进行延伸，但绝不会超出古代文论的言说。余宝琳所解说的《诗大序》的思想只是名义上的中国古代文论，实质上是西方文论。

总之，笔者主张从话语体系的角度对中西比较诗学进行意识上的反思，主张对中西比较诗学中的诸多“关键词”进行话语清理和语义分析，从而揭示出中西两种文学理论体系差异的实质，并且为真正的中西文论“比较”即超越性的比较奠定理论基础。

第二节　“精确”作为中西比较诗学批评话语的语义分析

我们常常在一些论著中看到关于中国古代文论和西方文论的概括以及

相应的评价，这其实就是“比较诗学”。不同在于，这些概括和评价有的很专业，有的则比较直观和随意，存在着深刻与浅表之间的差异。但不论是专业的还是非专业的，这些概括和评价，其中疑问都很多，不仅仅是许多观点值得商榷和重新探讨，更重要的是这些具体观点背后的理念值得深入的追问。

“比较”在文学研究中是一种使用非常广泛的方法，其目的就是把比较作为一种工具和手段，通过比较达到对所要研究的文学现象和问题进行更为清晰、有效和明确的认识与表述。但具体于“比较诗学”时，我们必须对“比较”持一种小心谨慎的态度，“比较诗学”中的“比较”具有翻译、对话、联系、阐发、影响、接受以及平行研究、跨学科研究等特殊的含义。所以，“比较诗学”所涉及的问题以及知识面都是非常宽泛的。事实上，要想对西方文论和中国古代文论作一个总体性的概括，并不是一件容易的事，它对专业和知识结构有相当高的要求。站在西方文论的立场，以一种内视角来观察西方文论，很难对它进行概括。从西方文论内部来看，西方文论是无限丰富多样的，没有总体性。我们说西方文论有某种总体的特征，实际上是站在和中国古代文论的比较的视角而言的。反过来也是这样，站在中国古代文论的立场上，以一种内视角的视野来看视中国古代文论，也不可能对中国古代文论进行总体的概括和优劣分析，所以，我们看到，中国古代文论本身没有对中国古代文论的总体概括。

如何概括和评价中西方文论之间的差异性，以及各自的优劣，这是一个非常复杂的问题。我认为，要对中国古代文论和西方文论进行比较，必须既要超越中国古代文论，又要超越西方文论；必须站在一个能够统摄中西方文论的理论基础上；必须有一个更为广阔的视野和更为宽容的胸怀。不能以中国古代文论为本位立场，以中国古代文论的标准来评价西方文论；也不能以西方文论为本位立场，以西方文论的标准来评价中国古代文论。但当今中西比较诗学恰恰缺乏这种超越性，恰恰是或站在中国古代文论立场，或站在西方文论立场上的。我们看到，中国本土的古代文论学者常常从中国古代文论的立场出发来研究和批评西方文论，而西方汉学领域中的中国古代文论学者则常常站在西方文论的立场来研究和批评中国古代文论。因为所持的标准不同，经常出现这种情况，对于同一文论观点和现象中西方学者具有相同的描述，但评价却完全相反。

对于中国古代文论与西方文论的比较，我们经常看到这样的概括和评价：中国古代文论是感性的诗学，西方文论是理性的诗学；中国古代文论具有意会性，西方文论则是逻辑化的；中国古代文论是诗化的，意义模糊，而西方文论则具有高度的抽象性，术语、概念和范畴都有明确的规定，因而意义是精确的。并且以此判断为基础展开，对中西方文论进行优劣评价。这种观点以及批评方法在海外汉学中国古代文论批评家中尤有代表性。但这种描述真的是准确的吗？对于文学理论来说，抽象、理性真的绝对优于意会、诗化吗？进一步追问，西方文论真的精确吗？我们在什么意义上界定“精确”呢？笔者试图对“精确”以及相关的“抽象”作为中西比较诗学批评话语进行语义分析，从而以此为例来深入剖析当代中西比较诗学所面临的问题，并对中西文论话语体系、比较诗学批评话语进行语言和意识的深入追问。

关于中国古代文论的“精确”性问题的论述，下面两段话语的观点具有代表性。

> 中国的思维方式还有一个特征，那便是重视个别的具象的事物而忽略抽象的普遍的法则。中国人喜欢从个别的事例来观察思索，而不喜欢从多数个别者之间去观察其秩序与关系以建立抽象的法则，所以中国的诗话词话便大多乃是对于一个诗人的一首诗或一句话甚至一个字的品评，或者竟然只是一些与作品无关的对诗人的轶事琐闻的记述，而却从来不愿将所有作品中的个别现象归纳出一个抽象的理论或法则。甚至在触及到极抽象的问题时也仍然只予以具体的形象化的说明。(叶嘉莹)[①]

> 中国文学批评语言往往由于缺乏有用的界定而令人难以满意，即

① 叶嘉莹：《王国维及其文学批评》，河北教育出版社 1997 年版，第 115 页。

便对于关键性的术语也是这样。古代批评家在采纳术语前从不费神将某个词或术语加以界定，他们对这一事实视而不见，即这一词汇或术语可能已经用滥而失去了可靠、精确的定义。由于缺乏精确的定义所引起的语言的不确定，致使中国批评写作难以理解。（颜婉云）[①]

我认为，这种概括，貌似客观公允，其实隐含着偏见，但这种偏见并不是作者主观意图上的，而是由话语本身决定的，当作者用西方的文艺理论话语来言说、阐释中国古代文论的时候，言说作为“事件”其实已经预设了评论的标准和评论的结论。以西方文论标准为标准，站在西方文论的本位立场，中国古代文论当然是不符合其标准的，因而自然也就是有缺陷甚或是落后的。

当我们仔细对叶嘉莹的描述作语义分析时，我们发现，叶教授的这段话其实暗含了某种先决前提，即对“抽象”原则毋庸置疑的信仰，也就是说，在叶教授这里，“抽象”原则作为理论基础具有先验性，是无需证明的。应该说，叶嘉莹的评论并不带感情色彩，并没有贬低中国古代文论的意图。但问题是，中国古代本无所谓“抽象”的问题，而叶嘉莹却把中国古代文论纳入这一言说体系中，这本身就是不平等的。当她以“抽象”为普遍法则的时候，中国古代文论因为不符合这一法则而事实上是被批评的。进一步追问，“抽象”作为普遍法则也是值得怀疑的。抽象有它的优越性，特别是理论上言说的方便以及表述的清晰，这是形象无法相提并论的。但抽象也有它的缺陷，抽象具有强烈的人文精神性，隐含着人的偏见。并且，抽象属于“本质主义”，任何抽象都是以漏掉一些现象作为代价的，所以，抽象又具有片面性。当今后现代主义哲学家们对“抽象”作为形而上学的批判是不无道理的。在这一意义上，中国古代文论的现象描述和形象性表述有它的合理性。“形象大于思维”，中国古代文论的现象性描述在意义上给人留下了更多的发挥和创造的空间。

① Yuen - wan Ngan. “Some Characteristics Ochinese Literary Criticism” *in East Asian Culture*, 18. August 1966. 译文采自王晓路《中西诗学对话——英语世界的中国古代文论研究》，巴蜀书社 2000 年版，第 85 页。

颜婉云这里所说的“精确”和叶嘉莹所说的“抽象”其实是同一问题的不同表现方面，因为在西方，“抽象”即理论，而“精确”则是来自理论。这里，“精确”与“抽象”既有联系又有相似性，本质上仍然是一种西方的话语方式，是西方文论的概念，也是西方文论的标准。站在西方文论的立场，包括中国现代文论的立场，我们承认这种陈述和评论在一定程度上的公正、客观和正确性。把话语方式限定在逻辑范围内，相比较而言，西方文论的确比较精确，术语都有严格的限定，表达也富于逻辑性。而中国古代文论的很多术语包括关键词都是在意会的意义上使用的，所以，其意义相当含糊，可以作多种理解，因此中国古代文论更具有主观性。

但问题的关键是，为什么一定要用西方的话语方式来言说中国古代文论呢？为什么要用“精确”作为评判中国古代文论的标准呢？“精确”具有普遍的合法性吗？站在西方文论的立场，这种研究具有合法性，且不失公正客观，但以一种更为宽广的视野，站在超越西方的立场上，这种研究还具有合法性吗？它还是公正和客观的吗？在这里，选择的基点就有问题。

所谓精确与不精确，其实是相对而言的，“精确”本身就是一个很意会的概念。中国古代文论的不精确，是相对于西方文论和中国现代文论而言。而西方文论和中国现代文论之所以被认为是精确的，又与现代语境有关系。现代汉语是现时代的语言，所以它构成了现代中国思想文化以及一切知识的广阔背景，而现代汉语是中国向西方学习在语言上的表现，在思想的层面上它又是西化的语言，与西方语言更具有亲和性，因此它也构成了汉语西方文论的深层语境。以现代汉语为语境，以现代知识为背景，现代文论构成了我们时代文艺理论的思维和思想方式，我们对现代文论概念和话语方式无需解释就能理解，所以，我们认为它是精确的。而古代文论作为话语方式已经不再使用而是进入了知识领域，现代人由于知识背景和语境的缘故对它已经很陌生，它的术语、概念、范畴以及话语方式对于今天的人来说已经变得不能理解或不容易理解，即使专家，要理解它也必须求助语内翻译和现代解释，还需要重构古代文论的知识背景。现代人把这种理解上的困难看做是由于词语在意义上的缺乏限定造成的，这当然是一种误解。

现代语言学表明，所有的语言都具有隐喻性、象征性，也就是说，意义不是直接的，而要通过在人的头脑中唤起一定的意象来完成的。即使以逻辑的严密性著称的哲学语言也是这样。尼采说："语言本身就是纯粹的修辞诡计与手法所产生的结果。……语言就是修辞，因为，它的意图只是传达一种观点，而不是一个真理。"又说："［真理是］一支运动着的隐喻、转喻和拟人手法的大军。"[①] 德·曼接受了尼采这一观点，他认为："语言的典型结构不像传统语言学所说的那样是表现或指称表达（意义）的结构，而是一种修辞的结构；一切语言都有修辞（隐喻、象征等）的特性，因而一切语言都有欺骗性、不可靠性、不确定性；语言的修辞性将逻辑性悬置起来，因而语言的指称或意义变得变化莫测、难以确定。"[②] 另一位美国解构主义文论家哈特曼认为，语言具有复杂多变性和不确定性："一切语言必定是隐喻式的，如果以为任何语言都是从字面上体现本意，那就大错特错了。即使以谨严著称的哲学、法律等方面的著作也与诗歌一样，深深地依赖隐喻。隐喻从本质上看是'无依据的'，只是用一套符号取代另一套符号的虚构。因此，语言恰好在那些它试图表现得最具说服力的地方显露出自己的虚构和武断的本质。……象征是语言的基本特性。由于象征，语言的字面意义就与它的实际含义相分离，从而使语言变得不确定。"[③] 法国哲学家利奥塔把知识划分为"科学知识"和"叙述知识"两种类型，"叙述知识"是一种古老的知识，"科学知识"则是从"叙述知识"中分离出来的。"科学知识是一种话语"[④]，本质上，"科学知识"和"叙述知识"也是两种话语方式，两种语言方式。科学语言讲求符号与实在之间的对应关系，注重术语、概念和范畴的严格性，具有逻辑性或理性；叙述

① 转引自德·曼《论尼采的转义修辞学》，《解构之图》，中国社会科学出版社 1998 年版，第 147、152 页。

② 朱立元主编：《当代西方文艺理论》，华东师范大学出版社 1997 年版，第 313—314 页。

③ 同上书，第 320—321 页。

④ 利奥塔尔：《后现代状况——关于知识的报告》，生活·读书·新知三联书店 1997 年版，第 1 页。

语言讲求生动的叙述和描写，注重象征、隐喻、拟人等广义的修辞性，具有形象性和情感性。从语言的发展来说，人类最早的语言是叙述语言，科学语言则是比较晚近的事，它是从叙述语言中分离出来。在这一意义上，隐喻性才构成了语言的普遍特性和深层的本质，而科学性、逻辑性、精确性不过是语言发展的阶段性特性，是从隐喻性中衍化出来的，并不具有普遍性。

西方文论和中国现代文论未必就是精确的，其术语和概念未必就是严格限定的。正如王晓路所说："我们很难认定，文学批评术语就必须是清晰界定的。精确界定的术语与模糊未定的术语在不同的传统中均有所表现，只是在不同时期、不同传统中有所侧重。……术语的界定只是相对而言，界定的科学性往往在于其开放性，而非是封闭性，绝对清晰的文学术语实际上是不存在的。"[①] 这是非常深刻的论述。术语和概念缺乏严格的界定这是所有语言的共通特性，只不过古代汉语在现代语境中其语义模糊的特性更凸显一些。精确没有绝对性，仔细作语义分析，西方文论的术语和概念也具有模糊性。从根本上，精确是一个很人文的标准，往往是理解就是精确，不理解就是不精确。而懂与不懂涉及人的知识背景和语境的问题。

汉语方式的西方文论和中国现代文论的术语、概念其实并没有客观的限定，只不过是在现代语境中，我们能够理解并对它们进行有效的区别，所以我们认为它们是严格限定的。对于现代文论中的每一个术语和概念，我们作为个体都有对它明确的界定，也就是说，它对于个体来说具有语言习得和语言意义选择的限定，误解在于，我们以为这种对于术语、概念习得和选择意义上的理解就是术语和概念的客观意义。实际上，对于西方文论和中国现代文论的术语和概念特别是一些"关键词"，我们每个人的理解是不同的。对于"文学"、"现实主义"、"典型"、"风格"等这些概念，不同的人有不同的理解，人言言殊，对这些概念长期以来争论不休就是明

① 王晓路：《中西诗学对话——英语世界的中国古代文论研究》，巴蜀书社 2000 年版，第 183—184 页。

证。词的使用，每个人都有他自己的意思，因此每个人都觉得自己懂得了词的意义。

词的意义是由整个语言体系决定的，是由词与词的关系来确定的，词不能脱离其语言体系而单独构成意义，词正是在相互的关系中划定意义边界的。所以，词作为一种语言存在与物质实在的存在不一样，它的意义没有绝对的客观性。词的意义有限定，具体地，是由具体的语境和更为抽象和无形的语言体系限定的，因此这种限定是无法绝对严格的。在这一意义上，语境和语言体系是决定我们对术语和概念理解的最重要的条件，术语和概念的精确性与语言背景和语境有关。“道”、“性”、“气”、“风”、“骨”、“神”这些术语在中国古代文论中是“元”概念，在古代汉语背景和古代文论语境中，它们的意义是不言自明的，就像今天的“人”、“自然”、“文学”这些术语一样，在现代语境中，这些术语是自明的，用不着解释和限定大家都能明白。“道”、“性”、“气”这些古代文论术语之所以在今天需要解释即限定才能被人理解，根本原因就在于语言体系和文论语境变化了。《尚书》在殷周时是清楚明白的，但汉语由“古文”变成“今文”之后，就变得难懂了，变得如韩愈所说的“周诰殷盘，佶屈聱牙”。古代文论的许多术语在现代汉语语言背景和现代文论语境中变得难懂，同样，现代文论的许多术语在未来的新语言背景和新文论语境中也会变得难懂，若干年后，人们也许会对我们今天对一些术语在使用的过程中不加限定而感到不解。

把“语境”这一概念引入到中国古代文论的研究中，我认为是非常重要的。我们看到，中国古代文论的术语并非完全没有限制，只是限制的方式与西方文论和现代文论不同。中国古代文论的术语也有某种精确性，但这种精确性不是通过下定义的方式来实现的，而是由语境来控制的，这种控制包括两个层面：一是概念在文本中生成，其意义根据上下文来确定，而不是先在性地给予。同时，概念又在不同的文本中其意义有所变化，这就导致概念的发展以及相应的思想的发展。所以，不能孤立地理解古代文论术语，而要根据具体的语境来界定其意义；二是文本的意义与更大范围的语言体系及文化系统联系在一起，所以，古代文论术语的含义又与语言背景和相应的文化背景密切相关，概念脱离了具体的语言背景和文化背景就会发生意义歧变。把很多论述和谈论汇集起来，进行理论上的归纳和总结并进行重新的逻辑表述，这不是中国古代人的做法，而是西方人或现代中国人的一种思维方式。与西方文论和现代文论不同，中国古代文论对术语并不作详细的介绍和解释，许多意义都在会心之中，但“会心”并不意味术语意义的漫无边际。精确不是中国古代文论的价值取向，但这并不说明中国古代文论在思想上缺乏明确性，中国古代文论在中国古代人那里是明晰的，这种明晰性是通过具体的语境以及独特的语言体系来实现的，只不过由于语境和语言体系的时过境迁，我们今天难以直接感受这种明晰性。

我认为，美国比较文学教授宇文所安对中西方文论在思维上的比较概括是很准确的，虽然由于文论语境、语言背景以及文化对人深层控制的原因，他仍然是站在西方立场上以一种西方的话语方式进行表述，但他并不以西方文论为标准，他对中国古代文论可以说有一种同情的理解，这里面体现了某种超越的意识。他说：“在西方文学传统中，对于定义有一种极大的文化渴求，即希望将意义加以稳定并由此对词汇加以控制。……（而中国不同）简略的，且往往是对中心术语经典式的界定或许会被附带地提及；然而系统地解释术语的尝试却极为罕见。……在中国的传统中，概念的精确性并非是一种价值……就西方读者所认定的‘情节’、‘悲剧’、‘模仿’以及‘表现’而言，中国读者未必能讲明‘虚’、‘文’或‘志’是什么，然而他一读到就会明白。其差异是，西方传统一方面总是力求定义的精确，而另一方面又力求文学术语得以‘意会’或‘联想’（即将文学术语运用于各种参照系中，而这又与精确定义相左），这两者之间存在着某种张力。但在中国传统中，只有‘意会’，即言外之意，才有价值。”[①] 古代汉语有它自己的语言规则，中国古代文论有它自己的话语方式，这种语言规则和话语方式就是一种限定，所以，古代文论在中国古代其意义是明确的。在这一意义上，精确是主观的、是历史性的，是认识论问题，是语

① Stephen Owen. 1992. *Readings in Chinese Literary Thought*. Harvard University Press. pp. 5—6.

境和语言问题。

中国古代文论和西方文论是两种不同的文论体系，表现在术语、概念、范畴和话语方式的不同以及文化知识背景、文学现实语境的不同。“抽象”以及相应的严密的逻辑性本质上是西方文论的话语方式和思维方式。从抽象出发，以“精确”作为标准来评价中国古代文论，这是不公平的，也是没有充分理论根据的，本质上是“西方中心主义”。以西方文论的话语来言说中国古代文论，在言说之前，中国古代文论实际上就已经等而下之了。在这一意义上，笔者主张对中西比较诗学进行意识的反省，主张从话语体系的角度对中西方文论进行比较研究，主张“比较”即“超越”。

第三节 当代比较诗学话语困境及其解决路径

无法脱离现代文论语境，不能超越现代语言背景，因而总是用西方文论和现代文论去理解和想象中国古代文论，这是目前国内外研究中国古代文论最大的语言困境。

在海外中西文学理论比较研究著作中，刘若愚的《中国文学理论》是一部影响非常大的书，被广泛引用。但仔细对它进行话语的审视，我们发现刘若愚不过是把艾布拉姆斯的“四要素”说应用到了中国文学理论研究中，不过是以一种西方文论的视角对中国古代文论进行了重新梳理，他总结的六种理论：“形而上的理论”、“决定的理论”、“表现的理论”、“技巧的理论”、“审美的理论”、“实用的理论”，本质上都不是中国文论，不过是西方理论观照下的一种对中国古代文论的描述，中国文论实际上被作为材料而纳入了西方文论的框架，表面上是言说中国古代文论，实质上是在言说西方文论，中国古代文论在这里实际上是“宾”，西方文论在这里才是“主”。所持的理论价值观仍然是“西方中心主义”，虽然刘若愚在观念上明确反对“西方中心主义”，不把艾布拉姆斯的理论看做是一种西方文艺理论，而是看做是具有普适性的一般性文学理论，这种观念实际上隐含着西方文论高于并涵盖中国古代文论的结论，这才是问题的根源。

“西方中心主义”的本质就是普适性观念，即把西方价值观、知识体系、对世界的言说和观测当作放之四海皆准的绝对真理。它潜藏的观点是：西方不仅代表西方，同时代表全人类；西方的知识谱系来源于西方，但同时也能够解释世界所有民族和区域的文化。这实际上是不承认西方文化与其他文化之间的平等性，认为西方文化高于其他文化并能涵盖其他文化。出于这样一种文化信仰、理论偏执和语言牢笼的限制，西方总是用他们的言说方式和思维方式来想象、理解、阐释、表述其他文化，从而把西方的价值观和认识论以潜移的方式强加到其他文化上面。在“西方中心主义”观照之下，异质文化不是另一种合理的文化，而是同一文化（即人类文化）中的落后部分。所以，西方文论和更为广泛的西方文化构成了当今中国古代文论研究的深层逻辑基础，中国古代文论就是在西方文论的误读、阐释、理解、体验的中介作用下变成了现代文论。萨义德描述“东方学”：“东方学的一切都置身于东方之外：东方学的意义更多地依赖于西方而不是东方，这一意义直接来源于西方的许多表述技巧，正是这些技巧使东方可见、可感，使东方在关于东方的话语中‘存在’。”[①] 中国古代文论目前就处于这样一种状况，变得依赖于西方文论而存在。没有西方文论的清理和表述，中国古代文论似乎只能处于一种游荡、播撒、不能言说的状态，没有中心、没有体系、没有限定，难以理解、难以把握。

现代语言体系和现代文论语境深深地控制着我们对中国古代文论的研究，西方文论和中国现代文论正在以一种无形但却强大的力量吞噬中国古代文论。美国学者安哲乐曾描述中国古代哲学的现代研究状况：“那些继续使用西方超越语言，用他们熟悉的概念方式重塑中国古典哲学的学者似乎已不会用其他方式看世界了。……最具讽刺意味的是，那些由于把某种‘基础主义’的东西强加于中国古典哲学而引起的扭曲，在当代中国哲学家的合作努力下正得以长期保存。”[②] 安哲乐在这里所表达的两层意思都非

① 萨义德：《东方学》，生活·读书·新知三联书店 1999 年版，第 29 页。

② 安哲乐：《和而不同：比较哲学与中西会通》，北京大学出版社 2002 年版，第 32 页。

常重要：一、就西方来说，西方的语言以及相应的思维方式从深层上规定了西方学者的视野，他们只能用他们的语言来言说世界，这从根本上限制了他们对中国哲学的思考和看法。二、就中国本身来说，中国古代哲学的研究状况令人担忧，我们实际上走的是西方的道路和方式，“来自我们形而上学和认识论上的先入为主的偏见是我们诠释中国古代哲学的障碍。正是形而上学和认识论使我们的哲学用语偏离到理性主义的方向上去了”①。我们自己正在从根本上即从语言上对我们的哲学进行误解，并且这种误解正变得根深蒂固以至演变成我们的生存体验方式。文论也是这种状况，可以说，西方文论和现代文论以一种无孔不入的渗透性已经构成我们对中国古代文论研究的最大障碍。

西方文论的普适性不过是一种神话，文论上的“西方中心主义”本质上是一种“话语霸权主义”和“文论殖民主义”。我们应该反对任何形式的“西方中心主义”，但这不是情感的问题，而是理论问题。我们一再强调学术上要有宽容的胸怀，要有开阔的视野，要排除民族和地域的偏见，但这只是伦理上的、情感上的，并不具有根本的制约性。有的西方学者比如李约瑟很同情地理解中国的文化，有的西方学者比如白壁德对中国文化很向往很友好，但话语和思维本身从根本上限制了他们不可能不歧视地谈论问题。安哲乐说：“西方哲学界一直‘无视’中国哲学，而且是纯粹意义上的‘无视’，至今仍然如此。其中一个重要的原因就是‘哲学’一词在中国和西方含义不同。”② 我理解，安哲乐这里所说的“纯粹”既指不是政治偏见，也不是文化歧视之类的，而是学理上的，是根深蒂固的观念。西方学者主观上并没有歧视中国文化的意图，但谈论本身却表现出了这种歧视的效果。另一种情况，中国人虽然对西方持强烈的排斥情绪，但当我们用西方话语方式来言说问题时，话语权力本身使我们事实上又认同了西方理论的偏见，客观上认同了西方文化的优越性，也就是说，话语本身使我们实际上又陷进了“西方中心主义”的陷阱。因此，“西方中心主义”

① 安哲乐：《和而不同：比较哲学与中西会通》，北京大学出版社2002年版，第22页。

② 同上书，第1页。

包括相反的“中国中心论”本质上是福柯和萨义德等人所说的“话语”及“权力”问题。

反“西方中心主义”不是用“中国中心主义”取代它，而是超越它，超越“西方中心主义”同时也是超越“中国中心主义”。但超越是理论上的而不是情感上的，必须从话语理论上根本性地解决问题。就文论来说，“比较”是超越的重要途径，但“比较”不是“阐发”，“‘阐发’不是两种话语之间的平等对话，而是一种话语从其统治地位发出的‘独白’”[①]。站在西方的立场上，用西方文论的话语方式来解释中国古代文论，这不是真正的“比较”，这种“比较”实际上是以中国古代文论附会西方文论，必然造成对中国古代文论的误解以及相应的贬损。王晓路说：“由于中国文论传统与西方文论传统之间存在着巨大的差异，因而若不采纳系统性的消化与借鉴的方式，而只是进行话语表层认定，即简单套用这些源于完全不同的历史、哲学及文论传统的方法及术语，简单地将中国文学文本置于西方文论的框架中进行重新定位和剖析，这不仅难以对中国文学文本作出有效的阐释和理论建构，而且有可能割裂中国文学及文论内在整体性和固有的生命力。”[②] 这是非常有道理的。安哲乐对中国文化有比较深的理解，他发现，中西方文化在很多相似性的背后实际上存在着实质性的差别，比如中国有人性的内容，但“‘人性’并不解释为某种神授本质，而是来自对某一具体社会环境中的人群的历史和文化的概括”。“中国也有理性的东西，但中国式的‘理性’无法用那种超越历史、超文化的人类本能语言，或诸如此类的一套概念范畴来解释。”“许多有关中国妇女的论著都存在一种未加审视的假设，即以为中国的性别偏见与我们所理解的西方社会环境中的性别歧视是同样的。”他的结论是：“移植当代西方模式、语言以及事实标准来解释和评价中国人的经验。这种移植虽说是无意的，却是拙劣的。”[③] 这些论据非常有说服力。

---

① 曹顺庆：《中外比较文论史（上古时期）》，山东教育出版社 1998 年版，第 6 页。

② 王晓路：《中西诗学对话——英语世界的中国古代文论研究》，巴蜀书社 2000 年版，第 7 页。

③ 安哲乐：《和而不同：比较哲学与中西会通》，北京大学出版社 2002 年版，第 15、148 页。

不幸的是，这种“拙劣”是目前中国古代文论研究的普遍现实。西方用他们的文论话语和价值标准来言说和评判中国古代文论，中国自己也用西方文论话语和价值标准来研究和阐释中国古代文论，这样，中国古代文论一方面博大精深，另一方面则又晦涩难懂，存在着严重的理论缺陷。这里，所谓西方价值标准，简单地概括就是科学、理性，它要求具有严格限定的术语、概念和范畴，要求有严格的同一性以及严密的分析和论证。以这样一种标准，在中国古代文论中，《文心雕龙》的地位是最高的，它远高于儒家的经典以及各种诗话、词话，也就是说，用西方的眼光来看，它代表了中国古代文论的最高成就，达到了巅峰，只有晚清的受西方思想方式影响的王国维才勉强和它相提并论。比如叶嘉莹说：“《文心雕龙》的出现，在中国的文学批评史上说起来乃是一部并无先例的空前巨著。而且不仅如此，在《文心雕龙》以后历唐宋以迄明清，也更无一部如此体大思精的文学批评作品可以为继响。”① 中国古代文论是一个非常复杂的混杂体，既包括论文，也包括点评、文选；既有理论的方式，也有其他的方式，比如注释、吟、诵等。应该说，就伦理精神和思想基础来说，儒家经典是更为本质的中国古代文论，就艺术精神和思维方式来说，诗话、词话是最有特色的中国古代文论。《文心雕龙》在西方人的眼光中之所以有这么高的地位，根本原因在于它西方化，在于它符合西方的体系标准。相反，诗话、词话之所以不被西方青睐，一个重要的原因就是诗话、词话不符合西方“文论”的标准，而重感悟、体验，呈现出一种不言而喻的方式，这对于西方人来说显然难以理解，也难以述说。美国学者费维廉说：“诗话的记述特点从精辟简练到相当随意乃至离题甚远的题外话。这些论著尽管完全反映了作者个人的见解，然而却极少有连贯的主题或理论。”② 费维廉承认诗话有见解和思想，但同时他又认为诗话缺乏“连贯的主题或理论”，因而是一种缺陷。

---

① 叶嘉莹：《王国维及其文学批评》，河北教育出版社 1997 年版，第 117 页。

② Craig Fist. “Chinese Literary Criticism” in W. H. Nienhauser, Jr. ed. 1986. *The Indiana Companion to Traditional Chinese Literature*. Indiana University Press. 转引自王晓路《中西诗学对话——英语世界的中国古代文论研究》，巴蜀书社 2000 年版，第 74 页。

但问题是，有见解和思想难道还不够吗？为什么一定要思想和见解具有“连贯的主题或理论”呢？难道其他方式的思想就没有合法性？西方思想方式的合法性具有充分的根据吗？以自己的话语为唯一的合法而排斥其他思想方式，这是典型的西方话语霸权。事实上，中国古代文论的“理”、“情”、“韵”、“气”等具有丰富的内涵，也是一种话语方式，只不过它们不是严格西方意义上的术语、概念和范畴，因为它们的内涵缺乏规定性，与西方的概念方式有很大的不同。中国古代文论具有它的语言学以及相应的文化基础，有它的文学史根据，有它自己的话语体系，因此，它具有自己的合法性。所以，用西方文论的话语方式和价值标准来表述和评价中国古代文论是一种学术片面。余虹说：“无论是中国文论还是西方诗学都不是比较研究的立足点与坐标，对两者进行比较研究意味着双方都是被比较研究的对象，其中任何一方都无权成为阐说对方的标准而独占这个之间。”“适当的研究姿态与策略是在承认双方的结构性差异的前提下，既不从中国古代‘文论’入手，也不从西方‘诗学’入手，而是站在两者之间去进行比较研究。”[①] 不能以中国文论和西方诗学作为比较研究的立足点和坐标，这是正确的，但“站在两者之间”却是值得疑问的，仅仅不偏不倚还是远远不够的，中西文论比较研究更需要的是超越，即“跨文明”和“全球意识”。

那么，中西文论比较研究的“跨文明”和“全球意识”的具体内涵是什么？或者说，如何超越呢？我认为，有两种基本的超越模式：一是寻求更大范围的抽象和概括，以获得更高度的形而上结论，从而使文学的定义和相关概括具有包容性，目的是建立更为一般性的文学理论。另一种方式是后现代主义的，即解构主义的模式，其特点是消解文学理论的形而上性，不再寻求文学以及相关问题的终极性定义，承认各种理论和观点的合理性与合法性。

所谓形而上学，就是科学、理性、抽象、概括、分析、真理、本质、二元对立、辩证法、统一性等。形而上学是西方传统思想文化的最为深层

① 余虹：《中国文论与西方诗学》，生活·读书·新知三联书店 1999 年版，第 6 页。

的基础，是自柏拉图、亚里士多德到康德、黑格尔、马克思时代的传统。形而上学在文论上表现为，文学理论是对文学现象的理论总结，通过对各种文学现象进行综合、归纳、分析、分类研究，从而达到对文学规律和本质的认识与把握。对于什么是文学？什么是小说？什么是悲剧？什么是创作方法？什么是现实主义？什么是文学批评？等等，从宏观的文学问题到微观的文学问题，形而上学的文论体系总是寻找绝对的、终极的、能够概括一切文学现象的定义。因为形而上学的理念就是相信存在着这样一种绝对的、终极的能够概括一切事物性质的定义，它的理想就是找到这种终极性定义，即发现真理，比如柏拉图和黑格尔都一再表示，事物的现象不过是表象，在这表象的背后还存在着深层的看不见的绝对的“理念”。

过去，由于世界的地理自然分隔以及相应的文化的隔绝，西方文论虽然以形而上学的形态呈现，但实际上它是国别和区域的文学理论，也就是说，它主要适用于解释西方文学现象。中西交通特别是20世纪中西方文化交流频繁和普及以后，文学和文论都世界化。这样，西方文论要进一步保持它的形而上学品性，就必须有更高的抽象和概括。就是说，它必须扩大理论的范围，兼顾更为广泛的文学经验，必须充分研究西方以外的国家和民族的文学创作，同时也要更多地吸收其他国家和民族的文学理论成果。对于具有形而上学品性的中国现代文论来说，其实也是这样，这是中西比较文学、比较文论在20世纪兴起并逐渐走向繁荣的深层原因。事实上，20世纪，不论是中国的比较诗学还是西方的中西比较诗学，如果想有所超越的话，基本上都是这样一种模式。比如海陶韦（James R. Hightower）主张西方学者都应该研究中国文学及其理论，原因在于：“这方面的发现可以帮助我们替文学找到定义，而这定义当然比以前一小部分人的文学经验更令人满意。”[①] 在海陶韦看来，研究中国古典文学和文学理论，可以弥补西方文论的缺陷，从而使西方文论在理论的抽象性和概括性上得到提升。这是站在西方文论立场上的一种超越努力。刘若愚认为，建构一种“普遍

① 海陶韦：《英美学人论中国古典文学》，香港中文大学出版社1973年版，第264页。

的世界性文学理论”是可能的，而建构这种世界性文学理论的一个重要前提就是“不再仅仅以西方的文学经验为基础去建构一般文学理论”[①]。也就是说，世界性文学理论应该以全世界的文学经验和文学理论为基础，这表现出了“全球意识”，是典型的“超文学理论”或“跨文学理论”，属于利奥塔所说的“宏大叙事”。叶维廉认为比较诗学的旨意在于寻求世界文学发展的异同，最终达到对文学规律、文学本质的寻求：“我们在中西比较文学的研究中，要寻求共同的文学规律、共同的美学据点。”[②] 叶维廉看到了中西方文学以及文学理论的差异性，并且看到了这种差异性的某种不可调和的矛盾，他采取的办法是“求同存异”，这是形而上学解决矛盾和纷争的最为常用的方法，当然也是一种妥协和权宜之计。

但问题也恰恰在这里。“求同存异”式的抽象是以损失文学理论的丰富性作为代价的。哪为“同”？哪为“异”？这其实是很人文的概念。“同”“异”以什么作为标准？没有明显的分界线。我认为，中西方文论是两种根本不同的话语体系和思想体系，每一具体的思想都与其整体思想以及整个语境联系在一起，割裂开来进行比较是没有充分理论根据的，至少不适宜于中国古代文论，它必然会导致思想的零散性从而使思想变得混乱和不可理解。话语具有体系性，具体的文学理论思想是和具体的话语紧密地连成一体的，中西方文学理论话语具有根本的不同，术语、概念和范畴置换语境就会发生思想的变异。中西方文论术语、概念和范畴的翻译的对等性本质上是一个历史的建构过程，所以，“同”和“异”本质上是一个历史范畴，是一种人的认同。同时，“异”是一个比较概念，“同”固然能够说明其规律性、本质性，但“异”对于其具体的文论来说未必不具有本质性。诗歌的抒情性这是中西方文论都强调的，这可以看做是诗歌的本质和规律，而“意境”是西方文论所没有的，但“意境”未必不是诗歌的本质和规律，至少它对于中国古典诗词来说具有本质性。

同样，能否建立一种“普遍的世界性文学理论”也是值得怀疑的。这

① 刘若愚：《中国的文学理论》，四川人民出版社 1987 年版，第 4 页。
② 叶维廉：《比较诗学》，台湾东大图书公司 1983 年版，第 16 页。

里涉及概括的局限性问题。正如厄尔·迈纳所说："没有任何一种诗学可以包容一切。包容一切的诗学体系的设计者必须通晓世界上——过去、现在以及将来——所有文学体系中所有的术语和假说。既然已知的不同类型的诗学体系之间实际上矛盾重重，那么只有神仙才能做到这一点。每种诗学体系不可避免地都只是局部的、不完整的，因为可供利用的材料受到了限制。"厄尔·迈纳在这里至少表达了三层非常重要的思想：第一，中西方的文论体系都是有缺陷的，能够解说一部分文学现象，但未必能解释所有的文学现象，不能解释本土的所有文学现象，更不能解释外来的所有文学现象。同时，理论本身也存在着不完备，并且不可能完美。第二，建构更大范围即比较范围的更具有包容性的文学理论体系，这是相对的，"更大"和"包容"都是相对概念，即相对于西方文论、中国古代文论和其他具体的文论而言。超越对于人来说是有限度的，文学理论作为资源虽然向人类无限地敞开，但每个人的能力是有限的，所以，事实上，任何人都不可能穷尽各种理论，因此，任何宏观的建构都是有限度的，都存在着概括上的疏漏。"我们对某个方面强调的同时也就隐含着对其他方面的忽略。我们获益的性质决定着我们受损的性质"。第三，各种体系之间存在着矛盾，建构形而上学文论体系存在理论上的巨大困难。这种困难是多方面的，比如时代、语言、文明等的巨大差异和不可通约性。"比较同一时代的作家以及在同一种语言的范围内进行比较不会出现范畴上的错误"[①]，但超出了时代和语言范围，比较就会出现术语、概念和范畴上的混乱，就会陷入言说的语无伦次。

西方的形而上学文论其实并不具有绝对的形而上学性，因为它所依据的文学现象仅限于西方，所以，它所概括、总结出来的文学理论的规律、本质等也主要适合于西方，虽然西方的一些学者声称他们的理论具有普适性，但即使用西方的"现象—本质"原理来证明，普适性也是难以成立的，这样，西方文论超出了西方的范围就存在着局限，它某种程

① 厄尔·迈纳：《比较诗学——文学理论的跨文化研究札记》，中央编译出版社1998年版，第25、27、29页。

度上可以概括西方一定时间范围内的文学现象，但并不能概括所有的文学现象，比如中国古代文学现象、印度古代文学现象，甚至也不能完全概括西方自己的文学现象，这除了文学本身的复杂性因而概括难以穷尽以外，更重要的是任何文学都是发展变化的，文学理论会不断地受到文学创作的挑战。在这一意义上，西方文论永恒地具有片面性，而片面性正是形而上学的忌讳。这样，西方形而上学文论实际上又具有自我解构性。

正是因为形而上学存在着这些缺陷以及难以克服的困难，所以形而上学模式的中西比较诗学至今并没有达到真正的超越，或者以中国古代文论为本位，“以中释西”；或者以西方文论为本位，“以西释中”，比较诗学最终不免是“中国诗学”或者“西方诗学”。“中国诗学”和“西方诗学”始终处于对抗和矛盾的状态，而没有纳入某种统一的视野。不论是西方中西比较诗学研究还是中国比较诗学研究，都期望并试图超越，但就是没有超越，不是没有追求超越，而是形而上学局限从根本上制约了各种努力和尝试。

所以，我们主张另一种超越，即后现代主义模式的中西比较诗学。

后现代模式的中西比较诗学最大的特点就在于它反形而上学。过去，我们对中西比较诗学“超越”的理解是，超越即建立更大范围的，更为抽象的，更为宏观的世界性、超级性文学理论体系，但当这种种努力都失败以后，后现代主义文论开始对这种思维方式本身表示怀疑，即对宏大叙事表示怀疑。后现代模式的中西比较诗学不再对科学、理性、二元对立、本质、规律等具有先验性的思想基础表示无可质疑的信任。随着世界交流的广泛性以及世界在自然、经济、政治上的一体性，全球时代正在到来，我们承认当今世界正在形成一种更为隐秘的意识和文化，即全球意识和全球文化。但全球意识不是全球思维的同一，全球文化也不是全球文化的同一。对于全球化来说，经济是“趋同”，而文化则是“求异”。全球意识不是全世界走上一种思维和意识，而是全世界各民族各地区的思维和意识不再是封闭的以至不为其他民族和地域所知晓，而是广泛交流并能为其他民族所理解。全球时代的全世界文化具有统一性，但这种统一不是秦始皇的

"书同文"、"车同轨"，也不是西汉的"罢黜百家，独尊儒术"，而是矛盾与冲突达到某种均衡，即一种充满内在紧张的统一。是"和而不同"。晏子说："和如羹焉，水火醯醢盐梅以烹鱼肉，燀之以薪。宰夫和之，齐之以味，济其不及，以泄其过。""同"则犹"以水济水"，"君所谓可，据亦曰可。君所谓否，据亦曰否"。在晏子看来，音乐是典型的"和"："声亦如味，一气，二体，三类，四物，五声，六律，七音，八风，九歌，以相成也。清浊，小大，短长，疾徐、哀乐，刚柔，迟速，高下，出入，周疏，以相济也。"(《左传·昭公20年》)，《国语·郑语》说："和实生物，同则不济。以他平他谓之和，故能丰长而物归之；若以同裨同，尽能弃矣。"韦昭注："和，谓可否相济。""和"和"同"都具有统一性，但"同"是单纯性，它以清除异己和杂质而具有统一性。"和"具有多元性、复杂性，它以各种因素的相济相成而具统一性。中西比较诗学其实也存在着"和"与"同"这样两种模式的区别，孔子说："君子和而不同，小人同而不和"(《论语·子路》)，套用这句话，可以说，形而上学模式的中西比较诗学是"同而不和"，后现代模式的中西比较诗学则是"和而不同"。

如果说形而上学中西文论比较研究是"求同"的话，那么，后现代中西文论比较研究则是"求异"。如果说形而上学中西文论比较研究是本质主义的话，那么，后现代中西文论比较研究则是反本质主义，就是美国著名科学哲学家费耶阿本德所说的"怎么都行"。在后现代中西比较诗学看来，中西方文论只是话语方式的不同，并没有先进与落后之分。当人类千百年来苦苦探寻也没有能够找到文学的终极定义时，当中西文学和文论交流更加剧了这种文学定义的散漫性时，后现代主义文论和比较诗学不再寻求新的终极性文学定义，而是对文学能否有一个终极性定义这种思维方式本身表示怀疑，后现代主义文论和比较诗学认为文学不可定义，任何文学定义都不可能囊括所有的文学，文学的特征从理论上说是不可能穷尽的。同时，极其抽象的文学定义即大而无当的文学定义是没有任何意义的。对于具体的文学理论比如现实主义，当各种与现实有关的文学特征都被归结到现实主义名下的时候，后现代主义文论和比较诗学承认现实主义的无边性。后现代主义文论和比较诗学反对“排他性”，承认中西方文论体系之间存在着巨大的差异以及不可通约性，但同时也认为两种文论体系之间不存在着绝对的对抗，不是你死我活，它们可以并存、互补，并且在一定程度上可以转化。不是非此即彼，而是亦此亦彼。后现代主义文论和比较诗学主张“对话”而不是独白。后现代主义文论和比较诗学也承认形而上学文论模式的某种合理性，并不反对形而上学文论在一定区域和一定范围内的存在，但同时也承认非形而上学文论的合理性。既承认西方文论严格的概念限定和严密的逻辑体系的方式，也承认中国古代文论的点评、感悟的方式。后现代主义文论和比较诗学主张在反本质主义的超越过程中达到非本质主义的超越，即一种新的超越。

第四节　重建中国现代诗学话语体系

本节题目中的“重建”其实已经表明了一定的态度，那就是对中国现代诗学状况的不满。那么，中国现代诗学的现状是什么样的？有什么缺陷以及这些缺陷是如何造成的？我们又应该如何“重建”？笔者试图回答这些问题。同时，我认为，术语、概念、范畴和言说方式对于诗学来说具有根本性，诗学体系在深层上就是诗学话语体系。中国现代诗学体系的重建在根本上是话语重建，所谓诗学观念重建、诗学方法论重建、诗学文体重建等都具有表象性，其实都渊源于诗学话语重建。

“中国现代诗学”有广义和狭义之分，广义的“中国现代诗学”，其中的“诗学”是借用亚里士多德的“诗学”概念，就是指中国现代文学理论。狭义的“中国现代诗学”专指中国现代诗歌理论。本节的“中国现代诗学”就是狭义的概念，指的是五四以来，伴随着文学革命特别是诗歌革命以及思想革命而建立起来的与新诗创作相一致、不同于中国传统诗学话语方式的新的诗歌理论体系。

新诗是中国现代诗学最重要的实践根据，所以，新诗理论构成了中国现代诗学的主体，但现代学术背景则构成了中国现代诗学更为深层的理论基础，因此，非新诗理论比如中国现代的旧体诗论、外国诗论等都属于中国现代诗学的范畴。解志熙认为，中国新诗理论不同于中国现代诗学，"中国新诗理论所指称的只是关于中国现代新诗的理论批评，而中国现代诗学则涵盖了发生在现代中国的所有从现代观点出发的、富于诗学理论意义的诗歌批评和研究"[①]。这是正确的，这种区分也是非常重要的。是否属于中国现代诗学，这与研究的对象没有必然的联系，而取决于这种研究的方式，从根本上取决于它所属的话语体系。新诗理论固然属于中国现代诗学的范围，但用现代话语方式来言说和研究中国古典诗词、外国诗歌，同样属于中国现代诗学。

中国现代诗学究竟是一种什么样的话语体系？或者，从话语的角度来说，中国现代诗学理论体系究竟应该如何定位或定性？文学理论界和诗学理论界对此有不同的看法。曹顺庆先生认为："长期以来，中国现当代文艺理论基本上是借用西方的一整套话语，长期处于文论表达、沟通和解读的'失语'状态。""所谓'失语'，并非指现当代文论没有一套话语规则，而是指她没有一套自己的而是用别人的话语规则。""我们一旦离开了西方文论话语，就几乎没有办法说话。"[②] 曹顺庆先生所说的"诗学"是广义的诗学，即文学理论，但它也包括狭义的"诗学"。既然中国现当代文学理论在总体上是"失语"的，属于中国现当代文学理论的一个重要部分的中国现代诗学自然也是"失语"的。

对于中国文论"失语症"问题，学术界有很大的争议，也有很多深入的讨论。就中国现代诗学来说，我们的术语、概念、范畴和言说方式的确与西方文学理论有着直接而深刻的渊源关系。1917 年 5 月，刘半农在《新青年》第三卷第三号上发表《我之文学改良观》一文，其中说："欲定文

① 解志熙：《视野·文献·问题·方法——关于中国现代诗学研究的一点感想》，《河南大学学报》2005 年第 1 期。

② 曹顺庆：《文论失语症与文化病态》，《跨文化比较诗学论稿》，广西师范大学出版社 2004 年版，第 179、184、181 页。

学之界说，当取法于西文，分一切作物为文字 language 与文学 literature 二类。”同时引西文“The class writings distinguished for beauty of style, as poetry, essays, history, fictions, or belles-letters”[1] 为文学（Literature）的定义，并以此立论。这很能说明现代文学概念的西源性。事实上，五四新文化运动的一个根本特征或者说根本途径就是通过输入西方思想和文化来进行中国思想文化变革，所以，中国现代思想文化中最重要的术语、概念、范畴都是取法于西方，“哲学”、“历史”、“法学”、“伦理”、“文学”等都是如此。“诗歌”也是如此，它的含义实际上是在和“小说”、“散文”、“戏剧”等概念的相互关系中确立的，而“小说”、“散文”、“戏剧”等都不是中国古代文论的主流概念。而正是西方的“文学”以及相应的“诗歌”、“小说”、“散文”、“戏剧”导致我们把文学从中国古代文献中分离出来并进一步进行内部分类。

我们当然不能说“诗歌”这一概念就不是我们自己的，这有两个最基本的原因：首先，西方的“poetry”输入中国变成汉语“诗歌”之后，由于汉语语境特别是中国文学语境的制约，已经变得汉语化了，它已经不再是西方文学理论概念了，而是中国文学理论概念，它的内涵是在和“小说”、“戏剧”等汉语文论概念以及更为广阔的“理性”、“真理”等汉语哲学、伦理学等概念的关系中确定的。它实际上整合了中西方诗歌概念，概括了中西方诗歌特征，从而既超越了中国古代诗歌概念，又超越了西方诗歌概念。其次，汉语“诗歌”概念并不完全是我们对中西方诗歌概念在理论上的整合，同时，它也是我们对古今汉语诗歌创作实践的总结和概括，特别是新诗的产生与发展，为“诗歌”作为一种新的概念的通行以及这种新的概念在沟通中西诗歌桥梁作用方面奠定了实践的基础。在实践的意义上，“诗歌”包含着丰富的我们自己关于诗歌的体验，已经深深地根植于我们的思维之中。所以，仅就“诗歌”这一概念来说，它虽然来自西方，但已经中国化，成了我们自己的概念。它既不同于西方的“poetry”，也不同于中国古代的“诗”，而具有自己的独立性。

---

① 刘半农：《我之文学改良观》，《新青年》第3卷第3号（1917年5月）。

但另一方面，我们也必须承认，中国现代诗学话语体系具有浓厚的西方色彩。在中国现代诗学的建构过程中，西方文论话语以及具有一体性的思想话语起了关键性的作用，没有西方文学话语和思想话语的输入，就没有中国现代诗学。抽去了西方的话语方式，中国现代诗学就不再具有体系和形态。龙泉明、赵小琪说："中国现代诗学在几十年的发展历程中，每向前行进一步都笼罩着西方话语的巨大影响。在西方话语的巨大影响下，中国现代诗学的基本观念、方法和范畴大都是以西方诗学的观念、方法和范畴等为主干的。……在这种谋求现代化的过程中，西方话语不仅作为一种体现了某种先在的强势理论话语形态成为中国现代诗学颠覆古典诗学的内在动力，而且随着西方话语在中国现代诗学领域的逐渐深入，这种强势话语也成为了中国现代诗学自觉建构的体系化结构中的躯体和血肉。"①我认为这个定位是非常准确的。正是因为如此，中国现代诗学是一种新的诗学体系，它在外在形态、思维方式、具体内涵、话语方式以及精神品格上都与中国传统诗学有很大的不同。关于这一点，已经有很多论述，比如周晓风、苟学锋说："与中国传统的文言诗学的神秘的感悟性思维方式相比，现代汉语诗学思维方式的基本特点可以说是知性的和发散性的，就是说它首先是用清楚明白的现代白话语言说话，其次它是以概念、判断和推理的逻辑思维方式说话。但与拼音的语言文字基础上的西方诗学的较为严密的知性思维方式相比，现代汉语诗学的思维方式则又是内敛性的和简洁的。"②谭桂林说："中国现代诗学突破了传统诗学在表达方式上的局限性，在白话写作的方式上显示出了重逻辑、重分析的思维特征，使中国诗学真正完整地实现了内涵与形式的现代化转型。"③这一点，随便拿一篇现代"诗评"或"诗论"与中国古代"诗话"作一个比较就可以看得很清楚。比如，许霆认为，整个"20世纪中国现代诗学发展史，就是'诗体解放'论、'为诗而诗'论、'大众诗歌'论、'综合传统'论、'服务政治'论、'个人写

① 龙泉明、赵小琪：《中国现代诗学与西方话语》，《文学评论》2003年第6期。

② 周晓风、苟学锋：《现代汉语诗学的传统与现代性问题》，《诗探索》2004年春夏卷。

③ 谭桂林：《论现代中国诗学的现代性建构》，《理论与创作》2004年第5期。

作’论六大核心观念演进嬗变的历史，它内在地制约着百年汉诗趋向现代化的发展道路”①。中国传统诗学没有这样的概念，也不这样表述或言说。

由于汉语性，中国现代诗学体系当然也与西方诗学体系有很大的不同，但相比较而言，它更远离中国传统诗学，而与西方诗学具有亲和性。龙泉明曾对中国现代诗学谱系有一个基本的概括：“现代诗学家们对各种诗学领域如诗的本质特征、诗的创作法则、诗的审美形态、诗的主体与客体、诗的审美价值标准等都进行了自由的探索，对各种诗学问题都展开了较为深入的讨论。对诗与生活、诗与时代、诗与政治、诗的内容与形式、诗的大众化等的探讨，贯穿在诗学理论的各个方面，并且一次比一次深入，从而推动了诗歌创作的深入发展。对各种诗歌形态的探讨是诗学理论的重要方面，促使浪漫主义、现实主义、象征主义、现代主义等诗歌形态有了较大的发展，并基本形成了较为完整的诗学体系。”② 这里，所谓“本质”、“创作法则”、“审美形态”、“主体”、“客体”、“审美价值”、“内容与形式”、“形态”、“浪漫主义”、“现实主义”、“象征主义”、“现代主义”等其实都是西方概念，都是西方话语方式。当然，这些概念经过翻译、改造、重新阐释之后，再加上自然的发展与演变，特别是受中国文化语境与时代语境的制约，必然会发生鲁迅所说的“归化”，即中国化。比如，“现实主义”这一概念不仅仅是对西方现实主义文学的概括，同时也是对《诗经》、杜甫、白居易等中国古典现实主义文学的概括。就诗歌来说，“浪漫主义”不仅仅是对拜伦、雪莱、华兹华斯、济慈等西方浪漫主义文学的概括，同时也是对屈原、李白、李贺等中国古典浪漫主义文学的概括。正是在这一意义上，中国现代诗学体系具有浓郁的西方性，但也具有中国性、民族性。

在从话语的角度描述了中国现代诗学体系之后，紧接着要问的就是：为什么会形成这样一种体系？以及这种体系在今天看来有什么缺陷和

① 许霆：《20世纪中国现代诗学观念演进论》，《西南师范大学学报》2005年第5期。

② 龙泉明：《中国现代诗学历史发展论》，《文学评论》2002年第1期。

弊端？

中国现代诗学体系的形成，有两个基本的原因：一是五四新文化运动。五四新文化运动是一次彻底的思想革命，它以激进的方式反传统，破坏传统，其基本途径就是输入西方思想文化，而且是全方位地输入。所以，五四新文化运动使整个中国思想文化都发生了根本的变化，整个知识谱系发生了根本性的转型。诗学作为文学理论的一个组成部分自然也不例外。二是新诗运动。新诗运动是整个新文化运动和新文学运动的急先锋，它不仅为中国现代诗学奠定了实践的基础，也为整个新文学理论提供了可靠的实践依据。中国现代诗学固然深受西方诗学的影响，但是，西方诗学如果没有现实的新诗作为实践基础，它是不可能被中国人接受的，因而也就不可能深刻地影响中国现代诗学。在这一意义上，新诗构成了中国现代诗学实践上的支撑。

但问题也主要由此而产生。谈到中国新文学，鲁迅曾说过："新的事物，都是从外面侵入的。"[①] "新文学是在外国文学潮流的推动下发生的，从中国古代文学方面，几乎一点遗产也没摄取。"[②] "现在的新文学是外来的新兴的潮流。"[③] 中国现代诗学和新诗在总体上也是这样。中国现代诗学和新诗都具有浓重的西方色彩，并且二者相互支持，互为因果，循环论证，现代西方诗歌观念导致具有西方特征的新诗的产生，反过来具有西方特征的新诗创作又从实践上强有力地支持具有西化特征的中国现代诗学。这样，从中国现代诗学到新诗就构成了一个完整的循环系统，具有自足性和封闭性。正是这种自足性、封闭性导致了中国现代诗学对中国传统诗学的拒绝，从而不仅使中国现代诗学与传统诗学体系断裂，也使中国现代诗学与传统诗歌经验相脱节。

我们绝不能说中国现代诗学与中国古典诗学和诗词一点关系都没有，

---

① 鲁迅：《现今的新文学的概观——五月二十二日在燕京大学国文学会讲》，《鲁迅全集》第4卷，人民文学出版社1981年版，第133页。

② 鲁迅：《"中国杰作小说"小引》，《鲁迅全集》第8卷，人民文学出版社1981年版，第399页。

③ 鲁迅：《关于〈小说世界〉》，《鲁迅全集》第8卷，人民文学出版社1981年版，第112页。

中国古典诗学和诗词作为知识结构已经深深地根植于中国现代诗学家的头脑之中，作为“前理解”它们必然会对中国现代诗学的建构起潜移默化的作用。让中国现代诗学家们把中国古典诗词和诗学从知识体系和生命体验中彻底剔除这是不可能的。正如上面所说，事实上，中国现代诗学也的确把中国古代诗歌纳入了现象范围，也的确吸收了某些概念或范畴比如意境理论。但我们也必须承认，中国传统诗学和古典诗词在中国现代诗学中的作用、分量、地位、构成因素等都是非常有限的。龙泉明认为，中国传统诗学观念显然也对现代诗学发生了影响，不过它是潜在的：“中国现代诗学家们所拥有的深厚的传统诗学修养和文化资源，不会不对他们的诗学建构发生影响，只不过在当时这种影响往往是以一种潜在的或间接的方式，发生在一些更隐秘更深刻的思想层面。”[①] 李凯说：“西方诗学对中国现代诗学的影响是显在、直接、占主流地位的，而中国古典诗学则较为间接、隐伏、占非主流地位。”[②] 我认为，这个定位是正确的。

正是因为如此，在对待中国传统诗学和诗歌上，中国现代诗学存在着严重的缺陷和弊端。主要表现在：中国现代诗学也好，新诗也好，都是“革命”的产物，也就是说，中国现代诗学并不是中国传统诗学的合理延伸，不是在承继中国传统诗学的基础上发展起来的，不是产生于内部，而是另起炉灶，在外部力量的推动下发生、发展起来的。中国现代诗学不仅不承传中国古典诗学，而且恰恰相反，它以颠覆、打倒从而取代中国古典诗学为目标。这样，中国古典诗学的思想资源和话语方式以及更为深层的中国古代文化思想资源和话语方式就从总体上被排斥在现代诗学范围之外了。中国古典诗学在今天完全成了一种知识范畴，一种与现实诗歌创作和诗歌批评无关的“学术”领域。

中国现代诗学在建构的过程中主要是以西方话语方式为主体，在诗歌材料上主要是以外国诗以及具有外国自由体诗特征的新诗为主。当然，

---

① 龙泉明：《中国现代诗学历史发展论》，《文学评论》2002年第1期。

② 李凯：《中国古典诗学在现代诗学中的传承和变异》，《文学评论》2005年第1期。

中国现代诗学也适当吸收中国古典诗学资源，也把古典诗歌纳入其现象范围，对中国古典诗词也具有一定的实用性，但总体上，中国现代诗学对中国古代诗歌和诗学资源的借鉴和利用是实用主义的，当观念和材料与西方诗学相契合的时候就被吸收，当观念和材料与西方诗学相矛盾和冲突时就被摒弃。看起来，中国古典诗学观念更多的是用来证明西方诗学和中国现代诗学的正确性才被留存下来的。所以，在现代诗学体系中，中国古代诗学的谱系已经不存在了，整体不存在了，只留下一些观念和材料性的东西。中国古典诗学只有极少数完整性观念被保存在中国现代诗学体系之中，但那不过是对西方诗学体系的某种适当补充、完善。

过分依赖于西方诗学资源，过分集中和适用于新诗，使中国现代诗学话语和思想体系在总体上局促、狭隘和封闭，中国现代诗学变成了主要是新诗理论。我们当然也可以用现代诗学来对中国古代诗歌进行言说，但这种言说总让人觉得隔膜，不得要领，有违古人的写作初衷，也不符合中国古代诗词的欣赏习惯，造成错位的评价。我认为，中国古典诗词中的那些比较独异的诗歌，根本就不能用现代诗学来进行解释，或者说现代解释根本就是无效的。正因为如此，中国古代诗歌的一些最基本的问题在中国现代诗学中并没有得到有效的研究和深入的追问，比如古典诗歌的格律问题、分类问题、欣赏问题。这并不完全是民族性的问题，而是充分尊重中国诗歌创作的问题，充分尊重我们古人对于诗歌的感受和体验的问题，同时还涉及重新恢复已经逝去的诗歌艺术精神以及相应的文化精神的问题。

所以，重建中国现代诗学，首先需要解决的就是整合古代诗学资源的问题。有人反对中国现代诗学的“一元性”，所谓“一元性”，即“建立包容古典和现代诗歌的诗学理论”。[①] 如果是在评价的“标准”意义上说的，这种反对是正确的，那是因为中国古典诗词和新诗是“异质性”的诗歌，

① 鲍昌宝：《错位的新诗评价标准——对新诗合法化的文化反思》，《江汉大学学报》2004年第5期。

文化背景、语言方式、追求的艺术目标等都不同，所以评价的标准也不同，不能用古典诗词的标准来要求新诗，也不能用新诗的价值尺度来评价古典诗词。但这并不意味着不能对新诗和古典诗词进行统一的言说。新诗和古典诗词，无论它们有多大的差异，它们毕竟都是“诗”，且都是汉语诗歌。所以吕进先生说：“作为现代形态的中国诗学，中国现代诗学要实现与中国传统诗学的对话。这一对话之所以成为可能，是因为，虽然中国现代诗学与传统诗学的范畴、概念、术语都不尽相同，但是二者同为中国诗学，它们对人的终极关怀是相同的，它们的诗学形态的感悟性是相同的。”[①] 中外也好，古今也好，“诗心”具有某种相通性，也即“心同理同”。

整合中国现代诗学资源与中国古典诗学资源，这是可行的。至今之所以没有成功的范例，主要是我们的观念存在问题。中国现代诗学建构一开始就是与古典诗学为敌的，就是走古典诗学的对立路线，这在五四时期激进地反传统、反封建的语境中，作为一种“策略”有它的合理性，但现在我们仍然坚持这样一种思路就是偏执与保守，就违背了思想的基本原则。今天我们总是强调中国现代诗学与中国古典诗学之间的差别以及冲突，不愿意进行整合的探讨和尝试，这从根本上是错误的。同时，我认为，我们必须调整我们的思维方式。过去，我们的思维模式可以说高度形而上学的，总是把思想高度逻辑体系化，在诗学上，把分类一元化，把欣赏一元化，似乎只能有一种分类方式，只能有一种欣赏方式，容不得内部的矛盾和冲突。

当然，中国现代诗学也不能是一个大杂烩，重建现代诗学话语并不是要把古今两种诗学话语汇集在一起，而是要充分尊重古代诗学传统，平等地对待中国传统诗学体系，充分吸收古代诗学话语，从而建立一种新的话语体系。曹顺庆说：“所谓古文论的现代转换，并不是说一定要将古汉语、古文论中的某些概念、范畴生硬地搬到现代来使用，或将其‘翻译’成现代汉语，而是试求以传统诗学的言路言诗。所谓重建中国文论话语也不是

---

① 吕进：《论中国现代诗学的三大重建》，《文艺研究》2003年第2期。

要复古，而是在西方诗学全面取代中国传统诗学并已出现‘失语’危机的情形下，试求传统诗学与现代诗学这两种知识形态的互相校正、融合与互补。”[①] 曹先生这里所说的“现代诗学”是广义的，狭义的“现代诗学”话语重建也应该这样。

中国现代诗学的自足性和封闭性以及保守性，使它不仅拒斥传统诗学理论和诗歌现象，同时也对当代先锋诗歌具有拒斥性。这是中国现代诗学的另一大弊端和缺陷，也是另一个需要重建的地方，或者说在重建中需要特别解决的问题。

新诗在80年代之后发生了很大的变化，出现了“新生代”、“后朦胧”、“后崛起”、“后新诗潮”、“后现代”、“实验诗”等各种新诗流派和思潮，有“80年代后”、“中间代”、“女性诗人群”等各种各样的命名。这些诗歌与传统诗歌相比，不论是在诗歌观念上，还是在诗体形式上，都出现了新的取向，我把这种不同于传统的诗歌统称为“当代先锋诗”。先锋诗有各种各样的特征，互相之间也存在着巨大的差异甚至于相互攻讦，互不认同，很难对它们进行笼统的概括。但与传统诗歌相比，它们共同的特征就是反传统，不再遵守五四时期所确立的新诗的基本原则和价值标准。比如产生于80年代中期的“非非主义”，其诗歌理想，这里不妨从其“宣言”中摘录一些：

> “一首诗，应当肆无忌惮地搅乱词类的界线。”
>
> “一首诗，应当逍遥于语言的诸法之外——逍遥于词法、句法、语法、文法等法之外。”
>
> “一首诗，作为对文化语言的凌驾和组织，应当把文化语言的三大原始基本要素——音、形、义——推入背离文化的迷乱。”
>
> “一首诗，作为语言事件的集合体，应当尽可能充满盲区语言事件（尤其是超语义事件）。”

---

① 曹顺庆：《从“失语症”、“话语重建”到“异质性”》，《跨文化比较诗学论稿》，广西师范大学出版社2004年版，第307页。

“诗人应当引导语言，用语言，把语言，把人，把世界——引入对语言的绝望。”

“诗人应当引导语言，用语言，把语言，把人，把世界——引入对语言的希望。”①

我们说“文学是语言的艺术”，主要是指文学对语言的精巧运用和建构。诗歌尤其如此。但从这个“宣言”中，我们看到的却是诗歌对语言的破坏，在这里，诗歌变成了“反语言的艺术”。正是因为如此，所以在“非非主义”诗歌中出现了诸如“石头在石头上”、“水在水上”、“帆在帆上”、“鸽子/在鸽子之上”这样按传统的语言习惯无法理解的诗句。

应该说，“非非主义”的这种“超语义”诗歌观还是相对平和和稳重的，能够被很大一部分人理解和接受。但到了90年代，特别是后现代主义被广泛地输入中国之后，诗歌的反叛更为激进与极端。不仅反语言，还反理性、反逻辑、反理解、反懂、反文体、反思想、反意象、反情感、反英雄、反崇高、反优美、反生活、反现实、反史诗、反审美、反人道主义、反理想主义……除了某些政治上的禁区以外，属于诗歌自然上的属性与艺术上的属性，当代诗歌都有探索性的反叛。正是因为如此，所以，先锋诗与传统的经典性诗歌有着巨大的差异。比如个人化写作、“下半身写作”、“私人化写作”、口语化写作、跨文体写作、“词语写作”等，完全不同于传统的经典化写作。有些探索性的诗歌，用传统诗学观念来看，是否还是“诗”都值得怀疑。

与这种诗歌创作的变化相适应，90年代之后的诗歌言说也发生了很大的变化。术语变了、概念变了、范畴变了、言说方式变了，评价的尺度和标准都不同。比如一位先锋诗评家这样评论当代诗歌：“敏锐的诗人会感到，近年大量的先锋诗歌从调性到具体的个人语型，都发生了大规模迁

① 蓝马执笔：《非非主义第二号宣言》，洪子诚、程光炜编选《第三代诗新编》，长江文艺出版社2006年版，第320—324页。

徙。历史的错位似乎在一夜间造成巨大缺口，尖新紧张地楔入当代生存的诗已不多见，代之以成批生产的颂体调性的农耕式庆典。”[①] 其中“颂体调性的农耕式庆典”这几个字还特别加上着重号。我相信对于诗评家本人来说，这段话是非常清楚明白的，他的思维和表述本来就是这样的，用传统话语方式来表述可能对他反而是不清楚的。

对于先锋诗歌以及先锋诗论，诗学界是两种完全不同的态度和评价，有的人激赏，有的人鄙弃。我认为，我们应该充分理解当代先锋诗歌，特别是理解他们试图“改变中国新诗被动接受世界文化思潮影响的局面”的努力[②]。我们也应该充分理解先锋诗论，它与先锋诗歌具有一体性。先锋诗论的某些言说和表述对于习惯于传统诗学话语的人来说，简直具有讽刺性。但如果我们以一种平和的心情、以一种同情的态度去读，读多了也就慢慢能理解了。先锋诗论中有大量的新的术语、概念和新的表述方式，这些术语、概念和表达方式，有外来的，也有生造的。之所以要借用外来术语和生造术语，这与中国现代诗学不能有效地表达和言说先锋诗歌有很大的关系。

当代先锋诗具有新的思想方式、情感方式、体验方式，在诗歌观念、写作方式、传播方式、欣赏方式以及在整个文学和文化生活中的作用和地位等都不同于传统诗歌，对于这种种不同，不仅传统的现实主义、浪漫主义诗歌理论不能有效地言说，而且现代主义也不能有效地言说。如果一定硬性地用现代诗学来表述和解说当代先锋诗歌，必然造成对先锋诗歌的误读和误解。表现在：首先，按照现代的诗学观念来言说和表述先锋诗歌，实际上是按照现代的诗歌形态来想象先锋诗歌，其结果必然与实际情况相距甚远，这种言说和评价并不能真正地进入先锋诗歌，更不要说理解它了。其次，按照现代诗学话语方式来言说先锋诗歌，实际上是把先锋诗歌纳入现代诗歌体系，纳入现代诗歌框架，实际上也是把先锋诗歌纳入现代

---

① 陈超：《求真意志：先锋诗的困境和可能前景》，陈超编《最新先锋诗论选》，河北教育出版社 2003 年版，第 1 页。

② 周伦佑：《“第三浪潮”与第三代诗人》，杨晓民主编：《中国当代青年诗人诗选》，河北教育出版社 2004 年版，第 552 页。

诗学价值体系，这样对先锋诗歌的评价其“好”“坏”恰恰可能是错位的。因为，先锋诗歌和现代新诗在艺术追求和艺术标准上很不一样，现代新诗所追求和看重的，恰恰可能是先锋诗歌所淡漠和轻视的，在评价上，现代诗学所肯定的恰恰可能是先锋诗歌自我否定的，现代诗学所否定的恰恰可能是先锋诗歌自我肯定的。

新诗在发展，诗学也要发展，我们应该充分肯定新诗潮和新诗论作为“发展”的合理性。先锋诗论中新的术语、新的概念、新的范畴和新的话语方式其实是一种新的思维方式，其中包含着新的诗学思想。回顾晚清以来中国思想的发展变化，我们看到，新名词“大爆炸”时期，也是思想最为活跃的时期，每当思想发生大的转变时，都会伴随着产生大量的新的术语、概念、范畴和话语方式。新的术语、概念、范畴和话语方式的流行与接受也就意味着对新的思想的流行和接受，新的术语、概念、范畴和话语方式固定下来并进入语言体系也就意味着新的思想固定下来并融入“当前”的思想体系。从理论上来说，术语、概念、范畴和话语的变化其实就是思想的变化，或者说必然引起思想的变化。刘泉曾详细考察了王国维语言与他的学术之间的关系，她认为，正是“新学语”造成了王国维的“新学术”，“准确化、科学化的话语方式，使王国维摆脱了传统学术研究类属混杂、过分随意的窠臼，开始自觉地条分缕析地梳理学术研究的门类属性”[①]。这是非常有道理的。在这一意义上，先锋诗论新的术语、概念、范畴和话语方式一方面显示了它与现代诗学的不同，另一方面我们更愿意把它看做是对中国现代诗学的巨大的发展和贡献。也正是在这一意义上，我认为，我们不仅要充分理解当代先锋诗论，还要充分吸收它，把它整合到中国现代诗学中来，从而使中国现代诗学具有更大的包容性，更有韧性，在理论上更完善、更合理。

研究中国现代诗学，我们看到，五四所确立的现代诗学话语和当代先锋诗学话语之间存在着巨大的差异，相互对立和冲突，其尖锐的程度甚至不亚于中国现代诗学与中国古代诗学之间的对立与冲突。对于诗歌的评价

① 刘泉：《论王国维的“新学语”与新学术》，《文学评论》2007年第1期。

其差距远远超出了“仁者智者”的范围，一方认为是最好的作品在另一方却被认为是最不好的，反之亦然。先锋诗人所激赏的作品，传统派根本就不以为然，反过来，传统派认为厚重的，先锋则不屑。同一作品在两种话语的不同言说中，其艺术高下简直就是两重天。当今，先锋诗学与现代诗学之间事实上缺乏交流，也无法交流，其隔膜甚至超过很多学科之间。在中国现代诗学这一学科领域，过去是个人的“自说自话”，现在是集体性的“自说自话”。我更愿意把这看做是中国现代诗学的不成熟。

当然，我们说重建中国现代诗学，整合现代诗学话语和当代先锋诗论，并不是说要统一诗歌的评价标准，而是说现代诗论和当代先锋诗论之间要交流、对话，在交流和对话中达到相互理解，并在理解的基础上吸纳、融合从而建构新的中国现代诗学。吕进先生认为，“现代诗学的重建需要在三个领域继续推进。这三个领域是：在中国跨入现代以后的观念重建，在实现‘诗体大解放’以后的诗体重建，以及在现代传媒条件下的诗歌传播方式重建”[①]。在这三大重建中，我认为最根本的是观念重建，而观念重建的深层则是话语重建。过去，我们一直不重视语言问题。其实，新诗是从语言变革开始的，中国现代诗学也是从话语方面开始突破的，话语对于中国现代诗学来说具有根本性，中国现代诗学本质上是一个言说和表述的问题，术语、概念、范畴和话语方式不同，言说和表述就不同，因而观念体系也就不同。所以，站在现代诗学的立场上，我们应该充分吸收、改造先锋诗学话语，把先锋诗论纳入中国现代诗学体系，从而重建中国现代诗学。

① 吕进：《论中国现代诗学的三大重建》，《文艺研究》2003 年第 2 期。

第六章

论“懂”作为文学欣赏理论话语

第一节　论中国古代文学欣赏的非“懂”性

“懂”是现代文学的欣赏方式，而中国古代文学的欣赏方式则是“读”与“解”，二者在具体内涵、品质、话语体系、理论范畴、文学实践基础和哲学思想基础等方面均有根本性的不同。本节试图对“读”“解”作为中国古代文学欣赏方式的非“懂”性这一问题展开论述。

懂，即理解，即明白，“理解”指理解作品的意义，是在解读的意义上而言的；“明白”即明白作者的意图，是在历史的意义上而言的。但不论是理解还是明白，深层理念上都认同作品的客观意义和价值，都强调科学的分析和解剖，在这一意义上，懂本质上是理性主义或科学主义的产物。所以，在中国，懂作为文学理论范畴本质上是现代文学理论的产物，是伴随着五四新文化模式的确立而确立的，它以现代学术语境及其理性思维方式为背景和基础。

懂不是中国古代文论的范畴，查各种古代文论工具书，不见使用“懂”这个概念。在一般文献中也见不到这个“字”。《词源》和《汉语大字典》都只有一个例句，出自《古今小说》四十：“老门公故意道：‘你说的是什么说话，我一些不懂。'”“懂”在这里是“明白”的意思，即领会对方的表达。《古今小说》为白话小说，“懂”只见于《古今小说》，这说明它在古代是民间口语。现代汉语与白话有着深层的渊源关系，白话即现代汉语的语言形式来源，但白话词语进入现代汉语体系之后发生了意义的演变从而变成现代汉语词语。“懂”就是这样，在古代汉语中，它是民间口语，具有日常性，即主要用于日常交际，并且不是“常用词”。在现代汉语中，它一方面具有原初的“明白”、“领会”的意思，另一方面又进入思想领域，成为一个文学理论范畴，一个思想概念，延伸出“理解”的意思。所谓“理解”，含有通过理论进行分析、研究，达到认识的目的的意味，含有现代的“分析”和“研究”的成分，所以，在现代汉语语境中，“懂”具有现代理性思维的特点。

在中国古代文学理论范畴体系中，与现代文学批评中的“懂”在程序上比较接近的概念是“解”、“诂”。“解”即分析、理解、晓悟、知道等，比如“解析”、“解经”、“解诂”、“解悟”等。“诂”即“以今言解释古代语言文字或方言字义”(《词源》)，比如“诗无达诂”、“训诂”等。中国古代文论中的“解”、“诂”当然有现代“懂”的含义，但它更多的是属于释训的范围，比如考证、字义、文义、音韵、释典、作者生平研究、道德研究、地理研究、社会风俗研究等，而按照“新批评”理论家兰色姆的观点，这些都属于“非本体论批评”。应该说，文字释训和背景研究这些对于文学欣赏来说当然也是很重要的，但它们并不直接关涉“文学性”，所以只是文学欣赏的前提条件，而不是文学欣赏本身，即不属于“本体性”的文学批评。中国古代文学欣赏最核心的内容是感悟。感悟强调感觉、直觉、体验、顿悟、享受等，这和“懂”的欣赏方式的理性分析、研究从而得出某种结论具有根本性的不同。中国传统文论的“感悟”和现代文论的“懂”是两个完全不同的文学批评范畴，也可以说，中国古代感悟的文学欣赏方式和现代懂的文学欣赏方式是两种完全不同的文学欣赏方式。

中国古代文学讲求韵、味、气、趣、含蓄、蕴藉、言外之旨、弦外之音、意在言外、言有尽而意无穷、含不尽之意，等等，这和现代重模仿、重现实的主流文学的写作信念具有很大的不同，相应地，中国古代文学作品在品性上与现代文学也有很大的不同。因为写作理念不同，作品品性不同，其欣赏当然也有很大的差异。对于中国古代文学的欣赏，我们很难用“懂”来概括。中国古代文学作品的“韵”、“味”、“气”、“趣”、“含蓄”、“蕴藉”、“言外之旨”，等等，实际上具有非理性的特点，具有模糊朦胧性，对于它们我们今天也很难用理性进行精确的分析和理解，对于中国古人来说，他们更多地是通过直观进行把握的，并且这把握因人而异，具有很大的主观和随意性。更何况，中国古代在文学观念上根本上就不具有“懂”性，“懂”从根本上是一个现代文学批评范畴，它是以现代文学理念、文学创作以及现代文学作品作为实践基础的。现代文学强调反映生活、强调文学与现实之间的呈现关系，因此现代文学欣赏也相应地强调对作品的理性分析和研究，强调对作品固有艺术价值的呈现，强调文学品位建立在科学结论的基础之上。

中国古代文学欣赏重感悟，轻理论分析，这与中国文化的深层思维有关系。对于意义的表述和把握，中西方之间存在着巨大的差异。西方文学理论和批评运用严格限定的术语、概念和范畴进行严密的逻辑表述，而中国古代思想文化的术语、概念和范畴则缺乏严格的限定，其意义往往与具体的语境密切相关，相对比较模糊，缺乏严密性，缺乏逻辑体系性。老子说：“古之善为士者，微妙玄通，深不可识。”（《老子》第十五章）“善为士”（“士”又作“道”）是这样，善为文学者也是这样。“微妙玄通”是非常典型的中国古代的表述方式。而且“微妙玄通”这个表述本身就有“微妙玄通”的特点，意思不确定，可以作多种解释，大略来说，“微”：精微；“妙”：巧妙；“玄”：意义深奥；“通”：意义深远，四字合起来，有点接近于今天所说的“晦涩”，但中国古代的“晦涩”不完全是理论上的，即不完全是理论的深奥难懂，所以一般人难以把握和明白。中国古代思想的“晦涩”主要是表述上的，即语言问题。

古代汉语在思维上的特点可以概括为“字思维”[①]，字与字进行组合，

① “字思维”这一概念最早是由画家石虎先生提出来的，后来引起诗歌理论界广泛的讨论，讨论的部分文章结集为《字思维与中国现代诗学》，天津社会科学院出版社 2002 年版。

意义无限衍生和蔓延，总体上表现出意义的模糊和不确定性的特点。“子曰：书不尽言，言不尽意。然则，圣人之意，其不可见乎？子曰：圣人立象以尽意，设卦以尽情伪，系辞焉以尽其言，变而通之以尽利，鼓之舞之以尽神。”（《周易·系辞上》）“立象以尽意”，这是古代汉语的一个非常重要的特点，也是中国古代思维的一个很重要的特点，非常接近现代西方所说的语言的“隐喻性”。这里，不管是用“象性”概括也好，还是用“隐喻性”概括也好，它都说明，在古代汉语的表达中，语言与思想之间关系不是直接的，而是具有间接性。语言与思想关系的间接性就决定了中国古代文学文本意义的不确定性，就决定了其留有很多空白从而具有多种解读性，唐司空图说：“象外之象，景外之景，岂容易可谭哉？”（司空图《司空表圣文集·与极浦书》，据《四部丛刊》本）。具体地，古代汉语的诗性特点决定了中国古代思想文本意义的模糊性以及多重解读性，扬雄说：“圣人矢口而成言，肆笔而成书，言可闻而不可殚，书可观而不可尽。”（扬雄《法言·五百》，《诸子集成》本）唐权德舆说：“上人心冥空无而迹寄文字，故语甚夷易，如不出常境，而诸生思虑，终不可至。”（权德舆《送灵澈上人庐山迴归沃洲序》，《全唐文》卷493。）特别是那些经典著作，其意义千百年来一直被人反复解读，并且这种解读还将长期延续下去，永无穷尽。其根本原因就在于古代汉语在意义上的诗性。

司马迁评论《离骚》：“其文约，其辞微，其志洁，其行廉，其称文小而其指极大，举类迩而见义远。”（司马迁：《史记·屈原贾生列传》）刘勰则用“隐”这个概念来描述文学中的这种现状：“隐也者，文外之重旨者也。……夫隐之为体，义主文外，秘响傍通，伏采潜发，譬爻象之变互体，川渎之韫珠玉也。”（刘勰《文心雕龙·隐秀》）欧阳修谈创作：“必能状难写之景，如在目前，含不尽之意，见于言外，然后为至矣。”（欧阳修《六一诗话》，《历代诗话》本。）意义必须依附于文本，反过来说，文本的意义只能存在于文本之内而不能存在于文本之外，所谓“义主文外”、“不尽之意，见于言外”，都不能从字面上理解，都是“举类迩而见义远”或“言有尽而意无穷”的一种夸张的表述，都是强调文本在意义上可以无限衍生，就是刘禹锡说的“片言可以明百意”（刘禹锡《刘宾客集·董氏武陵集纪》，据《四部丛刊》本）。“百意”即多义，所谓“片言可以明百意”，是说可以用很少的文字表达丰富而复杂的含义。“片言”为什么可以明“百意”，并不是说“片言”中包含着“百意”，或者说，“百意”客观存在于“片言”之中，而是说，“片言”可以引发“百意”、可以衍生“百意”，可以作多方面的阐释和解读，这里既涉及语言的思维特点，还涉及语境、主体的知识结构等方面的原因。

正是由于古代汉语诗性思维的特点以及相应的中国古代文学文本客观上存在多种解读的可能性等特点，所以中国古代的文学批评和文学欣赏不承认文学作品意义的所谓客观性，董仲舒说：“《诗》无达诂，《易》无达占，《春秋》无达辞。”（董仲舒《春秋繁露·精华》）所谓“《诗》无达诂”，即是说对于《诗经》，不可能达到一致的解释。而事实上，不仅仅《诗经》是这样，一切优秀的文学作品都是这样，不同的人因生活经历、思想方式和知识结构的不同，对同一作品有着不同的解释。明谢榛提出：“诗有可解、不可解、不必解，若水月镜花，勿泥其迹可也。”（谢榛：《四溟诗话》卷一，《历代诗话续编》本）这段话含有很深刻的文学欣赏学的思想。有的文学作品可以通过分析搞清楚它的意义，并且这种分析和理解有助于对其艺术性进行欣赏，至于如何分析，分析的意见是否可以一致，达到所谓“定解”，这是另外一个问题。而有的作品则根本就不能分析，硬性分析和解剖就会妨碍对其艺术性的感受和把握，就会破坏其艺术的整体性。还有的作品没有必要进行分析，其原因则可能是这类作品的艺术性与其所要表达的思想之间并没有多大的关系，比如一些游戏之作，其艺术性主要体现在其文字的结构机巧之中，主要在其形式上，而至于它表达了什么样的思想内涵，这其实是无关紧要的。谢榛的“可解”、“不可解”和“不必解”的区分实际上反映出了中国古人把文学欣赏和对文学作品的思想性分析区分开来的观念。在今天看来，如果想真正地欣赏一部文学作品，而这部作品不可理解或者根本就不对作品进行分析和理解，这是不可思议的。从这里也可以看出中国古代的文学欣赏与现代文学欣赏之间的根本性差异。

清薛雪也认为有的诗只可读而不可解："杜少陵诗，止可读，不可解。何也？公诗如溟渤，无流不纳；如日月，无幽不烛；如大圆镜，无物不现，如何可解？小而言之，如《阴符》、《道德》，兵家读之为兵，道家读之为道，治天下国家者读之为政，无往不可。所以解之者不下数百余家，总无全璧。……余又谓：可读，不可解。夫读之既熟，思之既久，神将通之，不落言诠，自明妙理，何必断断然论今道古？"（薛雪：《一瓢诗话》）这段话在中国古代文学欣赏中具有相当的代表性。包含这样一些非常重要的思想：

第一、文学欣赏包含着"读"与"解"这两种在性质和特点上都不同的行为，"读"主要是对作品的感受，其特点是在感受的过程中体味，这种体味是综合的，有时很难用语言进行准确的表述，或者说，欣赏的过程和结果不是语言形态而是身体形态，即"不落言诠"。"解"主要是对作品的理解，其特点是在"理"的基础上的分析，也就是"懂"，其结果能够用语言进行准确的描述和表述。二者之间具有联系性，但又具有相对的独立性。"解"属于理性活动，而"读"则属于感性活动。在这里，"感性"并不构成"理性"的基础。

第二，文学作品之所以不可解，根本原因就在于作品具有整体性、复杂性，包含着无限丰富的内涵，并且这内涵具有模糊性，隐含性，面对这种丰富性和复杂性，理性活动表现出某种限定性或无能为力。"解"永远只能是部分的，某一方面的，是建立在文本基础上的，是由文本延伸出来的，它永远只能小于文本，永远是第二性的，也就是今天所说的"形象大于思维"。

第三，"读"和"解"都属于文学欣赏活动，但在中国古代文学欣赏中，"读"比"解"对于文学欣赏来说显然更具有根本性，没有"解"仍然具有欣赏性，并且不影响欣赏的性质，但如果只有"解"而没有"读"即对文学作品的感受和体味，那就构不成欣赏。张怀瓘说："评先贤之书，必不能尽其深意。"（张怀瓘《议书》，《法书要录》卷 4）"不能尽深意"或者没有"尽深意"，这在今天看来是没有真正读懂作品，因而其"欣赏"

在性质上就值得怀疑，因为现代文学建立在理解的基础上，如果没有真正理解作品也就谈不上真正欣赏作品了。但中国古代的文学欣赏并不是这样，“不能尽深意”并不影响对作品的欣赏，没有读懂作品仍然可以欣赏作品，并且是“本体”性的文学欣赏。

由此可见，在中国古代，文学欣赏并不等于懂，文学欣赏可以是“懂”的，也可以是“不懂”的，“读”和“解”可以相互关联，即“读”建立在“解”的基础上，但也可以相互独立，即“读”是一种独立的活动，而“解”又是另一种独立的活动，并不是所有的文学欣赏都一定要读懂作品，没有真正理解作品同样可以从作品中得到高度的审美享受，并且这种享受并不比读懂作品之后的审美享受要低等。

从理论上进行总结，我们看到，中国古代文学欣赏并不强调对作品的理性分析，而更强调通过阅读作品得到一种体验和感受，更具体地说是在阅读的过程中得到一种文学意蕴的享受。作品在这里似乎只具有“媒介”的性质，只是通向审美享受的工具，作品的客观意义和价值是并不重要的，重要的是作品引发人的什么样的审美感受和体验。作品只是前提或途径，审美享受才是目的，“得鱼”可以“忘筌”。所以，中国古代文学欣赏更强调读者的主观感受而不是作品的客观价值和意义，更强调欣赏的身体形态而不是理性形态。这和20世纪西方的“读者—反映”批评以及后现代主义的文学欣赏有某种相似性，但中国古代文学欣赏是一种自发的文学欣赏，它以一种非常淳朴的方式把握了文学的真谛，而不具有理论上的自觉性。而20世纪以后西方出现的“读者—反映”批评和后现代主义批评则是重新发现了传统西方文学批评和文学欣赏中被忽视的真谛，从而与中国古代文学批评和文学欣赏在某一点上具有暗合性。它们只是在极抽象的观念和现象上具有某种相似性，而在知识背景、逻辑理路上则具有根本的不同。

这里就涉及深层的对于艺术的理解、认识和追求的问题。中国古人相信“意之所随者，不可以言传也”。（《庄子·天道》）相信“言有尽而意无穷”（苏轼语，宋姜夔《白石道人诗说》，《历代诗话》本），也就是说，在中国古人那里，文学的形式是有限的，语言的表述是有限的，而形式自我生成意义的能力是无限的，语言自我生成意义的能力也是无限的，这样，文学在意义上就不是固定的，而是超越语言本身，超越文本本身的，可以作审美价值的无限意义生成。刘知几说："然章句之言，有显有晦，显也者，繁词缛说，理尽于篇中；晦也者，省字约文，事溢于句外。然则晦之将显，优劣不同，较可知矣。夫能略小存大，举重若轻，一言而巨细咸该，片语而洪纤靡漏，此皆用晦之道也。"（刘知几《史通·叙事》）这种区分特别适用于文学。中国古代承认有"显"的类型的文学，所谓"显"的文学，实际上是那种意思清清楚楚、明明白白的文学，这种文学在今天仍然广泛地存在着，并且并不被否定，但在中国古代，这种文学明显是被轻贱的，按照中国古人特殊的文学"品第"观，它是等而"下"之的。"诗以蕴藉为主"（清贺贻孙《诗筏》）、"诗贵含蓄忌浅露"（清贺裳《载酒园诗话》卷一）、"诗宜含蓄，不露论锋"（清陆鎣《问花楼诗话》卷一）等，都说明了这一点。中国古代更追求"晦"的文学，所谓"晦"，并不是说作品的意义和文学意蕴隐藏得深，不能被人一眼看透，而是说作品的意义和文学意蕴比较模糊，可以作多种解读。

中国古人在文学创作中本来就不追求那种绝对和唯一的意义。"学诗浑似学参禅"（宋吴可《学诗诗》、宋龚相《学诗诗》，《诗人玉屑》卷一）、"诗文无定价"（薛雪：《一瓢诗话》）、"文章以气韵为主"（陈善：《扪虱新话》上集卷一《文章以气韵为主》）、"诗之所贵者，色与韵而已"（陆时雍《诗镜总论》）、"诗以趣为主"（袁宏道：《西京稿序》）、"词以意趣为主"（张炎《词源·意趣》）、"文章当以趣为第一"（明容与堂刻本《李卓吾先生批忠义水浒传》第五十二回回末），追求"韵"、"味"、"气"、"趣"、"含蓄"、"蕴藉"、"言外之旨"，等等，都说明中国古代文学在文学理念和文学品格上与现代文学有很大的不同，中国古代文学特别是主流的诗文虽然承认文学与现实之间的紧密联系，也追求"真"、"理"，但不像西方那样强调文学的写实性、模仿性，也不注重对社会生活的反映和本质规律的揭示。这样，作为知识范畴的意义和具有历史和社会价值的意义对于中国古代文学来说就不具有决定性。

既然文学作品并不追求“意义”，文学欣赏当然也就不追求文学作品的“意义”，所以中国古代文学欣赏更强调读者的主观感受和体验，更强调读者解读的主观性对于文学欣赏的本体性意义，“诗有妙悟，非关理也”（清王夫之《姜斋诗话》），并且把这种主观性强调到原则的高度上，“子曰：知之者不如好之者，好之者不如乐之者。”（《论语·雍也》）孔子这句话原本没有什么特别的限定，也适用于文学欣赏。对于文学欣赏来说，“知”就是理解，属于知识范畴，具有客观性，“好”和“乐”则是偏好和享乐，属于心理学范畴，具有主观性。孔子对于“知”、“好”、“乐”的这种排序，充分反映了中国古代文学欣赏对于主观感受的重视与强调，这和亚里士多德关于文学快感的观点是有着根本性不同的。亚里士多德认为，人类最初的知识都是从模仿得来的，“人对于摹仿的知识总是感到快感”，“求知不仅对哲学家是最快乐的事，对一般人亦然”，“我们看见那些图像所以感到快感，就因为我们一面在看，一面在求知”。[①] 亚里士多德把文学的求知和文学的快感紧密地联系在一起，并且作为统一性的范畴，这种观念深刻地影响了西方的文学的发展，也一直是西方文学欣赏的理论传统，西方长期以来都是从求知的角度来解释文学的审美性的。而中国的孔子则把这二者分离开来，并且强调它们在文学欣赏中的根本性不同，以及所表现出来的不同层次。

与意义直接有关的是“理”，因而也与“解”和“懂”有密切的关系。

“理”即“道理”，也是中国古代思想的一个非常重要范畴，“理学”在南宋时曾成为中国的主流思想，可见“理”作为范畴在中国古代思想中的地位。文学中，“理”主要是指文学作品所表现的内容，与“道”联系在一起，而与“情”相对，也与“辞”相对。与我们这里的讨论密切相关的是“理”与“辞”的关系问题，“理”和“辞”的关系接近于今天所说的内容与形式的关系，它是中国古代文论中一对非常重要的范畴。

但对于“理”与“辞”，中国古代文论主是在孰轻孰重的层面上讨论，

① 亚里士多德：《诗学》，人民文学出版社1962年版，第11页。

大致来说有三种基本的主张，一是主张“理”、“辞”并重，比如晋陆机提出“辞达而理举”（陆机《文赋》）。严羽说：“诗有词理意兴，南朝人尚词而病于理；本朝人尚理而病于意兴；唐人尚意兴而理在其中；汉魏之诗，词理意兴，无迹可求。”（严羽：《沧浪诗话·诗评》）唐李翱则提出“文、理、义三者兼并”之说：“故义虽深，理虽当，词不工者不成文，宜不能传也。文、理、义三者兼并，乃能独立于一时，而不泯灭于后代，能必传也。”（李翱《答朱载言书》）二是主张以“理”为重，比如宋濂说：“其为文词，务以理胜，不暇如他文士驰骋葩藻以为工，而当时求者纷如也。”（宋濂《甫田四如先生黄公后集序》）明刘基说：“文以理为主，而气以抒之。理不明，为虚文。气不足，则理无所驾。”（刘基：《苏平仲文稿序》）陆九渊说：“文以理为主，荀子于理有蔽，所以文不雅驯。”（陆九渊《语录》）唐陆希声说：“文以理为本，而辞质在所尚。元宾尚于辞，故辞胜其理。退之尚于质，故理胜其辞。”（陆希声《唐太子校书李观文集序》）曹丕则批评孔融“理不胜辞”（曹丕《典论·论文》）。三是主张以“词”为重，比如清贺裳说：“子野《一丛花》末句云：‘沉恨细思，不如桃杏，犹解嫁春风。’此皆无理之妙……愈无理而愈妙。”（贺裳：《皱水轩词筌》），萧子显则从文学性的角度批评了“重理轻文”的倾向，认为：“理过其辞，淡乎寡味。”（萧子显《南齐书·文学传论》）

文学究竟是应该重“理”还是重“辞”，如何评价重“理”的文学与重“辞”的文学，这是一个复杂的问题，自古以来就存在着争论，并且这种争论在今天换了一种方式仍然在延续，毛泽东《在延安文艺座谈会上的讲话》中提出的“政治标准第一、艺术标准第二”的观点其实就是这诸多观点中的一种选择。但不论是哪一种观点，都说明，在中国古代的文学观念中，“理”并不是文学之外的东西，而是属于文学的固有属性。

这里就涉及一个需要追问的问题，既然“理”是文学作品的固有属性，那么，对于“理”的解读就应该属于文学欣赏的应有之义，包括对于“理”的一般性解读即逻辑的解读，和对于“理”在文学中的特殊的存在方式的解读即文学性的解读。但中国古代文学欣赏理论却只有对“理”的一般性解读，即“解”，并且“解”是可以独立于文学欣赏之外的，而对于“理”的文学性解读则缺乏逻辑性的展开。在这一意义上，中国文学欣赏也有“懂”，但它在内涵上比现代文学欣赏中的“懂”却要简单得多、单纯得多，中国古代文学欣赏中的“懂”主要是指意义上的“懂”，而现代文学欣赏中的“懂”则不仅包括意义上的“懂”，还包括艺术上的“懂”。更重要的是，中国古代文学欣赏既承认“懂”，也承认“不懂”，既承认“可解”，也承认“不可解”，而现代文学欣赏中的“懂”则是对“不懂”持排斥态度的，即认为所有的真正的文学作品都是可以“懂”的，对于有些作品，我们现在没有弄清楚它的意思，那是我们的方法不对或者暂时还没有找到很好的办法，只要方法得当，终究有一天是可以搞“懂”的，相应的，对于那些完全没有办法读“懂”的文学作品，现代文学批评采取的是把它排斥在文学范围之外，即不承认它是真正的文学作品[①]。

同时，我们看到，中国古代文学欣赏更关心的是“理”、“辞”孰轻孰重的问题，而不是“理”与“辞”的内在逻辑关系问题。我们要问的问题是：“理”是一种可以独立于“辞”的客观存在吗？有纯粹客观存在的“理”吗？有纯粹的“辞”吗？“理”与“辞”是否是简单的对应关系，换一种说法，在文学作品中，“理”是否是固定不变的？它与“辞”是否是严格对应的？问题一旦转入语言的层面，一旦转入对语言与思想之间深层关系的追问，结论就不再是这么简单了，我们看到，中国古代文论在“理”与“辞”的层面上缺乏对这一问题的深入讨论。由此可见，中国古代文学欣赏并没有把“理”纳入“文学性”的层面、纳入文学“语言艺术”的层面进行思考，这样，“理”在文学作品中就是简单的，因而不属于复杂的文学欣赏的一部分，所以，在中国古代，它作为“解”可以独立于文学欣赏以外。

但事实上，“理”在文学作品中并不是“物质性”的客观存在，“理”依附于“辞”而存在，同时它又与具体的语境和大的文化背景有密切的关

① 当然，后现代主义产生之后，这种观念发生了一些变化。

系，所以，“理”在文学作品中既具有相对的稳定性，又充满了“变”数，辞即理。用语言文字表达出来的文学作品只有外在形态的客观性，但语言的意义则不具有这样一种客观性，它因人们对语言的理解不同而不同，所以，文学作品的意义和价值因人而异、因时而异，作为一种现象，这是不能否定的。中国古人观察到了这一现象，并对这一现象进行了描述和思考。清薛雪说：“诗文无定价，一则眼力不齐，嗜好各别；一则阿私所好，爱而忘丑。”（清薛雪《一瓢诗话》）赵翼说：“同阅一卷书，各自领其奥。”（清赵翼《书怀》）《周易·系辞上》所说的“仁者见仁，智者见智”也可以从语言的角度进行理解。在语言的层面上，对文学的理解没有绝对的正确与错误，没有客观标准，因为文学不论是“理”还是“文学性”，都不具有物质客观性，它具有客观性，但属于精神的客观。文学欣赏中的发现从根本上不同于科学研究中的发现，文学的真理也不同于科学的真理。

对于文学语言是如何表达意义的？能否充分地表达意义？语言是否一定有意义？语言的意义是否可以穷尽？中国古代文论是有思考的，只是不是在“理”与“辞”的逻辑关系这一层面上来思考的，而是在独立的辞的意义上思考的。比如“故言，心声也”（扬雄《法言·问神》）、“言以载事”（欧阳修：《代人上王枢密求先集序书》）、“诗无达诂、易无达占。”（董仲舒《春秋繁露·精华》）、“词达而已”（《论语·卫灵公》）、“书不尽言、言不尽意”（《周易·系辞》）、“意深词浅”（袁枚《续诗品》）、“词贵意多”（况周颐《蕙风词话》）、“辞丰意雄”（欧阳修《答吴充秀才书》）、“言之无物”（方东树《昭昧詹言》）、“事辞相称”（李轨《法言注》）、“文约而事丰”（刘知几《史通·叙事》）、“言简而意尽”（胡仔《苕溪渔隐丛话》前集卷四十二）、“先辞而后情”（陆云《与史平原书》）、“事曲而文也曲”（毛宗岗《全图绣像三国演义》第五十八回夹批）、“诗之厚，在意不在辞”（清查为仁《莲坡诗话》）、“文以意为主，以言语为奴”（清赵执信《谈龙录》）、“志非言不形，言非诗不彰”（王士祯《师友诗传录》），等等，都在一定程度上表达了语言本质观以及语言与文学及其文学性之间的关系。总体来说，中国古人始终相信理和辞可以独立存在，即有一种独立于辞的理，辞就是用来讲理的工具。正是在这一意义上中国古人对文学欣赏有很多误解。

文学的思想内容与语言之间究竟是一种什么关系，文学的语言与其他语言之间究竟是一种什么关系，这其实值得深入的追问。庄子说：“道不可言，言而非也。”（《知北游》）“可以言之者，物之粗也。”（《秋水》）“可言可意，言而愈疏。”（《则阳》）在庄子这里，似乎始终有一种语言之外的，不依赖于语言而存在的深不可测的、神秘的“道”，对于“道”，语言的能力是非常有限的。“道”是不可说的，只有“物之粗”即形而下之实体才可言说。这是对思想和语言以及二者之间关系的很大误解。这种误解对中国古代哲学思维方式和具体形态有很大的影响，对文学及文学欣赏也有很大的影响。中国古代文学欣赏的意会性和参禅式方式其实就是建立在这种语言学和相应的思想方式的基础之上。其实，“道”即思想根本就不可能独立于语言而存在，具体表现在文学上，文学的思想内容是和语言的表达紧密地联系在一起的，或者说，思想即是语言的表达，文学性就在语言表述之中，而不在语言表述之外。“得意忘言”，即穿过语言达到语言背后的文学性，不过是一种幻想。

同时，在中国古代，“辞”既然具有独立性，可以独立于“理”之外而存在，那么，这独立的东西究竟是什么呢？康德认为文学类似于游戏，而语言游戏显然是其中的一个重要方面，文学的文学性也体现在语言的游戏方面。在这一意义上，文学有“理”，但还有“理”以外的东西，而这理以外的东西就不能用“理”来要求，也不一定能用“理”来进行解释。对于非“理”的东西，中国古代文学欣赏的基本方式是“只可意会，不可言传”。“只可意会，不可言传”本质上是一种非“懂”的欣赏方式。索绪尔说：“从心理方面看，思想离开了词的表达，只是一团没有定形的、模糊不清的浑然之物。……思想本身好像一团星云，其中没有必然划定的界限。预先确定的观念是没有的。在语言出现之前，一切都是模糊不清的。”[①] 不能用语言进行表述的思维只能是一种模模糊糊的意识，一种很虚无缥缈的东西。所谓“虚无缥缈”，一是指原文本的，在语言的限度内，

① 索绪尔：《普通语言学教程》，商务印书馆1980年版，第157页。

原文本缺乏清晰的意义，缺乏明确的表达；二是指阅读上的，读者阅读文本之后，感觉到自己对文本的意义缺乏准确的把握，所获得的意义处于弥散的状态，所以，难以用语言表达。在这一意义上，真正的“意会”实际上是一种感觉，一种具有联想和想象性的感觉。也正是在这一意义上，意会性的中国古代文学欣赏不属于“懂”的欣赏范畴。意会性的文学欣赏与“懂”的文学欣赏的根本不同在于，“懂”是在理性意义上而言的，所谓“懂”，即明白了作者所表达的，包括作者所表达的思想和所表现的艺术性，这种明白是理性之间的交流和汇通，是通过语言的方式完成的，如果这种明白不能用语言进行表述，那就不能称之为“懂”。所以，“懂”本质上是对客观存在的属性的发现、理解，它更强调的是从读者的阅读这一角度的作者、作品和读者三者之间的一致性，读者阅读作品之后由联想所生发的不论是思想还是艺术性，都不属于“懂”。所以，从根本上，“懂”属于知识范畴。

文学在知识的层面上才涉及“懂”和“不懂”的问题。当我们的知识结构不健全，存在着缺陷时，就会出现“不懂”的情况。孔子说：“中人以上，可以语上也；中人以下，不可以语上也。”（《论语·雍也》）就是说，如果一个人的知识只是中等，给他谈深奥的道理是没有用的，深奥的道理只有具备深奥的知识的人才能理解。鲁迅也有这一意思，他认为应该区分两种“不懂”：“现在最普通的对于翻译的不满，是说看了几十行也还是不能懂。但这是应该加以区别的。倘是康德的《纯粹理性批判》那样的书，即使德国人来看原文，他如果并非一个专家，也还是一时看不懂。”[①]康德的理论，无论怎样用简明的语言来讲，一般人也是弄不懂的。王充说：“当言事时，非务难知，使指闭隐也。后人不晓，世相离远，此名曰语异，不名曰材鸿。浅文读之难晓，名曰不巧，不名曰知明。”（王充《论衡·自纪》，《诸子集成》本）就是说，时代及相应的语境变化，也会造成理解上的困难。所以，有两种不懂，一种是作品过于深奥，而读者的知识水平达不到，所以看不懂，或者由于一时的主观和客观上的障碍而造成暂

① 鲁迅：《为翻译辩护》，《鲁迅全集》第5卷，人民文学出版社1981年版，第259页。

时的不懂。二是根本就没有意义，没有懂，所以看不懂。在这一意义上，有些所谓“不懂”的确是知识和理解的问题，但并不是所有的“不懂”都是知识和理解的问题，有些文学作品，作者在写作的时候根本就没有明晰性，根本就没有明确的逻辑性，根本就没有意义和艺术的客观性，也就根本就不存在“懂”的问题。

综上所述，我们可以得出结论，中国古代文学欣赏中有“懂”的成分，表现为“解”。“解”与“理”有直接的关系，或者说是“理”的范畴，但这只是中国古代文学欣赏的一部分或一方面，并且不是最重要的部分或方面，因为，中国古代文学欣赏中的“解”主要是文字释训、词语释训，历史和掌故的考证，义理的分析等，也即主要是在弄清楚作品的思想的层面上。考据、义理、辞章对于文学欣赏来说，当然也是重要的，但它们都只是文学欣赏的条件或前提，它们都还只是为文学欣赏扫清障碍的，还不是文学欣赏本身。中国古代文学欣赏的核心是建立在“读”的基础上的“品”、即玩味，玩味既可以是理性的，也可以是非理性的，既可以用语言予以清晰的表述，也可以是模糊朦胧而不能为语言予以清晰的表述。玩味承认作品的无定解以及相应的意义的无穷尽性，而这是很难用“懂”来进行概括的。所以，“懂”本质上是“理”的范畴，属于“思想”和“知识”，而中国古代文学欣赏则超越了思想和知识。我们看到，中国古代文学理论非常复杂，即注重理解性，但同时也注重感受性，并且感受性更构成了中国古代文学的欣赏的特点。在这一意义上，中国古代文学欣赏从根本上不同于现代文学欣赏。

第二节　“懂”作为现代文学欣赏基本方式的理论基础

“懂”是文学理论的一个基本范畴，并且是一个很普及的范畴。我们在文学批评和文学欣赏中非常广泛地使用这个概念，对于很多人来说，它已经成为一种文学意识，一种文学批评和文学欣赏的前提和标准。但我们对于“懂”作为一个文学理论范畴却缺乏明确的研究。这里我主要在文学欣赏的理论层面上探讨“懂”。

中国古代文学理论有“解诗”与“品诗”之说，涉及文学作品欣赏中的理解、感受等根本性问题，也因而涉及懂与不懂的现象，但中国古代文学理论不用“懂”这个范畴来对这些现象进行言说。“懂”是中国现代文学理论范畴，是中国现代文学理论对文学欣赏的一种言说方式，其产生与西方近代以来的科学主义对文学理论的影响和制约有着密切的关系，从根本上，“懂”是西方科学和理性输入中国之后在文学理论上的反映和产物，其深层的背景或思想基础是理性和科学。

理性和科学作为精神活动的基石、作为信念、作为主流的思维方式，在中国的确立是五四新文化运动时的事，更准确地说，理性和科学是五四新文化运动的产物。五四新文化运动的最大后果就是确立了科学观和理性观，“非理性”也是中国现代思想的一个基本范畴，但“非理性”不是来自于中国古代，而是来自西方，“理性”和“非理性”是一种二元对立的范畴，二者不是平等的。“非理性”作为“理性”的另一“元”，实际上是理性的衍生物。理性和科学构成了中国现代精神文化和物质文化的基础，也建构了中国现代文化和现代社会的基本类型，正是在理性和科学成为现代社会和文化的基本精神之后，中国现代文化和社会模式才从根本上区别于中国古代文化和社会模式。现代社会的一切方面都与此有关，政治、文化、科学、技术、经济、军事、教育等无不在深层上以科学和理性作为根基。

文学和文学理论也是这样。胡适的文学理论最重要的建树是他提出的“文学改良”主张，“八条主张”实际上可以用一句话概括：“有什么话，说什么话；话怎么说，就怎么说。”[①] 胡适的这个主张是建立在对传统主义文学判断的基础上的，他认为中国古代文学有三大弊端：“吾国文学大病有三：一曰无病而呻。……二曰模仿古人。……三曰言之无物。”[②] 有什么

① 胡适：《建设的文学革命论》，《胡适文集》第2卷，北京大学出版社1998年版，第45页。

② 胡适：《吾国文学三大病》，《胡适留学日记》，海南出版社，海南国际新闻出版中心1994年版，第227页。

话就说什么话，言之有物，这实际上是以一种科学主义和实用主义的态度对待文学。陈独秀的文学理论更是这样，陈独秀在五四时最大的贡献就在于他以一种决绝的态度提倡科学和民主，并最终使科学及其精神在中国取得完全的胜利。在著名的《敬告青年》一文中，他提倡“科学的而非想象的”，他对“科学”和“想象”的解释是：“科学者何？吾人对于事物之概念，综合客观之现象，诉之主观之理性而不矛盾之谓也。想象者何？既超脱客观之现象，复抛弃主观之理性，凭空构造，有假定而无实证，不可以人间已有之智灵，明其理由，道其法则者也。”中国古代大体是“想象的”，最典型的就是“气”之说，“其说且通于力士羽流之术；试遍索宇宙间，诚不知此‘气’之果为何物也！”他认为西洋发达的最重要的原因就是科学之兴，所以，“国人而欲脱蒙昧时代，羞为浅化之民也，则急起直追，当以科学与人权并重”[①]。在《〈新青年〉罪案之答辩书》一文中，他的态度更坚定：“西洋人因为拥护德、赛两先生，闹了多少事，流了多少血，德、赛两先生才渐渐从黑暗中把他们救出，引到光明世界。我们现在认定只有这两位先生，可以救治中国政治上道德上学术上思想上一切的黑暗。若因为拥护这两位先生，一切政府的压迫，社会的攻击笑骂，就是断头流血，都不推辞。”[②] 把这种科学和理性运用到文学上，就是“文学革命论”：“曰，推倒雕琢的阿谀的贵族文学，建设平易的抒情的国民文学；曰，推倒陈腐的铺张的古典文学，建设新鲜的立诚的写实文学；曰，推倒迂腐的艰涩的山林文学，建设明了的通俗的社会文学。”[③]“三大主义”归结起来，其实就是要求文学像科学一样面对现实、面对社会。

中国现代文学理论和文学评论深受这样一种理性主义的影响。我们看到，五四之后的文学理论文章不再是简单的叙述的、感想的、“说理”的，

① 陈独秀：《敬告青年》，《陈独秀著作选》第一卷，上海人民出版社 1993 年版，第 134、135 页。

② 陈独秀：《〈新青年〉罪案之答辩书》，《陈独秀著作选》第一卷，上海人民出版社 1993 年版，第 443 页。

③ 陈独秀：《文学革命论》，《陈独秀著作选》第一卷，上海人民出版社 1993 年版，第 260—261 页。

中国古代的所谓“说理”大多数情况下不过是讲“人之常情”。在文体上，中国古代文论具有“散文化”的趋向，这里所谓“散文化”不是字面意义上的，而是文体意义上的，书信、作品序跋、诗话、小说点评、边缘化的史传，等等。但对于文学理论来说，这些都是附属性的文体。中国古代文论一直到近代裘廷梁的《论白话为维新之本》、梁启超的《论小说与群治之关系》、鲁迅的《摩罗诗力说》等文章的出现，才开始了本体的文学理论文体。而且，中国古代文论文章篇幅多不长，而理论论证更有限，多是一些观点，且多是感想式的观点，缺乏应有的理论和事实的证据。提出观点是非常容易的，对于学术来说，重要的不在于提出了什么观点，而在于如何论证观点和观点论证的有效性。中国古代文论并不是不想写厚重的文章，而是因为缺乏理性的逻辑分析和归纳论证因而文章根本写不厚重。而中国现代文论则不同，文章有观点，有事实的根据，有逻辑的分析，体现为纯粹的理论方式。这显然是受西方科学主义和理性主义影响的结果。我们当然也可以把这种现象看做是思想复杂的结果，但理性和科学正是造成中国现代思想复杂的一个重要的原因。可以说，科学和理性的输入从根本上改变了中国现代思想的模式，也从根本上改变了中国现代文学理论的模式。

在西方，理性精神在古希腊时期就确定了。“早在古希腊，人已被看做是理性的动物，人能认识和主宰世界的理性精神被看做人之为人、人高于动物的本质所在。文艺复兴之后，中世纪人对神的依附、盲从、迷信被人对自身理性的发现和肯定所替代。自然科学的一系列新发现不但解放了人们的思想，提高了科学的地位，而且也无限增强了人对自身理性的信心，用理性原则来建立一个新世界成为17、18世纪西方先进思想家的共同理想。从笛卡尔到康德，再到黑格尔，理性主义始终占据统治地位。那个时代，人本主义与科学或理性主义完全一致，理性原则可以说正是人本主义的核心尺度。”[①] 文学和文学理论也是这样。19世纪之前的西方文学本质观一直是以“模仿说”为主流的，现实主义文学一直是西方文学的传统，

① 朱立元主编：《当代西方文艺理论》，华东师范大学出版社1997年版，第5页。

伴随着科学和理性在19世纪达到高峰，现实主义文学在19世纪也达到高峰，成为主流的文学。现实主义强调反映、再现、典型、客观、写实，强调文学与现实之间的关系，其深层的理念就是理性与科学。西方文学理论一直以来的思路都是：试图通过对各种文学现象进行归纳总结与分析从而一劳永逸地解决什么是文学、什么是小说、什么是诗歌、文学的创作过程分哪些步骤、文学欣赏的心理图式等问题，西方文学理论在19世纪之前实际上一直在试图建构一种无所不包的、放之四海皆准的具有内在统一的、没有矛盾的、宏大的文学理论体系。西方文学理论一直有一个无需证明的前提，即实际上把文学现象等同于自然现象，主张文学研究像自然科学剖析自然现象一样剖析文学现象，通过对文学现象进行细致的解剖最后达到对文学的彻底认识。这是一种非常典型的理性主义和科学主义。具体对于文学评论来说，古希腊时还非常重视对作品本身的解读，但当解读遇到障碍时，便倾向于求助作者，因为作品是作者写出来的，在理性和科学的世界中，作者被当成了原因，而作品被当成了结果，所以文艺复兴以来，作者的意图在作品的解读中的地位越来越高，到19世纪现实主义文学理论时达到顶峰，19世纪的西方文学评论基本上在作者与作品之间做文章，直到20世纪的俄国“形式主义”和英美“新批评”才开始摆脱作者的控制，专注于作品本身。

中国对西方思想的输入总体上是滞后的。“五四”所输入的西方文化主要是西方19世纪的文化，正是因为如此，理性和科学成为中国现代文化和思维的基本方式。当然这也有非常复杂的社会政治原因，但科学和理性对西方文明的作用显著的事实是最主要的原因。科学和理性作为中国现代文化和思维的基本模式对文学批评的深刻影响在于，我们不再以一种“道”、“气”、“仁”、“韵”、“味”、“境”的眼光去审视文学作品，而是以“客观”、“现实”、“反映”、“表现”、“内容”、“形式”、“典型”、“风格”、“体裁”的眼光去审视文学作品，这样就导致与传统完全不同的对文学作品的逻辑分析，理论研究和意义解析。在科学和理性的观照中，作品一旦被创作出来，就是一种绝对的客观，其意义和价值就是固定不变的，可以通过研究和分析给予永久性的揭示。在中国现代文学批评的理念中，文学作品是由作者创作出来的，所以文学作品所有的意义和价值都与作者有关，考证作者的写作意图或根据作品发掘出作者的意图，就是文学评论的最根本的任务，从作品中明白了作者的意图包括思想内容和艺术表现就是“懂”了，反之，没有看出来或者看“错”了看“偏”了，就是“没懂”或“不懂”。所以，中国现代文学批评一直在作者和作品的二维的层面上做文章，在这一意义上，我们就不难理解为什么《红楼梦》研究中学者们一直热衷于考证曹雪芹的生平。

所谓“懂”，大致来说就是理解或明白，包括理解作品的思想内容和艺术内容，而作品的思想内容和艺术内容通常被认为是作者通过作品表现的，它客观性地存在于作品之中，所以，所谓“理解”就主要是指理解作者表现的，读者阅读和欣赏就是把作者在作品中所表现的思想内容和艺术内容“发掘”出来，在“发现”中达到快乐即审美愉悦的目的。梁宗岱说：“一首好的诗最低限度要令我们感到作者的匠心，令我们惊佩他底艺术手腕。”① 这其实就是对“懂”的一种定义。“懂”的反义词是“不懂”，介于“懂”与“不懂”之间的是“难懂”或“晦涩”，朱光潜说：“我以为与其说明白与晦涩，不如说易懂与难懂。”② “晦涩”这是一个非常重要的概念，它认同“懂”，只是认为“懂”起来不是那么容易，它实际上是在“不懂”的意义上讨论“懂”。所以，正如“丑”属于“审美”范畴一样，“晦涩”从根本上属于“懂”的范畴，其深层的意识基础是理性，是从理性中衍生出来的，仍然是现代理性言说的产物。臧棣在《现代诗歌批评中的晦涩理论》一文中认为：中国现代晦涩理论与“人们对‘含蓄’风格的期待和对‘纯诗’观念的倡导纠结在一起”，“和象征主义诗歌艺术之间存在着一种内在的美学联系”。“晦涩理论的雏形实际上是从两种批评意识中脱胎出来的：一是对中国古典诗学的怀念，二是对象征主义诗学的共鸣。”③ 这是在具体的历史的层面上而言的，实际上，晦涩理论还有更为深层的理论背景，就是科学的言说，理性的意识，是站在理性意识上对现代

① 梁宗岱：《论诗》，《梁宗岱批评文集》，珠海出版社 1998 年版，第 17 页。

② 朱光潜：《论晦涩》，《朱光潜全集》第 8 卷，安徽教育出版社 1993 年版，第 533 页。

③ 臧棣：《现代诗歌批评中的晦涩理论》，《文学评论》1995 年第 6 期。

文学批评的一种反思。

“懂”是一个现代文学理论范畴，是五四之后确立的，这一点从五四之后大量的文学批评著作中使用这一概念这一现象可以看出来。但有意思的是，翻检五四时期的文学理论和文学批评文献，我们找不到专门讨论“懂”作为文学理论范畴的文章，哪怕只是提出一种观点也没有，也无从考证是谁最早在文学理论范畴的意义上使用这个概念的。显然，在科学和理性作为思想和思维方式确立以后，“懂”作为文学理论似乎是不证自明的，很多人在文章中都使用“懂”这个词，但对“懂”作为概念却缺乏研究和讨论。“懂”作为文学理论问题其内涵实际上是在反题的讨论即关于“看不懂”以及相关的“晦涩”的讨论中凸显出来的。所以，从历史的角度，我下面主要从厘清“看不懂”、“晦涩”的概念中来研究中国现代文学批评和文学欣赏中“懂”的问题。

谁最早提出“看不懂”的问题，现在难以考证。笔者查到的文献中，最早使用这一词的是鲁迅，1924 年 1 月 28 日，鲁迅写作《望勿“纠正”》一文，在这篇文章的最后，鲁迅说：“有些人攻击译本小说‘看不懂’，但他们看中国人自作的旧小说，当真看得懂么?”[①] 鲁迅在这里实际上对“懂”提出了疑问。“懂”的标准是什么？理解到什么程度才叫“懂”？自以为“懂”了，其实未必“懂”了。这里面值得追问的问题还很多。可惜鲁迅没有深入地追问下去。20 年代中期出现的“象征派”诗歌以及 30 年代初期出现的“新感觉派”小说，则对传统的现实主义和浪漫主义的欣赏方式提出了挑战，也对文学的理性主义提出了挑战，迫使文学理论探讨一些新的问题，其中就深入地涉及了“懂”和“晦涩”的问题。而 1937 年胡适主编的《独立评论》发表的一组“通信”，则是对“懂”与“不懂”问题的一次比较集中的讨论，它对于深入研究和探讨文学欣赏和文学批评的深层次问题显然是有推动作用的，它提出了很多文学欣赏的重大问题和根本性问题，可惜的是在当时的理论水平和思维条件下，这些问题不可能得到有效的解决。

---

① 鲁迅：《望勿“纠正”》，《鲁迅全集》第 1 卷，人民文学出版社 1981 年版，410 页。

第三节 中国现代文学史上关于“反懂”的讨论及其理论反思

五四时期，伴随着科学主义在中国的确立，以理性主义作为深层基础的“懂”成为中国文学批评和文学欣赏的基本方式。但20年代中期现代主义文学在中国的产生，则对文学批评和文学欣赏中“懂”的方式以及这种方式背后的深层理论基础提出了挑战。1937年《独立评论》关于“看不懂”的讨论以及其他相关讨论则从理论上对“懂”的文学欣赏方式进行了深入的探讨。关于“懂”与“不懂”，不论是在历史的层面上，还是在理论的层面上，我认为这都是一个非常重要的问题，涉及文学本质观念、文学欣赏观念，中国现代文学史如何书写等一系列重大的问题。但它却并没有引起我们的文学史家和文学理论家的重视。

本节试图对中国现代文学批评中有关“懂”的讨论进行梳理，并在梳理的基础上对中国现代文学欣赏方式及其理论基础进行总结和反思，以期更深刻地认识中国现代文学的品格及其复杂性。

受西方传统主义文学观念的影响，认为文学是对社会现实的反映，文学具有认识作用、教育作用和审美作用，这是五四时期我们对文学的基本信念，相应的，在文学主潮上，五四时期是现实主义文学和浪漫主义文学。现实主义文学和浪漫主义文学一个共同的特点就是以现实为参照，强调文学的现实意义和客观价值，因为特别强调思想和意义的表达，所以，主流的现实主义文学和浪漫主义文学都强调意义的清楚明白。与这种客观性和现实性相一致，对现实主义文学和浪漫主义文学的批评和欣赏也主要集中在理解和分析其意义以及其意义的表现方面，而解读出来的意义以及意义的表现通常被认为客观存在于作品之中，它归属于作者，读者只是“发现”了它。但20年代中期，现代主义文学在中国产生，则打破了这种文学理念和文学欣赏理念。现代主义文学在中国的产生，有两大基本原因，一是中国现代文学自身的发展，文学的创造、现实生活中非理性因素的客观存在、中国古代文学的游戏传统、现实主义文学和浪漫主义文学本身的局限，等等，都是现代主义文学产生的条件和基础。二是受西方现代主义文学的影响。其中“象征主义诗歌”最具有代表性。

与五四初期的现实主义和浪漫主义诗歌相比，在文学精神上，象征主义诗歌是一种完全不同的诗歌。初期新诗基本上走的是胡适的“有什么话，说什么话”的路子，坦白、直露、甚至于“说理”，俞平伯《白话诗的三大条件》，其中“第二条”就是“说理要深透、表情要切至、叙事要灵活”[①]。即使是自我表现，也是狂叫直说，周作人评价道：“中国的文学革命是古典主义（不是拟古主义）的影响，一切作品都像是一个玻璃球，晶莹透澈得太厉害了，没有一点儿朦胧。”[②] 而象征主义诗歌则有意反其道而为之，反对诗的主题和语言的明晰性，他们对五四初期的诗歌理论进行了激烈的批评，梁宗岱说：“所谓‘有什么话说什么话’，——不仅是反旧诗的，简直是反诗的；不仅是对于旧诗和旧诗体底流弊之洗刷和革除，简直把一切纯粹永久的诗底真元全盘误解与抹煞了。”[③] 这种反叛使象征主义诗歌具有自己明显的特色：“象征派诗人大都排斥理性，强调表现变幻不定的内心情感、刹那间的感受情绪，表现梦幻和下意识的精神状态，表现幻想和直觉。非理性的幻想和直觉，本来就很暧昧模糊，再加上象征手法的朦胧含蓄，就必然导致意旨的扑朔迷离和晦涩难解，而象征诗派不仅不认为这是一种缺陷，相反却认为这是一种美学追求。”[④] 象征主义诗歌使文学的非理性主义问题凸显出来，这就对传统的文学理念、文学理念背后的深层的思想基础和思维方式、文学的内容与形式、文学的创作方法等提出了挑战，也对文学批评和文学欣赏的方式以及这种方式背后的深层基础提

① 俞平伯：《白话诗的三大条件》，《中国新文学大系·文学争论集》（影印本），上海文艺出版社 2003 年版，第 264 页。

② 周作人：《〈扬鞭集〉序》，《谈龙集》，河北教育出版社 2002 年版，第 41 页。

③ 梁宗岱：《新诗底十字路口》，《梁宗岱批评文集》，珠海出版社 1998 年版，第 126 页。

④ 龙泉明：《中国新诗流变论》，人民文学出版社 1999 年版，第 266 页。

出了挑战。其中一个最基本的问题就是“懂”的问题。曹万生说：“李金发以前的白话诗，没有人不懂的，但能懂的诗中大多诗美索然；李金发以后的白话诗，没有人都懂的，但不懂的当中有不少诗美盎然。”[①] 对于这种不懂，文学理论必须予以解决，正是在这种讨论中“懂”成了中国现代文学理论的一个范畴。

中国象征诗派的开创者是李金发，他也是象征诗派最有名的诗人。当时对李金发的诗抱怨最多的是“看不懂”，胡适称之为“笨迷”[②]。而笔者看到的最早对这种“看不懂”进行系统论述的是苏雪林，1933 年，苏雪林在《现代》上发表了《论李金发的诗》一文，在这篇文章中，苏雪林认为李金发的诗“行文朦胧恍惚骤难了解”（346 页），“没有一诗可以完全教人了解”（347 页）。而更重要的是，苏雪林具体分析了难懂的原因：一是“观念联络的奇特”，二是“善用‘拟人法’”，三是“省略法”。对于“省略法”，苏雪林特别进行了解释，认为它是一种典型的“象征文学”的手法，其特点是：“第一题目与诗不必有密切关系，即有关系也不必沾着做。行文时或于一章中省去数行，或于数行中省去数语，或于数语中省去数字，他们诗之暧昧难解，无非为此。”（第 352 页）[③] 她还特别以李金发的《题自写像》一诗为例来分析。原诗是这样的：即月眠江底，/还能与紫色之林微笑。/耶稣教徒之灵，/吁，太多情了。//感谢这手与足，/虽然尚少，/但既觉够了。/昔日开武士被着甲，/力能搏虎！/我么，害点羞。//热如皎日，/灰白如新月在云里。/我有革履，仅能走世界之一角，/生羽么，太多事了呵！（按：此诗出自李金发的第一本诗集《微雨》，1923 年写于巴黎。此处引自人民文学出版社 2000 版《微雨》。苏雪林误为《自题画像》，标点符号也与此大有不同。）

苏雪林分析道：“第一节起二句写景是容易使人明白的，忽然接下耶稣教徒太多情了云云又不知他的命所在了。或者中间省去一段过渡的文

---

① 曹万生：《现代派诗学与中西诗学》，人民出版社 2003 年版，第 18 页。

② 胡适：《谈谈“胡适之体”的诗》，《胡适学术文集·新文学运动》，中华书局 1993 年版，第 466 页。

③ 苏雪林：《论李金发的诗》，《现代》3 卷 3 期（1933 年第 7 月号）。

字，所以变成这样款式。第二节意思是说我手足虽少力，比不上昔日搏虎的武士，但我自己很满意。第三节‘热如皎日，灰白如新月在云里’想在形容自己的容貌。我有革履云云与第二节相同。大约是说穿着革履的脚走路虽不快但我并不引为缺憾而希望生羽。”（第352页）最后的结论是：“因为省略太厉害，所以李氏文字常常不可通。”当然，对于苏雪林对李金发的总体评价，以及具体对这首的分析，我们还可以进一步商榷，比如诗的一二句未必是写景，应该是对自己面容的一种描述①。“尚少”就是“尚少”，未必是“尚少力”。由此看来，有些不“了解”具有苏雪林的个人性，不是作品的属性，属于读者的问题，而不是作者在表达上的晦涩所致。但李金发的诗的确有很多省略，再加上语言和意象等多方面的原因，这就给阅读在理解上带来了困难，有些诗在意思上不连贯，有些诗句根本就不知道是何意，均可以作多种解释。比如李金发的这首诗，“即月眠江底，还能与紫色之林微笑”，“热如皎日，灰白如新月在云里”，句法是清楚的，意象也是清楚的，但“命意”是什么，究竟表达了一种什么样的意思和感觉，就不是清楚明白的，可以作无数的解释。

苏雪林的观点可能偏激了点，或者说夸张了点，但李金发的很多诗都让人看不懂，这的确是事实。陆耀东先生认为：李金发的诗，“近半数的诗，它与读者之间，象有一道不可逾越的高墙，除非作者在高墙中开一个洞口，自己出面一一详加解说，否则读者只好望诗兴叹。”② 这种“不懂”就从事实上对文学理论的“懂”作为批评和欣赏的范畴提出了挑战。既然“懂”从文学批评和文学欣赏作为范畴上遭到质疑，那么，“不懂”就不单单属于象征诗派，也属于整个诗歌，这样，“不懂”就从象征主义诗歌延及到整个新诗。李金发的诗之所以让人看不懂，是因为意义的“省略”、“观念联络的奇特”等原因，但实际上，这些因素在其他诗歌中也广泛地存在，事实上，所有的诗歌都有省略。这样一来，所有的诗歌都有让人看不懂的问题。所以李健吾说：“了解一个人虽说不容易，剖析一首诗才叫

① 可参见王毅《中国现代主义诗歌史论》，西南师范大学出版社1998年版，第40—44页。当然，王毅的分析也有值得商榷的地方。

② 陆耀东：《二十年代中国各流派诗人论》，中国社会科学出版社1985年版，第290页。

‘难于上青天’。”（第 117 页）对于晦涩的诗是这样，对于清楚明白的诗同样也是这样。有些诗看起来是清楚的，但很难说我们就懂了。因为“一首诗唤起的经验是繁复的，所以在认识上，便是最明白清楚的诗，也容易把读者引入殊途”。（124 页）所以他认为，“不懂”不是个别的问题而是一个普遍的问题，“晦涩是表现当头的一个难关。这在中国文学史上，久已成为一个不言而喻的重要问题”[①]。金克木说：“新诗不仅是难懂，竟是不能懂，而且几乎所有情绪微妙思想深的诗都不可懂。”他认为新诗“除书斋大众外谁又读得到，读得懂呢？”[②] “不懂”对于文学来说具有本体性，即“不懂”属于文学的固有属性。

事实上，“不懂”不仅存在于李金发的诗歌中，存在于象征主义的诗歌中，存在于整个新诗中，散文和小说也存在“不懂”的问题。废名的小说特别是长篇小说《桥》，是当时比较公认的“晦涩”的作品。周作人说：“废名君的文章近一二年来很被人称为晦涩。据友人在河北某女校询问学生的结果，废名君的文章是第一名的难懂。”[③] 在《〈莫须有先生传〉序》中说：“人人多说《莫须有先生传》难懂。”[④] 对于《桥》，周作人的评价是：“《桥》的文章仿佛是一首一首温李的诗，又像是一幅一幅淡彩的画，诗不大懂，画是喜欢看的。”[⑤] 在各种文体中，诗歌是相对难懂的，而温庭筠、李商隐的诗在中国古代是有名的难解，把废名的小说和“温李”的诗相提并论，可见其难懂的程度。

如果说李金发的诗、象征派的诗其“不懂”主要来自于“欧化”，来自于外国现代主义文学的“输入”，那么，废名小说的“不懂”则主要来自于新文学内部对于理性主义的反叛，来自于小说本身的探索，其重要的途径就是借鉴中国古典文学，当然也深受宗教特别是“禅宗”的神秘主义的影响。

---

① 李健吾：《答〈鱼目集〉作者》，《李健吾批评文集》，珠海出版社 1998 年版，第 117、124、121 页。

② 转引自臧棣《现代诗歌批评中的晦涩理论》，《文学评论》1995 年第 6 期。

③ 周作人：《枣和桥的序》，《看云集》，河北教育出版社 2002 年版，第 107 页。

④ 周作人：《〈莫须有先生传〉序》，《苦雨斋序跋文》，河北教育出版社 2002 年版，第 110 页。

⑤ 周作人：《桥》，《书房一角》，河北教育出版社 2002 年版，第 248 页。

在理性主义的思维模式中，文学总有一个意图，总要表达某种思想，否则就没有写作的必要。在理性主义看来，一部文学作品是一个有机的整体，其中心是思想，所以叫“中心思想”或“主题”，其他一切都是为中心思想服务的，表现为“字”、“词”、“句”、“段”、“章”、“篇”的“层叠式”的“网络性”结构，即“字”组成“词”，“词”组成“句”，“句”组成“段”，“段”组成“章”，“章”组成“篇”，最后归结为主题思想。最为极端的观点是，如果某一句话游离于主题之外，那就是多余，应该删去，鲁迅所说的“写完之后，竭力将可有可无的字、句、段删去，毫不可惜”[①] 这句话经常被从主题学的角度来进行解读。这是典型的理性主义的文学观。

但废名的小说则不符合这样一种文学观，他的小说似乎是随意写来，很难说有一个主题。特别是《桥》，虽然标为“长篇小说”，实际上是由一个个短篇组成的，这些短篇在叙事上似断似续。更重要的是，这些短篇与其说是小说，还不如说是散文更准确。整部小说很难说有什么情节，单篇的短篇也很难说有什么情节，它不过是一些描写和叙述，即周作人所说的“一幅一幅淡彩的画”。作者在“自序”中说，“上篇”本来还有三分之一没有完成，却“跳过去”了直接写“下篇”，但这种“跳过去”对小说并没有什么大的影响。整个小说并没有完成，但有没有结尾是无所谓的，它同样对小说没有什么大的影响。正是因为如此，它可以“跳跃着”来读，也可以“颠倒着”来读。这和传统的理性主义文学的“逻辑性”或“分析性”阅读是有很大不同的。《现代》杂志上的一篇文章这样评价它：“我们看了废名先生的文章会说好，可是往往说不出所以然。勉强要说，我觉得好在一个‘曲’字，一种令人捉摸不定的幻的境界。晦涩是不能免，因为不晦涩就不成其为废名先生的文章。像这样的文章颇耐人一遍遍地读，可是读过却必然地会就忘记，正如岂明老人那样。趣味就是在读的一瞬间，但这趣味是太淡，太捉摸不定，因此要在你脑里留下什么深刻的印痕是不可能的。”[②]（第 597 页）现在看来，这是一种非常到位的阅读，是真正地

① 鲁迅：《答北斗杂志社问——创作要怎样才会好？》，《鲁迅全集》第 4 卷，人民文学出版社 1981 年版，第 364 页。

② 佚名：《书评·桥》，《现代》一卷 4 期（1932 年 8 月号）。

把握了废名小说的艺术精髓，但这种阅读很难归入到“懂”的范围。

读完废名的小说，一般人似乎只能得到了一些散乱的意象，对于小说究竟表达了一种什么意思或思想，则难以肯定。这被定义为“不懂”或“晦涩”。为什么会“晦涩”而让人看不懂，现在看来，当时的分析其标准还是非常传统的，即理性主义的文学观和理性主义的文学欣赏观，认为文学作品应该明确地表达一种思想，文学欣赏就是理解这种思想。比如灌婴这样评论《桥》：“作者文章晦涩的原因，一是由于上面所说的‘简’，有时省略太多的字，自然就不能一目了然，而作者不但爱省字，有时还省去太多的句子甚至省去一段意思。……另一个原因是由于‘跳’，前面也说过，作者联想多，感觉细，爱用比喻，而作者写眼前事物到一个联想，或从一个联想到另一个联想，或写一个感觉到第二个感觉，或写实物到比喻时，往往是跳来跳去的，使读者来不及跟随作者的笔。除此还有一个原因，就是文中常用作者自己口吻的插句，益发弄得头绪纷繁。”[①] 所谓“跳”，所谓“头绪纷繁”，其实都是在逻辑的意义上而言的。

朱光潜基本上也是这种观念，并列举了三段文字：

> 蛇出乎草，——孩子捏了蛇尾巴。小小长条黑色的东西，两位姑娘草意微惊。（《路上》）
>
> 渐渐放了两点红霞——可怜的孩子眼睛一闭：“我将永远是一个瞎子。”顷刻之间无思无虑。“地球是有引力的。”莫明其妙的又一句，仿佛这一说苹果就要掉了下来，他就在柰端的树下。（《天井》）
>
> 小林站着那个台阶，为一棵松荫所遮，回面认山门上的石刻“鸡鸣寺”三字，刹时间，伽蓝之名为他脱出空华，“花冠间上午墙啼”，于是一个意境中的动静，大概是以山林为明境，羽毛自见了。（《荷叶》）

① 灌婴：《评废名著〈桥〉》，《新月》第4卷第5期（1932年11月）。按：此文载于《新月》“书报春秋”栏，目录中有文章标题，正文中没有文章名，只有原书名即《桥》。

朱光潜最后的结论是："这些都是'跳'，废名所说的'因文生情'，而心理学家所说的联想的飘忽幻变。《桥》的美妙在此，艰涩也在此。"[①]

但问题是，"懂"的合法性在什么地方？理性的合法性又在什么地方？我们为什么一定要把文学纳入到理性的范畴并用理性来要求它呢？难道只有理解了作品之后才能欣赏作品吗？除了"懂"以外，文学批评和文学欣赏是否还有其他的方式？欣赏传统的现实主义文学和浪漫主义文学的方式是否也适用于欣赏现代主义文学？从"懂"的角度来说，《桥》是"艰涩"的，但仅从欣赏的角度来说，它又是"美妙"的，并且"晦涩"恰恰是美妙的根源。这里实际上涉及一系列的文学欣赏理论问题，什么是"懂"？理解到什么程度叫"懂"？"懂"在多大程度涉及作者？多大程度上涉及读者？欣赏和"懂"是什么关系？

与前述两次关于具体作品的"不懂"的讨论不同，1937 年《独立评论》关于"看不懂"的一组通信则是从理论上讨论"懂"的问题，与此同时，朱光潜在《文学杂志》、《大公报·文艺》、《文学杂志》、《新诗》等刊物上发表《心理上个别差异与诗的欣赏》、《论晦涩》、《诗的难与易》等文章系统地讨论"懂"的问题，从而形成了一次小有规模的关于"懂"的讨论。虽然这次讨论影响非常有限，许多问题都没有在讨论中得到解决，但我认为它提出的许多问题都是非常重要，涉及的文学作品范围也有所扩大，不再是具体的作品"看不懂"的问题，而是整个"新文学"看不懂的问题。这对于认识中国现代文学的特征和品性都有重要的意义，对于文学欣赏理论的建设也有重要的参考价值。

1937 年《独立评论》238 期发表一篇通信，题为《看不懂的新文艺》，作者署名絜如，是一位中学国文教员。他说："现在竟有一部分作家，走入了魔道，故意作出那种只有极少数人，也许竟会没有人，能读懂的诗与小品文。自然，人人有发表文字的自由，旁人是无法干涉的，可是因为刊物上流行了这种糊涂文字之后，一般学生，尤其是中学生，因而阅读、模仿，于是一个清清楚楚的学生，竟会作出任何人不懂的糊涂文字。作教师

① 朱光潜：《〈桥〉》，《朱光潜全集》第 8 卷，安徽教育出版社 1993 年版，第 554 页。

的如果为他改正，他便说这是‘象征体’，这是某大作家的体裁。”（第17页）[①] 作者并引了卞之琳《第一盏灯》和何其芳《画梦录》中的两段文字。可见作者所说的“看不懂”的新文艺，并不是指整个新文艺，而是指30年代开始的现代主义或具有现代主义倾向的新文学。过了两周，第241期《独立评论》，就发表了周作人的《关于看不懂》和沈从文的《关于看不懂》两篇回应性文章。这两篇文章都有很重要的思想。

周作人对“懂”进行了类别和层次上的辨析，他说：“我想这问题有两方面，应该分开来说，不可混合在一起，即一是文艺的，二是教育的。从文艺方面来说，所谓看不懂的东西可以有两种原因，甲种由于思想的晦涩，乙种由于文章的晦涩。有些诗文读下去时字认得，文法也都对，意思大抵讲得通，然而还可以一点不懂。有如禅宗的语录，西洋形而上学派或玄学的诗。这的确如世俗所云的隔教，恐怕没有法子相通。有些诗文其内容不怎么艰深，就只是写的不好懂，这有如一部分如先生所说是表现能力太差，却也有的是作风如此，他们也能写很通达的文章，但是创作时觉得非如此不能充分表出他们的意思和情调。”[②] 在这里，周作人实际上区分了不同的“懂”，所谓“文艺方面”的不懂，即“作品的不懂”，也就是说，“不懂”的原因来自于作品本身，来自于客体；所谓“教育方面”的不懂，即“读者的不懂”，也就是说，“不懂”的原因来自于读者，来自于主体。

而“作品的不懂”又可以分为两种情况：一是作品在语法、在表述、在叙述以及故事和意象方面，本身都是清楚的，但作者的意图是什么？作品究竟表达了什么思想？却不甚清楚，并且难以确定。比如卞之琳的《断章》：

> 你站在桥上看风景，/看风景人在楼上看你。//明月装饰了你的窗子，/你装饰了别人的梦。

① 絮如：《看不懂的新文艺（通信）》，《独立评论》第238号（1937年）。

② 周作人：《关于看不懂》，《周作人文类编》卷3，湖南文艺出版社1998年版，第271页。

这中间的每一诗句的意思都是清楚的，叙述的逻辑是清楚的，整首诗所编织的意象也是清楚的，但整首究竟表达了一种什么样的思想和主题，却很难确定，不同的人有不同的理解。而按照现实主义文学精神的解读方式，这就很难说是“懂”了。《桥》的“晦涩”也是这种类型的“不懂”。

二是有些作品，作者根本就没有表达清楚，比如用词不当、语法不规范、语意模糊、整个作品在叙述上逻辑混乱、思想和情绪前后矛盾、意象破碎等。初学写作的人所写的作品、不成熟的作家所写的不成熟的作品属于这类作品。名作家或大作家的失败之作也具有这其中的某些特征。

周作人的这种区分虽然还显得粗浅，逻辑上不周密，还缺乏必要的追问，特别是周作人把读者方面的“不懂”追索到教育方式、教育体制、教学方法，这里面有很多问题。但周作人首先对“不懂”进行分类，这对于深入地研究“懂”的问题是非常重要的。

与上面周作人主要从作者和作品的角度来追索“不懂”不同，沈从文则从文学理念的更深层的角度来追问“不懂”的问题。沈从文认为，一些新的作品之所以让人看不懂，主要是因为写作方式发生了变化的缘故：“当初文学革命作家写作有个共同意识，是写自己‘所见到的’，二十年后作家一部分却在创作自由条件下，写自己‘所感到的’。若一个保守着原有观念，自然会觉得新来的越来越难懂，作品多‘晦涩’，甚至于‘不通’。”[①] 对于中学教师来说，他的知识结构、文学理念、文学欣赏习惯都还是中国现代传统的，即沈从文所说的“写自己所见到的”，主要是现实主义的文学和浪漫主义的文学，其深层的思想基础是理性，其特点是清楚、明白，文学的主题思想和表现形式都非常理念化。而 20 年代中期以后，中国现代文学的文学理念开始出现了新的动向，这就是现代主义，现代主义当然是各种各样的，其中强调感觉就是一个很重要的表现。“按照感觉写作”，这是一种新的文学理念，相应地，按照这种文学理念所创作出来的文学作品，其形态、品格都会有所不同，欣赏方式也会有所不同，如果仍然按照传统的现实主义精神来看视它，当然就“不通”了；仍然以

① 沈从文：《关于看不懂》，《沈从文全集》第 17 卷，北岳文艺出版社 2002 年版，第 142 页。

理性的知识基础和理解的方式来欣赏它，当然也就“不懂”了。

沈从文自己的创作与五四时期的文学创作有很大的不同，他从自己的创作经验出发，对传统主义文学欣赏的“懂”的方式提出了质疑，特别是从“文学理念”的角度进行追问，具有理论的深刻性。但沈从文的创作总体上以理性主义作为理论前提和基础，归属于理性主义，所以，他的文学理念只是对传统的写实主义文学理念构成了冲击，并没有对理性主义文学理念构成根本性的冲击。沈从文的文学欣赏理念仍然属于“懂”的范畴，他只是对写实文学的“懂”的欣赏方式提出了质疑，但并不质疑“懂”本身，他实际上只是提出了另一种“懂”的方式。

而在中国现代阶段，我认为从欣赏的角度对“懂”的问题追问得最深的是朱光潜。

朱光潜首先把文学一分为二，一种是“懂”的文学，一种“不懂”的文学：“诗原来有两种。一种是‘明白清楚’的，一种是不甚‘明白清楚’的，或者说‘迷离隐约’的。这两种诗都有存在的理由。”“第一个理由是很简单的。诗是现实的反映。现实无论是内心的或是物界的……这两种境界里都有诗。进化论是创造诗或是欣赏诗，我们不能因为前一种境界太‘明白清楚’，也不能因为后一种境界太不‘清楚明白’，而把它排斥到诗的范围之外。”“第二个理由是‘心理原型’的差别。就大概说，人有偏向于‘理解类’（intellectual type）的，也有偏向于‘感官类’（sensorial type）的。……前一类人们心理活动是抽象化，他们永远要求逻辑的清晰；后一类人们心理活动是具体化，他们永远要求意象的丰富。”① 就是说，文学的理念和形态是各种各样的，有的文学偏重“理解”，这类作品多是“清楚明白”的，因而对这一类作品其欣赏的方式就应该是理解的方式即“懂”的方式；而有的文学偏重“感受”，这类作品的“感受”在思想上可能是“迷离隐约”的，因而对这一类作品其欣赏的方式就应该是感受的方式，而感受的方式就很难说是“懂”的方式。在《诗的无限》一文他说：

① 朱光潜：《心理上个别差异与诗的欣赏》，《朱光潜全集》第8卷，安徽教育出版社1993年版，第464—465页。

"懂得一个道理须凭理智。这种懂只是'知'或领会意义；懂得一种情致须凭情感，这种懂只领会意义还不够，必须亲领身受那一种情致。"[①] 朱光潜认为这两种类型的文学都有它存在的价值，因而两种欣赏方式都有其合理性。但中国现代文学一律以"懂"来要求所有的文学，一律以"懂"的方式来欣赏所有的文学，这反映了我们对文学的某种误解。

与此相关，朱光潜对于"懂"在概念上进行了追问："把陶潜的'采菊东篱下，悠然见南山'或是辛弃疾的'众里寻他千百度，蓦然回首，那人却在灯火阑珊处'之类的诗词念给一个对于诗词无修养的人听，略加解释，他们都会懂得这些话所指的'事实'，但是你能说他们一定会懂这些话后面的'诗'么?"[②] 这里所谓"懂"，实际上包含着两个方面的内容：一是意思的懂，即明白"事实"，这可以叫"懂"；二是艺术上的欣赏，即明白作者的艺术表现，切实地感受到作品的艺术性，这就很难用"懂"来命名，因为不同的人对作品理解和感受的程度不同，究竟理解和感受到什么程度才能说是"理解"了呢？才能说是"感受"到了呢？才能叫"懂"呢？这没有标准。"懂"的根本特征是客观，是发现客观价值和意义并理解这种客观价值和意义，当我们感受和品味文学作品时，我们的感受和品味根本就没有客观性可言，怎么能叫"懂"呢？所以，朱光潜这里实际上包含了这样的一种思想："懂"只是艺术欣赏的一个组成部分，并且是初步的部分。只是明白了文学作品的"事实"，这是"懂"，但还不是文学欣赏，文学欣赏还有更重要的内容，那就是对文学的"文学性"的感受和品味。

这里，朱光潜实际上区分出了两种"懂"，一是懂意思和事实，这并不是文学欣赏的真正的懂，因为，明白事实和把意思弄清楚了，这并不能保证能对艺术的真正欣赏。二是艺术上的感悟，这是真正的艺术欣赏，但却很难纳入"懂"的范畴，即理解的范畴。相应地，"不懂"也可以区分为两种：一种是文学意思即"事实"的不懂，这是真正的"不懂"，因为

① 朱光潜：《诗的无限》，《朱光潜全集》第9卷，安徽教育出版社1993年版，第505页。
② 朱光潜：《心理上个别差异与诗的欣赏》，《朱光潜全集》第8卷，第460页。

如果连意思或文学“事实”都没有搞清楚，欣赏便根本就不可能，所以，这种“不懂”就是不能欣赏。另一种是艺术上的缺乏“感受”，这是与“懂”在精神上的错位，并不是真正的“不懂”。可惜的是，朱光潜对第二种“懂”和“不懂”并没有展开论述，他主要还是在理性主义的层面上讨论第一种“懂”和“不懂”。

对于为什么会“不懂”，朱光潜从作者、作品、读者以及深层的文化语境等方面进行了详细的分析和研究。

朱光潜认为，在作者方面，“诗本身实在没有难易的分别。就诗人来说，一首诗或是表现了他的情趣和意象，或是没有。如果表现了，他心满意足，他当然可以了解他自己的诗，无所谓难易；如果没有表现，那就根本不成其为诗，最少是缺陷，那分别是好坏而不是难易”[①]。在朱光潜看来，“懂”本质上是读者与作品之间的一种关系，所以，“懂”与读者有关，与作品有关，而与作者没有关系，作者或者是表现了他的思想，或者是没有表现出他的思想，表现了就是“好”，没有表现就是“坏”，所以，从作者这一方面来说，作品只有“好坏”，没有“难易”，这样朱光潜就把作者的因素排除在“懂”与“不懂”的范围之外。这显然是值得商榷的，朱光潜在这里实际上把文学创作简化、理想化了，把创作透明化了。事实上，文学创作中的“表现”，不论是艺术上的“表现”还是思想上的“表现”，都非常模糊，“表现”的好坏交织在一起，有时很难分别，这也影响读者的理解和欣赏。同时，“表现”是非常复杂的，有的表现比较简明，有的表现则相对复杂，这同样影响读者的理解和欣赏。在这一意义上，作者的表现并不是与“懂”无涉。

事实上，朱光潜在从作品的角度来探讨“不懂”的原因时，并没有完全排除作者的因素，他说：“诗在事物中所见到的关系条理与一般人所惯见的关系条理也不尽相符。诗人的意境难易即起于这两层悬殊的大小。一般易懂的诗所用的选择配合大半是人所习见的。选择配合的方法愈不习见，愈使人难懂。依我个人的经验来说，新诗使我觉得难懂，倒不在语言

① 朱光潜：《诗的难与易》，《朱光潜全集》第9卷，第245页。

的晦涩，而在联想的离奇。……难懂的原因是诗人在起甲与丁联想时，其中所经过的乙与丙的联锁线也许只存在于潜意识中，也许他认为无揭出的必要而索性把他们省略去，在我们习惯由甲到乙，由乙到丙，再由丙到丁的联想方式的人们，骤然看见由甲直接跳到丁，就未免觉得它离奇‘晦涩’了。”[①] 这和上述苏雪林的看法完全一致。诗的结构与读者的经验结构在逻辑上具有差异性，诗在思维方式上具有跳跃性，省略了很多内容，所以读者“看不懂”或觉得晦涩。但“诗的结构”以及如何跳跃和省略，这都是由作者完成的，具有作者的主观意志，在这一意义上，作者和作品是紧密地联系在一起的，“看不懂”的是作品，但与作者有关。

但在朱光潜看来，“懂”与“不懂”最重要的原因还在于读者。“‘明白清楚’不仅是诗的本身问题，同时也是读者了解程度的问题。凡是好诗对于能懂得的人大半是明白清楚的。这里‘能懂得’三个字最吃紧。‘懂得’的程度随人而异。好诗有时不能叫一切人都懂得，对于不懂得的人就是不明白清楚。所以离开读者的了解程度而言，‘明白清楚’不是批评诗的一个绝对的标准。”[②] 朱光潜对这个意思大概非常喜爱，在《论晦涩》中引用了这段话，在《诗的难与易》中这个意思被再说了一遍。

读者的“不懂”，主要有两个方面的原因：一是读者的艺术修养、艺术的感受能力不够，当然，也与艺术的感受方式有关。就是上面所说的，对于一个不懂诗的人来说，陶渊明、辛弃疾的诗虽然是“清楚明白”的，但仍然不懂。朱自清概括得非常精炼：“要看出有机体，得有相当的修养与训练。”[③] 二是读者的文化知识的储蓄不够，当然也与语境本身的变迁有关。朱光潜说：“当时产生那诗的情境，作者的身世性格与那诗的关系，诗中所涉及的一些典故和事实，以及诗所用的语言形式，都是了解那首诗所必须知道的，而我们因为时过境迁，对它们不能完全知道，就无从把那情趣意象语言混化体在想象中再造出来，这就是说，无从了解那首诗。”[④]

---

① 朱光潜：《论晦涩》，《朱光潜全集》第 8 卷，第 536 页。
② 朱光潜：《心理上个别差异与诗的欣赏》，《朱光潜全集》第 8 卷，第 459 页。
③ 朱自清：《新诗的进步》，《朱自清全集》第 2 卷，江苏教育出版社 1996 年版，第 320 页。
④ 朱光潜：《诗的难与易》，《朱光潜全集》第 9 卷，第 246—247 页。

事实上，文学欣赏中的很多“不懂”都是这种情况。

通过上面对中国现代文学理论关于“懂”的讨论的历史性回顾以及分析，我们可以看到，中国现代文学理论和批评对于“懂”的讨论是非常细致的，对于“不懂”进行了具体的分析，提出了三种“不懂”，即作者方面的不懂，作品方面的不懂和读者方面的不懂。作者方面的不懂，主要指作者表达不清，即周作人所说的“表现能力太差”。作者根本就没有表达清楚，读者当然就看不懂。作品方面的不懂，主要是指作品意义的模糊、意义的跳跃，意义上和艺术上都可以作多种解读，具有不确定性，在理性主义追求客观的欣赏观念中，这是“不懂”或“晦涩”。读者方面的不懂，主要是指读者由于知识结构和文学修养上的不足和偏差，从而不能理解作者在作品中所表达的思想和所表现的艺术性。应该说，这种概括是全面的，其分析也符合文学史的事实。

但问题是，中国现代文学批评与文学欣赏关于“懂”的讨论是在理性主义思维的范围内进行的，它以理性主义作为前提和基础，就是说，它并不从根本上怀疑和否定理性主义，这样，它虽然提出了很多重要的问题，也涉及了很多重要的现象，但很多深层次的问题并没有得到有效的讨论。朱光潜虽然提出了“两种诗”的概念（即“明白清楚”的诗和“迷离隐约”的诗），看出了“懂”的文学与“不懂”的文学作为两种文学现象的客观存在，但同时他又把“懂”的文学与“不懂”的文学都纳入理性主义文学的范围，从而在一定程度上又消弭了二者之间的本质性差别。他认为文学都是现实的反映，差别只是有的文学反映心理现实，有的文学反映物质性的客观现实，这反映了他对于新的现实主义义特别是那些激烈反传统的现代主义文学缺乏真正的理解，他实际上把现代主义也纳入了理性主义的范畴，这是一种误解，这种误解也影响了他对现代主义文学的真正欣赏。

朱光潜虽然提出了文学欣赏中存在着“理解类”与“感官类”两种不同的类型，并且对这两种类型进行了准确的界定，他认为“理解类”与人的知性有关，具有逻辑的特性，“感官类”与人的情致有关，具有意象的特性，这是正确的。但朱光潜又把“情致”和“感受”纳入“懂”的范畴，即纳入理性的范畴，这样就在一定程度上妨碍了对“感官类”文学欣赏的深入讨论。因为“懂”的特征是理解，而“情致”和“感受”在文学欣赏中属于“感官”，可以有理解性，但也可以不需要理解，在这一意义上，它不属于“懂”，它是和“懂”迥异的一种文学欣赏方式。但朱光潜显然对这一问题缺乏论述。

朱光潜对读者方面的“不懂”的原因分析是深入的，一方面，他认为，由于语言、语境等发生了变化，由于作者的身世和情趣等我们现在无从知道，所以对作品我们不可能理解，至少不能完全理解。这符合现代解释学的观念。但另一方面，他又认为：“考古学，历史，语言学等往往可以把埋藏了的东西发掘出来，填补我们的知识的漏洞，于是本来不可了解的诗变成了可了解。这是克服难解的一个方式。”[①] 这又回到了西方中世纪的“解经学”的老路上去了。通过这种“解经学”的观念，使我们看到，朱光潜实际上是认同所谓“唯一的解释”或者“正确的解释”的。而现代解释学则认为，没有“正确”或“唯一”的解释，解释是无限的，所以解释对于作品来说具有本体性。在这一意义上，朱光潜的解释学存在着缺陷。这是朱光潜的缺陷，也是整个现代文学批评和文学欣赏理论的缺陷。当然，这种缺陷与中国当时的理论水平有关，也与当时整个中国的文学状况有关。也正是在这一意义上，中国现代关于“懂”的讨论反映了中国现代文学欣赏理论的基本特征，即理性主义的特征。

中国现代文学批评和文学欣赏关于“懂”的讨论是从李金发开始的，进而延及象征主义诗歌，再延及废名的小说，最后纯粹在理论上进行追问，这可以说是逐渐深入，逐渐把“看不懂”从一个具体的文学欣赏问题上升到文学理论的普遍问题，上升到文学批评和欣赏的范畴问题，不论是切入问题的途径，还是讨论问题的方法、进程，都是深得要害的。事实上，正是以李金发为代表的现代主义首先并真正地对五四以来形成的理性主义的文学欣赏的“懂”的方式和理论体系构成了冲击，从现代主义，人们再回头，发现不仅现代主义精神的文学存在“看不懂”的问题，传统的

① 朱光潜：《诗的难与易》，《朱光潜全集》第9卷，第246—247页。

现实主义精神的文学也存在“看不懂”的问题，中国古典文学精神的文学也存在“看不懂”的问题。不但李金发的诗存在“看不懂”的问题，象征主义诗歌存在“看不懂”的问题，整个新诗都存在“看不懂”的问题。不仅诗歌存在“看不懂”的问题，小说也存在“看不懂”的问题。应该说，中国现代文学关于“看不懂”的讨论，提出了很多重要的文学批评和文学欣赏问题，而且问题还很多。

沈从文从文学理念的角度对文学欣赏的“懂”进行了追问，他认为，20年代以后的“文学方式”已经不同于文学革命时期的“文学方式”，前者写“自己所感到的”，后者写“自己所见到的”。写“自己所见到的”和写“自己所感到的”，既是两种不同的文学方式，也是两种不同的文学理念，表现在创作上就是两种不同的文学类型，前者是现实主义的文学类型，后者则是现代主义的文学类型。对于这两种类型的文学的欣赏也不同，对于现实主义的文学，主要是理解的，即“懂”的，对于现代主义文学，当然也可以是理解的，但也可以是感受的，而对于感受，可以是“懂”的，也可以是“不懂”的。沈从文认为不能用现实主义文学的标准来衡量现代主义的文学，当然也就不能用欣赏现实主义文学的方式来欣赏现代主义的文学。但对于如何欣赏现代主义的文学，对于“感受”在欣赏现代主义文学中的真正地位，沈从文并没有展开论述。而这恰恰是问题的关键，这实际上是一个入口，从这里进入，我们将会看到另外一个完全不同的文学天地，也会发现另一个完全不同的文学欣赏的天地。

当然，这不只是沈从文个人的缺陷，而是整个中国现代文学欣赏的缺陷。周作人说：“我不懂文学，但知道文章的好坏。”[①] 周作人这里所说的“知道”实际上就是感觉。我们不禁要问：什么叫“不懂文学”？什么叫“知道文章的好坏”，难道“知道文章的好坏”还叫“不懂文学”吗？如果说“懂文学”是指理论上的，“知道文章的好坏”是指感觉上的，那么，对于文学欣赏来说“知道文章的好坏”显然比“懂文学”更重要，也因此，对于文学欣赏来说，“感觉”比“理解”更重要。周作人这里实际上

① 周作人：《谈文章》，《周作人文类编》卷3，第281页。

已经深层地涉及了文学欣赏中的“非懂”的问题。“非懂”并不是“不懂”，而是“反懂”。但同样可惜的是，周作人没有对“非懂”展开研究。

在中国现代文学欣赏理论中，对于“非懂”的认同，我认为朱自清是走得最远的，也表述得非常准确。他说：“吟诵诗文是为了欣赏，甚至于只是为了消遣，浏览或阅读小说更只是为了消遣，他们要求的是趣味，是快感。这跟诵读经典不一样，诵读经典是为了知识，为了教训，得认真，严肃，正襟危坐的读。”又说：“在笔者看来，诗文主要是靠了声调，……过去一般读者大概都会吟诵，他们吟诵诗文，从那吟诵的声调或吟诵的音乐得到趣味或快感，意义的关系很少；只要懂得字面儿，全篇的意义弄不清楚也不要紧的。”① 朱自清在这里实际上区分了两种不同的阅读态度和方式，我把它概括为“求知”的阅读与“求乐”的阅读。“求知”的阅读其主要目的是从文学作品中获取知识，求得教益，它的特点是理解作品，在理解中求得知识，当然，求知也能给人带来快乐，但这种快乐不同于消遣的快乐。“求乐”的阅读其主要目的是为了消遣，其特点是感受，在感受中获得趣味和生理、心理的快感。

“求知”的阅读因为主要目的是求知，所以它以一种科学、客观的态度对待文学作品，在这种阅读中，作品是绝对的主体，读者完全是被动的，他只有“发现”的主动性。而“求乐”的阅读因为主要目的是消遣，所以它往往以一种休闲和娱乐的态度对待文学作品。在这种文学欣赏中，读者的主观性得到最大的张扬，它给读者充分的想象和创造的自由。读者所获得的趣味、娱乐等享受当然与阅读有关，但这种趣味可以是作品本身就存在的，也可以是由作品所引发的。可以“正读”，也可以“歪读”、“曲读”或者“误读”。可以“通读”，也可以只读其中的一部分，甚至打乱作品本身的顺序来读。可以是理解的，也可以是不理解的，就是朱自清所说的“只要懂得字面儿，全篇的意义弄不清楚也不要紧的”。不管怎么读，只要得到了消遣和娱乐，就算达到了目的，对于欣赏来说就具有“合

① 朱自清：《论百读不厌》，《朱自清全集》第 3 卷，江苏教育出版社 1996 年版，第 227—228 页。

法性”。在这一意义上，“求乐”的阅读可以是“懂”的，也可以是“非懂”的，而最根本的是，“非懂”仍然是正常的文学欣赏，就是说，欣赏不一定非要“懂”不可。“懂”从根本上是“作品与作者”的二维中心论，在这里，“懂”虽然是读者的“懂”，但读者只是被动地接受，没有任何主动性可言。但实际上，文学的欣赏还可以是“作品与读者”的二维中心论，在这种欣赏方式中，读者具有很大的能动性，可以参与作品价值和意义的创造，而这就很难说是“懂”。

这两种阅读方式大致与两种文学观念和相应的文学形态相对应，“求知”的阅读大致对应于亚里士多德所说的“模仿说”的文学本质观，这种文学本质观强调文学反映社会现实生活，其作品多具有丰富而深刻的社会生活内涵，严肃而沉重，传统的经典作品多是这样的作品。“求乐”的阅读大致对应于康德的“游戏说”的文学本质观，这种文学本质观强调文学的表现功能，其作品具有浑厚的趣味性，多轻松、活泼。一般来说，“求知”的阅读大致会选择“知识型”的作品去阅读，而“求乐”的阅读大致会选择“游戏型”的作品去阅读。但“求知”的阅读与“求乐”的阅读作为两种文学欣赏方式并不是由作品的形态和特征决定的，而从根本上是由欣赏的态度所决定的，以“求知”的态度去读文学作品，在“游戏型”的文学作品也能发现知识，以“求乐”的态度去读文学作品，在“知识型”的作品中也能发现游戏。其实，鲁迅也说过，对于《红楼梦》，“单是命意，就因读者的眼光而有种种：经学家看见《易》，道学家看见淫，才子看见缠绵，革命家看见排满，流言家看见宫闱秘事……”[①] 问题的关键是，不论是鲁迅，还是朱自清，他们对于读者在文学欣赏中的主观作用都没有展开研究。

事实上，读者是整个文学活动的一个重要的组成部分，它不是游离于文学之外，而是存在于文学之中的。读者对作品的阅读和理解对于文学来说具有本体性。现代解释学认为，艺术的存在是向未来无限开放的，理解是永远没有完结的活动，因而理解是作品的存在方式，具有本体性。伽达默尔认为，艺术作品不是一个摆在那儿的东西，它存在于意义的显现和理

① 鲁迅：《〈绛洞花主〉小引》，《鲁迅全集》第8卷，人民文学出版社1981年版，第145页。

解活动之中。因此，作品所显现的意义并不是作者的意图而是读者所理解到的作品的意义。正是在这一意义上，对于作品的存在来说，作者的创作并不重要，重要的是读者的理解，读者的理解使作品的存在变成现实。特别是对于现代主义以及后现代主义文学作品，作品的客观意义更为模糊，读者欣赏的随意性也更大。朱自清所说的诗文主要是“从那吟诵的声调或吟诵的音乐得到趣味或快感”，而与意义没有多大关系，这是“非懂”的欣赏，它对文学欣赏一定要懂这样一种传统的观点构成了根本性的冲击。但朱自清这里所说的声调还是一个特例，对于传统的以反映社会生活为主要旨归的文学作品来说，这不具有普遍性。而对于现代主义以及后现代主义文学作品来说，“非懂”的文学欣赏就具有普遍性，这是由现代主义和后现代主义的文学理念和文学形态来决定的。

总的来说，中国现代文学理论并没有把两种不同文学理念的文学以及相应的文学欣赏区别开来。中国现代文学欣赏讨论李金发的诗，讨论整个象征主义，讨论废名的小说，实际上已经把问题归结到现代主义的欣赏问题，也认识到文学欣赏中的“感受”问题，但都没有深入地探讨下去，其根本原因就在于五四根深蒂固的理性主义对于文学家和文学理论家思维的深深的束缚和限制。我们的思维方式是理性的，我们总是把文学看做是理性的产物。在理性主义的观照中，文学被认为具有认知性，属于知识论范畴，而对作品的阅读和欣赏就是对内在于作品中的作者意图和知识进行认识，文学研究的目的就是发掘知识。用“晦涩”这个词来描述文学欣赏中的“不懂”和“非懂”，反映了我们对于文学本质及文学欣赏的理性主义精神。“晦涩”不是“不能读”，而是难懂，陆耀东先生评论李金发的诗，“约占总数一半左右的诗，有些晦涩，如果对象征派的理论和创作了解较多，经过仔细推敲，诗的主旨，尚能探知”①。就是说，“晦涩”从根本上是可以理解的，只是不容易理解。在这一意义上，“晦涩”从根本上属于“懂”的范畴，属于理性主义的范畴。中国现代文学欣赏虽然注意到了“不懂”作为现象的存在，但讨论并没有超出“懂”的范畴，实际上是在

① 陆耀东：《二十年代中国各流派诗人论》，中国社会科学出版社1985年版，第290页。

"懂"的范围内讨论"不懂"，这样就表现出某种悖论，这与后现代主义文学欣赏理论认为有些作品根本就不可能理解，具有根本的区别。

第四节 反"懂"的文学欣赏

中国古典文学欣赏是非"懂"的，因为思想基础不属于理性的范畴，虽然有"懂"的因素，也有非"懂"和反"懂"的因素，但因为范畴不同，我们很难说它是"懂"的或反"懂"的。现代文学是"懂"的，其理论基础是理性。而现代主义文学出现之后，则出现了反"懂"的文学欣赏方式，其理论基础是非理性或反理性。本节即从理论上对反"懂"的文学欣赏进行论述。

"反懂"的文学欣赏除了有它文学作品的理念根据以外，还有它自己的理论根据。我认为主要表现在以下几个方面。

一、有些文学作品特别是现代主义文学作品，本来就没有明确的意义。对于这样的作品，欣赏当然不能以"懂"为标准，可以是"反懂"的。

要表达某种意图和思想并在作品中有效地传达出来，这是传统主义文学的最高原则和终极目标，传统的文学也有"读不懂"的情况，但这种读不懂不是作者有意识为之。而现代主义文学则不再以意义的明确作为标准，所以现代主义文学的"读不懂"则是文学理念，也就是说，现代主义文学的"读不懂"是作者的有意为之，这样，没有明确的或固有的意义，不能理解就成为现代主义文学的一个非常重要的特征。阿恩海姆说："艺术已变得不可理解。也许没有什么比这一事实更能区别今天的艺术与过去任何地方、任何时代的艺术了。艺术历来被认为是解释世界的一种工具。但今天，艺术显然已置身于人类所创造的最为令人迷惑的产品之列。现在，需要解释的正是艺术本身。"[1] 作为工具用来解释世界，这是传统主义

① 阿恩海姆：《走向艺术心理学》，黄河文艺出版社 1990 年版，第 7 页。

文学的基本理念，这一文学理念就决定了文学必须有思想，有明确的意义，否则它就不能成为一种工具，就没有解释世界的效果。但现代主义文学不再坚持这样一种文学理念，不再强调文学与现实的直接关联，文学可以是人的一种纯粹的创造物，可以是一种物而不是思想，这样，文学就可以不再具有思想，就可以不必一定要表达某种思想，就可以不再是思考的产物。

文学的这种变化从根本上与现代思维方式的变化有密切的关系。在现代作家中，我认为米兰·昆德拉是比较有代表性的，他关于创作的体会深刻地说明了现代主义小说的变化。他的文学理念明显不同于传统的文学理念。他认为："在现代，笛卡尔的理性将从中世纪继承下来的价值观一个个全部腐蚀殆尽。但是，正当理性大获全胜之际，纯粹的非理性（也就是只想体现其意志的力量）占据了世界的舞台，因为再没有任何被普遍接受的价值体系可以阻拦它。"（第13页）正是这种理论和思想基础的不同，现代文学与传统主义文学在思想方式上也有着根本的不同："在荷马那里，在托尔斯泰那里，战争具有一种完全可以理解的意义：打仗或是为了得到美丽的海伦，或是为了捍卫俄罗斯。帅克与他的伙伴向前线挺进，却不知道是为着什么，而且更不可思议的是，他们对此根本就不感兴趣。"（第12页）米兰·昆德拉描述现代小说的诞生："一直统治着宇宙，为其划定各种价值的秩序，区分善与恶，为每件事物赋予意义的上帝，渐渐离开了他的位置。……在最高审判官缺席的情况下，世界突然显得具有某种可怕的暧昧性；惟一的、神圣的真理被分解为由人类分享的成百上千个相对真理。就这样，现代世界诞生了，作为它的映象和表现模式的小说，也随之诞生。"（第7页）[①] 当然，现代小说并不是从塞万提斯开始的，但米兰·昆德拉的确道出了现代主义小说的很重要的特点。

王列生先生认为，与古典文学相比较，现代文学具有四个方面的特征：首先是"话题"从"世界"走向"内心"；其次是"价值"从"承诺"走向"游戏"；其三是"叙事方式"从"清晰"走向"模糊"；其四是"情

---

① 米兰·昆德拉：《小说的艺术》，上海译文出版社2004年版，第13、12、7页。

绪”从“乐观”走向“悲观”。所谓“乐观”，指的是：“每个民族的文学言说，普遍地洋溢着对世界理解和把握的兴趣，言说本身总在追求着某种人类普遍精神，而且追求着完全相信这些普遍精神从根本上与人类幸福共同着生命。”所谓“悲观”，指的是：“无论对文学意义的理解，还是文学对世界意义的把握，也都带有较为浓厚的消极主义色彩，以至‘诗人何为’一再成为批评家们追问穷究的话题。”[①] 王列生这里所说的“古典文学”实际上就是传统的现实主义文学、浪漫主义文学，“现代文学”实际上就是现代主义文学。

文学理念不同，文学形态不同，对文学的欣赏当然也就不同。米兰·昆德拉用“幽默”一词来描述对现代主义小说的欣赏。“幽默是一道神圣的闪光，它在它的道德含糊之中揭示了世界，它在它无法评判他人的无能中揭示了人；幽默是对人世之事之相对性的自觉迷醉，是来自于确信世上没有确信之事的奇妙欢悦。”[②] 米兰·昆德拉这里所说的“幽默”与我们日常所说的“幽默”有很大的差距，有无穷的含义，它实际上是指用一种喜剧的、乐趣的、意义空洞的方式来欣赏文学，其中最根本的就是感觉。

通过这种比较，我们看到，传统的经典文学追求客观、真实、确定性，强调文学对世界的理解和把握，可以说是理性主义的，对于这种理性主义的文学作品，欣赏当然具有“懂”的特点。而现代主义文学则不同，它具有“内心”化、“游戏”化、“模糊”化的倾向，缺乏对意义的有效把握，具有非理性主义的特点。对于这种文学，很难像对待现实主义文学那样确定其主题，确定其作者意图，也很难像现实主义作品那样进行精细的解剖，这种文学欣赏，根本就不再求其固有的意义，不再对作品进行细致的解读，而是求得一种感觉，一种联想，所以具有反“懂”性。

比如“荒诞派戏剧”，“它没有中心，没有生活目的，没有被普遍接受的整体原则，变成了破碎的，没有目的的——荒诞的”。“因为荒诞派戏剧并不关心传递信息或者表现存在于作者内心世界之外的人物的问题或者命

---

① 王列生：《世界文学背景下的民族文学道路》，安徽教育出版社 2000 年版，第 42—44、45 页。

② 米兰·昆德拉：《被背叛的遗嘱》，上海译文出版社 2004 年版，第 33 页。

运，因为它并不阐释一个论题或者论述意识形态命题，所以它并不关心表现事件，不关心叙述人物的命运或者经历，而是表现一个个人的基本处境。这是一种处境的戏剧，而不是一种系列事件的戏剧，因此它使用了基于具体形象的语言，而不是论争和推理的话语。因为它试图表现一种存在的感觉，所以它既不能调查也不能解决行为或者道德的问题。”“荒诞派戏剧表现给观众的是一幅分崩离析世界的图画，这个世界已经失去了它的结合原则、意义和目的——一个荒诞的世界。这个世界由于失去理性原则，已经真的疯了。”[①] 传统的文学多表现世界和人类理性的一面，当然传统主义文学也表现世界和人类非理性的一面，但它是以理性的方式来表现的。而荒诞派文学则表现人类和世界荒诞的一面，同时用荒诞方式表现荒诞本身。这样，荒诞派文学不论是从内容来说还是从艺术表现方式来说，都具有非理性的特点，而对于这种非理性文学的欣赏，其最本真的方式就是非理性，比如感受和联想，在感受和联想中获得快感或启示。当然，我们也可以用理性的方式对荒诞派文学进行细致的解读，对荒诞内容和荒诞手法进行非荒诞的理解和阐释，但这只是荒诞派文学欣赏的合理的方式之一，不是最好的方式，更不是唯一的方式，它不能代表荒诞派文学欣赏的全部。

我们当然可以说，荒诞是人站在理性的角度对非理性的一种概括，但这不过是哲学化的很空洞的话语，这还远远不是文学欣赏。深入到荒诞内部，荒诞则表现出一种散漫的状态，对于具体的荒诞，我们是无法进行理性说明的，阐释永远只是对荒诞的一种把握，一种部分的、局部的、选择性的、附着了人的意识和理性的非本质的把握。所有的荒诞派文学都可以简单地概括为荒诞性，如果用哲学的标准来要求，荒诞派有着太多的重复因而是浪费的。但文学的价值不同于哲学，文学的主题可以无限地重复，但文学并不因此而重复。荒诞派文学只有一个主题，那就是荒诞，但不同的荒诞文学在荒诞的具体形态上各不相同，作为文学其价值就在这些具体上面。对于具体的荒诞，这是理性以外的另一个世界，我们永远不可能用理性来把它说清楚，理性的言说永远都是理性对荒诞的一种观照、一种把

① 马丁·艾斯林：《荒诞派戏剧》，河北教育出版社 2003 年版，第 277、280、286 页。

握，并且是一种皮毛的观照和把握，否则它就不是真正的荒诞。

不仅荒诞派文学是这样，很多现代主义文学都是这样。有些文学作品，根本就没有一个明确的主旨，它不过只是描述了一种现象、一种感觉，至于这种现象和感觉有什么意义，作者本来就没有寓意，读者更没有必要去发现什么寓意。一部作品如果是说“理”的，我们当然可以通过分析，把“理”找出来并在发现的过程中欣赏作者说理的艺术。如果一部作品明确表达了一种思想，我们当然可以通过分析，理解其思想，并在理解的过程中欣赏其表达思想的艺术。但如果一部作品根本就没有说理，根本就没有一个明确的思想，而只是一种感觉或感受，只是一些好的句子，一些破碎的意象，那我们还能分析和理解吗？还有必要去分析和理解吗？对于这样的作品，欣赏的本质就只能感受，在感受的过程中得到艺术的快感。这种欣赏本质上是“反懂”的欣赏。当然，我们也可以以一种理性的方式来对这种作品进行解读，我们也可以从这种作品的欣赏中得到启示，得到真理，但这种启示和真理不是来自于作品本身，而是来自于欣赏者的主体。而这更反过来说明了这种文学欣赏的“反懂”性，因为所获不是来自于对作品的理解，而是来自于对作品的想象和联想。

当然，对于不懂的文学，我们也可以按照“懂”的方式来欣赏。这涉及诠释学的问题，对此将在下面予以理论的解决。相反，一些现代主义诗歌则以感受、感悟为标准。诗歌表达的是一种情绪或情感，一种对生活、对生存的感受和体验，有内容但没有明确的思想或主题。对于读者来说，不是以寻求对思想的理解和沟通乃至共鸣为目标，而是通过阅读，激活他的艺术激情，从而达到以一种艺术的方式对人生、对生命进行感悟，对社会进行思索。读者在这里既是作品的欣赏者，又是作品的再创造者。

二、有些文学作品包括现代主义文学作品是“懂”的，但也可以按照反“懂”的方式欣赏。这种反“懂”的文学欣赏不仅限于现代主义，同时也延及传统主义的文学作品。

现代主义文学是各种各样的，既有非理性和反理性主义的，也有理性主义的。既有无明确思想意义的语言游戏之作、感觉主义之作，也有具有明确的思想意义并且以思想见长的作品，比如存在主义的许多作品。对于这种现代主义的作品，我们当然可以按照传统的方式来进行意义的解读，但我们也可不按照它固有的意义来解读，而这同样具有欣赏的“合法性”。就是说，对于“懂”的作品，我们也可以按照“非懂”或“反懂”的方式来欣赏，这是因为，这些现代主义作品虽然具有明确的写作意图，并且也表达了明确的主题，但由于现代主义文学在写作上不像传统主义文学那样具有客观性，不再以社会现实作为客观的标准，在手法上多用象征、意象、夸张、意识流、荒诞等，所以这些作品的写作意图和主题都表现得非常模糊和晦涩，再加上深刻至于深奥，因而具有多义性，可以作多种解读。

这里，欣赏的“懂”与“反懂”并不是完全由文本的特点及性质决定的，而实际上与人的文学观念和文学欣赏态度有很大的关系。

既然文学欣赏的“反懂”方式是由文学欣赏的态度决定的，那么，这里是否可以进一步回溯，把“反懂”的文学欣赏延伸到传统的文学？回答是肯定的。我们既可以按照“懂”的方式欣赏传统的“懂”的文学，也可以按照“反懂”的方式欣赏传统的“懂”的文学，也就是说，我们既可以按照作者的意图来解读传统的意义明确的文学作品，也可以不按照作者的意图来解读传统的意义明确的文学作品，即可以“曲解”、“误读”甚至于“戏读”。说鲁迅的小说《故事新编》是后现代主义的作品当然是非常牵强的，但以一种后现代主义的眼光和视角来读《故事新编》，却又未尝不是一种新的读法，具有合理性。对于文学欣赏来说，重要的不是解读所获得的意义是否与作品本身的意义相符合，而是我们在解读文学作品的过程中是否能从其中得到某种思想的启示和审美的快乐，因为文学欣赏的意义和价值从根本上说是对于读者而言而不是对于作品而言的。这里实际上涉及深层的文学接受和解释学的理论问题。

按照金元浦先生的总结，20 世纪的西方文学理论批评经历了三次大的“范式”转换：“在 19 世纪风行的社会历史批评之后，它经历了以作者的创作为理解作品的根本依据的作者中心论范式时期，以本文自身的语言结构等为理解文学意义的根本依据的本文中心论范式时期，和以读者的阅读、反应、创造性理解为文学意义生成的主要根源的读者中心论范式时期这样三个前后相继、在相互否定的转换中交叉运作的历史阶段。”①。三次转换之后的文论实际上可区分为两种类型，即传统文论与现代文论。传统的西方文论认为，文本只能有一种真正的意义，批评和欣赏的任务就是找出这真正的意义。在传统的文学理念中，读者是被动的，他唯一的任务就是发现作家的写作意图并完整地接受它，读者对作品的解读，对作品意义的分析，对作者写作意图的探寻，虽然事实上是一种主观行为，具有主体性，但这种阅读和理解始终是在客观的名义下进行的，也就是说，我们一直以为我们从作品中所解读出来的意义或理解的意义就是作品本身所固有的意义。而现代文学理念则发生了根本性变化，在现代文学观念中，文学是一个复杂的过程，它不仅包括作家写出文学作品，同时还包括读者接受文学作品，还涉及把作家、作品和读者三者联结起来的媒介和“场”的问题，艾布拉姆斯说：“每一件艺术品总要涉及四个要点，几乎所有力求周密的理论总会在大体上对这四个要点加以区辨，使人一目了然。第一个要素是作品，即艺术产品本身。由于作品是人为的产品，所以第二个共同要素便是生产者，即艺术家。第三，一般认为作品总得有一个直接或间接地导源于现实事物的主题——总会涉及、表现、反映某种客观状态或者与此有关的东西。这第三个要素便可以认为是由人物和行动、思想和情感、物质和事情或者超越感觉的本质所构成，常常用‘自然’这个通用词来表示，我们却不妨换用一个含义更广的中性词——世界。最后一个要素是欣赏者，即听众、观众、读者。作品为他们而写，或至少会引起他们的关注。”② 在传统主义文学理念中，读者当然也是文学的重要因素之一，但在整个文学活动中它不具有根本性，在传统的文学理论中，读者不过是作品的衍生物，是附属性的。艾布拉姆斯虽然提出了“四因素”说，但读者在他的文学理论体系中并没有得到真正的地位提升，也就是说，它并没有达到与作者和作品并重的高度。

而把读者提升到文学本体论高度的是现代接受美学或文学接受理论。

① 金元浦：《接受反应文论》，山东教育出版社1998年版，第2页。

② 艾布拉姆斯：《镜与灯——浪漫主义文论及批评传统》，北京大学出版社1989年版，第5页。

接受美学的文学理念发生了根本性的变化，“我们通常所理解的文学作品就是文学本文两者是完全切合一致的。但在接受美学那里，文学作品却不同于文学本文，这两个概念成了必须严格区分的概念。接受美学认为，任何文学本文都具有未定性，都不是决定性的或自足性的存在，而是一个多层面的未完成的图式结构。它不是独立的、自为的，而是相对的、为我的。它的存在本身并不能产生独立的意义，而意义的实现则要靠读者通过阅读对之具体化，即以读者的感觉和知觉经验将作品中的空白处填充起来，使作品中的未定性得以确定，最终达至文学作品的实现。所以，接受美学关于文学作品的概念包括着这样的两极，一极是具有未定性的文学本文，一极是读者阅读过程中的具体化，这两极的合璧才是完整的文学作品”[①]。文学观念不同，读者在整个文学活动中的作用、地位也相应的不同。接受美学认为，作家写出来的作品只有潜在的文学价值，只能称为文本，还不能叫文学作品，只有作品被读者接受即其潜在的价值得到实现之后才能称为严格意义上的文学作品，在这一意义上，文学作品不是由作家独立完成的，读者也参与了创造。

一旦把读者的理解维度纳入文学作品的概念范畴，作品的意义就因读者理解的不确定性而变得具有动态性。“接受美学反对文学本文具有决定性的说法，不承认文学本文只有一种绝对的独一无二的意义；认为文学本文是一个多层面的开放式的图式结构，它的存在意义和价值仅仅在于人们可以对它作出不同的解释，这些解释既可以因人而异，也可以因时代的变化有所不同，但无论哪一种解释都是有意义的，也是合理的。正因为这样，所以接受美学认为作品的本质在于作品的效应史的永无完成中的展示。”[②] 把读者强调到本体的地位，这是现代文学理念与传统主义文学理念最大的区别。

与传统的文学理念和文学欣赏理念相对应的哲学基础是近代解释学，与现代的文学理念和文学欣赏理念相对应的哲学基础是现代解释学。据伽

① 姚斯等著：《接受美学与接受理论》，辽宁人民出版社 1987 年版，“出版者前言”第 4—5 页。

② 同上书，第 5—6 页。

达默尔考证，“诠释学”即“宣告、口译、阐明和解释的技术”（714），“古代诠释学的核心乃是寓意解释的问题”，“在神学方面，诠释学表示一种正确解释《圣经》的技术”，“诠释学试图通过返回到原始的根源来对那些由于歪曲、变形或误用而被破坏了的东西（如《圣经》由于教会的教授传统、经典文献由于经院哲学的粗野的拉丁文而被破坏）获得一种新的理解”。[①] 施莱尔马赫把古典的解经学上升到方法论的高度，从而开创近代诠释学哲学。近代解释学的集大成者是狄尔泰。现代解释学是海德格尔开创的，而集大成者则是伽达默尔。

近代解释学与现代解释学的根本区别在于，近代解释学属于方法论，其基本的原则就是建立一套行之有效的方法，以便在理解文本时消除误解达到客观正确的解释。而现代解释学则是本体论解释学，即认为文本不存在近代解释学所假设的超越历史和时间的纯粹客观和固有属性，理解是一种在时间中发生的历史性行为，理解对于文本来说具有本体性。海德格尔认为，理解是人存在的方式，而理解总是从人的既有知识结构出发的，这既有的知识结构就是“先入之见”或“先行结构”，既然人的理解受制于“先入之见”或“先行结构”，而“先入之见”或“先行结构”又是变动的，那么理解也是变动的，具有历史性和时间性，这样，在现代解释学的视角中，作品的存在在理解的意义上是向未来无限开放的。“先入之见”或“先行结构”，这是海德格尔的一大发现，它导致了全新内涵的“理解”的产生，也导致了近代解释学向现代解释学的转变，所以，伽达默尔说：“海德格尔诠释学的成功首先在于他的前理解概念。”[②] 伽达默尔把现代解释学称为“哲学诠释学”，他认为，理解和解释并不是从方法角度训练的与文本的关系，而是人类社会生活的进行方式，“理解不属于主体的行为方式，而是此在本身的存在方式。……它（诠释学）标志着此在的根本运动性，这种运动性构成此在的有限性和历史性”[③]。也就是说，理解并不完

① 伽达默尔：《诠释学》，《真理与方法》下卷，上海译文出版社 1999 年版，第 714、715、716 页。

② 同上书，第 723 页。

③ 伽达默尔：《真理与方法》上卷，上海译文出版社 1999 年版，“第 2 版序言”第 6 页。

全是由作品决定的，同时受制于现实语境和主体的知识结构，因而理解具有变动的属性。

洪汉鼎先生对这种诠释进行了很准确的总结，他认为近代解释学和现代解释学实际上是两种诠释学态度，也可以说两种诠释学类型，即“独断型诠释学”和“探究型诠释学”，“独断型诠释学代表一种认为作品的意义是永远固定不变和惟一的所谓客观主义的诠释学态度，按照这种态度，作品的意义只是作者的意图，我们解释作品的意义，只是发现作者的意图。作品的意义是一义性，因为作者的意图是固定不变的和惟一的。我们不断对作品进行解释，就是不断趋近作者的惟一意图。理解和解释的方法就是重构或复制作者的意图，而理解的本质就是更好理解，因为我们不断趋近作者的意图”。“探究型诠释学则代表一种认为作品的意义只是构成物的所谓历史主义的诠释学态度。按照这种态度，作品的意义并不是作者的意图，而是作品所说的事情本身，即它的真理内容，而这种真理内容随着不同时代和不同人的理解而不断进行改变。作品的真正意义并不存在于作品本身之中，而是存在于它的不断再现和解释之中。我们理解作品的意义，光发现作品的意义是不够的，还需要发明。对作品意义的理解，或者说，作品的意义构成物，永远具有一种不断向未来开放的结构。……理解的方法是过去与现在的中介，或者说，作者视域与解释者视域的融合，理解的本质不是更好理解，而是‘不同理解’。”① 两种诠释学态度，其实就是两种文本的阅读态度，对于文学来说，就是两种欣赏的态度。

“反懂”的文学欣赏其合法性的理论基础就是来自于这样一种解释学的哲学理论和接受美学的文学理论。文学欣赏从根本上是读者的解读活动，如何解读以及解读者的知识结构、心理趋向等都会深刻地影响欣赏的性质。特别是现代主义的文学作品，由于其非理性和反理性的意识，再加上内容的荒诞性，描写上的反现实性，以及运用象征、隐喻等手法，使作品更加模糊、朦胧，有更多的“空白点”和“未定性”，从而给读者以充分的想象和创造的余地和空间。而更为根本的是，既然我们承认读者的知

① 洪汉鼎：《诠释学——它的历史和当代发展》，人民出版社 2001 年版，第 20—21 页。

识结构对于文学欣赏的根本性影响，那么，现代读者站在现代立场和知识基础上来欣赏传统的文学作品，从而使传统主义的文学作品在欣赏的意义上具有现代性，这就有必然性。任何作品都具有它特点的语境，包括时代语境和具体的写作语境，文本一旦完成就具有它的物质客观性，而文本的意义则具有“未完成性”，它由读者的阅读来实现，而读者和阅读是永远没有完结的，在这一意义上，文学作品的价值向未来无限开放。这种“开放”不仅包括现代主义的文学作品，也包括传统主义的现实主义、浪漫主义的文学作品。当“非理性”、“荒诞”、“反懂”、后现代主义的“消解”、“无中心”、“零散化”、“不确定性”等构成我们的知识结构或“前理解”的时候，我们的欣赏就具有了一种“非懂”的视角，在这种新的视角观照下，传统的文学便面向现代进行了新的开放，从而具有了现代的意义。

任何写作都有它的写作踪迹，找出这踪迹并沿着这踪迹来欣赏当然不失为一种欣赏，但如果找不到踪迹，则可以进行想象的欣赏，也不失为一种正确的欣赏。任何作品都有它的时代语境，都有它的时代意义，如果能够还原语境，分析它特殊的时代意义和价值，当然不失为一种好的欣赏，但并不是每一个欣赏者都具有丰富的历史知识，并不是每一个批评家都是历史学家，所以，完全不顾历史语境而纯文本的欣赏也是合理的，也不失为一种正确的欣赏和批评。完全站在现在的立场，用一种当代的眼光来欣赏历史文本，在历史文本中发现当代意义和价值，这也是合理的。瓦尔特·比梅尔是对卡夫卡深有研究的德国学者，他对卡夫卡的短篇小说《在流放地》(洪天富译为《在流刑营》[①]) 的评论是：“这篇小说并不是一种病态幻想的畸形产物，而是预言了一个事件，一个后来在德国通过集中营及其毁灭机器而实现的事件，以及在苏联通过斯大林的清洗运动而实现的事件。显然，卡夫卡已经洞见到了我们往往引为骄傲的法律观的反常化的可能性。”[②] 卡夫卡生于1883年，1924去世，《在流放地》写于1914年8月4日至18日，而德国纳粹集中营暴行和斯大林大清洗运动作为历史事件则发

① 参见《卡夫卡全集》第1卷，河北教育出版社2001年版，第78页。

② 瓦尔特·比梅尔：《当代艺术的哲学分析》，商务印书馆1999年版，第2页。

生在30年代之后，小说在前，历史事件在后，前面的小说怎么可能有后面历史事件的意义呢？但我们又觉得比梅尔所说的“小说《在流放地》向我们展示了一种法律观的彻底反常化”这一观点是有道理的，是合乎逻辑的欣赏。这里，不论是比梅尔对于小说的评论，还是我们对于比梅尔评论的感觉，其实都是以现代历史和知识作为背景的，也就是说，我们包括比梅尔实际上是站在现代立场、现代观念上重新解读《在流放地》，实际上赋予了小说以现代的意义，我们所得出的结论实际上是现代观念与小说文本的某种契合，就是伽达默尔所说的“视域融合”。

伽达默尔说：“理解就不只是一种复制的行为。而始终是一种创造性的行为。”“理解其实总是这样一些被误认为是独自存在的视域的融合过程。”(393) 而“视域概念本质上就属于处境概念。视域就是看视的区域，这个区域囊括和包含了从某个立足点出发所能看到的一切”，在“处境”或“视域”的意义上，“真正的历史对象根本就不是对象，而是自己和前者的统一体，或一种关系，在这种关系中同时存在着历史的实在以及历史理解的实在。一种名副其实的诠释学必须在理解本身中显示历史的实在性。因此我就把所需要的这样一种东西称之为‘效果历史’。理解按其本性乃是一种效果历史事件”。“占据解释者意识的前见和前见解，并不是解释者自身可以自由支配的。解释者不可能事先就把那些使理解得以可能的生产性的前见与那些阻碍理解并导致误解的前见区分开来。”[①] 就是说，理解不是纯客观的，而要受到理解者已有的知识和思维方式的影响，因而理解的结果永远是一种“效果历史”而不是历史本身。海德格尔说：“把某某东西作为某某东西加以解释，这在本质上是通过先行具有、先行见到与先行掌握来起作用的。解释从来不是对先行给定的东西所作的无前提的把握。准确的经典注疏可以拿来当作解释的一种特殊的具体化，它固然喜欢援引‘有典可稽’的东西，然而最先的‘有典可稽’的东西，原不过是解释者的不言自明、无可争议的先入之见。任何解释工作之初都必然有这种

① 伽达默尔：《真理与方法》下卷，上海译文出版社1999年版，第380、393、388、344—385、379页。

先入之见，它作为随着解释就已经‘设定了的’的东西是先行给定了的，这就是说，是在先行具有、先行见到和先行掌握中先行给定了的。”[①] 正是因为理解深深受制于“处境”或“视域”，受制于“先行具有”、“先行见到”、“先行掌握”，所以我们的理解具有丰富性，既包括历史与现在、客体与主体，又包括自我与他者，是一个复杂的统一体。

把这种理论具体运用于文学欣赏，我们可以说，对文学作品的理解，本质上是“视域融合”，是读者与作品之间的一种对话。由于我们的“先入之见”不可避免地要渗透在理解活动中，所以，我们对作品进行解读所获得的不再是知识，而是“我”的一种理解，具有主观性和当代性。也正是在这一意义上，站在现代思想和思维的立场上，充分发挥读者的主观和创造性，对传统的文学作品进行现代性的解读，对理性的作品作非理性的解读，对“懂”的作品作“反懂”的解读，有它的欣赏的合法性，也有它特殊的意义和价值。我们可以不再寻求作品的意义，而只是借作品的阅读寻求某种感觉，只是借助作品进行幻想和想象，郁达夫小说《春风沉醉的晚上》有一段描写读文学作品的情形：“有时候我只用了想象在书的上一行与下一行中间的空白里，填些奇异的模型进去。有时候我只把书里边的插画翻开来看看，就了那些插画演绎些不近人情的幻想出来。”这在传统的文学观念中，根本就不能算作欣赏，但在现代思想和思维下，在现代主义文学观念中，这未尝不是一种文学欣赏方式，并且未尝不是一种很好的文学欣赏方式。

三、有些文学作品主要是后现代主义文学作品，本来就是以“反懂”的方式写作的，对其欣赏当然也应该是“反懂”的，至少可以是“反懂”的。同时，解构主义思想也深刻地影响了后现代主义语境下的文学欣赏，从而为“反懂”的文学欣赏奠定了理论的基础。

传统主义文学欣赏中“非懂”和“反懂”主要集中在两方面，一是形式的欣赏，比如“宝塔诗”、“回文诗”、“藏字诗”等游戏之作，它们当然也有意义，但意义具有附属性，可以忽略不计，这种文学作品的主要价值

① 海德格尔：《存在与时间》，生活·读书·新知三联书店 1987 年版，第 184 页。

在于其形式，对它们的欣赏也主要是赏玩其形式，在参破其形式的巧妙和机智中得到某种乐趣。再比如，诗文的咏诵作为欣赏也主要是形式上的，它可以不管诗文的意思而仅在词句的抑扬顿挫中得到一种声音的快感。二是“求乐”的欣赏，这种欣赏主要是态度上的，其目的是为了消遣，为了消遣，它可以不考虑文本本身的意义，而更注重对作品的感受，在感受中获得趣味和生理、心理的快感，因而具有“非懂”性或“反懂”性。现代主义文学欣赏的“反懂”性也主要是由非理性主义思想方式和解释学的哲学思想所导致的文学欣赏观念引起的，也主要是态度和观念的，并不完全是由文本的特点决定的。而后现代主义文学欣赏的“反懂”性则与后现代主义文学作品的形态有很大的关系。后现代主义文学在形态上也是非常复杂的，有些作品仍然沿袭了传统的形态，对于这样的作品，我们可以仍然按照传统的“懂”的方式进行欣赏，而有些后现代主义文学作品，在形态上则发生了根本性的变化，作品完全是散乱的，其结构和思想都完全是开放的，甚至可以是未完成的，作者写作时就有意给读者充分的欣赏的自由，并且读者可以直接参与完成作品。对于这样的作品的欣赏，传统的“懂”的欣赏根本就派不上用场。

什么是“后现代主义”，这是一个长期争论不休的问题，“后现代是一个‘语义不稳定’、学者间缺乏共识的概念，这一是因为‘现代性’本身就是一个难以界定的‘大字眼’，二是因为后现代内部支派繁多，共同边界难以确定。但是，删繁就简，从精神上看，后现代一族的基本特征无非是一种思想反叛，而当这种反叛同时又具有某种针对整个西方精神传统的根本性与深远性时，它就超出现代性进入了后现代的范畴”①。根据美国学者哈桑的总结，大致来说，后现代主义有这样一些特点：不确定性、零乱性、非原则化、无我性、无深度性、卑琐性、反讽、种类混杂、狂欢、行动、参与、构成主义、内在性等②，相应地，后现代主义文学具有这样一些特点：第一，非理性的本体性。第二，“自发式写作”、“即兴写作”。第

① 陈嘉明等著：《现代性与后现代性》，人民出版社 2001 年版，第 294 页。

② 伊哈布·哈桑：《后现代景观中的多元论》，王岳川、尚水编《后现代主义文化与美学》，北京大学出版社 1992 年版，第 125—133 页。

三、游戏性。第四，不确定性。这可以说是后现代主义在文学上的最大特点，情节、人物、环境、意义、叙述方式等都不具有确定性。作者写作没有明确的意义，读者对作品在意义上也很难把握。对于这种文学的欣赏，根本就不能“懂”，因为它根本就无理性可言，也不能理性地解释它。

郑敏先生对美国的后现代主义诗歌进行了研究，她总结美国后现代主义诗歌主要有这样一些特点：“1. 反对超验本体论。2. 真理多元，或无结论。3. 认为变是一切，不可能预先设计，事物生生灭灭，永不停止，应当抓住此时此刻此地的现实生活，给予表达。4. 创作不必寻求杂乱现象的统一，更不必将其结构成有机的整体以传达什么固定的意义。5. 强调创作要追随多变的想像力的流动，没有预定设想，可以自发地随机创作。6. 对文字、文学是否能如实的表达作者的意图，持怀疑或否定的观点。7. 重视事物（包括诗歌）的特殊性、地域性。8. 强调开放式诗歌形式。”① 由此可见，后现代主义诗歌在艺术精神上从根本上不同于传统主义诗歌，它不再信仰传统的理性的世界，不再信赖传统的关于世界的理性的解释，因而其创作也不再遵循传统的理性的原则，没有明确的意图，不是理性地设计的，而是随机的，整个作品在结构和意思上都没有统一性，其形式和意义都是向读者开放的。对于这样的作品，传统的主题分析、结构分析、表现手法分析等都是无效的，对于这样的作品，除非读者参与到作品中去，否则便会无所适从，也会一无所获。

与后现代主义诗歌相比，后现代主义戏剧更具有开放性，对于后现代主义戏剧的欣赏更需要参与。与传统主义戏剧的精心筹划、精心排练不同，后现代主义戏剧注重即兴表演。“在后现代戏剧家眼里，临场发挥的即兴表演是打破传统观演关系，把艺术与生活融为一体，让观众参与舞台实践，突出剧情的虚实难辨的最佳艺术表现手法。”② 比如美国剧作家杰克·盖尔伯的《毒品贩子》，该剧打破了固有的表演者与欣赏者之间的界限，整个演出插入了大量的令人惊异的即兴表演，吸毒者直接参加演出，

① 郑敏：《诗歌与哲学是近邻——结构—解构诗论》，北京大学出版社 1999 年版，第 145 页。

② 刘象愚等主编：《从现代主义到后现代主义》，高等教育出版社 2002 年版，第 322 页。

并且在幕间休息时走下舞台向观众乞讨。同时，后现代主义戏剧在语言上表现出强烈的实验性，后现代戏剧中的戏剧语言颠三倒四，语无伦次，文不对题，不断重复，缺乏意义，他们以语言游戏的形式，进行戏剧游戏。通常认为，语言是思想的直接现实，但在后现代主义戏剧这里，语言与思想脱离了关系，语言变成了动作和行为。在传统的戏剧中，语言作为台词是用来表达主题，刻画人物，表现冲突，但在后现代主义戏剧中，语言的这些功能完全被瓦解了。现代主义戏剧无论怎样“前卫”，但其作者、作品、读者三者之间的界限还是分明的，这种界限的分明就为读者作为独立的欣赏活动提供了可能性。也就是说，在传统的戏剧那里，写作活动和欣赏活动还是相对独立的，但在后现代主义戏剧中，作者、作品、读者三者之间的界限变得非常模糊，这样，作为理解的欣赏活动实际上就在一定程度上被消解掉了，文学欣赏不再是理解和在理解的过程中创造，而是直接参与创造，“二度创造”变成了“一度创造”，对作为对象的作品的欣赏变成了对欣赏主体本身的自我肯定，或者说变成了“自我欣赏”，对作品的体验变成了对创作的体验。传统欣赏意义上的各种关系完全颠倒了，在这一意义上，我们说后现代主义戏剧的欣赏具有“反懂”性。

与后现代主义戏剧一样，后现代主义小说也具有“随意性”、“即兴性”和“拼凑性”。这种反经典性和反现代性就使后现代主义小说在多方面表现出不确定性，意义的不确定、形象的不确定、语言的不确定、情节的不确定。所以后现代主义小说在情节上出现多种可能性，相应地在意义上也具有多种可能性。与此相关，后现代主义小说在艺术技巧上具有实验性、探索性，既反传统又反现代。艺术技巧上的后现代主义文学主要表现为：对形式的颠覆、元叙事、对深度描写的消解、拼贴、戏仿、互文性、反体裁、迷宫手法、空洞化、语言实验、语言游戏等。比如卡尔维诺的小说《命运交叉的城堡》是一部由图画和文字组合的小说，小说以塔罗纸牌来建构小说的叙事结构。他的另一部小说《宇宙奇趣》的主人公是一个名叫“Qfwfq”的生物，他充满神秘的色彩，他的名字谁也无法拼出。在小说中，他不断地变化，最初出现的时候是人，随后变为鱼、爬虫（恐龙），最后变成软体动物。再比如博尔赫斯的小说就“具有独特的开放性结构，它包括开头缺失、结局的不可达、结尾缺失、多重结尾、过程化文本以及注释、间断、累赘手法的使用等多种形态"。[①] 正是这种时间错位、叙述方式以及结构上的反逻辑性造成了后现代主义小说在思想内涵上的多重性和无限性。对于这种小说的欣赏，传统的主题分析、思想分析、人物分析、结构分析等根本就是不适宜的，也是无能为力的，如果硬性地进行传统方式的欣赏，就会扭曲后现代主义小说，不能真正把握后现代主义小说的精髓，并且会大大降低后现代主义小说的艺术性。在传统主义和现代主义的视角中，后现代主义小说只能是缺乏艺术精神从而是等而次之的，这样，传统的"懂"的文学欣赏就会使后现代主义小说的"后现代"丧失，从而失去应有的价值和意义。

后现代主义文学的"反懂"欣赏，既与后现代主义文学作品的"反懂"性有关，更与"反懂"的欣赏观念有关，也就是说，后现代主义文学欣赏的"反懂"方式更是一种文学欣赏观念。而这种观念的形成，与后现代主义特别是解构主义（又称"后结构主义"）对现代文学理论的影响有直接的关系。

美国学者德曼提出了一种所谓"修辞学阅读"理论，他认为，"一切语言都有修辞（隐喻、象征等）的特性，因而一切语言都有欺骗性、不可靠性、不确定性；语言的修辞性将逻辑悬置起来，因而语言的指称或意义变得变化莫测、难以确定。……因此文学阅读中完全可能存在着两种无法调和、甚至相互消解的阅读"。"在德曼看来，由于文学文本语言的修辞性，造成它具有语法与修辞、字面义与比喻义、隐喻与换喻……之间的永恒的内在矛盾与张力，因而决定了文本自我解构性的特征和对文本的读解永远处于意义的悬置不确定状态，永远只能是解构性阅读。"[②] 在这样一种阅读中，"文本不再给我们敞开一个确定的意义了，阅读所产生的情感恰恰是因为对文本，对语言的不知所云而产生的焦虑和喜悦，而不是对文本具体所言的强烈反应"[③]。所谓"意义悬置"，所谓"解构的阅读"，所谓"焦虑和喜悦"的体

---

① 王钦峰：《后现代主义小说论略》，中国社会科学出版社 2001 年版，第 60 页。

② 朱立元主编：《当代西方文艺理论》，华东师范大学出版社 1997 年版，第 313—314、314 页。

③ 保罗·德曼：《解构之图》，中国社会科学出版社 1998 年版，"前言"第 5 页。

验，还有所谓“阅读的寓言”，都是与传统阅读方式迥异的阅读，它不再追求意义的理解和逻辑的方式，这是非常典型的“反懂”的欣赏方式。

另一位耶鲁学派的代表人物布鲁姆则提出所谓“影响即误读”的理论，他认为：“每一首诗都是对一首亲本诗的误释。一首诗不是对焦虑的克服，而是那焦虑本身。诗人的误释或诗尤甚于批评家的误释或批评，但这仅仅是程度上的差别，而不是类别之差。没有解释，只有误释；所以一切批评都是散文诗。”① 布鲁姆认为，“阅读总是误读”，“阅读总是一种异延行为，文学文本的意义是在阅读过程中通过能指之间无止境的意义转换、播撒、异延而不断产生的与消失的，所以，寻找文本原始意义的阅读根本不存在，也不可能存在”②。既然阅读总是误读，既然寻找文本原始意义的阅读根本就不可能，那么，就根本不存在所谓“懂”，反过来，既然没有客观的理解意义上的“懂”，那么，阅读活动就是没有准则的，在阅读中所获得的意义也是变幻莫测的，因而，文学欣赏从根本上就是“反懂”的。

而希利斯·米勒则提出“解构主义的阅读”，它与“有机的统一体”的阅读相对：“解构主义的阅读方式可以是对特殊形式的非常具体的阅读，比如一首特定的诗歌，就说叶芝的《1919》吧，解构阅读就是要具体说明它并非连贯一致，它是异质性的，是向逻辑前提、逻各斯统一体的力量提出挑战，而且并不因此创造一种有机统一的阅读。这样的阅读方式并不意味着它对任何人都是开放的，一个人可以自由地对诗歌进行任何不管是什么形式的阅读。”“‘解构主义’程序，把幽灵和寄生的关系颠倒，玩弄语言游戏的游戏，这样就可以超越虚无主义通过形而上学以及形而上学通过虚无主义而产生的反复增殖。”“解构论不能提供一条出路来摆脱虚无主义或形而上学，也不能摆脱它们彼此间不可测度的固有属性。这些都是无法摆脱的。但是，它却能够在这种固有属性的范围内往复运动，它能使这种固有属性发生左右摇摆，其方式如同人们进入一个陌生的边境地带，一个似乎可以最大限度地看到另一国度（即“超越形而上学”）的边疆地区。”

① 哈罗德·布鲁姆：《影响的焦虑》，生活·读书·新知三联书店 1989 年版，第 100 页。

② 朱立元主编：《当代西方文艺理论》，华东师范大学出版社 1997 年版，第 315 页。

"'解构'这个词暗示，这种批评是把某种统一完整的东西还原成支离破碎的片段、或部件。它使人联想起一个比喻，即一个孩子把父亲的手表拆开，把它拆成毫无用处的零件，根本无法重新安装。解构论者并非寄生者，而是弑亲者。他把西方形而上学的机器拆毁，使其没有修复的希望，是个不肖之子。"[①] 这里，与传统的文学欣赏相比，解构的阅读具有反逻辑性，具有游戏性，具有自由性，具有开放性，具有破坏性，即反形而上学，又反虚无主义，它不是把人带向确定的领域而是把人带向不确定的领域，在这里，解构的阅读其实就是"反懂"的阅读。

而更为根本的是，从后现代主义中衍生出来的解构阅读一旦成为一种文学欣赏方式，其意义和应用就不仅仅限于后现代主义文学，同时也适用于所有的文学包括传统主义的文学。在这一意义上，解构的文学欣赏不完全是由文本的性质决定的，也是由文学欣赏的观念决定的，在某种程度上说，正是解构主义的思想方式从根本上导致了解构主义的文学欣赏方式。反过来，解构主义阅读一旦作为一种文学欣赏方式得到确定，一旦成为一种文学欣赏的理论，它就具有方法论意义，它就不再仅仅局限于后现代主义文学的欣赏，同时也适用于现代主义和传统主义的文学欣赏。也就是说，当我们以一种解构主义的视角和方式来看视现代主义和传统主义文学作品时，传统的文学作品也具有了解构的性质，可以进行解构的阅读，传统的文学正是在这种解构的阅读中性质悄悄地发生了变化。事实上，解构主义的阅读理论并不是建立在后现代主义的文学实践的基础上的，而恰恰是通过对经典的解构性重读而建立起来的。德里达本人的文学解构批评其主要文本例子主要有卡夫卡的《审判》、莫里斯·布朗肖的《白日的疯狂》、乔伊斯的《尤利西斯》、弗朗西斯·蓬若《心灵》等[②]，这些作家和作品在文学上都属于现代主义。德曼解构批评实践所依赖的作家和作品主要有：叶芝的《在小学生们中间》、普鲁斯特的《追忆逝水年华》、雪莱的《生命的凯旋》、卢梭的《忏悔录》、《社会契约论》，还有黑格尔的《美学》

---

① 希利斯·米勒：《重申解构主义》，中国社会科学出版社 1998 年版，第 282、109、110、131 页。

② 参见德里达《文学行动》，中国社会科学出版社，1998 年版。

等，这些文本有的属于现代主义，有的属于传统主义，还有的属于学术著作。米勒的解构主义文学批评也主要是以传统的文学作品为依据，建立在对传统主义文学的解读的基础之上的，这一点，从他的著作就可以大致看出。米勒的主要著作有：《狄更斯的小说世界》、《神的隐没：五位19世纪作家》、《现实的诗人：六位20世纪作家》、《哈代：距离与欲望》、《小说与重复：七部英国长篇小说》。从这里，我们也可以看到，解构主义文学理论本质上是文学阅读或欣赏理论，而不是文学创作理论。

解构主义的文学批评实践充分说明了解构主义的阅读是一种文学观念，一种文学欣赏。解构主义的文学欣赏更看重阅读的方式，而不是文本本身，我们看到，传统的经典的文学作品，经过解构主义的阅读之后，其性质和特点都发生了根本性的变化，它不再是统一的、具有固定不变意义的文学，而是充满了修辞、破碎、矛盾、分裂、冲突的文本，作品的结构变得分崩离析，主题也具有不确定性，甚至没有了意义的内核。文学欣赏在解构主义的阅读这里变得极富有随意性，甚至非文学作品比如《梦的解析》、《圣经》、德里达的《丧钟》等也可以当作文学作品来读解，这和传统的"懂"的阅读完全，是一种"反懂"的阅读。

在这一意义上，"反懂"的文学欣赏不仅欣赏的方式不同，欣赏的结果不同，而且还反过来从根本上改变了文本的性质，比如解构主义的文学欣赏把传统主义和现代主义的作品变得具有后现代性，把非文学性文本变成文学性文本，在后现代主义视野中，文学与哲学的界限变得模糊不清。

女权主义的文学欣赏则更为激进，它以女性的特殊经验以及对男权的反叛作为先决条件，它试图通过特殊的文学阅读，不仅改变文本的性质，并且通过阅读来改变世界。"女权主义阅读是一种政治活动，其目标不仅仅是解释世界，而是通过改变读者意识和他们与被阅读文本之间的关系，来改变世界。"① 因为，"阅读，一方面是对自我的存在方式的表达，另一方面也是重新建构自己的有效途径"。"而站在女性主义文学批评的立场，

① 费特莉：《抵御抗拒的读者》，转引自乔纳森·卡勒《论解构》，中国社会科学出版社1998年版，第42页。

所有的男女作家的文本都因其‘女性政治’眼光的扫描而呈现出一种前所未有的性别意义上的开放状态：被阅读的文本因其所依赖的女性主义理论框架而产生新的意义，而阅读者对本义意义的把握也就是女性对自身存在方式的领会。”[①] 在女权主义的阅读理论中，误读不仅是客观存在的，而且是合理的，正是通过误读，女权主义文学批评在传统的文本中重新发现了女性的历史命运，正是通过误读，女性主义文学欣赏通过欣赏强化了妇性经验、强化了性别意识，从而产生了妇女解放的政治意义。与传统的作者意图的“懂”的解读不同，女性主义的文学欣赏是一种完全不同的文学欣赏，具有典型的“反懂”性。

总之，20世纪的文学欣赏及其理论表现为非常复杂的情况，既有传统的寻找作者的意图，追求作品客观意义的“懂”的欣赏，也有强调主观感觉和主观想象，追求主观创造和快感的“非懂”和“反懂”的文学欣赏，特别是后现代主义文学和后现代主义文学理论之后，“反懂”的文学欣赏更是具有了坚实的文学实践的基础和哲学理论的基础。“反懂”的文学欣赏不再以一种形而上学的思维看视文学，不再把文本看做是一个有机的统一体，不再把文本的意义看做是不变的，不再试图从文本中寻找作者的意图、寻找永恒不变的意义，不再把误读、误解、误释看做是非法的，同时承认非理性、矛盾性作为文本的特性和解读的特性的合法性。“懂”的文学有它的意义和价值，但同时，“反懂”的文学也有它特殊的价值和意义，特别是后现代主义思维方式越来越广泛地被人们接受之后，“反懂”的文学欣赏越来越成为一种基本的文学欣赏方式。

第五节　当代中国文学欣赏中的“反懂”性

我认为，中国文学总体上可以划分为两种类型，即中国古代文学与中

① 李蓉：《在阅读中改变世界——西方女性主义文学批评与现代解释学》，《外国文学研究》2000年第1期。

国现代文学，当代文学不过是整个中国现代文学的一个发展阶段。由于同属于一种文学类型，所以当代文学与现代文学具有某种共同的品格。但与现代文学相比，当代文学在文学精神、文学形态等方面都出现了一些新的发展和变化，其中受西方后现代主义思想的影响，出现了后现代主义的文学作品，或在文学中表现出了某种后现代主义的精神。后现代主义文学作为一种现象的出现，对中国传统的文学欣赏方式构成了很大的冲击。如果说传统的中国古代文学在欣赏上是“非懂”的方式，传统的中国现代文学在欣赏上是“懂”的方式，那么，后现代主义文学在欣赏上则具有“反懂”的特征。

中国当代文学总体上呈现多重格局，既有传统的现实主义、浪漫主义和“主旋律”的文学，也有各种现代主义和后现代主义的文学，既有严肃乃至沉重的文学，也有轻松不乏游戏性的文学，相应的，在文学欣赏上，既有传统的“懂”的、“非懂”的方式，也有“反懂”的方式。后现代主义思想对当代文学精神和文学方式包括欣赏方式都构成了冲击，但后现代主义文学也不是一种模式的，而是复杂的，比如就有建设的后现代主义和破坏的后现代主义之分。所以，对于后现代主义的文学作品的欣赏也不是单一的“反懂”的方式，还有“懂”的方式。这与后现代主义本身的复杂性有关，也与后现代主义在中国的变异或者说中国化有很大的关系。

理论上，现代主义文学欣赏就具有“反懂”性，因为现代主义文学最重要的特征之一就是反理性。19 世纪 80 年代，尼采则喊出了“上帝死了”和“重估一切价值”的口号，从而开启了现代思想。所谓“上帝”，其实就是“理性”，“上帝死了”即宣布理性的破灭。非理性主义的基本观点是：世界的理性结构、意义和目的并不存在，人的心理和本性主要是非理性的，社会的伦理道德并没有客观性，理性本身具有它的缺陷，通过它不可能真正认识这个世界，科学不是万能的，科学也有缺陷，科学不能解决一切。非理性主义动摇了人们自文艺复兴以来对人的信念，改变了人们对世界的看法，也改变了人们对世界的态度，人们逐渐对生活产生了异化感、危机感和荒诞感。而文学欣赏“懂”的思想基础就是理性主义，或者说，“懂”就是理性主义在文学欣赏方面的具体体现。既然现代主义文学具有反理性的一面，对现代主义文学的欣赏当然就应该具有“反懂”的一面。

中国的现代主义文学虽然是受西方现代主义文学的影响而发生的，但中国的现代文学从一开始就具有变异性，其中一个很重要的变异就是西方现代主义文学的非理性或反理性精神被排斥、压抑、弱化，以至于消失殆尽，从而中国现代主义文学在总体上被理性化。中国的现代主义文学主要是在社会思想上和文学形式上的现代主义，而在思维方式上仍然是理性主义的，仍然是传统的。从现代文学中的象征派诗歌、意象派诗歌、现代派诗歌、纯诗、新感觉派小说，到80年代的“朦胧诗”、王蒙等人的意识流小说、刘索拉、徐星等人的“感觉主义”小说等，我们看到，中国80年代中期之前的各种现代主义文学都具有理性的特点，在文学精神上总体上属于理性主义。中国的现代主义文学虽然是学习西方现代文学而来，但由于语境以及文学传统、哲学思想等因素的影响和制约，中国现代文学与西方现代主义文学具有根本的不同，中国现代主义文学既吸收了西方现代主义文学的因素，同时又糅合了传统现实主义、浪漫主义文学以及中国古典文学的精神和手法，这样，中国现代主义文学实际上是西方现代主义文学、中国现代经典文学与中国古代文学三种文学的结合体。并且，中国现代主义文学主要是在文学表现手法和技巧方面学习西方的现代主义，而对于其文学精神和思想方式以及所表达的文学理念，我们学习得非常有限。

西方的现代主义是各种各样的，但为什么只有象征主义等文学流派为中国现代主义所接受和借鉴，而表现主义、超现实主义、荒诞派戏剧、黑色幽默等更能代表现代主义精神的文学则基本上为我们所拒绝，或者说更具有反理性精神，能够对我们的思想和思维造成根本性动摇的现代主义文学却没有引入，这其实与我们的思维方式、文化语境、社会现实和文学传统有很大的关系。西方的理性自古希腊罗马时期就开始了，到了20世纪则发展到了极致，从而表现出某种弊端和缺陷，特别是在人的精神方面，它有很多问题不能解决，这样就出现了“非”理性和“反”理性的现代主义和后现代主义。而中国20世纪初，科学才刚刚从西方引进，科学精神以及科学精神背后深层的理性主义思想基础才刚刚在中国确立并生根，科学和理性精神对中国现代化进程起了巨大的推动作用，其对中国社会进步的贡献是有目共睹的，科学和理性在当时被认为是反封建、改造国民性、促进社会进步的最先进、最强大的工具，而“非”理性和“反”理性恰恰是我们需要克服的弊端。在这样一种语境中，中国的现代主义文学缺乏生存的土壤，并且相当地脆弱。在中国现代，社会的总体思维方式是理性主义的，主流的文学是现实主义的，这就决定了中国的现代主义文学必须适应这样一种社会和文学语境才能被接受，并因而才能生存。

正是因为如此，中国的现代主义文学力避反理性和非理性的精神，而主要在形式上和手法上学习西方现代主义，比如象征主义，而且尽量选择那些和中国传统文化相近的文学流派，比如意象派。象征主义重要的诗学原则就是非理性主义，“象征”在西方象征主义文学中不仅是艺术手法和艺术形式，同时还具有意识形态性，其意义的晦涩来自于非理性而不是“象征”，但中国20年代的象征主义文学其“象征”主要是在艺术形式上的，与意识形态没有关系，中国象征主义诗歌在意义上的晦涩主要来自于“象征”形式本身，即朱光潜所说的“跳”，而不是非理性的不可懂。西方意识流小说深受弗洛伊德精神分析的影响，它们大量描写人的无意识、潜意识，写人的梦、幻想，消解人文主义的“主体”和“客观”观念，表现出人的精神分裂和非理性的特点。但在中国的意识流小说中，“意识流”却被理解成了纯粹的艺术技巧和手法，“意识流”变成了一种叙事的手段，西方意识流小说所揭示的人类“无意识”的秘密并没有在我们的作品中表现出来。30年代的“新感觉派”小说是这样，80年代王蒙等人的意识流小说更是这样。在西方，荒诞派戏剧、荒诞派小说是非常典型的现代主义文学，而中国80年代出现的宗璞、谌容等人的荒诞小说虽然明显借鉴了西方荒诞派文学，但已经完全没有西方荒诞派文学的反理性精神，“荒诞”在西方荒诞派文学中具有本体性，即认为荒诞是人的本质，世界就是荒诞的，因而其意义具有不确定性，而中国的荒诞小说，“荒诞”不过是一种表现手法、一种工具，而不具有本体性，它实际上是通过荒诞反映社会的某种病态和黑暗，从而与现实主义相契合。所以，中国的荒诞小说其意义一目了然，从而被融入了传统的理性主义的文学范围。“朦胧诗”被认为是当代文学中最早的现代主义文学，其主要的原因就在于它的“朦胧”性，即意义的晦涩，但与西方现代主义诗歌在意义上的晦涩相比，实在是相距甚远，西方现代主义文学的意义晦涩是意义的根本不可解，而我们的朦胧诗只有意义“朦胧”罢了。正是因为如此，有人认为中国的现代主义文学是“伪现代派”[①]，这是非常有道理的。

中国80年代中期之前的现代主义文学当然具有某种反理性的因素，但中国现代文学在主体上是理性主义的，在文学理念上也是理性主义的。中国现代文学的欣赏在理念上是理性主义的，即认为文学作品是可以通过理性的分析和研究而弄懂的，文学欣赏的根本就是“懂”，包括思想内容上的“懂”和艺术表达、表现上的“懂”。文学作品中虽然出现了非理性和反理性的因素，但在理性主义的观照中，这些因素最后都被纳入了理性主义的范畴，相应地，文学欣赏中虽然存在着真正意义上的“看不懂”，但在理性主义的思维方式中，我们仍然以“懂”的方式来解读它，这样，“非懂”就被纳入了“懂”的范围。

这里我特别以鲁迅的小说《铸剑》为例来说明。在现在看来，这是一篇具有后现代主义倾向的小说。小说以一则神话为题材，叙述是清楚的，情节逻辑也大致是明白的，讲了一个复仇的故事，但小说表达什么样的思想，如何解释小说中的一些细节和情节，却并非清楚明白的。而最为根本的，小说的描述和情景都不是以现实作为比拟，小说的情节逻辑是非生活的逻辑，环境、人物都与传统主义的文学有根本性的不同，这些都不能让人理解。比如黑色人是如何来的，他是怎么知道眉间尺要报仇的，他为什么要帮助眉间尺报仇，都缺乏交代，“反逻辑性”、“反连续性”，这是比较典型的后现代主义的写作方式。小说中，眉间尺问黑色人为什么要替他报仇，黑色人的回答是：

> “我一向认识你的父亲，也如一向认识你一样。但我要报仇，却并不为此。聪明的孩子，告诉你罢。你还不知道么，我怎么地善于报

① 参见黄子平的文章《关于“伪现代派”及其批评》，《北京文学》1988年第2期。

仇。你的就是我的；他也就是我。我的魂灵上是有这么多的，人我所加的伤，我已经憎恶了我自己！”

这个回答照现代的语言标准，可以说是答非所问，意思不通，让人不知所云。“我一向认识你的父亲，也如一向认识你一样”，这也许是事实，但从前后文中我们看不出来，或者说并不可信。而更奇怪的是，黑色人的话音刚落，眉间尺就把自己的头割下来交给黑色人。这是反传统主义思维方式的，也是后现代小说所经常采用的写作方式。

《狂人日记》中的“狂人”其行为和思维也具有某种反常性，但小说开首的交代则把这种反常性现实化了，反常正是“狂人”的特点。而《铸剑》则不同，虽然我们都知道这篇小说是以神话为题材，是对一则神话故事的“演义”，但小说本身并没有这样交代，小说本身也并没有暗示我们应该把它当神话看待，恰恰相反，小说的第一章和第四章都非常现实化，小说一开始把我们导向现实感，最后又让我们回到现实，中间则让我们陷入虚幻之中，这和《狂人日记》具有根本性的不同。我们显然不能把这篇小说看做是神话，也不能看做是历史小说，不论是整个小说，还是其中具体的情节、具体的细节，都不能进行传统方式的理解，也即我们不能用“懂”的方式来解读这篇小说，否则就会陷入无穷无尽的困惑。

但由于受思维方式的限制，我们过去始终把《铸剑》看做是传统主义的作品，并用传统的方式对它进行解读。我认为，鲁迅在《铸剑》的写作上显然是进行了新的探索，但对于这种探索他本身也缺乏很清醒的理论认识。鲁迅在一封致增田涉的信中说：“在《铸剑》里，我认为没有什么难懂的地方。但要注意的，是那里面的歌，意思都不明显，因为是奇怪的人和头颅唱出来的歌，我们这种普通人是难以理解的。第三首歌，确是伟丽雄壮，但‘堂哉皇哉兮嗳嗳唷’中的‘嗳嗳唷’，是用在猥亵小调的声音。”（译文）[①] 这里有两点特别值得注意：第一，鲁迅自己认为这篇小说是好懂的，即是可以理解的，但具体如何理解，他在这里并没有说，在其

① 鲁迅：《致增田涉》，《鲁迅全集》第13卷，人民文学出版社1981年版，第659页。

他地方也没有说。第二，鲁迅说其中的“歌”难以理解，这里，鲁迅实际上已经承认了“不懂”的合法性，也就是说，在鲁迅看来，有的文学是可以让人不理解的，但鲁迅并没有对这种“不懂”作进一步的理论提升，这是深为可惜的。鲁迅说《铸剑》是可解的，这也许是从他的写作来说的。的确，小说的结构、小说的基本内容等，这在现在看来是清晰可寻的，但对于小说中一些具体细节的意义，一些具体情节的意义，整个小说的意义，则传统的理解和“懂”其有效性就非常有限。也就是说，《铸剑》在大的方面是可以理解的，而在具体的细读上，则难以理解。我们过去把它和现实主义的文学混同，并用传统的方法来解读它，这是很大的误解。这个例子说明，中国现代文学史上也有“反懂”的作品，至少有的作品中存在着“反懂”的因素，但传统的思维方式和文学理念从根本上限制了我们对于这些文学作品的理解，我们实际上把“反懂”的作品也归入了“懂”的范围，并对它们进行了“懂”的欣赏。

所以，中国的现代主义文学虽然在上世纪20年代就产生了，但真正的现代主义即有意识的反理性主义的现代主义却是在80年代中期以后才开始的。

单从文学现象上，我们很难把80年代中期之前的现代主义文学和80年代中期之后的现代主义文学区别开来，而且，80年代中期之后的许多现代主义文学的确仍然具有80年代中期之前的现代主义文学的基本特征，并且80年代中期之后中国现代主义文学的主体仍然是传统中国现代主义的，即理性化的、注重艺术形式的现代主义。但我们也看到，90年代之后中国现代主义文学出现了新的变化，这就是有意识的反理性。不只是在文学中表现非理性或者反理性，而是现代主义文学本身呈现为非理性和反理性的形态。其中，残雪的作品、余华早期的作品，部分“新生代”作家的诗歌和小说是比较有代表性的作品。在这里，文学不再遵循理性的原则进行叙事，不再遵循理性的原则写人的精神和意识，不再遵循理性的原则进行语言表达，同时，文学中的时间、象征、意象、抽象等也都可以不再是理性的方式，而具有反常规性或反日常性。相应地，文学欣赏也是这样，总体上，当代文学欣赏的主流仍然是理性主义，即“懂”的，但也出现了有意识的反理性主义，即“反懂”性。

下面我主要以当代诗歌创作和欣赏为例来说明这一问题。

与现代主义的诗歌相比，传统主义的诗歌明显具有说明性，用诗来说明和图解现实生活，在这说明和图解的背后则是作者清醒的现实意识。相应地，与这种说明的文学理念相适应的则是一套“懂”的阅读体制，唐晓渡先生把这种阅读体制中的读者形象地称为“诗歌监护人”：“这位监护人乐于追随他被赋予的权力幻象；他采用所有‘文献式阅读’中最糟糕的一种来阅读诗歌：他总是希望从中读到一些像当年的‘革命’一样具有‘轰动效应’的‘大事’、大排场，以便证明他那褊狭的、封闭的、被扭曲成一团的阅读期待的正当性。对凡是使这种阅读期待落空的诗歌他或者满腹狐疑或者忧心忡忡，因为他既担心失职又惟恐受到愚弄。”[①]，这种监护式的阅读实际上是一种“懂”的阅读，只不过这种“懂”比较偏狭，或者说具有特殊的时代性，附着了太多的时代的内涵。

而朦胧诗的出现，则使这种“懂”的阅读特别是这种具有时代特征的“懂”的阅读理念受到深刻的怀疑，并且使阅读问题凸显出来，成为当时文学理论的一个关键问题。事实上，从阅读和欣赏这一角度来说，朦胧诗当时最大的问题就是“读不懂”的问题。“叫人读了几遍也得不到一个明确印象、似懂非懂、半懂不懂、甚至完全看不懂、百思不得其解。”[②] 这可以说是当时一种非常普遍的抱怨。应该说，这种抱怨是真诚的，但正是这种真诚，迫使人们对我们传统的文学理念进行反思，反思的最大结果就是“三个崛起”，孙绍振先生认为：朦胧诗的崛起，“与其说是新人的崛起，不如说是一种新的美学原则的崛起”[③]，谢冕先生 1985 年为《朦胧诗选》写序时，也是从美学的角度对朦胧诗进行辩护：“一首难以理解的诗，并不等同于不好的或失败的诗，除非它是不可感的。一些人在这些诗面前的焦躁，多半是由于他们的不能适应。他们习惯于一览无余的明白畅晓的抒

① 唐晓渡：《90 年代先锋诗的若干问题》，《唐晓渡诗学论集》，中国社会科学出版社 2001 年版，第 120 页。

② 章明：《令人气闷的“朦胧”》，《诗刊》1980 年第 8 期。

③ 孙绍振：《新的美学原则在崛起》，《诗刊》1981 年第 3 期。

写。他们的欣赏心理是被动的接受。他们并不了解，好的艺术是诗人与读者的共同创造，它们总是期待着欣赏者对于作品的加入。它们把自身未完成的开放式的（而不是封闭式）的存在付与欣赏者。此即属于可谓‘未完成美学’的范畴。此类诗的创造，从一定意义上说，是最大可能地调动欣赏者的创造欲望，吸引他们的参与。这是一种双向的有一定规范性的自由活动。可惜不少诗歌的批评者和欣赏者，对此缺乏谅解。”[①] 也就是说，朦胧诗最大的特点是它向读者的开放，因为朦胧，所以读者的阅读就具有充分的想象和发挥的余地，从而具有创造性。从读者创造和参与的角度来说，朦胧有它的美学价值。

但把“朦胧”从根本上上升到一种美学原则，只是承认了朦胧诗作为文学的合理性、合法性，并没有具体地解决“朦胧诗”的阅读问题，什么是“懂”？为什么“读不懂”？为什么要读懂？“懂”的理论基础是什么？在欣赏的意义上，“读不懂”有没有合法性？“读不懂”有没有它的理论根源？对这些问题，当时的文学理论界和诗歌界都缺乏深入的追问，更谈不上解决问题。这当然与当时的普遍的理论水平有关，也与普遍的接受承受能力有关。事实上，朦胧诗的出现并最终得到认同，并没有对文学欣赏的“懂”的方式构成根本性的冲击，并没有从根本上动摇“懂”的解读方式及其文学理念。谢冕先生说：“我也是不赞成诗不让人读懂的，但我主张应当允许有一部分诗让人读不太懂。”[②] 在这里，“读不太懂”是极勉强的，它与其说是一种文学观念，还不如说是一个对待年青人和对于诗歌探索的一种宽容的态度，一种道义上的支持。因为在当时的政治文化状况下，“读不懂”在艺术上具有冒险性，卞之琳说：“长久以来，在国内，‘难懂’二字，对于一位诗人压力很大，所以不要因为易用而随便滥用。”[③] 我们看到，在谢冕先生这里，哪怕是后来，对于为什么“应当允许有一部分诗让

① 谢冕：《历史将证明价值——〈朦胧诗选〉序》，阎月君等人编《朦胧诗选》，春风文艺出版社1985年版。

② 谢冕：《在新的崛起面前》，《光明日报》1980年5月7日。

③ 卞之琳：《今日新诗面临的艺术问题》，《卞之琳文集》中卷，安徽教育出版社2002年版，第490页。

人读不太懂”，并没有文学理论上的原因解析。

从文学欣赏或阅读的角度来说，对于朦胧诗，当时的基本结论可以概括为：朦胧诗不好理解，但并不是不能理解。所以，朦胧诗的“看不懂”从根本上被认为是“晦涩”的范畴，而与“非理性”和“反理性”无关。也就是说，“朦胧”被认为是表现对象的模糊和表现手法的复杂性造成的：“它意蕴甚深却不求显露；它适应当代人的复杂意识而摈弃单纯；它改变诗的单一层次的情感内涵而为立体的和多层的建构。模糊性使诗歌的错综复杂的内涵的展现成为可能。急速的节奏，断续的跳跃，以及贯通艺术诸门类手法的引用与融汇如电影蒙太奇的剪接与叠加，雕塑的立体感，音乐的抽象，绘画的线条与色彩。这些‘引进’，都使新诗艺术有一个突进的扩展。”[①] 正是从这样一种理性主义的观念出发，很多难解的、晦涩的、“看不懂”的、“不知所云”的朦胧诗最后达成了某种“懂”的协议，或者说，某些“权威”的解释因为“很有道理”最后得到了普遍的认可，以至被认为其解释的意义就是诗文本“本来”的意义，就是其固有的意义，就是其终极意义。

比如北岛的《回答》，第一节：“卑鄙是卑鄙者的通行证，/高尚是高尚者的墓志铭。/看吧，在那镀金的天空中，/飘满了死者弯曲的倒影。”被普遍地认为是表现了颠倒的世界，揭示了现实的荒谬和虚伪。再比如顾城的《一代人》：“黑夜给了我黑色的眼睛/我却用它寻找光明。”被普遍认为是表现了历史的处境，并表达了一代人的精神状况，他们虽处黑夜之中，但却坚定地追求真理，追求光明。朦胧诗的经典性就在这种有效的解释和普遍的认同过程中逐渐确定下来。

应该说，这些解释的确很有道理，并且还可能具有作者的意图根据。但这些诗是否还可以作其他的解释，是否有必要作其他的解释，我觉得这是值得深入追问的。我认为，朦胧诗中的很多篇章实际上都可以进行多重理解，这是由诗歌本身的“朦胧性”决定的，有些诗写作时可能就没有明

---

① 谢冕：《历史将证明价值——〈朦胧诗选〉序》，阎月君等人编《朦胧诗选》，春风文艺出版社 1985 年版。

确的意义，有些诗诗人写作时虽然有明确的意义，但这种意义表达得并不明确，比如顾城的诗《弧线》："鸟儿在疾风中/迅速转向//少年去捡拾/一枚分币//葡萄藤因幻想/而延伸的触丝//海浪因退缩/而耸起的背脊"，在形象和结构上，这首诗是清楚明白的，但它究竟表达了一种什么思想，却可以有各种解读，并且不同的解读都具有合理性。对于这样的诗，如果我们再勉为其难地追索其"固定不变"的意义，显然是枉然，实际上是没有真正把握朦胧诗的精髓，或者说没有真正理解朦胧诗。朦胧诗最大的艺术特点就是因为朦胧而具有多种解读的可能性，如果在解读上把它单纯化或单一化，就会违背朦胧诗的艺术本性，朦胧诗就不再是"朦胧"诗。用非朦胧性的标准衡量朦胧诗，不仅仅是大大降低了朦胧诗的艺术价值，更重要的是其前提本身就是有问题的。

我认为，朦胧诗对文学欣赏"懂"的方式实际上构成了冲击，表现在两方面：第一，对于具体的朦胧诗，不同的读者有不同的理解，并且这理解之间还存在着相当大的差异，这在事实上证明了某些朦胧诗缺乏传统主义文学的那种确定的意义，我们当然不能说这种文学欣赏的"众声喧哗"具有反"懂"性，但可以说，这种"众声喧哗"为文学欣赏从"懂"到非"懂"和反"懂"打开了一条思路。第二，朦胧诗在一定程度上改变了中国文学欣赏的方式。对于朦胧诗，追索作者的意图，理解它的深刻含义，当然是一种读法，但强调读者作为个体的感受，强调读者在感觉的基础上进一步创造，这也是一种读法。后一种读法已经具有某种开放性，它不再是单向的读者被动地接受作品的活动，同时读者具有不受作品限制的主动性，读者不再只是纯粹的对作品的理解，同时还有自我生命形式的体验。这实际上就有某种非"懂"和反"懂"的特点。但在当时的思想状况、理论水平以及文学理论的条件下，批评界并没有把这种欣赏方式上升到思维和理论的高度，并没有对这种欣赏进行哲学上的追问。80 年代的文学理论最终实际上把这种非"懂"和反"懂"非常牵强地归入了"懂"。

沈奇先生 90 年代写作的一篇文章仍然是这样。在这篇文章中，作者已经深刻地认识到了欣赏现代诗与欣赏传统诗之间的不同，"在现代诗以及后现代诗文本中，语言能指增大，多层面多向度展开，所指一再后移乃至脱逸于文本之外，留下更大的空间让读者自己去填补去参与去完成”。“在包括现代诗在内的所有现代、后现代文学艺术面前，‘懂’得越多，得到的越少!”“先入为主，硬要从现代诗中逐句逐段地找出个什么‘意思’来，有如中学生顺从老师的指教硬要从各种活生生的文章中总结出一个干巴巴的‘中心思想’一样，那可就真的‘不知所云’了。”就是说，后现代主义包括现代主义的部分诗歌有它自己的特点，对其欣赏也应该有自己的特点，如果仍然按照传统的“懂”的方式来欣赏它，那只能是“不知所云”即“看不懂”，其结果也只能是一无所获。那么，具体如何欣赏后现代主义的诗歌呢？作者描述其欣赏的状况为“你激动了或沉浸了乃至只莫名地楞了一神”，当然还有脱离文本的想象、反“中心思想”等，这实际上就是反“懂”的。但作者又把这种“反懂”归属于“懂”：“现代诗应该更好‘懂’些，只是你必须要换一种‘懂’法。”“只要你激动了或沉浸了乃至只莫名地楞了一神，诗就应该也只能这样认为你就是人们常说的那样——‘懂了!’。”[①] 也就是说，“反懂”是另一种“懂”。这当然不失为一种表述，但它不符合理论的规则，不利于明了事物的特征。这与其说是表述的不恰当，还不如说是观念上的含混和理论上的不彻底。

真正冲击传统主义诗歌理念和欣赏理念的则是80年代中期以后的先锋诗，包括后朦胧诗、探索诗、第三代诗、新生代诗、后现代诗、女性诗[②]等。这些诗歌当然各有特点，互相之间也存在着巨大的差异甚至矛盾和对抗，但与传统主义诗歌相比，这些“新潮诗”在文学理念和形态上都具有异质性，表现为：越来越走向私人化，诸如私人化的情感、私人化的语言、私人化的生活内容。写作不再追求深度，不再追求对社会的深刻的反映，不再具有改造社会的使命感、责任感、崇高感，相反，变得世俗化、琐碎化、平面化。不再遵循传统的思维逻辑，不再采用传统的意象组合方式，语言游戏因而导致意义缺失。内部写作，即为写作诗歌而写作诗歌，因而诗歌的意义和价值最后返诸自身。不再坚持传统的语言观，不再遵循

---

① 沈奇：《说“懂”与“不懂”》，《拒绝与再造》，西北大学出版社1999年版，第31—34页。

② 对于80年代中期以后的先锋诗或新潮诗，理论界有各种各样的命名，上述名称有交叉和重叠的地方。

传统的语言规则，包括语法规则、句法规则、词法规则等。王光明认为："真正的诗歌探索恰恰在这个时候得到了相当程度的展开：有于坚、伊沙那样涮洗性的诗，以调侃、游戏甚至堆砌的方法，把生活的平面化、生命的分裂感以及心灵的破碎呈现出来，这些诗不追求深度的语言效果，但仍然企图对应破碎的现代生存境遇。"① 肖开愚用"不及物的写作"一语进行概括："除个别诗人的写作之外，80 年代的诗歌写作是不及物的写作。由于写作中叙事技巧的缺席，以事件和故事作为写作条件的诗作也终止了文体同具体事物之间的联系，本来希望建立对事物的信心的辞令、语气、请求，停留在貌似活跃、壅塞构成的空洞的形式的捆束之中，不能抵达它们应该抵达的事物。"② 谢冕先生在 80 年代中期对朦胧诗进行总结时，曾从"看不懂"的角度对朦胧诗的某些方面有所批评："例如某些诗篇过于夸大破碎形象的偶然拼凑，甚至浮表地满足于浅层次的象征和繁冗的装饰，相当数量的词语不合常规，无节制地使空茫的意象充斥诗中，而使作品的可感性达于低点。"③ 这是有些朦胧诗让人"看不懂"的原因，也是朦胧诗的缺点，但正是这些缺点在 80 年代中期以后的"先锋诗"或"探索诗"中得到了发扬光大，并成为中国诗歌中的非常显赫的现象，因而，80 年代中期以后的诗歌表现出普遍的"看不懂"。

而更为根本的是，"反懂"写作在 80 年代中期以后的诗歌中是一种有意识的写作行为，诗人们对于"反懂"的写作具有清醒的理论认识。于坚有一篇很有名的文章，叫《拒绝隐喻——一种作为方法的诗歌》，提倡"回到语言的元隐喻本身"，认为"诗是一种消灭隐喻的语言游戏。对隐喻破坏得越彻底，诗越显出自身"，"拒绝隐喻是一种专业写作……拒绝隐喻，从而改变汉语世界既成的结构，使其重新能指"。为什么要拒绝隐喻，

① 王光明：《个体承担的诗歌》，陈超编：《最新先锋诗论选》，河北教育出版社 2003 年版，第 246 页。

② 肖开愚：《90 年代诗歌：抱负、特征及资料》，陈超编：《最新先锋诗论选》，河北教育出版社 2003 年版，第 334 页。于坚也曾使用"不及物"一词，见《拒绝隐喻——一种作为方法的诗歌》一文。

③ 谢冕：《历史将证明价值——〈朦胧诗选〉序》，阎月君等人编：《朦胧诗选》，春风文艺出版社 1985 年版。

于坚有他自己的理论，即对于词语的基本看法，他举例说："一个声音，它指一棵树。这个声音就是这棵树。Shu！（树）这个声音说的是，这棵树在。这个声音并没有'高大、雄伟、成长、茂盛、笔直……'之类的隐喻。在我们的时代，一个诗人，要说出树是极为困难的。Shu已经被隐喻遮蔽。他说'大树'，第一个接受者理解他是男性生殖器。第二个接受者以为他暗示的是庇护，第三个接受者以为他的意思是栖息之地……第X个接受者，则根据他时代的工业化的程度，把树作为自然的象征……能指和所指已经分裂。"① 而拒绝隐喻的必然结果便是使诗歌中的一些文化词语失去文化内涵，从而对一般人来说变得意义恍惚、飘浮，以至于"不通"、"不懂"。我这里当然没有否定"拒绝隐喻"的意思，我只是想通过这个例子说明，80年代中期以后，中国诗歌的写作理念和写作方式出现了新的变化。

事实上，80年代中期以后的中国先锋诗与此前的朦胧诗最大的不同就在于，"非懂"和"反懂"变成了一种自觉，而不再是自发。诗人西渡明确地说："我写诗完全是因为写诗本身的乐趣。""我越来越把诗视为一种纯私人的乐趣。它也是一种自我心智训练，有点像是自己跟自己下棋。"他认为诗歌批评和理解没有客观的标准，"标准就存在于每一个写诗的人的心目中"②。而现实的情况却是，诗人的写诗标准和普通的阅读标准之间存在着巨大的差距，这便是"晦涩"和"不懂"的原因。诗人西川的写作理念尤其独特，他说："当一个人孤独的时候，也就是一个人感到不为世人所理解的时候，也就是一个人'晦涩'的时候。应该从理解人的晦涩状态开始向世人解释中国当代诗歌，因为中国当代诗歌常常被指责为'晦涩难懂'。既然每个人都有他'晦涩难懂'的时候，何以诗歌就必须'通俗易懂'？在今天这样一个充满尴尬的时代，可以说'通俗易懂'的诗歌就是不道德的诗歌。"③ 与80年代之前相比，诗歌的价值和标准在这里完全

① 于坚：《拒绝隐喻——一种作为方法的诗歌》，《于坚集》卷5，云南人民出版社2004年版，第132、131页。

② 西渡：《思考与解释》，《守望与倾听》，中央编译出版社2000年版，第287、280页。

③ 西川：《写作处境与批评处境》，陈超编：《最新先锋诗论选》，河北教育出版社2003年版，第310—311页。

是颠覆的，“好”与“坏”正好调了一个位置。于坚认为，“非非主义”也具有“拒绝隐喻”的倾向，他认为“非非主义”诗人“试图通过直觉导向直觉体验、通过感觉还原、意识还原、语言还原以及三逃避：逃避知识、逃避思想、逃避意义；三超越，超越逻辑、超越语法、超越理性来达到诗歌的创造还原”[①]。如果“非非诗派”真是怀着这样一种理念写作的话，那么，“非非主义”显然也是一种有意识的“反懂”写作。

诗歌中的“反懂”表现在理论和思维上，显然与80年代中期以后哲学和文学理论领域的后现代主义、解构主义思潮的影响有很大关系，虽然大多数的先锋派诗人都不承认他们直接受了后现代主义思想的影响，都不承认他们的创作具有后现代性，但从他们谈论问题时广泛使用后现代主义术语来看，至少他们是间接地受了后现代主义影响的。后现代主义思想在90年代的先锋文学中可以说是无处不在，诗歌也未能幸免。正是这种“反懂”意识和具体“反懂”的写作，使80年代之后的中国诗歌在形态、特征以及性质等方面都出现了深刻的变化，一部分诗歌具有了与传统主义诗歌完全相反的“反懂”性。

“反懂”主要表现在词语、句法、语法、意象、意义等多方面，下面我们可以看一些具体的诗。

有这样一首小诗：

> 你在干什么/我在守卫疯人院//你在干什么/我在守卫疯人院//你在干什么/我在守卫疯人院//我写诗，拔草，焚尸/数星星，化装，流泪[②]

整首诗的语法、结构、叙述等都是清楚的，但究竟表达了一种什么意思，却不能肯定。“你在干什么”，“我在守卫疯人院”，也许是一问一答。

---

① 于坚：《拒绝隐喻——一种作为方法的诗歌》，《于坚集》卷5，云南人民出版社2004年版，第134页。

② 余怒：《剧情》，杨晓民主编：《中国当代青年诗人诗选》，河北教育出版社2004年版，第342页。

这两句为什么要重复二次，也许是表示“剧情”的单调乏味。最后一节也许是对“我在守卫疯人院”的解释，也许是写“我”作为诗歌主体与前面“剧情”的对照。这首诗的逻辑和意义在作者写作时或许是明确的，但就诗歌本身来说却是不清楚的。这样，对这首诗的欣赏就不能像欣赏传统诗歌那样进行客观的“理解”和“解释”，因为它本来就没有客观性可言，而只能自己想象，并在想象的基础上理解和体验从而达到有所获，或者在想象的过程中得到快乐和启示，这就是欣赏了。

柏桦的一首诗，题为《现实》：

这是温和，不是温和的修辞学/这是厌烦，厌烦本身//呵，前程、阅读、转身/一切都是慢的//长夜里，收割并非出自必要/长夜里，速度应该省掉//而冬天也可能正是春天/而鲁迅也可能正是林语堂[①]

对于这首诗，诗评界有多种解读，但多是对某一点的生发，比如为什么“鲁迅也可能正是林语堂”，就有很多分析，但对于整首诗的意思却缺乏有效的解说。为什么？显然与诗意的逻辑和结构有很大的关系，程光炜说：“‘这是’的意指是客观的、含混不清的，在此之前，它在诗歌中所发挥的价值判断作用，在这里几乎是荡然无存的。柏桦以他特有的温和而懒散的叙述态度，把名词、动词甚至指示副词不加清理地塞给了读者，实际上宣布了对社会学意义的索引、分类以及辨析这一诗人职业性工作的‘弃权’，是现代作者的出场与传统作者的退场。”[②] 也就是说，“这是”在这里不能作俗常的理解，整首诗的叙述方式和语法都与传统诗歌不同，它不再具有传统意义上的索引、分类和辨析。根据“温和”、“厌烦”、“前程”、“阅读”、“长夜”这些词，我们可以把这首诗想象成是诗人对自己个人生活状况的一种描述，并在这种描述中表达了对生活的一种理解和态度，但这根本就不能落实。

---

① 诗引自程光炜编《岁月的遗照》，社会科学文献出版社 1998 年版，第 259—260 页。

② 程光炜：《90 年代诗歌：另一意义的命名》，《学术思想评论》1997 年第 1 期。

陈东东的诗《生活》：

春天度送燕子，低飞于银行的另一重天/宽大半球的金色穹隆/盗火受难的喜剧形象又被勾勒//巨型玻璃灯沾染着石灰，斜挂/或直泻，比白书更亮的光焰把身影/放大到青铜的长窗之上//翅膀，剪刀/被裁开的日子里办事员专注于数字和电脑/并没有觉察燕尾服左胸一滴鸟粪//毁坏了仪容。在春风下/妄想的前程维持着生活/而一次飞翔就要结束①

上述所引于坚和柏桦的诗，虽然意义不明确，但句法还是清楚的，诗意大致不失方向感。而陈东东的这首诗则句法也不清楚，开首第一句就让人不知所云，这里，“度”肯定不是《现代汉语词典》中“度”的任何一个意思。“银行的另一重天”不知是指何“天”，“另一重”也不知何意。“宽大半球的金色穹隆”大概是对银行的某一设施或银行的外貌的描写，但这也不敢肯定，因为我们并不能肯定这首诗的地理背景就是银行。“盗火受难”不知是否是“被缚的普罗米修斯”，如果是，这个形象显然不是喜剧的，而是悲剧的，所以，“喜剧”在这里应该是作者的一种感受、一种主观态度，或者另有意指。诗中唯一让人似乎明白的句子是：“办事员专注于数字和电脑，并没有觉察燕尾服左胸一滴鸟粪毁坏了仪容”，但这个句子却被诗歌的节奏隔断，并且分属在两节中（当然，这种手法在传统的诗歌中也很常见）。至于这个意象表达了一种什么意义，它与前后诗句在逻辑上是如何联系，在诗的结构上又是如何联系，不得而知。整首诗甚至没有意义的方向。对于这样的诗，如果我们仍然按照传统的理解方式去欣赏，那只能被捉弄。

再比如有一首诗，题为《疯》：

打个手势，下午在阴霾里停止/透过白兰浮出稀薄的脸，疲倦/躺

① 诗引自程光炜编《岁月的遗照》，社会科学文献出版社1998年版，第196页。

在眼底/我喜欢你华丽的嘴唇，含住黄金/闭上眼　从灿烂的门庭中进入/留下空白//我害怕浪费，在夜晚抱着自己痉挛的胃/听烟火的交战声/透过白兰浮出稀薄的脸，长满牙齿/我想弄出点响声，把睡觉的人都吵醒/我想用针刺自己，会不会放出一屋的黑色？/让你们都回不去//候鸟和孩子，各自忙碌着/和我无关的冻疮，在开放，紫色的背景下，/气势汹汹的寻找对手/你是不安全的/离开吧，圣诞树下我已经吹了99个泡泡，/等第100个灯泡熄灭后，你藏好！/我开始提着菜刀，一遍一遍地拉门[①]

读完诗后，我们大致能感到诗歌是叙述的，时间是从下午到晚上，大致写个人的一种感受，“闭上眼”之后的部分则可能是梦境。但全诗的基本意思是什么，情绪色调是什么样的，通过诗本身我们难以确切地知道，我们能够理解的其实非常有限。整首诗诗句意义模糊，意象模糊，意象之间的联络模糊。

当然，我这里丝毫没有否定这些诗的意思，恰恰相反，我是充分肯定先锋诗对于中国当代诗歌发展的价值和意义的。我想说明的是，由于思维方式的变化，由于诗歌观念的变化，现代诗歌在形态、特征和性质等方面都发生了深刻的变化，具有“反懂”性，诗歌本身的“反懂”性也使诗歌欣赏的方式发生了变化，“首先是对阅读的吁求——它吁求那种经过充分反思的、尽可能排除了先入为主的偏见或成见的阅读，那种同样经历过‘孤独的成熟’、既不倚仗背后人数的多少，也不凭靠任何统计学意义上的时常尺度的阅读，那种愿意共同‘追求现实’，并在此过程中与写作形成创造性对话关系的阅读，那种‘一对一’的阅读”[②]。这就是说，新的诗歌写作对诗歌的欣赏提出了新的要求。

具体地，新的阅读有哪些特点，这是一个非常复杂的问题，但一个很重要的方面就是“反懂”性，事实上，“反懂”的诗歌在当代已经不再是

---

① 作者苏瓷瓷，原载《新汉诗》（民间诗刊）第2集（2004年）。

② 唐晓渡：《90年代先锋诗的若干问题》，《唐晓渡诗学论集》，中国社会科学出版社2001年版，第122页。

个别的文学现象，而具有普遍性，“反懂”的诗歌欣赏也成了一种基本的诗歌欣赏方式。

那么，中国当代“反懂”的诗歌欣赏具体有哪些特征呢？

与其他文体相比，诗歌本来就多空白点，在思维上具有跳跃性，再加上诗歌的语言特别具有修辞性，所以，诗歌在意思的表达上往往比较模糊，难以准确地把握。而“反懂”的诗歌更具有反传统性。概括起来，它具有这样一些明显的特点：

第一，不再把诗歌文本看做是纯粹客观的，不再把作品的意义看做是作品所固有的属性，不再把作品的意义等同于诗人的写作意图因而不再根据诗人的写作意图来解读作品。承认写作的无意识、非理性活动的合理性与合法性。在先锋诗歌理念中，诗歌写作不再是一种严密的经过精心筹划的理性活动，而具有“随意性”、“即兴性”、“零乱性”和“拼凑性”，因而不论是在思想上还是在艺术特点上都有很多不确定性。因此，先锋诗歌不论是在结构上还是在意义上，都不一定具有内在的统一性，都不一定是一个有机整体，可以是不完整的。在先锋诗歌写作那里，“作者的意图”，作品“永恒不变的意义”等都是非常可疑的。

“反懂”的诗歌欣赏并不绝对否定“懂”的文学欣赏方式对诗歌的传统理解，但反对它的唯一性即专制性或绝对化。在“反懂”的诗歌欣赏那里，我们可以对先锋诗中的反理性主义、后现代主义等进行理解、阐释、分析，但我们不能把自己的理解和阐释当作真理，当作作品的终极意义，不能把我们的主观理解看做是诗歌的固有属性。也就是说，“反懂”的诗歌欣赏承认多样解读的可能性和这种可能性的合理性，这样，“反懂”的诗歌欣赏就具有“开放”的品格。

第二，“反懂”的诗歌欣赏认同先锋诗歌在艺术上的“空洞化”、“平面化”、“游戏性”等特性，也即承认作品可以无意义。以此为前提，“反懂”的诗歌欣赏不再追求诗歌的客观意义。在“反懂”的诗歌欣赏那里，阅读变成了对文本的一种态度，这态度可以是严肃的，也可以是游戏的，可以是纯粹而高雅的，也可以是世俗而商业化的，可以是沉重的思考的，也可以是轻松的娱乐的……各种态度与阅读活动有关，但并不完全是由作品的性质和特点决定的。

第三，与传统的“懂”的文学欣赏强调对作品的理解并在理解中品味不同，“反懂”的诗歌欣赏强调对作品进行感受、体验和想象，并在感受、体验和想象的基础上进行再创造。所以，“反懂”的诗歌欣赏活动的重心已经由作品转向了读者，作品本身的价值和意义已经不再是最重要的，最重要的是读者从作品中获得了什么和获得了多少，文学欣赏的成功与否是以读者的阅读作为标准的，而不是以是否理解了作品作为衡量标准的。与传统的“懂”的文学欣赏把文学欣赏局限于狭小的“理解”范围内不同，“反懂”的诗歌欣赏范围要宽泛得多，凡是阅读都是欣赏，所有阅读所带来的后果都属于文学欣赏的积极成果。在传统的“懂”的文学欣赏那里，“误读”、“误解”、“误释”都是属于“错误”，是应该避免的，而在“反懂”的诗歌欣赏这里，文学欣赏不是知识论的范畴，只有欣赏方式的不同，只有感悟能力的差异，没有“正确”与“错误”的区分，“误读”、“误解”、“误释”都具有它的合理性，都属于“正常”的文学欣赏。

第四，“反懂”的诗歌欣赏具有反形而上学性，包括：反逻辑、反理解、反完整性、反元语言、反元意义、反形象等。这种反形而上学性在作品上就表现为不确定性、非原则化、无深度性、卑琐性、种类混杂、内在性等，在欣赏上就表现为解构主义的阅读，不再把作品看做是一个有机的统一体来阅读，认为文本充满了内在的矛盾，解构主义的阅读就是凸显矛盾，其最后的结果是导致文本的分裂从而碎片化，导向不确定的领域。

“反懂”的诗歌欣赏不再是传统的单向性的读者对作品的接受，而具有双向性，强调读者与作品的对话。在“反懂”的诗歌欣赏这里，读者具有充分的主观性，同时文本也在阅读的过程中发生某种改变。在“反懂”的诗歌欣赏中，文本不是物质性的，而是文化性的，文本实际上沉淀了丰富的文化内涵。“反懂”的诗歌欣赏认为诗歌欣赏是向未来无限开放的，是向读者无限开放的，对作品的欣赏不可能完结，对具体的欣赏主体来说其欣赏也不可能一次性完结。“反懂”的诗歌欣赏在欣赏过程中不求意义的完整性，也不求结果的统一性，它往往是“抓住一点不及其余”。

第五，“反懂”的诗歌欣赏强调诗歌欣赏的个人性和私人性。这与先锋诗歌的写作本身有很大的关系，个人化写作和私人化写作是90年代诗歌写作的一个基本事实。既然写作是个人的，文学欣赏当然也应该是个人化的。在“反懂”的诗歌欣赏那里，对每一首诗歌的欣赏以及每一次的具体欣赏都具有独一无二性，所谓“不可能掉进同一条河里”一语在“反懂”的诗歌欣赏这里尤其适合。“反懂”的诗歌欣赏不认同理性主义的普遍性、规律性，所以不承认对先锋诗歌的欣赏具有某种共同性，也不认为对先锋诗的欣赏有某种标准，不认为先锋诗的欣赏可以操作、策划，这与先锋诗写作本身的狂欢性、行动性、意义的自我生成性等有密切的关系。所以，“反懂”的诗歌欣赏特别强调变化性，甚至于瞬间性。一种极致的、交欢似的欣赏快感只可能在特定的语言、特定的身体状况、特定的阅读心情之下才会出现，就像灵感的出现一样，来无影去无踪，并且只可能出现一次。

后现代主义、解构主义的思维方式对中国当代“反懂”的诗歌欣赏具有深刻的影响。正是因为如此，“反懂”的诗歌欣赏具有反形而上学性，具有多元性。需要特别说明的是，当代诗坛的格局是复杂的，既有传统的诗歌，包括古典诗词，又有先锋诗。具体于先锋诗也是各种各样的，“反懂”的诗歌只是先锋诗歌中的一部分。笔者所综合的上述诸特点，只是就总体情况而言的，并非所有的先锋诗歌都具有这些特点。所以，文章的最后我仍然要画蛇添足地说一句：我并不是说当代先锋诗歌就是“反懂”的，只是说，当代先锋诗中出现了“反懂”的诗歌，并相应地出现了“反懂”的诗歌欣赏。我相信这对认识当代文学的复杂性是有帮助的。

第七章

“个人”与“自由”话语的形成及其对文学研究的意义

第一节 中国古代的“个人”话语及其本质

“人的发现”是五四新文化特别是新文学最大的成就之一，毫不夸张地说，中国现代社会就是建立在现代人的基础上的。但是“人的发现”，即使从概念和话语的角度来说，也并不意味着中国古代没有人的问题，没有对人以及相关现象的言说。我认为，“人的发现”本质上是话语问题。所谓“发现了人”，本质上是发现了西方“人”的概念和话语方式，不是发现了物理的人，而是发现了对人的新的言说、新的表述、新的观念，即发现了具有独特精神内涵的社会的人。“觉悟”自近代以来一直是一个非常流行的词语，“觉悟”即悟道，它和“发现”具有相同的意义，并且都具有话语霸权的意味，因为它暗含着对发现或觉悟以前的思想和观念的否定，同时也暗含着对“发现”的思想和观点正确性和真理性的绝对肯定。而在这诸多发现中，个人主义是最重要的发现，在五四时确立的人的范畴和话语系统或者说观念体系中，“个人主义”是最重要的概念、话语方式或思想方式。个人主义是现代人的最重要内涵，它引发了对人的观念的根本性变革，同时也从深层上引发了中国现代政治思想、伦理思想、法律观念、文学观念等的根本性变革。

既然中国古代也有人作为物质实体的存在，并且存在着人的伦理和精神的问题，那么，人作为物质实体是否存在着古代与现代的差别？在社会伦理和精神的层面上，中国古代的“人”与现代“人”究竟有什么区别？我们在什么意义上把现代对于人的新的认识称作“人的发现”？这些都是值得深入追问的问题。本节站在现代“人”的基础上，试图从比较话语的角度重新审视中国古代“个人”话语及其本质。

我认为，人作为物质实体，在中国古代与在中国现代并没有实质的差别。中国古代也有人的问题，并且人的社会、伦理、道德观念对于中国古代社会也具有深层性，中国古代社会也是建立在人的基本观念的基础上的。但在伦理、道德观念等精神的层面上，中国古代的人与现代的人具有实质性的差别，并且这种差别从根本上决定了社会在结构和类型上的不同。五四时期是在“人”的全新观念的意义上把人的“重新”认识称作“人的发现”的。

中国古代只有“民”的概念而没有“人”的概念。从对象上来说，中国古代的“民”和西方近代以来的“人”只是在范围上略有不同，但在内涵上二者却具有实质性的差别。这种差别导致人的观念的根本性不同，导致对个人态度的根本性不同，导致个人在社会中地位的根本性不同，并最终导致社会结构的不同，导致社会在类型上的不同。当我们说中国古代没有“人”的概念的时候，并不是说中国古代没有人的问题，没有对人的认识以及相关的言说，而是说相比较西方的“人”的概念来说，中国古代的人是不完整的，缺乏主体性的人，没有合法的个人利益和权力保障，中国古代的人是工具性的、伦理性的、社会性的人，在强大的政体中，在严格的社会关系中，人作为主体是没有位置的，个人是虚空的。语言具有整体性，话语具有系统性，中国古代关于人的言说和历史状况与中国古代的语言体系和话语系统有着密切的关系。笔者更愿意把中西关于人的观念体系的不同看做是中西方关于人的话语方式的不同。从政治伦理的思想层面上来说，中国古代最为核心的概念是“三纲五常”，即君臣、父子、夫妻，仁、义、礼、智、信等，它可以说构成了一个严密的话语体系，而“民”则是这话语体系中的一个“子话语系统”。西方的“人”与“个性”、“利益”、“权力”、“平等”、“自由”、“民主”、“发展”、“启蒙”等概念密切相关，并且构成一个完整的话语体系，而中国古代的“民”总是与“君”、“社稷”等概念紧密地联系在一起，从而构成另一种完整的话语体系。

在中国古代话语体系中，“民”作为概念和范畴其意义是在与“君”以及“社稷”的相互关系中确定的，也就是说，“民”的内涵和外延其界限是以“君”和“社稷”作为参照而划定的。《左传・襄公二十五年》说：“君民者，岂以陵民，社稷是主；臣君者，岂为其口实，社稷是养。故君为社稷死，则死之，为社稷亡，则亡之。”《孟子・尽心上》说：“民为贵，社稷次之，君为轻。”直到19世纪初的梁启超还汲汲于在国家、民、君之间进行排序，他认为，社会的结构实际上是由“君”、“民”和“社稷”的关系构成的，“十八世纪以前，君为贵，社稷次之，民为轻。十八世纪末至十九世纪初，民为贵，社稷次之，君为轻。十九世纪末至二十世纪，社稷为贵，民次之，君为轻。”① 中国古代虽没有“人”的概念，没有个人主义思想，但应该说与这种话语方式有着深层的联系。同样，中国近代输入的西方人道主义、个人主义思想之所以会发生中国式的变异，也与这种语境及言说有着密切的联系。

与西方的“人”及相关的自由、民主相比较，中国古代的“民”完全是另一种范畴和话语方式。在西方，“人”是个体概念，它与“社会”是相对立的范畴，“个体”与“群体”构成二元对立范畴。而在中国古代，“民”虽然是由个体组成的，但“民”从本质上是一个群体概念，即“群众”或者“百姓”。在这里，“民”具有抽象性，“民”似乎到处都存在，但“民”又似乎看不见、摸不着，因为谁也不能代表“民”。从人的个性、独立性、权力和利益的角度来说，“民”作为人实际上被抽空了内容。“民”作为一个整体性的概念，在中国古代实际上无所实指，“抽象”在这

① 梁启超：《国家思想变迁异同论》，《饮冰室文集》之六，第22页。《饮冰室合集》第一册，中华书局1989年版。

里即意味“虚空”。所以，正如张明宝先生所说：“中国‘民’之概念不是‘人’的意念，它是一种群体的、整体的、抽象的概念；中国‘人’之意念虽然与‘民’有所不一，但在根本上与其‘群体’性有统一性。可以这样说，传统中国‘人’完全是‘天’的有机契合，它也不是一个独立的、自由的、具体的、个体的存在，而是渗透着天命的‘整合’。”“‘国民’，是一个在中国很少有个人承担，只有群体、关系、抽象的道义承担的词汇。”[①] 中国古代个人的权利和自由很多都是通过以“民”抽象化、群体化的方式而被剥夺的。

“君”本来也是人，但在中国古代，它却被仪式化、形式化了，和“民”一样，“君”作为人其内容同样被抽空了，“君”成了权力的化身，成了国家的象征，君作为人的身心要求和满足都是以国家的名义来实现的。这样，在政治伦理上，“君”和“民”就构成了二元对立范畴，“君”和“民”都是人但共同点却很少，“君”和“民”作为人的联系的纽带在中国古代的君臣社稷话语中根本就是无足轻重的。所以，有人根据中国古代的重“民”而认为中国古代也非常重视人的问题，又根据“修身养性”等认为中国古代也有个人主义，这其实是一种很大的误解。中国古代只有“民本主义”而没有“人本主义”，是“民为重”而不是“人为重”。鲁迅所描述的中国古代社会的“吃人”性也充分说明了“人”在中国古代社会的没有地位。

中国古代儒家的确非常注重个人的修身养性，非常注重个人品德的培养。孟子说：“存其心，养其性，所以事天也。天寿不贰，修身以俟之，所以立命也。”（《孟子·尽心章句上》）“天将降大任于斯人也，必先苦其心志，劳其筋骨，饿其体肤，空乏其身……”（《孟子·告子章句下》）但与西方的从个人出发的修身养性不同，中国古代修身养性是从国家出发的，即孟子所说的“事天”和完成“天降大任”。因此，中国古代的“修身”从根本上是为了“成圣人”，而圣人的特点是“圣人无我”。在这一意义上，中国古代的修身最终恰恰与西方个人主义的目标是相反的结果。

① 张宝明：《自由神话的终结》，上海三联书店 2002 年版，第 5、30 页。

"存天理，灭人欲。""我是为恶成就。"（《朱子语类》卷36）"天只生得许多人物，与你许多道理。然天却自做不得……盖天做不得底，却须圣人为他做也。"（《朱子语类》卷14）（圣人）"心代天意，口代天言，手代天工，身代天事。"（邵雍：《观物·内篇之二》）这些话都说明了中国古代的"圣人"是没有自我或独立个性的人，圣人从本质上是反个人主义的。

人在中国古代始终是第二位的。道家以自然为第一位，人在自然面前是渺小的、微不足道的，庄子说："吾在天地之间，犹小石小木之在大山也。"（《庄子·秋水》）所以，在道家的学说中，人的个性可以说被自然压抑了。儒家以社会为第一性，人是社会的构件，人的特点更多地体现在社会的特性之中，所以道德性构成了中国古代"人"的最重要的特点。荀子说："水火有气而无生，草木有生而无知，禽兽有知而无义，人有气有生有知且有义，故最为天下贵也。"（《荀子·王制》）《礼记》中说："凡人之所以为人者，礼义也。"（《礼记·冠义》）"礼"、"义"、"仁"、"孝"、"忠"这些概念构成了中国古代"人"的最重要的内涵。这样，与道家的把人还给自然不同，儒家则是用社会包容了人，人的本质被道德化了，其结果是人的个性被道德或社会压抑了。正如刘泽华先生所说："'人之所以为人者，礼义也'的命题，与其说是揭示了人的本质，不如说是宣布了一个限制人自身的根本律令。虽有益于维护人类社会的秩序性和整体性，却又在一定程度上阻碍了人们向着解放和自由迈进。"[①] 人的确具有社会性，但人的社会性本质上是人的自然本性的延伸，所以，个性对于人来说是更为根本的。西方的人与社会是对立统一的关系，即既矛盾又互补。而中国古代的人则是消融在社会性中，这也决定了古代汉语语境缺乏产生个人主义的土壤。

因此，中国古代的"爱民"思想其实与个人主义相去甚远，因为中国古代的"爱民"与"重民"始终是手段而不是目的本身。"民"只有对统治阶级有用的时候，只有和统治者的利益相一致的时候，它才有被爱的资格，这个时候它才以一种抽象的形态而达到了最高的地位，所以，"爱

① 刘泽华：《中国的王权主义》，上海人民出版社2000年版，第298页。

民”、“重民”其实是以“忠君”、“爱君”作为先决条件的。所谓“民为重”，本质上是站在统治者的立场上而言的，是对于统治阶级的统治而言，“民为重”。“民为重”作为一种话语隐含着以“君”为中心的霸权。“君子者，天地之参也，万物之总也，民之父母也。无君子，则天地不理，礼义无统。”（《荀子·王制》）“溥普天之下，莫非王土；率土之滨，莫非王臣。”（《诗经·北山》）只要有“君”的概念和话语方式以及君王的事实存在，“民”就永远不可能“为重”，“民”永远只能是一种缺乏主体性的存在，因此，中国在古代汉语语境中不可能有独立的个人主义。

中国古代的“民本主义”不是个人主义，也不是“群体主义”，本质上是“君主主义”。“三纲五常”，其核心内容就是“君臣”，“父子”和“夫妻”等伦常最终都可以统摄到君臣关系中去。中国古代的“人道”最大特点是强调牺牲个人，泯灭个性，这是对个性主义的根本性否定。这里的“人道”主义之所以不是“群体主义”，其根本原因就在于牺牲个人最终是为了维护君主的利益及其统治。中国近代以来的个人主义也强调群体性，但这里的“群体”主要是指民族、国家和社会。近代个人主义也强调牺牲个人，比如孙中山先生说：“个人不可太自由，国家要得到完全自由。到了国家能够行动自由，中国便是强盛国家，要这么做，便要大家牺牲自由。”个人“要用到国家身上去”。[①] 但近代群体主义的牺牲个人是为国家、为民族、为社会，即“爱国主义”。爱国主义的牺牲更富有献身精神，因为这种牺牲没有具体的目的对象，常常无以回报。“爱国主义”也是中国古代最为重要的价值准则和意识形态，但中国古代的“爱国”常常是和“忠君”联系在一起的，更多的时候“爱国”是抽象的，“忠君”才是实在的，“爱国”是通过“忠君”的方式表现出来的，“爱国”最终体现为“爱君”与“忠君”，比如文天祥、岳飞，他们都是民族英雄，但他们更是传统意义上的“忠臣”。“留取丹心照汗青”，现代语境中我们当然可以对它作抽象的爱国主义解说，但它的本义却是忠君。文天祥和岳飞都是“客观

① 孙中山：《三民主义·民权主义第二讲》，《孙中山选集》，人民出版社 1981 年版，第 722—723 页。

爱国主义”，“主观忠君主义”。当然，这涉及中国古代另一个非常重要的关系：国家和“君”之间的关系。

在中国古代，国家即社稷是连接“民”与“君”之间的纽带。但与西方现代民族国家的至高无上的地位不同，中国古代的“君”是至高无上的。所谓“家天下”、“打江山”以及“臣民”都说明了“君王”的绝对地位。所谓“亡国”，绝大多数情况下不是指民族国家的消亡，而是指王朝的崩溃。除了改朝换代的动乱给民众从生活上带来影响以外，大多数情况下，百姓并不以谁当皇帝为意。同族范围内的朝代的更替只有王公大臣才有切身的“亡国奴”的感受，普通的百姓是没有这种感觉的。相比较而言，民族则是一个与“民”的命运息息相关的实体概念，民族更具有稳定的内涵，它构成民众更为重要的精神依托与文化根基。所以，“民”是首先和“民族主义”紧密地联系在一起，然后才与国家紧密地联系在一起。正是在民族国家的中介下，“君”、“民”构成了现实关系和话语方式的统一性。但也正是这种统一性深刻地限制了中国古代个人主义思想的生长与发展。“君”与“民”的所属关系以及人与人之间的等级秩序，使中国古代的人没有主体性，没有独立意识，不仅下层的百姓没有主体性和独立意识，上层的王公大臣乃至皇帝也没有主体性的独立意识，鲁迅用“奴性”来描述中国古代的人权状况，是非常深刻的。正如刘泽华先生所说：“中国古代的人文思想从总体上不是把人引向个性解放和人格平等，而是引向个性泯灭，使大多数人不成其为人。造成这种结果的重要原因是王权至上和道德至上的理论及其相应的规定。”[1] 中国古代的个人总体被纳入了王权主义。

中国古代“人”的话语中，最接近西方个人概念的是“己”，但“己”与“个人”同样存在着根本性差距。近代把西方的“self”翻译成“己”，这本质上不是事实问题，而是话语问题。正如刘禾所说：“英文中的‘self’和中文里的‘己’等词的关系只是在近世的翻译过程中才确立的，而后来翻译时选择的词义又是现代中英字典给定的。因此，这两个词之间

① 刘泽华：《中国的王权主义》，上海人民出版社 2000 年版，第 216 页。

的任何联系都是历史机缘的产物，其意义依跨语际实践的特定因素而定。这类关系一旦建立，文本就变成‘可译的’。”[①] 这就是说，我们虽然把“self”翻译成中国古代的“己”，但这种翻译本质上是历史地建构起来的，二者并不是同一概念，而具有实质性的区别。

中国古代的“己”不同于西方的个人（即“self”），个人与更为广阔的自由、权力、民主相联系，因而构成一种话语体系。所以，西方有个人主义、自由主义和各种各样的人权运动。中国古代的“己”则不可能产生个人主义的系列思想。正如钱满素所说：“中国文化并非没有个人主义的成分，但它们与现代个人主义显然不能混为一谈。很难说这些个人主义的成分或色彩是否会朝着个人主义的方向发展。”[②] 考察中国古代思想体系，我们看到，不论是儒家、道家还是其他派别，他们关于人的观念都不具有通向个人主义和自由主义的趋向。儒家关于自我的概念主要和自我修养联系在一起。“首先，儒家的自我是一个严格的道德概念，而不是政治或法律的概念。它关注的主要是一个人的人格或性格。……在儒家‘修身齐家治国平天下’的公式中，个人是始点而不是最终目的。他甚至不属于自己，故而不可能为自己的利益和权利辩护。”“其次，儒家的自我修养从本质上和内容上看，并不鼓励个性。一个人修身是为了按照圣人的方式去求道，既然道只有一个，而圣人又都是符合道的人，那么成功的修身就会产生出许多类似的性格，而不是独特的个性。”[③] 道家的自我则主要是一个自然的概念，它的结论恰恰是对人的否定。“道家侧重于人和自然的关系，强调人的自然性而非人的社会性。”“道家的思想和态度与现代个人主义也完全不同。……他们不想介入社会，在社会中实现自己，而是要逃离社会。”[④] 在中国古代思想体系中，人始终只是出发点，而不是归结点。人也是重要的，但并不是最重要的，人或让位于社会、或让位于自然、或让位

---

① 刘禾：《语际书写——现代思想史写作批判纲要》，上海三联书店 1999 年版，第 116 页。

② 钱满素：《爱默生与中国——对个人主义的反思》，生活·读书·新知三联书店 1996 年版，第 212 页。

③ 同上书，第 213 页。

④ 同上书，第 216 页。

于宗教。

中国古代的个人观念与西方的个人主义不是相近的而恰恰是相反的。因此，西方个人主义思想在最初输入中国的过程中，可以说遭遇到了强烈的拒斥。鲁迅曾说："个人一语，入中国未三四年，号称识时之士，多引以为大垢，苟被其谥，与民贼同。意者未遑深知明察，而迷误为害人利己之义也欤。"[①] 费正清说："西方自由主义的两个神圣名词'freedom'（自由）和'individualism'（个人主义），翻译时，正如在日本，保留了一种任性的无责任感的涵意，使为人人的学说去为个人自己服务。规规矩矩的儒家信仰者给吓坏了。西方个人主义的美德变成没有责任感的自顾自己的放纵。"[②] 中国古代的语境及传统的概念决定了站在传统的立场和话语基础上不可能真正理解个人主义，由于视野和话语范围的局限，我们只能把它比附于中国古代的自私自利，并相应地贬损它。只有少数接受西方教育、并真正地接受西方思想的先知先觉者如鲁迅才会真正地理解它，并认识到它对于中国的价值。比如何启、胡礼垣解释从西方引进的"民主"、"人权"、"自由"等概念："天下之权，唯民是主，然民亦不自为也，选立君上，以行其权，是谓长民。"（五编）"谓国而无民权，无异于谓天之无日月。"（六编）在他们看来，自由即"自主之权"（初编）"人人有权，又人人不能违乎众"，因为"人人皆欲为利己益己之事，而又必须有利于众人，否则亦须无损害于众人，苟如是，则为人人之所悦而畀之以自主之权也"。（五编）[③] 可以看到，这实际上是用中国古代的君臣等级观念和"民"与"社稷"关系的观念来解释西方个人主义、自由主义思想，其与原本思想之间的差距也是非常明显的。我们可以把这称作"误解"，但这种误解是不可避免的，它根源于传统的语言体系及具体的语境，也就是说，何启、胡礼垣等只能根据他们自己的知识基础和话语方式来理解西方。

总体上，中国古代由"君"、"臣"、"民"、"社稷"等所构成的话语体

---

① 鲁迅：《文化偏至论》，《鲁迅全集》第1卷，人民文学出版社1981年版，第50页。

② 费正清编：《剑桥中华民国史（1912—1949年）》上册，中国社会科学出版社1994年版，第5—6页。

③ 何启、胡礼垣：《新政真诠》，辽宁人民出版社1994年版。

系不可能衍生出现代个人主义思想。中国自近代以来的个人主义话语从根本上是从西方引入的。当然，西方个人主义以及相关的自由、平等、人权等概念作为话语体系在引入的过程中，由于语言、文化等因素的影响而发生了某种歧变，从而具有中西二重性，即既与西方话语相联系又与中国传统话语相联系，既不同于西方话语也不同于中国传统话语，而是一种具有新质的个人主义话语，即中国现代个人主义话语。中国古代“个人”话语与中国现代个人主义话语是两套不同的话语体系，它们在现象上有某种相似性，特别是在词语上某些术语完全相同，但在内涵上二者有着实质性的差别，此“个人”非彼“个人”也。

第二节　严复的自由主义思想及其近代意义

中国古代的话语体系和话语方式不可能衍生出现代性的个人主义以及相关的自由主义思想。本质上，近代以来的个人主义和自由主义思想是从西方引进的。但个人主义以及相关话语在引入中国时，又受汉语语境以及思想体系和话语方式的制约和影响，从而发生了变异。这样，中国近代以来的个人主义话语就既不同于中国古代的民本主义话语，又不同于西方的个人主义话语，而是具有中国现代特色的独特的个人主义话语方式，属于中国现代语言体系。并且，中国的个人主义也有一个在中西交流的过程中伴随着中西两种话语方式从冲突到融合的发展变化历程。

而在建构中国现代自由主义话语的过程中，严复是一个关键性人物。本节主要通过研究严复自由主义思想的建构过程从而从一个特殊的角度来研究中国近代自由主义思想的建构过程，特别是研究西方自由主义思想在介绍和翻译的过程中是如何被误解从而中国化的，研究这种误解对于中国近代自由主义思想建构的特殊意义。需要说明的是，我认为，个人主义是自由主义最重要的内容，所以本节主要在个人主义的层面上讨论自由主义。

近代中国所接受的个人主义主要是英国的个人主义和欧洲大陆的个人主义，其中以严复和梁启超的积极宣传、译介为最有力。严复以译介英国穆勒的自由主义而著名，其中他所翻译的《群己权界论》对中国近代的自由主义思想的发生和发展产生了重大的影响。梁启超则主要宣传法国特别是卢梭的平等、自由以及契约论思想，另外也介绍霍布士、斯宾诺莎等人的自由主义思想，并对它们大加发挥。

与梁启超的自由思想不同，严复的自由主义思想除了直接的表述以外，更多是通过翻译表达出来的，具体地说，是通过话语的选择、意义的阐释、思想的强调、词句的增减等翻译方式表达出来的。也就是说，严复实际上把他关于自由的思想和他对西方自由主义思想的理解有意识或无意识地渗透在了翻译之中，因此，严复对西方自由主义思想的翻译绝不是简单地把西方自由主义思想换一种语言进行表述，而是在语言的转换的过程中自觉或不自觉地对西方自由主义思想进行了改造、发挥、损益，从而使西方自由主义思想变得中国化。思想文化翻译不具有对等性，这是翻译的固有品性，但翻译的这种品性在严复那里尤其显著。所以，如果我们把严复翻译的西方自由主义思想和原本的西方自由主义进行比较、分析，我们就可以清楚地看到严复自由主义思想的建构过程，而这一过程对于整个中国近现代自由主义思想建构来说具有代表性。

本质上，中国近代自由主义话语体系是在输入西方自由主义的过程中逐渐建构起来的，而在这建构的过程中，中国传统的话语以及思维模式对西方自由主义思想体系具有制约性，中国传统思想深刻地影响了西方自由主义思想在中国的表述，并且最终导致了它们的变异或者说中国化。受中国古代自私自利观念的制约和影响，西方个人主义话语在最初的输入时被理解和叙述成与国家和社会相对立的范畴和概念。严复、梁启超等人看到了个人主义与自由主义、宪政社会制度之间的深层关系，看到了个人主义对西方社会积极作用的现象，他们也意识到了个人主义价值观与西方经济繁荣、政治强大之间的内在联系，但他们并没有真正理解个人主义的实质和内涵，他们认为个人主义即强调个人的权力和利益，强调自我即自私自利，所以它与国家、民族和群体构成利益冲突。他们看到了自由主义与西方民主政体之间的关系，但他们并没有真正认识自由的本质，他们认为个人自由太多必然会妨碍集体自由。因此，他们试图以诠释和叙述的方式来调谐个人与群体之间的冲突，并通过语境转换所赋予个人的灵动性这种合法的途径有意识或无意识地对西方的个人主义、自由主义概念进行修正。

把穆勒、卢梭的个人主义和自由主义思想与严复和梁启超所译介和宣传的个人主义与自由主义思想进行比较，我们可以清晰地看到西方个人主义和自由主义是如何变成中国的个人主义和自由主义的，我们可以把这种变化看做是个人主义和自由主义的一种发展，也可以把它看做是西方个人主义和自由主义的中国化。同时，我们还可以清晰地看到中国传统的个人话语体系是如何影响和制约我们对西方个人主义和自由主义话语的理解的，可以清晰地看到中国的国情以及特殊的历史条件如何影响西方个人主义和自由主义的输入的，又是如何修正西方个人主义和自由主义话语的。

穆勒的个人主义思想在自由主义史上被称为功利主义。穆勒的自由主义学说主要是继承和修正边沁学说而来。边沁的功利主义基本原则有二：一、判断个人行为的正当和不正当的基本标准就是功利原则，即个人的幸福。二、每个人在自由追求功利的同时，全社会的功利也随之增加。“公共利益是由个人利益组成的，离开了个人利益就没有公共利益。个人利益是社会利益的基础，损害个人利益也就是损害公共利益。……惟有个人利益是现实的利益，不能为了他人的幸福而牺牲个人自己的幸福。”可以看到，功利主义的个人主义强调个人的绝对利益，虽然它也认同公共利益，但它认为个人的利益是首要的，并且公共利益服从于个人利益。穆勒继承了边沁功利主义基本原则，他坚信：“社会的最终价值只能是个人的幸福和个性的自由发展，所有社会行为的最终目标都是为了确保一切人的行为完全独立的自由。政府的根本目的是为了促进最大多数人的最大幸福，惟有通过最大限度地增进个人利益，才能达到最大多数人的利益。”他对边沁自由主义的修正和发展在于，他在充分肯定个人优先原则和绝对地位的同时，又主张对个人的权利和自由加以适当的限制：“由于个人的利益经常是相互冲突的，如果绝对地放任个人的自由选择行为，对个人的自由不加任何限制，那么，社会的整体利益实际上很难实现，甚至社会的正常秩序也很难维持。所以他指出，虽然个人的思想必须绝对自由，但个人的行为自由必须加以限制，使之不损害社会的安全和他人的幸福，不妨碍政府履行其促进社会进步和最大多数人幸福的义务。总之，只有在不伤害他人的范围内，个人才拥有充分的自由。”① 也就是说，穆勒对边沁功利主义的个人主义加上了一些限定性的条件。

而严复在翻译与介绍穆勒的个人主义和自由主义思想时，则颠倒了其思想的主次，明显地压抑了个人优先原则这一前提，而张扬了个人自由应该受到限制这一附则。穆勒的原作题为 On Liberty，现代最准确、最直接的翻译即《论自由》，但严复的译名却是《群己权界论》，翻译成现代白话则是“论群体与个人权利界限”，两相比较，差距甚远。在严复看来，穆勒的自由即讲述个人与群体之间的关系，这明显是对穆勒“自由”含义的曲解。我们可以把这看做是语言转换的问题即翻译问题，但我们也可以把这看做是严复借翻译表达自己的观点，或者在翻译的时候渗入自己的观点。在《群己权界论》“译者序”中他说：“学者必明乎己与群之权界，而后自繇之说乃可用耳。”② 在“译凡例”中他说：“中文自繇，常含放诞、恣睢、无忌惮诸劣义，然此自是后起附属之诂，与初义无涉。初义但云不为外物拘牵而已，无胜义亦无劣义也。……但自入群而后，我自繇者人亦自繇，使无限制约束，便入强权世界，而相冲突。故曰人得自繇，而必以他人之自繇为界，此则《大学》絜矩之道，君子所恃以平天下者矣。穆勒此书，即为人分别何者必宜自繇，何者不可自繇也。”③ 在另外的地方他说：“特观吾国今处之形，则小己自由，尚非所急，而所以去异族之侵横，求有立于天地之间，斯真刻不容缓之事。故所急者，乃国群自由，非小己自由也。”“群己并生，则舍己为群。”“两害相权；己轻群重。”④ 这样的话在严复著作中还有一些，凡此种种都说明，“群”制约着严复对自由的理解，他实际上是把西方的“自由”、“个人”纳入了中国古代思想体系，实

---

① 俞可平：《社群主义》，中国社会科学出版社 1998 年版，第 8—9、10、11 页。

② 严复：《译〈群己权界论〉自序》，《严复集》第 1 册，中华书局 1986 年版，第 132 页。

③ 严复：《〈群己权界论〉译凡例》，《严复集》第 1 册，中华书局 1986 年版，第 132 页。

④ 严复：《〈法意〉按语》之八十二，《严复集》第 4 册，中华书局 1986 年版，第 981 页。

际上是把西方的“自由”与“个人”概念植入了中国古代的语境，这样，在汉语中的“自由”与“个人”就发生了深刻的变异。

作为翻译家，严复看到了语境变化之后的词义歧变，但他自己也陷入了语义的歧变而不觉。不同在于，严复在翻译和诠释的过程中所表现出来的语义歧变是深层上的，即思想层面的，而不是日常语义层面的。在严复那里，西方个人主义和自由主义的最重要的演变就是个人与群体的关系被纳入了自由主义的核心范畴，严复始终从个人与群体的关系来解释和定义自由主义。在穆勒及其他功利主义个人主义者那里，个人的权利和自由是第一位的，只有当个人的权利和自由妨碍他人的权利和自由时，群体才通过契约的方式来制衡个人。群体是第二位的，它只有对个人的自由和权力有益时才有积极的价值与意义。所以，在穆勒的自由主义学说中，群体服从并服务于个人。从论述上来说，穆勒自由主义的中心概念和范畴是“个人”，“群体”是“个人”衍生出的概念和范畴，因此它根本上是次要和附属的。而在严复这里，群体始终是第一位的，个人只是群体的一个组成部分，只有当个人的自由和权力有利于群体的自由与利益时，个人的权利和自由才值得肯定并得到充分的尊重。在西方传统自由主义话语体系中，个人与群体的关系是隐含的，严复之所以凸显个人与群体的关系在自由主义和个人主义话语中的重要地位，并且强调群体，其实是受了根深蒂固的中国传统思想的影响和制约，在这里，我们可以明显看到“民”与“社稷”关系的深层结构在自由主义和个人主义言说上的影子。这与其说是误解，还不如说是“归化”，也就是说，严复未必是有意这样曲解，而是汉语言及思维方式以一种无形的强大力量规范着他这样言说，从而在言说的意义上，西方自由主义思想悄然附着上了中国传统的群体主义思想内涵。

正是由于“个人”与“群体”的维度关系作为话语始终潜在地制约和影响着严复的思想及言说，所以，在严复那里，“自由”和“个人”始终具有社会功利性色彩。近代以来，中国向西方的学习一直具有社会功利性，中国始终是在“有用”特别是对国家、民族的繁荣富强有用的意义上向西方学习的。最初只是认为洋枪洋炮机械船只有用，而社会制度还是中国的好，所以当初的学习主要停留在器物的层面上。后来发现，物理、化学、机械等只是表面的，西方的政治制度才是更有用的东西，因而学习便上升到制度的层面上。再后来，发现器物和制度都是表面性的社会现象，而文化才是最深层次的基础，所以就有了五四学习西方文化的新文化和新文学运动。严复、梁启超等人之所以引进西方的个人主义、自由主义思想，根本的原因还是认为这些思想对中国的强盛有用（这和王国维有很大的不同），在《原强》一文中，严复认为，西洋的发达（即“胜”），“推求其故，盖彼以自由为体，以民主为用”[①]。他对“自由”的解释是：“自其自由平等观之，则捐忌讳，去烦苛，决壅敝，人人得以行其意，申其言，上下之势不相悬，君不甚尊，民不甚贱，而联若一体者，是无法之胜也。”[②] 可以看到，严复这里所说的“自由”主要是政治自由。西方的自由主要是一个涉及个人权力的概念，所以，自由的本质是权力，而不是地位的重新分配，但严复把它诠释成主要是人与人之间的关系，即平等，这是意义的第一次滑动。同时，严复把政治上的平等与自由看做是“无法”，这是意义的第二次滑动。经过这“两重”的意义滑动，严复的“自由”便与西方原初的“自由”在意义上相距甚远。它实际上反映了严复以一种中国的眼光看待西方的自由。在西方，自由与“法”并不构成必然的冲突，自由并不意味着无“法”，恰恰相反，“法”构成了自由的“平台”，正是在“法”的基础上，自由又具有约束性，从而具有群体的特点。

严复关于自由的介绍和阐释其实也涉及了人的问题，但严复所理解的人主要是中国古代的“民”，这样，他就把“人”最终纳入了中国古代的言说轨道中，纳入了国家和民族的范畴，其结果是必然从根本上削弱甚至否定了个人。事实上，严复是从国家自强的角度来谈论“民”的，“至于其本，则亦于民智、民力、民德三者加之意而已。果使民智开，民力日奋，民德日和，则上虽不治其标，而标将自立”[③]。从“民”、“上”等概念来看，严复这里明显地受中国古代的君、民、社稷等话语方式和言说方式的限制。

“民”在中国古代的言说中实际上以抽象的方式而被抽空了内涵，或

① 严复：《原强》，《严复集》第1册，中华书局1986年版，第11页。

② 同上。

③ 同上书，第14页。

者说，“民”被定义为群体概念而最终被纳入了社稷的范围，所以，从人的权利和自由的角度来说，“民”在中国古代实际上是一个很虚空的概念。当把现代“人”的概念纳入中国古代的“民”的范畴，即从个人与群体的关系来言说“人”，在言说中，人的权利和自由其实被大大地压扁了，这是严复本人也没有意识到的。严复上面所说的“民智、民力、民德”即后来所说的“德、智、体”，从根本上是在社会价值而非个人价值上来言说“人”的，所以，严复虽然涉及了人及权力和自由的问题，但由于言说的“权力”缘故，严复最终又以一种言说的方式而消解了人的权利和自由。正如有人所说：“严复仍然是不忘国家的生存问题。他攻击的是韩愈的低估了民力、民智、民德的重要。旧中国的统治阶级不能增进人民的能力，结果则是这些能力的萎缩。自由是解放这些能力的手段，这些能力则必须应用在国家富强这个目标上。因此，严复对于科学、自由、平等、民主的价值的信服尽可是真实的，但只是这一切作为富强手段的价值，而非其内在的价值，引起他的热烈的反应。”[①] 也就是说，在严复这里，个人、自由不具有本位性，他的立足点和终极点都是民族和国家，严复明显也是强调个人的自由和权利的，但他充分肯定这些价值的前提是国家和民族原则，所以，当这些价值有碍于民族和国家利益时，它们便马上遭到了限制甚至否定。“夫言自由而日趋放恣，言平等而在在反于事实之发生，此真无益，而智者之所不事也。自不佞言，今之所急者，非自由也，而在人人减损自由，而以利国善群为职志。至于平等，本法律而言之，诚为平国要素，而见于出占投票之时。然须知国有疑问，以多数定其从违，要亦出于法之不得已。福利与否，必视公民之程度为何如。往往一众之专横，其危险压制，更甚于独夫，而亦未必为专者之利。”[②] 由此可见，在严复的思想体系中，个人的权力和自由其实并没有地位。因此，可以说，与穆勒的个人主义的功利主义不同，严复的个人主义本质上是民族或国家功利主义。这是一种巨大的衍变，这种衍变对于中国近代自由主义的建构意义重大。

---

① 徐高阮：《严复型的权威主义及其同时代人对此型思想之批评》，《近代中国思想人物论——自由主义》，时报文化出版事业有限公司 1958 年版，第 143 页。

② 严复：《〈民约〉平议》，《严复集》第 2 册，中华书局 1986 年版，第 337 页。

严复也讲自利的问题，“今夫中国人与人之际，至难言矣。知损彼之为己利，而不知彼此之两无所损而共利焉，然后为大利也。故其敝也，至于上下举不能自由，皆无以自利；而富强之政，亦无以行于其中。”[①] 严复在这里把损人利己的“自利”和不损人的“自利”即“共利”区别开来，这是非常重要的区分。同时，他认为自由与“共利”意义上的“自利”以及更大范畴的国家富强之间存在着内在的联系，这一看法非常接近西方个人主义思想。这是传统士大夫不可能有的思想，在这一意义上，我们对严复的自由主义思想予以高度的评价并强调它的近代意义。但我们也应该看到这两个事实：其一，严复的利己主义思想在理论上还是很浅显的，他时刻不忘从人与人、人与社会的关系角度来思考个人、自由等问题，这说明他并没有真正理解和把握西方个人主义和自由主义的精髓。严复的自由主义和个人主义不仅与西方的自由主义和个人主义有根本性的不同，也与五四时期的自由主义和个人主义有很大的差距，因为，只要从关系的角度来理解和把握个人及其自由问题，个人主义永远不可能得到提升。其二，“自利”思想在严复的思想体系中并不具有根本性，总体来看，严复对自由和个人的理解具有明显中国化的特点，与西方原本个人主义和自由主义还有很大的差距。

台湾学者黄克武曾把穆勒的《论自由》原文和严复的译文作过仔细的比较，他得出的结论是：穆勒自由主义和严复所译穆勒自由主义之间存在着很大的差距，译文和原著之间的差距主要表现在五个方面，而其中最重要的两个方面是：“甲是严复无法翻译一些与悲观主义认识论密切相关的语汇；乙是严复在翻译一些西方个人主义的基本词汇时遭遇许多困难。”比如“will”、“wishes”、“individual spontaneity”、“self - interest”、“reason”、“human judgment”、“private life”、“private conduct”、“taste”等，“他找不到一些明确的中文，来翻译这些与个人特质有关的观念，缺乏上述这些字眼的适当翻译，很难精确地表现出弥尔思想中个人之角色”[②]。比

---

① 严复：《原强》，《严复集》第 1 册，中华书局 1986 年版，第 15 页。

② 黄克武：《自由的所以然——严复对约翰弥尔自由思想的认识与批判》，上海书店出版社 2000 年版，第 125、152 页。

如穆勒《论自由》中有这样一段话：

In proportion to the development of his individuality, each person becomes more valuable to himself, and is, therefore, capable of being more valuable to others.

用现代汉语，这段话大略可以这样翻译：个性越发展，每个人对他自己来说就变得越有价值，因而对他人来说能够变得更有价值。严复的译文是："故特操异撰者，兼成己成物之功，明德新民，胥由于此。吾之有以善吾生，与人之所以得吾生而益善者，必不以同流而合污，而以独行而特立也。"[1] 两相比较，我们可以看到，严复译文所表达的意思与原文的意思之间存在着相当的距离，这种距离不完全是字面上的，更是深层的文化和语言上的。严复把"个性"翻译成"操异撰"，翻译成特立独行，不同流合污，这是一种扭曲；把利己同时利他翻译成"成己成物"，翻译成"善吾生"同时他者"得吾生而益善"，这同样是一种扭曲。这里，我们可以看到文化背景和知识背景以及语境变化后的思想在转化或"旅行"时发生的微妙变化，明显地，思想在"穿越"文化时不可避免地会附着上文化的沉积物。个性在中国古代的确具有独特性的含义，思想和行为的怪异的确是具有个性的最突出的表现，中国古代那些具有个性的知识分子的确在行为上和思想上具有放任、怪诞的特点，但西方自由主义的个性更是一个人性的范畴和概念，个性即本性，是人在性格和意志上的自由选择，它与人的尊严、权力等概念具有一体性。利己同时利人是在价值观上而言的，而不是在单纯的物质意义上而言的，也就是说，只有尊重自己才能尊重别人，尊重自己也就是尊重别人，在这里，尊重的是一种价值观而不是具体的人。从"成己成物"以及"明德新民"等用语中，我们隐约感觉到严复实际上把自由社会化了，也就是说，西方的自由主义主要是强调自我本

---

① 穆勒：《群己权界论》，刘梦溪主编：《中国现代学术经典·严复卷》，河北教育出版社1996年版，第490页。

身，利他也是利己，所以自由主义本质上是个人主义，而严复在这里则把“利己”与“利他”相提并论，实际上更强调自由主义的社群本质。联系严复的其他表述，这一点可以看得更清楚。

我这里更关心的是，严复的翻译为什么会发生这样的变异？英语的程度、理解的误差、观念的不同，这些都是非常重要的原因。但我认为，文化、知识背景和所操持的语言则是造成理解的差异和翻译在实质上变异的根本原因。没有读懂原著，或者说并没有真正理解原著，这是不可避免的，这是严复翻译中误译的一个方面，但我更愿意把严复的误译看做是翻译本身的问题，即很多在今天看来的误译并不是理解的问题，而从根本上是语言和文化的问题。中西方文化是两种不同的文化，表现为相应的两种语言系统。我们承认中西方文化有相通的一面，因为人和社会有某种共同性，但同时我们也必须承认中西方文化之间的深刻的差异性，这种差异不是形式的而是实质的，不是平行的而是互补的，是一方所有而另一方所无的，所以对于严复来说，翻译不是简单的语言形式转换，而是文化的输入、语言的输入。

文化和语言的差异性本身才是思想翻译发生歧变的根本原因。严复时代，中西方文化交流在范围和程度上都还非常有限，对西方文化思想的翻译可以说还很不成熟，一切都在探索之中，翻译的标准还没有建构起来，如何翻译其实存在多种选择。文化作为精神形态，具有历史性，它是由各种条件和机缘的偶合而成的，所以又具有独特性。西方文化的很多形态从形式到内容都是中国固有文化中所没有的，中国古代没有对等甚至相似的思想，所以找不到对应的表述和言说方式进行等价值或等值转换。

中西方思想的不同，不是形式的不同，而是实质的不同，翻译在这里与其说是语言转换，还不如说是输入一种新思想或者在汉语语境中创造一种新思想。严复对穆勒的翻译本质上是用新的概念、新的术语和新的范畴进行新的言说和新的表述。首先，他事实上是站在中国人的立场和文化背景上想象西方的自由主义思想。其次，为了使中国人能够理解和明白自由主义和个人主义这种全新的思想，严复只能用中国古代的语言方式和思维习惯来表述和言说，所以他大量运用中国古代典故、儒道的学说和术语来翻译穆勒的自由学说。比如他曾说：“平生于《庄子》累读不厌，因其说理，话语打破后壁，往往至今不能出其范围……庄生在古，则言仁义，使生今日，则当言平等、自由、博爱、民权诸学矣。”[1] 对于庄子的《应帝王》，他的评语是：“此篇言治国宜听民之自由，自化……郭注云，夫无心而任乎自化者，应为帝王也。此解与挽近欧西言治者所主张合。”[2] 在严复看来，庄子的“无为”与西方的“自由”只是表述的不同，二者本质上是相通的，并且庄子的“无为”涵纳了西方的“自由”。在严复看来，西方的“个人”在中国古代也是早已有之：“为我之学，固原于老。孟子谓其拔一毛利天下而不为，固标其粗，与世俗不相知之语，以为诟厉，未必杨朱之真也。”[3] 所以严复认为自由就是庄子的“在宥”和杨朱的“为我”。这样，中国古代的“仁”、“义”、“利”、“民”、“无为”、“为我”等概念以及由这些概念所组成的总体思想体系就与近代以来的西方自由主义思想体系具有一致性，并且可以会通。现在看来，中国古代的“无为”和“为我”等概念和西方的自由主义从根本上就不是同一范畴，它们分别是两套话语体系，也是两种思想体系。

从这里我们可以看到，翻译在深层上具有比附性，即“将心比心”，此思想“相当于”或“接近于”彼思想，理解和诠释对于翻译来说具有本体性。事实上，知识背景、语境、语言本身深刻地制约着翻译，并合法地改变原语的思想性质，其改变的程度取决于两种知识背景和语境的差异的程度。中西方文化交流之初，我们对西方知之甚少，我们的语言体系是古代汉语，我们的知识基础是中国传统的，对于人的言说语境是“三纲五常”，这些都深刻地改变了中国近代对西方自由主义思想的想象和翻译，即使像严复这样的对西学有很深的理解和了解的人，也不能超越。对比 on liberty 和《群己权界论》，以今天的翻译标准，严复的翻译可以说大大地走样了，甚至可以说很不准确，但我们却不能简单地把这看做是没有理解

① 严复：《与熊纯如书三十九》（1916 年），《严复集》第 3 册，中华书局 1986 年版，第 648 页。

② 严复：《庄子评语》，《严复集》第 4 册，中华书局 1986 年版，第 1118 页。

③ 同上书，第 1147 页。

原意，也不能简单地把这看做是误解或有意篡改，我们更不能因此而贬损严复的翻译。我认为，这是翻译的固有本性，是现代翻译标准还没有建构起来时的翻译的合法性选择。

中国近代自由主义思想的内涵和品格都与翻译密切相关，它既涉及西方原本自由主义话语，又涉及中国古代的民本主义话语。严复的翻译与我们今天的翻译有很大的不同，他是一个通常意义上的翻译家，但更是一个通常意义上的思想家，不论在翻译的技术层面上，还是在翻译的思想层面上，严复都具有创制性，他的有关自由主义的翻译实际上反映了中国古代民本主义与西方自由主义的对话、交流与融合，从根本上，中国近代自由主义和个人主义思想就是在这种对西方自由主义和个人主义思想中国化的言说中或者汉语化的言说中建构起来的，某种意义上，西方自由主义思想在中国近代的歧变过程也就是中国近代自由主义思想的建构过程。所以，严复的翻译对中国近代自由主义话语的建构具有重大的作用和意义，其近代意义也主要表现在这里。

第三节 从个体自由到群体自由
——梁启超自由主义思想的中国化

在建构中国自由主义话语的过程中，梁启超是一个重镇人物，他一生中写作了大量有关个人、自由以及与此相关的文章和著作，对中国的自由主义、个人主义思想的建构和传播产生了深刻的影响。但与严复不同的是，梁启超的西语程度并不高，在外语上，他主要以日语的方式了解和接受西方。所以他对西方的介绍更为中国化，更有自己的理解和想当然，也更能反映出西方文化特别是西方自由主义和个人主义思想的中国变异。

检审梁启超有关“个人”、“自由”的论述和观点，我们可以看到，梁启超的个人主义和自由主义思想直接来源于西方，其中对梁启超影响比较大的有卢梭、边沁、洛克、孟德斯鸠、穆勒、斯宾诺莎、斯宾塞、康德、达尔文、基德、伯伦知理等。梁启超深刻地认识到了西方自由主义、个人主义的本质以及它们对西方社会的巨大作用。他对个人、自由的理解和表述也具有真知灼见性，他认为人的本质就在于生命与权利："号称人类者，则以保生命保权利两者相倚，然后此责任乃完。苟不尔者，则忽丧其所以为人之资格，而与禽兽立于同等之地位。"[①] 而自由就是生命和权力的最重要的内容，"自由者，权利之表证也。凡人所以为人者有二大要件，一曰生命，二曰权利，二者缺一，时乃非人。故自由者亦精神界之生命也。……自由之德者，非他人所能予夺，乃我自得之而自享之者也"[②]。天赋人权，同时意味着天赋人的自由，人的权利既不是别人给予的，也不能被人剥夺，这就是自由的本质。

生存是人的物质生命，而自由则是人的精神生命，并且，对于人来说，精神的生命更为重要，也更为本质。如果人只有生存的生命而没有精神的权利，那不过是奴隶，所以，"自由者，奴隶之对待也"[③]。"何谓奴隶？曰：天使吾为民而卒不成其为民者也。故奴隶无权利，而国民有权利；奴隶无责任，而国民有责任；奴隶甘压制，而国民尚自由；奴隶尚尊卑，而国民言平等；奴隶好依傍，而国民尚独立。此奴隶与国民之别也。"[④] 所谓"国民"即"自由民"，即近代以来的"人"，他具有权利、责任、反压迫、平等、独立等品格，对于"自由"，这是比较全面的理解和解释。这里，"国民"与"奴隶"相对，而不是和"君"以及"社稷"相对，反映了梁启超非常注重自由的个人内在品质，这是和中国古代的民本主义话语方式有着根本不同的。正如张宝明先生所说："这种变化虽然有着很强的传统尾巴，但洋溢着近代意义上的'现代性'却是毫无疑义的。相对奴隶、奴才，'国民'是对生命个体的发现，是对个人价值的初步确认。"[⑤] 对于个人价值的肯定和对于个性的尊重，这是中国近现

① 梁启超：《新民说·论权利思想》，《饮冰室专集》之四，中华书局 1989 年版，第 31 页。（按：以下凡引此书，不再一一注明出版社和出版年月。）

② 梁启超：《十种德性相反相成义·自由与制裁》，《饮冰室专集》之五，第 45 页。

③ 梁启超：《新民说·论自由》，《饮冰室专集》之四，第 40 页。

④ 梁启超：《说国民》，《国民报》第 2 期（1901 年 6 月 10 日）。

⑤ 张宝明：《自由神话的终结》，上海三联书店 2002 年版，第 20 页。

代“人本主义”“自由”思想与传统“民本主义”“个人”思想最重大的区别之一。

梁启超深刻地认识到自由的个人本质，即精神的独立性。“侵人”自由被认为是一种罪恶，但梁启超认为，比侵人自由更大的罪恶则是放弃自由，原因在于“苟天下无放弃自由之人，则必无侵人自由之人，即之所侵者即彼之所放弃者”①。这实际上是从精神上对自由进行定义。在精神的层面上，我认为他提出的“心奴”这个概念是非常重要的，是对自由的最为精髓的认识：“是故人之奴隶我不足畏也，而莫痛于自奴隶于人，自奴隶于人犹不足畏也，而莫惨于我奴隶于我。……辱莫大于心奴，而身奴斯为末矣。夫人强迫我以为奴隶者，吾不乐焉，可以一旦起而脱其绊也。……若有欲求真自由者乎，其必自除心中之奴隶始。”② 身体被囚禁、行动受限制，言论被压制，这当然也是不自由的表现，但这种不自由还是非常表面的，即形式的，真正的不自由则是精神上的，即没有自由的意识，亦即并没有意识到言论受到限制，并没有意识到权利被剥夺，并不知道自己正在做奴隶。

梁启超深刻地认识到了自由与自私自利之间的关系。从自由出发，他对中西方对于人的观念的比较也是非常准确的：“大抵中国善言仁，而泰西善言义。仁者人也，我利人，人亦利我，是所重者常在人也。义者我也，我不害人，而亦不许人之害我，是所重者常在我也。此二德果孰为至乎？在千万年后大同太平之世界，吾不敢言，若在今日，则义也者，诚救时之至德要道哉。”③ 梁启超这里所说的“人”“义”具有近代性，它与中国古代的“人”“义”和中国现代的“人”“义”都不同，它具有特殊的含义，“人”即别人，“义”则“利”，他人与我的不同侧重构成了二者之间的区别。中国古代的“仁”强调别人，即奉献精神，而西方的“义”则强调自我，即个人功利性，这种描述是非常准确的。同时，他认为强调个人主义是匡时救世的最重要途径，这是非常大胆的想法，比较切合西方功利

① 梁启超：《自由书·放弃自由之罪》，《饮冰室专集》之二，第23页。

② 梁启超：《新民说·论自由》，《饮冰室专集》之四，第47页。

③ 梁启超：《新民说·论权利思想》，《饮冰室专集》之四，第35页。

个人主义的原意，也道出了西方资本主义的精神实质。梁启超说："数百年来世界之大事，何一非以自由二字为之原动力者耶。"[①] 这种概括也是一针见血的，自由主义及相应的个人主义是现代西方社会的主流精神，正是自由主义及个人主义构成了西方现代社会的基础，既是西方现代社会繁荣和强大的结果，又是其原因。正是出于这种认识，他提倡自由，"'不自由者毋宁死'斯语也，实十八九两世纪中，欧美诸国民所以立国之本原也。自由之义，适用于今日之中国乎？曰，自由者，天下之公理，人生之要具，无往而不适用者也"[②]。自由即独立，作为人类一种非常美好的精神，自由是没有国界的，也适用于中国。因此梁启超认为："故今日欲救精神界之中国，舍自由美德外，其道无由。"[③] 救中国这是一个非常复杂的问题，涉及诸多方面，而建构自由精神显然是一个非常重要的方面。

但是我们看到，传统的儒家、道家和其他中国古代思想以及中国近代的语境又深深地羁绊了梁启超对自由和个人的理解和言说。在梁启超的思想体系中，自由及个人具有浓厚的中国特色，是典型的中国近代话语方式，一个最明显的特征就是在梁启超那里，自由从西方的具有个体性质的话语变成了具有集体性质的中国话语；由纯粹的个人范畴变成了个人与群体的关系范畴；由主要是人道主义自由概念变成了主要是国家主义自由、民族主义自由和群体主义自由的概念。在西方，自由从根本上是个人的自由，自由从本质上起源于个人对社会、对国家、对政府、对宗教等外在限制力量的反抗，个人的自由是其他一切自由的基础，与自由相关的民主、平等、权利在深层上都源于个人，自由始终是和个人联系在一起的，所以自由主义又是一种人道主义，而其他诸如政治自由主义、经济自由主义、民族自由主义、国家自由主义等都可以说是个人自由主义的延伸。在西方，个人和群体是天然性二元对立矛盾，个人自由始终和群体自由构成冲突，自由思想正是在这种冲突和矛盾中演进和发展的。但中国古代重群体主要是重社稷或国家的传统思想以及相应的话语，再加上近代特殊的救亡

---

① 梁启超：《新民说·论自由》，《饮冰室专集》之四，第 44 页。

② 同上书，第 40 页。

③ 梁启超：《十种德性相反相成义·自由与制裁》，《饮冰室文集》之五，第 46 页。

压倒一切的社会思潮，对梁启超关于自由主义思想的理解和表述都深有影响，所以，西方自由和个人思想在梁启超那里发生了巨大的歧变从而变得中国化了，具体地说，变得中国近代化了。

“人人自由而以他人之自由为界”这是梁启超经常挂在嘴边的话。这句话绝对没有错，自由并不是为所欲为，自由并不是放任自流，自由是一种权利，是一种满足，但权利和满足并不是无边的，这是自由的应有之义，或者说是自由的起码的限定。人类之所以孜孜追求自由，正是因为个人的权利受到社会和他人的侵犯和剥夺，所以自由一开始就试图确立这种界限而不是反对这种界限，自由的界限是自由的本义而不是对自由的限制。梁启超之所以反复强调“人人自由而以他人之自由为界”这样一种观念，其实反映了当时的中国人包括梁启超本人对西方自由观念理解上的偏颇。自由概念在最初进入中国的时候，受中国传统观念和话语方式的影响，很多人以为自由就是放任，就是为所欲为即想做什么就做什么，梁启超的“人人自由而以他人之自由为界”是对这种误解或想当然的纠偏。

但是梁启超的纠偏又包含着另一种误解，一种深层的误解，那就是，责任和限制本来是自由的应有之义，但他却把它排斥在自由之外了。实际上，梁启超始终是在自由之外而不是自由之内来理解限制的，也就是说，他始终把限制理解为外在于自由的一种力量。梁启超把自由区分为“团体自由”和“个人自由”两义：“自由之界说曰：人人自由，而以不侵人之自由为界。夫既不许侵人自由，则其不自由亦甚矣。而顾谓此为自由之极则者何也。自由云者，团体之自由，非个人之自由也。野蛮时代，个人之自由胜，而团体之自由亡；文明时代，团体之自由强，而个人之自由灭。斯二者盖有一定之比例，而分毫不容忒者焉。使其以个人之自由为自由也，则天下享自由之福者，宜莫今日之中国人若也。绅士武断于乡曲，受鱼肉者莫能抗也，驱商逋债而不偿，受欺骗者莫能责也……”[①] 从表面上看来，这似乎非常雄辩，但实际上这里有很深的对于自由的误解，因为自由从根本上是个人自由，团体自由不过是个人自由的一种延伸，所以，团

① 梁启超：《新民说·论自由》，《饮冰室专集》之四，第44—45页。

体自由和个人自由并不是并列关系，它们并不是同一层次的，所以“二分”仅仅只是词语上的而不是逻辑和事实上的。而更为重要的是，梁启超虽然承认个人自由的合理性并且认为个人自由与群体自由具有同等的重要性，但是在他的言说中，个人自由明显是次要的，他更多谈论的还是团体自由，更注重的也是团体自由，“自由之义，竟不可以行于个人乎？曰恶，是何言。团体自由者，个人自由之积也，人不能离团体而自生存，团体不保其自由，则将有他团焉自外而侵入压之夺之，则个人之自由更何有也？”[①] 从这里可以看到，对于个人自由的价值以及个人自由对群体自由的意义，梁启超并没有充分的认识，个人自由在梁启超这里其实是虚空的，有名无实的。所以，梁启超实际上颠倒了个人自由与群体自由之间的关系，他强调群体优先性而事实上削弱了自由的个人本质性。

那么，什么是团体自由呢？“团体”当然是一个含义很丰富的概念，但对于梁启超来说，团体自由主要是指民族自由或国家自由。所以从个人自由与团体自由这一理论出发，梁启超衍生出另一个重要的自由主义话语，即民族或国家自由的话语。梁启超非常独特地对自由进行了划分：自由有二端：“一曰君权之压制，一曰外权之压制。脱君权之压制而一旦自由者，法国是也；脱外权之压制而一旦自由者，美国是也。故凡受君权之压制而不能为法国人之所为者，非国民也；凡受外国之压制而不能为美国人之所为者，非国民也。”[②] 就自由主义的个人本义而言，自由即反抗任何压迫和权利剥夺，这种反抗既包括反抗内权的压迫，又包括反抗外权的压迫。而就自由更为广泛的关系而言，自由同样是反抗任何侵犯和压迫的，但这种反抗则应该作另一种划分，即个人作为主体对他人和社会性的压制与侵犯的反抗，国家和民族作为主体对其他国家与民族的压迫和侵犯的反抗。梁启超实际上是把这二者糅合在一起进行表述的，这样，自由概念就发生中国化的歧变，变成了比较典型的中国近代思想范畴。它与西方的自由范畴具有亲缘关系，但同时附着了更多中国传统和时代的内涵。这符合

① 梁启超：《新民说·论自由》，《饮冰室专集》之四，第46页。

② 梁启超：《说国民》，《国民报》第2期（1901年6月10日）。

概念的演变发展规律。事实上，中国近代的自由范畴始终在这两个层面上展开。一方面，自由在个人层面上具有启蒙性，另一方面，自由在群体层面上具有救亡性。也即梁启超所说的自由作为理性工具具有反“君权”和反“外权”的双重作用。并且，反对“外权”的民族或国家自由主义更为根本，它统驭个人自由主义，也即李泽厚所说的“救亡”压倒“启蒙”。换一种说法，一方面，自由的概念渊源于西方，它始终具有西方性，西方的自由主义理论既是中国自由主义思想的来源，又是其理论基础，所以中国的自由主义思想在发展和表述的过程中在词源上不断地追根溯源返归西方。另一方面，西方的自由主义思想在中国特定的语境和现实环境中又不断地变异，进行新的意义延伸，从而中国化。中国的自由主义始终在这样一种双向运动中生成和演变，这样就生发出具有中国特色的中国近现代自由主义思想体系。

国家自由主义思想之所以自近代以来一直被强调并构成了中国自由主义思想体系最重要的内容，除了群体自由优先于个人自由这一中国式的自由主义理论因素以外，更为切实的原因则是中国自近代以来的救亡的现实。自由在任何社会可以说都是奢侈品，它是文明的标志，更是文明的产物，它始终以社会的强大以及物质的繁荣作为前提条件。按照心理学家马斯洛的人类需求观点，物质的需求先于精神的需求，也可以说，在层次上，精神的需求高于物质的需求。对于社会来说，首先是物质的追求，然后才是精神的追求，所以，自由主义作为思想革命晚于经济和社会革命。自由从根本上是精神性的，是人在个性上的自我满足。自由的本质是对社会的批判，是对政府作为强力形态的反抗，是人的物质需求得到满足之后的进一步的精神的追求，所以，不是自由精神导致社会的强大和经济的繁荣，恰恰相反，是物质的发达导致自由精神。当人们追求自由和社会具有普遍自由的时候，社会在物质上应该已经很发达。近代中国在引进西方自由主义思想时恰恰把这种关系颠倒了。事实上，中国并不是为了享受自由才引进自由的，中国引进自由的根本目的是为了国家的富强，就是说，中国输入西方自由主义思想的根本目的不是为了启蒙而是为了救亡。严复和梁启超等人清楚地看到了自由在西方社会中精神的支柱性地位，以及它与西方社会繁荣之间的息息相关性，不过他们误解了它们之间的因果关系，以为正是自由导致了西方社会的繁荣。这正是自由被作为工具理性被引进的深层逻辑。这一点对于我们理解和把握中国近代的自由主义是非常重要的。

正是因为强调国家和民族自由优先于个人自由，所以“服从”就构成了梁启超“自由”概念的非常重要的内涵。“故真自由者必能服从，服从者何？服法律也。法律者，我所制定之，以保护我自由，而亦以箝束我自由者也。彼英人是已。天下民族中，最富于服从性质者莫如英人，其最享自由幸福者亦莫如英人。夫安知乎服从之即为自由母也。”[①] 责任和限制是自由的内涵，但法律对人的约束却不属于自由的范畴。梁启超把责任和限制排斥在自由之外，而把法律纳入自由之内，这里再一次表现出他对自由主义的某种误解。个人自由的确是和个人责任紧密地联系在一起的，个人权利和个人责任实际上是自由的正反两面，责任不是外在于自由而恰恰是自由的本义。梁启超说：“人人对于人而有当尽之责任，人人对于我而有当尽之责任。”[②] 又说：“权利思想者，非徒我对于我应尽之义务而已，实亦一私人对于一公群应尽之义务也。”[③] 强调权利与责任、权利与义务之间的相辅相成关系，这是正确的，但“服从”和“责任”明显是两回事，服从是权利的对立面，它在根本上是反自由的；而责任则是权利的另一面，它属于自由的应有之义。正如钱满素所说：“一个人享受的自由和权利越多，要求于他的责任和自理能力也就越多。……一个在暴力统治下成长的民族如同一个在拳头下长大的孩子，会习惯于服从暴力而不是服从真理。”[④] 与专制和暴力相应的是服从，而个人主义恰恰具有责任感。缺乏个人主义便会产生纯粹的“自私自利主义”，因为自私是人的本性，个人主义则把自私社会化，即以正常的方式解决自私的弊端，所以它是与责任联

① 梁启超：《新民说·论自由》，《饮冰室专集》之四，第 45 页。

② 梁启超：《新民说·论权利思想》，《饮冰室专集》之四，第 31 页。

③ 同上书，第 36 页。

④ 钱满素：《爱默生与中国——对个人主义的反思》，生活·读书·新知三联书店 1996 年版，第 223 页。

系在一起，并以社会进步作为结果。如果个人的权力被否定，他便会对公共事务失去兴趣，“他被迫退到保护自己，只关心自己的地步，整个外界对他来说是异己的，甚至是敌对的”[1]。这种自私自利的人本质上是非社会性的人。从这里我们可以看到，梁启超实际上把自由的责任和法律的服从混同了，而混同的深层原因仍然在于群体自由主义的观念，在于特殊的中国语境。但也正是在这里，中国近代的自由主义和西方的自由主义开始分道扬镳，从而走上自我理解、阐发和建构的过程。

梁启超提出的“爱主义者”、“利主义者”和“乐主义者”的思想，很接近于西方的个人主义本质。他对“利己主义”的辩护，远远超越于时人，“天下之道德法律，未有不自利己而立者也。对于禽兽而倡自贵知类之义，则利己而已。而人类之所以能主宰世界者赖是焉。对于他族而倡爱国保种之义，则利己而已。而国民之所以能进步繁荣者赖是焉。故人而无利己之思想者，则必放弃其权利，驰掷其责任而终至于无以自立。……其能利己者必优而胜，其不能利己者必劣而败。此实有生之公例矣。西语曰：天助自助者，故生人之大患，莫甚于不自助而望人之助我；不自利而欲人之利我”[2]。“利己主义”本质上是一种个人主义，它具有权利意识，与人的自立、自强等品格联系在一起，延伸到国家和种族，它是一种爱国主义。所以梁启超对中国古代杨朱所说的“人人不拔一毫，人人不利天下，天下治矣”这句长期被人诟病的话进行了辩解或者说重新解说：“夫人虽至鄙吝，至不肖，亦何至爱及一毫，而顾断断焉争之者，非争此一毫，争夫人之损我一毫所有权也。是推权利思想充类至义之尽者也，一部分之权利，合之即为全体之权利。一私人之权利思想，积之即为一国家之权利思想，故欲养成此思想，必自个人始，人人皆不肯损一毫，则亦谁复敢撄他人之锋而损其一毫者，故曰天下治矣，非虚言也。”[3] 在另一个地方，他对自利性作了附会性的解说：“吾昔甚疑其言，甚恶其言，及解英

① 钱满素：《爱默生与中国——对个人主义的反思》，生活·读书·新知三联书店 1996 年版，第 224 页。

② 梁启超：《十种德性相反相成义·利己与爱他》，《饮冰室文集》之五，第 48 页。

③ 梁启超：《新民说·论权利思想》，《饮冰室专集》之四，第 36 页。

德诸国哲学大家之书，其所标名义，与杨朱吻合者，不一而足。而其理论之完备，实有足以助人群之发达。进国民之文明者，盖西国政治之基础，在于民权，而民权之巩固，由于国民竞争权利，寸步不肯稍让，即以人人不拔一毫之心以自利者利天下。观于此，然后知中国人号称利己心重者，实则非真利己也，苟其真利己，何以他人剥夺己之权利，握制己之生命，而恬然安之，恬然让之，曾不以为意也。”① “一毛不拔”在今天也是一个贬义词，不愿作丝毫的个人利益的牺牲，这在任何国家都是不被提倡的思想。梁启超的辩解显然很牵强。但透过辩解本身，我们看到，梁启超在这里其实是表达了另一种思想，即权利思想。每个人都自觉地维护自己的权益，权利意识得到张扬，个人的权利就不会轻易地被侵犯，推而广之，团体和国家的权利就能得到保障。这和我们今天所说的“从我做起”是同一逻辑理路。所以，自利主义实际上包含了很深层的权利意识。利己实际上是对自我的看重，是对自我权利的维护，中国古代缺乏真正的利己主义。作为描述，应该说，这是正确的。

但是，梁启超同时又把利己主义以个人主义之名纳入其“群”的总体范畴之中，也就是说，个人从根本上是属于群体，是满足群体利益的有效工具，个人在这里实际上成了自私自利通向国家或民族利益的中介。这样，梁启超实际上又以他特有的话语方式从根本上消解了个人和利己：“故善能利己者，必先利其群，而后己之利亦从而进焉。以一家论，则我之家兴，我必蒙其福，我之家替，我必受其祸。”② 利己最终是为了利群并且群体利益优先于个人利益，当集体利益得到保障的时候，个人利益也会相应地得到保障。当个人利益与群体利益相一致的时候，利己即利群，利群即利己。但问题是，当个人利益与群体利益相矛盾和冲突的时候，又如何处理二者之间的关系呢？这在西方是一个非常复杂而充满争议的问题，但在梁启超这里，它却是简明的，那就是，群体为重，个体为轻，个体服从于群体：“故凡古贤今哲之标一宗旨以易天下者，皆非为一私人计也。

① 梁启超：《十种德性相反相成义·利己与爱他》，《饮冰室文集》之五，第49页。

② 同上。

身与群校，群大身小，诎身伸群，人治之大经也。当其二者不兼之际，往往不爱己不利己不乐己，以达其爱群利群乐群之实者有焉矣。”① 下面这句话同样直接：“今世之言自由者，不务所以进其群其国于自由之道，而惟于薄物细故日用饮食，断断然主张一己之自由，是何异箪豆见色。”② 群体利益高于个体利益，群体自由高于个体自由，两相冲突时，舍个体而保群体，这里表现出非常明显的群体优先原则，其观点非常接近当代西方的社群主义思想。

从群体自由的观念出发，梁启超对自由与平等的关系表达了他独特的看法，他认为自由和平等是矛盾的。“盖人人自由，则各驰其聪明才力，所成就自有高下之殊，安能平等？人人平等，则智者应自侪于愚，强者应自屈于弱，岂复自由。故自由平等两面大旗，在今日欧美已成陈迹。”③ 并且，“自由平等之功用，什九当求诸政治，政治以外之事，不能动引此为护符。即其功用之现于政治者，亦不过谓人人于法律内享有自由，法律之下人人皆平等，而断不容更越此界以作别种之解释”④。梁启超这里所说的自由、平等与西方原义的自由、平等差距甚远，有想当然的意味，是他自己的一种理解和想象。自由的确也是平等，但平等不是齐平、相等，不是抹平人与人之间在地位、智力、体力强弱等方面的差距，如果是这样，那恰恰是不平等。自由的本质是充分尊重人的权利包括聪明的权利、超越别人的权利，作为自由的平等是机会均等，比如教育机会均等、就业机会均等、政治机会均等等，而不是机会平均和利益相同。自由、平等在政治领域最为明显和敏感，并且获得了广泛的运用，但自由、平等作为精神适用于一切领域，比如经济领域、文化领域、外交领域等。自由平等从根本上是个人的自由平等，政治、经济自由平等不过是个人自由平等在精神上的延伸，梁启超认为自由、平等主要适用于政治，这反映了他对自由和作为自由的平等的误解。对于19世纪末20世纪初的欧美来说，自由、平等不

---

① 梁启超：《新民说·论自由》，《饮冰室专集》之四，第46页。

② 同上。

③ 梁启超：《国民浅训·自由平等真解》，《饮冰室专集》之三十二，第17页。

④ 同上书，第17—18页。

是已经过时，而是日益健全并深深地根植于社会生活的各方面。所以，梁启超的“自由平等两面大旗，在今日欧美已成陈迹”这个描述也是不正确的。

总体上，梁启超的自由主义思想来源于西方，但中国传统的“仁”、“群”、“社稷”所构成的话语系统又对其思想具有深层的影响和潜在的制约。所以，西方自由主义和个人主义思想在梁启超那里，既有原义，又有变异，既有明显的误解，又有翻译意义上的诠释和阐发。就成分而言，梁启超的自由主义思想既有输入的原本的西方自由主义思想，又有他自己对于自由的想象、发挥、延伸、批评、纠偏和误解。我们当然关注梁启超自由主义和个人主义思想所表现出来的外在形态以及它对中国近代自由主义思想的影响或者说在中国近代自由主义思想史上的地位，但我们同样关心梁启超的自由主义思想是如何形成的。我们不禁要问：西方的自由主义思想在介绍和翻译的过程中为什么会发生这种歧变？我认为，语境和话语方式是至为重要的因素，正是传统的话语方式、文化知识背景以及现实的语境使西方的自由主义、个人主义思想在通向中国的途中发生了变异，变异当然具有个人性和偶然性，但更具有文化性和必然性。

梁启超曾说：“启超生平最恶人引中国古事以证西政，谓彼之所长，皆我所有。”[①] 但梁启超在介绍西方自由主义思想时又不自觉地落入了这种窠臼。比如关于独立的问题，这是西方自由主义和个人主义最重要的内涵，不论是对于自由主义还是对于个人主义，独立都具有深层性。但独立主要是一个精神范畴。而梁启超所理解的独立则浅表得多：“独立者何？不依赖他力，而常昂然独往独来于世界者也，中庸所谓中立而不倚，是其义也。”[②] 不依赖他人、不偏不倚等只是独立在外在形态上的表现之一，作为定义和限定是远远不够的。本质上，独立即个性，即精神上的自由，即个人的行为不是出于强迫，而是出于理性的思索，出于对个人本性和品格的尊重。独立意味着理性、意味着自由选择，意味着个性，即使这种个性

---

① 梁启超：《与严又陵先生书》，《饮冰室文集》之一，第 108 页。

② 梁启超：《十种德性相反相成义·独立与合群》，《饮冰室文集》之五，第 43 页。

与其他性格相同。独来独往的人固然是独立的人，但从自我思考出发所作出的随大流的选择未必不是自由的。独立不是那些特异人的专利，一般人也是独立的。社会就是一种复杂的关系，人与人、人与社会之间的互相依存并不意味着人不独立。西方的“独立”作为精神范畴和孟子的“中庸”作为精神范畴是风马牛不相及的两回事，中立和中庸只是独立的一种方式，偏激也是一种独立，独立的方式和形态多种多样。

梁启超说：“吾中国所以不成为独立国者，以国民乏独立之德而已。言学问，则依赖古人；言政术，则依赖外国。官吏依赖君主；君主依赖官吏。百姓依赖政府；政府依赖百姓。乃至一国之人，各各放弃其责任，而惟依赖之是务。究其极也，实则无一人之可依赖者也。……故今日欲言独立，当先言个人之独立，乃能言全体之独立；先言道德上之独立，乃能言形势上之独立。”[①] 个人独立先于全体独立，道德作为人的内在独立先于人的外在形态独立，这都是正确的。并且，国民在人生上缺乏独立性的确是中国缺乏独立性的一个重要表现和原因。但梁启超所描述的缺乏独立性的表现却并非属于不独立。学问上向古人学习，政治上借鉴西方先进的经验，这不能说是缺乏独立性。官吏与君主、政府与人民既相互依存又相互对立，这也不能说是缺乏独立性。官吏与君主、政府与人民是在哲学的二元对立的意义上相互依存，而各自的责任则是在伦理和社会实践意义上而言的，这是两种范畴，根本就不能混在同一平台上进行言说。

但我们这里丝毫没有批评和贬低梁启超的意味。“以中证西”实际上是站在中国固有的知识背景上，以中国特有的话语来理解和表述西方的思想。梁启超反对“以中证西”，而他本人又恰恰落入这种模式，这不是他个人的过错，从根本上是由语言体系、知识体系以及文化传统从深层上决定的。梁启超可以避免某些表面性地用中国传统来解说西方的思想，但在深层上他是不能超脱中国传统文化的，这有充分的解释学哲学根据。人都是生活在一定的语言中，生活在一定的文化中，生活在一定的时代语境中，人的思维、思想、包括具体观点都深受这些因素的制约和控制，按照

① 梁启超：《十种德性相反相成义·独立与合群》，《饮冰室文集》之五，第44页。

胡塞尔、海德格尔和伽达默尔等人的观点，任何理解和解释都不能脱离已有的知识，任何一种新的知识都是一种“视域融合”。梁启超对西方自由主义和个人主义思想误解也好、诠释也好、纠偏也好、延伸也好，从根本上是知识背景、语言以及文化使然。是传统话语以及现实语境从根本上限制了梁启超对西方的理解和介绍。君、臣、父、子、仁、礼、孝、纲、常、己等概念是古代汉语的“关键词”，它们对于中国古代思想体系的建构具有关键性，当旧的话语体系还没有被废弃，而新的话语还构不成完整的体系且没有被广泛地认同和接受时，外来的概念被置于旧的话语体系之中就会发生意义歧变，自由、个人、权利等这些西方概念在中国近代就是这样。“毋庸讳言，作为西方思想学术基本概念之一的‘个人主义’，和其他不少概念一样，在进入汉语语境之后，也发生了类似鲁鱼亥豕般的意义嬗变，其中既有对异质文化的误读，也有政治意识形态的曲解，以致它原有的价值指向最终萎缩成了一种似是而非的道德评价，这对我们思维方式的日常影响至今仍然如影随形。”[①] 这个概括是非常准确的，所谓“似是而非”是相对于西方和中国古代而言的，个人主义以及其他西方话语进入中国语境之后便中国化，成为中国话语，其意义和价值都发生了变化，变得既不是纯粹的西方话语，也不是纯粹的中国传统话语，而是中国现代话语方式。中国现代话语方式构成了现代中国人思想的深层基础，所以其影响“如影随形”。

“群”是中国古代的一个重要概念。近代严复首先把西方的“社会学”翻译为“群学”，并把“自由”翻译为“群己权界”，中国古代的“群”作为思想范畴开始和西方的社会、自由、个人、国家、民族等思想融合在一起，成为一个典型的中西合璧的概念，从而构成更大范围和更为广泛运用的范畴。所以，“群”也是中国近代最为重要的思想范畴之一。就关系而言，“群”在近代的语义变化具有双向性，一方面，对于中国古代来说，它由比较单纯的集体性内涵向个体性内涵扩展，个性、自由、利己这些内涵以不同的方式与它相关联或附着，从而，“群”的内涵大大丰富并具有

① 《个人主义》“译者前言”，史蒂文·卢克斯：《个人主义》，江苏人民出版社 2001 年版。

实用性。另一方面，相对于西方来说，西方的自由、个人、权利、利己这些概念在输入中国即翻译和使用的过程中又因为中国古代“群”的话语体系影响而发生变异，从而具有更多的限制、责任甚至服从的意味，更多地与团体、国家、民族等联系在一起。西方的个人主义也承认个人权利与责任之间的依存关系，但西方的自由主义和个人主义更强调个人的权利，而中国近代的自由主义和个人主义则始终强调权力与责任的依存关系，更强调权力与责任的不可分离，甚至如梁启超一样把“责任”演绎为“服从”。西方的个人主义和自由主义主要产生于对专制制度的反抗，产生于对社会的批判，产生于对人性和人权的维护与尊重，所以自由主义更具有个人性，责任只是理论上的，在自由主义和人权运动中，它被实际性地撇开了。但中国则相反，中国的自由主义和个人主义产生于对“群”的维护，个人主义、自由主义直接目的是为个人及其权利，但终极目的却是为国家、民族。所以，中国近代的自由主义主要是群体自由主义，个人自由包容在群体自由之中。“时代话语的制约使我们看到的历史真实却是一种以‘团体自由’为主要特征的价值观念。当时谈论的自由也不过是在国破家亡心理遥控下的‘群’、‘国’、‘族’、‘社会’、‘天下’之‘类’的概念。”[①] 在这一意义上，近代中国人的个人权利与自由并没有真正地得到认可。

正是在对待个人与群体、个人自由与群体自由的不同态度上，中国近代的自由主义、个人主义与西方的自由主义、个人主义有着根本的区别，中国的自由主义不是绝对的群体主义，西方的自由主义也不是绝对的个人主义。易竹贤先生说：“他们多以国家民族群体的自由来限制或否定个体的自由，这种以家国为本位的自由观念，与西方以个人为本位的自由观念显然是大相径庭的。”[②] 中西方自由主义在形态和观念上的不同最终可以归结为话语体系的差异，话语体系的差异使中国近代的自由主义在言说上迥异于西方，正是在言说的不同上，中西方自由主义表现出根本的不同。梁

① 张明宝：《自由神话的终结》，上海三联书店2002年版，第21页。

② 易竹贤：《序〈中国自由主义文学论稿〉》，刘川鄂：《中国自由主义文学论稿》，武汉出版社2000年版。

启超说："自由之公例曰：人人自由，而以不侵人之自由为界。制裁者，制此界也。服从者，服此界也。……是故文明人最自由，野蛮人亦最自由，自由等也。而文野之别，全在其有制裁力与否，无制裁之自由，群之贼也，有制裁之自由，群之实也。"又说："其一群之中，无一能侵他人自由之人，即无一被人侵我自由之人，是乃所谓真自由也。不然者，妄窃一二口头禅语，暴戾恣睢，不服公律，不顾公益，而漫然号于众曰：吾自由也。则自由之祸，将烈于洪水猛兽矣。"① 从这里我们可以看到，梁启超所讲的自由与西方人所讲的自由始终有很大的距离，西方人不这样表述，也没有这样的问题。西方的自由是从"群"中延伸出来的，更多的是反抗作为"群"的政府专制和社会压迫，即自由始终具启蒙性，只有到了自由在取得反专制的胜利后，自由主义和个人主义极端化暴露出毛病和缺陷之后，才有社群主义。而梁启超则深受传统话语及现实的救亡语境的制约，总是把启蒙与救亡结合起来，并从根本上把启蒙附属于救亡，从而强调群体的作用和地位，总是希望最大限度地减少个人主义和自由主义的负面性，从而时时压抑个人的自由与权利。这样，个人主义和自由主义在近代中国并没有像梁启超、严复等人所设想的那样起到救亡的作用，因为个人具有根本性，只有充分承认个人性，集体的权利才能得到充分的承认，压抑和否定个人的自由与权利最终使个人的价值难以实现，个人的价值不能实现，集体的价值也不可能实现。道理在于："个人是人类存在的最小的不可分割的单位，但每个个人又是一个小宇宙，代表了整个人类，也是社会进步的终极目的。个人身上包含着一切人类的价值：没有个人的尊严，就无人类尊严可言；没有个人权利，就无人权可言。个人的贬值也就是人的贬值，摧毁个人也就是摧毁人类的第一步。"② 在这一意义上，中国近代的自由主义和个人主义可以说是双重的失败，即救亡与启蒙的同时失败。

经常有人批评中国近代的自由主义、个人主义不地道、不正宗或不正统，作为描述这是正确的，但这种描述并不深刻。所谓中国近代的自由主

① 梁启超：《十种德性相反相成义·自由与制裁》，《饮冰室文集》之五，第 46 页。

② 钱满素：《爱默生与中国——对个人主义的反思》，生活·读书·新知三联书店 1996 年版，第 235 页。

义、个人主义不地道，也即中国近代的自由主义、个人主义异于它的来源即西方的自由主义、个人主义。但西方的自由主义和个人主义是什么？这存在着理解的问题。西方的自由主义和个人主义也是非常复杂的，究竟哪种自由主义和个人主义是正宗或正统的，向来存在着争论。由于文化知识背景的变化、语境的变化，西方的自由主义、个人主义学说在输入中国之后，由于选择、理解等原因，必然会发生某种变异，这是有充分的语言学根据的，所谓原本意义的西方自由主义、个人主义，不过是一种理想或神话。正如刘禾所批评的："现在有许多研究新文化运动及中国思想启蒙的历史专著都把个人主义当作具有给定的价值和意义的概念来使用。比如李泽厚和维拉·施沃尔兹……两位学者似乎都把欧洲启蒙运动的大叙事当作一个固定的、毋庸置疑的意义所在，一个可以用来衡量中国启蒙的程度及成败的根据，而不是把中国启蒙当作一个可以产生它自身意义及解释术语的历史过程去研究。其结果，他们只根据一套权威性的典则来解读历史，却忽略了在历史进程中意义与意义间的微妙差别，事件与事件间复杂错综的关联，以及偶然性。"[①] 西方自由主义、个人主义自身有一个变化的过程，输入到中国以后更会发生变化，所以我们不能把西方的某些具有历史性的标准当作绝对的标准来评价中国问题，这不是一个纯粹的理论问题，更是一个历史问题。"批评中国的个人观不够正宗本身就复制了'中国群体主义'与'西方个人主义'的简单化的说法，它无法解释为什么西方个人观或个人主义会被介绍到中国来的这个前提性的历史问题。"[②] 中国的自由主义不可能是正宗的自由主义，中国也不需要正宗的自由主义，中国有自己的语境，自由主义和个人主义虽然是从西方舶来，但在中国落根之后，有它自己的发展逻辑和话语规则，从而具有独特性。

从社群主义的角度来看，梁启超的自由主义思想暗合了西方当代自由主义对个人主义的反思。不论是以边沁、穆勒为代表的古典自由主义，还是以罗尔斯为代表的新自由主义，都强调个人的绝对地位，他们都以个人

① 刘禾：《跨语际实践——文学，民族文化与被译介的现代性（中国，1900—1937）》，生活·读书·新知三联书店 2002 年版，第 120 页。

② 同上书，第 121 页。

权利为出发点，强调个人权利压倒一切的优先性。但社群主义认为："个人主义关于理性的个人可以自由地选择的前提，是错误的或虚假的，理解人类行为的唯一正确的方式是把个人放到其社会的、文化的和历史的背景中去考察。换言之，分析个人必须首先分析其所在的社群和社群关系。"[①]个人是社会的产物，任何人都不能脱离社群，社群主义认为："作为一种无论性别、种族、地位、天资、宗教等条件而平等地赋予人类的全体成员的权利，在历史上从来不曾存在过。""权利就是一种由法律规定的人与人之间的社会关系，是一种保护个人正当利益的制度安排，离开了一定的社会规则或法律规范，个人的正当行为就无法转变成不受他人干涉的权利。"[②] 在社群主义看来，个人不是自足的，任何个人不能脱离社会，社会之外不可能存在真正的个人，不存在无条件的权利，权利总是伴随着一定的义务的。个人的自由是有限制的，没有无限制的绝对自由，只有承认个人的义务才能真正实现个人的自由。同时，自我的价值和目的并不是先天形成的，而是由社会的历史和文化决定的，"任何人都不能自由地选择这些价值和目的，对于个人来说，这些价值和目的是构成性的，它规定这个人之所以为这个人，而不成为那个人"。[③] 把社群主义与梁启超的自由主义进行比较，我们看到，二者具有某种惊人的相似，这也从另一个角度说明了梁启超自由主义思想的合理性。梁启超的自由主义对某一种自由主义比如西方古典自由主义、新自由主义来说可能是误解，但对于整个西方自由主义和更为广泛的世界性自由主义来说，却未必是误解，而恰恰是正解。

从这里我们也可以看到，中国近代自由主义作为话语，是在选择、翻译、阐释、纠正、补充的过程中形成的，它实际上是中西两种相关话语交汇、冲突、融合、对话的产物。它来源于西方，当然深受当时西方个人主义和自由主义话语的影响，但中国传统的君、臣、群、社稷等构成的话语体系同样对它有着深刻的影响。换言之，中国的自由主义在思想基础和知识背景上具有双重性，其影响也具有双向性。不同的是，不同时期，中西

① 俞可平：《社群主义》，中国社会科学出版社1998年版，第21页。

② 同上书，第80、82页。

③ 同上书，第47页。

话语作为两种力量处于不同的均衡态势，其影响和制约的程度也存在着差异，中国近代的自由主义思想深受中国传统话语的影响和制约，也就是说，在中国近代，西方的自由主义在输入中国后发生了很大的歧变，五四之后，由于汉语从整体上发生了变化，即由古代汉语向现代汉语转变，由于现代汉语与西方语言的亲和性，所以西方的自由主义思想保持了更多原本的色彩，即更西方化。正是因为这样，中国近代自由和中国现代自由主义呈现出不同的形态。但任何时期，中国自由主义的思想来源都是两方面的。在这一意义上，中国的自由主义话语既不同于西方的个人主义话语，也不同于中国古代的民本主义话语，而是第三种话语方式。所以，简单地用西方的自由主义理论来衡量中国近代以来的自由主义话语从而对其进行否定是值得怀疑的。中国古代“民”的范畴体系与西方“自由”范畴体系相结合，产生了近代意义上的中国个人主义和自由主义。中国近代自由主义对中国社会的影响及其影响的力度、影响的方式其实都可以从这里得到深刻的说明。

第四节　选择、吸取与演变
——论中国现代“自由”话语的建构

中国现代自由主义直接来源于对西方自由主义的翻译性输入，翻译性的输入过程也就是中国现代自由主义的建构过程。翻译涉及语言体系、语境、文化间性、现实政治等一系列因素，而这些因素都对中国现代自由主义思想的建构具有重要的作用和意义。本文即从“翻译性输入”的角度对中国现代自由主义进行重新研究，从而重新认识中国现代自由主义的特点和品性。

我认为，从根本上，中国现代自由主义思想的形成，其实也就是自由主义话语的形成，也即西方语境中的“个人”和“自由”转移成汉语语境的言说和表述。而汉语语境又明显存在着古代汉语语境与现代汉语语境的区分，所以，中国的自由主义也相应明显地区分为中国近代自由主义和中国现代自由主义两种类型。“个人”和“自由”都具有社会性因而具有某种客观性，但“个人”和“自由”的客观不同于物质实在的客观，它不是物质形态的存在，而是精神性的存在即思想方式的存在，而思想方式从根本上是话语方式。所以，没有脱离于“个人”和“自由”话语之外的所谓“个人”和“自由”的内涵，不是先有“个人”和“自由”的客观内容然后才有对这种客观内容的命名，“个人”与“自由”的内涵与话语之间的关系不是“物”与“词”之间的关系，而从根本上就是一体的。个人主义和自由主义思想也就是个人主义和自由主义话语本身。自由主义和个人主义思想不是超越于话语之外的存在，而是话语本身的存在，本质上是人对于自身的某种认识、规范和言说。

在话语的层面上，中国现代自由主义思想的建构深受两大话语的影响，一是西方自由主义话语的影响，一是中国传统有关人及其国家民族话语的影响。另外，中国近代以来的时代政治特别是国家独立与民族强盛的主题对中国现代自由主义话语的形成也深有制约和影响，这样，中国现代自由主义话语虽然来源于西方，但却在穿越语境的时候悄然发生了地位、作用、意义和内涵等各方面的变异，从而中国化，中国现代自由主义话语就是在这种变异、中国化以及更进一步的诠释、选择、强调、吸取、扬弃、修正、补充和延伸中建构起来的。因此，中国现代自由话语具有独立性，具有它自己的思想体系。

过去我们不重视从话语的角度来研究中国现代自由主义思想的形成和变异，因而造成很多误解，在认识上某些问题甚至停留在表浅的层面。为什么西方的自由主义和个人主义思想在引入中国之后会发生变异？变异是如何实现的？这其实是值得深入追问的问题。我认为，话语在这里具有根本性，正是话语的悄悄变化引起了思想的悄悄变化，思想的变异从根本上是通过话语的变异来实现的。自由主义不是物质，不是实体，自由主义思想的引进不同于物质以及科学技术的引进，引进西方自由主义思想从根本上是引进西方自由主义话语。西方的话语输入不是原语的输入，而是要转变成汉语，也即通过翻译的方式输入。而在翻译的过程中，固有的文化以及时代的政治便会以一种不见形的方式渗入其中，因此，翻译从根本上在思想的层面上并不具有对等性，而具有“政治性”。

过去我们不重视翻译对思想输入的影响，在翻译的透明性的理念上始终认为输入西方的思想就是把英语或者其他语言表述的思想用汉语进行转述，思想在两种语言之间只有形式的不同而没有内容的不同。我们并不重视话语变异与思想变异之间的关系，始终把翻译和介绍过来的西方思想的走样和变形看做是我们对西方思想的误解，并认为这种变形和走样的原因从根本上是由于我们认识上不够深刻所致，相信随着认识的深入，这种误解最终会消除。认为有一个绝对的“正确的翻译”，之所以翻译中存在这样那样的问题，不是翻译本身的问题，而是翻译者的素质或技术问题，而不把“误解”看做是文化翻译的固有属性。具体对于自由主义来说，我们始终按照西方的“自由”概念来理解中国五四时期的自由主义，把中国的自由主义和西方的自由主义进行比附并作出相应的评价，认为中国的自由主义不正统，是“伪自由主义”，是对西方自由主义的误读和误解，因而存在着问题。每当对中国现代自由主义和个人主义存在着内涵争议的时候，我们总是通过溯源即通过研究中国自由主义和个人主义的西方来源来确定中国自由主义和个人主义概念的内涵，并把不符合这些内涵的附着性意义和价值排除在中国个人主义和自由主义的范围之外。我们总是用西方的自由主义和个人主义价值标准来衡量和要求中国现代自由主义和个人主义，因而把民族解放和国家独立这样一些非个人性的内容完全排除在中国现代自由主义的范畴之外。我认为这是值得商榷的，这其实并没有从根本上真正理解中国现代自由主义作为话语的本质。

我们承认中国现代自由主义来源于西方的自由主义并且自始至终深受西方自由主义思想的影响，但同时我们更需要看到，西方的自由主义在输入中国的过程中和之后同样自始至终地受中国传统话语以及现实语境的制约从而发生歧变。我们当然承继了西方自由主义的某些核心的内涵，但同时我们对西方自由主义又是有所选择、有所扬弃的，站在中国的传统观念立场和现实的立场上，我们对西方的自由主义实际上是选择、借鉴、挪用、损减、增益、衍生、启迪、为我所用、变异、改造、批判、吸收等各种方式交互在一起，因此，中国现代自由主义在建构上是一个异常复杂的过程，在成分上也异常复杂，既有中国性、又有西方性，既有中国传统性，又有中国现代性，因而是一种具有自己特殊的内涵、价值体系、文化背景和现实语境的话语方式。

中国现代自由主义话语从根本上不同于西方自由主义话语，它的作用、意义、价值等和西方都不同。西方的自由主义其价值和意义有它特殊的现实和文化语境，当这语境发生变化时，其意义和价值也会相应地发生变化。中国现代自由主义本质上是现代汉语语境和相应的现代政治、文化背景中的自由主义。殷海光说："中国的自由主义者先天不足，后天失调。"① 撇开其情感态度不说，作为描述在对"中国的自由主义"作一定范围的限定条件下，我认为这是准确的。所谓"先天不足"，是指中国的自由主义是从西文输入进来的，并非土生土长，中国传统文化不可能衍生出自由主义的思想。所谓"后天失调"，指的是西方自由主义在中国缺乏生存的土壤，中国的文化传统和中国近现代的社会现实都不利于西方自由主义在中国生长、发育乃至壮大。所以，西方意义上的自由主义在中国特别软弱，总体上是失败的。美国学者格里德总结说："自由主义在中国的失败并不是因为自由主义者本身没有抓住为他们提供了的机会，而是因为他们不能创造他们所需要的机会。自由主义之所以失败，是因为中国那时正处在混乱之中，而自由主义所需要的是秩序。自由主义的失败是因为，自由主义所假定应当存在的共同价值标准在中国却不存在，而自由主义又不能提供任何可以产生这类价值标准的手段。它的失败是因为中国人的生活是由武力来塑造的，而自由主义的要求是，人应靠理性来生活。简言之，自由主义之所以会在中国失败，乃因为中国人的生活是淹没在暴力和革命之中的，而自由主义则不能为暴力与革命的重大问题提供什么答案。"② 西方自由主义在中国的失败既与中国传统文化有关，也与中国

① 殷海光：《中国文化的展望》，上海三联书店 2002 年版，第 255 页。

② 格里德：《胡适与中国的文艺复兴——中国革命中的自由主义（1917—1950）》，江苏人民出版社 1989 年版，第 368 页。

的现实政治有关。中国现代的特殊语境深深地限制了西方自由主义在中国的发展。

但问题在于，西方自由主义在中国的失败并不意味着中国现代的自由主义一定是失败的。正如上面所分析的，由于文化传统和现实语境的关系，西方自由主义在中国的失败可以说是情理之中的。这种失败主要表现为中国并没有最终建立起作为政体的自由社会体制，也即没有最终建立起自由资本主义社会。但同样正如上面所述，中国现代自由主义不同于西方自由主义，中国现代的自由不仅包括个人的自由与权利，同时还包括群体的自由与权利，即民族和国家独立也属于自由的范畴。这样，中国现代自由主义实际就包含着两个方面的内容，即个人主义的自由主义和民族国家主义的自由主义。历史地来看，中国现代自由主义在这两个层面上都不能说完全失败了，即使从社会政体上来说，也是如此。总体来看，1949 年以前的中国在政治体制上主要是个人主义的自由主义占统治地位，虽然中国的资本主义与西方的自由资本主义有很大的差别，但精神的主体还是非常接近的。1949 年以后的政治体制则是群体主义的自由主义占统治地位，民族国家的富强一直是这个社会的精神主体。在文化精神上，不论是个人主义的自由主义还是群体主义的自由主义，在中国现代思想史上都一直延绵不断，只不过在不同的时期其主流思想略有不同。1949 年以前是个人主义自由主义占统治地位，而群体主义的自由主义则相对边缘化；1949 年以后，群体主义的自由主义占统治地位，但个人主义的自由主义也并未中断过。有人说："浪漫主义是感情上的个人主义，自由主义是思想上的个人主义，多元化是社会领域的个人主义，放任主义是经济领域的个人主义，民主则是政治上的个人主义。"[①] 由此来看，在强调集体精神的 1949 年以后，个人主义并没有从根本上消灭。1949 年以后，我们一次又一次发动对资产阶级自由主义特别是个人主义思想的清算，这恰恰从另一个方面证明了个人主义的长期存在。

① 钱满素：《爱默生与中国——对个人主义的反思》，生活·读书·新知三联书店 1996 年版，第 228 页。

因此，我们必须始终记住，“自由”虽然是一个外来词，虽然是对英语“liberty”的汉译，但它本身是汉语。“自由”和“liberty”虽然在传统的翻译观上可以对等，可以互相转化，但实际上，二者分属于不同的语言体系，其意义也与各自的语言体系密切相关，并从根本上受制于各自的语境。从语言学的角度来说，按照索绪尔的语言系统论的观点，词义并不由词本身来决定，而是由词与词之间的关系来决定的。词的周围到处都是词，“周围的词”在语境的意义上对词的意义具有限定性。就“自由”和“liberty”的含义来说，“liberty”的意义并不完全由“liberty”的词典意义决定，同时还取决于与“liberty”相关的词诸如“right”、“freedom”、“democracy”、“justice”、“will”、“authority”、“individualism”等，从而构成“liberty”的话语体系。我们看到，在西方文化和语境中，“liberty”主要强调个人的自由，在西方，认为脱离了个人就无所谓自由，个人以外的自由是“伪自由”，这可以说是至今仍然非常普遍的观点。同样，“自由”的含义也不完全由字义来决定，而同时还取决于与“自由”相关的汉语词汇，诸如“个人”、“人权”、“民族”、“国家”、“民主”、“群体”、“解放”、“革命”、“平等”等，这些术语和概念与“自由”意义的关系或近或远，从而使自由的意义既稳定而又富于弹性，如果没有这些概念，“自由”的意义将是非常空洞的。正是在这一系列的术语和概念中，汉语“自由”构成了一个新的话语体系或者说话语方式。

我们承认“自由”在语义上与“liberty”有关，并且在话语上“liberty”是“自由”的直接来源，汉语“自由”的概念不是从本土产生的，而是从西方输入的。但我们同时也应该看到，“liberty”翻译成“自由”以后，其意义受汉文化和汉语语境的制约和影响从而发生了巨大的歧变。汉语的“自由”一方面保留了西语“liberty”的个人主义的核心内容，强调个人的尊严、权利和个性，政治上的开放和言论、出版、集会等方面的不受限制。中国现代文化、思想史上的“自由主义”流派主要是在这一层面上的。另一方面，“自由”在汉语语境中又发生了意义衍生，其中最大的衍生就是把在西方本属于与“自由”对立的社会、群体、国家等内涵包容到自由之中来，这样，自由主义在中国现代就分为两个层面，即个人的层面与国家民族的层面，或者说两种自由主义，即个人主义的自由主义和国家、民族自由主义。我们看到，中国现代思想文化包括文学在自由的主题上其实始终是在这两个层面上展开的。李泽厚认为，中国现代思想史始终存在着“救亡”与“启蒙”的主题变奏。在西方，启蒙从根本上体现为个体的解放，个人具有终极性。而中国引入的西方个人主义和自由主义，并不是为了争个人的纯然的权利，而最终目标仍然是国家、民族和社会。“启蒙的目标，文化的改造，传统的扔弃，仍是为了国家、民族，仍是为了改变中国的政局和社会的面貌。”“所以，当把这种本来建立在个体主义基础上的西方文化介绍输入以抨击传统打倒孔子时，却不自觉地遇上自己本来就有的上述集体主义的意识和无意识，遇上这种仍然异常关怀国事民瘼的社会政治的意识和无意识的传统。”[①] 这里所谓的“意识和无意识”，还失之空泛，具体地说，它实际上是话语和语境，即中国传统对于国家、民族的表述和言说以及现实的政治和社会现实，正是这两个方面从根本上决定了西方个体主义在输入的过程中以及输入之后发生衍变。

在介绍西方自由主义思想的过程中，严复是一个举足轻重的人物。严复首先把“liberty”译为“自繇”，即后来的“自由”。以目前一般的翻译标准来看，严复的翻译很难说是准确的，比如穆勒在《论自由》中明显地强调个人主义，强调个人尊严与道德自由的最高价值，总体上认为“己重群轻”。但从严复翻译的《群己权界论》中，我们看到的却是“己轻群重”的基本倾向，至少二者同等重要。严复的翻译既有直接的翻译，同时又有很多诠释的成分。对于“自由”也是这样，穆勒《On Liberty》的一开头是这样的：

> The subject of this essay is not the so - called “liberty of the will,” so unfortunately opposed to the misnamed doctrine of philosophical necessity; but civil, or social liberty; the nature and limits of the power which can be legitimately exercised by society over the indi-

① 李泽厚：《中国现代思想史论》，安徽文艺出版社 1994 年版，第 16 页。

vidual.

严复的翻译是：

> 有心理之自繇，有群理之自繇，心理之自繇与前定对；群理之自繇，与节制对。今此篇所论释，群理之自繇也。盖国，合众民言之曰国人（函社会国家在内），举一民而言之曰小己。今问国人范围小己，小己受制国人，以正道大法言之，彼此权力界限，定于何所。①

两相比较，我们看到，严复实际上把“liberty”概念中国化了，他首先按照中国的表述方式特别是当时中国人所能理解的方式即借用中国古代的“自由”一词来翻译“liberty”这一概念。所以当我们读译文时，我们感觉到穆勒好像是一个中国古人。其次，严复在翻译的时候明显地增删了内容。第三，也是最重要的，他对西方的“自由”概念进行了自己的诠释。我们看到，把“liberty of the will”译为“心理自由”，把“civil liberty”或“social liberty”译为“群理自由”，把“social”译为“国人”并把它解释成社会和国家，这都表明了严复对于“自由”的一种中国式的理解。把《On Liberty》和《群己权界论》进行总体比较，我们看到，严复正是通过翻译，即通过新的表述和言说，以一种合法的方式对穆勒的自由主义学说进行了中国式的改造，以一种中国人所能接受和更愿意接受的方式把自由的社会性、群体性进行了突出的表达。他把“自由”区分为“心理自由”、“群理自由”以及相应的“小己”自由与“国人”自由这两个层面或两种自由，这一区分后来一直被中国近现代所沿用，以一种话语的方式固定下来，深深地影响了中国近现代对于“自由”的言说。

过去我们不重视研究翻译以及翻译与中国现代自由主义话语建构之间的关系，这严重妨碍了我们对中国现代自由主义形成过程、内涵、品性等

① 刘梦溪主编：《中国现代学术经典·严复卷》，河北教育出版社 1996 年版，第 427 页。

问题的认识。翻译对中国现代自由主义思想有重大的影响，很多问题其实都可以从翻译的角度进行研究，从翻译这里找到答案。主观上，严复并没有想通过翻译改变西方“自由”的含义，但客观上，西方“自由”概念经过严复翻译的重新表述其内涵却发生了变化，这可能是严复本人也没有意识到的。这里，不能简单地说严复误读和误解了西方的“自由”，以他对于中英两种语言的修养以及两种思想文化的素养，应该不存在理解上的障碍。严复在翻译理念上最重要的观念就是“信、达、雅”，这种观念也说明了严复在主观上是追求翻译的等值或等效的。在翻译道德上，严复也是非常严谨的，不论是对于原文的研读，还是对于译文词句的斟酌，都是非常用心的，不应该存在弄不懂而胡乱翻译的情况。但严复的翻译与原著之间在思想上仍然存在着相当的距离，这不是翻译技术的问题，而从根本上是翻译本身的问题，是文化背景、知识体系、语言系统、话语方式、现实政治等从根本上限制和规约了严复对西方自由主义的理解和表述。

不仅翻译是这样，一般性理解（可以称之为广义的翻译）其实也是这样。我们看到，五四时期的胡适、鲁迅、陈独秀、周作人以及稍后的郭沫若、茅盾等人对于西方自由主义的理解和表述与西方自由主义原本之间都存在着相当的差距。一方面可以说，由于语境的缘故，自由主义在从西方输入中国的过程中一直充满了误读和误解。但另一方面，正是这种误读和误解最终成就了中国现代自由主义。

“自由”在中西方的意义之间的差异首先是由两种不同的现实语境决定的。西方的自由主义起源于个人对社会的反抗，因此它强调个人的权利、尊严、个性等，社会、国家和群体作为一种束缚个人权利和个性的力量是批判的对象，因此，西方的自由主义本质上是个人主义的自由主义，是反国家主义和群体主义的。而中国的现实语境恰恰相反，中国近现代输入自由主义的根本原因在于社会的发展、国家的强大和民族的兴盛，因此个人主义作为自由主义具有工具性和表层性，国家主义和集体主义则具有深层性。所以，西方自由主义所反抗和批判的社会性、民族国家性在中国恰恰是被维护的，并且具有终极性。在这一意义上，中国现代自由主义的国家主义其实是西方个人主义自由主义在中国特定现实语境中的衍生。

传统话语方式和话语体系也对“自由”这一概念的中国化具有深刻的影响。严复在把西方的自由理论翻译进中国的时候，特别说明：“中文自繇，常含放诞、恣睢、无忌惮诸劣义。然此自是后起附属之诂，与初义无涉。初义但云不为外物拘牵而已，无胜义亦无劣义也。”[①] 鲁迅和胡适在介绍西方个人主义思想时也特别强调，个人主义不同于中国古代的自私自利。但在中国文化和汉语语境中，自由主义和个人主义从来都不是一个好听的词，从来都没有好名声，即使五四时期也是这样。不管我们如何申称“自由”和“个人”没有贬义，但“自由”和“个人”在使用中都含有贬义，在整个现代汉语话语体系中具有贬义性，这是不以某些个人的使用和辩护为转移的，这就是福柯所说的“话语权力”。中国是一个讲求秩序、讲求礼义和尊卑、具有严格的家国伦理与君臣父子等级观念的国度，这是一种文化传统，它以话语的方式深植于人的无意识之中，它是不能通过思想家们的简单申明可以改变的。所以，50 年代集体主义很轻松地就取得了胜利，成为主流的意识形态，经过几代人艰难建立起来的个人主义和自由主义思想体系在激烈的批判面前，毫无招架之力，作为思想体系迅速地崩溃，作为个人思想的“自由”意识必须小心谨慎地隐藏起来。

“群”、“社稷”、“君”这些概念虽然已不再是现代汉语的基本思想范畴，现代思想中已经不再使用这些概念进行表述。但中国古代的“群”、“社稷”、“君”、“臣”、“礼”、“仁”、“理”、“纲”等思想核心概念深深地影响了现代“种族”、“国家”、“阶级”、“社会”等核心思想概念，使“国家”这些概念带有很深的中国传统思想文化的特点，从而构成了中国现代话语方式。这种中国性的话语既深刻地影响了自由主义，使在西方特别是美国本来具有肯定、褒义的自由主义在中国变得具有否定和贬义，也使中国现代民族国家概念不同于西方现代民族国家概念。在西方，自由主义和

① 严复：《群己权界论·译凡例》，王栻编《严复集》第 1 册，中华书局 1986 年版，第 132 页。

个人主义具有建设性，“个人主义作为平民百姓的自我肯定无疑是现代史上的里程碑，也是现代思维的重要特点”。“平民个人的崛起无疑是现代社会中一个最本质的特点，毫不夸张地说，现代文明就建立在这个基础之上。自由企业、市场经济和政治民主莫不以个人自由和个人权利作为它们存在的理由。”① 人类的拯救是以个人为单位的，人类平等和个人自由的思想使美国社会逐渐走向世俗化、平民化和物质化。

但在中国，个人主义具有否定性，它的作用主要是工具，即作为批判封建专制的武器把人从封建桎梏下解放出来，而个人本身并不是目的，也不具有终极性。同样，民族主义在西方具有否定性，在当今，它往往意味着保守、封闭、落后，在一些特殊的国家比如德国，它还有“极右”的意味，所以，总体上“民族主义”在西方语含贬义。相反，在中国，民族主义往往与“爱国”、“革命”这些概念联系在一起，具有褒义性。孙中山的“三民主义”首先就是“民族主义”。正是这种语境和语义的变化，使中西方对于个人自由与群体自由表现出两种完全相反的态度。我们虽然承认个人价值的合理性，但当个人利益与民族利益相冲突时，国家优先原则则是中国人的基本态度。孙中山说：“实行民族主义，就是为国家争自由。”“欧洲当时是为了个人争自由，到了今天，自由的用法便不同。在今天，自由这个名词究竟要怎么样应用呢？如果用到个人，就成一片散沙，万不可再用到个人上去，要用到国家上去，个人不可太自由，国家要得到完全自由。……便要大家牺牲自由。”② 在中国，自由是否就不能应用到个人，个人自由与国家自由是否就是完全彼消此长的关系，这值得怀疑的。但孙中山深刻地认识到中西方文化背景不同、现实语境不同、自由的含义不同，因而自由在实际的运用中也不同，作为描述这是正确的。这样，中国的个人主义自由从根本上就被纳入到了国家民族的范畴，从而事实上被消解。

---

① 钱满素：《爱默生与中国——对个人主义的反思》，生活·读书·新知三联书店 1996 年版，第 221、196 页。

② 孙中山：《三民主义·民权主义第二讲》，《孙中山选集》，人民出版社 1981 年版，第 722—723 页。

自由主义在中国的情况是复杂的。当然也有极端自由主义，比如周作人的自由主义，可以称之为“自由至上主义”或者“绝对个人主义”[①]。但中国现代自由主义作为思想流派则具有妥协性，可以称之为“折中的自由主义”，即一方面认同西方自由主义的个人主义价值观，并且极力宣传和推行西方的自由主义思想与自由主义政治，主张中国政治思想文化的“西化”或“全盘西化”。但另一方面，又认同国家主义，强调国家、民族和社会的优先原则与最高原则，在政治的层面上把个人自由主义从属于国家自由主义。而更为重要的是，在历史的层面上，个人与社会特别是与作为社会最为集中体现的国家是天然对立的，西方个人主义就是起源于个人反抗社会对个性的束缚和压抑。所以，西方自由主义所赖以成立的基础就是个人主义，自由主义最重要的特点是个人主义原则和平等原则。而中国现代自由主义则省去了西方自由主义的历史过程这一文化背景，单从纯理论上来研究问题，因而才会试图消除个人与群体之间的对立，并且对二者进行理论层面和现实层面的整合，强调它们之间的辩证统一关系。中国现代自由主义在概念和范畴以及言说方式上似乎并没有大的变化，但由于文化背景、现实语境的变化，因而在内涵上发生了根本性的变化。

在西方，自由主义在思想上与“国家主义”是对立的，也从根本上不同于“社群主义”。“自由主义强调个人的权利，最重要的是个人的自由权力，个人的自由选择以及保证这种自由选择在公正的环境中实现是自由主义的根本价值，它认为一旦个人能够充分自由地实现其个人的价值，那么个人所在的群体的价值和公共的利益也就随之而自动实现。社群主义则强调普遍的善和公共的利益，认为个人的自由选择能力以及建立在此基础上的各种个人的权利都离不开个人所在的社群。个人权利既不能离开群体自发地实现，也不会自动导致公共利益的实现。反之，只有公共利益的实现才能使个人利益得到最充分的实现，所以，只有公共利益，而不是个人利益，才是人类最高的价值。”[②] 自由主义强调个人、自我，强调个人权利的

① 参见拙文《对“自由”的误解与周作人的人生悲剧》，《社会科学研究》2002年第5期。
② 俞可平：《社群主义》，中国社会科学出版社1998年版，第3—4页。

优先性。社群主义既承认个人的尊严，又承认人类存在的社会性，但强调社群的优先性。中国现代自由主义在"群""己"的关系上比较接近西方20世纪50年代之后兴起的"社群主义"，但在理论的渊源上中国现代自由主义与西方社群主义并没有关系，它们在时间上也是错位的。中国现代自由主义实际上是中国人站在中国的立场上对西方个人主义的一种理解、借用、改造和修正，它只是暗合了后来西方自身对于个人自由主义的反思，即暗合了"社群主义"。

总体上，中国现代自由主义具有双重性，既具有西方性，又具有中国性，一方面保留了西方自由主义比如个人主义的某些基本内涵，另一方面，由于文化语境、翻译以及现实政治的缘故，以及中国固有的文化对外来文化所具有的批判性和反思性，西方自由主义在中国又发生演变、延伸，从而生成新的具有中国特色的自由主义思想。

事实上，"自由"的内涵在中国现代已经变得相当宽泛，自由的思想绝不仅仅限于自由主义作为思想和政治的派别。自由主义的对立派别比如保守主义、激进主义等也有自由的思想。它们虽然在不同程度上反个人主义的自由主义，但它们并不反对国家自由主义，恰恰相反，它们极力在自由的意义上鼓吹国家主义，即强调国家的独立与自由以及民族尊严和民族在制度、宗教、文化价值观等各方面的选择的自由与个性。它们反对个人主义意义上的自由主义，但并不反对"自由"本身，"自由"同样是它们的思想基础和信念，其不同在于，在保守主义、激进主义等思想派别中，自由不是针对个人的，而是针对民族国家的，通常表现为民族主义、爱国主义和集体主义。在这里，"自由"实际上构成了民族主义、爱国主义和集体主义的深层基础。有人说："自由主义不仅仅是一种理论，一种意识形态，而且还是一种制度，一种政治运动或政党的旗帜。由于自由主义内涵的复杂性，在现实中往往有这样的情形，许多自称为自由主义的派别或政党也许全然与自由主义原则无关，而许多以保守甚至社会主义命名的派别或政党在事实上奉行自由主义的某些原则。"① 但这些不同，都还属于同

① 李强：《自由主义》，中国社会科学出版社1998年版，第14页。

一范畴，即自由主义的范畴。

自由同时还是一个更大的范畴，即精神的范畴。“自由”不仅仅只是一种理论，一种意识形态，一种制度，一种政治运动或政党的旗帜，还是一种精神和原则。“自由”作为概念具有二层面性，一方面是在意识形态的层面上与激进主义、保守主义等相对抗，这时，自由主要体现为个人的自由与权利。另一方面，“自由”在精神的层面上是更高的范畴，它包容个人自由主义和国家自由主义，也就是说，它既是个人自由主义的信念，同时也是国家自由主义的信念，它同时是维护各种思想派别与政党正常生存的前提和基础，可以说，没有自由作为精神的保障，便没有保守主义或激进主义，“自由”在一种深层的基础上保障了各种思想存在的权利。所以，正是在精神的意义上，许多反自由主义的思想派别和政党事实上奉行了自由主义的某些原则。就中国现代文学来说，我们看到，左翼文学、保守主义的文学也有某种自由主义的思想。自由主义文学流派是一回事，而文学中的自由主义主题和思想则是另一回事。自由主义文学流派当然表现了自由的主题，而左翼文学也同样表现了自由的主题。

总之，中国现代自由主义虽然来源于西方自由主义，但由于文化传统、知识体系、现实语境等多方面因素的制约，西方自由主义在引进的时候发生了歧变从而中国化，西方自由主义在中国的歧变过程其实就是中国现代自由主义建构的过程。中国现代自由主义对于西方自由主义既有选择和吸取，又有延伸和创造，因此，中国现代自由主义与西方自由主义既有联系又有区别，本质上是一种新的自由主义话语体系，具有自己的独立性。

第五节　中国近现代个人主义话语及其比较

个人主义思想即个人主义话语，中国近现代个人主义思想的不同从根本上可以归结为个人主义话语的不同。与中国近代相比，中国现代的“个人主义”话语发生了很大的变化，其中最大的变化就是“个人主义”话语在现代更西方化了，比较接近西方原本的个人主义或者某一种个人主义的原本。中国近代的个人主义话语在内涵上是中国传统的成分多于西方的成分，而中国现代的个人主义话语在内涵上则是西方的成分多于中国传统的成分。但在中国现代，西方个人主义话语在输入中国之后同样由于中西方冲突、碰撞、融合、选择、误解、曲解、延伸、发展等复杂的原因而具有变异性，也就是说，中国现代思想史上的“个人主义”虽然不是从中国古代承继而来，但同样也不是原本的西方话语，而具有中西合璧性。不论是中国近代还是中国现代，西方“个人主义”话语在翻译、接受和实际应用的过程中，由于受汉语语境的规约都发生了变异。事实上，中国近代、现代“个人主义”话语都具有双重性，即既具有中国传统的因素，又具有西方的因素，都具有内在的紧张和冲突，其不同在于，中国近代从西方输入的“个人主义”由于受古代汉语的规约从而更多地具有中国传统的色彩，而中国现代从西方输入的“个人主义”则由于受现代汉语的规约从而具有中国现代性。

那么，古代汉语是如何规约西方个人主义的？现代汉语又是如何规约西方自由主义的？二者在总体上有什么不同？本节试图从话语的角度对中国近代个人主义和中国现代个人主义进行比较，以图从深层上重新认识中国近现代个人主义话语的品格。

个人主义作为自由主义最重要的内容是西方社会和文化的基本精神。由于时间过程漫长以及地域跨度大，个人主义在西方呈现出复杂的情况。但西方个人主义的差异性和复杂性在中国却被忽略了，我们总是以为我们所知道的西方的个人主义就是西方个人主义的全部，我们总是把西方个人主义看做一个整体，认为它是和谐统一的，而忽视了它在发展演变过程中的时间、性质、派别和国别之间的差异性。中国自近代开始输入和接受西方的个人主义，总体来说，中国的个人主义在内涵上也表现出非常复杂的情况。我们承认，中国自近代以来任何时候的个人主义思想都有它西方意识上的理论根源，但中国传统的群体意识同样也是其理论根据，并且中西方两种意识在不同的时期表现出不同的均衡态势，从而中国的个人主义也表现出复杂性和差异性。但这种差异性和复杂性同样被忽略了。我们看到，中国不同时期的个人主义输入者和传播者都声称他们所表述的个人主义源于西方并且忠实于西方，但事实上，中国任何时期的个人主义都不是西方原本的个人主义，而是我们理解的个人主义。西方个人主义就是在这种误解和汉语表述中发生话语变异从而中国化的，这种西方个人主义话语变异的过程其实也就是中国个人主义话语的建构过程。

晚清时的严复、梁启超等人构想的个人主义本质上是民族国家理论的一个组成部分。

在中国近代思想史上，对于西方自由主义学说的传播、介绍和发挥、延伸，严复是最负盛名的。严复的自由主义思想主要是通过翻译及其诠释表现出来的。美国著名汉学家史华兹曾对严复翻译的《群己权界论》作过非常精彩的“文本”分析，他的结论是，严复所翻译的穆勒的自由思想（即严译汉语的穆勒的自由主义思想）和穆勒本身的自由思想（即原语的穆勒的自由主义思想）具有实质性的差别。“假如说穆勒常以个人自由作为目的本身，那么，严复则把个人自由变成一个促进‘民智民德’以及达到国家目的的手段。”“穆勒所论及的自由与严复所关心的自由是完全不同类型的自由。享乐主义的个人自由、‘垮了的一代’的个人自由，以及各种各样行为古怪的人的个人自由，看来对国家的富强几乎并无实质的贡献。”“他非常倾向于给予社会应有的报答，但他的主要目的是保护个人身上最独特的价值不受社会干涉。”“穆勒所讲的个人自由，似乎与个人本身密切相关，而与社会整体或者更无疑地与国家利益关系不大。”[①] 也就是说，在穆勒那里，自由主要是个人的自由，自由的本质是个人的权利，并且主要是从社会那里争取权利。但在严复的翻译中，自由的具体内容并没有很大的变化，但自由在整个社会中的作用、意义、价值和地位等，却发生了向相反方向的滑动，也即从主要是个体的自由变成了主要是社会的自由。

台湾学者黄克武说：“严复又受限于国家危亡的现实环境，而对社会

① 本杰明·史华兹：《寻求富强：严复与西方》，江苏人民出版社 1995 年版，第 133、125、128 页。

失控以及可能导致的类似的险境，有更强烈的危机感，所以他了解‘界’之观念，与个人自由的重要性，但却不像弥尔那样主张‘界’内个人自由的范围，尤其是思想自由的范围，要尽可能地广。”① 所谓“界”，即界限或范围，严复对自由范围的群体性扩大实际上也意味着对个人主义的某种限制，他强调自由的“群己权界”的关系维度，这和穆勒的自由权利意义上的个人主义是有很大差别的。这也说明，正是中国社会的现实和中国文化的传统以及严复本人的知识结构和情感倾向等因素使穆勒的自由学说在翻译和诠释的过程中发生了变异。

梁启超关于自由和个人的观点虽然与严复的观点有相当的距离，但在强调国家和民族的优先作用与地位方面，两人却惊人地相似。在最重要的《新民说》和《自由书》两书中，梁启超提出一系列二元概念，比如“民权与国权”、“公德与私德”、“自尊与合群”、“自由与服从”等，并对它们之间的关系进行了论证。比如关于“公德与私德”，他说：“人人独善其身者谓之私德，人人相善其群者谓之公德，二者皆人生所不可缺之具也。无私德则不能立，合无量数卑污虚伪残忍愚懦之人，无以为国也。无公德则不能团，虽有无量数束身自好廉谨良愿之人，仍无以为国也。吾中国道德之发达，不可谓不早。虽然，偏于私德，而公德殆阙如。”② 理论上，梁启超认为私德公德并重，二者缺一不可，但在实际表述中，我们却看到，梁启超明显强调公德，认为公德高于私德，并且从根本上把“私德”纳入“公德”的范畴。张灏说：“梁认为私德绝非只是个人问题，它的首要价值仍在于有助于群体的集体利益。”③ 这个判断是非常准确的。

梁启超认为中国古代在道德上偏于“私德”而疏于“公德”，这个判断并不准确。对于这种不准确，笔者更愿意把它看做是梁启超对于公德的过分强调而不是认识和描述上的偏差。对于其他关系，梁启超也明显轻个

① 黄克武：《自由的所以然——严复对约翰弥尔自由思想的认识与批判》，上海书店出版社2000年版，第44页。

② 梁启超：《新民说·论公德》，《饮冰室专集》之四，中华书局1981年版，第12页。

③ 张灏：《梁启超与中国思想的过渡（1890—1907）》，江苏人民出版社1995年版，第108页。

人重集体，强调“国权”高于“民权”、“合群”高于“自尊”、“服从”高于“自由”，这样，在梁启超那里，国家和个人在概念上的对立就造成了个人自由和民族解放这两个目的之间的冲突，而解决的办法则是国家对个人具有绝对的优先权。在这一意义上，梁启超的个人主义和自由主义仍然是传统语境的，他实际上是站在中国传统的立场上来理解和表述西方的个人主义和自由主义思想的。

中国的个人主义思想其内涵在五四时期则发生了明显的变化，最突出的表现就是个人的地位得到提升，个人不再绝对地服从或依赖于群体，“个人”与“国家”以一种特殊的方式整合在“自由”之中。

中国个人主义思想的这种变化首先可以从杜亚泉的个人主义思想的变化中得到一定程度的说明。在中国近现代个人主义思想史上，杜亚泉并不是一个非常重要的人物，但在中国近代个人主义思想向中国现代个人主义思想的过渡中，他是一个具有代表性的人物，他的个人主义思想的转变一定程度上反映了中国个人主义思想从近代向现代的转变。清末民初的杜亚泉在个人主义思想上已经与严复、梁启超具有明显的差异，与严复和梁启超把国家与个人对立并且重国家轻个人不同，清末时的杜亚泉则试图从传统儒家思想立场出发对国家与个人二者进行整合[①]，并且是真正的不偏不倚，国家与个人并重，启蒙与救亡并重。所以，“折中”、“调和”构成了杜亚泉清末思想的最重要的特点[②]。

而到了1917年的新文化运动时期，杜亚泉的思想则明显地发生了变化，这时他主张：“宜守定个人与国家之分际，毋使溢出范围之外。”他认为，个人与国家分际在于：“第一，当先巩固个人之地位。”“第二，个人对于国家，各有相当之责任。”“第三，毋强个人以没入国家。”“第四，毋强国家以迁就个人。”[③] 在这里，国家与个人再度表现出某种矛盾，但不同

① 参见刘禾《跨语际实践——文学，民族文化与被译介的现代性（中国，1900—1937）》，生活·读书·新知三联书店2002年版，第125页。

② 参见刘润忠《杜亚泉的文化思想》，《一溪集——杜亚泉的生平与思想》，生活·读书·新知三联书店1999年版，第162—180页。

③ 杜亚泉：《个人与国家之界说》，《杜亚泉文选》，华东师范大学出版社1993年版，第262—264页。

的是，杜亚泉主张严格地区分国家与个人这两个范畴，强调个人价值的独立性，表现出了他一贯的“调和而趋新”的特点。他指出国家与个人之间“有本末先后之不同”，并且明确主张“当先巩固个人之地位”，这已经具有五四思想的某些特征，但与陈独秀、周作人等人的激进个人主义思想相比，杜亚泉的个人主义思想明显具有调和中庸的特点，它明显是中国传统儒家民本主义和西方功利自由主义的折中，所以，他的个人主义思想一方面来源于西方，另一方面儒家传统又构成了其深层的基础。正是在这一意义上，我认为杜亚泉的个人主义思想在中国近现代个人主义思想史上具有过渡的性质。

五四新文化运动之后，中国个人主义思想发生了深刻的变化，其中最突出的标志就是与现代汉语语言体系相一致，形成了中国现代的个人主义话语体系。中国近代个人主义话语虽然直接源于西方自由主义话语的影响，但它深受中国传统话语的制约并最终被纳入了古代汉语体系，所以，中国近代个人主义话语具有明显的中国传统性，与中国古代思想具有亲和性，并且因为中国传统民本主义与西方自由主义的矛盾而具有一种内在的冲突。中国现代个人主义话语则深受西方自由主义话语的影响，同时也受中国古代“社稷”、“群”、“己”、“自私自利”等观念和思想的影响，并且二者达到了一定程度的融汇和整合，从而表现出它自己的独特性，即中国现代性。应该说，就形成的过程来说，中国现代个人主义话语仍然充满了对中国传统国家主义、民本主义思想与西方个人主义、自由主义思想的双重误解，但正是这种误解成就了中国现代个人主义话语及其独特性，所以，中国现代个人主义话语既不同于中国古代的“个人”主义话语，也不同于西方个人主义话语，而是一种新的个人主义话语，即中国现代个人主义话语。就成分而言，在中国现代个人主义话语中，西方的自由主义思想明显地多于中国传统的民本主义思想，因此，中国现代个人主义话语与西方个人主义更具有亲和性。

刘禾曾从翻译和“跨语际书写”的角度对中国古代的“己”和西方的“self”进行比较，她认为二者具有根本的不同，翻译过程中的二者对等关系本质上是一种历史的建构。这是非常有道理的。“误解”、诠释、约定俗成、创造等是翻译固有的品性，正是以此为前提，我们把中国古代的“己”和西方的“self”翻译成“个人”，但深入地追问和反思翻译的本质，我们发现，“个人”作为中国现代话语不同于中国古代的“己”和西方的“self”，它们之间的“等值”关系本质上是一种翻译形态，是在翻译的过程中建构起来的。中国古代的“己”和西方的“self”在意义上是单纯的，即中国古代性和西方性，而“个人”在意义上则是三重的，既有中国古代性，又有西方性，还具有时代性。“现代汉语对西语中的‘individual’还有一组译词，如个人、个位、个体。这组词时常与自我等词交换使用。可以说，自我、我、个人、个位、个体、己等概念间的混杂不仅延续了英语里 self 和 individual 间的意义间的滑动，而且反映了跨语际实践及其政治运作在中国环境里的复杂情景。”[①] 也就是说，“个人”不仅延异了英语“self”和“individual”的意义，而且在汉语语境中意义有很大的延伸和扩展，中国的传统文化以及现实政治都在不同程度上规约着“个人”的含义。与原语的“self”和“individual”相比，汉语的“个人”在意义上实际有所变异、损遗、增补，具有理解、诠释性，附着了更多的汉语文化和现实政治的意义。

所以，中国现代个人主义不仅是一个建构的过程，同时还是一个历史的过程，它的内涵在“过去时”和“现在时”的意义上都是变动的。正如任剑涛所说：“汉语语境中的自由主义言述对理论移译的准确性、完整性、边际性失之轻慢，大致着眼于理论的本土适应性、需求性、有用性的问题，而且大致以‘格义’的方式来进行自由主义的传递与诠释。这就决定了汉语语境中的自由主义言述，在移译自由主义的理论意图上不是纯粹的，相应地也就注定了移译者对于自由主义的理论源流不会给予应有的注意。”[②] 我不同意作者对中国现代自由主义的评价，但我认为作者对于中国现代自由主义现象及其形成过程的描述是非常准确的。个人主义在概念的

---

① 刘禾：《跨语际实践——文学，民族文化与被译介的现代性（中国，1900—1937）》，生活·读书·新知三联书店 2002 年版，第 117 页。

② 任剑涛：《自由主义的内在困境——汉语语境的论说》，《知识分子立场——自由主义之争与中国思想界的分化》，时代文艺出版社 2000 年版，第 472 页。

意义上其实也是如此。因此，不论是从理论上还是历史上寻找中国现代个人主义的终极意义都是不可能的。“任何寻找某种本质主义的、固定的‘个人’及‘个人主义’意义的努力都是徒然的。真正有意义的与其说是定义，不如说是围绕‘个人’、‘自我’、‘个人主义’等一些范畴展开的那些话语性实践，以及这些实践中的政治运作。”① 中国现代个人主义的内涵只能在个人主义话语的实践中去寻找，而不能简单地从词面和语源中去寻找。

应该说，中国近代个人主义也具有这种中西二重性，但比较起来，中国近代个人主义话语更具有中国古代性，总体上属于古代汉语话语体系，而中国现代个人主义话语则具有中国现代性，属于现代汉语话语体系。受中国古代自私观念的影响，中国近代个人主义一直被定义为与国家民族话语体系相冲突和对立的话语体系，“社稷”、“群”从深层上构成了中国近代个人主义的语境，并深深地制约和规定着对个人主义的理解和实际运用。我们看到，严复、梁启超，直到晚清时的杜亚泉都是用传统儒家思想来诠释个人主义，这样实际上是把个人主义话语纳入中国古代的思想体系。而中国现代个人主义则是直接用西方的自由主义理论解释和诠释个人主义，个人主义不仅在历史的层面上来源于西方，同时也在理论的层面上来源于西方，这样，中国现代个人主义从根本上就具有西方性。所以，五四时期自由主义知识分子的代表人物如周作人、胡适等人谈论个人主义都是大量引用西方的学说，并且大量使用西方的术语、概念和范畴来言说，傅斯年甚至直接用英语进行表述。伴随着西方文化的大量输入以及西方文化精神的广泛接受，五四时期的中国个人主义话语因此发生了整体性的转变。

在近代，个人主义思想与民族国家思想构成了激烈的冲突和矛盾，而冲突的根源就在于个人主义话语以一种误解和附会的方式被从总体上纳入了中国传统的国家、民族话语体系，因此，个人主义精神与中国传统的国

① 刘禾：《跨语际实践——文学，民族文化与被译介的现代性（中国，1900—1937）》，生活·读书·新知三联书店2002年版，第120页。

家民族精神在统一体内部不相协调从而在话语上构成了内在的紧张。也就是说，中国近代个人主义话语内在的紧张从根本上源于中国传统国家伦理思想与西方个人主义思想的冲突。而中国现代个人主义仍然具有内在的紧张和冲突，但这种冲突和紧张是另一维度或层面的，它不是中西的冲突，不是现代与传统的冲突，而是现代个人主义与现代民族、国家理论的冲突，其冲突根源于西方个人主义本身的矛盾。

在西方，个人主义思想正是产生于个人对集体、对社会的反抗，虽然在理论上，个人主义话语并不必然性地与国家民族话语构成冲突，但在实践上，个人主义不仅起源于反抗社会权利，同时在现实的层面上，二者在价值观上始终具有对立性，国家民族话语强调国家民族的利益高于一切，为了国家和民族的利益，应该牺牲个人利益；个人主义话语则强调个体的“元”价值，认为国家民族是由独立的个体组成的，只有个人的权利和自由得到保障，国家和民族的利益才能得到根本的保障。相反，国家和民族作为集体和社会从根本上是为个体服务的。而事实是，国家和集体的权利加强，个人的自由和权力就会相应地削弱，二者在现实的层面上常常彼消此长。

而五四新文化运动时期的个人主义则试图从另一个维度来整合二者之间的关系，那就是，把中国传统的“社稷”、“群”等话语方式的民族国家理论现代化。

中国传统的民族国家理论认为，国家即“天下”，本质上属于“天子”即皇帝个人所有，人民则是国家的组成部分，因而是天子的“所属物”，人作为个体其生杀大权掌握在皇帝手中，人的种种权利包括生存的权利、思想和言论的权利等等，不是天赋的，而是皇帝给予的。孟子所说的“民为重，社稷次之，君为轻”本质上是一种统治策略，实际上，在中国封建的皇权伦理中，三者的关系恰恰是颠倒的，是“君为重，社稷次之，民为轻”。钱满素说：“中国社会的三大基本结构——高度中央集权的官僚机构，绝对君主制和宗法制，都是从本质上和个人主义水火不相容的。从文化上讲，个人主义的思想基础在中国也极不发展。中国人不重视个人的判断，更习惯于统一的群体的思想，总是把‘别人怎么说’看得比‘自己怎么想'重要得多。中国政府历来统管思想，中国文化中也没有天赋人权和社会契约的学说，没有民众参政的传统，大部分人也不认为自己有这个权利。……在西方，个人的渺小是对上帝而言。在中国，个人的渺小是对整个制度而言。中国人习惯于一个等级化的社会，等级化的人际关系，一个个很清楚自己的位置。从小长大，中国人受到的教育和训练总是听话、服从、迎合，说到底，忠孝所要求的就是无条件地听话。"[①] 也就是说，在中国传统国家理论和儒家政治伦理中，个人从根本上是没有地位的，从根本上是被轻视的。而现代民族国家理论则相反，它认为，民族、国家、个人之间具有平等性，国家是民主的产物，是社会契约的产物，而不是某些个人的征服对象和战利品。个人的利益和权利高于国家的利益和权力，国家从根本上是为国家中的个体服务的。个体的权利和利益是天赋的，而不是某些人给予的。欧洲自洛克、卢梭、康德、黑格尔、罗尔斯、哈耶克到最近的桑德尔、麦金太尔，对于个人自由与国家权力之间的关系一直存在着激烈的争论，但自由、民主、人权这些基本价值一直得到尊重，从来没有被动摇过，个体一直被强调和重视。

五四对于个人主义话语与民族国家话语的整合主要是强调个人以及个人的自由和权利等在民族国家中的重要性，强调二者共通的一面和一体性从而消弭二者之间的裂隙和对立。所以在五四时，个人主义不仅是人的解放的工具，同时也是民族和国家解放的工具，并且个人具有终极性。陈独秀说："国家利益，社会利益，名与个人主义相冲突，实以巩固个人利益为本因也。"[②] 陈独秀认为，"西洋民族以个人为本位，东洋民族以家族为本位"，二者皆有缺点，他主张"以巩固个人利益为本因"，但并不是否认或抛弃国家、民族利益，恰恰相反，陈独秀的真正意思是想通过维护个人的自由权利来从深层上维护国家和民族的权利，在陈独秀那里，个人作为民族、国家的基本单位或组成部分而与国家、民族具有一体性。傅斯年的

① 钱满素：《爱默生与中国——对个人主义的反思》，生活·读书·新知三联书店 1996 年版，第 212。

② 陈独秀：《东西民族根本思想之差异》，《陈独秀著作选》第一卷，上海人民出版社 1993 年版，第 166 页。

观点最能反映五四时期中国个人主义对于个人与民族国家的整合："为公众的福利发展个人。"① 发展个人是直接的目标，但终极目的却是为公众谋福利，这里，"个人"既是目的，又是工具，二者在共同的"发展"的目标上具有一致性。

在这一意义上，五四时期的个人主义实际上扮演着双重解放的角色，既解放个人，也通过解放个人而解放国家和民族。刘禾说："这场运动成功地把中国传统及其经典构造成了个人主义和人道主义的对立面，而个人主义的另一个对立面民族国家反倒在很大程度上被接受，成为个人主义话语的一个合法部分。"② 这的确是一种洞见，但需要解释的是，我认为这个结论是在历史的层面上而言的，也即相对于中国近代个人主义而言的。理论上，西方个人主义思想与中国传统个体主义思想是相对立的，但中国近代则以种种解释包括曲解的方式试图调和二者的对立，实际上是通过诠释掩盖了这种对立。五四时期，随着对西方认识的深入，特别是随着语言系统的转化，我们对西方个人主义的认识和理解相对而言比较接近原本，中国现代的个人主义话语则可以说恢复了这种对立。这就是刘禾所说的"这场运动成功地把中国传统及其经典构造成了个人主义和人道主义的对立面"这句话的含义。但同时，五四新文化运动又通过对民族国家理论现代话语方式的转化，对国家民族进行了新的言说和表述，使国家和民族概念发生了实质性的转变，从而对个人主义具有包容性，中国现代个人主义话语就在另一个层面或维度上一定程度地消解了国家与个人的二元对立。这是我对刘禾所说的"而个人主义的另一个对立面民族国家反倒在很大程度上被接受，成为个人主义话语的一个合法部分"这句话的理解。

但问题是，个人与国家在权利分配上的矛盾和冲突，并不完全是话语的问题，同时也是事实的问题。现实的矛盾是不能简单地通过话语方式来

---

① 傅斯年：《人生问题发端》，《人生问题发端——傅斯年学术散论》，学林出版社 1997 年版，第 13 页。傅斯年担心中文会引起误解，还特别附上英文表达："The free development of the individuals for the Common Welfare."。

② 刘禾：《跨语际实践——文学，民族文化与被译介的现代性（中国，1900—1937）》，生活·读书·新知三联书店 2002 年版，第 131 页。

进行消解的。我们看到，在中国现代，个人主义思想和民族国家思想仍然充满了内在的紧张，国家优先原则在大多数人和大多数时候仍然得到强调。翻译和诠释并不是解决问题的根本方式，无论我们怎样曲解西方的个人主义和民族国家理论，也无论我们怎样调解个人与国家的矛盾，二者的矛盾和冲突事实上是无法消除的。中国现代个人主义话语就是这样一种充满着内在冲突和矛盾的话语，我们引入西方的个人主义话语作为民族解放、国家富强的工具，但个人主义话语一旦引进，它又妨碍民族国家话语，从而对国家和民族利益造成损害。中国现代个人主义话语实际上就在“个人”重心和“国家”重心之间滑动。虽然理论上，国家与个人并不必然性地构成冲突，恰恰相反，个人的良好发展从根本上可以提高国民的素质，对整个国家和民族的强盛是有益处的，西方近代以来个人主义的发展就对现代西方文明起了重要的促进作用。就中国近现代社会来说，启蒙和救亡也并不必然地构成矛盾和冲突，二者具有一致性。但在实践上，中国特殊的语境以及现实政治，特别是政治功利主义以及启蒙主义的急功近利严重地影响了中国现代个人主义的发展。救亡的目的使我们在引进和介绍以及应用西方个人主义思想时，存在着明显的偏颇。我们实际上是实用主义地借用西方的个人主义，这样，西方个人主义话语的语境和历史因素被我们抹去了，西方个人主义最初起源于对国家和社会过分束缚人的精神和行为自由的反抗这一事实被我们忽略了，西方个人主义在历史发展过程中所体现出来的复杂性没有了。这样，中国现代个人主义话语就比较单纯性地始终滑动于个人与国家的矛盾和动摇之中。

自由主义意义上的个人主义是中国现代思想的基本主题，特别是五四时期，个人主义是一种强大的精神力量，是时代的鲜明特色和思想主潮，“五四运动的领导人在他们生命中的某个阶段几乎都写过文章来赞美个人，颂扬个人主义这一新奇而具有解放力的思想”[①]。但中国现代个人主义思想始终存在着政治功利主义、个人主义和纯粹精神个人主义之间的矛盾。不

① 钱满素：《爱默生与中国——对个人主义的反思》，生活·读书·新知三联书店 1996 年版，第 225 页。

仅不同的人之间存在着差异和矛盾，同一人之间也存在着差异和矛盾。鲁迅、胡适、陈独秀、李大钊、郭沫若等都在不同程度上是个人主义和自由主义者，但他们又都站在国家和民族的立场对个人主义作过不同程度的批评。

五四时期，陈独秀积极介绍和鼓吹西方的个人主义，提倡个人主义精神。他认为："人间百行皆以自我为中心，此而丧失，他何足言？奴隶道德者，即丧失此中心，一切操行，悉非义由己起，附属他人以为功过者也。"① "新文化运动是人的运动。"② 认为国人的"根本之觉悟"是伦理的觉悟，是"为吾人最后觉悟之最后觉悟"。③ "集人成国，个人之人格高，斯国家人格亦高；个人之权巩固，其国家之权亦巩固。"④ "对国家主张人民之自由权利，对社会主张个人之自由权利，此亦予所极表同情者也。团体之成立，乃以维持及发达个体之权利已尔，个体之权利不存在，则团体遂无存在之必要。必欲存之，是曰盲动。"⑤ 从这里我们可以看到，陈独秀是非常强调个人权利及自由的，并且认为个人权利高于和优先于团体权利，团体权利正是在保障个人权利的意义上才有存在的价值及合理性。同时他也认识到，个人自由是针对国家、社会作为团体的专制和束缚而言的，这是对个人主义的非常本真的理解。在《东西民族根本思想之差异》一文中，陈独秀重申了他的这一基本观点，他认为："西洋民族以个人为本位，东洋民族以家族为本位"，"西洋民族，自古迄今，彻头彻尾，个人主义之民族也。……举一切伦理、道德、政治、法律，社会之所向往，国家之所祈求，拥护个人之自由权利与幸福而已。思想言论之自由，谋个性之发展也。法律之前，个人平等也。个人之自由权利，载诸宪章，国法不得而剥夺之，所谓人权是也。人权者，成人以往，自非奴隶，悉享此权，

① 陈独秀：《一九一六年》，《陈独秀著作选》第一卷，上海人民出版社 1993 年版，第 172 页。

② 陈独秀：《新文化运动是什么》，《陈独秀著作选》第二卷，上海人民出版社 1993 年版，第 129 页。

③ 陈独秀：《吾人最后之觉悟》，《陈独秀著作选》第一卷，上海人民出版社 1993 年版，第 179 页。

④ 陈独秀：《一九一六年》，《陈独秀著作选》第一卷，上海人民出版社 1993 年版，第 172 页。

⑤ 陈独秀：《〈双枰记〉叙》，《陈独秀著作选》第一卷，上海人民出版社 1993 年版，第 111 页。

无有差别。此纯粹个人主义之大精神也。”他认为，中国“种种卑劣不法惨酷衰微之象”，都与中国缺乏个人主义精神有关，所以“欲转善因，是在以个人本位主义，易家族本位主义”。[①] 在《人生真义》一文中，陈独秀说：“社会是个人集成的，除去个人，便没有社会；所以个人的意志和快乐，是应该尊重的。”[②]

但这只是一方面，另一方面，陈独秀又强调社会责任感，强调个人的社会归属性，对个人主义妨碍国家和民族利益提出了强烈的批评。“个人之在社会，好象细胞之在人身。”“社会是个人的总寿命，社会解散，个人死后便没有联续的记忆和知觉；所以社会的组织和秩序，是应该尊重的。”[③] “新青年”具有“内图个性之发展。外图贡献于其群”[④] 的品性。在《欢迎湖南人底精神》一文中，对于什么是“真生命”，他引一篇外国小说说：“你见过蝗虫，他们怎样渡河么？第一个走下水边，被水冲去了，于是第二个又来，于是第三个，于是第四个；到后来，他们的死骸堆积起来，成了一座桥，其余的便过去了。”他的结论是：“那过去底人不是我们的真生命，那座桥才是我们的真生命。”[⑤] 也就是说，“真生命”不是个体，而是由个体组成的团体，这里又表现出了陈独秀强烈的群体意识。所以，从根本上，陈独秀的个人主义具有两重性，即既具有个人性，又具有民族国家性。这种两重性也是整个中国现代个人主义话语的基本特征。

张灏先生认为五四精神具有两歧性：“就思想而言，五四实在是一个矛盾的时代：表面上它是一个强调科学，推崇理性的时代，而实际上它却是一个热血沸腾、情绪激荡的时代，表面上五四是以西方启蒙运动主知主义为楷模，而骨子里它却带有强烈的浪漫主义色彩。一方面五四知识分子诅咒宗教，反对偶像，另一方面，他们却极需要偶像和信念来满足他们内心的饥渴；一方面，他们主张面对现实，‘研究问题’，同时他们又急于找

---

① 陈独秀：《东西民族根本思想之差异》，《陈独秀著作选》第一卷，上海人民出版社 1993 年版，第 166、167 页。

② 陈独秀：《人生真义》，《陈独秀著作选》第一卷，上海人民出版社 1993 年版，第 347 页。

③ 同上。

④ 陈独秀：《新青年》，《陈独秀著作选》第一卷，上海人民出版社 1993 年版，第 186 页。

⑤ 陈独秀：《欢迎湖南人底精神》，《独秀文存》，安徽人民出版社 1987 年版，第 434 页。

到一种主义，可以给他们一个简单而‘一网打尽’的答案，逃避时代问题的复杂性。”[1] 这个描述是非常准确的。总体上，五四新文化运动由于思想资源的多重来源以及在时间上的错位性，即历时的思想共时性地引进或者共时性的思想历时性地引进，思想在总体上表现得错综复杂。不仅不同的人思想不同，同一人的思想前后也会有不同甚至于内含共时矛盾。五四这个概念在描述思想时通常被当作一种单纯的称谓，但其实“五四思想”根本就不具有统一性。五四时期，新、旧、中、西，各种思想复杂性地纠葛在一起，矛盾、冲突、碰撞、融合、吸收、修正、补充、曲解、变异、丰富、发展，从而在总体上表现出多面性、多元性。具体于某一思想，也是如此。个人主义作为具有代表性的五四精神，就具有这样一种两歧性。因此，五四个人主义思想从根本上是和五四的终极目的以及对社会的承诺紧密地联系在一起的。

正是在这一意义上，中国现代个人主义话语具有自己的思想体系，中国现代个人主义话语是一种特殊的个人主义话语，它既不同中国古代的个人话语，不同于中国近代个人主义话语，同时也不同于西方的个人主义话语。所以，我们既不能从汉语语源的角度，也不能从英语语源的角度来解读和理解中国现代个人主义话语。中国现代个人主义话语中的“人”、“自由”、“民主”等概念与中国古代思想体系中的“人”、“自由”、“民主”等概念有着天壤之别，也与中国近代个人主义话语中的“人”、“自由”、“民主”有很大的不同。中国现代个人主义话语中的“个人”、“自由”、“权利”、“个体”等概念虽然直接来源于西方，但在汉语语境中，它发生了质的变化，其意义与原语境中的这些概念的意义相去甚远。“近代”和“现代”在英语中是一个词，即“modern times”，但在现代汉语中其内涵却有着巨大的差异，并且这种差异不仅仅只是时间上的，更是性质上的。“民主”（democracy）和“民权”（civil rights）在西文中是同义词，但在中国，“在相当长的时间里，‘民权’、‘民主’这一对同义词却并不同义，所

① 张灏：《重访五四：论五四思想的两歧性》，《张灏自选集》，上海教育出版社 2002 年版，第 252 页。

受待遇也极不相同，一受褒，一受贬。改良派大多数倡‘民权’而反‘民主’，陈炽一边讲‘民权’，要求开议院，一边骂‘民主’为‘犯上作乱之滥觞’。康有为、严复、黄遵宪等提倡‘民权’，反对‘民主’。甚至到戊戌政变以后，梁启超还斤斤分辨‘民权’、‘民主’之别，指出‘民权与民主二者，其训诂绝异。”[①] 西文以翻译的形式进入中国之后，就脱离了原来的语境，而总体纳入了汉语体系因而在意义上受制于中国文化，但同时又保留了西方语源的某些含义。因此，对于翻译词语，完全按照汉语来释训是错误的，完全按照西语来释训也是错误的。

“自由”作为概念也是如此，在西方，自由是指个人的自由，“所谓个人独立，就是承认个人价值在个人自身，而不是个人有关的任何他人或家庭、社会、民族、国家等任何组织，个人享有不依附于他人也不依附于社会组织的独立行动的绝对自由”[②]。“在个人主义的价值体系中，一切均以人为中心，尤其强调以个体为归旨。人之所以为人，是因为他们是为自己的存在，而不是其他意志的工具，个人是目的，国家、社会是手段；其次，个人主义高度评价个人意志，特别强调自我支配，自我控制，主张根据自己的思想、利益或激情进行自我选择和决定。”[③] 但在中国特定的语境下，“自由”则演变成个人自由与国家自由（独立）的双重含义，并且二者以一种奇妙的方式混杂在一起。正如有人分析的：中国自由主义“在对自由主义进行理论阐释时，则远未能解决自由理论的自洽问题。一方面，这是由于他们对自由主义的理论领会存在误区；另一方面，也是因为他们对输入的西方自由主义理论所存在的各种边界划分，掉以轻心了”。“汉语语境中的自由主义言述，可以说，存在三重理论障碍：一是忽略了自由之真实的基础何在的问题；二者对诸如自由的紧密关联性警惕性不高；三者在理论的移译与本土化方面未能达到平衡。”[④] 对西方自由主义以及相关的

---

① 熊月之：《中国近代民主思想史》，上海社会科学院出版社 2002 年版，第 10 页。

② 郜元宝：《鲁迅六讲》，上海三联书店 2000 年版，第 169 页。

③ 李今：《个人主义与五四新文学》，北方文艺出版社 1992 年版，第 6 页。

④ 任剑涛：《自由主义理论的内在困境——汉语语境中的论说》，《知识分子立场——自由主义之争与中国思想界的分化》，第 468 页。

思想体系缺乏深入的了解与理解；自由主义在脱离原来语境及文化知识背景进入汉语语境以及文化知识背景之后的转化和限定；本土经验从而造成的对自由主义的新的阐释，等等，都是造成自由主义思想在中国发生变异的重要原因。

因此，“考察中国现代自由主义，不能单纯追索西方原版的自由理念，而要考察自由理念在中国实际的差异化呈现，考察具有自由思想的不同人群不同人物对自由和自由主义的不同理解”[①]。概言之，要深入地考察个人主义、自由主义在中国语境中是如何变异的。

第六节　“个人”与“国家”的整合
——中国现代文学“自由”话语的理论建构

在中国现代思想文化中，“自由”是一个“关键词”。作为一种话语方式和思想体系，它深刻地影响了中国现代文学，从而形成中国现代文学的“自由”主题。“自由”是一个外来词，近代之初输入中国，但在输入的过程中由于受中国传统文化和现实语境的影响而发生变异，变异的最终结果是“自由”中国化。因此，中国的自由话语虽然源于西方，但却异于西方，它一方面保留了西方自由话语的某些基本内涵，但同时在内涵上又有所延伸和衍变，从而形成中国自己的自由思想体系。“自由”输入的过程和在汉语中演变与衍生的过程，也就是中国“自由”话语的建构过程。应该说，中国现代自由话语不仅与西方自由话语有着本质的差别，同时也有别于中国近代自由话语。那么，中国现代自由话语在理论上是如何建构起来的？它与西方自由话语和中国近代自由话语有何区别？它是如何影响中国现代文学的自由主题的？本节将对这些问题展开论述。

① 郜元宝：《鲁迅六讲》，上海三联书店 2000 年版，第 178 页。

首先需要说明的是，“自由”是一个西方话语，在欧洲具有非常复杂的历史[①]，因而其概念在内涵上也非常丰富而复杂，特别是到了20世纪，在“宪政主义”、“社群主义”以及“民族主义”那里，“自由”以及相关的诸如“个人”、“权力”、“民主”、“平等”、“正义”等都发生了很大的变化。但在19世纪之前的欧美，“自由”主要是指个人的自由，在古典自由主义那里，“自由”就是“个人自由”、“公民自由”。“自由”本质上起源于个人对国家和社会的反抗，起源于个人从社会与国家那里争取权力和利益，自由从根本上是反抗国家与社会对个人在物质上的束缚和奴役、在精神上的钳制和限制，所以，“个人”构成了自由主义的基础，也构成了自由的核心内容，即使今天，这一根基或核心仍然没有根本性的改变。20世纪，“自由”在内涵上无论怎样变化，都没有超出个人与社会、与国家之间的关系这一范围。中国现代自由话语是逐渐建构起来的，而在这建构的过程中，个人主义思想的输入及衍变具有关键性。中国现代个人主义本质上属于“自由”的范畴，因此，考察个人主义话语的特点及其形成过程，对于认识中国现代“自由”概念的含义是非常重要的。中国现代“自由”话语正是在对西方“个人”话语进行新的解释和限定，主要是引入“国家”的维度的过程中建构起来的。正是在这一意义上，中国现代“自由”话语具有自己的独特性，并且暗合了后来西方“社群主义”的某些观念。

五四时代被称为个性解放的时代，五四新文学被称为“人的文学”，但这并不是说从前的社会不重视人及其个性，也不是说从前的文学没有反映人的生活和表现人的精神。“个性解放”和“人的文学”的真正意义在于：五四时期，个人被置于中心地位、首要地位，人的个性以及相应的权利等问题成了社会的中心问题，成了文学的中心问题。中国古代、近代也重视人，但出发点和归结点都是国家和民族，只有在不损害国家和民族的利益时，个人才得到尊重，而五四则改变了这样一种个人与国

① 可参见拉吉罗、科林伍德著《欧洲自由主义史》，吉林人民出版社2001年版。阿克顿著《自由的历史》，贵州人民出版社2001年版。

家的从属关系。五四虽然仍然强调国家民族的终极性，但并不把人完全从属于国家和民族[1]，“人”本身在五四新文化和新文学运动中具有根本性。周作人引马庆川的话说：“人类或社会本来是个人的总体，抽去了个人便空洞无物。……个人外的社会和社会外的个人都是不可想象的东西。”[2] 在周作人看来，个人是社会或人类的本源，人类或社会从根本上可以归结为个人，所以他说的个人主义从根本上是“一种个人主义的人间本位主义”[3]。“中国所缺少的，是彻底的个人主义”[4]，因此他主张提倡个人主义。所谓“彻底的个人主义”即“人间本位主义”的个人主义，也即强调个人优先于群体的个人主义。这种个人主义不同于群体优先于个人的近代个人主义。正是在这种不同的意义上，周作人的个人主义属于中国现代的“自由”话语。

“人的文学”和“国民文学”就是在新的个人主义的理论基础上提出来的。在这里，“人”和“国民”具有同义性，在内涵上已经与中国传统的“人”和近代梁启超等人所说的“国民”有了很大的不同。“人的文学”即“国民文学”，从根本上也是个人主义和自由主义的文学。所以周作人说：“提倡国民文学同时必须提倡个人主义。我见有些鼓吹国家主义的人对于个人主义竭力反对，不但国家主义失其根据，而且使得他们的主张有点宗教的气味，容易变成狂信。”[5] 人具有“个人与人类的两重性”，在个人主义的意义上，“兽性与神性，合起来便是人性”[6]。“只承认大的方面有人类，小的方面有我，是真实的。”“人的文学”“是人性的；不是兽性的，也不是神性的。”“这文学是人类的，也是个人的，却不是种族的、国家的、乡土及家族的[7]。”再有，他说：“我想现在讲文艺，第一重要的是

---

① 关于中国近代个人主义与中国现代个人主义的详细比较，参见拙文：《中国近现代个人主义话语及其比较》，《新疆大学学报》2004 年第 4 期。

② 周作人：《文艺的统一》，《自己的园地》，河北教育出版社 2002 年版，第 25 页。

③ 周作人：《人的文学》，《艺术与生活》，河北教育出版社 2002 年版，第 11 页。

④ 周作人：《潮州畲歌集序》，《谈龙集》，河北教育出版社 2002 年版，第 46 页。

⑤ 周作人：《与友人论国民文学书》，《雨天的书》，河北教育出版社 2002 年版，第 111 页。

⑥ 周作人：《人的文学》，《艺术与生活》，河北教育出版社 2002 年版，第 10 页。

⑦ 周作人：《新文学的要求》，《艺术与生活》，河北教育出版社 2002 年版，第 22、19 页。

‘个人的解放’，其余的主义可以随便；人家分类的说来，可以说这是个人主义的文艺。”[①] 在另一个地方，他说：“文艺是人生的，不是为人生的，是个人的，因此也即是人类的；文艺的生命是自由而非平等，是分离而非合并。”[②] 对于个人主义、自由主义及其与文学的关系，周作人还有很多论述，从上面所引诸话来看，周作人实际上强调“人的文学”就是个人主义的文学。他承认文学具有人类性，但这是建立在“人类是由个人组成的”这一前提基础之上的，“人类”在周作人这里实际上被个人化。他反对把文学纳入国家、种族和家庭的范畴，反对把文学当作实现国家、种族和家庭目的的工具，因为如果是这样，个人主义在文学中就会受到伤害从而泯灭。在周作人那里，个人主义文学本质上是把个人从国家、种族和家庭中解放出来，而不是纳入其中。当然，周作人的个人主义、自由主义在五四时期比较特殊，他自己称之为“彻底的个人主义”，实际上是极端个人主义[③]。

在中国现代思想史和文学史上，大多数人对国家、种族和家庭的态度都与周作人有所不同，但强调人的个性与解放，强调个人主义的人间本位主义，却可以说是五四新文化运动和新文学运动的基本理念。李大钊认为，人的解放从根本上是精神解放：“我以为一切解放的基础，都在精神解放。我们觉得人间一切生活上的不安、不快，都是因为用了许多制度、习惯，把人间相互的好意隔绝，使社会成了一个精神孤立的社会。在这个社会里，个人的生活，无一处不感孤独的悲哀、苦痛；什么国，什么家，什么礼防，什么制度，都是束缚各个人精神上自由活动的东西，都是隔绝各个人间相互表示友好、同情、爱慕的东西。”[④] 又说：“我们应该承认爱人的运动比爱国的运动更重要。”[⑤] “所谓纲常、所谓名教、所谓道德、所

---

① 周作人：《文艺的讨论》，《周作人文类编》第 3 卷，湖南文艺出版社 1998 年版，第 65 页。

② 周作人：《文艺的统一》，《自己的园地》，河北教育出版社 2002 年版，第 26 页。

③ 笔者认为，周作人自由主义属于“极端自由主义”或“自由至上主义”，参见拙文《对“自由”的误解与周作人的人生悲剧》，《社会科学研究》2002 年第 5 期。《“自由至上主义”及其命运：周作人附敌事件之成因》，《河北学刊》2004 年第 3 期。

④ 李大钊：《精神解放》，《李大钊文集》第 3 卷，人民出版社 1999 年版，第 173 页。

⑤ 李大钊：《“少年中国”的“少年运动”》，《李大钊文集》第 3 卷，人民出版社 1999 年版，第 13—14 页。

谓礼义"，"哪一样不是牺牲被治者的个性以事治者"。"孔子所谓修身，不是使人完成他的个性，乃是使人牺牲他的个性。"[①] 李大钊关于"人"及其"个性"的观点是在历史的层面上而言，但同时也具有理论性。也就是说，一方面，李大钊提倡个人主义具有强烈的批判中国封建纲常名教的意味，他清楚地看到了中国封建伦理道德束缚人的个性的本质。在个人从属于国家、家庭的前提下，在人的个性遭到压抑的前提下，"修身"不仅不能解放个人，反而会使个性受到更大的压抑，在封建伦理道德的语境中，"修身"就是按照纲常名教泯灭自己的个性，它不过是维护封建伦理道德的代名词。所以他说："盖尝秘窥吾国思想界之销沉，非大声疾呼以扬布自我解放之说，不足以挽积重难返之势。而在欧洲，自我之解放，乃在脱耶教之桎梏；其在吾国，自我之解放，乃在破孔子之束制，故言之不觉其沉痛也。故吾人对于今兹制定之宪法，其他皆有商榷之余地，独于思想自由之保障，则为绝对的主张。"但另一方面，李大钊对个人主义的提倡也是在理论上而言的，他认为爱人比爱国更重要，认为"宪法者为国民之自由而设，非为皇帝、圣人之权威而设也；为生人之幸福而设，非为偶像之位置而设也"[②]，就具有抽象性，这和近代的个人主义具有实质性的区别，显示了李大钊对于"人"的新的理解。

在建构中国现代个人主义和自由话语的过程中，鲁迅是一个举足轻重的人物。早在1907年的《文化偏至论》中他就认识到："欧美之强，莫不以是炫天下者，则根抵在人。……是故将生存两间，角逐列国是务，其首在立人，人立而后凡事举；若其道术，乃必尊个性而张精神。"在鲁迅看来，西方的物质繁荣其实只是其社会的表象，而其深层的根基则在人，具体地说，在于人的素质。中国要走向富强，其根本途径就在于提高国民素质，即"立人"，而"立人"的重要方面是尊重人的个性和独立精神，所以，"国人之自觉至，个性张，沙聚之邦，由是转为人国。人国既建，乃

---

① 李大钊：《由经济上解释中国近代思想变动的原因》，《李大钊文集》第3卷，人民出版社1999年版，第141页。

② 李大钊：《宪法与思想自由》，《李大钊文集》第1卷，人民出版社1999年版，第234、232页。

始雄厉无前，屹然独见于天下，便何有于肤浅凡庸之事物哉”①。从这里我们可以看到，鲁迅的个人主义思想又具有中国近代个人主义思想的痕迹和残留，即强调个人的工具性或者说国家的终极性。

但对于个人的内涵，鲁迅的观点明显有别于近代：“个人一语，入中国未三四年，号称识时之士，多引以为大诟，苟被其谥，与民贼同。意者未遑深知明察，而迷误为害人利己之义也欤？夷考其实，至不然矣。”又说：“盖谓凡一个人，其思想行为，必以己为中枢，亦以己为终极：即立我性为绝对之自由者也。”② 这里，鲁迅把中国古代的个人概念与西方现代的个人概念进行了区分，中国古代的个人概念在意义上与自私自利紧密地联系在一起，表现为害人利己，而西方19世纪的个人则是“入于自识，趣于我执，刚愎主己，于庸俗无所顾忌”，即独立、自由、个性、知识和理性，从而从根本上表现出人的主体精神与创造精神。

五四时期，鲁迅的个人主义思想则更趋现代化，在《随感录三十八》一文中他说：“中国人向来有点自大。——只可惜没有‘个人的自大’，都是‘合群的爱国的自大’。”“‘个人的自大’，就是独异，是对庸众宣战。”“‘合群的自大’，‘爱国的自大’，是党同伐异，是对少数的天才宣战。”对于这两种“自大”，鲁迅的态度是鲜明的：“多有这‘个人的自大’的国民，真是多福气！多幸运！”，“多有这‘合群的爱国的自大’的国民，真是可哀，真是不幸！”③ 可以看到，鲁迅五四时期的个人主义思想本质上是个人优先主义。他认为中国社会的根本在于个人，个人的素质提高了，群体就自然强大了。在《我怎么做起小说来》一文中他说：“说道‘为什么’做小说罢，我仍抱着十多年以前的‘启蒙主义’，以为必须是‘为人生’，而且要改良这人生。”④ 强调个人以及具体的个性、独立、自由、尊严等一

① 鲁迅：《文化偏至论》，《鲁迅全集》第1卷，人民文学出版社1981年版，第56—57、56页。

② 同上书，第50—51页。

③ 鲁迅：《随感录·三十八》，《鲁迅全集》第1卷，人民文学出版社1981年版，第311、312页。

④ 鲁迅：《我怎么做起小说来》，《鲁迅全集》第4卷，人民文学出版社1981年版，第512页。

直是鲁迅思想的核心部分。在这一意义上，鲁迅的个人主义具有较多西方个人主义的色彩。

但是，强调自由的个人性以及自由对于群体、国家的对立和反对，即坚持西方原本意义上的自由主义精神和价值观，这只是中国现代自由主义的一方面。另一方面，中国现代自由主义又把个人主义相反的内涵即国家主义、民族主义等包容进来，并在独立、自主、自由的意义上把二者整合起来。也就是说，中国现代自由主义同时也重视群体，重视国家和民族的独立与自由，并把它纳入自由主义的范畴。以李大钊为例，如上所述，他在多处地方强调个人自由以及自由主义的个人优先性原则。并且，他也清楚地看到了个人主义与群体主义之间的矛盾："极端主张发展个性权能者，尽量要求自由，减少社会及于个人的限制；极端主张扩张社会权能者，极力重视秩序，限制个人在社会中的自由。'个人主义'（Individualism）可以代表前说；'社会主义'（Socialism）可以代表后说。"但是，他又试图对二者进行整合："个人与社会，不是不能相容的二个事实，是同一事实的两方面；不是事实的本身相反，是为人所观察的方面不同。一云社会，即指由个人集成的群合；一云个人，即指在群合中的分子。离于个人，无所谓社会；离于社会，亦无所谓个人。故个人与社会并不冲突，而个人主义与社会主义亦决非矛盾。""我们所要求的自由，是秩序中的自由，我们所顾全的秩序，是自由间的秩序。只有从秩序中得来的是自由，只有在自由中建设的是秩序。个人与社会、自由与秩序，原是不可分的东西。"[①] 在李大钊看来，个人与社会具有矛盾的一面，但也有相谐和的一面，而相谐和不是在利益的层面上，而是在权利与责任的关系的层面上，而后者则是西方自由主义在19世纪之后所一直强调的。所以，李大钊的观点实际上反映了中国自由主义和个人主义从中国具体语境出发对西方自由主义和个人主义的某些反思。哈耶克说："自由不仅意味着个人拥有选择的机会并承受选择的重负，而且还意味着他必须承担其行动的后果，接受对其行动的赞扬或谴责。自由与责任实不可分。如果一个自由社会的成员不将'每个

① 李大钊：《自由与秩序》，《李大钊文集》第4卷，人民出版社1999年版，第62、63页。

个人所处的境况乃源出于其行动’这种现象视为正当，亦不将这种境况作为其行动的后果接受，那么这个自由的社会就不可能发挥作用或维持自身。”① 把李大钊的观点和哈耶克的观点进行比较，我们可以看到二者之间的某些相似性。

在中国现代自由主义思想史上，胡适是一个具有代表性的人物，他的自由主义思想比较典型地体现了中国现代自由主义思想的特征，对中国现代自由主义文学影响深远。

由于长期的留学生活所接受的西方教育的结果，胡适对西方个人主义有着非常深刻的理解和体会，他对西方个人主义的认识应该说是比较原本的。胡适对个人主义给予了充分的肯定，并且大力提倡和宣传个人主义。他推崇易卜生对个人的肯定，认为：“社会最大的罪恶莫过于摧折个人的个性，不使他自由发展。”与周作人不同的是，胡适对易卜生的戏剧进行了个人与社会关系的解读：“易卜生的戏剧中，有一条极显而易见的学说，是说社会与个人互相损害；社会最爱专制，往往用强力摧折个人的个性，压制个人自由独立的精神；等到个人的个性都消灭了，等到自由独立的精神都完了，社会自身也就没有生气了，也不会进步了。”胡适并且引用了易卜生书信中的一段话为证：“我所最期待于你的是一种真益纯粹的为我主义。要使你有时觉得天下只有关于我的事最要紧，其余的都算不得什么。……你要有意于社会，最好的法子莫如把你自己这块材料铸造成器。……有的时候我直觉得全世界都像海上撞沉了船，最要紧的还是救出自己。”② 所以他认为：“真实的为我，便是最为有益的为人。”③ 和陈独秀、李大钊、鲁迅等大多数五四知识分子一样，胡适也非常重视个人的社会终极性，也就是说，理论上他认同发展个人的最终目标仍然是发展社会这一观点，他说：“把自己铸造成器，方才可以希望有益于社会。”“欧洲有了

① 哈耶克：《自由秩序原理》上，生活·读书·新知三联书店 1997 年版，第 83 页。

② 胡适：《易卜生主义》，《胡适文集》第 2 卷，北京大学出版社 1998 年版，第 486、481、486 页。

③ 胡适：《介绍我自己的思想》，《胡适文集》第 5 卷，北京大学出版社 1998 年版，第 511 页。

十八九世纪的个人主义，造出了无数爱自由过于面包，爱真理过于生命的特立独行之士，方才有今日的文明世界。”“争你们个人的自由，便是为国家争自由！争你们自己的人格，便是为国家争人格！自由平等的国家不是一群奴隶才建造得起来的。”[①] 五四新文化运动的本质就是“文化救国论”，而文化的深层基础是人，所以“为个人”也是“为国家”。

与中国近代的个人主义不同，胡适提倡个人主义的终极目标虽然仍然是国家和社会，但在胡适的个人主义理论中，个人和社会的关系发生了实质性的变化。在中国近代个人主义理论中，个人从根本上从属于社会、服从于民族国家。而胡适则“极力抬高个人的重要”[②]，在他的个人主义理论中，个人对于社会和民族国家具有根本性，国家和社会从根本上是由个人组成的，个人构成了国家和社会的深层的基础。所以，个人与国家和社会具有一体性。“没有那无量数的个人，便没有历史，但是没有历史，那无量数的个人也决不是那个样子的个人。……个人造成社会，社会造成个人；社会的生活全靠个人分工合作的生活，但个人的生活，无论如何不同，都脱离不了社会的影响。”[③] 这就比从前的简单地把个人看做社会的所属物的观点要深刻，也比西方的认为社会的本质是为个人服务的观点要辩证。

和鲁迅一样，胡适也把个人主义与中国古代的自私观念作了区分。在胡适的概念中，自私是贬义，而个人主义则是褒义。胡适援引了杜威关于“真”“假”个人主义的区分：“假的个人主义”即“为我主义”，其特点是“自私自利；只顾自己的利益，不管群众的利益”。“为我主义”是中国古代的个人主义。而五四时期胡适等人所提倡的个人主义则强调个人的独立自主，是“真个人主义”。“真个人主义”有两大特点：“一是独立思想：不肯把别人的耳朵当耳朵，不肯把别人的眼睛当眼睛，不肯把别人的脑力当自己的脑力；二是个人对于自己思想信仰的结果要负完全责任，不怕权

① 胡适：《介绍我自己的思想》，《胡适文集》第5卷，北京大学出版社1998年版，第511、511—512页。

② 同上书，第513页。

③ 胡适：《不朽》，《胡适文集》第2卷，北京大学出版社1998年版，第528页。

威，不怕监禁杀身，只认得真理，不认得个人的利害。”[①] 个人主义除了个性和权利以外，重要的特点就是独立性、理性和自由决策。《终身大事》最后有一句台词：“这是孩儿的终身大事。孩儿应该自己决断。”[②] 在这种意义上，胡适的个人主义从根本上属于自由主义。

但同时我们也应该看到，由于文化传统以及现实政治语境的制约，胡适的个人主义与西方的个人主义又有很大的差异。一方面，胡适坚持个人主义的自由主义性，但同时，他也承认社会对个人种种限制的合理性。他提出“健全的个人主义”这一概念。所谓“健全的个人主义”，即一方面承认个人有不受他人和社会干涉的权利，个人有自由选择的权利，另一方面，个人又要对他自己的选择负责，对他行为和言论的后果负责，即对自己负责和对他人负责。“发展个人的个性，须要有两个条件。第一，须使个人有自由意志。第二，须使个人担干系，负责任。”[③] 他既承认“小我”即自我，也承认“大我”即“社会的我”，并且认为二者的关系是：“我这个现在的‘小我’对于那永远不朽的‘大我’的无穷过去，须负重大的责任；对于那永远不朽的‘大我’的无穷未来，也须负重大的责任。”[④] 有人认为，胡适在这里表现了对自由主义的某种误解：“当胡适把自由主义的个人主义等同于易卜生主义时，他对个人主义的理解就发生了严重的偏差。他把‘世上最强有力的人就是那孤立的人’看做是‘健全的个人主义真精神’。而人格典范或行动范式就是娜拉的出走与斯托曼医生的敢与众人对抗。而在哈耶克的观念中，这恰恰是对自由主义的个人主义的严重歪曲。”[⑤] 应该说，胡适对于西方的自由主义的确有某种误解，但误解的情形并非如此。应该说，胡适对个人主义本身的理解是很符合当时西方对于个人主义的普遍观点的。至于哈耶克的个人主义观点，那已经是20世纪中期

---

① 胡适：《非个人主义的新生活》，《胡适文集》第2卷，北京大学出版社1998年版，第564页。

② 胡适：《终身大事》，《胡适文集》第2卷，北京大学出版社1998年版，第634页。

③ 胡适：《易卜生主义》，《胡适文集》第2卷，北京大学出版社1998年版，第487页。

④ 胡适：《不朽》，《胡适文集》第2卷，北京大学出版社1998年版，第532页。

⑤ 任剑涛：《自由主义理论的内在困境——汉语语境中的论说》，《知识分子立场——自由主义之争与中国思想界的分化》，时代文艺出版社2000年版，第471页。

的事了，二者之间的不同，具有一种时间距离，很难说是“偏差”。哈耶克的自由主义观点反映了西方50年代及以后自由主义对上个世纪初以及更为遥远的功利个人主义的反思，他在很多方面与胡适站在中国立场上对西方自由主义思想的“改造”恰恰是暗合的。

胡适的个人主义思想与西方原本个人主义思想之间的差异与其说是“误解”，还不如说是西方个人主义话语在汉语语境以及特殊的时代环境中发生了变异。西方个人主义思想通过翻译的途径引入时必然会发生某种歧变，因而会出现差异。而更重要的，中国自晚清以来，“救亡”一直是中国政治文化的一个基本主题，这也深深影响了一切西方思想形态包括个人主义在中国的具体运用。五四时期，中国思想文化最显著的特点是对中国传统社会制度以及思想文化的批判，西方个人主义作为这种批判的锐利而有效的工具相对得到张扬，因而也比较原本。因此，五四时期的中国自由主义更多的是在个人的层面上展开的。但随着这种个人解放时代的淡化以及民族矛盾的突出、革命思潮的高涨，个人主义的自由主义很快地便被纳入了国家民族自由主义的范畴，个人主义便被深深打上了革命的烙印。个人的自由与权利很快便让位于国家民族的独立与自由。

以郭沫若为例，五四时期的郭沫若具有强烈的个人主义色彩，虽然他那时的“自由”与“解放”具有更多民族解放和国家新生的意味，但强调个人层面上的自由与解放也是非常明显的，“我赞美我自己”、“一切的偶像都在我面前毁破”（《梅花树下的醉歌》），“我崇拜我”（《我是个偶像崇拜者》）。他的“大我”实际上是把民族国家和个人二者合二为一。但到了革命时代，郭沫若的态度便发生了大的转变，完全否认个人及个性。“我从前是尊重个性，景仰自由的人，但在最近一两年间与水平线下的悲惨社会略有所接触，觉得在大多数人完全不自主地失掉了自由，失掉了个性的时代，有少数的人来主张个性，主张自由，未免出于僭妄。”郭沫若实际区分了两种个性和自由，即“个人个性”与“大众个性”，“个人自由”与“大众自由”，“大众个性”和“大众自由”同样是自由的范畴，同样应该尊重，并且应该优先尊重。“要发展个性，大家得同样地发展个性，要享受自由，大家应得同样地享受自由。”“但在大众未得发展个性，未得享受自由时，少数先觉者倒应该牺牲自己的个性，牺牲自己的自由以为大众人请命，以争回大众人的个性与自由。”[①] “在现在的社会没有什么个性，没有什么自我好讲。讲什么个性，讲什么自由的人，可以说就是在替第三阶级说话。”[②] “我们要求从经济的压迫之下解放，我们要求人类的生存权，我们要求分配的均等，所以我们对于个人主义的自由主义要根本铲除。”[③] 把社会与个人完全对立起来，并且强调个人绝对地服从集体，郭沫若的观点在中国现代个人主义话语中也是非常有代表性的。

“个人”与“国家”始终是中国现代“自由”话语的核心范畴，不同的价值取向使自由主义呈现出不同的形态。与郭沫若的“革命救国论”不同，胡适可以说是“个人救国论”，郭沫若是从救国的角度否定个人主义和自由主义的，在他那里，革命作为集体行为与个性和不受限制与束缚的自由是不相融的；胡适则是从救国的角度肯定自由主义和个人主义，并在自由的意义上把个人和国家二者整合起来。这在中国现代个人主义话语中同样也是非常有代表性的。

孟德斯鸠说：“自由是做法律所许可的一切事情的权利。”[④] 自由并不是不受限制，自由从一开始就不是随心所欲。因此，作为自由主义的个人主义其实同时包含了个人的权力和责任两个方面的内容，也就是说，个人主义并不只有个人性，同时也具有社会性。个人与社会之间并不绝对地相互排斥，把个人利益看成是与集体利益完全相对抗的观点是狭隘和片面的。“个人作为整体的一部分，他的自我完成无疑会促进社团的发展，而一个好的社团也肯定会有利于每个个人的自我完成。”“一个真正的个人主义者，虽然反对以集体的名义要求个人作无谓的牺牲，但绝不是唯我主义者，他关心如何协调这两方面的关系。”[⑤] 但另一方面，自由的限制与责任

---

① 郭沫若：《〈文艺论集〉序》，《郭沫若全集》第 15 卷，人民文学出版社 1990 年版，第 146 页。

② 郭沫若：《文艺家的觉悟》，《郭沫若全集》第 16 卷，人民文学出版社 1989 年版，第 31 页。

③ 郭沫若：《革命与文学》，《郭沫若全集》第 16 卷，人民文学出版社 1989 年版，第 43 页。

④ 孟德斯鸠：《论法的精神》（上册），商务印书馆 1993 年版，第 154 页。

⑤ 钱满素：《爱默生与中国——对个人主义的反思》，生活·读书·新知三联书店 1996 年版，第 233、234 页。

并不导致在逻辑上对自由本身的否定，个人权利和国家、集体利益之间存在着冲突同样不导致在逻辑上对个人本身的否定。事实上，中国现代自由主义一直在调节这二者的关系，并在调节中形成了中国现代自由主义的鲜明特色。

我们看到，五四时所引入的西方个人主义主要是一种功利个人主义，其特点是强调个人的权利特别是自由的权利，强调社会的最终价值只能通过个人的幸福和个性的自由发展来实现。功利个人主义有它的缺陷和弊端，中国现代个人主义就是在对西方功利个人主义批判和改造的过程中形成的。其实，功利主义的个人主义在西方也是备受批评的，比如在法国，它就长期遭受非议："'个人主义'这个术语在19世纪得到了非常广泛的使用。在法国，它通常带有一种贬义，甚至至今仍然如此，意味着强调个人就会有害社会的更高利益。"[①]"个人主义所摧毁的恰恰是服从和责任的观念，从而也毁灭了权力和法律；剩下的不就只有利益、激情和歧见的可怕混乱了吗?"[②]"不难看出，一个盛行个人主义的国家，就不再能处于正常的社会状态，因为社会是精神和利益的统一，而个人主义则是一种无以复加的分裂。"[③]"个人主义的原则把个人从社会中剥离出来，使他成为周围事物和他自己的惟一评判者，赋予他不断膨胀的权利，而没有向他指出他的责任，使他沉湎于自身的力量，对整个国家宣布自由放任。"[④]个人与国家或社会在权利上的冲突和精神上的矛盾，这是回避不了的。对于中国近现代来说，这种冲突和矛盾尤其敏感。就对于个人主义的批判来说，中国近现代与19世纪的法国如出一辙。

一半是出于认识上的偏差所造成的误解，一半是环境、文化、翻译、语言使然，西方个人主义在五四时期的中国在介绍和引进以及应用的过程中呈现出异常复杂的情况。一方面，它具有西方性，但另一方面它又中国

① 史蒂文·卢克斯：《个人主义》，江苏人民出版社2001年版，第5页。

② 拉梅内：《革命进程与反教会斗争》，转引自史蒂文·卢克斯《个人主义》，江苏人民出版社2001年版，第3—4页。

③ 弗约：《宗教、历史、政治与文学文集》，转引自史蒂文·卢克斯《个人主义》，江苏人民出版社2001年版，第6页。

④ 史蒂文·卢克斯：《个人主义》，江苏人民出版社2001年版，第8页。

化，二者奇妙地纠合在一起从而构成了中国现代性的重要内容，也构成了中国现代性的重要品质。事实上，中国现代自由主义话语体系就是中国人从自己的文化和立场出发在对西方个人主义、自由主义的批判、反思以及改造、借鉴、挪用过程中形成的，它具有中西合璧性。所以，就状况而言，中国现代自由主义在思想观念和方式上非常接近70年代之后在西方兴起的“社群主义”。社群主义是西方对20世纪初到70年代西方个人自由主义的反动和修正，具有反思的味道。中国现代自由主义则是中国现代人对西方自由主义的反思、修正、补充，具有鲁迅所说的“拿来主义”的特征。在这一意义上，中国现代自由主义不仅具有中国性，同时在中国性的意义上具有超越性。

现实的政治和文化传统，是影响中国现代个人主义思想的两大原因，这可以说是比较公认的，也是过去讲得比较多的理由。笔者认同这一描述。

但我这里要深入追问的是，现实政治和文化传统是通过什么方式影响个人主义思想的。我认为，思想的影响从根本上是通过话语的方式实现的，正是话语的变异导致了思想的变异。而话语的变异主要表现为语境的变化，文化知识结构的变化从而导致术语、概念、范畴在意义上的相应变化。李今说：“个人主义在中国的兴起。缺乏西方初期在经济上要求财产权和自由竞争等适应资本主义私有制发展的思想意识。”[1] 我们可以从环境的角度来进行言说，但也可以从语言的角度进行言说。中国个人主义环境的缺乏其实可以从根本上看做是西方语境的缺乏。个人主义本身是一个复杂的体系，同时，个人主义话语又与其他话语体系一起构成更大范围的话语体系，各种话语之间相互区别但更相互联系，从而在更高层次上构成语言系统。整个语言系统和相关的话语体系就是语境。个人主义背后深藏着西方文化的思想基础。对于西方个人主义来说，民主、自由、平等、博爱等作为话语体系构成了个人主义的语境，它深刻地制约着个人主义的内涵及其对现实生活的影响方式。个人主义输入中国之后，失去了原有的语

① 李今：《个人主义与五四新文学》，北方文艺出版社1992年版，第16页。

境，其意义要受中国特定的语境以及相应的中国文化思想的影响从而发生变异。

余英时说："当时在思想界有影响的人物，在他们反传统、反礼教之际道德便有意无意地回到传统中非正统或反正统的源头上去找根据。因为这些正是他们比较熟悉的东西，至于外来的思想，由于他们接触不久，了解不深，只有附会于传统中的某些已有的观念上，才能发生真正的意义。"[①] 这段话的话语意义在于，首先，传统文化和传统话语对五四那一代人来说具有制约性，这种制约既表现在知识和视野上，从小所接受的传统文化和语言妨碍了他们对西方文化的深入研究和理解，但这种制约更表现在语境和言说上，由于知识结构和相应的所操持的语言系统从深层上规定了他们只能按照中国的话语来表达和言说，这样被言说的对象就在言说的过程中悄然中国化了。胡适应该说是比较特殊的，由于长期的美国留学，他对西方的文化精神可以说有非常深刻的认识和理解，不能说他接受的西方文化不正统，但当他以西方的理论作为武器来批判中国传统文化时，他用中文表达的西方思想还是发生了变异。现在看得比较清楚，胡适对西方文化包括个人主义和自由主义有很多误读和误解的地方，但这与其说是误解还不说是归化，是语言从深层上限制了他的言说和表述。这不是胡适的过错，从根本上是语言使然，是文化的不对等使然，误读和误解是翻译的固有属性。其次，西方的思想与文化要得到中国人的认可，必须用中文即中国话语来表达，这就需要把西方思想和文化中国化甚至于中国传统化，以中国人能够理解的方式来言说。所以，从接受的角度来说，西方文化在输入的过程中也要发生变异。我们看到，五四包括近代那些发生巨大影响的西方理论和思想往往都是中国化的，或者与中国的现实政治密切相关。如何翻译和是否具有针对性这是制约西方思想和理论在中国传播和影响及其限度的最重要的两个因素。自由主义和个人主义也深受这两个因素的影响。

---

① 余英时：《五四运动与中国传统》，《启蒙的价值与局限》，山西人民出版社 1989 年版，第 81 页。

现实政治语境深刻地影响我们对于西方思想文化的选择。个人主义在西方呈现出异常复杂的情况，并且还在按照它自己的语境进一步发展和演变。中国现代的个人主义实际上反映了我们对西方个人主义的一种选择，一种按照我们自己的理解和想象的选择。“五四时期在中国流行的个人主义更接近西方十八、十九世纪表现在政治思想和伦理方面的个人主义。而且由于五四知识分子是从振兴腐败没落的中国这个根本目的出发去接受倡导个人主义的，五四知识分子对个人主义做了为他们所需的选择，中国式的个人主义具有独特的含义和强调的重点。”[①] 中国现代个人主义在输入西方个人主义思想时，不仅在总体上表现出选择的偏向性和理解性，而且对于具体的人也表现出不同的取向。就自由主义和个人主义而言，我们看到，周作人的个人主义受英国功利自由主义和柏利的自由主义思想影响比较大，表现为个人至上的特点。胡适的个人主义深受杜威思想的影响，因而表现出实用主义的特点。林语堂、陈寅恪的个人主义思想受白壁德思想的影响比较大，兼融中国传统从而具有保守性。鲁迅的个人主义思想深受尼采的影响，强调个人意志，因而具有浪漫主义的特点。

但同时我们也看到，不论是胡适、林语堂、陈寅恪，还是周作人、鲁迅，他们的个人主义思想都深深地受制于中国传统话语和现实语境，因而具有中国性和时代性。我们注意到，个人主义在脱离西方的文化背景和历史背景之后，则从主要是历史的形态走向了理论的形态，个人主义起源于反抗社会压抑这一历史背景被抽去，剩下的主要是纯粹的理论，中国现代个人主义实际上主要是从现实的和理论的个人与社会的二元关系来思考和提倡个人主义的。所以，强调个人与社会之间的相互依存的一面，并从理论的层面和现实的层面两个方面来整合二者之间的关系，把个人主义话语整体性地纳入国家民族话语体系之中，把个人主义话语看做是国家民族话语的一种延伸，这构成了中国现代个人主义话语的最大特点。

也正是在这一意义上，中国现代个人主义思想表现得非常脆弱，其力量非常有限。个人主义的锐角和锋芒不断地被打磨，但即使这样仍然不能

① 李今：《个人主义与五四新文学》，北方文艺出版社 1992 年版，第 17 页。

逃脱来自各方面的压抑和排斥，特别是意识形态的压制。中国现代个人主义在五四时期取得短暂的辉煌之后，以后一直处于飘摇和危机之中，一直进行着痛苦的挣扎。孙中山明确主张为了国家的利益应该牺牲个人。20年代至40年代，它作为启蒙形态简单地让位于救亡。50年代之后，它作为资产阶级思想简单地让位于集体主义。中国现代个人主义在不同的时期被塑造成不同的形象，这其中原因当然是多方面的，而现实的政治语境是具有决定性的因素。

综上所述，我的结论是：中国现代“自由”思想渊源于对西方“自由”话语的输入，但由于文化传统、知识结构、现实语境、时代要求以及翻译等诸多原因，西方的“自由”话语在输入的过程中其意义发生了演变，最初的“自由”主要是个人自由，后来则衍生出民族国家自由的含义，并且在现实与逻辑的层面上二者具有统一性，从而形成既不同于中国近代“自由”又不同于西方“自由”的中国现代“自由”话语。中国现代自由话语深刻地影响了中国现代文学的自由主题，中国现代文学的自由主题始终在这两个层面上复杂地展开。

第七节　中国现代“自由”话语与文学的自由主题

高尔基说“文学是人学”，但对于中国来说，这是一个具有相当现代性的文学界定，因为“人的文学”在中国是五四时才开始的事。在周作人看来，五四之前，人是客观存在的，但我们却视而不见，所以是“人荒”，而五四“人的发现”则是“辟人荒”。所谓“人荒”，并不是说中国古代没有人，而是说中国古代虽然有人的存在，但却没有“人道”。“世上生了人，便同时生了人道”[①]，但我们对“人道”却“无知”。所谓“人的发现”，即“人道”的发现。也就是我们有了人的概念、人的意识、人的观

① 周作人：《人的文学》，《艺术与生活》，河北教育出版社2002年版，第8—9页。

念、人的话语方式以及相应的言说。“人的发现”不仅对中国现代文学有深远的影响，对中国现代思想乃至整个中国现代文化都有重大的影响。

探索人的精神，从个体的角度重新思考民族、国家的问题，强调人的自由、生命、权利、人的生存意义、人的价值以及与社会之间的关系，构成了中国现代文学思想的深层基础，也是中国现代文学的基本主题。中国现代文学正是在这样的现代思想的意义上与中国古代文学区别开来。五四新文学一个突出特点就是关于人的新的言说。胡适说新文学的中心有两个：活的文学与人的文学。“《新青年》的一班朋友在当年提倡这种淡薄平实的‘个人主义的人间本位主义’也颇能引起一班青年男女向上的热情，造成一个可以称为‘个人解放’的时代。”[①] 陈独秀说：“新文化运动是人的运动。”[②] 鲁迅说：“最初，文学革命者的要求是人性的解放。”[③] 茅盾说：“从思想上看，‘五四’的建设就是‘人的发现’和‘个性的解放’”[④]，又说：“人的发现，即发展个性，即个人主义，成为‘五四’时期新文学运动的主要目标，当时的文艺批评和创作都是有意识的或下意识的向着这个目标。”“个人主义较悦耳的代名词是人的发见或发展个性。”[⑤] 郁达夫说：“五四运动的最大成功，第一要算‘个人’的发现。从前的人，是为君而存在，为道而存在，为父母而存在的，现在的人才晓得为自我而存在了。”[⑥] 瞿秋白说：五四文学革命“主要倾向只是个性和肉体的解放。”[⑦]“五四”就是一个“人的解放”的时代，“人的解放”也是中国现代文化和文学的基本内容，作为事实，这可以说是公认的。中国现代文

---

① 胡适：《中国新文学运动小史·〈中国新文学大系〉第一集的〈导言〉》，《胡适文集》第1卷，北京大学出版社1998年版，第106、137页。

② 陈独秀：《新文化运动是什么》，《陈独秀著作选》第2卷，上海人民出版社1993年版，第129页。

③ 鲁迅：《〈草鞋脚〉小引》，《鲁迅全集》第6卷，人民文学出版社1981年版，第20页。

④ 茅盾：《五四的精神》，《茅盾全集》第16卷，人民文学出版社1988年版，第143页。

⑤ 茅盾：《关于“创作”》，《茅盾文艺杂论集》（上），上海文艺出版社1981年版，第298页。

⑥ 郁达夫：《中国新文学大系·散文集导言》，《中国新文学大系导论集》，上海良友复兴图书公司1940年版，第205页。

⑦ 瞿秋白：《论文学革命及语言文字问题》，《瞿秋白文集》第2卷，人民文学出版社1953年版，第628页。

学的“人的发现”以及相应的人及其自由的主题，与西方思想的输入和传播有着最为密切的关系，这也是明显的事实，可以说，没有西方个人主义和自由主义思想的输入，便没有现代意义上的中国现代文学的人及其自由主题。问题的关键是，中国现代个人主义和自由主义有什么特点？中国现代“自由”话语是如何形成的？它如何影响中国现代文学的自由主题？

对于“人的发现”、“人的文学”，我们要深入追问的是：“人的发现”中的“人”其内涵是什么？“发现”是什么意思？为什么“人道”自人产生时就存在，但却直到五四时才发现？“人”是如何发现的？“人的发现”的本质是什么？“人的发现”是如何影响中国现代文学以及中国现代文化的？

“发现”的内涵在这里不是日常语义上的，而是隐喻意义上的；不是时间意义上的，而是真理意义上的。不是说现代意义上的“人”的思想在古代就存在，当时没有看到而现在看到了，而是说现代意义上的“人”的思想也适用于古代的人，但当时却没有这种思想。所以“发现”不是“找到”而是“开拓”与“创新”。这里的“人”不是生物意义上的人，而是社会学和价值理性上的，所谓“人的发现”即“人道”的发现，人的价值的重新认识。“人的发现”从根本上就是对“人”进行新的言说，建构新的“人”的话语体系，创造新的关于“人”的思想。人作为生物是一直存在的，并且古今没有实质性的差异。但对人的表述以及所表现出来的价值和观点，却古今不同，中外差异。我认为，西学的输入特别是个人主义、自由、民主、人权、平等这些思想的输入导致了中国现代思想文化和文学“人”的发现，“人的发现”本质上是语言问题，是术语、概念、范畴和话语方式以及言说的问题，周作人的“人的发现”不过是把西方的“人文”话语引入中国从而对人进行重新言说。“人的发现”通过对人的重新言说、描述、表现、思考而深刻地影响了中国现代文学的精神品质。所以，从语言以及语言与思想的关系来说，“人的发现”本质上是话语问题从而深层上是思想问题。而在对人的新的表述和言说中，“个人主义”以及相应的“自由”是最为重要的话语方式。

对于中国现代自由主义和个人主义的现象以及在文学上的表现，我们过去描述得比较多，但对这些现象的深层理论基础却缺乏深入的追问与反思。我认为，从根本上，中国现代个人主义和自由主义思想的形成，其实也是个人主义和自由主义话语的形成，现代意义上的“个人”和“自由”概念的形成具有关键性。

“自由”自近代以来就一直是中国思想领域的一个重要范畴，并不断地被言说。钱理群认为，自由主义“在中国现代思想、文化、文学史上始终不占主导地位，却又从未断绝过”①。作为政治，自由主义在中国最终是失败了，但“自由”作为一种美好的思想、作为人类文明的重要品质，却从没有在中国中断过，只不过受到压抑、排斥乃至于在某些时期受到摧残和戕害。在中国现代文学中，自由始终是一个重要的主题。这里所说的中国现代文学的自由“主题”有两层含义：一是狭义的自由主题，即直接以自由问题为内容，直接表现个人独立解放以及民族国家独立解放的思想。二是广义的自由主题，这类作品不直接表达自由思想，但自由构成了其深层的基础，作品意义最终可以从自由的角度得到深刻的解释。中国现代文学的自由主题既是一种话题，但更是一种精神，就是说，现代文学的自由主题既体现为对自由作为话题的谈论、反映和表现，但更体现为对自由精神的追求和表达，诸如个人的解放、人性的尊重、对中国封建社会的反抗和批判，对外族压迫的斗争，对民族尊严和国家主权与独立的维护等，其实都是宽泛意义上的自由主题。

在西方，“自由”的内涵也是非常复杂的。康德和黑格尔的自由概念就主要是哲学性的，属于真理和认识论范畴，“康德则通过自己的存在论把思维原则奠定在自由原则之上，从而使思维原则与自由原则统一起来，共同构成了社会的基本原则而承担起了近代社会。由此，一切伦理学和政治学不仅要具有真理性，更要具有合理性，即要以自由理性为根据。因此，任何个人和集体都不能声称因自己拥有某种真理就可以违背自由原则，就有权统治他人，乃至有权剥夺他人的权利和

① 钱理群：《试论五四时期“人的觉醒”》，《文学评论》1989 年第 3 期。

尊严。任何没有自由尺度的真理，哪怕它许诺给人带来幸福，都不值得追求和维护”[①]。也就是说，在近代社会，自由是真理的基础，并且是比知识更高的范畴。自由是现代社会的最高原则，真理需要自由来维护。没有自由，人是不健全的，因而社会也是不健全的。但在一般语境中，西方“自由”概念主要是一个伦理、道德和社会学的范畴，自由主要是指个体的自由，与个人的权利、个性独立、言论自由、民主、平等、责任、正义等问题紧密地联系在一起的，从而构成一种伦理学的话语体系。在社群主义之前的西方自由主义主流思想中，自由主义始终强调自由的个人权利性而反对国家和社会对个人权利的压制和侵犯，自由与国家民族是相对立的话语。英国著名自由主义历史学家阿克顿曾说：“自由乃至高无上之法律。它只受更大的自由的限制。”“没有任何与个体私人目标相对立的公共目标值得以牺牲个体灵魂和精神的代价去换取。相反，习以为常的原则应该是个体利益优先于无所不包的国家利益才对。”[②] 阿克顿在西方被称为“自由主义的预言家和历史的裁判者”，他的观点具有代表性，反映了西方对自由概念的基本定性。

但西方的自由主义在输入中国后“自由”在概念上却发生了巨大的变化。中国自由主义虽然仍然以个人主义话语为基础，但个人在外延上却受到很大的限制，从而被包容进国家与民族以及社会的概念之中。“由于中国知识分子对于中华民族的维护和发展的献身远超过对于其它价值与信仰的倾心，因此当他们强调自我价值的时候可以把个人置于君主政党以及家庭之上，却不能脱离于社会人民或更大而称之的人类，这使中国式的个人主义并未走向极端。……因此，新文化运动的倡导者们在吸取西方个人主义精神时，是与责任、社会、人联系在一起的，更强调社会是自我发展和自我实现的唯一场所。”[③] 中国现代个人主义实际上具有个人主义与国家民族主义的二重性，并且二者具有内在的一致性，这深刻地影响了自由话语的形成。所以，在中国，自由既是个人的自由，同时也是民族国家的自

---

① 黄裕生：《真理与自由——康德哲学的存在论阐释》，江苏人民出版社2002年版，第2页。

② 阿克顿：《自由与权力》，商务印书馆2001年版，第310、311页。

③ 李今：《个人主义与五四新文学》，北方文艺出版社1992年版，第21页。

由，自由既是个人争取权力的斗争，也是更为宽泛的政治斗争甚至于民族战争。中国的自由一开始就不是单纯的个人范畴，早在近代，梁启超就提出“民之自由”与“国之自由”两个概念[①]，他说：欧美自由者，“不出四端，一曰政治上之自由，二曰宗教上之自由，三曰民族上之自由，四曰生计上之自由”[②]。这是“梁启超式”的对西方自由概念的言说和表述，在这里，“自由”明显中国化了。“政治”、“宗教”、“民族”、“民生”的确是西方思想中最重要的概念，并且与自由主义思想有着十分密切的关联，但西方对自由问题一般不这样表述。

严复可以说是中国自由主义的先驱，他对自由的界定与梁启超有着惊人的相似。他说：“特观吾国今处之形，则小己自由，尚非所急，而所以去异族之侵横，求有立于天地之间，斯真刻不容缓之事。故所急者，乃国群自由，非小己自由也。”[③] 在这里，“小己自由”即个人自由，“国群自由”即国家民族自由。对于二者之间的关系，严复的观点也是鲜明的，那就是，个人自由服从于群体自由，个人自由不具有终极性，它从根本上不过是国家自由的工具或手段。“今之所急者，非自由也，而在人人减损自由，而以利国善群为职志。”[④] 这实际上表明，当个人自由有利于国家和民族的利益时，自由便被提倡；当个人自由妨碍国家和民族利益时，它就应该被压抑甚至于废弃。严复并不是为了纯粹的个人价值和目的才介绍和输入西方自由思想的，在他那里，个人自由并不具有终极性，国家民族才具有终极性，也就是说，自由的价值和意义最终取决于国家和民族的价值和意义。正是因为如此，严复翻译的穆勒《论自由》，原著被当作主体当作目的的自由，在他那里却换成了个人与群体之间的关系。

梁启超和严复的观念在近代具有代表性。轻视个体自由，把个体自由完全置于群体自由之下，从而使个体自由成为国家独立富强、民族自由解

---

① 梁启超：《自由书·国权与民权》，《饮冰室合集》专集之二，中华书局 1989 年版，第 24 页。

② 梁启超：《新民说·论自由》，《饮冰室合集》专集之四，中华书局 1989 年版，第 40 页。

③ 严复：《〈法意〉按语》之八十二，《严复集》第 4 册，中华书局 1986 年版，第 981 页。

④ 严复：《民约平议》，《严复集》第 2 册，中华书局 1986 年版，第 337 页。

放的工具，实际上根本性地消解了个人自由，这是近代中国自由主义思想的最大特点。林毓生说："当初中国的知识分子引进自由主义，是因为中国受不了帝国主义侵略，有了挫折感，把它拿来当成富国强兵的工具。"[①]殷海光说："在某一个社会文化里滋长出来的观念、思想和学问，传到另一个社会文化里以后，因受这一社会文化的作用，而往往染出不同的色调。""中国早期的自由主义者多数只能算是'解放者'。他们是从孔制、礼教与旧制度里'解放'出来的一群人。"[②] 毛丹说："他们几乎没有一个人是纯粹的个性抗争者，没有一个纯为解脱个人困惑而寻求意义、评估价值。他们是一群试图通过救个人实现救社会的救世关怀者，或者是以为两者可以自然统一的自由主义者。"[③] 张宝明说："先觉者的启蒙是集体意识的唤起，是国民整体的自觉，是民族、国家、社会、群体的独立与平等。虽然，他们在这一政治启蒙的过程中也间或拉出个人、自我的独立与觉醒，但归根结底，并不具有终极关怀意义。"[④] 刘川鄂说：对于近代思想家来说，"自由是他们的政治哲学而非人生哲学；自由仍然是手段是工具而非终极价值。他们的自由观是功利主义自由观，宣传自由为变法图强、为新的政体服务，并未达到高度自由的境界。因此自由思想和文学创作双双成为了他们的工具，自由本身的价值和文学的独立性被淹没了"[⑤]。在西方，普遍的观点是：人是中心，社会是人的社会，社会和国家最终是为个人服务的，国家和社会存在的目的就是为了更好地发展个人、保护个人，所以，作为个体精神的最高原则自由具有终极性，也就是说，自由本身就是目的。但在中国近代，这种关系恰恰是颠倒的，社会是中心，人是社会的人、国家的人、民族的人、阶级的人，个人在群体面前是渺小的，是微不足道的，因此，人只有放置于集体中才具有价值和意义。二者的关系是：个人服从国家、民族、阶级和社会。在这样一种前提下，中国近代也

---

① 林毓生：《中国传统的创造性转化》，生活·读书·新知三联书店 1988 年版，第 283 页。
② 殷海光：《中国文化的展望》，上海三联书店 2002 年版，第 256、257 页。
③ 许纪霖：《中国现代化史》第一册，上海三联书店 1995 年版，316 页。
④ 张宝明：《自由神话的终结》，上海三联书店 2002 年版，第 25—26 页。
⑤ 刘川鄂：《中国自由主义文学论稿》，武汉出版社 2000 年版，第 43 页。

承认个人的权力特别是自由的权利，但只有当个人的权利和自由有利于国家民族的权利和自由的时候，它才得到尊重，也就是说，个人自由从根本上从属于国家和民族自由。所以，作为个体精神的自由主义在中国近代始终是工具和武器，国家和民族从根本上限定了个人自由的内涵并构成了个人自由的评判标准。

中国现代自由在具体内涵上虽然发生了很大的变化，但在基本关系和话语方式上并没有发生根本性的变化。林毓生说："中国的自由主义运动，到目前为止，主要仍然停留在要求解放的层次上。它主要仍然是一个解放运动——一个要求在政治上、社会上、文化上从传统与现在的压制性的'权威'与僵化的'权威'中解放出来的运动。"[①]"解放"包括个人解放和社会解放两方面，并且二者相互依存。所以，中国现代自由话语最大的特点就是个人与群体的双重性，也即自由被切分为个人自由与群体自由两部分。一方面，个人及其权利得到了前所未有的尊重，另一方面，国家、民族作为群体的利益仍然被强调，并且二者以一种特殊的方式被整合在一起，从而使中国现代自由话语具有一种特殊的复杂性。这种复杂性在时间上就表现为，不同的时期，自由话语表现出不同的侧重。五四时期个人主义得到高扬，所以五四时期被称为"个性解放"的时代。40年代抗日战争时代民族矛盾成为当时的主要矛盾，所以国家主权、独立、自由等问题成为主要的问题，因此，文学的自由主题突出表现在国家民族自由方面。中国现代自由话语的复杂性在空间上表现为，不同的作家对于自由表现出不同的态度，因而其自由主义的定位也相应地不同，周作人主要是个人主义的自由主义，并且把个人主义绝对化，因此可以称为"极端自由主义"或者"自由至上主义"。大多数自由主义作家比如胡适、徐志摩等则坚持个人自由主义的基本理念，同时也承认国家民族的重要，并且强调个人自由与责任的相互关系。而"左翼"文学特别是解放区文学中的部分作家则把群体自由绝对化，完全否定个体以及个人自由具有独立的价值和意义。

① 林毓生：《中国传统的创造性转化》，生活·读书·新知三联书店1988年版，第80页。

中国现代“自由”话语深刻地影响了中国现代文学，不仅深刻地影响了中国现代文学“自由”主题的形成，同时“自由”话语的中国现代性又使中国现代文学的自由主题呈现出鲜明的中国特色。回顾中国现代文学史，我们看到，自由作为话语和精神在中国现代文学中从未中断过，并且从根本上构成了中国现代文学的基本品格之一。在话语上，中国现代“自由”作为思想范畴，既包含个人主义，同时也包含国家和民族主义。中国现代文学的自由主题始终在这两方面展开，并随着时代政治的变化而在两者之间滑动。五四时期重个人自由，抗日战争时期重国家民族自由。革命文学重群体自由，自由主义派文学则重个体自由。

五四被称为是个性解放的时代。所谓“个性解放”，即把个人从封建桎梏中解放出来，具体地，把人从传统的家庭、社会、伦理、道德、思想意识、思维方式以及人际关系网络中解放出来，而强调尊重个人的权利、个性以及发展。陈独秀说：“我以为戕贼中国人公共心的不是个人主义，中国人底个人权利和社会公益，都做了家庭底牺牲品。”[①] 又说：“举一切伦理、道德、政治、法律、社会之所向往，国家之所祈求，拥护个人之自由权利与幸福而已。思想言论之自由，谋个性之发展也，法律之前，个人平等也。个人之自由权利，载诸宪章，国法不得而剥夺之，所谓人权是也。……此纯粹个人主义之大精神也。”“欲转善因，是在以个人本位主义，易家族本位主义。”[②] 这可以说代表了五四知识分子对于自由的主流理解，同时也代表了五四知识分子对于时代的主流态度和观点。正是在这样的思想前提和背景的基础上，个人主义以及人的自由解放的问题构成了五四新文学的基本内容。瞿秋白把五四文学革命定性为“资产阶级的自由主义启蒙主义的文艺运动”[③]，这种情感倾向是值得商榷的，但作为描述它是正确的。启蒙主义和自由主义是五四新文学的核心内涵，并且本质上二者

① 陈独秀：《新文化运动是什么》，《陈独秀著作选》第2卷，上海人民出版社1993年版，第128页。

② 陈独秀：《东西民族根本思想之差异》，《陈独秀著作选》第1卷，上海人民出版社1993年版，第166、167页。

③ 瞿秋白：《普洛大众文艺的现实问题》（1931年），《瞿秋白文集》第2卷，人民文学出版社1953年版，第867页。

具有内在的一致性。启蒙主义即把人从蒙昧的状态中解放出来，具体对于中国现代文学来说，主要就是提高国民素质。自由主义即人的自由与权利的问题，具体对于五四来说，主要表现为功利主义的个人主义，即把人从社会、家庭以及封建伦理道德中解放出来，恢复人的个性与尊严。这样，启蒙主义和自由主义最终都归结到人的问题。所以，五四新文学从根本上可以归结为“人的文学”，人及其自由问题构成了五四新文学的基本主题。可以说，反传统、反封建专制，追求个性自由、妇女解放等，提倡人的文学、平民的文学构成了这个时代文学的最为鲜明的特色。

五四时期，一些著名的文学作品（当然也是中国现代文学的经典作品）比如鲁迅的《狂人日记》、《伤逝》、许地山的《命命鸟》、郁达夫的《沉沦》、《春风沉醉的晚上》、郭沫若的《女神》等都在不同程度上与自由问题有关。这里我特别以鲁迅为例来说明这一问题。

过去，由于“自由”和“个人主义”语含贬义，人们一直讳谈鲁迅与自由主义和个人主义的问题。但鲁迅与自由主义和个人主义真是那么隔膜吗？从早期的《人之历史》、《文化偏至论》、《摩罗诗力说》一直到晚年的杂文，人的问题始终是鲁迅思想的中心，人既是他思想的出发点，也是他思想的归结点。小说《狂人日记》、《伤逝》、《阿Q正传》、《祝福》以及散文集《野草》中的诸多篇章其实都探索了人的自由问题。狂人说：“我翻开历史一查，这历史没有年代，歪歪斜斜的每叶上都写着‘仁义道德’几个字。我横竖睡不着，仔细看了半夜，才从字缝里看出字来，满本都写着两个字是‘吃人’!”认识到中国封建社会的“吃人”本质，这是鲁迅的新发现。所谓“发现”，其实是对人的新的认识，而从根本上也是对人的新的思考和表述。在中国古代社会，人附属于国家、附属于君王、附属于维护国家体制的伦理、道德、法律和意识形态，所以，在中国古代，人从根本上受制于社会、家族、制度以及伦理道德，从而变成了社会的人、家族的人、制度的人、伦理道德的人，一句话，变成了非个性的人、非自然的人。所谓“吃人”即封建社会对人的个性的束缚，对人的精神的戕害，从而使人异化，变成非人。鲁迅对人的发现实际上是对人进行了重新定义，从个性、权利等方面对人进行了新的言说，从而建立起一种新的人的话语方式。

“立人”和“国民性批判”是鲁迅文学创作的基本主题，但实际上，这是一个问题的两个方面，都是人的问题。“国民性批判”主要是从负面来言说人的问题，主要是批判中国人的劣根性、奴性，当然也在根源的层面上批判封建制度对中国人的戕害和异化。“立人”则主要是从正面来言说人的问题，主要是从西方个人主义和自由主义精神的角度来思考如何改造国民性。“立人”的思想精髓是提高国民素质，建设健全的、自觉的、自主的、自决的、具有理性的国民。鲁迅就是在这对人的一“破”一“立”的言说中，对中国现代人的话语建构做出了巨大的贡献。

从话语的角度来说，“国民性”实际上是对人的一种新的表述和言说，它的根本问题就是个人的权利和自由，属于“自由”范畴。它实际上是中国现代文学自由主题的一个方面，是自由问题在中国特定社会历史条件下在文学中的一个突出表现。鲁迅的原创性在于，他把个人主义、人道主义、自由主义的思想引入到人的言说中，并通过有选择性地批判、改造、吸收、发挥、创造，把它和中国传统人的思想精华进行整合并进行系统的表述，从而在现代汉语中确立了新“人”的概念。当子君说“我是我自己的，他们谁也没有干涉我的权利”的时候，作为个体的人的观念其实已经发生了根本的变化。郜元宝说：“鲁迅和自由主义知识分子同根所生，他批评自由主义知识分子，并不是抛弃与他们共同所属的自由思想这个本根，而是批评他们在专制与共和杂交的怪胎社会中对自由理想的践履的不切实际。就是说，鲁迅和自由主义者们的真正区别，并不在于各自信念之不同，而在大家为信念所做功夫的区别。”[1] 这是很有道理的。在一种宽泛的意义上，鲁迅也是自由主义者。鲁迅的自由主义主要表现在两个方面：一是在个人的层面上，极力张扬人性；二是在自由的理念上，反抗和批判一切形式的专制。所以，鲁迅的自由主义既表现在具体的观点上，更表现在精神上。在对一切专制政治和专制思想的毫不妥协的反抗和批判的意义上，在不依附于任何形式的权贵和“主义”的意义上，鲁迅是真正的自由

① 郜元宝：《鲁迅六讲》，上海三联书店 2000 年版，第 192 页。

主义。

但更重要的是，我们同时也应该看到，鲁迅的个人主义和自由主义又与西方的个人主义和自由主义有所区别，他既重视个人的权利与尊严，强调个性与独立，同时也重视个人与自由对于国家和民族的终极价值和意义，既强调“立人”，同时也强调“立人”的目的——立国。对于文学创作，鲁迅说：“我也并没有要将小说抬进‘文苑’里的意思，不过想利用它的力量，来改良社会。”[①]“立人”的背后深藏着的是“立国”，这样，鲁迅的自由主义既坚持了西方个人主义，同时又延伸了西方个人主义，实际上消弭了民族国家与个人之间的冲突，对二者进行了一种中国化的整合，从而形成现代汉语的“自由”话语。从《〈呐喊〉自序》以及其他具有自传性的文字中，我们看到，鲁迅学医的目的是为了治病救人，但当这种治病救人无济于事、于世无补，即并不能真正救人的时候，鲁迅转向了文学，寻求另一种途径的救人。医学是从肉体上救人；文学则是从精神上救人。前者表层，后者深层。精神上的救人既是救人，也是救世、救国。鲁迅说：“从那一回以后，我便觉得医学并非一件紧要事，凡是愚弱的国民，即使体格如何健全，如何茁壮，也只能做毫无意义的示众的材料和看客，病死多少是不必以为不幸的。所以我们的第一要著，是在改变他们的精神。”[②] 从字里行间，我们能感到鲁迅深深的忧民忧国的情怀。“国民”作为鲁迅自由思想的核心范畴实际上反映了鲁迅对于个人与国家之间关系的基本观点，也反映了鲁迅整合个人与国家的方式，这种整合就使鲁迅的“自由”概念有别于西方“自由”概念。“国民”和“人”在对象上具有同一性，但在内涵上却有很大的差别。“国民”是“人”，但更是具体的“国人”，也即以国家、民族为依托的人。“国”在这里构成了“人”的广阔的背景，对人的品性具有制约性。在这个意义上，鲁迅的“个人”实际上隐含了国家和民族的内涵。

在30年代，中国现代文学最为显著的现象是“左翼”文学和自由主义

① 鲁迅：《我怎么做起小说来》，《鲁迅全集》第4卷，人民文学出版社1981年版，第511页。
② 鲁迅：《〈呐喊〉自序》，《鲁迅全集》第1卷，人民文学出版社1981年版，第416—417页。

文学，它们构成了30年代中国现代文学的两大思潮。自由主义文学作为一种流派或思潮，不论是在创作实绩上，还是在理论建树上都有较大的贡献，它延续了五四个性解放和反封建专制的传统，因而直接表现出自由的主题。朱光潜说："我在文艺的领域内维护自由主义。""自由是文艺的本性，所以问题并不在文艺应该或不应该自由，而在我们是否真正要文艺。是文艺就必有它的创造性，这就无异于说它的自由性；没有创造性或自由性的文艺根本不成其为文艺。文艺的自由就是自主，就创造的活动说，就是自主自发。"① 把自由上升到文艺本体论的高度，这代表了中国现代文学自由主义派别对于文学的基本观点。"自由"是自由主义的理念，自由主义在他们的文学及其理论中充分表现出了这种理念，这是显而易见的事实，在逻辑上也是极容易理解的。

但这里我更关心的不是自由主义文学派别是否在他们的文学创作上表现了自由的主题，而是自由主义文学派别对于"自由"的理解，也即自由主义的"自由"内涵。总体来说，自由主义文学派别的"自由"在内涵上更多地承继了五四启蒙主义的传统，即强调人的权利、个性以及自由发展等，具体表现为强调文学的创造性、文学的人性、文学的自我表现性等，强调作家对于文学从内容到形式的选择的自由，反对国家、社会和团体对于文学创作的压制和干预。从新月派、论语派、京派到"自由人"、"第三种人"，我们看到，30年代自由主义派别的文学从总体上是属于个人主义的自由主义文学的。

而对于"左翼"文学，我们过去一直把它看做是自由主义文学的对立派，并在和自由主义文学相对立的意义上来看视和言说它。从历史的层面上来说，这可以说是事实。的确，自由主义文学和"左翼"文学在当时表现为明显的对抗性，"左翼"作家和"新月派"作家、"京派"作家以及其他自由主义作家曾经展开过激烈的文学论争。但在理论的层面上，对于自由的问题，自由主义文学和"左翼"文学未必是绝对对立的，它们之间的

① 朱光潜：《自由主义与文艺》，《朱光潜全集》第9卷，安徽教育出版社1993年版，第480、481—482页。

对抗未必意味着“非此即彼”的排他性。“左翼”文学在深层上其实也具有自由的精神，也表现出自由的主题。刘川鄂所说：“中国现代知识分子和作家都是爱自由的，但我们不能笼统地称之为自由主义者。”[①] “左翼”作家不是自由主义作家，但他们也是爱自由的，他们的创作在深层上也表现出了自由的精神，只不过在具体内涵和形态上二者有巨大的差异。自由主义作家群承继了五四的个人主义的传统，强调个人的自由与权利；而“左翼”作家群则承继了五四的民族国家主义的传统，强调群体和社会的自由与权利，强调文学的阶级性，他们各自的侧重点不同，但在整体上恰恰构成了中国现代文学“自由”话语的完整性。

“左翼”文学作为30年代中国现代文学主潮的深刻含义在于，五四文学更强调个人的独立与解放，表现了鲜明的反封建的特色，而30年代的文学更强调民族国家的独立与自由，表现出鲜明的社会革命的特色。“如果说‘五四’是个性解放的时代，现在就进入社会解放的时代，不仅人的思考中心发生转移，思维方式也发生相应变化：从对人的个人价值、人生意义的思考转向对社会性质、出路、发展趋向的探求。”[②] “左翼”文学虽然没有表现个性、人权、尊严等这些传统的“自由”内容，但他们的文学创作仍然表现出了深层的自由理念，所以，自由同样构成了“左翼”文学的主题。区别在于，自由主义文学表现的是比较西化的自由，即个人的权利和自由，而“左翼”文学表现的是比较中国化的自由，即民族和国家的自由。具体表现为：反抗专制统治，宣传社会解放、民族独立、国家自强思想，反映人民的苦难特别是人民被压迫、剥削以及欺凌的痛苦，对现实社会腐朽、堕落、黑暗、邪恶、不公的批判，对中国社会性质的探索、对国家民族未来命运的深深忧患等。这些其实都是自由的主题，其不同在于，它们是从社会、革命的角度对“自由”进行言说和表述。比如柔石的小说《为奴隶的母亲》、茅盾的《子夜》、巴金的《家》、老舍的《骆驼祥子》、丁玲的《莎菲女士的日记》等其实都可以从社会自由的角度进行解读。

---

① 刘川鄂：《中国自由主义文学论稿》，武汉出版社2000年版，第240页。

② 钱理群、温儒敏、吴福辉：《中国现代文学三十年》，北京大学出版社1998年版，第208页。

在40年代，中国现代文学的自由主题在话语中国化上表现得更为鲜明，明显可以区分为个人自由与民族国家自由两种类型。个人自由问题主要表现在自由主义运动方面，对国民党专制统治的反抗和批判是这个运动的一个非常重要的方面，直接的争取民主自由和人权的斗争构成了其基本的内涵，其中国统区的文学最具有代表性。这一点比较容易理解，也普遍地被人所认同。

而与一般的理解和解读不同，我认为，解放区文学其实也深层而深刻地表现了“自由”的主题，解放区文学最大的特点就是“解放”，包括思想内容的解放和文学形式的解放，而“解放”就是宽泛意义上的“自由”。解放区的自由话语与自由主义运动的自由话语有很大的不同。解放区文学的“自由”首先是一般意义上的，比如要求自由、平等、公正以及对现实的不合理现象进行批判等，其次也包括文学创作本身的独立与自由，比如艾青要求“给艺术创作以自由独立的精神”[①] 就是属于这一范围。在作品上，王实味的杂文《野百合花》、丁玲的杂文《三八节有感》等作品则比较典型地表现了这种一般意义上的自由。但解放区文学的“自由”主题最突出的特点则是表现人民的翻身解放以及与此相关的婚姻自由、政治上人民当家做主等内容。比如《小二黑结婚》、《王贵与李香香》、《白毛女》等其实都充分地表现了这种独特的自由主题。与五四文学把个人置于社会之上、单纯地强调个人解放不同，解放区文学实际上把个人的婚姻自由与社会的解放二者紧密地结合在一起，并且强调社会解放对于个人解放的决定性的意义，只有社会从根本上发生了变化，人民才能当家做主，才能在个体的意义上真正地得解放。“文学是人学”，解放区文学也不例外，它同样表现了人及其精神，但与五四个人主义文学以及30年代自由主义文学不同，解放区文学的“人”的主体已经发生了变化，不再是独立的个体，而是集体化的个体，个人更多地属于“工农兵”，或者代表了“工农兵”，在这里，工农兵既具有个人性，又具有抽象性。工农兵话语是解放区文学的

① 艾青：《了解作家，尊重作家——为〈文艺〉百期纪念而写》，《艾青选集》第3卷，四川文艺出版社1986年版，第573页。

主流话语，它本质上是把个人集体化，“工农兵”自由是典型的群体自由。

与自由主义文学表现个人自由的主题、解放区文学表现社会自由和群体自由的主题不同，抗战文学则更多地表现了国家自由的主题。个人有不受外力压迫和束缚的权利，这是个人自由的基本含义。一个国家、一个民族也有不受外力压迫和束缚的权利，这就是国家和民族的自由。抗日战争从根本上是争取民族自由与国家独立，是宽泛意义上的自由。灭种、亡国从近代以来就一直是中国人的深重忧患，而日本人的入侵中国则把这一矛盾激化，使忧患变得突出和尖锐，使中国人切实地直面亡国、灭种的现实，所以民族国家自由构成了抗战文学的基本主题和话语方式。比如尹庚的报告文学《为民族自由解放》，从标题就可以看出是从自由的角度来对抗日战争进行表述，其中说：“无数的人，失去了宝贵的生存的可能，被夺走了创造一切的智慧与权力。仿佛眼睛被封条封住了，耳朵被木桩塞住了，嘴巴被锁锁住了，手与脚被镣钉住了。言论，出版，集会，结社，这一切自由，全被剥夺无余了。交迫着来的是，欺骗，愚弄，压迫，无穷的侮辱与无穷的苦难……”[①] 这可以说是对民族国家自由非常好的阐释。人的生存和权利，言论、出版、集会、结社，这都是个人自由的范围，但这些自由并不完全取决于个人的奋斗与抗争，并不完全是个人的事情，它实际上深深地依赖于国家和民族，国家和民族的独立与自由是个人独立与自由的绝对保障，当民族和国家面临苦难，被欺骗、愚弄、压迫和侮辱的时候，个人能有何自由？在这一意义上，抗战文学的自由主题同样表现出了国家自由与个人自由的二者整合的特点。它主要表现了国家自由的主题，但同时也包含了在民族自由解放背景下的个人自由与解放。

总之，与西方“自由”话语的个人主义性不同，中国现代“自由”话语主要在民族国家自由与个人自由这两个层面上展开，并且在历史和逻辑上二者具有内在的一致性。在西方自由话语中，自由从根本上是指个人自由，社会、国家在精神上和自由是相对立的。中国现代自由主义则试图缓解二者之间的矛盾和紧张，对二者进行理论的整合，强调二者之间的内在

① 尹庚：《为民族自由解放》，《夜莺》第 1 卷第 4 期（1936 年 6 月）。

一致性。中国现代自由话语深深地影响了中国现代文学的自由主题，因此中国现代文学的自由主题也主要表现在这两个方面，既具有强调个人解放的个人主义特点，同时又具有强调国家独立自由的国家主义特点。个人解放与社会解放、个人自由与国家独立在中国现代文学中不是矛盾和冲突的，而是统一的，只是在不同的文学时期，不同的文学流派中表现出不同的侧重。

第八章

中国现代文学的“民族”话语言说

第一节　中国现代文学的民族性

对于中国现代文学与中国古典文学的关系、与西方文学的关系，进而与中国传统文化和西方文化的关系，是中国现代文学研究中一个长久的话题。与此相关，中国现代文学的品格定性也是一个长期争论不休的问题。“传统性”、“中国性”、“现代性”、“世界性”、“民族性”、“本土性”、“西方性”，这些性质概念长期困扰着中国现代文学的研究。本节试图在对“民族性”这一概念进行清理的基础上重新研究中国现代文学的民族性问题。

我认为，中国现代文学具有民族性，但这种民族性不是有的人所理解的“古代性”，不是30年代“前锋社”等所宣传的带有意识形态性质的“民族性”，也不是战国策派所理解的“尚力”的“民族性”，而是在中西方两种文化和文学在从相遇、碰撞、冲突到相互吸收、相互补充、相互融合的双重变异的复杂过程中形成的既不同于中国传统文学，又不同于西方文学的独特性，可以称之为“现代民族性”。中国现代文学的民族性是一个复杂的组合，它不具有某种纯粹性，而是兼容“传统”、“现代”、“中国”、“世界”、“本土”、“西方”等内容的。

“民族”在种族、语言、文化、宗教信仰的意义上作为现象可以说早已有之，但不论是中国古代，还是西方古代，由于种族、语言、文化、宗教信仰的相对封闭，“民族”在中西方的古代都处于自然状态，缺乏“自我意识”。本质上，“民族”是近代以来的产物，是以政治诉求为中心内容的民族主义的产物，“‘民族’的现象和国家的现象固然在民族国家出现以前很早的时间就已经存在，但民族主义作为历史力量的崛起，作为有着统一意识形态的政治运动而成为一种社会运动方式，却是非常近代和现代的”[①]。在西方，“‘国家’、‘民族’及‘语言’等词汇的现代意义，要到1884年后才出现”[②]。在中国，民族在古代主要是指种族，现代意义的民族即“中华民族”概念始于鸦片战争之后。西方列强的入侵以及中华民族在种族上的危机是中国现代民族主义意识产生的最根本原因。晚清时期，民族主义意识在知识分子中得到广泛的认同，严复、梁启超都是民族主义思想的积极倡导者和建构者，经过孙中山以及其他国民党人的建设，到了民国时期，民族主义最终成为官方的意识形态。

从根本上，民族作为社会实体是伴随着现代国家的产生而产生的。英国学者霍布斯鲍姆说：“民族主义早于民族的建立。并不是民族创造了国家和民族主义，而是国家和民族主义创造了民族。”[③] 也就是说，现代民族作为一种现代社会实体，是现代国家意识和现代民族意识的产物，是在现代国家观念和民族观念确立以后，对社会成员的一种确认，所以，民族作为观念或概念，具有人文性，是现代人对于自我身份的一种理论建构。美国学者安德森把“民族”定义为“想象的共同体”[④]，“想象的共同体”说明了民族具有人文性、约定性，是观念的产物，作为社会现象，是建构起来的客体。作为客体，“民族”当然具有客观性，但这种客观不是物质形

① 徐迅：《民族主义》，中国社会科学出版社1998年版，第11—12页。

② 霍布斯鲍姆：《民族与民族主义》，上海人民出版社2000年版，第17页。

③ 同上书，第10页。

④ 本尼迪克特·安德森：《想象的共同体——民族主义的起源与散布》，上海人民出版社2003年版。

态的客观，而是社会形态的客观。所以，把民族主义从具体内涵上固定化或者僵化是错误的，因为民族主义的概念和内涵本质上是约定的，既然是约定的，彼时彼地彼情形，我们可以那样约定，此时此地此情形，我们也可以这样约定。当然，民族主义主要产生于国家之间冲突以及利益竞争时的一种内在寻求、内在依托，所以，种族、文化、语言、习俗、宗教等比较特殊的因素就构成了“民族”的比较稳定的内涵。从这一角度，“民族”作为概念又具有相对的规范性和稳定性，其内涵并不是无边的。就中国来说，民族主义主要产生于中西冲突，产生于中西冲突中的救亡图存，所以，中西冲突以及中西冲突中的救亡图存始终构成了中国现代“民族”思想的深层背景，我们不能脱离这一语境对中国现代“民族”进行言说。“20世纪东方民族主义运动的最大特点，就是面向世界和面向未来。”[①] 所以，“中”与“西”、“现代性”就构成了20世纪中国民族性问题的深层背景，中国现代民族性的种种特性都与此息息相关。

民族既然是“想象的共同体”，那么，不同的国家以及不同国家的不同时代对于民族的想象就会不同，这样就表现出不同的民族界定。“民族主义并没有纯粹的表现形式，它必须与某种政治或社会力量结合起来，表现为社会运动，或历史过程。”“民族主义所塑造的‘民族’概念和民族形象，一般都诉诸文化传统、价值观念和信仰，弘扬民族的优越、尊严和进步，并强调神圣的民族历史使命。”[②] 具体对于中国来说，“民族”作为现代概念始终与中国近代以来的思想运动、政治运动、社会思潮联系在一起，并表现出从西方和从中国传统寻求双重资源的特点，“国家”的观念始终构成了中国现代民族思想的深层背景。梁启超说：“民族主义者，世界最光明正大公平之主义也，不使他族侵我族之自由，我亦不侵他族之自由。其在于本国也，人之独立，其在于世界也，国之独立。使能率由此主义，各明其界限以及于未来永劫，岂非天地间一大快事。”[③] 在梁启超这

---

① 徐波、陈林：《全球化、现代化与民族主义：现实与悖论——〈民族主义研究学术译丛〉代序言》，[英] 厄内斯特·盖尔纳：《民族与民族主义》，中央编译出版社2002年版，第17页。

② 徐迅：《民族主义》，中国社会科学出版社1998年版，第42—43页。

③ 梁启超：《国家思想变迁异同论》，《饮冰室文集》之六，中华书局1989年版，第20页。

里，民族主义作为民族斗争工具的特点是非常明显的，而与其他国家的民族主义不同的是，梁启超的民族主义作为工具明显具有防御性。对于民族主义，梁启超明显表现出某种误解，比如他希望通过民族主义达到民族之间的相安无事，这不过是一种理想或一相情愿。他认为民族主义对于民族内部的作用是保障或强化人的独立性，这也和我们一般人所理解的民族主义有很大的不同。民族主义本质上是对外，它产生于民族与民族之间的关系而不是民族内部，其对内作为一种凝聚力和团结的力量，也是对外意义的一种衍生。梁启超所说的“其在于世界，国之独立”，这才是民族主义的精髓。“现代世界历史是现代性的历史。民族主义就是在世界现代性的历史框架中崛起、发展和演化的。……在社会科学理论中，民族主义常常是和国家问题纠结在一起的，进而同现代性问题是联系在一起的。”[①] 所以，中国现代“民族”作为一种自我意识和身份认同，在理论上与现代性、世界性、西方性以及与此紧密相连的传统性、中国性和本土性等问题密切相关，因而具有相关的品性。

在这一意义上，我认为，把民族性等同于古代性和传统性是错误的。我们必须承认，站在现代民族观念上来看，古代性也是一种民族性。而且，现代民族性的确从传统那里承继了很多。但现代民族性绝不只是古代性或者传统性，甚至也不能说是以传统为主体，而是一种复杂的组合，既有古代性，又有现代性；既有中国性，又有西方性；既有传统性，又有创新性。所以，中国现代民族性是另一种民族性，一种明显区别于中国古代性的民族性。具体对于中国现代文学来说，我认为，中国现代文学的民族性是中国文学在现代转型过程中逐渐形成的，是在中国文学向西方文学学习的过程中逐渐形成的，也是在充分继承和吸收中国古代文学遗产的基础上形成的。中国现代文学在形成的过程中深受西方文化和西方文学的影响，在某种程度上可以说，没有对西方思想文化以及文学的学习和借鉴就没有中国现代文学。但是，中国传统文化和文学又以一种深层的方式深刻地制约着中国现代文学的发展，并在深度上制约着中国现代文学的品格。

① 徐迅：《民族主义》，中国社会科学出版社 1998 年版，第 10 页。

可以说，在中国现代文学的构成中，现代性、西方性是显性的，而传统性、古代性则是隐性的。对于中国人来说，因为中国传统文化已经成为民族无意识，我们就浸润在中国文化之中，所以，我们对中国现代文学中的传统性因素可能视而不见，而对异域因素就感觉特别明显甚至于刺激。但中国现代文学虽然具有明显西化的特点，但它终究是中国现代文学，是一种具有现代性、世界性的中国文学。

高瑞泉先生认为中国文化在19世纪以后已经形成了新的传统，即“现代传统”：“自19世纪中叶开始，中国同样形成了若干虽经历史变动仍保持某种历史同一性的文化原素，其性质又与中国传统迥然有别，它们构成了一条新的传统。”具体地说，“现代精神传统是指在中国现代化运动中发育起来的一组现代性观念所代表的精神传统。它包括进步、创造、民主、科学、大同式的社会理想和平民化的人格理想等。说它们构成了现代精神传统，就是因为它们不同于古代传统，主要是在19世纪中叶以后渐次发展起来，不仅超越了党派、政见、思潮的分歧，成为中国人普遍的公共意识；而且历经一百多年的历史变迁，至今依然活跃在当代中国人的观念世界之中，成为当代大多数人的直接精神背景”[①]。中国现代传统与中国古代传统究竟是什么关系？中国现代传统究竟包含哪些内涵？这些都是非常复杂的问题，需要更深入的研究，对于作者的概括，我并不完全同意。但我认为高先生关于中国现代文化的现代传统的判断是正确的，也是非常重要的。

作者所使用的“因袭”和“规抚”两个词语，是两个很重要的概念，也可以说是一个非常重要的问题。所谓“因袭”即文化内部的承传；所谓“规抚”，即文化之间的化约（变异关系），也即西方文化在输入的过程中变得中国化：“中国这样有着悠久文明史的东方大国，其本土文化一定会对任何外来观念作某种改写，因而使得原来是来自西方的观念带上了中国的色彩和特点。”[②] 当然，细究起来，中国现代文化与中国古代文化和西方

---

① 高瑞泉：《中国现代精神传统》，东方出版中心1999年版，“导论”第2、5页。

② 同上书，第8页。

文化之间的关系远比这要复杂。中国现代文化相对于中国古代文化，一方面是因袭，直接继承；另一方面则是改造，即现代性或创造性转化，亦即“异化”，“异化”的原因则与西方文化的冲击有很大的关系。中国现代文化相对于西方文化，一方面是引进、输入、直接吸收西方文化，为我所用；另一方面则是西方文化在输入、引进的过程中，由于受中国传统文化的影响以及特定的现实语境的影响而发生歧变，从而中国化，也即鲁迅先生所说的“归化”。所以，中国现代文化与中国古代文化和西方文化之间都是一种双向的关系，“现代精神传统的形成，实际上从某种意义上体现了古代和现代、中国和西方的互相诠释或对话”[①]。中国现代文化传统就是在“中”、“西”、“古”、“今”这样一种复杂的“四重”关系中形成的。早在 1907 年，鲁迅就认识到建设新的文化需要：“外之既不后于世界之潮，内之仍弗失固有之血脉，取今复古，别立新宗。”[②] 事实上，五四新文化建设就是沿着鲁迅所期待和倡导的方向前进的，既参与世界潮流，又不失固有的文化传统，古今贯通，中西交融，从而最终建立起了一种具有独特个性的中国现代文化类型。

中国现代文学作为中国现代文化的一个组成部分，也是在这样一种复杂的关系中形成的，也形成了现代传统。具体地说，中国现代文学虽然既与中国古代文学有联系，又与西方文学有联系，但它既不同于中国古代文学，也不同于西方文学，而是第三种文学，即中国现代文学。中国现代文学也是一种民族文学，只是这里的“民族”其内涵已经大异于传统的“民族”。中国古代文学的“民族性”主要体现为中国传统性，因为中国古代文学的相对封闭状况，中国古代文学的民族性相对比较单纯。而中国现代文学的民族性则要复杂得多，它既具有中国传统性，又具有现代西方性；既具有外来性，又具有本土性。“世界性”与“民族性”在理论上是相对或矛盾的范畴，但在中国现代文学中，它们却是统一的。正如朱德发、贾振勇所说：“中国现代文学既有世界文学范围的现代性的同质性，更有特

① 高瑞泉：《中国现代精神传统》，东方出版中心 1999 年版，“导论”第 9 页。

② 鲁迅：《文化偏至论》，《鲁迅全集》第 1 卷，人民文学出版社 1981 年版，第 56 页。

定民族、特定时空的异质性。因此，中国现代文学的性质是普遍主义的现代性和种族主义的民族性在20世纪中国这一特定时空相遭遇而孕育的独特个性。”“中国现代文学的现代性是中国社会现代化进程中的心理折射和精神展现，民族性是它在20世纪历史选择中形成的一种性格和品质，因此，从宏观的理论角度看，20世纪中国文学的性质是中国现代民族主义文学。”[①] 我认为这个定性是非常准确的，中国现代文学最大的特点就是它不再是中国传统文化内部的产物，而是中国传统文化与现代西方文化之间的产物，所以，它具有文化“间性”。

有人认为，中国现代文学始终在模仿西方，所以没有自己的个性，没有自己的独立性，当然也缺乏民族性。我不同意这样一种判断。中国现代文学是中国文学乃至整个中国文化在向西方学习的过程中形成的，中国现代文学中有大量的作品源于对西方文学的模仿，这是事实，但模仿并不意味着中国文学对西方文学的亦步亦趋，并不意味着中国现代文学没有自己的个性。事实上，中国现代文学在向西方学习的时候，由于受传统的制约、受现实语境的制约以及其他种种限制，学习和模仿不论是过程还是结果都变得面目全非，充满了创造和变异，从而形成了自己独特的品格，并逐渐形成了自己的传统，即现代传统。

具体地，中国现代文学的民族性是如何形成的？它受哪些因素的影响和制约？这当然都是非常复杂的问题，全面论证这些问题非笔者所能胜任，也非笔者的主旨。下面，我主要以语言为例来说明中国现代文学的民族性。

语言既是民族性最重要的内容，也是民族性最重要的原因。孙中山认为在民族的形成过程中有五种力量非常重要，这五种力量分别是：血统、生活、语言、宗教和风俗习惯。对于语言与民族之间关系，他的观点和论述是这样的：“如果外来民族得了我们的语言，便很容易被我们感化，久而久之，遂同化成一个民族。再反过来，若是我们知道外国语言，也容易

① 朱德发、贾振勇：《现代的民族性与民族的现代性——论中国现代文学的价值规范》，《福建论坛》2000年第4期。

被外国人同化。如果人民的血统相同，语言也相同，那么同化的效力便更容易。所以，语言也是世界上造成民族很大的力。”① 孙中山的这一观点一直不为人们所重视，但我认为，它是非常重要的，并且至今仍然是非常“前沿”。按照现代西方语言哲学的观点，语言对于文化和人来说都具有深层性，人作为社会性的人是通过语言的方式来实现的，不是人控制语言而是语言控制人，人的思维或思想其实是由语言决定的，所以孙中山说外来民族长期使用汉语言，久而久之便会在思想上被汉化，当汉语思想成为他们的无意识之后，他们实际上就被同化成汉族了。反过来也是这样，中国人到西方去生活，长期使用西方语言进行交流和思维，在思想上就会慢慢被西化，久而久之，在身份上也会慢慢被西化。所以，对于民族主义来说，语言一直具有神圣性。对于文学来说，语言是文学民族性的最重要的表现，也是最为深层的原因。我甚至认为，只要汉语还存在，中国文学的民族性就永远不会消失，只要我们还在用汉语说话，我们就不必担心我们的文学没有民族性。

王列生说：“语言作为民族的最基本确定性之一，它会以一种强制性的力量制约着各民族的神话系统。正是这种符号体系和命名体系的原初相异，才导致了民族精神生活沿革过程中的非叠合历史惯性，导致了各民族文学叙事方式的隐性传统和原型结构的潜在控制。”② 语言对人的控制主要表现为语言体系对文化体系的控制，语言体系对民族思想体系的控制，在文学上则具体表现为对叙事方式、抒情方式、文学的形式、风格、文学的思想内容等方式的控制，比如汉语的诗性化就是中西文学存在着根本性差异的一个很重要的原因。事实上，不仅中西方文学之间的差异可以追溯到语言体系这里，中国古代文学与中国现代文学的差异也可以追溯到语言体系这里。我一直认为，古代汉语作为语言体系对中国古代文学作为文学类型具有关键性；现代汉语作为语言体系对中国现代文学作为文学类型具有关键性。一定程度上说，中国古代文学是古代汉

① 孙中山：《民族主义》，《孙中山选集》，人民出版社 1981 年版，第 620 页。

② 王列生：《世界文学背景下的民族文学道路》，安徽教育出版社 2000 年版，第 23 页。

语的文学，中国现代文学是现代汉语的文学。中国古代文学的品性可以通过古代汉语得到说明；中国现代文学的品性可以通过现代汉语得到说明。古代汉语积淀了深厚的中国古代文化的内涵，现代汉语积淀了深厚的中国现代文化的内涵。古代汉语当然具有民族性，现代汉语同样具有民族性，相应地，中国古代文学的民族性与古代汉语的民族性有关，中国现代文学的民族性与现代汉语的民族性有关。只是，古代汉语的民族性以及相应的中国古代文学的民族性不同于现代汉语的民族性以及相应的中国现代文学的民族性。

中国现代文学是现代性的文学，但现代性并不是抽象的，现代性问题具体落实到中国现代文学时就变得中国化、本土化，在这一意义上，中国现代文学又是本土性的文学从而是民族性的文学。关于本土性，按照殷海光的观点，可以分为两种：一种是“存续式的本土运动”（Perpetuative nativistic movement），义和团运动就是这种本土运动，也就是我们所说的保守主义的本土运动；另一种是“同化式的本土运动”（Assimilative nativistic movement），“这种本土运动主张吸收外来文化，并把原有文化之有价值的要素与所需新的要素合并起来，创建一新的文化整合”。“中国的五四运动及余波属于这一种本土运动。”[①] 金耀基把本土化分为四种类型：以传统文化为重整目标；以外来文化为重整目标；以乌托邦为重整目标；以世界文化为重整目标。[②] 其中，他把五四新文化归入第二类。这两种划分都说明，五四新文化运动虽然吸收了西方文化，并且把中西两种文化进行了新的整合，具有了一种新的因素，但它仍然具有本土性。殷海光认为“全盘西化”既没有必要，也是不可能的，原因在于：“任何人不可能把他们代代相传的文化从后门完全赶出去，从前门把一个新文化象迎新娘子似的迎进来。文化的变迁无论怎样是有连续性的。每个新的文化特征，细细追溯及分析起来，常是以过去的文化特征作要素组合而成的。”[③] 这说明，

---

① 殷海光：《文化的重要概念》，《殷海光文集》第三卷，湖北人民出版社 2001 年版，第 34—35 页。

② 金耀基：《从传统到现代》，中国人民大学出版社 1999 年版，第 129 页。

③ 殷海光：《中国文化的展望》，上海三联书店 2002 年版，第 366 页。

中国新文化虽然明确主张向西方学习，但它事实上不可能完全西化，而仍然保持着民族特点。“全盘西化”是胡适首先提出来的，但胡适提出的这一口号具有策略性，我们不能完全从字面上去理解，胡适提出这一口号的真正目的是主张中国文化的“充分世界化”①。“充分世界化”其实包含着很浓厚的民族主义的色彩。陈铨说得更直接：“其实新文化运动本来的动机，是要创造一种新文化，使中华民族独立自由，发展它特殊的性格。新文化运动，实际上是一个民族运动。”② 五四新文学运动作为五四新文化运动的一个组成部分，也具有这样的品性。

有人认为中国现代文学具有现代性和世界性，是一种世界文学，并以此来否定中国现代文学的民族性。我认为这也是一种误解。对于中国现代文学来说，世界性和民族性具有统一性，正如朱德发先生所说：“中国文学的世界化和民族化并不是两个非此即彼的对立概念，而是有着彼此依存、相互补充、并行不悖的关系。”③ 中国现代文学是一种民族文学，但它是世界背景下的民族文学，“现代性”既可以理解为中国现代文学的一种背景，也可以理解为中国现代文学的品性。作为“品性”，现代性既可以纳入民族性的范畴，也可以纳入世界性的范畴。所以，世界性与民族性就构成了中国现代文学的一种张力。也就是说，中国现代文学一方面是民族文学，另一方面又是世界文学，二者之间的关系是，民族性先于世界性，民族性因为具有开放性而具有世界性，民族性同时也是因为具有独立性而具有世界性。世界性不是抽象的，而是通过具广泛价值的民族性体现出来的。民族的内涵只有面向世界时才具有世界性，就中国现代文学来说，中国现代文学的民族性不再是以中国传统文化和文学作为本位，不再局限于民族内部，而是以世界作为背景，因而具有了世界性。王列生说：“任何一种民族文学，都有其作品可能成为世界文学的机会，但是只有那些不仅

① 胡适：《充分世界化与全盘西化》，《胡适文集》第5集，北京大学出版社1998年版，第453页。

② 陈铨：《民族运动与文学运动》，温儒敏、丁晓萍编：《时代之波——战国策派文化论著辑要》，中国广播电视出版社1995年版，第409页。

③ 朱德发：《论四十年代中国文学的世界化与民族化》，《中国社会科学》2002年第6期。

在本民族范围内产生发散性影响，而且同时对其他民族的精神生活产生辐射性影响的作家作品，才具有世界文学意味，或者说进入世界文学圈内。”[①] 中国现代文学的世界性就是通过这样一种具有辐射性影响的方式实现的。

陈思和说：“既然中国文学的发展已经被纳入世界格局，那它与世界的关系就不可能完全是被动接受，它已经成为世界体系的一个单元。在其自身的运动（其中也包含了世界的影响）中形成某些特有的审美意识，不管与外来文化的影响是否有直接关系，都是以自身的独特面貌加入世界文学行列，并丰富了世界文学的内容。”[②] 我理解这里包含着两层意思，一是中国现代文学本身具有某种共同性或公共性，比如现代性，因而具有世界性；二是中国现代文学具有独特的审美性，这独特的审美价值大大丰富和发展了世界文学，因而被纳入世界文学体系，为其他民族或国家所接受，从而变成公共性的文学，因而具有世界性。我们常说，“越是民族的，越是世界的”，这就目前的世界文学状况来说，的确可以说是一个事实。但这个事实背后的深层理论却并不为一般人所深究，我认为，“越是民族的，越是世界的”这个判断其实是有条件的，总体来说，它是现代社会的文化规则，而不普遍地适用于古代社会。就文学来说，民族文学只有具有开放性的时候，它才能同时具有世界性，如果保守、僵化、封闭、落后、排外、极端，那么，民族性就不可能具有世界性。所以，中国现代文学实际上是以民族化的方式实现世界化的，反过来说，也是以充分世界化的方式实现民族化的。我们不能因为它的现代性、世界性而否定它的民族性，而是相反，世界性和现代性正是中国现代文学民族性的新的表现，刘禾说：“‘世界文学’并不表示各种各样的民族文学将丧失其个性；恰恰相反，通过准许各国文学进入经济交换以及象征交换的全球系统的等级关系，‘世界文学’构成了各国文学。”[③] 就是说，恰恰是因为文学具有个性，具有民

① 王列生：《世界文学背景下的民族文学道路》，安徽教育出版社 2000 年版，第 3—4 页。

② 陈思和：《20 世纪中国文学的世界性因素》，《中国当代文学关键词十讲》，复旦大学出版社 2002 年版，第 245 页。

③ 刘禾：《跨语际实践——文学，民族文化与被译介的现代性（中国，1900—1937）》，生活·读书·新知三联书店 2002 年版，第 269 页。

族性，因而才具有世界性。在这一意义上，中国现代文学既是世界文学，又是民族文学。

综上所述，中国现代文学具有世界性、现代性、中国性、本土性，但这些特性在具体的中国现代文学中，其内涵都可以包容到民族性中去，所以，中国现代文学从根本上是民族文学，具有鲜明的民族特征。

第二节　民族文学理论与中国现代文学史上的“民族主义文学运动”

在“全球化”理论风行全世界并深刻地影响中国的学术这样一个背景下，民族性这一问题越来越受到人们的重视。所以，从民族性这一视角来重新审视中国现代文学，以及重新清理和评价中国现代文学史上的民族主义文艺运动，对于当下中国现代文学研究便非常有意义。

民族和民族主义都是伴随着现代国家产生而产生的，在大多数国家，民族主义都具有爱国主义的含义，至少二者在情感上具有某些相通的地方。就文学来说，无论是过去还是现在，应该说，强调民族性和提倡民族主义都没有错。但为什么中国现代文学史上的民族主义文学运动却以惨败告终，并且以后长期遭人批评？本节试图回答这一问题。

需要首先说明的是，这里所说的“民族主义文学运动”主要是指20世纪30年代初期“前锋社”所发起的“民族主义文艺运动”和20世纪30年代末期至40年代初期陈铨等人所发起的“战国策派”文学运动。民族主义文学运动作为运动，是由一定的组织或团体发起的，具有明确的理论主张和文学实践。一般性地主张文学的民族性或在创作中表现出民族主义思想的文学则不属于这一范畴。恰恰相反，笔者所要做的就是对这两种民族主义文学进行区分。我认为，一般性的民族主义文学和中国现代文学史上的具体的民族主义文学是有区别的。民族主义文学运动既具有民族主义文学的一般性特征，这是我们不能对它进行简单否定的重要原因；同时，民族主义文学运动又有其特定时期的政治含义，这是当时它得不到广泛支持以至后来长期遭受批判的重要原因。

近代以来，由于救亡和国家富强的原因，民族主义一直是中国政治文化的主流话语，梁启超、早期的汪精卫、孙中山，都非常强调民族主义。经过几代人的理论建构，中国民族主义的内涵逐渐清晰起来，其理论也逐渐完备起来。特别是随着孙中山“三民主义”理论的完成以及民国政府的建立，民族主义便成为国家的意识形态。民族主义之所以成为国家意识形态，这除了是由于“国父”孙中山创立以外，还与民族主义的天然政治性有绝大的关系。“民族主义道德是一条政治原则，它认为政治的和民族的单位应该是一致的。”“简言之，民族主义是一种关于政治合法性的理论。”[①]“民族（国家）认同的形成，通常既是人们为在一个新的政治共同体内获得成员地位而进行的斗争的结果；同时也是政治精英和政府为创造新的认同感而进行的斗争的结果，这种认同感能够使现代国家自身合法化。”[②] 战国策派的重要成员林同济说：“民族主义即英文 Nationalism。既是一种社会现象，也是一种政治主张。”[③] 事实上，国民政府之所以高扬民族主义的旗帜，除了情感的因素以及民族主义本身的合理性以外，政治的因素始终是一个非常重要的原因，从孙中山到国民党政权，民族主义始终具有政治性。民族主义在国民党政府那里始终是维护政权的工具，并且工具性先于和高于民族主义本身的合理性。在国民政府那里，“民族至上”和“国家至上”是紧密地结合在一起的，并且前者具有表面性，后者具有深层性。

孙中山说：“民族主义就是国族主义。”“所以中国人的团结力，只能及于宗族而止，还没有扩张到国族。”[④] 在孙中山那里，民族和国家是紧密地联系在一起，而且也只有联系在一起时，民族主义才有意义，才值得提

---

① ［英］厄内斯特·盖尔纳：《民族与民族主义》，中央编译出版社 2002 年版，第 1、2 页。

② ［英］戴维·赫尔德：《民主与全球秩序——从现代国家到世界主义治理》，上海人民出版社 2003 年版，第 128 页。

③ 林同济：《民族主义与二十世纪——列国阶段的形态观》，《中国文化与中国的兵（外一种）》，岳麓书社 1989 年版，第 227 页。

④ 孙中山：《民族主义》，《孙中山选集》，人民出版社 1981 年版，第 617 页。

倡，所以，他批评了中国古代的“宗族主义”。其实，本质上，“宗族主义”与民族主义具有同样的结构和性质，也可以说是一种民族主义，至少可以说是民族主义的一个组成部分，大的民族实际上是由小的宗族组成的，现代社会，由于文化之间的交流频繁，特别是利益冲突，宗族主义极容易就演变成民族主义，在一些特殊的国家或特殊的时期，宗族就代表民族。但由于宗族主义有碍于国家建设，不符合国家的利益，所以孙中山提倡民族主义而对同属于民族主义范畴的宗族主义进行了否定。我们看到，在孙中山那里，民族主义明显具有爱国主义的特点，所以他说：“要救中国，想民族永远存在，必要提倡民族主义。”“我们现在要恢复民族的地位，除了大家联合起来做成一个民族团体以外，就要把固有的旧道德恢复起来。有了固有的道德，然后固有的民族地位才可以图恢复。”[①] 所谓“固有的道德”，主要是忠孝、仁爱、信义、和平四项内容。

而到了国民政府时期，民族主义作为一种政治合法性的工具则更为明确，也更为具体。1938 年，国民党关于文化建设的纲领是：“而现阶段之中心设施，则尤应以民族国家为本位。所谓民族国家本位之文化，有三方面之意义，一为发扬我固有之文化，一为文化工作应为民族国家而努力，一为抵御不适合同情之文化侵略。”[②]（这里，所谓“固有之文化”，不过是孙中山“固有的道德”的另一种说法。）从这里我们可以看到，国民政府提倡民族主义的根本原因是为了国家，更具体地说，是为了国民党政权。也正是因为如此，民族主义在国民政府那里其实具有“双刃”性，即既具有从正面维护国民政府的作用，又有从反面破坏国民政府的作用，也就是说，它可以用来做批评国民党政府的武器。而国民党政府的态度也非常明确：如果民族主义威胁到国民党政权，威胁到国民政府的安全，就对它进行批判和镇压，相反则予以鼓励和支持。在中国现代史上，正反的例子都有。正面的例子如：30 年代，国民党政府对国家主义采取了镇压的措施。

---

① 孙中山：《民族主义》，《孙中山选集》，人民出版社 1981 年版，第 621、680 页。

② 中国第二历史档案馆编：《国民党临时全国代表会议通过陈果夫等关于确定文化建设原则纲领的提案（1938 年 3 月 31 日）》，《中华民国史档案资料汇编》第五辑第五编“文化（一）”，江苏古籍出版社 1998 年版，第 1 页。

其实，国家主义是由民族主义而来，它的理论基础是民族主义，是民族主义在现实政治上的一种延伸。为什么要镇压国家主义，理由是："国家主义之所以遭到南京政府的镇压，其根本原因就在于国家主义由民族主义立场推进到了非常具体的政治诉求，明确要求建立宪政，反对国民党一党专政。"反面的例子如：战国策派并非国民党派系，但战国策派的理论主张因为符合国民党政权的利益，所以被认同，战国策派的代表人物如陈铨、雷海宗、林同济等人也受到国民党政府的欢迎。"'战国策'其实并没有什么政党背景，陈铨等人也是知识圈中人，算不得政治场上行走之人。……但其'民族至上，国家至上'的主旨，却与国民党的意识形态甚是契合，所以很得国民党有关方面的嘉许。"[①] 可以说，国民政府主要是从自身的利益来提倡民族主义的，也是从自身利益的角度来阐释民族主义的。

但问题也正是在这里。国民党政府从政治的立场提倡民族主义，而左翼特别是共产党则从政治的立场反对民族主义。国民党政府通过把民族主义国家意识形态化来确定其政权的合法化，而共产党则通过批评民族主义来"解"国民党政权的合法化。就文学来说，提倡民族意识和民族文学，通过文学的民族性而弘扬民族文化，提高民族的自信心等，这都是无可厚非的，应该得到广泛的支持。但 30 年代的民族主义文学运动不仅没有得到广泛的支持，反而招致广泛的批评，这并不是民族主义文学理论作为理论本身有问题，而是民族主义文学理论被国民党当作统治工具有问题，也就是说，问题不是出在文学上而是出在政治上。正是政治使民族主义文学理论及实践成了牺牲品。

今天我们也主张弘扬民族精神，也提倡文学反映民族生活，表现民族特色，似乎我们是赞成民族主义的。但实际上不是这样。很长一段时间，对于民族主义，我们都是持否定态度的。90 年代以前，民族主义一直是一个贬义词，至少官方的意识形态并不明确提倡民族主义。《中国大百科全书·民族卷》是这样定义"民族主义"的："地主、资产阶级思想在民族

① 倪伟：《"民族"想象与国家统制：1928—1949 年南京政府的文艺政策及文学运动》，上海教育出版社 2003 年版，第 121—122、260—261 页。

关系上的反映，是它们观察、处理民族问题的指导原则、纲领和政策。”并批评民族主义“极力抹杀民族内部的阶级对立，以民族矛盾掩盖阶级矛盾”[①]。这里实际上已经表明得很清楚，我们之所以否定民族主义，一是因为它反阶级斗争理论，二是因为民族主义具有资产阶级的意识形态性。事实上，30年代，左翼文学对民族主义文学的批判主要就是在这两个层面上展开的。他们用阶级斗争理论来批判或对抗民族理论，同时揭示民族主义文学理论的政治实质。比如鲁迅就是明显从阶级论的角度来批判“民族主义文学”的，他说：“那目标确是同一的；和主人一样，用一切手段，来压迫无产阶级，以苟延残喘。”[②] 在整篇文章中，鲁迅并没有从理论上对“民族主义文学”理论本身进行批评，而是对“事件”进行“历史性”的评判，他指出，“民族主义文学”不过是资产阶级用来压迫无产阶级的工具，这当然具有一针见血性。“自由人”胡秋原的批判同样也是一针见血，他说：民族“实际上只是一个地理上政治上的名称，一种抽象的存在，在今日，民族与国家成了一个东西，实际上只是统治阶级所统治的地域与人民之名称”，而民族主义也是“统治阶级的一个护符”。[③] 当然，胡秋原是从纯粹的自由立场来批判民族主义文学的，他对民族主义的批判实际上也适用于对阶级论的批判。

1930年6月，“前锋社”成立，并发表《民族主义文艺运动宣言》，其根本宗旨就是提倡文学的民族主义。“前锋社”是由一批国民党文人和亲国民党的文人组成的，他们的民族主义文学理论虽然也有某种理论性，但总体上“前锋社”属于政治派别，他们的文学理论也属于文学政治理论，其用意和目标都非常明确，那就是针对左翼文学及其理论，体现了国民党政府的文艺意识形态性。所以，“民族主义文艺理论”一提出，就遭到了左翼文学界的批判，其中尤以茅盾的批判最为激烈，也最有代表性，深得

---

① 《中国大百科全书·民族卷》，中国大百科全书出版社1986年版，第330—331页。

② 鲁迅：《“民族主义文学”的任务和命运》，《鲁迅全集》第4卷，人民文学出版社1981年版，第313页。

③ 胡秋原：《钱杏邨理论之清算与民族文学理论之批评——马克思主义文艺理论之拥护》，《三十年代“文艺自由论辩”资料》，上海文艺出版社1990年版，第63页。

要害。他说："一般说来，在被压迫民族的革命中，以民族革命为中心的民族主义文学，也还有相当的革命的作用；然而世界上没有单纯的社会组织，所以被压迫民族本身内也一定包含着至少两个在斗争的阶级，——统治阶级与被压迫的工农大众。在这种状况上，民族主义文学就往往变成了统治阶级欺骗工农的手段，什么革命意义都没有了。这是一般的说法。至于在中国，则封建军阀，豪绅地主，官僚买办阶级，资产阶级联立的统治阶级早已勾结帝国主义加紧向工农剥削，所以民族主主义文学的口号完完全全是反动的口号。"[①] 茅盾当然承认民族主义文学一般意义上的进步性，但他认为阶级是比民族更为广泛的现实，阶级统摄民族，特别是在当时的中国，对于文学来说，首要的不是民族主义文学，而是阶级斗争文学。这当然是有问题的，因为民族主义主要是一个对外范畴，而阶级斗争主要是一个对内范畴，就斗争和解决问题的方向来说，任何时候都应该是对外优先于对内。但我们只能从理论上认为茅盾的论述存在问题，而不能从历史上否定他的实际意义，因为茅盾的观点其语境是非常明确的，那就是针对民族主义文学对于左翼文学的反动，是反动之反动。所以我们不能把它当作一个纯粹的理论问题。反过来也是一样，我们不能因为"民族主义文学理论"在政治上的反动而对他们的理论本身也予以简单的否定。

从这里我们也可以看出民族主义文学理论与左翼文学理论之间的实质性区别。对于这种区别，40 年代的林同济曾有一个概括，他说："共产主义与民生主义的一个大不同点，我想也许在这里，前者要超民族主义而谈经济平等，后者却是随着开宗明义第一章之民族主义而顺流延长的。"[②] 也就是说，共产主义把阶级平等放在首位，而"民生主义"（即国民党政府的资本主义）则把民族平等放在首位。正是因为如此，30 至 40 年代的左翼文学与"民族主义文学"之间的争论具有意识形态的实质性。社会主义或共产主义在理论上是一种世界主义，所以，共产主义最主要的口号就是

① 茅盾：《"民族主义文艺"的现形》，《茅盾全集》第 19 卷，人民文学出版社 1991 年版，第 250 页。

② 林同济：《民族主义与二十世纪——列国阶段的形态观》，《中国文化与中国的兵（外一种）》，岳麓书社 1989 年版，第 229 页。

"全世界无产者联合起来"。共产主义的理想就是建立一种全球性的无产阶级专政的大同社会，而实现这一目标的途径就是阶级斗争，即无产阶级推翻资产阶级的斗争。中国现代史上的民族主义，在孙中山那里主要是培养民族意识、增强民族凝聚力从而争取民族独立，达到国家富强的目的。在国民党政府那里，这一目的当然还在延续，但民族主义同时也演变成国民党合法性的统治工具。国民党政府通过提倡民族主义来抹杀或削弱阶级斗争，从而稳固其统治；而共产党则张扬阶级斗争理论从而使其"斗争"和反抗合法化。所以，阶级斗争理论和民族主义理论在这里都是工具、武器，都具有表面性，深层的东西是政权。阶级斗争不是终极目的，终极目的是夺取政权、掌握政权，民族主义也不是终极目的，终极目的是维护政权。所以，30—40 年代左翼文学与民族主义文学之间的斗争并不是简单的文学斗争，深层上也是政治斗争。

30 年代末至 40 年代初，左翼文学内部曾展开过一次非常广泛的有关"民族形式"的讨论。对于"民族形式"问题，不仅解放区与国统区存在着不同的意见，延安内部也存在着不同的意见。抗日战争期间，民族情绪极度高涨，民族意识凸显出来，作为一种凝聚力、向心力，出于"救亡"的共同目的，共产党实际上也是认同民族主义的。但为什么"左翼"不提"民族文学"而只是强调"民族形式"，进一步前溯，抗日战争初期，我们提出"国防文学"和"民族革命战争的大众文学"两个口号而不直接提倡"民族文学"，联系上面的背景，原因应该说就比较清楚了。这里实际上涉及很深的政治问题。民族"形式"在这里意味深长，其本质仍然是反抗国民党政府的"民族主义"意识形态。所以，"民族形式"特别强调民间形式、地方形式，少数民族形式，而闭口不提主流的"民族主义"的形式。

正是在这一意义上，我们应该把中国现代文学的民族性和中国现代文学史上的"民族主义文学运动"两个问题区别开来，中国现代文学民族性问题是一个文化问题，是一个文学理论问题，而中国现代文学史上的"民族主义文学运动"则是一个文学史问题，它既有理论上的问题，也有政治上的问题。正是因为如此，我们不能因为"民族主义文学运动"存在着政治问题而对民族文学理论本身也予以否定。

重新检讨“战国策”派的民族主义文学理论，我们看到，“战国策”派的民族主义文学理论本身并没有问题。陈铨认为中国五四以来的文学发展，经历了三个阶段：个人主义阶段、社会主义阶段、民族主义阶段。对于民族主义阶段的文学，他的概括是：“到了第三阶段，中国思想界不以个人为中心，不以阶级为中心，而以民族为中心。”“在这一阶段中间，中华民族第一次养成极强烈的民族意识。”[①] 陈铨的概括并不准确，比如“社会主义”这个词就用得很有疑问。抗日战争之后，虽然民族文学的确蓬勃兴起，但并没有达到他所描述的程度。陈铨的真正用意显然不在于对中国新文学进行概括，而在于提倡民族主义文学，他说：“只有强烈的民族意识，才能产生真正的民族文学。”中国文学应该“以民族为中心”，“凡是对民族光荣生存有利益的，就应当保存，有损害的，应当消灭。我们可以不要个人自由，但是我们一定要民族自由：我们当然希望全世界的人类平等，但是我们先要求中国人与外国人平等”[②]。“二十世纪的政治潮流，无疑的是集体主义。大家第一要求是民族自由，不是个人自由，是全体解放，不是个人解放。在必要的时候，个人必须要牺牲小我，顾全大我，不然就同归于尽。”[③] 在中华民族处于生死存亡的危急时刻，提倡以民族为中心，要求民族的平等与自由，提倡文学上的民族主义，高扬民族意识，于情于理，我认为怎么也不为错。

况且，战国策派的民族主义文学思想并非口号，并不空洞，而具有相当的理论深度。比如陈铨说：“文学家不但要保持自己的个性，还要保持民族的个性。”“站在世界文学的立场来说，一个民族对于世界文学要有贡献，必定要有一些作家，把他们的民族文化充分表现出来。”[④] 又说：“一个民族的文学要能够永垂不朽，必须要把自己表现出来。”“没有民族文

① 陈铨：《民族文学运动》，温儒敏、丁晓萍编：《时代之波——战国策派文化论著辑要》，中国广播电视出版社 1995 年版，第 375 页。

② 同上书，第 375 页。

③ 陈铨：《五四运动与狂飙运动》，版本同上，第 345 页。

④ 陈铨：《民族运动与文学运动》，版本同上，第 395、396 页。

学，根本就没有世界文学；没有民族意识，也根本没有民族文学。”“民族文学运动应该培养民族意识，民族意识是民族文学的根基，民族文学又可以帮助加强民族意识，两者互相为用，缺一不可。所以民族文学运动，最大的使命就是要使中国四万万五千万人，感觉他们是一个特殊的政治集团。”[1] 单从理论上来说，这些观点并没有什么错，事实上，上述很多观点至今仍然为人们所广泛地接受。

对于民族主义文学运动，陈铨提出六个方面的定性，它们分别是：“民族文学运动，不是复古的文学运动”；“民族文学运动不是排外的文学运动”；“民族文学不是口号的文学运动”；“民族文学运动应当发扬中华民族固有的精神”；“民族文学运动应当培养民族意识，民族意识是民族文学的根基”；“民族文学运动应当有特殊的贡献”。[2] 可以说，不论是大的观点还是具体的论述，陈铨的这些思想至今仍然还具有活力，至今仍然不为过时，还特别具有现实针对意义。

所以，我认为，从文学理论上来说，战国策派的民族主义文学理论并没有多少可以指责的。战国策派的“尚力”、“英雄崇拜”、“权力意志”，鼓吹战争，在政治观和文化观上当然是值得批判的。但左翼文学把战国策派的民族主义文学理论和法西斯主义相混淆[3]，这在今天很难让人理解。贺麟说：“中国的民族主义运动确是一种革命运动，不应当把它与沙文主义式的和法西斯主义式的民族主义相混淆，中国的民族主义运动外观上是反抗帝国主义势力经济上、政治上和军事上的压迫；其内在意义是反抗保守的军阀和封建主；文化理智方面，它是对过去的传统和习俗的反抗。”[4] 贺麟通常被认为是战国策派的重要成员，贺麟这段话既是对战国策派的辩诬，同时也是进一步申明战国策派的观点。难道反帝国主义、反封建主义有错吗？江沛先生评论战国策派的文学主张说：“文学是人学及其关照的

① 陈铨：《民族文学运动》，版本同上，第 372、378 页。

② 同上书，第 376—378 页。

③ 李清心：《“战国”不应作法西斯主义的宣传》，《解放日报》1942 年 6 月 9—11 日。

④ 贺麟：《基督教与中国的民族主义运动》，《文化与人生》，商务印书馆 1988 年版，第 149 页。

特征，早已在近代民族危机和中国政治社会的压力下避于一隅，工具性成为新文学的一大特征，为现实服务成为第一指归。以文艺激发‘民族意识’，成为文学家的共识，而并非战国策派学人的独创。战国策派学人不满足于文艺救亡，着眼于培植‘民族意识’，以文学为工具改造国民劣根性。”① 这段话当然有值得商榷的地方，比如他说“民族意识”已经成为文学家的共识，这就过于绝对，实际上，如上所述，情况远比这要复杂。但江沛先生说的“民族意识”不论是在笼统的文化上还是在具体的文学上，都绝非战国策派首创，我认为这个判断是正确的。回顾近代以来的社会文化思潮，我们看得非常清楚。在这一意义上，我认为战国策派的民族主义文学理论有它深刻的中国社会现实的基础，它实际上是近代以来中国“救亡”意识的产物，属于“救亡”话语，与五四新文学运动的启蒙主义运动具有同样的性质，属于整个新文学理论的一个重要组成部分。

“民族至上”是晚清以来民众以及知识分子的普遍观念。救亡压倒一切。自由知识分子把自由看得至高无上，但在民族危机面前，他们甘愿牺牲自己的自由，容忍国民党的独裁，这是非常可敬的，有传统儒家的“大义”性。问题的关键在于，战国策派所提倡的民族主义文学与国民党政府所提倡的“三民主义文学”和代表国民党政府观点的“前锋社”所提倡的“民族主义文艺”具有某种相似和重合，也即被卷入了国民党政府的政治，并在客观上起到了国民政府的“帮闲”作用。对于民族主义文学理论的实际政治性，陈铨当时就清楚地意识到了，他曾说：“政治和文学，是互相关联的，有政治没有文学，政治运动的力量不能加强；有文学没有政治，文学运动的成绩也不能伟大。现在政治上民族主义高涨，正是民族文学运动最好的机会；同时民族政治运动，也急需文学来帮助它，发扬它，推动它。”这可以解释为什么战国策派要与国民党政权合作的原因，当然也反映了战国策派在政治上的幼稚。但是，陈铨又试图冲淡民族主义文学运动的政治性，他说：“民族意识的提倡，不单是一个政治问题，同时也是一

① 江沛：《战国策派思潮研究》，天津人民出版社 2001 年版，第 172 页。

个文学问题。”[①] 也就是说，他试图强调民族主义文学作为文学理论和文学运动的独立性。但这种说法在当时事实上显得非常苍白无力，并不为左翼文学所理解和接受。

正是在如上意义上，我认为我们今天应该撇开政治的原因而对民族主义文学运动的理论进行重新清理。民族主义文学运动作为政治工具其反动性是一回事，民族主义文学理论作为纯粹的理论其合理性又是一回事，我们应该把“民族主义文学运动”的历史性和理论性这两个问题区别开来，我们不能因为政治的原因而否定民族主义文学理论的合理性因素。

第三节 全球化与民族文学生存境遇及其言说

全球化问题是当今学术界最热门的话题之一，文学和文学理论也面临着这样一个背景。全球化既是生活问题，世界正在变得越来越小，这是我们大多数人都能切身感觉到的。但全球化也是话语问题，它实际上又是我们对问题的一种新的言说方式。在生活的层面上，全球化意味着新的正在形成的具有统一性的相互依赖的这个世界与我们的生存息息相关，我们不能脱离世界而孤立地存在。在话语的层面上，全球化意味着一种学术意识、问题背景和公共言说方式，它意味着我们应该和世界其他民族国家进行文化上的交往、对话，从而使我们的文化保持民族特色的同时不失世界品性。也正是在这一意义上，“民族主义”作为一种意识被置于和“全球化”相对抗的位置，就文学而言，“民族文学”与“世界文学”构成了尖锐的二元对立。所以，对于当下的中国文学来说，如何在全球化浪潮中保持民族个性、如何避免陷入全球化的误区便成为一个非常切实的问题。我认为，当今文学理论界，不论是对“全球化”，还是对“民族性”，都存在

① 陈铨：《民族文学运动》，温儒敏、丁晓萍编：《时代之波——战国策派文化论著辑要》，中国广播电视出版社 1995 年版，第 376、372 页。

着某种误解。

现代意义上“民族”、“国家”概念是晚近才产生的，作为问题，它是伴随着世界的广泛交往和一体化而凸显出来的。世界的一体化即全球化，全球化是人类文明发展的必然趋势，在历史的层面上，它伴随着近代资本主义的扩张、社会的现代性价值共性的确认而产生，因此，全球化又可以说是现代化的产物。在文化上，由于全球化重在一体化、同化，而民族性重在区域性、个性，所以，事实上二者便构成了一对矛盾。但理论上，全球化和民族性并非互相排斥的关系，民族性本来是全球化的合理内涵，张扬全球化并不意味着压抑民族性，反过来也是如此。马克思、恩格斯说：“过去那种地方的和民族的闭关自守和自给自足状态，被各民族的各方面的互相往来和各方面的互相依赖所代替了。物质的生产是如此，精神的生产也是如此。各民族的精神产品成了公共的财产。民族的片面性和局限性日益成为不可能，于是由许多种民族的和地方的文学形成了一种世界的文学。”[①] 在马克思、恩格斯看，未来的全球化世界在精神上，各民族相互往来相互依赖，即民族的一体性，但这并不是以泯灭民族性为代价的。就文学来说，世界文学正是由具有个性的民族文学组成的。民族文学要成为世界文学，即要成为公共的精神产品，必须具有开放的品格，同时克服片面性和局限性。这里，显然不能把个性或民族性理解为局限性或片面性。

全球化“是帝国主义的变种”[②]，但我们不能据此对它予以简单的否定。全球化是一个复杂的概念，全球化作为建立一种“世界系统”（world system）的方法和途径，并不是单纯的趋同或者求异。一味地趋同，世界势必变得单极化，构不成具有内在张力的系统，单极化的世界因为缺乏制约的力量将变得不稳定，这种世界对于人类来说将是非常危险的。而一味地求异，社会将缺乏内在的统一性而会重新回到分崩离析的状况，这也是明显和全球化相背向的。美国社会学家罗伯森认为，走向全球化时代，

---

① 马克思、恩格斯：《共产党宣言》，《马克思恩格斯选集》第1卷，人民出版社1972年版，第255页。

② 洛克：《全球化是帝国主义的变种》，王宁、薛晓源主编：《全球化与后殖民批评》，中央编译出版社1998年版。

"社会在有些（主要是经济和技术）方面在趋同，在有些（主要是社会关系）方面在趋异，而且，从某种特定意义上说，还有一些方面维持原样"[①]。在"同"的意义上，全球化主要是经济和贸易的全球化，表现为信息时代和市场化时代。在"异"的意义上，全球化主要是文化的一体化、多元化，强调"和而不同"，表现为后现代状况。所以，全球化是多层面的，内涵是丰富的。全球化不是单纯的同质化，同时也具有差异性。正如有人所说："事实上，经济、科技、信息的全球化，一方面导致了国家政治意识的弱化，另一方面也造成了人的归属感的危机，在此情势下，根据文化重新确认自己的文化个性，便成为各民族在全球化进程中的一个至关生死存亡的问题，而作为一种理想状态，'全球化'也应是经济一体化与文化多极选择和各民族文化的平等对话。"[②] 文学属于文化的范畴，因此，文学的全球化就主要表现为一种求异的特点。这样，文学的全球化就与文学的民族性具有内在的一致性。

当然，"民族"也是一个复杂的概念。对于"民族"，有各种各样的定义。我认为，民族与语言、文化传统、地域、种族、社群、国家、风俗等密切相关，它是一种综合的概念，并且具有历史性，也就是说，对于不同的民族来说，民族的内涵不同；对于同一民族来说，民族的内涵也有一个发展变化的过程。唐文权把中国传统民族主义和中国近代民族主义作区分[③]，这是非常有道理的。传统民族主义具有"华夏中心主义"的特点，以"内夏外夷"和"非我族类，其心必异"为基本内容。而近代民族主义则强调民族独立与民族强盛，改革与革新、师夷制夷构成了其基本内容。这说明，我们不能把民族主义看做是某种僵死的固定的东西。在西方，"民族主义"是一个具有贬义的称谓，对于大国沙文主义、西方中心论以及"华夏中心主义"等，这种批判和贬伐固无不可，但如果不在褊狭的意义上理解民族主义，民族主义有它的积极意义。在我看来，民族主义既是一种体认，即个人对本民族的认同；同时也是一种心理状况，即个人对民

---

① 罗伯森：《全球化社会理论和全球文化》，上海人民出版社 2000 年版，第 16 页。

② 朱水涌：《全球化与中国当代文学的格局研究》，《东南学术》2001 年第 1 期。

③ 唐文权：《觉醒与迷误——中国近代民族主义思潮研究》，上海人民出版社 1993 年版。

族国家的忠诚。不论是对个人来说，还是对国家来说，民族都是一种精神的家园，一种归属和寄托，一种不解的情结。对于中国来说，民族主义具有宗教的性质，它构成了中国人生存的广阔背景。

因此，理论上，全球化与民族性并不必然性地构成冲突。全球化其实有“经济全球化”与“文化全球化”之分。“经济全球化”趋同，强调普遍主义；“文化全球化”则趋异，强调多元主义。文化全球化追求世界的一体化，所谓“一体化”，并不是文化的“纯化”、单一化，而是世界各民族文化之间的相互联系和相互依赖的关系。而求异的“文化全球化”和追求个性的民族性在品性上是相一致的。所以，英国社会学家阿尔布劳认为，“全球化”这个概念是有疑问的，更准确地说是“全球性”（globality）或者“全球时代”（the global age），[①] 当代世界文化正在走向这样一个“全球时代”。

这样一种全球化与民族性之间的辩证关系对于我们正确处理和把握当前中国文学和文学理论在全球化语境中的发展是非常重要的。它对于我们重新认识世界文学与民族文学之间的关系、消除对于世界文学和民族文学的误解具有重要的参照意义。全球化语境，意味着中国的文学不再只是中国文学，同时也是世界文学。中国文学如何具备一种世界文学的品性，这很大程度上取决于我们的文学意识和言说方式。

中国文学要具有世界文学的品性，从话语上来说，并不是说要我们放弃我们自己的言说，说西方人所说的话，以西方文学模式为准绳，在发展上唯西方马首是瞻。话语上的“西方中心主义”本质上是一种霸权主义，早在100多年前，马克思、恩格斯就曾对它进行了尖锐的批评，他们说：“它迫使一切民族——它们不想灭亡的话——采用资产阶级的生产方式；它迫使它们在自己那里推行所谓文明制度，即变成资产者。一句话，它们按照自己的面貌为自己创造出一个世界。……它使未开化和半开化的国家从属于文明的国家，使农民的民族从属于资产阶级的民族，使东方从属于西方。”[②] 就话语上来说，西方有一套自己的话语体系，在这套话语体系

---

① 阿尔布劳：《全球时代——超越现代性之外的国家和社会》，商务印书馆2001年版，第10页。

② 马克思、恩格斯：《共产党宣言》，《马克思恩格斯选集》第1卷，人民出版社1972年版，第255页。

中，包含着深层上的西方优越感以及对东方的偏见。西方话语体系本身隐含着西方文化的普遍性、中心性以及东方文化的“异质性”、边缘性的观念，当我们使用这套话语体系进行言说时，我们实际上被植入了西方的观念体系之中，它意味着我们自己的感觉、思想以及思维方式被异化，也实际上意味着我们自己放弃说话的权利以及相应的固有的生存体验。这是一种可怕的文化帝国主义，后现代主义文艺理论特别是后殖民主义理论已经对它进行了深刻的解构。

我们说，文学是对社会生活的反映，这里，“反映”，本质上即一种言说，它包括我们的感觉、感受、体验、理解以及对这些感觉、感受、体验、理解的描述。而感觉、感受、体验、理解等并不完全是身体性的，而从根本上是语言性的。现代语言学已经充分证明，我们所使用的语言对我们的行为、心理具有暗示性。只有通过语言的叙述和描写，我们的感觉、感受、体验、理解等才能变成精神实在，才能变成文学形态的社会生活。所以，语言并非简单的工具，而具有人文性，具有思想和思维的本体性，使用什么语言从深层上影响我们如何说以及说什么。经过语言表述出来的社会生活，既具有物质客观性，即它是实在的，具有社会存在性；同时又具有精神形态性，即它是人观察的结果，是人的观念的产物。在这一意义上，“反映”与语言有很大的关系，用什么话语方式来反映以及如何言说，其作品形态会有很大的不同。文学的民族性很大程度上是由民族语言的话语方式决定的，当我们的文学采用西方的话语方式来言说时，其民族性受到损害是可想而知的。

对于文化艺术，我们必须承认全球化的合理性以及它所显示出来的人类未来性，也必须承认文化全球化在内涵上的某些普遍价值标准。而在建构这些普遍价值标准的过程中，西方的作用和贡献最大，西方的全球化扩张包括经济上的扩张和文化价值观念的推广，对于全球化观念的形成具有强大的推动作用。但是，全球化作为现实不完全是西方的产物，它是人类文明发展的必然性结论。文明具有辐射性，文化在交流中互相促进地向前发展，这是人类的历史规律。全球化作为话语方式，并不完全是西方的产物，中国政治经济文化的发展，也使汉语具有产生这种语境的潜能，就是说，全球化其实也是中国话语。西方话语之所以渗入汉语并且形成话语霸权，这与我们对西方文化的误解以及相应的建立在文化误读意义上的文化实践有很大的关系。近代以来，我们总是把经济和文化在性质上视为同一，并且在理论上一体化，认为文化是政治经济的基础，只有从深层上学习西方的文化才可能在政治经济上强大。在文化上，我们始终是一种经济的思维，我们始终是从经济的角度去思考文化的问题。就语言上来说，学习西方的话语，这绝对是应该的，是文化交流的应有之义。但言说方式以及相应的术语、概念、范畴上的过分依赖西方，造成了明显的负面影响，它使西方话语的霸权由潜能成为现实，我们在不知不觉中陷入了西方话语霸权的陷阱。在这一意义上，西方话语霸权是引进的，而反话语霸权则是制造出来的问题。语言如果没有交流和使用，它只有潜在的功能，西方话语体系在西方话语体系内实施不了霸权的职能，如果没有我们对它的积极回应，西方话语的霸权性最终会消散而化为虚无。

已经有人对“文化进化论”提出质疑，这是有道理的。文化的发展不同于经济的发展，与自然和生物的进化也不同。文化具有相对性，每一种文化都有其存在的理由，都有其独特的存在价值，只有喜爱与不喜爱、适宜与适宜的区分，只有对经济发展作用大小的区分，而没有经济意义上进步与落后的区分。各种文化是平等的，每一种文化都有它自己的价值标准，不存在一种超越一切文化形态的普遍的绝对的价值标准。中心与边缘本质上是一种主体意识和本位观，西方人的中心意识不过是一种经济优越感，在文化上和清政府傲慢自大别无二致。“文化普遍主义”本质上是现代启蒙哲学的产物，因此，误读意义上的“文化全球化”是帝国主义的产物，是现代化的极端发展，其必然性结论就是推行西方的政治、经济和文化的霸权。后现代主义早已证明，康德所说的“普遍的人类历史的观念”，即认为人类会逐渐趋向同一，世界上的所有民族最终都会接受同样的价值、信仰、制度、目标、方向和实践，这根本就是一种神话。全球化不是西方化，以为全球化的方向就是学习和模仿西方，这是对全球化的误解。中国文学有它的特殊价值，这与中国的文化传统、文学传统以及中国人的生存境遇有内在的联系，也与现代汉语的特殊话语方式有着深层的关系。

我们应该坚持我们的精神个性和话语方式，不能因为全球化而放弃立场，失去独立性。

就语言来说，我们当然要和西方保持接触和交往，当然需要学习西方并借鉴西方的话语，但学习和借鉴又不能以丧失自我为代价，这就需要我们坚持独立的个性，以一种积极主动的、批判的态度去看待西方话语，要求我们站在一种更宽阔的视野和更高的角度来审视西方。在学习中，我们应该具有独立性、目的性、公正性、主体性。这里，我认为，比较意识是一种非常重要的意识。通过比较，我们可以更清楚地认识西方话语的优缺点，也能更准确地进行自我定位。通过比较，我们才能客观公正地对待中西方话语。比较意识和语言的跨文化研究真正体现了全球化的特点。

我们当然强调文学的民族性，但民族性并不是“古代性”或“传统性”，民族的内涵是随着社会和时代的发展而发展变化的，因此，民族性同样具有现代性。近代以来，西方对中国的社会变革有重大的影响，中国通过与西方交流学习了很多先进的技术和独特的文化经验。在文学上，从内容到形式，从文学体裁到文学语言到整体的言说方式，我们都深受西方的影响。但这种学习并没有从根本上冲击中国文学的民族性，中国现代文学仍然是中国的文学，仍然是具有鲜明民族特色的文学，只不过现代文学的民族性与古代文学的民族性在内涵上有很大的差别而已。同时，民族文学也不是民俗的文学，以为描写民族风俗人情、特别是揭露民族弱点的文学就是民族文学，这是对民族文学最为肤浅和狭隘的理解。民族内容如果只是作为文学的风景，这样的文学并不真正具有民族性，也不可能具有世界性。同样，我们也不应该过分地强调民族文学的种族性，以为越是种族的就越是民族的，这潜藏着某种“民粹主义”的危险。种族主义的文学多流于褊狭，与世界品格也格格不入，它既不利于文学走向世界，也不利于文学的自身发展。“文学越是民族的就越具有世界性”，这其实也是一个似是而非的结论。的确，没有抽象的世界性，那些具有世界性的文学都具有强烈的民族性。但问题在于，民族性必须具有某种公共品质才具有世界的品性。而所谓公共品性，我认为最重要的就是生存与发展。民族的生存和发展是第一位的，文化传统则是附属性的，继承文化传统的最根本目的是为了更好地生存，所以不能为了传统而妨碍生存，否则便是本末倒置。

我认为，民族与国家及其意识形态具有内在的联系，一个国家的社会生活以及观念形态都是民族的合理内涵。同时，民族性又体现为一种精神个性，中国古代的儒家、道家精神都典型地具有民族性。对于当代中国文学来说，生存就是我们最大的民族性。对于我们的文学来说，这就要求我们从生存境遇出发，切实地反映我们民族的生存状态。既要学习西方文学，和世界文学保持紧密的联系，但同时又不能用西方的话语代替我们自己的言说。要继承传统，但又不能囿于传统。要有自己独立的言说，同时这种言说又具有人类生存的普遍意义。正如王列生所说："中国文学将在排除极端民族主义和极端世界主义的干扰中，保持这样一种发展态势：在世界话语氛围中，作出中国式的独特言说。……世界话语氛围不等于世界话语同一，话题的共同兴趣不等于谈论角度和立场的消失。所谓中国式独特言说方式，其指向既能叠合于人类生存的前卫位置，又是伸延民族生存的现实思考和真实体验，这种思考和体验为任何其它民族所不能代替，因而也能在世界交谈语境中，建构中国式谈论而世界性倾听的诱导语境。"① 这样，我们的文学才既具有民族性又具有世界性。

全球化绝不是我们拒绝继承文学传统的理由；民族化也不是我们拒绝学习和借鉴其他民族文学经验的理由。不能把学习简单地看做是没有创造性，看做是简单地步人后尘。学习西方文学并不是为了复制西方意义上的文学大师。学习不是照抄照搬，文学史充分证明，所有的学习都具有否定性，即后人在对前人阅读基础上的误读、叛逆、颠覆。文学发展史就是否定史。我们承认模仿的独立性意义，文学史上从来没有完全意义上的模仿。但模仿的缺陷也是明显的，它妨碍我们对独创性的正确理解。重要的不是模仿本身，而是模仿可能带来的消极后果，如果模仿能给中国文学带来巨大的发展，像五四一样，产生鲁迅这样伟大的作家、世界性的作家，模仿是值得提倡的。并不是说我们不能谈论西方的问题以及采用西方的谈论方式，而是说我们所谈论的这些问题同时也是从我们的生存实际出发

① 王列生：《世界文学背景下的民族文学道路》，安徽教育出版社 2000 年版，第 17—18 页。

的，以及这些问题对我们的生存和发展有价值和意义，并且这种谈论能给我们带来新的经验，对我们的文化反省和文化建设都具有积极的意义。中国当代文学以什么为标准？既不是强势的西方，也不是中国传统，而是中国及中国人当下的境遇。以创造性为原则，以贴近中国现实和人的生存体验为原则，中国文学只有这样，才能超越中西方而获得广泛的承认。

参考文献

1. 麦基编：《思想家》，生活·读书·新知三联书店 1987 年版。

2. 刘梦溪主编：《中国现代学术经典·章太炎卷》，河北教育出版社 1996 年版。

3. 赫尔德：《论语言的起源》，商务印书馆 1998 年版。

4. 奥古斯汀：《忏悔录》，商务印书馆 1963 年版。

5. 裴文：《索绪尔：本真状态及其张力》，商务印书馆 2003 年版。

6. 陈嘉映：《语言哲学》，北京大学出版社 2003 年版。

7. 徐友渔：《“哥白尼式”的革命》，上海三联书店 1994 年版。

8. 维特根斯坦：《逻辑哲学论》，商务印书馆 1962 年版。

9. 海德格尔：《海德格尔选集》上下册，上海三联书店 1996 年版，

10. 索绪尔：《普通语言学教程》，商务印书馆 1980 年版。

11. 伽达默尔：《哲学解释学》，上海译文出版社 1994 年版。

12. 洪汉鼎：《诠释学——它的历史和当代发展》，人民出版社 2001 年版。

13. 伽达默尔：《真理与方法——哲学诠释学的基本特征》上下卷，上海译文出版社 1999 年版。

14. 霍布斯鲍姆：《民族与民族主义》，上海人民出版社 2000 年版。

15. 鲁迅：《鲁迅全集》1—16 卷，人民文学出版社 1981 年版。

16. 郭沫若：《郭沫若全集》1—16 卷，人民文学出版社 1984 年版。

17. 朱自清：《朱自清全集》1—7 卷，江苏教育出版社 1992 年版。

18. 方玉润：《诗经原始》（上下），中华书局 1986 年版。

19. 朱熹：《朱子语类》，中华书局 1986 年版。

20. 朱熹：《诗集传》，岳麓书社 1994 年版。

21. 刘勰：《文心雕龙》，杨明照校注拾遗，中华书局 2000 年版。

22. 程颢、程颐：《二程集》，中华书局1981年版。

23. 江阴香：《国语注解诗经》，广益书局1934年版。

24. 倪海曙：《苏州话诗经》，方言出版社［上海］1949年版。

25. 李长之：《诗经试译》，古典文学出版社1956年版。

26. 陈子展：《诗经直解》（上下），复旦大学出版社1983年版。

27. 金开诚，《诗经》，中华书局1980年版。

28. 于再春：《〈国风〉的普通话翻译》，中州书画社1982年版。

29. 金启华：《国风今译》，江苏人民出版社1963年版。

30. 吕恢文：《诗经国风今译》，人民文学出版社1987年版。

31. 余冠英：《诗经选》，人民文学出版社1956年版。

32. 葛培岭：《五经全译——诗经》，中州古籍出版社1991年版。

33. 胡适：《胡适文集》1—12卷，北京大学出版社1998年版。

34. 王国维：《王国维文集》1—4卷，中国文史出版社1997年版。

35. 闻一多：《闻一多全集》1—12卷，湖北人民出版社1993年版。

36. 许宝强、袁伟编：《语言与翻译的政治》，中央编译出版社2001年版。

37. 黄典诚：《诗经通译新诠》，华东师范大学出版社1992年版。

38. 启功：《诗文声律论稿》，中华书局1977年版。

39. 曹顺庆：《中外比较文论史（上古时期）》，山东教育出版社1998年版。

40. 歌德：《歌德谈话录》，人民文学出版社1978年版。

41. 马克思、恩格斯：《马克思恩格斯选集》1—4卷，人民出版社1972年版。

42. 曹顺庆：《中西比较诗学》，北京出版社1988年版。

43. 尼古拉·库萨：《论隐秘的上帝》，生活·读书·新知三联书店1996年版。

44. 塞缪尔·亨廷顿：《文明的冲突与世界秩序的重建》，新华出版社1999年版。

45. 安哲乐：《和而不同：比较哲学与中西会通》，北京大学出版社2002年版。

46. 乐黛云：《跨文化之桥》，北京大学出版社2002年版。

47. 曹顺庆等：《中国古代文论话语》，巴蜀书社2001年版。

48. 王晓路：《中西诗学对话——英语世界的中国古代文论研究》，巴蜀书社2000年版。

49. 刘禾：《跨语际实践——文学，民族文化与被译介的现代性（中国，1900—1937）》，生活·读书·新知三联书店2002年版。

50. 叶嘉莹：《王国维及其文学批评》，河北教育出版社1997年版。

51. 德曼：《解构之图》，中国社会科学出版社 1998 年版。

52. 朱立元主编：《当代西方文艺理论》，华东师范大学出版社 1997 年版。

53. 利奥塔尔：《后现代状况——关于知识的报告》，生活·读书·新知三联书店 1997 年版。

54. 萨义德：《东方学》，生活·读书·新知三联书店 1999 年版。

55. 余虹：《中国文论与西方诗学》，生活·读书·新知三联书店 1999 年版。

56. 海陶韦：《英美学人论中国古典文学》，香港中文大学出版社 1973 年版。

57. 刘若愚：《中国的文学理论》，四川人民出版社 1987 年版。

58. 厄尔·迈纳：《比较诗学——文学理论的跨文化研究札记》，中央编译出版社 1998 年版。

59. 沈儒苏：《论信达雅——严复翻译理论研究》，商务印书馆 1998 年版。

60. 程湘清主编：《先秦汉语研究》，山东教育出版社 1992 年版。

61. 萨丕尔：《语言论》，商务印书馆 1985 年版。

62. 沃尔夫：《论语言、思维和现实——沃尔夫文集》，湖南教育出版社 2001 年版。

63. 钱钟书：《谈艺录》，中华书局 1984 年版。

64. 奈达：《语言文化与翻译》，内蒙古大学出版社 1998 年版。

65. 洪堡特：《洪堡特语言哲学文集》，湖南教育出版社 2001 年版。

66. 韦斯坦因：《比较文学与文学理论》，辽宁人民出版社 1987 年版。

67. 谢天振：《译介学》，上海外语教育出版社 1999 年版。

68. 刘禾：《语际书写——现代思想史写作批判纲要》，上海三联书店 1999 年版。

69. 王栻编：《严复集》（1—5 卷），中华书局 1986 年版。

70. 陈平原：《文学史的形成与建构》，广西教育出版社 1999 年版。

71. 王宏志编：《翻译与创作——中国近代翻译小说论》，北京大学出版社 2000 年版。

72. 钱钟书：《七缀集》，上海古籍出版社 1994 年版。

73. 廖七一编著：《当代西方翻译理论探索》，译林出版社 2000 年版。

74. 陈福康：《中国译学理论史稿》，上海外语教育出版社 1992 年版。

75. 郭建中编著：《当代美国翻译理论》，湖北教育出版社 2000 年版。

76. 吴思敬编：《字思维与中国现代诗学》，天津社会科学院出版社 2002 年版。

77. 陈独秀：《陈独秀著作选》（1—3 卷），上海人民出版社 1993 年版。

78. 梁宗岱：《梁宗岱批评文集》，珠海出版社 1998 年版。

79. 朱光潜：《朱光潜全集》(1—10卷)，安徽教育出版社1993年版。

80. 赵家璧主编：《中国新文学大系·文学论争集》(影印本)，上海文艺出版社2003年版。

81. 周作人：《谈龙集》，河北教育出版社2002年版。

82. 龙泉明：《中国新诗流变论》，人民文学出版社1999年版。

83. 胡适：《胡适学术文集·新文学运动》，中华书局1993年版。

84. 王毅：《中国现代主义诗歌史论》，西南师范大学出版社1998年版。

85. 陆耀东：《二十年代中国各流派诗人论》，中国社会科学出版社1985年版。

86. 周作人：《看云集》，河北教育出版社2002年版。

87. 周作人：《书房一角》，河北教育出版社2002年版。

88. 周作人：《苦雨斋序跋文》，河北教育出版社2002年版。

89. 朱自清：《朱自清全集》(1—8卷)，江苏教育出版社1996年版。

90. 阿恩海姆：《走向艺术心理学》，黄河文艺出版社1990年版。

91. 米兰·昆德拉：《小说的艺术》，上海译文出版社2004年版。

92. 王列生：《世界文学背景下的民族文学道路》，安徽教育出版社2000年版。

93. 米兰·昆德拉：《被背叛的遗嘱》，上海译文出版社2004年版。

94. 马丁·艾斯林：《荒诞派戏剧》，河北教育出版社2003年版。

95. 金元浦：《接受反应文论》，山东教育出版社1998年版。

96. 艾布拉姆斯：《镜与灯——浪漫主义文论及批评传统》，北京大学出版社2004年版。

97. 姚斯等著：《接受美学与接受理论》，辽宁人民出版社1987年版。

98. 卡夫卡：《卡夫卡全集》第1卷，河北教育出版社2001年版。

99. 瓦尔特·比梅尔：《当代艺术的哲学分析》，商务印书馆1999年版。

100. 海德格尔：《存在与时间》，生活·读书·新知三联书店1987年版。

101. 陈嘉明等著：《现代性与后现代性》，人民出版社2001年版。

102. 王岳川、尚水编：《后现代主义文化与美学》，北京大学出版社1992年版。

103. 郑敏：《诗歌与哲学是近邻——结构—解构诗论》，北京大学出版社1999年版。

104. 刘象愚等主编：《从现代主义到后现代主义》，高等教育出版社2002年版。

105. 王钦峰：《后现代主义小说论略》，中国社会科学出版社2001年版。

106. 哈罗德·布鲁姆：《影响的焦虑》，生活·读书·新知三联书店1989年版。

107. 希利斯·米勒:《重申解构主义》，中国社会科学出版社 1998 年版。

108. 德里达:《文学行动》，中国社会科学出版社 1998 年版。

109. 纳森·卡勒:《论解构》，中国社会科学出版社 1998 年版。

110. 唐晓渡:《90 年代先锋诗的若干问题》，《唐晓渡诗学论集》，中国社会科学出版社。

111. 阎月君等人编:《朦胧诗选》，春风文艺出版社 1985 年版。

112. 殷国明:《20 世纪中西文艺理论交流史论》，华东师范大学出版社 1999 年版。

113. 陈超编:《最新先锋诗论选》，河北教育出版社 2003 年版。

114. 于坚:《于坚集》(1—5 卷)，云南人民出版社 2004 年版。

115. 程光炜编:《岁月的遗照》，社会科学文献出版社 1998 年版。

116. 梁启超:《饮冰室合集》(1—12)，中华书局 1989 年版。

117. 张宝明:《自由神话的终结》，上海三联书店 2002 年版。

118. 刘泽华:《中国的王权主义》，上海人民出版社 2000 年版。

119. 孙中山:《孙中山选集》，人民出版社 1981 年版。

120. 钱满素:《爱默生与中国——对个人主义的反思》，生活·读书·新知三联书店 1996 年版。

121. 费正清编:《剑桥中华民国史 (1912——1949 年)》上下册，中国社会科学出版社 1994 年版。

122. 何启、胡礼垣:《新政真诠》，辽宁人民出版社 1994 年版。

123. 黄克武:《自由的所以然——严复对约翰弥尔自由思想的认识与批判》，上海书店出版社 2000 年版。

124. 史蒂文·卢克斯:《个人主义》，江苏人民出版社 2001 年版。

125. 俞可平:《社群主义》，中国社会科学出版社 1998 年版。

126. 本杰明·史华兹:《寻求富强: 严复与西方》，江苏人民出版社 1995 年版。

127. 张灏:《梁启超与中国思想的过渡 (1890—1907)》，江苏人民出版社 1995 年版。

128. 杜亚泉:《杜亚泉文选》，华东师范大学出版社 1993 年版。

129. 任剑涛:《知识分子立场——自由主义之争与中国思想界的分化》，时代文艺出版社 2000 年版。

130. 傅斯年:《人生问题发端——傅斯年学术散论》，学林出版社 1997 年版。

131. 张灏:《张灏自选集》，上海教育出版社 2002 年版。

132. 熊月之：《中国近代民主思想史》，上海社会科学院出版社 2002 年版。

133. 郜元宝：《鲁迅六讲》，上海三联书店 2000 年版。

134. 李今：《个人主义与五四新文学》，北方文艺出版社 1992 年版。

135. 拉吉罗、科林伍德著：《欧洲自由主义史》，吉林人民出版社 2001 年版。

136. 阿克顿：《自由的历史》，贵州人民出版社 2001 年版。

137. 周作人：《自己的园地》，河北教育出版社 2002 年版。

138. 周作人：《艺术与生活》，河北教育出版社 2002 年版。

139. 周作人：《谈龙集》，河北教育出版社 2002 年版。

140. 周作人：《雨天的书》，河北教育出版社 2002 年版。

141. 周作人：《周作人文类编》（1—10 卷），湖南文艺出版社 1998 年版。

142. 李大钊：《李大钊文集》（1—5 卷），人民出版社 1999 年版。

143. 哈耶克：《自由秩序原理》（上下），生活·读书·新知三联书店 1997 年版。

144. 孟德斯鸠：《论法的精神》（上下册），商务印书馆 1993 年版。

145. 余英时：《启蒙的价值与局限》，山西人民出版社 1989 年版。

146. 茅盾：《茅盾全集》1—19 卷，人民文学出版社 1988 年版。

147. 茅盾：《茅盾文艺杂论集》（上下），上海文艺出版社 1981 年版。

148. 瞿秋白：《瞿秋白文集》1—4 卷，人民文学出版社 1986 年版。

149. 黄裕生：《真理与自由——康德哲学的存在论阐释》，江苏人民出版社 2002 年版。

150. 林毓生：《中国传统的创造性转化》，生活·读书·新知三联书店 1988 年版。

151. 殷海光：《中国文化的展望》，上海三联书店 2002 年版。

152. 许纪霖：《中国现代化史》第一册，上海三联书店 1995 年版。

153. 刘川鄂：《中国自由主义文学论稿》，武汉出版社 2000 年版。

154. 钱理群、温儒敏、吴福辉：《中国现代文学三十年》，北京大学出版社 1998 年版。

155. 徐迅：《民族主义》，中国社会科学出版社 1998 年版。

156. 本尼迪克特·安德森：《想象的共同体——民族主义的起源与散布》，上海人民出版社 2003 年版。

157. 厄内斯特·盖尔纳：《民族与民族主义》，中央编译出版社 2002 年版。

158. 高瑞泉：《中国现代精神传统》，东方出版中心 1999 年版。

159. 殷海光：《殷海光文集》1—4 卷，湖北人民出版社 2001 年版。

160. 金耀基：《从传统到现代》，中国人民大学出版社 1999 年版。

161. 温儒敏、丁晓萍编：《时代之波——战国策派文化论著辑要》，中国广播电视出版社 1995 年版。

162. 陈思和：《中国当代文学关键词十讲》，复旦大学出版社 2002 年版。

163. 戴维·赫尔德：《民主与全球秩序——从现代国家到世界主义治理》，上海人民出版社 2003 年版。

164. 雷海宗、林同济：《中国文化与中国的兵（外一种）》，岳麓书社 1989 年版。

165. 倪伟：《“民族”想象与国家统制：1928—1949 年南京政府的文艺政策及文学运动》，上海教育出版社 2003 年版。

166. 贺麟：《文化与人生》，商务印书馆 1988 年版。

167. 江沛：《战国策派思潮研究》，天津人民出版社 2001 年版。

168. 王宁、薛晓源主编：《全球化与后殖民批评》，中央编译出版社 1998 年版。

169. 罗伯森：《全球化社会理论和全球文化》，上海人民出版社 2000 年版。

170. 唐文权：《觉醒与迷误——中国近代民族主义思潮研究》，上海人民出版社 1993 年版。

171. 阿尔布劳：《全球时代——超越现代性之外的国家和社会》，商务印书馆 2001 年版。

172. 姚小平：《洪堡特——人文研究和语言研究》，外语教学与研究出版社 1995 年版。

173. 赵稀方：《翻译与新时期话语实践》，中国社会科学出版社 2003 年版。

174. 赖尔：《心的概念》，上海译文出版社 1988 年版。

175. 马蒂尼奇：《语言哲学》，商务印书馆 1998 年版。

176. 张隆溪：《道与逻各斯》，四川人民出版社 1998 年版。

177. 钱伟量：《语言与实践——实践唯物主义的语言哲学导论》，社会科学文献出版社 2003 年版。

178. 奎因：《真之追求》，生活·读者·新知三联书店 1999 年版。

179. 麦克尼：《福柯》，黑龙江人民出版社 1999 年版。

180. 福柯：《词与物——人文科学考古学》，上海三联书店 2001 年版。

181. 陈波：《奎因哲学研究——从逻辑和语言的观点看》，生活·读者·新知三联书店 1998 年版。

182. 德里达：《声音与现象》，商务印书馆 1999 年版。

183. 德里达：《论文字学》，上海译文出版社 1999 年版。

184. 克里普克：《命名与必然性》，上海译文出版社 2001 年版。

185. 卡西尔：《语言与神话》，生活·读者·新知三联书店 1988 年版。

186. 曹顺庆主编：《比较文学论》，扬智文化事业股份有限公司 2003 年版。

187. 黄维樑、曹顺庆编：《中国比较文学学科理论的垦拓——台港学者论文选》，北京大学出版社 1998 年版。

188. 杨乃乔：《悖立与整合——东方儒道诗学与西方诗学的本体论、语言论比较》，文化艺术出版社 1998 年版。

189. 杰姆逊：《后现代主义与文化理论》，北京大学出版社 1997 年版。

190. 杨玉华：《文化转型与中国古代文论的嬗变》，巴蜀书社 2000 年版。

191. 福柯：《知识考古学》，生活·读者·新知三联书店 1998 年版。

192. 德里达：《书写与差异》（上下），生活·读者·新知三联书店 2001 年版。

193. 凯尔纳、贝斯特：《后现代理论——批判性的质疑》，中央编译出版社 2001 年版。

194. 姚大志：《现代之后——20 世纪晚期西方哲学》，东方出版社 2000 年版。

195. 伊格尔顿：《文学原理引论》，文化艺术出版社 1987 年版。

196. 吴兴明：《中国传统文论的知识谱系》，巴蜀书社 2001 年版。

197. 陈国球：《文学史书写形态与文化政治》，北京大学出版社 2004 年版。

198. 张旭东：《批评的踪迹——文化理论与文化批评（1985—2002）》，生活·读者·新知三联书店 2003 年版。

199. 诺曼·费尔克拉夫：《话语与社会变迁》，华夏出版社 2003 年版。

200. 汪民安等编：《福柯的面孔》，文化艺术出版社 2001 年版。

201. 莫伟民：《主体的命运——福柯哲学思想研究》，上海三联书店 1996 年版。

202. 陈嘉明等著：《现代性与后现代性》，人民出版社 2001 年版。

203. 德勒兹：《福柯、褶子》，湖南文艺出版社 2001 年版。

204. 巴赫金：《巴赫金全集》第 2 卷，河北教育出版社 1998 年版。

205. 巴赫金：《生活话语与艺术话语》，《巴赫金全集》1—6 卷，河北教育出版社 1998 年版。

206. 章国锋：《作为未来的过去——与著名哲学家哈贝马斯对话》，浙江人民出版社 2001 年版。

207. 哈贝马斯：《现代性的哲学话语》，译林出版社 2004 年版。

208. 张文杰等编译：《现代西方历史哲学译文集》，上海译文出版社 1984 年版。

209. 海登·怀特：《形式的内容：叙事话语与历史再现》，北京出版社出版集团、文津出版社 2005 年版。

210. 海登·怀特：《后现代历史叙事学》，中国社会科学出版社 2003 年版。

211. 海登·怀特：《元史学：十九世纪欧洲的历史想像》，译林出版社 2004 年版。

212. 斯金纳：《霍布斯哲学思想中的理性和修辞》，王加丰、郑崧译，华东师范大学出版社 2005 年版。

213. 帕罗内：《昆廷·斯金纳思想研究——历史·政治·修辞》，李宏图、胡传胜译，华东师范大学出版社 2005 年版。

214. 斯金纳：《近代政治思想的基础》（上下卷），奚瑞森、亚方译，商务印书馆 2002 年版。

215. 高名凯、石安石主编：《语言学概论》，中华书局 1963 年版。

216. 亚理斯多德：《诗学》，罗念生译，人民文学出版社 1962 年版。

217. 亚理斯多德：《修辞学》，罗念生译，生活·读书·新知三联书店 1991 年版。

218. 启功：《诗文声律论稿》，中华书局 1977 年版。

219. 米勒：《重申解构主义》，中国社会科学出版社 1998 年版。

220. 杨俊蕾：《中国当代文论话语转型研究》，中国人民大学出版社 2003 年版。

221. 保罗·利科：《活的隐喻》，汪家堂译，上海译文出版社 2004 年版。

222. 安克施密特：《历史与转义：隐喻的兴衰》，北京出版社出版集团、文津出版社 2005 年版。

223. 黑格尔：《逻辑学》，商务印书馆 1976 年版。

224. 林兴仁：《〈红楼梦〉的修辞艺术》，福建教育出版社 1984 年版。

225. 张桃洲：《现代汉语的诗性空间——新诗话语研究》，北京大学出版社 2005 年版。

226. 张卫中：《母语的魔障——从中西语言的差异看中西文学的差异》，安徽大学出版社 1998 年版。

227. 阿佩尔：《哲学的改造》，上海译文出版社 1997 年版。

228. 卡林内斯库：《现代性的五副面孔》，顾爱彬、李端华译，商务印书馆 2002 年版。

229. 伊夫·瓦岱：《文学与现代性》，田庆生译，北京大学出版社 2001 年版。

230. 李欧梵：《未完成的现代性》，北京大学出版社 2005 年版。

231. 沈语冰：《透支的想象——现代性哲学引论》，学林出版社 2003 年版。

232. 周宪：《审美现代性批判》，商务印书馆 2005 年版。

233. 鲍曼：《现代性与矛盾性》，邵迎生译，商务印书馆 2003 年版。

234. 阿格尼丝·赫勒：《现代性理论》，商务印书馆 2005 年版。

235. 安托瓦纳·贡巴尼翁：《现代性的五个悖论》，商务印书馆 2005 年版。

236. 詹姆逊：《詹姆逊文集》1—4 卷，中国人民大学出版社 2004 年版。

237. 波德莱尔：《波德莱尔美学论文选》，郭宏安译，人民文学出版社 1987 年版。

238. 汪晖、陈燕谷主编：《文化与公共性》，生活·读书·新知三联书店 2005 年版。

239. 金耀基：《从传统到现代》，中国人民大学出版社 1999 年版。

240. 冯俊等著：《后现代主义哲学讲演录》，商务印书馆 2003 年版。

241. 大卫·莱昂：《后现代性》（第二版），吉林人民出版社 2004 年版。

242. 李怡：《现代性：批判的批判——中国现代文学研究的核心问题》，人民文学出版社 2006 年版。

243. 单世联：《反抗现代性：从德国到中国》，广东教育出版社 1998 年版。

244. 郭沫若：《卷耳集〈屈原赋〉今译》，人民文学出版社 1981 年版。

245. 黄灵庚：《离骚校诂》，中州古籍出版社 1996 年版。

246. 王力：《楚辞韵读》，上海古籍出版社 1980 年版。

247. 张光年：《张光年文集》1—5 卷，人民文学出版社 2001 年版。

248. 姜亮夫：《屈原赋今译》，北京出版社 1987 年版。

249. 姜亮夫：《重订屈原赋校注》，天津古籍出版社 1987 年版。

250. 徐荣街、朱宏恢：《唐宋词选译》，江苏人民出版社 1980 年版。

251. 杨光治：《唐宋词今译》，广西人民出版社 1987 年版。

252. 伏尔泰：《哲学通信》，上海世纪出版集团、上海人民出版社 2005 年版。

253. 张国荣编著：《元曲三百首译解》，中国文联出版公司 2000 年版。

254. 耿建华等人译：《唐宋诗词精译（诗卷）》，黄河出版社 1996 年版。

255. 陶文鹏、吴坤定、张厚感：《唐诗三百首新译》，北京出版社 1993 年版。

256. 曹顺庆：《跨文化比较诗学论稿》，广西师范大学出版社 2004 年版。

257. 洪子诚、陈光炜编选：《第三代诗新编》，长江文艺出版社 2006 年版。

258. 韦勒克、沃伦：《文学理论》，江苏教育出版社 2005 年版。

259. 杨晓民主编：《中国当代青年诗人诗选》，河北教育出版社 2004 年版。

260. 胡经之、张首映：《西方 20 世纪文论史》，中国社会科学出版社 1988 年版。

261. 赵毅衡编选：《“新批评”文集》，百花文艺出版社 2001 年版。

262. 赵毅衡编选：《符号学文学论文集》，百花文艺出版社 2004 年版。

263. 王元骧：《探寻综合创新之路》，陕西师范大学出版社 2000 年版。

264. 伊格顿：《理论之后》，台湾商周出版社 2005 年版。

265. 贝西埃等：《诗学史》（上下），百花文艺出版社 2002 年版。

266. 朱立元：《接受美学导论》，安徽教育出版社 2004 年版。

267. 塞尔登：《文学批评理论——从柏拉图到现在》，北京大学出版社 2000 年版。

268. 钱中文：《走向交往对话的时代》，北京大学出版社 1999 年版。

269. 钱中文等：《自律与他律——中国现当代文学论争中的一些理论问题》，北京大学出版社 2005 年版。

270. 童庆炳：《中国现代文学理论价值观的演变》，北京大学出版社 2005 年版。

271. 程正民等：《中国现代文学理论知识体系的建构》，北京大学出版社 2005 年版。

272. 周宪：《20 世纪西方美学》，北京大学出版社 1997 年版。

273. 李青春：《在审美与意识形态之间——中国当代文学理论研究反思》，北京大学出版社 2006 年版。

274. 季广茂：《意识形态视域中的现代话语转型与文学观念嬗变》，北京大学出版社 2005 年版。

275. 陶东风：《当代中国的文化批评》，北京大学出版社 2005 年版。

276. 陈太胜：《象征主义与中国现代诗学》，北京大学出版社 2005 年版。

277. 赵勇：《整合与颠覆——大众文化的辩证法》，北京大学出版社 2005 年版。

278. 董学文：《西方文学理论史》，北京大学出版社 2005 年版。

279. 董学文：《文学理论导论》，北京大学出版社 2004 年版。

280. 董学文等：《文学原理》，北京大学出版社 2001 年版。

281. 汝信、王德胜：《美学的历史：20 世纪中国美学学术进程》，安徽教育出版社 2000 年版。

282. 曾繁仁：《20 世纪西方文学热点问题》，高等教育出版社 2002 年版。

283. 曾繁仁：《美学之思》，山东大学出版社 2003 年版。

284. 陈炎：《反理性思潮的反思：现代西方哲学美学述评》，山东大学出版社 2002 年版。

285. 王一川：《审美体验论》，百花文艺出版社 1992 年版。

286. 王一川：《汉语形象美学引论》，广东人民出版社 1999 年版。

287. 王一川：《中国现代性体验的发生》，北京师范大学出版社 2001 年版。

288. 陆贵山：《艺术真实论》，中国人民大学出版社 1984 年版。

289. 陆贵山：《中国当代文艺思潮》，中国人民大学出版社 2002 年版。

290. 陆贵山：《审美主客体》，中国人民大学出版社 1989 年版。

291. 李衍柱：《路与灯：文艺学建设问题研究》，北京大学出版社 2003 年版。

292. 王岳川：《20 世纪西方哲性诗学》，北京大学出版社 1999 年版。

293. 王岳川：《发现东方》，北京图书出版社 2003 年版。

294. 李春青：《在文本与历史之间：中国古代诗学意义生成模式探微》，北京大学出版社 2005 年版。

295. 高小康：《中国古代叙事观念与意识形态》，北京大学出版社 2005 年版。

296. 谭好哲等：《现代性与民族性：中国文学理论建设的双重追求》，社会科学文献出版社 2005 年版。

297. 童庆炳：《中国古代文论的现代意义》，北京师范大学出版社 2001 年版。

298. 钱中文等：《中国古代文论的现代转换》，陕西师范大学出版社 1997 年版。

299. 杜书瀛等：《中国 20 世纪文艺学学术史》（1—4 部），上海文艺出版社 2001 年版。

300. 王治河主编：《后现代主义辞典》，中央编译出版社 2004 年版。

301. 金隄：《等效翻译探索》，中国对外翻译出版公司 1998 年版。

302. 许钧：《译事探索与译学思考》，外语教学与研究出版社 2002 年版。

303. 许渊冲：《文学与翻译》，北京大学出版社 2003 年版。

304. 王向远：《翻译文学导论》，北京师范大学出版社 2004 年版，第 11 页。

305. 廖七一：《胡适诗歌翻译研究》，清华大学出版社 2006 年版。

306. 江弱水：《中西同步与位移——现代诗人丛论》，安徽教育出版社 2003 年版。

307. 董丽敏：《想像现代性——革新时期的〈小说月报〉研究》，广西师范大学出版社 2006 年版。

308. 李今：《三四十年代苏俄汉译文学论》，人民文学出版社 2006 年版。

309. 格里德：《胡适与中国的文艺复兴——中国革命中的自由主义（1917—1950）》，江苏人民出版社 1989 年版。

310. 李强：《自由主义》，中国社会科学出版社 1998 年版。

311. M. H. Abrams：《文学术语汇编》（英文版），外语教学与研究出版社 2004 年版。

312. Robert. Phillipson. *Linguistic Imperialism*. Oxford University Press，1992.

313. Gillian Brown and George Yule. *Discourse Analysis*. Cambridge University Press，1983.

314. James Paul Gee. *An Introduction to Discourse Analysis：Theory and Method*. Taylor & Francis Limited，1999.

315. Noman Fairclough. *Discourse and Social Chang*. Polity Press in association with Blackwell Publishers Limited，Oxford，1992.

316. James J. Y. *Liu*，*Chinese Theories of Literature*. University of Chicago press，1975.

317. Stephen Owen. *Reading in Chinese Literary Thought*. Harvard University Press，1992.

318. Pauling Yu. *The Reading of Imagery in Chinese Poetic Tradition*. Princeton University Press，1987.

319. Wilfred L. Guerin，etc. *A handbook of critical approaches to literature*. Oxford University Press，1992.

（以上参考文献均为专著，文学作品、期刊、论文类略）

附：本书中已经发表的文章目录

（按照发表的时间排序，其中的字数为发表时文章的字数）

1.《论两种外国文学》，《外国文学研究》2001 年第 4 期。（约 1.0 万字）即本书第 4 章第 2 节。

2.《翻译文学：西方文学对中国现代文学影响关系中的中介性》，《中国现代文学研究丛刊》2002 年第 4 期。（约 1.2 万字）即本书第 4 章第 3 节。

3.《论严复的自由主义思想及其近代意义》，《福建论坛》2004 年第 1 期。（约 1.0 万字）即本书第 7 章第 2 节。

4.《论“忠实”作为文学翻译范畴的伦理性》，《外国文学》2004 年第 2 期。（约 1.2 万字）即本书第 4 章第 1 节。

5.《论中国现代文学的民族性》，《广东社会科学》2004 年第 3 期。（约 1.1 万字）即本书第 8 章第 1 节。

6.《中国近现代个人主义话语及其比较》，《新疆大学学报》2004 年第 4 期。（约 1.4 万字）即本书第 7 章第 5 节。

7.《论当代比较诗学话语困境及其解决路径》，《外国文学研究》2004 年第 5 期。（约 1.2 万字）即本书第 5 章第 3 节。

8.《论中国古代的“个人”话语及其本质》，《思想战线》2004 年第 5 期。（约 0.8 万字）即本书第 7 章第 1 节。

9.《“个人”与“国家”的整合——论中国现代文学“自由”话语的理论建构》，《厦门大学学报》2004 年第 6 期。（约 1.2 万字）即本书第 7 章第 6 节。

10.《选择、吸取与演变——论中国现代“自由”话语的建构》，《南京社会科学》2004 年第 8 期。（约 1.2 万字）即本书第 7 章第 4 节。

11.《中国现代“自由”话语与文学的自由主题》，《文学评论》2005 年第 1 期。

（约 1.4 万字）即本书第 7 章第 7 节。

12.《从个体自由到群体自由——梁启超自由主义思想的中国化》，《学海》2005 年第 1 期。（约 1.6 万字）即本书第 7 章第 3 节。

13.《全球化与民族文学生存境遇及其言说》，《当代文坛》2005 年第 2 期。（约 0.8 万字）即本书第 8 章第 3 节。

14.《论"反懂"的文学欣赏》，《文艺理论研究》2005 年第 4 期。（约 1.1 万字）即本书第 6 章第 4 节。

15.《论中西比较诗学的"超越"意识》，《浙江大学学报》2005 年第 4 期。（约 1.1 万字）即本书第 5 章第 1 节。

16.《论文学的"非理性"与欣赏的"反懂"性》，《浙江社会科学》2005 年第 5 期。（约 0.8 万字）即本书第 6 章第 2 节。

17.《重审中国现代文学史上的"民族主义文学运动"》，《人文杂志》2005 年第 6 期。（约 0.9 万字）即本书第 8 章第 2 节。

18.《"精确"作为中西比较诗学批评话语的语义分析》，《江汉论坛》2005 年第 10 期。（约 0.8 万字）即本书第 5 章第 2 节。

19.《现代语言本质观研究路径及其检讨》，《宁夏大学学报》2006 年第 1 期。（约 0.8 万字）即本书第 1 章第 1 节。

20.《论古代汉语的"诗性"与中国古代文学的"文学性"——以〈关雎〉"今译"为例》，《湖北大学学报》2006 年第 1 期。（约 1.5 万字）即本书第 3 章第 1 节。

21.《论当代诗歌写作及欣赏中的"反懂"性》，《文艺研究》2006 年第 3 期。（约 1.3 万字）即本书第 6 章第 5 节部分。

22.《语言的三个维度与文学语言学研究的三种路向》，《江苏社会科学》2006 年第 3 期。（约 1.5 万字）即本书第 1 章第 3 节。

23.《论"话语"及其"话语研究"的学术范式意义》，《学海》2006 年第 4 期。（约 1.6 万字）即本书第 1 章第 4 节。

24.《中国现代文学史上关于"反懂"的讨论及其理论反思》，《学术月刊》2006 年第 7 期。（约 1.8 万字）即本书第 6 章第 3 节。

25.《论语言的工具性和思想本体性及其关系》，《社会科学辑刊》2007 年第 4 期。（约 0.8 万字）即本书第 1 章第 2 节。

26.《意义与局限：现代性与中国现代文学研究》，《南京大学学报》2008 年第 1 期。（约 1.5 万字）即本书第 2 章第 2 节。

27.《论中国古代文学欣赏的“非懂”性》,《河北学刊》2008 年第 1 期。(约 1.2 万字)即本书第 6 章第 1 节。

28.《重建中国现代诗学话语体系》,《西南大学学报》2008 年第 1 期。(约 1.3 万字)即本书第 5 章第 4 节。

29.《重审中国现代翻译文学的性质和地位》,《中国现代文学研究丛刊》2008 年第 3 期。(约 1.3 万字)即本书第 4 章第 5 节。

30.《“现代性”研究的语言学范式:话语论》,《学术月刊》2008 年第 5 期。(约 1.5 万字)即本书第 2 章第 1 节。

31.《古诗词“今译”作为“翻译”的质疑》,《社会科学研究》2009 年第 1 期。(约 1.3 万字)即本书第 3 章第 2 节。

32.《论翻译文学的“二重性”》,《天津社会科学》2009 年第 4 期。(约 0.8 万字)即本书第 4 章第 4 节。

后　记

这是我第二本比较满意的书，花了很多时间和精力。从 2001 年开始，到去年结束，用了八年的时间。

去年过年的时候我用毛笔写了一首诗，题为《四十五岁有感》："功名利禄是浮华，且为稻粱且为她，人生四十始顿悟，满脸沧桑已花发。"仿旧体诗的形式，但我的普通话不好，加上又不懂平仄规律，所以很难说是旧体诗。好在是写给自己看的，自己读起来顺口就行。爱人对"她"很不满，其实这里的"她"更是家庭的代称。

这不是对过去的生活感到后悔，恰恰相反，从社会的最低层一路走到现在，就实现理想的生活方式而言我是幸运的，小时候我最大的愿望就是成为一个城里人，从拿到大学通知书的那一刻起，我就知道这一理想实现了，从那时起我就一直在城市里转悠，我已经很满足了。但从内心里来说，我对城市生活一直有一种不踏实的感觉，现在的我可以说是一个典型的学术人，一个不创造物质财富的人，很难想象，有一天我的精神不再能换钱，我凭什么生活。在我们这个世界上，选择做什么和不选择做什么，常常是不由自主的。我不知道我是如何走上学术之路的，读大学时都还不曾想到我有一天会成为一个学者。回头看似乎每一步都充满了偶然性，拼命地往前走就走到了这一步。

我从来不知道远大理想为何物，从小生存困难的经历养成了我很"实在"的性格，有时也耽于幻想，也向往美好的未来，但我一般不设想过于遥远的事，从来不把当下的行为建立在想象和虚幻之上。悲哀的是，学术最初对于我来说一直是职业，是饭碗，所以大学毕业后分配到一所师专教书，很长一段时间我对于学术都是应付和消沉的，过了一段无所事事的日子，开始觉得很轻松、悠闲且惬意。但突然有一天，我发现这样生活似乎可疑，父母亲年岁大了，我拿什么来赡养他们？要成家立业了，谁愿意跟我这样一个碌碌无为的人？为了考大学，我欠兄弟姐妹很多，我拿什么来回报他们？生活越来越窘迫，生存在将来的某一天可能重新变得很困难。精神上很苦闷，心情也很坏，于是想到了改变。开始读研究生，读博士，于是进入了学术体制。大约在1995年硕士毕业时，我开始对学问有了兴趣，到了读博士，可以说已经很投入，有一段时间可以说是全身心地投入，并且有了某种雄心。这么多年，向前走可以说成了我的习惯。

我这样说，并不表明我对于学术是消极的，也不是说我不看重我自己的学术。我只是想说明，人到中年，应该冷静了，应该坐下来好好想想了。其实，学术的力量有限，知识分子的能量有限。学术对于我来说是一种生存方式，是一种生活方式，不能夸大它的作用和意义，但既然选择了它，就应该珍惜，对于我来说，珍惜学术似乎就是珍重我自己的生命。虽然走上学术之路有很多偶然性，但人生就是这样，每个人的生存方式都有偶然性，我不后悔。我现在已经很习惯了这种生存方式，我觉得看书很有乐趣，思考很有乐趣，写作有痛感但收获很让人开心，我很满意过这样一种内心无比丰富的生活。除了做学问，我不知道我现在还能做什么。

过去我一直非常尊重我的兴趣，主要是不想太委曲自己。但人的精力有限，时间也有限，在人活一千岁这个梦想还不能实现的现今条件下，每个人恐怕都只能有选择地做点什么，或者什么也不做。选择研究文学严格意义上还不叫选择，因为这仍然太大，主要是范围还太广，必须更进一步缩小范围。对于从事了文学研究的人来说，或者选择现代文学，或者选择文学理论，或者选择比较文学与世界文学，还有古代文学、近代文学等，我最初也是这样选择的，但后来我的思路慢慢发生了改变，我的选择则是，从语言的角度来研究文学。我觉得我这一辈子如果把这一问题研究得比较满意，让我自己满意，能够给后人留点什么，我就心满意足了。

我的博士论文主要是研究现代汉语与中国现代文学的关系，或者说是从语言的角度研究现代文学，虽然得到学术界认识和不认识的老师、朋友们的褒奖和鼓励，但我知道它的局促。博士毕业后我实际上可以继续顺着“现代汉语”这一思路做下去，我知道现代文学中与语言有关的还有很多问题值得继续研究，比如大众语的问题、世界语的问题、晚清的白话问题、语言与文字的问题、语言的诗性问题、翻译语言的问题，还有钱玄同的语言问题、陈独秀的语言问题等，当代文学中的语言问题就更多。但对于当时的我来说，这样做可能很难有大的突破。我觉得与语言有关的文学理论问题更重要，我想先做一段时间的理论基础研究之后再回来做现代文学的语言问题研究，这样可能会有更大的收获，同时我也是想让我自己冷静一下，有些距离地审视一下过去的东西，我感觉当时的我对现代文学的语言问题的思考有些“头脑发热”，太激动和自信。

我知道四川大学的曹顺庆先生正在研究文学理论的语言问题，他提出的“失语症”和“话语重建”问题在学术界引起了热烈的讨论。我隐约感到“话语”问题可能是文学研究的关键问题，所以在博士毕业的第二年我就申请到他那里做博士后。承曹老师的厚受，申请一路顺利，我终于在2001年9月进入四川大学中国语言文学博士后流动站工作。我当时的选题为《文学理论话语研究》，得到曹老师的肯定。第二年我以这一题目申请中国博士后基金课题，顺利通过，这对于我来说也是一个鼓舞。同年同题申请浙江省社联哲学社会科学重点课题，也获得通过。

但真正进入实际操作，我发现这个题目实际上很大。我最初也按照常规拟了一个提纲，主要是探讨理论问题，力求全面、系统，但真正写起来，我感觉还是太抽象，意义不大。所以我就选了几个具体的问题或者说“话语”来研究，实际上有点“关键词”研究的意思。我觉得，体系、完整性，这并不是很重要的，重要的是是否深入，是否对学术的拓展有所贡献。在写作方式上，我试图走另外一种方式，不讲体系，不讲完整性，开放式的结构，接受后现代的某些观念和方式。我也是一个读书人，我读书时就很少考虑书的体系性和完整性，其实，大多数人读书都是蜜蜂采蜜式的，接受其中的精华。所以，写作中，我觉得是凑数的东西、过渡和衔接性的东西就都不要了，只留下我认为是精髓的东西。我想，只要读者能够对我提出的某一个问题感兴趣，并有所启发，我就感到非常满足了。

我固执地相信：学术研究不能划一，跨学科不能泛，但它是需要的，不能没有。本人主张跨文学研究，也即打破文学各学科的界线，打破文史哲各学科的界线，以问题为中心来研究文学。我认为，传统的分科有它的合理性，但它的问题和弊端也太多，比如同一个问题被瓜分到各学科从而被弄得支离破碎，人造隔膜。我发现，从话语视角出发，把文学研究分为文学理论、中国现当代文学、古代文学、比较文学等是没有实质性意义的，或者说至少它的意义不像过去那样大，所以本人不再恪守我们现在的学术分科。当时写作中我还是有点抱负的，希望在研究方法、研究思维和研究范式上有所突破。我的思路是：不再是对文学理论“观念”的研究，不是“透过”语言或话语研究“现象”和“观念”，而是“通过”研究语言或话语来研究“现象”和“观念”。

当初选择这个课题时可以说信心十足，踌躇满志，但写作起来才体会到其中的艰难。应该说，这么多年，我也努力了，但与最初的理想还是有很大的距离，存在这样或那样的问题，有些问题我自己能够意识到，但由于知识水平有限，目前不能很好地解决。但肯定有很多疏漏。欢迎批评指正。

博士后出站报告完成以后，曾得到皮朝纲先生的评阅和指导。参加我博士后出站报告会的有这样一些老师：龚鹏程、冯宪光、曹顺庆、徐新建、李怡。真诚地感谢他们对我的鼓励和提出的宝贵意见。书稿中的绝大多数章节都在学术期刊上发表，我特别把它列出来，没有别的意思，仅仅是表达我对这些杂志和编发我文章的有关编辑表示深深的谢意。最后，特别感谢本书责任编辑郭晓鸿博士，感谢她的推荐和修改意见，感谢她对本书进行了仔细的文句校正。

2009 年 6 月 1 日于浙江师范大学